Renu Walcon
96-04-13

# LES BOUQUETS DE NOCES

Denis Monette

# LES BOUQUETS DE NOCES

ROMAN

ÉDITION DU CLUB QUÉBEC LOISIRS INC.
© Avec l'autorisation des Éditions Logiques
© Les Éditions Logiques, 1995
Dépôt légal — Bibliothèque nationale du Québec, 1996
ISBN 2-89430-178-2
(publié précédemment sous ISBN 2-89381-255-4)

Imprimé au Canada

*Tendrement,*
*à Michel et Sylvie,*
*mes deux enfants... devenus grands.*

# Prologue

Il faisait presque jour et, dans le ciel devenu limpide, fondaient les dernières étoiles. Sur la branche d'un arbre, trois moineaux et deux corneilles, des âmes en errance, attendaient qu'une autre paire d'ailes daigne se joindre à elles. Premières lueurs de l'aurore, 13 septembre 1993, alors que la nuit avait été enduite des séquelles d'une dernière canicule, Clara Brown, une Noire de soixante-quatre ans, s'aventurait à pas lents dans l'allée principale des quatorze unités du motel *Sierra*. Comme à chaque matin, afin de remettre de l'ordre dans les chambres déjà vides de quelques locataires de la pleine lune et attendre que les récidivistes de l'amour quittent avant onze heures les draps de leur aventureux bonheur. Situé en banlieue de Toronto, sur une route secondaire, le *Sierra* n'avait guère la réputation d'accueillir une clientèle de choix. La prostituée et son client, quelques voyageurs de commerce sans trop d'argent, des vendeurs de drogues qui s'en faisaient un repaire et, parfois, des touristes, des passants qui, avec leurs enfants, y trouvaient leur compte les soirs d'orage où le camping n'était pas invitant. À la réception, le gros Jimmy, un quinquagénaire qui percevait les vingt-trois dollars par unité tout en buvant sa bière. Un endroit isolé, pas dérangeant et très peu «dérangé» par la police de la localité voisine. Un emplacement si désert que tout un chacun pouvait s'y réfugier... à l'insu de l'univers. Des homosexuels non avoués s'y cachaient pour s'échanger des caresses sans risquer d'être repérés, surtout quand l'un des deux était marié. Clara Brown en avait vu de toutes les couleurs depuis les vingt ans qu'elle y travaillait. Une fille en pleurs parce que son client s'était enfui sans la payer ou un supposé directeur d'entreprise qui n'avait même pas, au lever, cinquante sous pour une tasse de café. Quand Clara s'amenait sur les lieux, elle ne savait jamais d'une nuit à l'autre qui avait couché dans ses unités à moins que Bruce et Jonathan, des habitués, soient encore enlacés quand elle entrait sans frapper et qu'elle les surprenait... culottes baissées!

— Beaucoup de clients cette nuit, Jimmy? lança-t-elle à l'ivrogne dans un anglais puisé jadis dans les bars de la rue Yonge.

— Non, non, trois unités seulement. Le 1, le 7 et le 12. *Shit! Business is bad, Clara.*

— Tous partis? Je peux commencer les chambres?

— Les *gays* du 1 sont partis, un couple de Niagara est encore dans le 7 et une femme seule, pas jeune, dort encore dans le 12.

— Des passants? Des étrangers?

— Des écartés, Clara, mais du bon monde, lui lança-t-il dans un anglais peu soigné tout en étirant sa dernière bière. La bonne femme du 12 est même arrivée à minuit en taxi. Pas jasante, elle a payé, signé, puis s'est enfermée avec son *club bag.* Pas sûr, mais j'pense qu'elle avait un coup dans l'nez la *lady.* Les yeux dans l'vide, la main tremblante.

– Bon, j'peux au moins nettoyer le 1 et changer les draps. J'sais déjà c'que ça sent quand ils partent, ces deux-là.

– Déjà? À sept heures? Ta journée va être courte, Clara.

Mais la Noire s'éloignait déjà en murmurant: «Pour ce que ça paye, une chambre ou dix, c'est pareil. Mieux vaut finir au plus sacrant, *dammit!*»

Clara se rendit jusqu'au dépôt pour y cueillir son chariot, ses draps, son balai-rouleau. Pour ce faire, elle devait passer devant chaque unité. Elle poussa la porte du 1 et s'écria: «*Dirty pigs!*» De la bière et du sperme jusqu'au plafond. Des croustilles par terre, des bouteilles vides sur la table de nuit et un condom séché, jauni, en plein milieu du lit. Le couple du 7 n'avait pas envie de moisir là toute la journée. Clara pouvait entendre le jet de la douche et la radio qui annonçait la météo. Poursuivant sa route à pas de tortue dans ses sandales si grandes qu'elles traînaient dans la poussière, elle fut surprise d'apercevoir la porte légèrement entrouverte de la chambre 12. Discrète, quand même bien élevée, Clara frappa un petit coup en demandant d'une voix faible: «Y'a quelqu'un? Je suis la femme de chambre.» Aucune réponse, pas un son, pas le moindre bruit. Se pouvait-il que la dame ait dormi en laissant sa porte entrebâillée? Sûrement pas, pensat-elle, la nuit c'est la nuit et pour une femme seule... D'autant plus qu'avec la chaleur de ce sursaut d'été... Curieux, le ventilateur n'était pas en marche. Dans une si petite chambre sans air conditionné? Car le *Sierra,* tout en étant presque propre, était ce qu'il y avait de plus médiocre. Un lit, une chaise, une petite table de nuit, une lampe, un cendrier, un appareil radio et une salle de bains avec un bol de toilette, un lavabo, une douche et deux serviettes. Pas de téléviseur, pas de téléphone. Pour placer un appel, il fallait se rendre à la réception et payer pour composer pendant que Jimmy, mine de rien, écoutait les conversations d'affaires, les engueulades ou les obscénités. Pour vingt-trois dollars en 1993, c'était tout de même plus confortable qu'un *Tourist Room* ou un *Sauna*.

— *You are still in there, lady?*

Clara osa pousser la porte, jeta un coup d'œil furtif, et recula, troublée par la vision que le soleil lui offrait en pleine face. Sidérée, la main sur la bouche, elle se mit à courir en criant: «Jimmy, Jimmy, viens voir, c'est pas normal.»

Le gros la suivit, puis la précéda d'un pas plus rapide. Dans l'embrasure de la porte, il resta cloué de stupeur et s'écria: «*My God, my God*, pas ici. Clara, va vite appeler la police. On touche à rien, compris? Tout de suite, Clara, ça presse. Cours, bouge, reste pas plantée là!»

Pendant que la vieille s'exécutait, Jimmy poussa un autre pas dans la chambre pour voir de plus près. Sur le lit, couchée sur le ventre, la tête de côté, un œil ouvert, l'autre fermé, la femme aux cheveux gris gisait inanimée. Par terre, une bouteille de scotch complètement vide et, sur la petite table, un flacon renversé avec une seule pilule coincée dans le milieu du tube. Non, une autre par terre, à côté d'un verre qui semblait avoir été échappé. Un suicide! Sans le moindre doute. Mais ce qui avait dégrisé d'un seul coup le gros Jimmy, c'était le miroir sur le mur. Un miroir détérioré par l'usure et sur lequel la femme avait inscrit des mots avec un rouge à lèvres. Des mots, une phrase qu'il ne comprenait pas. C'était écrit en français.

En moins de vingt minutes, les policiers et les ambulanciers étaient sur les lieux. Le couple de l'unité 7, intrigué par les sirènes de police, tentait en vain de savoir ce qui s'était passé. Un couple bien ordinaire, mari et femme, qui s'était arrêté la veille pour se reposer au *Sierra* avant de reprendre la route jusqu'à Ottawa. Un couple qui n'avait pas vu la dame du 12 parce qu'arrivé avant elle. Un couple qu'on ne voulut pas retenir à titre de témoins, hors de tout doute, de tout blâme. Pendant que les policiers examinaient les lieux, l'un des ambulanciers s'écria: «Elle respire encore. Elle n'est pas morte. Elle respire faiblement, il faut faire vite.» Premiers soins d'urgence, bonbonne d'air, masque à oxygène, massage cardiaque et la malheureuse fut placée sur une civière. Les policiers tentèrent de s'interposer mais l'un des infirmiers, ahuri, leur cria: «Faites votre enquête, mais pour nous, c'est une question d'extrême urgence.» Et l'ambulance partit en trombe avec la femme aux cheveux gris qui n'avait pas encore rendu l'âme. Les oiseaux sur la branche s'étaient dispersés, lassés d'attendre...

Jimmy était nerveux. C'était la première fois qu'il faisait face à un tel drame et à un questionnaire en règle. On ramassa le flacon, la bouteille, le verre, tout ce qui avait servi à la dame, en prenant bien soin de ne pas effacer les empreintes. On examina son sac dans lequel on ne trouva rien qui puisse permettre de l'identifier. Pas la moindre carte, pas un seul papier. Outre le rouge à lèvres qui avait servi à l'inscription, le sac contenait quelques effets de toilette, un fard à joue, un collier de perles, un trousseau de clés sans indication et quelques billets de vingt dollars épars au fond du *club bag*. Et de la menue monnaie.

Mais qui donc était cette femme qu'on estima être dans la cinquantaine? Le registre! Le fameux registre que Jimmy s'empressa de leur remettre. D'une façon quasi illisible, elle avait signé un nom. Experts dans l'art des consonnes mal tournées, les policiers purent déchiffrer Dorothée Fisher, Sudbury. «Curieux que le prénom ne soit pas de consonance anglaise», remarqua l'un d'eux. Mais plusieurs francophones habitaient Sudbury, mariés à des Anglais ou à des Anglaises. Et l'inscription du miroir dans la langue de Molière n'indiquait rien à ces policiers unilingues. Il leur fallait un traducteur, quelqu'un pour leur livrer le message de l'inconnue. Mais cette tâche incombait à l'inspecteur Darnell qui venait d'arriver. L'affaire changeait de main. Les policiers avaient accompli leur devoir. Ils lui avaient remis le constat d'usage. Darnell, petit homme au seuil de la retraite, fixa Jimmy du regard.

— Vous la connaissiez? Vous l'avez déjà vue ici avant ce jour?

— Jamais. Je me demandais même d'où elle sortait. Un taxi l'a déposée et j'ai loué comme je le fais pour tout passant, sans questionner. Elle n'était pas jasante, elle ne souriait pas, elle...

— Ça va. Parlait-elle très bien l'anglais?

— Bah! pour le peu qu'elle a dit... J'ai quand même remarqué qu'elle avait un accent. J'ai pensé que c'était une Allemande, une immigrante...

— Vous n'avez réclamé aucune pièce d'identité?

— Voyons donc, inspecteur, c'est pas le *Royal York* ici, c'est un motel. Et puis, elle m'a payé comptant. C'était quand même pas une mineure, la grand-mère!

— Bon, bon, ça va. On sait que vous ne demandez rien à qui que ce soit au *Sierra*.

— Moi, j'me mêle de mes affaires. Le client paye, il a sa chambre. C'est bien tenu ici, vous savez. Demandez à Clara...

— Ouais, ouais, bien tenu, bien tenu...

Son sourire en disait long et les quelques questions posées à la brave Clara eurent pour toute réponse...

— Je l'avais jamais vue, monsieur. Connais pas la dame, connais pas...

En moins de trente minutes, on retraça le chauffeur de taxi qui avait conduit madame Fisher au *Sierra*.

— Je l'ai cueillie à Toronto, pas loin du terminus d'autobus. Elle m'a demandé si je connaissais un motel éloigné de la ville, pas cher, discret, peu fréquenté, et je l'ai conduite jusqu'ici.

— Elle vous a dit d'où elle venait?

— Non... pas parlante cette cliente. Elle ne répondait pas et m'a demandé de ne pas lui jaser, qu'elle était fatiguée. Elle avait pris un verre ou deux car son haleine m'arrivait jusque dans le nez. Je l'ai conduite sans insister pour lui parler. Je la regardais dans mon rétroviseur et elle semblait perdue, les yeux dans le vide. Rendue ici, elle a payé sa course puis s'est dirigée vers la réception sans même me dire bonsoir. Je l'avais pourtant remerciée pour le pourboire.

— Avait-elle un accent, selon vous?

— Ça, je peux le jurer. Elle parlait bien l'anglais, mais elle avait un petit accent français ou quelque chose d'ailleurs. C'était pas du pur anglais.

Darnell regarda son confrère et murmura:

— Pas plus avancé avec ça. As-tu appelé pour un traducteur, Gillis? Avec cette inscription, on risque d'avoir au moins une piste.

— Il est en route, inspecteur, mais je voulais vous dire que le bureau venait de m'informer que sur trois Fisher qui habitent Sudbury, personne ne connaît une Dorothée. Aucun rapport de disparition non plus.

— J'ai l'impression que c'est un nom fictif. As-tu déjà vu quelqu'un signer de son véritable nom dans un motel de ce calibre? Une personne qui veut mettre fin à ses jours, en plus? Oublie les Fisher, on perd un temps précieux. Avec le traducteur, on verra bien ce qu'elle a écrit. Il y a sûrement un message dans tout ça, une piste...

Gillis s'empara de son cellulaire qui venait de tinter.

— Ah, oui? Attendez, l'inspecteur est juste à côté de moi.

— Qu'y a-t-il? demanda Darnell.

— C'est l'hôpital, chef. Ils ont trouvé une lettre écrite en français dans le soutien-gorge de la patiente.

— *Good!* La voilà, la piste. Est-elle encore vivante au moins?

Gillis s'informa auprès de son interlocuteur.

— Oui, chef, mais elle n'en mène pas large. Une forte dose de sédatifs mêlée à l'alcool. À son âge, c'est souvent néfaste. Ils sont même surpris du fait qu'elle respire encore. Elle a sûrement le cœur fort...

— Bon, bon, ça va. Dites-leur qu'on arrive, Gillis. La patiente, c'est leur problème. Nous, c'est la lettre qu'on veut. Allez, pèse au fond, Gillis, au diable le traducteur, nous en aurons un sur place pour la lettre et on téléphonera pour savoir ce que révèle le miroir.

Jimmy, complètement dégrisé, donna congé à la vieille Clara pour la journée.

# Chapitre 1

Montréal, le 18 mai 1957. Un samedi frisquet malgré la ténacité du soleil à vouloir percer les nuages de ses rayons plutôt tièdes. Sur le parvis de l'église, quelques personnes parées de leurs plus beaux atours attendaient, en frissonnant, que les futurs mariés daignent apparaître. L'oncle Adhémar se plaignait à une cousine du dernier souffle d'un vent d'hiver qui ne voulait pas céder sa place à celui du printemps. Plusieurs invités, las d'attendre, inquiets d'être décoiffés, s'étaient réfugiés à l'intérieur, quitte à contrarier quelque peu la mariée. Le cortège des autos se fit entendre, klaxons à l'appui, et dans la Cadillac noire ornée de rubans, deux sourires frais comme la rosée. Le notaire et sa fille, la future mariée. À neuf heures pile, accueillie par le tintement des cloches, Suzelle Desmeules allait prendre Gilles Fabien pour époux.

— Regarde comme elle est belle! s'écria l'oncle Adhémar, plus que ravi.

— Et que dire de lui, rétorqua la cousine Berthe. L'as-tu vu entrer, le futur? On dirait un ange du paradis.

La mariée, dix-huit ans, femme-enfant, éclatait de beauté dans sa robe de dentelle blanche, petits pieds chaussés

17

d'escarpins de satin. Un voile de tulle retenu par un diadème lui conférait un port de reine. Cheveux blonds, légèrement courbés sur les épaules, on aurait cru voir Cendrillon au bras de son père qui la conduisait à son prince. De ses petites mains gantées, elle tenait un bouquet de roses d'un rose tendre. À son image, à la candeur de sa douce innocence. De ses yeux verts, elle regardait le ciel comme pour lui reprocher ses nuages. Son père, la sentant tremblante de froid ou d'émoi, avait jeté sur ses épaules une étole d'hermine pour lui garder le cœur au chaud. Lui, le promis, timide et réservé, la regardait franchir le seuil, appuyé sur le prie-Dieu, amoureux du plus profond de ses yeux bleus. Complet noir, nœud papillon, cheveux bouclés, «l'ange du paradis» qui n'avait que vingt ans, souriait à sa future, sa dulcinée. Ils s'étaient connus à la sortie de l'école alors que Suzelle nouait encore ses tresses et qu'il coulait maladroitement le nœud de sa première cravate. Ils s'étaient fiancés à Noël, dans cette même église, durant la messe de minuit, au moment du cantique le plus universel. Anneaux échangés en ce jour de mai, le «oui» prononcé, Suzelle Desmeules, comme le voulait le registre signé, devenait devant Dieu et les hommes madame Gilles Fabien. Et c'est en sortant au bras l'un de l'autre que les commentaires allèrent bon train malgré les soufflets d'un vent frais. Les confettis, la révérence de la bouquetière, le bonheur des parents et, derrière eux, aux prises avec l'oncle Adhémar, la dame d'honneur, Victoire Desmeules, sœur aînée de la mariée.

— Dis donc Victoire, après ton frère, c'est ta petite sœur qui te coupe l'herbe sous le pied? Si ça continue, tu risques de rester vieille fille, ma grande!

Adhémar, frère de Gustave, le père de Victoire, riait à gorge déployée, dents cariées avancées, pendant que la dame d'honneur vêtue de bleu feignait de n'avoir rien entendu. Mais le mal était fait et quelques invités avaient surpris, bien malgré eux, les mots à ne pas dire à une fille de vingt-trois ans, sans fiancé, sans prétendant. Coiffer le bonnet, étirer la tire, le plus grand effroi des «vieilles jeunes demoiselles» d'autrefois. Plus que deux ans sans le voile blanc, et Victoire savait qu'elle serait à son tour la risée de la parenté. Tout comme une cousine éloignée, Marie-Paule, qui, à trente ans, maudissait la Sainte-Catherine depuis cinq ans. Patrice, seul fils de la famille, né entre elle et Suzelle, s'était marié l'an dernier à l'âge de vingt ans. Mieux encore, sa chère Danielle attendait pour juillet leur tout premier enfant. Mais elle, «la grande» selon l'oncle Adhémar, n'avait encore rien vu venir même si, en ce jour, comme pour camoufler l'embarras, elle avait murmuré à l'oreille de l'oncle presque sourd: «Ne le dites à personne, mon oncle, mais j'ai quelqu'un en vue.» Pieux mensonge, arme de défense pour parer à toute éventuelle attaque.

– C'est vrai, ma grande? Et tu me l'as caché? Je n'en parlerai pas, mais faudra te confier. Je suis encore ton parrain même si ta tante, ta marraine, nous a quittés. Pauvre Imelda! Elle aurait tant souhaité être là pour Suzelle et davantage pour toi quand ton tour viendra.

Victoire fut tirée de sa fâcheuse position par sa mère qui la pressait de rejoindre Jérôme, le cousin qui lui servait d'escorte. Ennuyée par ce fait, esclave du cousin pour le banquet, c'est quand même avec un soupir de soulagement qu'elle s'éloigna de cet oncle, de ce parrain plus laid qu'un chameau... qui l'embêtait.

Victoire Desmeules n'était pas jolie. Du moins, pas à l'âge où les gars reluquaient les filles. Plus grande que

Suzelle, maigre et sans poitrine apparente, elle avait hérité des traits et de l'allure sévère de son père. Peu coquette, brunette, permanente au fer sur sa courte crinière, elle n'avait guère tenté le moindre garçon depuis sa prime adolescence. Elle avait cependant les yeux bleus de Charlotte, sa mère, et la démarche gracieuse d'une gazelle. Avec un peu de fard, un bon coiffeur, un savant maquillage, elle aurait pu être jolie, l'aînée de la famille. Hélas, elle n'était que charmante. Même en ce jour où elle avait troqué le tailleur pour une robe bouffante. Mais, instruite, intelligente, elle imposait le respect, «son Altesse». N'était-elle pas la seule de la famille à avoir décroché un diplôme d'un *Business College?* Secrétaire de son père, notaire de profession, elle se passionnait pour l'Histoire de France et connaissait tout de la Révolution jusqu'à Napoléon. Habile de ses mains tout comme sa mère, elle brodait: des nappes, des rideaux, des bas de robes pour sa sœur cadette. Elle adorait Suzelle qu'elle avait protégée de son aile jusqu'à ce jour où un époux la lui prenait. Pas jalouse, heureuse de son bonheur, mais quelque peu... envieuse. Victoire n'aurait pas dédaigné se blottir dans les bras du «bouclé». Elle en avait même rêvé pour ensuite se battre la poitrine d'y avoir songé. Gilles était fou de Suzelle. C'était pour elle, pour elle seule, que son cœur battait depuis toujours. À ses yeux, Victoire, la grande sœur, était pour «sa princesse» comme une seconde mère. N'était-elle pas venue à la rescousse de sa sœurette quand Charlotte, offusquée, la grondait parce qu'elle ne désirait plus étudier? Victoire lui avait dit: «Ne t'en fais pas, maman. De toute façon, elle va se marier.» Suzelle n'avait pourtant que seize ans à ce moment-là, mais Victoire savait qu'avec les chiffons, les hauts talons, les soirées dansantes, Suzelle n'avait guère besoin d'instruction. Gilles Fabien, amoureux transi, allait lui payer tous ses caprices et ses fantaisies. Et Victoire n'avait vécu que pour ce jour qui venait sceller un grand roman d'amour.

La réception fut à la hauteur des aspirations du notaire. Bien en vue à la table d'honneur, il regardait les invités se vautrer comme des porcs tout en buvant le vin d'Alsace comme si les coupes n'avaient pas de fond. «Belle noce, n'est-ce pas, Charlotte?» disait-il à sa femme en se pétant les bretelles d'avoir tout payé pour si bien marier sa cadette. La mère, de rose vêtue, replaçait son collier de perles cultivées sur son plastron. Tous venaient de savoir qu'il était flambant neuf et sans doute de chez *Birks*. Potage à l'ancienne, poulet frit, doigts de dame à la crème, digestifs... et le gâteau des mariés. Cinq étages surplombés d'un petit couple peint à la main, chef-d'œuvre d'un maître pâtissier. L'orchestre du grand hôtel ouvrit le bal avec Suzelle et son mari qui avaient choisi, pour ne jamais oublier ce jour, leur air préféré, *Fascination,* valse du palmarès de Mantovani. Tous se joignirent au couple, et l'oncle Adhémar eut l'ingénieuse idée de tendre la main vers celle de sa nièce Victoire. «N'importe qui, sauf lui...» avait-elle espéré, mais son escorte, cousin de surcroît, avait reluqué d'un œil peu orthodoxe, une femme mariée au décolleté provocant. Polie, courtoise, Victoire n'avait eu d'autre choix que de s'exécuter dans les bras d'Adhémar qui puait le whisky à plein nez.

— Tu as peut-être quelqu'un en vue, ma filleule, mais si ça ne fonctionne pas, moi j'ai un bon parti pour toi.

Victoire feignit l'indifférence, mais, curieuse, anxieuse même, elle vanta ses mérites de valseur pour ensuite lui demander d'un ton qu'elle s'efforça de rendre banal...

— Et ce fameux parti, ce serait qui, mon oncle?

— Un gars bien élevé, un fils unique, un futur avocat, Victoire. Le fils de Maître Béchard, le réputé criminaliste, une famille de Westmount. Jules et moi allons à la pêche ensemble. On se connaît depuis trente ans.

— Et vous allez me dire qu'un fils de telle famille n'a personne en vue?

— Pas que je sache, Victoire. Il n'a pas terminé ses études, habite encore chez ses parents, mais je sais que son père aimerait bien le caser. Un avocat, lorsque reçu, fait bonne figure au Barreau quand il est marié.

— Faut-il seulement qu'il soit intéressé. Tel n'est peut-être pas le cas, mon oncle. Avec leurs relations, les soupirantes ne doivent pas manquer.

— Aïe! Mais tu ne connais pas le père, toi! Il a son mot à dire. Celle que son fils épousera, c'est lui qui devra la choisir. N'entre pas qui veut chez les Béchard. Le choix du fils devra être approuvé par le père.

— Voyons, mon oncle. On est en 1957, pas à l'époque de Marie-Antoinette tout de même. Ce garçon a sûrement un peu de rébellion dans les veines.

— Tu serais surprise. Assez soumis, le fiston. Au point d'embrasser la carrière de son père. Mais un bon garçon, Victoire, un maudit bon garçon. Tu es certaine de ne pas vouloir d'une petite rencontre? Ça ne t'engagerait en rien, ma grande. Juste une rencontre, histoire de faire connaissance. Foi d'Adhémar, je suis certain que tu saurais lui plaire.

Victoire éclata d'un grand rire comme pour tourner la conversation à la blague.

— Faudrait que je commence par plaire à son père si je me fie à vous, mon oncle. Et qui vous dit qu'il fera mon affaire, votre oiseau rare?

Elle riait nerveusement, embarrassée... intéressée.

— Je n'insiste pas, ma nièce. Je suggérais comme ça. Si tu as quelqu'un en vue, ce n'est pas moi qui va enfreindre ton dévolu, ma grande. Au fait, comment s'appelle-t-il ce gars en vue que je ne vois même pas ici?

— C'est un secret pour l'instant. Je le connais à peine. Papa ne sait même pas. Surtout, n'en parlez pas. Mais juste comme ça, pour savoir, comment s'appelle-t-il, votre futur avocat?

— Clément. Clément Béchard. Vingt-cinq ans, toutes ses dents, pas mal de sa personne et très intelligent. Un gars en or, Victoire.

La musique s'arrêta, l'oncle reconduisit sa nièce à la table d'honneur et là, assise, jouant nerveusement avec un gant, Victoire regarda sa sœur et pensa: «Clément Béchard, tiens, tiens...»

— Que toutes les célibataires se placent derrière la mariée, clama au micro le maître de cérémonie. Madame Fabien va lancer son bouquet.

Victoire dut se soumettre à ce rituel qui la gênait. Elle! L'aînée de la famille, derrière la cadette avec des cousines jouvencelles, quelques vieilles filles et une jeune veuve qui rêvait d'un second mari. Cachée derrière les autres pour ne pas être en vue, dissimulée, les bras croisés et non levés comme ceux de celles qu'elle qualifiait de «quêteuses», le bouquet de noces lui tomba dans les bras comme il l'aurait fait d'un panier. Des cris, des applaudissements, le sourire de Suzelle, quelques remarques des convives et l'oncle Adhémar qui, s'approchant d'elle, lui murmura:

— Un bon présage, ma filleule. Si ton quelqu'un en vue n'est plus là, téléphone-moi. On ne sait jamais, ma grande, on ne sait jamais...

Quelques heures, quelques danses, et Victoire léchait la petite paille d'une crème de menthe. Son cousin, qui n'avait pourtant pas eu de chance avec la femme mariée, se vantait de ses nombreuses conquêtes. Victoire l'écoutait... d'une oreille sourde. Sa pensée était ailleurs, bien loin de ce brouhaha qui la stressait de tout son être. Son frère, Patrice, lui murmura comme pour la sortir de sa rêverie...

— Il ne reste plus que toi, Victoire. Tu as le bouquet? Il va te falloir trouver le jardinier à présent.

— Pas toi en plus, Patrice! De grâce, laisse-moi respirer un peu. Il y a bien assez de l'oncle Adhémar...

— Tu vas finir vieille fille, Victoire, lui dit-il sur un ton moqueur. Tu vas finir vieille fille...

— Patrice, s'il te plaît! lança l'aînée avec rage.

Danielle, qui avait tout entendu, tira son mari par la manche en le grondant.

— Laisse-la tranquille, fous-lui la paix, Patrice! Tu n'es pas drôle, tu sais. Ce n'est vraiment pas le moment...

— Allons, allons, on n'a plus le sens de l'humour dans la famille?

— Pas à ce point-là, Patrice! Fais ta vie et laisse-moi faire la mienne, lui cria Victoire rouge de colère. Célibataire, c'est un statut très honorable, tu sauras. On n'a pas toutes la vocation pour laver les caleçons d'un mari!

Danielle se sentit visée mais ne releva pas la remarque de sa belle-sœur. Entraînant Patrice par le bras, elle lui chuchota...

— Fais-moi danser, les mariés vont bientôt revenir.

— Bon, bon, ça va. Si c'est comme ça... Pas facile, la grande sœur.

Restée seule avec son verre à la main, Victoire s'éloigna du cousin et, prenant le chemin de la salle des dames, elle croisa son père.

– Belle noce, ma grande, n'est-ce pas? Suzelle semble contente, hein?

– Oui, papa, très contente et je le suis pour elle. Comme d'habitude, tu as très bien fait les choses. Tout est parfait avec toi, rien ne manque et les invités sont comblés. Oui, belle noce, papa.

Seule dans la salle des dames, elle se regarda dans le miroir et retoucha quelque peu son léger maquillage ainsi qu'une mèche de cheveux. Elle se regardait et contenait de tout son orgueil une larme qui voulait glisser sur sa joue. «Vieille fille!» pensa-t-elle. Les salauds! Les misérables! Quelle journée! Et Suzelle qui se dandine comme une poupée. Suzelle à qui tout le monde dit qu'elle est belle. Suzelle qu'on appelle maintenant «madame». Suzelle...» Puis elle s'arrêta. Victoire venait de se rendre compte que sa sœurette n'avait pas mérité d'être la cible des dards qu'elle avait reçus. «Que m'arrive-t-il?» songea-t-elle. Je ne suis pourtant pas jalouse de Suzelle? J'ai attendu ce jour avec plus d'anxiété qu'elle!»

Non, Victoire n'était pas jalouse de cette sœurette qu'elle adorait. Elle lui aurait décroché la lune. Elle s'était toujours privée pour elle. Elle n'aurait jamais pardonné à Gilles s'il ne l'avait pas épousée. Elle lui avait presque sauté au visage un soir où il l'avait fait pleurer. Elle ne voulait que son bonheur, et le grand jour était enfin arrivé. Malheur à Gilles s'il n'allait pas la rendre heureuse.

Ce qui blessait son cœur, Victoire le savait. À vingt-trois ans, sans prétendant, sans même un amoureux, elle entrevoyait d'un œil terrifié le jour où elle serait vieille fille. Comme certaines de ses tantes, comme une cousine de sa belle-sœur qui, à vingt-huit ans, n'avait ni mari ni amant. Victoire ne voulait pas monter dans cette charrette à guillotine le jour de ses vingt-cinq ans. Pas avec les remarques de l'oncle Adhémar et le sourire moqueur de son frère. Pas avec son père et sa mère qui lui diraient: «Allons, ma grande, tu n'es pas bien avec nous?» Et surtout pas pour être le bâton de vieillesse de ses parents. N'importe qui, n'importe quand, mais pas vieille fille. Quitte à laver les caleçons du premier venu. Quitte à ne même pas savoir si celui qui la prendrait pour épouse connaissait l'Histoire de France. Sortie de sa blessure, elle se foudroya elle-même du regard dans la glace et elle se vit si laide, si désespérée, qu'elle murmura entre ses dents... «Clément.»

Suzelle et Gilles venaient de réapparaître, vêtus de leurs nouveaux atours. Un petit tailleur bleu pour la mariée, chapeau avec voilette, gants perlés, sac à main beige, souliers de même teinte, elle était ravissante. Gilles, frais bouclé, arborait un complet beige et une cravate de même ton ornée de pois marrons. Souliers suédés bruns, œillet jaune à la boutonnière, c'était le couple de l'année, le couple que tous applaudissaient. Ils allaient prendre l'avion dans quelques heures pour Nassau. Un autre cadeau du notaire. Des rires, des larmes, des bises à tout un chacun, et Suzelle s'approcha de Victoire qu'elle serra dans ses bras.

— Si tu savais comme je suis heureuse. Et je te dois beaucoup, tu sais.

— Mais non, Suzelle, tu ne me dois rien. Tu l'as construit toi-même ton nid d'amour. Vous comprenez, «madame Fabien»?

Suzelle essuya les yeux de son gant et se mit à rire dans les bras de sa sœur. Nerveuse, heureuse, elle lui murmura...

— Je suis certaine que, très bientôt, ce sera ton tour, grande sœur.

— Comme si c'était nécessaire. Ne t'occupe pas de moi, Suzelle, ne pense qu'à ton bonheur, à ton voyage, à ton mari...

— Oui, oui, mais mon petit doigt me dit... Après tout, c'est toi qui l'as attrapé mon bouquet, non?

— Oui, mais ça ne veut rien dire. Des superstitions, tout ça. La petite veuve l'aurait certes apprécié plus que moi.

— Tu vas me manquer terriblement, Victoire. Sans toi...

— Chut, chut, pas un mot de plus et cours vite te jeter dans les bras de ton mari.

On entourait maintenant le jeune couple. Le photographe y allait de son dernier rouleau et Victoire, qui savourait la scène d'un œil attendri, se surprit à penser: «Et toi, tu ne vas pas me manquer, non?»

Parce qu'elle savait qu'à partir de ce jour elle serait seule entre les murs de la maison. Seule avec Gustave et Charlotte. Seule et songeuse sans les rires de sa sœurette pour la sortir de son marasme. Sans la musique de Suzelle qui, pourtant, lui tapait sur les nerfs. Seule avec son désespoir, entre son père et sa mère qui, le soir venu, regagnaient leur chambre à huit heures. Seule dans le noir à regarder sa vie comme on le fait d'un film raté. Le silence après l'euphorie. Le tic tac de l'horloge que la joie de Suzelle étouffait quand elle se parait d'une nouvelle robe. La pluie après le soleil, l'hiver après le printemps, l'absence après la quintessence. L'isolement! Et pour la première fois, Victoire eut peur du soir qui s'annonçait. Une bien belle noce, certes, mais un deuil pour elle. Sa sœur était partie, la laissant seule devant la porte de la maison. Comme devant la grille... d'un cimetière.

# Chapitre 2

Il pleuvait à boire debout. Un temps gris, frais et maussade en ce lundi. Victoire, accompagnée de son père, avait regagné l'étude de ce dernier. Assise devant son clavier, elle tapait quelques documents et pouvait entendre de son bureau la voix du paternel narrer à un client la très belle noce, la beauté de Suzelle, le vol pour Nassau... qu'il avait défrayé. Monsieur Arbic, assistant de son père, et madame Lanctot, réceptionniste, lui avaient demandé:

— Ça s'est bien déroulé le mariage de votre sœur, mademoiselle Desmeules?

— Oui, oui, très bien. Une belle journée, une jolie mariée, de répondre Victoire un peu gênée par le fait que les employés n'aient pas été invités. Pour Gustave Desmeules, les affaires et la famille, c'étaient deux univers. Les employés n'avaient pas à se familiariser avec les patrons. Ils étaient payés pour travailler, pas pour socialiser. Même sort pour ses meilleurs clients, même s'ils s'avéraient être les arbres fruitiers de sa fortune. Pour Gustave Desmeules, pas de clients, pas d'amis, que la parenté. D'ailleurs, hormis l'oncle Adhémar, quelques cousins et cousines, aucune personne n'entrait sous son toit. Le notaire n'avait aucun ami, aucun autre lien que celui relié à son sang, même si monsieur Arbic travaillait pour lui depuis vingt ans. Des principes, que des principes de la part de Gustave Desmeules qui ne permettait pas que ses employés tutoient sa fille ou l'appellent par son prénom. Mademoiselle Desmeules! Que ça! Même si Victoire trouvait embarrassant que madame Lanctot, en âge d'être sa mère, la respectât si vigoureusement.

Une semaine pendant laquelle l'air frais faisait fi du mois de Marie. Sauf à Nassau, bien entendu, où Suzelle et Gilles pouvaient se baigner dans la mer et se blottir l'un contre l'autre dans les dunes de sable chaud. Les nouvelles étaient vite arrivées par le fil du téléphone. Suzelle avait adoré son baptême de l'air. Dernière journée de travail, vendredi béni pour Victoire où elle pourrait se libérer enfin des griffes de son père. Ce soir, de la broderie ou un bon film au cinéma, songea-t-elle, quand madame Lanctot lui annonça qu'un appel de dernière minute venait d'entrer pour elle.

— Victoire Desmeules à l'appareil.

— Bonjour, ma grande, c'est ton parrain. Ça va? Je ne te retiens pas au moins?

— Non, non, mon oncle, j'en ai encore pour quinze minutes. Quel bon vent vous amène? s'informa-t-elle sans laisser voir qu'il l'ennuyait.

— Dis donc, Victoire, tu l'as encore en vue le gars dont tu me parlais?

— Heu... non... il n'était pas pour moi. Brèves rencontres, puis voilà...

Second pieux mensonge de celle pour qui le «gars en vue» était sans doute celui «des vues». Un bel acteur du grand écran des cinémas...

– Ça te dirait de le rencontrer, mon oiseau rare?

Victoire fit semblant d'avoir tout oublié de leur conversation.

– Je ne vous suis pas, mon oncle. De quoi, de qui parlez-vous?

– Ben voyons donc! de Clément Béchard. Dis-moi pas que tu as déjà oublié son nom, Victoire. Le futur avocat!

– Ah, oui! celui dont vous m'avez parlé aux noces? Excusez-moi, mais je l'avais complètement oublié. Vous savez, avec l'autre dans les parages...

– Bon, bon, ça va, mais que dirais-tu de le rencontrer? J'ai parlé de toi à Jules, son père, qui en a parlé avec son fils et le petit gars serait très intéressé par une rencontre.

– Bien, heu... je ne sais pas, mon oncle. Vous me prenez au dépourvu. Je ne l'ai jamais vu, cet homme-là.

– Bonne occasion pour le faire, ma nièce, car il aimerait t'inviter demain soir, si tu es libre, évidemment.

– Demain soir? Si vite que ça? Mais vous n'y pensez pas? Je...

– Victoire! Pas à moi! Je sais très bien que tu es libre, que tu n'as rien de prévu. Mon frère et moi, on se parle parfois.

– Ah! Parce que vous en avez déjà parlé avec papa. Était-ce nécessaire? Ne suis-je pas assez grande pour prendre mes décisions toute seule?

– Bien oui, mais tu le connais, ton père! Vu que ça vient de moi, il ne m'aurait jamais pardonné d'avoir tout tramé sans l'aviser. Lui et moi, on n'est pas pareils, Victoire. Tu connais ses principes? Gustave, c'est pas Adhémar, ma fille, et tu es bien placée pour le savoir.

– Dois-je vous donner une réponse tout de suite? Puis-je y songer jusqu'à ce soir?

— Écoute, je dois le rappeler avant six heures. Il part jusqu'à demain midi. Accepte donc, Victoire, t'as rien à perdre, maudit!

— Où aurait lieu la rencontre, mon oncle?

— Clément a pensé à un chic restaurant. Il dit que c'est le meilleur endroit pour faire connaissance. Il a choisi la salle à manger du Ritz Carlton. Qu'en dis-tu?

— Le Ritz? Pas mal chic pour la garde-robe que j'ai. Je ne suis pas Suzelle, moi.

— Tu trouveras bien quelque chose à te mettre sur le dos, non? Joue pas les pauvresses avec moi, la filleule. Alors, c'est d'accord?

— Minute, là! Viendra-t-il me prendre à la maison? Comment se feront les présentations?

— J'ai pensé à tout, Victoire. Je suis certain que tu n'aimerais pas qu'il s'amène chez toi sans que tu le connaisses et voir Gustave et Charlotte le marteler de questions. Mon idée, c'est de te conduire moi-même au Ritz, de te le présenter et de m'éclipser. Après la soirée, Clément te ramènera chez toi.

— Il est au courant de tout ce que vous me dites là, lui?

— Bien sûr, même s'il trouvait plus poli de te prendre chez toi, mais je lui ai fait comprendre que, puisque c'était moi l'entremetteur, ça faciliterait les choses de cette façon.

— À ce que je vois, vous avez tout tramé comme si vous étiez certain que j'allais accepter. Vous avez du culot, vous...

— Bon, bon, bon, assez Victoire. Tu acceptes, n'est-ce pas?

Un long soupir, un silence, puis...

— Ça va, mon oncle, j'accepte. Comment allez-vous procéder, maintenant?

— C'est bien simple, je te prends à six heures trente et à sept heures, nous sommes là et je te le présente. Après, je déguerpis et tu t'arranges avec le reste.

Victoire éclata d'un rire franc.

— Le reste... c'est lui, ça? Bon, je vous quitte parce qu'on ferme le bureau.

— Alors, à demain, ma petite, et ne t'avise pas de changer d'idée.

— Non, non, j'irai. Ne serait-ce que pour vous faire plaisir, mon oncle.

Victoire raccrocha et une vive lueur illumina ses yeux. Elle avait joué à celle qui se fait prier, mais elle attendait ce moment-là depuis le jour des noces. Elle avait même failli téléphoner à l'oncle Adhémar, mais s'en était gardée. Par principe, tout comme son père. Et ça l'avait bien servie. Si jamais ça ne marchait pas, tout retomberait sur son oncle. Sur Adhémar, son entremetteur, son hideux bouclier. Mais dans son cœur de jeune femme, elle était heureuse. Pour la première fois, à l'âge de vingt-trois ans, un homme daignait l'inviter sans la connaître. Que ça fonctionne ou pas, elle pourrait au moins, dès lors, clamer qu'elle avait eu un prétendant. Défaitiste de nature, Victoire ne croyait pas en son pouvoir et encore moins au charme qu'elle dégageait. Elle tentait de ne pas s'imaginer à qui pouvait ressembler ce Clément. Sûrement pas aussi beau que le Gilles de Suzelle et encore moins que Gary Cooper à l'écran, mais elle souhaitait de tout cœur être un peu plus jolie que lui. Juste assez pour avoir le dessus sur le plan physique, car, pour la conversation, il était, elle s'en doutait, plus instruit qu'elle.

Dans l'auto, aux côtés de son père, elle souriait, échappait un gant, le ramassait...

— Dis donc, c'est l'invitation de demain qui t'énerve à ce point?

— Voyons, papa, l'oncle Adhémar, tu sais, j'ai appris à m'en méfier.

— N'empêche que ça peut s'avérer un bon parti, Victoire. Un futur avocat, ça ne serait pas de trop dans la famille.

— Vite en affaires, hein, papa? Toujours les affaires, jamais le cœur.

— Si ta mère avait pensé comme toi...

— Oui, oui, je sais, elle n'aurait pas eu la chance d'épouser un notaire.

— De la chance, peut-être, mais avec de l'amour dans le cœur. Tu sais, moi, je ne suis pas démonstratif, mais...

— Je sais, je sais, papa. Tel père, telle fille, voilà ce qu'on dit de toi et moi.

Enfin, une percée de soleil en ce samedi matin. Levée tôt, Victoire s'affairait déjà à partir pour s'apprêter à ce grand soir.

— Où t'en vas-tu si tôt? lui demanda sa mère.

— Chez le coiffeur, maman, et dans les magasins. J'ai l'intention de m'acheter une robe, quelque chose de neuf, quoi.

— Pour ta rencontre avec l'avocat? Une *blind date* à part ça? J'aurais jamais pensé que tu prendrais ça au sérieux à ce point-là, ma fille. D'autant plus qu'Adhémar, c'est loin d'être une référence dans un tel cas.

Victoire ne l'écoutait pas. Elle savait que ce rendez-vous dérangeait sa mère. Elle sentait depuis longtemps que Charlotte avait l'intention de se l'attacher, telle une bouée. Elle, la seule qui lui restait.

— Tu ne vas quand même pas faire de folles dépenses pour lui, Victoire...

— Pour moi, maman. Il est temps que je m'habille un peu,

non? Et puis, comme tu es toujours d'accord avec papa, ça devrait te faire plaisir un avocat?

– Avocat, avocat... Un garçon bien élevé, c'est chez ses parents qu'il doit rencontrer une amie, pas dans un lieu public. Ah, cet Adhémar!

Victoire sortit sans relever la remarque. Chez le coiffeur, elle s'emporta contre sa permanente, ses cheveux trop courts...

– C'est vous qui la vouliez, de lui dire son coiffeur. Je n'y suis pour rien, moi. Je vais tenter de vous les gonfler, de dégager un peu les boucles, mais je ne peux quand même pas les défriser...

– Faites de votre mieux, Antoine, je vous fais confiance.

– Et là, je vous suggère de les laisser allonger. Les cheveux longs, ça rajeunit, vous savez. Et puis, pourquoi ne pas devenir blonde?

– Me faire teindre les cheveux? Blonde, moi? Pour qui me prenez-vous?

– Mais c'est la mode actuellement, mademoiselle Victoire. Et avec vos yeux bleus...

– N'y pensez pas! Faites de votre mieux pour l'instant, je suis pressée.

Du coiffeur à un grand magasin où Victoire s'acheta pour la première fois une robe de chiffon rouge avec crinoline frivole, une robe comme celles de Suzelle. Puis, des souliers à talons fins et hauts, des escarpins de soie ornés d'une boucle dorée. Enfin, des boucles d'oreilles. Pas de simples petites perles, mais de longues tiges de cristal avec lesquelles on pouvait marier un bracelet. Féminine, séduisante, voilà comment voulait être Victoire pour ce drôle d'avocat qu'elle ne connaissait pas. Toutes les cartes dans son jeu pour ne pas perdre, quitte à ce que ce monsieur préfère les femmes à lunettes avec coiffure lisse scellée par le beigne.

Une tasse de thé et un biscuit pour ne pas gâcher son souper et Victoire monta dans sa chambre pour se préparer. Une heure, une heure entière à se maquiller, s'habiller, se parer, et elle descendit l'escalier sachant très bien que sa mère l'attendait d'un œil critique. Une apparition! Charlotte Desmeules resta bouche bée devant l'élégance de sa fille... puis s'écria:

— Ma grande foi, Victoire, on ne te reconnaît pas! Tu n'as pas l'habitude de t'habiller de cette façon. Qu'est-ce qui t'a pris?

Victoire ne bougea pas, défiant sa mère d'un regard hautain. Son père qui avait levé les yeux de son journal y alla de son commentaire.

— Moi, je ne l'ai jamais vue aussi belle! Il était temps que tu changes tes habitudes, ma fille. Comme ça, je te le dis, tu n'as rien à envier à Suzelle. Belle à faire tourner les têtes, ma fille.

Gustave était sincère dans ses compliments. Sa fille, sa grande, allait de ce pas faire la conquête d'un futur avocat. Les yeux ronds comme des billes, il la contemplait avec ravissement. Gustave Desmeules avait toujours eu un faible pour les femmes excentriques. Et Charlotte le savait. Dans son jeune temps, alors qu'il lui avait été infidèle pour la première fois et qu'elle avait fermé les yeux, la femme qui l'avait conquis était une rousse superbe dans une robe moulante de satin vert. Charlotte savait que son mari était attiré par la féminité, la beauté. N'avait-il pas comblé Suzelle de tous les artifices?

— Avec ton tailleur, tu aurais eu l'air plus distingué.

– Ça suffit, maman, n'ajoute rien. J'ai décidé de changer, de devenir un peu plus de mon temps et surtout de mon âge. Avocat ou pas, je veux bien paraître. Tout comme toi à vingt ans.

– Moi, je n'avais pas le choix, ma petite fille, répliqua-t-elle en regardant Gustave qui se déroba à ses yeux dans son journal.

– Et ce parfum, ma fille, ne le trouves-tu pas un peu trop aguichant?

– C'est le tien, maman!

L'oncle Adhémar sonna et regagna vite sa voiture. Il ne voulait pas sentir et affronter l'air bête de sa belle-sœur qui ne l'aimait pas. Victoire enfila un manteau de velours noir et se glissa dans la Buick de son parrain.

– Maudit que tu sens bon! Puis belle comme ça se peut pas! Tu me surprends, Victoire. Clément Béchard ne s'attend sûrement pas à ça.

Victoire souriait, parlait peu, acceptait les éloges, se gavait des compliments. Il était vrai qu'elle avait tout mis en œuvre pour séduire cet étranger. Comme si sa première chance devait être la dernière. Comme une Cendrillon à l'affût d'un Prince Charmant. Elle avait vingt-trois ans, bientôt vingt-quatre et, ne serait-ce que pour faire taire son damné frère, elle n'allait pas laisser s'échapper la proie que lui tendait son oncle sur un plateau d'argent. Pas Victoire Desmeules! Pas la fille de Gustave qui, tout comme lui, avait plus d'un tour dans son sac. La Buick de l'année s'arrêta devant le luxueux Ritz Carlton à sept heures précises. Le valet s'empressa d'ouvrir la portière et Victoire descendit telle une reine, suivie de son oncle qui la talonnait tel un ministre derrière sa souveraine.

– Pas si désintéressée que tu le prétendais, n'est-ce pas, ma nièce?

– On verra bien, mon oncle, mais je sais vivre. Vous ne pensiez tout de même pas que j'allais venir au Ritz vêtue d'une jupe et d'un gilet?

– Non, mais belle à ce point...

– N'exagérons rien, mon oncle, je ne suis qu'à la hauteur de la situation.

La grande porte s'ouvrit et le hall superbe laissait ses candélabres de cristal percer de ses jets les yeux bleus de la belle demoiselle. Un regard à gauche, un autre à droite, Adhémar cherchait pour enfin reconnaître près d'un grand escalier un jeune homme qui lui souriait.

– Clément, te voilà! Ponctuel comme d'habitude, à ce que je vois.

Clément Béchard, vingt-cinq ans, altier et souriant, était là. Devant elle, devant ses yeux pour la première fois. Cinq pieds dix pouces, mince, élégant dans son complet noir, chemise blanche et cravate à motifs floraux, il avait de beaux traits, portait des verres à monture noire et arborait une coiffure lisse séparée sur le côté, cheveux d'un noir jais qui faisaient ressortir sa peau blanche. Le prototype du fonctionnaire, du futur avocat. Rien pour qu'une femme tombe à la renverse, mais tout du prétendant de bonne famille que recherchait toute bonne jeune fille. Bien élevé, voire précieux, il avait serré la main de l'oncle avant de regarder de ses yeux bruns la jeune femme qui l'accompagnait.

– Clément, ma nièce, Victoire. Victoire, Clément Béchard.

– Mademoiselle... dit-il en inclinant la tête.

— Très heureuse de vous rencontrer, monsieur, répondit Victoire, comme si elle avait vécu de tels moments toute sa vie.

Elle sentit au premier regard qu'elle avait fait effet sur lui. Physiquement du moins. Il lui fallait gagner l'autre partie, celle de la conversation, même si, malgré elle, elle ressentait à l'estomac quelques légers papillons. C'était tout de même la première fois que Victoire se trouvait dans une telle situation. L'oncle Adhémar s'informa poliment de la santé du père du jeune homme puis sans perdre de temps leur annonça:

— Je vous laisse, à présent. La soirée vous appartient.

— Vous ne prenez même pas l'apéritif avec nous, monsieur Desmeules?

— Non, je regrette et je te remercie, mon garçon, mais j'ai demandé au valet de ne pas ranger ma voiture. J'ai d'autres chats à fouetter, moi. Je te confie ma nièce, Clément, et mes amitiés à tes parents.

Adhémar tourna du talon tout en leur souhaitant un bon appétit et disparut comme il était convenu. Seuls, face à face, ils semblaient mal à l'aise tous les deux. Victoire ne disait mot, attendant de sa part un geste. Il appuya gentiment sa main sur son bras et lui dit:

— Venez, je crois que notre table est prête.

Et c'est de cette façon que Victoire fit son entrée dans la salle à manger bondée du *Ritz Carlton*. Le maître d'hôtel s'empressa, Clément Béchard était un habitué; Victoire Desmeules, une initiée.

Habituée quand même aux mondanités, ayant fréquenté avec son père plusieurs restaurants huppés, Victoire commanda en guise d'apéro un Martini Rossi alors que Clément optait pour un scotch sur glace. Il la regardait, la fixait même, et elle, gênée, fuyait son regard en parcourant le menu qu'on lui avait présenté.

– J'avoue être grandement impressionné, lui avoua le jeune homme en souriant.

– Impressionné? Que voulez-vous dire?

– Qu'une jeune femme telle que vous soit libre, sans attache...

Victoire sourit et enchaîna:

– Remarquez que je pourrais penser la même chose de vous.

– Oh! moi, c'est que...

– Que vous travaillez beaucoup? C'est ce que vous alliez me dire, n'est-ce pas? Moi de même, monsieur Béchard. Au même diapason comme vous voyez.

Ils éclatèrent d'un rire franc, ce qui rompit la glace.

– Soyez gentille, appelez-moi Clément, le «monsieur» m'intimide énormément.

– Soit, allons-y pour les prénoms. Vous connaissez le mien j'imagine?

– Victoire. Quel prénom rare, quel choix subtil de la part de vos parents!

– Vous trouvez? Moi, je le trouve abominable. Je ne leur ai pas encore pardonné. Vous savez pourquoi j'ai hérité de ce prénom minable? Vous avez envie de rire un peu?

– Mais je suis très sérieux quand je vous dis qu'il me plaît. Toutefois, j'avoue être curieux quant à son origine.

– C'est très simple, vous allez voir. Maman a fait deux fausses-couches avant de me rendre à terme. Pour ce faire, elle est restée clouée au lit pendant les neuf mois de sa grossesse. Quand enfin je suis arrivée, mon père s'est écrié en me voyant: «Victoire! l'enfant est là!» Ma mère, subjuguée, s'est empressée de lui répondre: «Gustave, tu viens de lui trouver son prénom. Nous l'appellerons Victoire, cette enfant-là.»

— Mais c'est très original comme idée. Bien pensé, selon moi, lui répondit Clément en guise d'encouragement.

— Ah, oui? Encore chanceuse qu'il ne m'ait pas prénommée Eurêka!

— Pourquoi dites-vous cela?

— Parce qu'ils avaient enfin «trouvé» le moyen de rendre un enfant à terme!

Clément s'esclaffa et Victoire remarqua qu'il avait de belles dents blanches. Pas beau, pas sensuel, mais de plus en plus charmant. Elle, de plus en plus à l'aise, poursuivit:

— Puis ils ont eu un fils qu'ils ont prénommé Patrice parce qu'il est né un 17 mars. Comme vous voyez, ma mère n'avait pas à se casser la tête.

— Et votre sœur, la plus jeune, c'est Suzanne si je ne m'abuse?

— Non, Suzelle. Pour elle, ma mère s'est inspirée de l'héroïne du dernier roman d'amour qu'elle avait lu durant sa grossesse. Cette fois, papa n'était pas d'accord avec ce prénom qu'il jugeait futile, mais maman l'a convaincu qu'une Suzelle se devrait d'être belle.

— Elle vient de se marier, je crois. Votre oncle m'a...

— Oui et je parierais que mon cher parrain a dû vous en raconter des choses. Je n'ose m'imaginer comment il s'y est pris pour cette rencontre, mais je m'inquiète... Ne vous a-t-il pas tordu un peu le bras?

— Non, non, pas du tout. Votre oncle a été fort discret, fort aimable, et je lui sais gré d'avoir songé à cette rencontre. Sans lui, je ne dînerais pas ce soir avec la plus charmante jeune fille qui soit...

Victoire rougit, baissa les yeux tout comme une adolescente devant un premier compliment. Elle, la femme forte, venait de fondre comme un glaçon dans l'eau devant le propos bien calculé de son interlocuteur. Pour parer à sa gêne, pour reprendre son assurance, elle lui demanda à brûle-pourpoint:

— Et vous? Ce prénom, Clément, est-ce en l'honneur des papes qui l'ont porté?

— Non, non, répondit-il en riant. C'était le prénom de feu mon grand-père paternel. Une manie dans la famille de ressusciter les morts. Tenez, si j'avais eu un frère, ma mère l'aurait prénommé Prosper comme son père. Le pauvre! Il aurait été beaucoup plus mal servi que moi.

Rires, sourires, ils s'amusaient comme des enfants. Le repas fut de choix, le vin de classe et, euphorie aidant, ils se parlaient maintenant comme s'ils se connaissaient depuis longtemps. Lui, de sa future carrière d'avocat, elle, de l'étude de son père, des clients, des drôles de testaments, etc. Victoire se sentait bien. Elle se rendait compte peu à peu qu'elle tenait le haut du pavé. Clément semblait subjugué par sa présence, son parfum, son allure.

— J'adore le rouge. Vous le portez à merveille.

— Merci, c'est là ma couleur préférée.

Troisième pieux mensonge. Victoire n'avait jamais aimé le rouge, mais c'était, en ce printemps, la couleur à la mode dans toutes les vitrines. La vendeuse le lui avait dit et puis, rêveuse, elle s'était surprise à songer que c'était, de plus, la couleur de l'amour. Elle voulut l'impressionner avec ses connaissances sur l'Histoire de France. Mal lui en prit, il avait vu Versailles, le Trianon, la Malmaison. Elle, elle n'avait vu la France qu'en images. Dans les films de Michèle Morgan et dans les pages du dictionnaire Larousse.

— Vous aimez la musique? se risqua-t-il.

— Heu... oui, celle des grands orchestres. Paul Mauriat, Glenn Miller et les airs de Mantovani...

— Et l'opéra? Vous aimez sûrement l'opéra?

— Heu... à vrai dire, je ne m'y connais pas. J'aime le chant, mais...

— Ceux de Mozart? Ceux qu'on aimait à Versailles. Ceux de Verdi?

— Non, honnêtement, je ne les connais pas. Autant vous le dire, je n'ai pas d'ouïe pour la musique. Je ne suis jamais allée à l'opéra et je n'ai pas été attirée par les concerts.

— Ça vous plairait de les découvrir avec moi? On annonce pour bientôt *La Traviata* de Verdi. Ça vous dirait de m'accompagner? Je serai votre guide, je vous traduirai le carnet. J'ai l'impression que vous sauriez apprécier. Si je me trompe, je vous promets de ne plus insister.

Embarrassée, Victoire sentit le vent de la défaite. Il l'avait eue dans le tournant. Elle aimait la musique légère, quelques chansons populaires, mais n'osa en faire l'aveu à celui qui risquait d'être déçu de son petit train de vie. Il lui parlait d'opéra, de Verdi, de Wagner, de Puccini. Du chinois pour elle. Comment lui avouer qu'elle venait d'acheter un disque de Lawrence Welk et le dernier succès de Varel et Bailly? Pour éviter de se sentir diminuée, elle répondit avec une flamme dans les yeux:

— J'avoue que l'idée me plaît. J'y ai souvent songé, mais ce n'est sûrement pas avec Suzelle, Patrice ou son épouse que j'aurais pu m'y risquer.

— Soit, je vous invite. Mais, croyez-moi, je ne vous l'impose pas. Si *La Traviata* ne vous plaît pas, nous oublierons *Turandot* et *La Bohème.*

De plus en plus petite, voilà comment se sentait Victoire devant cet érudit de grande musique. Mais elle n'allait pas perdre le combat pour autant.

— Vous aimez également le cinéma, Clément?

— À l'occasion, mais je préfère le théâtre. Au fait, vous avez vu *Les Choutes* et *Lorsque l'enfant paraît* au théâtre du Rideau Vert?

— Heu... non, je viens tout juste de voir *Le Pont de la rivière Kwai* qui a été proclamé le meilleur film de l'année. Alec Guinness était extraordinaire.

— D'accord avec vous. J'ai vu ce film et je l'ai trouvé remarquable.

Soupir de soulagement. Victoire venait de tirer son épingle du jeu. Aucun goût en commun ou presque, sauf quelques pages de l'Histoire de France. Mais Clément était un garçon bien élevé, éduqué, intelligent. Pas tout à fait son genre, mais muni d'un sourire qui dégageait une certaine tendresse. Fils unique, futur avocat, il n'était pas pour autant imbu de lui-même. Et elle sentait qu'elle lui plaisait, qu'il n'était pas indifférent. Lui, la regardant, instruit par l'oncle sur son passé vierge, pensait: «Une grande fille toute simple. Une femme à me donner de beaux enfants. Une fille de bonne famille que papa approuvera.» Repas terminé, addition réglée, il lui offrit de passer au bar pour l'ultime digestif. Elle refusa poliment.

— Avec ce vin, je me sens étourdie. Pour moi, vraiment, ça suffit.

— Une eau citronnée, peut-être?

— Trop aimable, mais il serait peut-être temps de rentrer. Si vous n'y voyez pas d'inconvénient, évidemment.

— Pas du tout, je vous en prie. Pour une première rencontre, je m'en voudrais d'abuser. J'appelle le valet pour ma voiture et je vous raccompagne.

La voiture arriva et les passants la regardaient l'air ébahi. Victoire la trouva majestueuse. Clément Béchard possédait une Mercedes. Une voiture de prix pour un étudiant, mais Clément la rassura:

— Mon père m'en a fait cadeau. Elle n'est pas de l'année, mais il se refusait à perdre sur l'échange.

Le retour se fit calmement, sans bavardage, comme si le vin avait eu raison des paroles qui risquaient de se perdre à la nage.

— C'est ici que vous habitez? Une fort jolie maison...

— La maison de mon père héritée de son père qui, lui...

— L'a obtenue de son grand-père, j'imagine?

Ils éclatèrent de rire et Victoire fut ravie de constater que le jeune homme n'avait même pas tenté la moindre avance. Un gentleman! Un homme qui savait bien se conduire pour une première sortie. Une poignée de main du bout de son gant, geste timide, voire maladroit et Clément, après lui avoir ouvert la portière, lui demanda:

— Et si je vous téléphonais, vous accepteriez de me revoir?

— Bien sûr, si la soirée ne vous a pas été une corvée...

— Vous plaisantez, Victoire. J'ai vraiment envie de vous revoir.

— Pour la soirée à l'opéra?

— Sans aucun doute, mais entre temps... osa Clément.

— Qui sait, peut-être bien. Merci pour ce souper qui était excellent. Merci pour la soirée, ce fut charmant.

— Trêve de remerciements, c'est moi qui vous sais gré d'avoir été à mes côtés. Sans vous, ce mois de mai...

— N'ajoutez rien, vous risqueriez que j'en rougisse. Bonsoir, Clément, et à un de ces jours.

— Bonne nuit, Victoire, mais sachez que je vous quitte sur un au revoir.

Enfin rentrée, appuyée sur la porte du vestibule, Victoire laissa échapper un soupir de soulagement. Ravie sans être fébrile, elle ne déplorait que les efforts soutenus pour avoir été «l'autre». Celle qui se devait d'être à la hauteur. Celle qui avait joué tous ses atouts pour ne pas perdre. Épuisée par le scénario, elle se demandait s'il n'aurait pas été aussi conquis de la connaître à son naturel. Toutes ces manières, ce jeu, ces gestes pour revenir gagnante avaient pris ses énergies, mais l'effort en valait la chandelle. Clément Béchard était parti... très épris d'elle. Dans son lit défait, maquillage enlevé, robe sur le parquet, bijoux sur la commode, Victoire était songeuse. Gentil, ce garçon, fort aimable, poli et assez bien de sa personne. Mais à aucun moment elle n'avait senti son cœur battre. Aucun frisson, aucune passion. Elle avait rencontré le Prince Charmant sans avoir vu le cheval blanc. Instruit, amateur d'opéra, quelle corvée avec laquelle composer! Victoire pour elle, tel son prénom, mais sans la moindre pâmoison. Elle sentait que déjà il l'aimait et en ce qui la concernait, il lui plaisait, rien de moins, rien de plus. Curieuse équation. Avec le temps, songea-t-elle, mais pour l'instant... Victoire Desmeules n'allait pas pour autant laisser passer la chance qui lui éviterait de coiffer le bonnet. Au gré de sa patience s'il le fallait. Elle n'allait pas être le bâton de son père, et encore moins la bouée de sa mère. Futur avocat, une Mercedes, famille de Westmount, que de gages de prospérité pour celle qui ne voulait pas mourir les doigts sur un clavier dans l'étude du notaire. Elle s'endormit, s'imaginant à Paris avec lui, avec le seul regret de n'avoir rien ressenti.

Victoire venait à peine d'enlever son manteau que la réceptionniste lui dirigeait un appel d'un dénommé Clément Béchard. Elle n'en croyait pas ses oreilles. Neuf heures du matin le lundi suivant? Qu'y avait-il de si urgent?

— Allô.

— Victoire? C'est Clément. Je m'excuse de vous déranger si tôt, mais j'ai pensé qu'il était préférable de vous parler maintenant, avant que vous ne soyez prise par les appels et les contrats à dactylographier.

— Oui, en effet, mais quel bon vent vous amène? Pas une mauvaise nouvelle, j'espère?

— Non, non, tout va bien, rassurez-vous. J'ai songé à vous... à nous, toute la journée hier. J'ai vraiment apprécié ma soirée, vous savez...

— Moi de même, Clément, mais ici au bureau à cette heure...

— Je sais, je n'aurais pas dû et j'espère que personne n'écoute, mais je ne pouvais pas attendre plus longtemps. Je viens de voir dans le journal qu'on présente un film du tonnerre dans un petit cinéma de l'Est. Je vous le donne en mille, c'est *L'Affaire du collier de la reine* avec Viviane Romance. Ça vous plairait? Vous l'avez déjà vu?

— Oh, mon Dieu! il y a si longtemps. Je devais avoir douze ou treize ans.

— Ça vous dirait de le revoir? Vous qui raffolez de l'Histoire de France...

— C'est que...

— Vous aimeriez quelque chose de plus récent, peut-être? Une comédie musicale?

– Non, non, l'idée m'enchante et me sourit. J'ai encore la nostalgie de ce film en noir et blanc, mais ce serait pour quand?

– J'ai pensé à demain soir, je passerais vous prendre à sept heures. La durée du film, le temps d'un café et je vous ramène, je vous le promets.

– Un mardi? Ne serait-il pas préférable d'attendre à samedi?

– Non, parce que samedi j'ai une autre idée en tête dont je vous reparlerai... à moins que vous me trouviez trop empressé. Pardonnez-moi d'insister, Victoire, je sais que c'est déplacé mais je meurs d'envie de vous revoir.

Au bout du fil, la jeune fille souriait. «Très entiché, le monsieur», pensa-t-elle, mais cette promptitude, ce coup de vent en sa faveur la flattait.

– C'est bien, j'accepte, murmura-t-elle d'une voix doucereuse. Vous êtes rusé, Clément, vous m'avez par mon point faible.

Il ricana nerveusement et lui avoua:

– J'aurais pu vous envoyer des fleurs, mais j'ai pensé que le collier de la reine aurait plus d'ampleur.

Elle rit à son tour et lui promit d'être prête à l'heure convenue. Puis, reconnaissant le pas de son père, elle s'empressa de raccrocher.

Il était là, ponctuel tout comme la première fois. Prête depuis une heure, Victoire surveillait son arrivée de la fenêtre.

– Tu pourrais au moins le faire entrer, nous le présenter, se plaignit sa mère.

– La prochaine fois, maman. Ce soir, je n'ai vraiment pas le temps.

— Va, ma fille, lui lança son père. Tu as raison. La prochaine fois sera une meilleure occasion. Laisse-lui le temps de le connaître, ce garçon, Charlotte. Ce n'est que leur deuxième rencontre.

— D'autant plus qu'il n'y a rien de sérieux entre nous, maman.

— N'empêche que les bonnes manières, ma fille...

Victoire sortit sans écouter la fin de la jérémiade de sa mère. Clément lui ouvrit la portière, lui tendit la main pour qu'elle monte et Charlotte Desmeules qui avait tout vu du coin de la fenêtre s'était exclamée:

— Dis donc, Gustave, il n'est pas à pied, ce type-là. As-tu vu sa voiture?

— Un futur avocat, Charlotte, et entre nous... un fils à papa.

— Je dois admettre qu'il a de bonnes manières. Un peu comme toi quand tu me courtisais. Un peu comme toi... il y a fort longtemps.

Gustave fit mine de n'avoir rien entendu, plongé dans son journal qui le cachait aux yeux de celle qu'il avait jadis aimée. Avant qu'elle ait trois enfants. Avant qu'une autre ne lui fasse perdre la tête.

— Je me demande comment vont Suzelle et Gilles. Pas de nouvelles depuis...

— Allons, ma femme, ils sont en lune de miel.

— Je sais, je sais, mais n'empêche que la maison est de plus en plus grande.

Pour cette soirée au cinéma, Victoire avait décidé de jouer une autre carte. Pas d'artifices, ou si peu. Un tailleur noir, un foulard de soie jaune, un peu d'ombre à paupières, un chignon et pas le moindre bijou, sauf sa montre.

– Vous êtes ravissante. Quel bel ensemble que celui-là.

– Une tenue de cinéma. Rien d'élaboré, ce que j'avais à la portée.

– De très bon goût, Victoire. Ce tailleur vous va comme un gant.

Clément, de son côté, portait un complet bleu avec chemise et cravate de soie. Tout comme le premier soir, une tenue de fonctionnaire.

– Moi, j'ai quitté le bureau de papa sans même passer à la maison pour me changer.

– Et pourquoi l'auriez-vous fait, Clément? On vous croirait sorti d'une vitrine.

Éclats de rire mutuels et la Mercedes traversa les rues de l'ouest pour aboutir dans l'est à quelques rues d'un tout petit cinéma.

Victoire était ravie. Ce film lui faisait revivre ce qui avait été le point de départ de son intérêt pour Versailles et son histoire. Peu de monde en ce mardi et Clément qui, tout à côté d'elle, savourait le plaisir de sa douce compagne. À un certain moment, sans qu'elle s'en aperçoive, il lui avait pris la main. C'est lorsqu'il la pressa dans la paume de la sienne que Victoire sortit de «l'affaire du collier» pour comprendre qu'elle était aimée. Elle ne retira point sa main, éprouvant un certain émoi. Et ce n'est qu'avec le mot «fin» qu'elle la dégagea sous prétexte de replacer son foulard de soie. Ils n'avaient échangé aucun mot ni le moindre regard. Seuls leurs doigts s'étaient croisés comme pour unir leur destinée. Ils quittèrent le cinéma et Clément s'empressa de lui dire:

– Voyez ce petit restaurant. Rien de chic, mais pour un café, ça va?

Ils entrèrent, commandèrent et se rendirent compte qu'ils étaient seuls dans l'endroit à l'exception d'une vieille dame qui sirotait un thé à une table éloignée.

– Ça vous a plu, Victoire? Vous n'êtes pas déçue?

– J'ai adoré ce film. Tout comme lorsque j'avais treize ans. Quelle actrice que cette Viviane Romance. Vous l'avez vue dans *L'Affaire des poisons* ?

– Non, je m'en excuse. D'ailleurs, ce film n'était que pour vous, Victoire.

– Comme si je ne le savais pas! Pas friand de Versailles, n'est-ce pas?

– À vrai dire... et Clément éclata de rire tout en acquiesçant.

– Clément... je, j'aurais une faveur à vous demander.

– Allez-y, je vous en prie. Je ne demande qu'à vous servir.

– J'espère que vous ne serez pas offusqué, mais, voyez-vous, je n'ai que vingt-trois ans et vous, vingt-cinq. Ça vous déplairait qu'on se tutoie?

– Je n'attendais que ce moment-là, Victoire. Je n'osais pas, je pensais...

– Bon, dans ce cas-là, tu veux bien me reprendre la main comme tu l'as fait au cinéma?

Clément rougit, baissa les yeux, prit sa main dans la sienne en la serrant contre son cœur et lui murmura sans relever la tête: «Victoire, je t'aime.»


Suzelle et Gilles étaient rentrés de leur voyage le vendredi. Euphorie totale à la maison. Charlotte pressait sa fille sur sa poitrine pendant que le paternel parlait de Nassau avec son gendre. Sourire sincère, heureuse de leur amour plus qu'apparent, Victoire se délectait de leur bonheur.

– Nous avons fait de la voile et nous avons dansé jusqu'à l'aube. Regardez Gilles! Le soleil l'a rôti comme un homard! de s'exclamer la jeune mariée.

Un collier de coquillages pour sa mère, une pipe sculptée pour son père, et pour Victoire, une serviette de plage sur laquelle on pouvait lire *Bahamas*.

On parla pendant des heures, on se remémora la noce, Suzelle fit mention de ses vertiges dans l'avion. «C'était époustouflant!» Puis, regardant sa sœur dans les yeux, Suzelle lui demanda comme pour percer un mystère:

– Tu n'es pas comme d'habitude, toi. On dirait que... je ne sais trop, mais je ne t'ai jamais vue aussi enjouée. Et cette robe, elle est neuve, ma foi?

– Victoire a un ami, trancha sèchement sa mère.

Un silence d'un instant, des yeux qui s'ouvrent grands et Suzelle de s'écrier:

– Quoi? Tu es amoureuse? Tu as un ami? Je le connais?

– Maman exagère, j'ai rencontré un garçon, c'est vrai, mais rien de sérieux.

– Allons, allons, ma grande, cesse ton petit jeu, grogna le papa.

– Bien oui, je sors avec un garçon de temps en temps, mais c'est si récent...

– Ah! Victoire, si tu savais comme je suis heureuse pour toi. Il est bien au moins? Quel âge a-t-il?

– Vingt-cinq ans.

– Et futur avocat, d'ajouter le père.

– Était-ce nécessaire, papa? Tu aurais pu au moins commencer par leur dire qu'il s'appelle Clément.

– Un fils de millionnaire, un fils unique à part ça.

– Maman! Ce n'est pas vrai. Tu ne le connais même pas.

– C'est vrai? Tu ne l'as même pas présenté à papa et maman?

– Il viendra demain soir. Après, vous pourrez en parler à votre aise.

– Suzelle et Gilles pourraient se joindre à nous. Qu'en dis-tu, ma grande? questionna le père.

– Non, non, pas demain, papa. Nous devons souper chez les parents de Gilles et de plus, comme ce garçon vient pour la première fois, il serait plus sage de ne pas l'effrayer avec mes énervements. Qu'en penses-tu, Victoire?

Gilles qui n'avait encore rien dit se tourna vers sa belle-sœur...

– Je suis vraiment content pour toi, Victoire. Ça t'ira bien, un homme de loi.

Elle sourit pendant que Suzelle s'esclaffait pour ensuite ajouter:

– Et c'est toi qui ne croyais pas au bouquet de noces de la mariée? Tu vois? Il t'est tombé dans les bras; nous revenons et tu as déjà le garçon!

– Des sornettes, ton bouquet. C'est l'oncle Adhémar qui m'a présenté Clément.

– Lui? Le porte-bonheur de mon bouquet? Pas vrai!

Le rire fut général et, après quelques bises, Suzelle et Gilles prirent congé de la famille. Ils partaient de ce pas vers leur petit nid d'amour, un coquet bungalow d'une rue avoisinante, cadeau de noces du notaire.

Bien mis, tiré à quatre épingles, c'est ainsi que Clément Béchard se présenta chez les Desmeules pour la grande rencontre. Quoique réticente, Charlotte fut charmante. La classe du jeune homme l'avait, d'un seul baisemain, complètement désarmée. Gustave, poli, courtois, s'informa de ses cours à l'université, de ses années d'acharnement, des procès retentissants gagnés par son père, de son frère Adhémar. Bref, Clément, pris entre le tigre et la brebis, n'avait pas adressé un mot à celle qui, dans une robe superbe, avait l'allure d'une déesse. Il fallut qu'elle intervienne pour que sa mère, enfin, se retienne. Souriant, affable, Victoire lui avait gentiment indiqué l'arche du grand salon. Loin d'être surprise de les entendre se tutoyer, Charlotte en fut conquise. Sa folie des grandeurs et son culte de la bourgeoisie l'emportaient sur le fait qu'elle risquait de trouver un jour la grande maison encore plus vide. Un scotch, un cognac, le café, les canapés, les friandises, les digestifs, et les heures passèrent sous la mitraille des questions de la mère. On aurait pu jurer que c'était elle qui en était amoureuse. Clément, beau joueur, se faisait un devoir d'être de bon commerce pour le notaire et sa dame. Soirée peu intime pour les tourtereaux, mais Victoire sentait qu'à partir de ce soir sa mère n'aurait plus de sautes d'humeur. Gustave, plus notaire que père, voyait déjà en ce fils de riches, un très charmant beau-fils. Minuit sonna et Clément était toujours là, bien assis devant Charlotte dont la langue ne fendillait pas. Gustave n'avait même pas bâillé de la veillée, lui pourtant habitué à faire une sieste dans la soirée. Clément finit par se lever et s'excuser d'avoir à quitter quand l'horloge sonna la première heure du matin. Les «au revoir» fusaient autant que les remerciements et Victoire put enfin reconduire Clément jusqu'à la sortie.

— Pas trop épuisé? lui demanda-t-elle en riant.

— Non, non, ils sont charmants. J'aime beaucoup tes parents.

— Je m'excuse pour ma mère. Je ne l'ai jamais vue dans un tel état. Et dire que je craignais qu'elle soit distante, elle, si méfiante...

— Cesse de t'excuser, attends, tu ne connais pas encore la mienne, toi!

Et juste avant qu'elle ne lui ouvre la porte, il s'approcha, la serra contre lui et déposa sur ses lèvres un baiser discret. Victoire ne résista pas mais se déroba doucement de l'étreinte. Il la regarda dans les yeux et lui murmura: «je t'aime.» Elle lui mit un doigt sur les lèvres comme pour lui signifier que ses parents étaient tout près. Complice, il s'éloigna sur la pointe des pieds. Porte close, la main encore sur la poignée, Victoire constata qu'elle ne lui avait pas rendu... le doux aveu.

Et les fréquentations devinrent sérieuses. Les samedis, puis, à la longue, les soirs de sortie comme le voulait la mode des années 50. Trois fois par semaine, à moins que Clément ait à étudier pour un examen du lendemain. Victoire ne laissait plus sa proie. Tel un petit chien en laisse, Clément faisait peu à peu les quatre volontés de celle qu'il aimait. Ils étaient allés souper chez Suzelle et Gilles. Une agréable soirée durant laquelle Gilles et Clément sympathisèrent. Suzelle le trouva fort charmant et, à la fin du repas, le tutoiement avait pris son rang au sein de cette belle jeunesse. Après la soirée, sur le chemin du retour, Victoire s'était empressée d'interroger son bien-aimé.

— Comment as-tu trouvé ma petite sœur?

— Un peu superficielle, gentille, mais femme-enfant.

— Évidemment, elle n'a que dix-huit ans. Mais jolie à ton goût?

— Jolie... heu, oui, mais pas aussi belle que toi, ma chérie. Elle n'a pas ton charisme, ton port de souveraine, tes yeux, bref, assez poupée la sœurette, mais la femme que tu es à côté d'elle ne se compare pas.

Ce qui avait eu l'heur de plaire à Victoire. Elle qui, sans l'avouer, avait toujours eu un certain complexe d'infériorité vis-à-vis de Suzelle. Elle se savait moins jolie et voilà que Clément venait de lui dire qu'elle était plus belle.

— Et Gilles, il t'a plu?

— Oui, intelligent et beau gars, mais je t'avoue qu'il est conscient de son apparence. Il s'arrête devant chaque miroir pour recoiffer une boucle de sa crinière ou faire mine de s'enlever une poussière de l'œil...

Ils éclatèrent de rire. En effet, Gilles Fabien était assez imbu de lui-même.

— De plus, ajouta Clément, il parlait beaucoup de la mode masculine. Il me regardait de la tête aux pieds jusqu'à ce que je comprenne que son père était propriétaire d'une mercerie et qu'il le secondait dans son entreprise. Tu aurais dû me le dire, Victoire, qu'il était de *Fabien et fils*. J'ai déjà acheté quelques chemises à cet endroit, mais c'est curieux, je ne l'ai jamais vu. J'ai sans doute transigé avec le père. Mais comme je ne suis pas un client régulier... Un couple charmant, par contre. Tu sais, j'aime beaucoup ta famille, Victoire, je m'y sens très à l'aise.

En juillet, il avait eu l'occasion de rencontrer Patrice et son épouse, Danielle. Quelques jours après que cette dernière eut donné naissance à sa fille, Julie. Première petite-fille de Gustave et Charlotte. Première de la relève à porter dignement le nom de Desmeules. Patrice, tout comme le notaire, espérait un garçon, mais dame nature leur avait donné une fille. C'est à l'hôpital en allant visiter la maman que Clément avait fait la connaissance de Patrice. Assez froidement, car les relations entre Victoire et son frère n'étaient pas des plus cordiales. Victoire ne s'était jamais entendue avec lui et avait refusé de lui présenter son prétendant avant ce jour qui, finalement, s'imposait. Patrice avait trouvé le moyen de lui chuchoter à l'oreille dans un coin: «Pas bête, mais assez condescendant ton avocat. Pas tout à fait de notre milieu, ce gars-là.» Et Victoire lui avait répliqué sèchement: «Jaloux, mon frère? C'est pas avec toi, un petit comptable pas même agréé, qu'on aurait pu faire un avocat!»

Un mois plus tard, Victoire avait réglé deux autres cas. L'opéra et les parents de son cher soupirant.

— Tu as aimé? lui avait-il demandé après la représentation de *La Traviata*.

— Extraordinaire! Les costumes, les décors, le moment de la valse. On aurait dit un bal en pleine cour de Versailles.

— Oui, mais ce n'est pas que ça, l'opéra. Les arias, le ténor, la diva?

— Je n'ai rien compris, c'était en italien!

Clément n'insista pas.

Françoise et Jules Béchard attendaient depuis longtemps que Clément daigne leur présenter la jeune femme qui semblait l'avoir chaviré. Clément remettait sans cesse l'occasion de peur de ne pas obtenir leur bénédiction. C'est finalement Victoire qui insista pour rencontrer les parents de ce fils unique. L'oncle Adhémar ne lui avait-il pas dit que Jules était celui qu'il fallait conquérir pour obtenir le fils?

– J'aimerais que ce soit une présentation fort simple, Clément. Une intrusion au cours de la soirée comme ce fut le cas chez mes parents.

– Mais c'est que ma mère aimerait bien que tu viennes souper.

– Non, c'est trop pour une première fois. À table, ça va m'intimider, ça risque même de me rendre maladroite. Plus tard, peut-être...

– Bon, d'accord. Une visite d'une heure ou deux, ça te convient?

– Oui, pour qu'ils puissent me connaître, se faire une idée.

Et c'est ainsi que les choses se passèrent. Victoire s'était vêtue sobrement. Robe noire, rang de perles, cheveux relevés et retenus par un chignon. Quand elle entra dans la vaste résidence de Westmount, elle fut plus qu'impressionnée, la fille du notaire. Un portier en livrée les avait conduits jusqu'au salon où les attendaient père et mère. Un portier à qui Clément avait dit: «Bonsoir, Lucien, vous allez bien?» Et ce petit homme qui s'était presque incliné devant elle. Tout comme un domestique devant une dauphine, pensa-t-elle. Madame Béchard était restée assise tout en tendant la main à la jeune fille. «Mademoiselle», que ça, en guise d'accueil. Victoire en avait été gênée. Souriante, la dame, mais altière, digne de son rang, peu familière. Jules Béchard lui avait serré la main tout en la dévisageant des yeux jusqu'aux mollets. Un homme droit, de belle tenue, un avocat de classe qui allait bientôt être juge.

– Vous savez que votre oncle m'a beaucoup parlé de vous, mademoiselle. Beaucoup plus que Clément qui n'est guère bavard et très peu éloquent, si j'en juge par celle que j'ai devant moi.

Victoire avait rougi. Cet homme l'impressionnait. Le verbe facile, l'assurance à toute épreuve, il était l'image même de l'avocat inné et non de celui que l'on pousse dans le droit comme c'était le cas pour Clément.

– Mon oncle ne tarit pas d'éloges sur vous, monsieur Béchard. Vous êtes de grands amis à ce qu'il m'a dit?

– Adhémar et moi? La pêche, l'évasion. Quel brave type que celui-là!

Victoire fut très surprise de voir une domestique entrer avec le cabaret débordant de gâteries et... d'argenterie. Une dame en livrée, avec son costume noir, son bonnet, son tablier. Une domestique discrète qui s'effaçait dès que madame lui en intimait l'ordre par un signe. Une vaste maison, un palais qui en mettait plein la vue. Des candélabres de cristal, des toiles de Maîtres, des causeuses de l'époque de madame Récamier, des tentures de velours, des tapis de Turquie. Un vaste château, mais froid et sans âme que celui de Westmount. Façade grise en pierres taillées, larges portes en acajou, mobilier frais ciré, horloge napoléonienne, on aurait pu entendre une mouche voler. En sourdine, de la musique classique qu'elle ne pouvait, hélas, identifier. Elle craignait beaucoup que madame Béchard lui parle de Beethoven ou d'opéra. Ouf, sauvée! Ce ne fut pas le cas. De fil en aiguille, elle sentait qu'elle plaisait au futur juge qui semblait approuver le choix du futur avocat. Clément était à l'aise. Il savait, il avait toujours su que Victoire allait plaire à son père. Madame Béchard, moins cordiale, plus méfiante, se limitait aux règles de politesse. Affable, sans pour autant être empressée, elle parla de la pluie et du beau temps, et s'intéressa à savoir s'il était parfois difficile pour une jeune fille de travailler avec son père. C'est Clément qui vint à sa rescousse en lui répondant: «Pas quand ils sont pareils, maman. Vous devriez les voir, Victoire et son père, c'est le reflet d'un miroir.» Clément vouvoyait ses parents. Aucune intimité, aucune chaleur dans leurs propos. Comme des gens qui se parlent entre étrangers. Mais Françoise l'avait à l'œil son fils unique. Celle qui allait le lui ravir se devait d'être à la hauteur. Pas tout à fait désenchantée par la jeune fille, elle n'avait pas pour autant déroulé le tapis rouge comme Jules l'avait fait. Avec le père, Victoire le sentait, la partie était gagnée. Fi de la mère, l'oncle Adhémar lui avait dit que Jules Béchard était seul maître à bord. Après les «au revoir» d'usage, les poignées de main, le sourire du paternel, Victoire se sentit soulagée d'être enfin dans la voiture de son bien-aimé. Clément, rassuré, lui demanda gentiment...

– Alors, à ton tour. Comment les as-tu trouvés?

– Ton père m'a vivement impressionnée. Quel homme chaleureux! Ta mère, par contre, m'a semblé plus distante, moins jasante...

– Ce qui est bon signe, Victoire. Quand ma mère ne parle pas, c'est qu'elle est satisfaite. Rappelle-toi: «Qui ne dit mot... consent.»

– Un portier, une domestique... Tu as toujours vécu de cette façon?

– Bien sûr, et nous avons aussi un chauffeur, un jardinier et trois autres bonnes pour les menues corvées. Tu sais, dans une grande maison, ça ne paraît pas tout ce monde-là. Quand j'étais petit, ils étaient tous mes amis. En vieillissant, papa a tenu à ce qu'ils me respectent comme le fils de la maison. J'ai trouvé ça un peu embêtant, mais je m'y suis fait avec le temps. La plupart sont avec nous depuis plus de vingt ans, ce qui veut dire que ma mère ne doit pas être si désagréable, finalement. Ferme, autoritaire, certes, mais sensible et avec le cœur sur la main. Elle s'occupe d'œuvres de charité et donne ainsi beaucoup de son temps pour les défavorisés. Ce soir, elle t'a analysée tout simplement. Sans aucune arrière-pensée, crois-moi. Juste pour être certaine que celle que j'aime... m'aime.

Victoire sourit, prit sa main dans la sienne, sans ajouter quoi que ce soit.

Quatre mois de fréquentation et Victoire avait le sentiment d'avoir franchi de grands pas. D'une sortie à l'autre, elle avait su mettre le grappin sur celui qui, fou d'elle, la considérait comme la femme de son destin. L'emprise était totale et la jeune fille n'avait plus à s'efforcer d'être une autre. Elle n'avait qu'à être elle, qu'à commander avec subtilité et Clément, aveuglé par l'amour, répondait à la moindre de ses attentes. Finis l'opéra et la grande musique. Clément Béchard écoutait avec elle les nouveautés du palmarès et assistait sans mot dire à la projection du dernier film de Paul Newman. Terminé le tête-à-tête coûteux du *Ritz Carlton,* si Victoire avait envie d'une viande fumée sur la rue Saint-Laurent ou d'une crème glacée de chez *Robil.* Et en Mercedes à part ça! Non pas qu'elle voulût vivre modestement, mais la jeune fille faisait en sorte de ne pas tomber dans le guet-apens de celle qui doit tout prendre d'un fils guindé de trop riche famille. L'avoir à sa main, entièrement à sa main, voilà ce que voulait faire de son amoureux celle qui ne lui avait jamais dit «je t'aime», alors qu'il la couvrait de mots tendres, de poèmes ou d'aveux empressés du temps de Versailles. Elle adorait ce jeu. Être d'abord favorite, pour ensuite devenir reine. Comme madame de Maintenon, sans ne rien lui promettre, le cœur caché derrière une ombrelle. Le plus curieux, c'est que Clément ne demandait jamais la monnaie de la pièce. Il lui faisait la cour sans se rendre compte qu'elle était à sens unique. Pour lui, l'amour était en règle. Elle répondait à ses baisers et c'était sans doute là l'aveu qui se faisait promesse. Respectueux, sans la moindre audace ni geste déplacé de sa part. Si elle devait un jour être sa femme, elle se devait d'arriver vierge. Ce qui arrangeait bougrement Victoire qui n'avait pas à se défendre de la moindre avance et qui, d'un baiser du bout des lèvres, se montrait fort intéressée. Un jour, Suzelle lui avait demandé:

— Es-tu certaine de l'aimer ton Clément?

— Pourquoi cette question?

— Je ne sais pas, je te sens froide, distante, moins empressée que lui. Tu sais, Gilles et moi avant notre mariage...

— Je ne veux pas savoir, Suzelle. Tu n'avais que dix-sept ans. Un amour de jeunesse, ce n'est pas comme un amour réfléchi. Je n'ai pas ton âge, moi, et Clément n'est pas du genre à tenter de profiter d'une situation. Tu oublies que nous sommes majeurs, nous. C'est bien différent d'un amour d'adolescents. Tu devrais comprendre cela. Et puis, nous n'avons connu personne d'autre avant de nous connaître, Clément et moi, tandis que toi...

— Quoi, moi? Je n'ai eu que Gilles et un ou deux écarts, mais à mon âge...

— Ce qui est bien différent, crois-moi, ma petite sœur. Toi, à quinze ans, tu... et puis n'en parlons pas. Notre relation est celle d'un homme, d'une femme, de deux adultes, ce qui n'a pas été ton cas, Suzelle, ne l'oublie pas.

— Ça va, ne te fâche pas. Quel sermon! Ce n'était qu'une simple remarque.

Charlotte, sans doute poussée par Suzelle, avait deux jours plus tard demandé à son aînée:

— L'aimes-tu d'amour, ton soupirant, Victoire?

— Mais qu'est-ce que vous avez tous à vous mêler de mes affaires? Tu parles d'une question, maman! Ai-je l'air d'une fille qui sortirait avec un garçon pour sa carrière, pour son argent? Ta mère t'a-t-elle demandé si tu l'aimais comme une folle, papa, quand tu l'as épousé?

— Dans mon temps, c'était autre chose, ma fille. Ne t'emporte pas comme ça, la question était pourtant bien simple. Bien sûr que ça ne nous regarde pas, mais il est si charmant, ce garçon, qu'il ne mériterait pas de souffrir à cause de toi. Tu sais, ton père et toi...

— Oui, oui, on se ressemble, et après? N'êtes-vous pas encore ensemble, papa et toi? L'aimes-tu encore, toi, maman?

— Comment oses-tu? Bonne façon de détourner la question, n'est-ce pas? Tout ce que je voulais dire, c'est que ça me peinerait si tu lui faisais perdre son temps!

Mais telle n'était pas l'intention de Victoire. Au contraire, elle devait sauver du temps. À l'horizon, avec effroi, elle voyait venir pour elle un autre anniversaire. Seule, elle se devait d'admettre qu'elle n'aimait pas Clément comme on aime... quand on aime. Il lui plaisait, il était fort gentil et comme lui l'aimait, elle se disait qu'avec le temps, elle parviendrait peut-être à l'aimer. Elle s'en voulait de ne pas partager ses élans, ses soupirs, mais quelque chose l'en empêchait. Était-ce physique? Était-ce psychologique? Elle n'en savait rien encore, mais son cœur se fermait à l'idée d'être étreinte dans ses bras, à l'idée d'être embrassée avec passion. Dans ce jeu, ses sens ne répondaient pas. Doit-on aimer comme une damnée pour aimer? Comment répondre? Elle qui n'avait jamais aimé, elle qui, par inexpérience, ne pouvait discerner la force ou la faiblesse d'un sentiment.

Ignare sur ce plan, elle se disait qu'elle l'aimait sans doute... normalement. Elle n'avait jamais vu Danielle trembler d'émotion devant son frère au temps de leurs fréquentations. Pourquoi faudrait-il qu'elle... Non, non, l'amour des romans et celui de la vie, c'était nettement différent. Clément était certes plus empressé qu'elle, mais sans doute était-ce pour jouer les courtisans. Il l'aimait, il l'aimait, mais qui sait, peut-être l'aimait-il trop? La densité serait-elle la même quand viendrait l'après? Foutaise que tous ces rêves. L'oncle Adhémar lui avait dit qu'il était un bon parti et Victoire ne s'accrochait qu'à cette pensée, qu'à cette vérité.

Elle avait acquiescé à l'idée d'un autre tête-à-tête dans une auberge des Cantons de l'Est. Parce que Clément lui avait dit que c'était important, qu'il avait à lui parler. Sur un ton si doux qu'elle n'avait rien eu à craindre qui risquait de la désappointer. Maquillée, coiffée, robe moulante, talons hauts, pendants d'oreilles en forme d'étoile, il lui avait dit en l'apercevant: «Je ne t'ai jamais vue aussi belle que ce soir.» À la radio de la Mercedes, une chanson de Charles Aznavour, une autre de la môme Piaf, puis une valse de l'orchestre de Paul Mauriat. Un chic endroit, une table de choix, un vin capiteux et Clément, vêtu comme un fonctionnaire pour ne pas dire un ambassadeur, la regardait dans les yeux avec une lueur qui le rendait plus beau, plus séduisant qu'un Prince Charmant. Du moins, sur le canevas qu'elle brossait de son imagination. Il la fixait, il paraissait troublé...

— Victoire, je ne sais par où commencer, mais... je t'aime.

— Tu ne pouvais trouver plus joli prologue, répondit-elle en souriant.

— Bon, je saute au chapitre. Que dirais-tu de fiançailles entre nous?

Elle resta bouche bée, muette de stupeur, mais ne perdit pas le contrôle.

– Tu es vraiment sérieux? Tu penses vraiment que toi et moi...

– Oui, Victoire, je t'aime, tu m'aimes, alors pourquoi attendre?

«Je t'aime, tu m'aimes...» Il avait parlé pour elle sans même lui poser la question. Avant qu'il ne se reprenne, elle alla droit au but.

– Ce serait pour quand, Clément? As-tu un jour spécifique en tête?

– J'ai pensé à celui de ta fête, le 9 décembre prochain. Qu'en dis-tu? Ça te conviendrait? Que je suis bête! Je ne t'ai même pas demandé si l'idée de devenir ma fiancée te souriait.

– Bien sûr, Clément, même si je ne m'attendais pas à une telle demande. Tu sais, on se connaît à peine. Moi, je ne croyais pas, je suis...

– Tu es ravie, dis? Tu veux bien être ma fiancée pour ensuite devenir ma femme?

La phrase clé. Celle qu'elle rêvait d'entendre, celle qu'elle avait l'impression d'avoir elle-même implantée dans son cerveau.

– Ta femme? Presque d'une pierre deux coups à ce que je vois! s'exclama-t-elle en riant nerveusement.

– On commencerait par se fiancer, puis, le temps venu, on pourrait se marier.

– Je veux bien, Clément. Je suis prête à te suivre, à devenir ta femme, mais je trouve que des fiançailles, c'est une dépense inutile et une coutume pour les moins de vingt ans. Pourquoi ne pas nous marier tout simplement?

– Sans fiançailles? Mes parents ne me le pardonneraient

pas. Ils sont vieux jeu, tu sais. La promesse avant, l'union après, tu comprends?

– Oui, je comprends. Je sais qu'un mariage sans fiançailles risque d'être mal vu, mais je ne voudrais pas rester longtemps une petite fiancée. J'ai trop vu de ces éternels fiancés pour qui tout s'est gâché.

– Ce ne sera pas notre cas, crois-moi. On se fiance à ta fête et je t'épouse le jour et l'heure que tu choisis à cette table, à cet instant.

– Fiancée le jour de mes vingt-quatre ans, ça me va, mais je serais la plus heureuse des filles si le mariage suivait rapidement. En février si possible...

– Si vite que ça? Les préparatifs, les invitations... Et la neige, le risque d'une tempête...

– Une mariée en blanc sur un tapis blanc, voilà ce qui me fait rêver, Clément. Et un mariage intime, très simple. Ta famille, la mienne, l'oncle Adhémar parce qu'il est mon parrain et ami de ton père, et personne d'autre. Dans le fond, que nous deux avec autour quelques sourires, quelques convives.

– Je ne sais pas, Victoire. Je pense que pour leur fils unique mes parents voient plus grand que cela. Juin ou juillet aurait été plus raisonnable. De plus, j'aurais terminé mon université. Tu sais, en février, en pleine session, je ne pourrais même pas songer à un voyage de noces.

– Qu'importe, nous le ferons plus tard. Tes études passeront avant. Je t'en prie, Clément. Si tu m'aimes, laisse-moi la féerie du tapis blanc. En février, guidés par Cupidon, ce serait une si belle union. Un mariage intime, un mariage qui nous ressemble, Clément. Je suis certaine de pouvoir convaincre ton père si tu n'y parviens pas.

— Tu devrais te voir, on dirait une gamine... murmura-t-il avec tendresse.

— C'est peut-être un caprice, Clément, mais ne brise pas un si beau rêve. Mon cœur me dit que février nous portera bonheur.

— Sans voyage? Avec une lune de miel à la maison? Tu te rends compte de la situation, Victoire? Et puis, j'oubliais...

— Quoi donc?

— L'idée ne te plaira guère mais, comme je suis encore aux études, il nous faudrait habiter chez mes parents pour un certain temps.

Victoire resta muette de stupéfaction.

— Tu vois? Ça ne te sourit guère, n'est-ce pas? Si l'on se mariait dans au plus tard deux ans, c'est dans notre maison que nous pourrions entrer. Penses-y, Victoire, ce n'est pas si loin...

Elle n'y pensa qu'un instant. Se marier à vingt-cinq ans révolus? Non, ça, jamais! Aucun compromis n'allait être plus désastreux que le fait de se marier vieille fille. C'était à vingt-quatre ans ou jamais. Si Victoire Desmeules se devait de coiffer le bonnet, ce serait pour la vie. Elle n'avait pas déployé autant d'efforts pour ne pas se marier... jeune fille.

— Non, Clément, non. Deux ans, c'est trop, six mois, c'est déjà trop. C'est le plus tôt possible que je veux être ta femme.

Ému, ébahi, il la regarda et s'écria...

— Tu m'aimes, Victoire! J'étais sûr que tu m'aimais, mais à ce point-là, jamais je ne l'aurais cru.

Elle le regarda tendrement, laissa échapper un soupir, mais ne répondit pas.

— Soit! Comme tu voudras. Ne t'ai-je pas demandé de décider du moment à cette table? Moi, je meurs d'impatience de vivre avec toi, de dire à tous: «Voici ma femme!», d'avoir des enfants. Tu sais, la maison est bien grande, et comme je connais papa, nous aurons nos appartements. Il n'y a que les repas que nous devrons prendre tous ensemble. L'une des bonnes sera même à ta disposition et quand, dans deux ans, je serai reçu avocat, mon père nous offrira notre première maison. L'idée ne t'effraie pas? Habiter sous le même toit que ma mère...

– Mais je ne la verrai que le soir, Clément. Avec mon travail...

– Tu n'y penses pas? La femme de Clément Béchard qui gagne sa vie? C'est une chose qui ne se fait pas, Victoire. Pas dans notre famille. Si tu acceptes de devenir ma femme, tu dois quitter ton emploi. Je regrette d'être aussi ferme sur ce point, mais pense à mon père. Un futur juge dont la belle-fille serait sur le marché du travail.

– Je n'y avais pas songé et je te donne raison, mais d'un autre côté, de quoi allons-nous vivre, Clément? Tu es encore aux études.

– Avec l'argent de mon père, voyons! Ce sera là sa première condition.

– À sa charge? Ça ne se fait pas, Clément. Déjà que nous serons sous son toit...

– Non, non, pas à sa charge. Mon père m'a promis de me verser, dès mon mariage, une large part de mon héritage. C'est de mon avoir que nous vivrons, toi et moi.

Victoire soupira d'aise. Victoire savourait enfin une certaine... victoire.

L'idée du mariage précipité n'eut pas l'heur de plaire à cette chère madame Béchard. En février, dans la neige, la tourmente, ça n'avait pas de sens. Clément se débattait comme un homard dans l'eau bouillante.

— Qu'est-ce que ça va changer, maman? L'important est que nous nous aimons et voyez comme elle n'est pas exigeante. Un mariage intime, pas de voyage de noces, ce ne sont pas toutes les filles qui agiraient de la sorte sachant qu'elles épousent un fils de famille riche.

Françoise Béchard n'était pas convaincue.

— Drôle de personne, assez sauvageonne, ta Victoire. Et la parenté même si elle n'est pas nombreuse? Un mariage dans l'intimité! Alors que moi, pour mon fils unique, je voyais des choses plus grandioses.

— Pensez à moi, maman. Pensez que ça m'arrange aussi. Vous savez qu'être en évidence ne me plaît guère, et comme j'ai trouvé celle qui m'en sauve, ce n'est pas moi qui vais m'en plaindre.

— Et les amis de ton père? Le juge Émard, le sénateur et sa femme?

Jules qui n'était pas intervenu trancha comme pour juger la cause.

— Va pour la parenté, ça peut toujours s'expliquer, mais tu diras à Victoire qu'il y aura quand même quelques amis. Ceux que ta mère a mentionnés sont indispensables à ma carrière. On se doit, ne serait-ce que par respect, de les inviter.

— Je suis certain que Victoire n'y verra aucun inconvénient, papa. Elle sait très bien que vos relations sont importantes pour mon avenir.

— Dans ce cas, moi, je n'y vois pas d'objections. Ta future est une femme de tête, Clément. Avec elle, si j'en déduis de ses modestes exigences, tu ne seras jamais ruiné, mon fils. Pas frivole, cette jeune fille-là.

– Facile à dire, Jules, mais je me demande bien ce qu'elle a derrière la tête, de répliquer la mère. Je ne sais pas pourquoi, mais mon petit doigt me dit que je ne lui donnerais pas le bon Dieu sans confession. Pas mal pressée, la petite. Comme si en juillet ou même dans deux ans...

– Voyons, maman, qu'allez-vous chercher là? Elle a même accepté sans maugréer d'habiter sous notre toit et de quitter son emploi.

– Il ne manquerait plus que ça! Avec la maison qui l'attend! C'est quand même mieux que sa modeste maison de Rosemont, père notaire ou non. Pas bête ta Victoire, fiston, mais permets-moi d'avoir des réticences.

– Maman... murmura Clément, elle vous aime déjà comme une mère. On dirait que c'est vous qui la refusez avant même de la connaître.

– La connaître? J'aurais bien aimé la connaître. Je ne l'ai vue que deux fois, Clément. Deux fois et c'est à peine si elle m'a parlé.

– Parce que tu es distante avec elle, ma femme, tu la gênes cette petite-là. Avec moi, je la sens plus à l'aise. Fais un effort, Françoise, qu'elle se sente bien avec toi, souris-lui, accueille-la plus gentiment.

Madame Béchard n'ajouta rien à cette remarque. Elle se tourna vers Clément:

– Et pour les fiançailles? J'imagine qu'elle ne veut pas de réception?

– Heu... elle aimerait que ça se passe en tête-à-tête entre nous deux, quelque part.

– Je l'aurais juré! Quelle étrange fille que celle-là! Tu l'aimes? Fais ce que tu voudras, Clément, mais sache que ta Victoire n'est pas la fille dont je rêvais pour toi.

Chez les Desmeules, la scène fut identique. Heureux de la nouvelle, les sourires s'étaient dissipés quand Victoire leur avoua que le mariage serait intime. Sans tambour ni trompette, sans confettis, sans bouquetière. Que Clément et elle, sa robe blanche sur un tapis de neige. Que la seule parenté et quelques amis importants du côté du marié. Suzelle, hors d'elle, lui avait crié:

— Tu es folle ou quoi? Tu épouses un fils de millionnaire et tu le fais comme si tu mariais un sans le sou. Un futur avocat, fils d'un futur juge à part ça. Moi qui voyais d'ici un mariage princier.

— Toi, tout ce qui t'intéresse, ce sont les mondanités, Suzelle. Que le superficiel, les guirlandes, la foule, les extravagances. C'est moi qui me marie cette fois, pas toi, et je veux quelque chose de sérieux.

— Sérieux, sérieux, pas au point d'avoir un mariage plus modeste que le mien, quand même. Pas avec le rang de son père, son entourage, son...

— Ça suffit, Suzelle, s'écria Gustave. Laisse ta sœur se marier comme bon lui semble. Et ce, même si j'étais prêt à lui offrir un mariage grandiose. Respecte son choix comme elle a respecté le tien. Si Clément est d'accord avec elle, moi, je n'y vois aucun inconvénient.

Charlotte qui n'avait osé se prononcer murmura timidement...

— Pourquoi si vite? Pourquoi en février? Un mois où l'on gèle, où on risque la tempête. Pourquoi pas en été?

Patrice qui n'avait encore rien dit ne se gêna pas pour conclure:

— Sans doute pour qu'il ne change pas d'idée, maman.

— Patrice! Tu te trouves drôle? Moi pas... de s'écrier sa femme.

– Ou par peur de se marier vieille fille! ajouta-t-il en s'esclaffant.

– Imbécile! lui lança vertement Victoire avec un dard dans le regard.

Gustave, voyant que la conversation risquait de s'envenimer, s'approcha de sa fille pour l'entourer de ses deux bras. Tendrement, il lui murmura:

– Va, ma grande, fais à ta guise et sois heureuse. Ta mère et moi, c'est ton bonheur qui nous importe. Tu nous manqueras, mais Clément est le meilleur des gars. Et que personne n'ajoute rien. Ce que l'on sait, c'est qu'on ira tous aux noces l'an prochain.

En ce 9 décembre 1957, jour des vingt-quatre ans de Victoire, c'est en catimini, presque secrètement, que la jeune fille se fiançait à Clément. Le soir, en tête-à-tête dans un grand restaurant... tel que convenu. Il lui glissa à l'annulaire un superbe diamant d'un carat. Une fortune! Un gage qui scellait la promesse d'une union. Victoire était émue, une larme coulait sur sa joue. Heureuse? À sa manière, sans doute. «Avec tout l'amour que j'ai pour toi, ma chérie», lui avait-il murmuré en lui glissant la bague au doigt. Essuyant une larme de son mouchoir de dentelle, elle avait souri mais... n'avait rien dit.

# Chapitre 3

L a mariée était ravissante. Plus belle, plus resplendissante que Suzelle le jour de ses noces sans être aussi jolie. Victoire n'avait rien épargné pour que le jour tant attendu soit inoubliable sur les pellicules qui allaient le capter. Juste à temps, à vingt-quatre ans. Juste avant que ne sonne le glas de son terrifiant célibat. Une robe de satin aussi blanche que la neige. Sans ornements, sans paillettes ni faux brillants. Seule une large boucle nouait le ceinturon qui encerclait sa taille de guêpe. Cheveux plus longs, son coiffeur avait pu les remonter pour en faire un chignon retenu par une discrète lisière de lys. Aucun bijou sauf, à son doigt, le diamant d'un carat. Un voile court lui recouvrait la nuque et le visage. Un voile qu'elle soulèverait dès qu'elle s'agenouillerait afin d'offrir à Clément un sourire. Bottillons à talons élevés recouverts de velours, ses pieds glissaient tel que rêvé, sur le tapis blanc de ce 15 février 1958. De ses mains gantées, elle serrait précieusement une gerbe de lys blancs. Son bouquet de noces! Celui que sa mère déposerait le lendemain au pied de la statue de la Vierge Marie. Au bras de son père, elle avait fière allure, la mariée de l'hiver. L'organiste avait entamé la *Marche nuptiale* alors que, ravie, elle s'avançait vers Clément qui l'attendait, heureux, frissonnant d'amour et d'émoi, la main droite appuyée sur le prie-Dieu. Clément, vêtu d'un pantalon rayé et du veston pingouin, regardait son père admirer la belle-fille que le ciel allait lui donner. Un mariage de millionnaire dans une exquise simplicité.

Françoise Béchard, au premier banc, avait légèrement détourné la tête. Cette fille, cette future bru qu'elle n'aimait guère, allait porter son nom malgré sa désapprobation. Froide, altière, impuissante face à celle qui allait lui ravir son garçon, elle n'esquissa qu'un très léger sourire à l'autre belle-maman qui tentait par tous les moyens d'attirer son attention. Charlotte Desmeules n'avait jamais eu vent des protestations de la mère de Clément. Elle la croyait ravie; Françoise n'était que polie. Une toute petite chapelle, un prêtre, un enfant de chœur, un minuscule autel. Quelques fleurs déposées par Suzelle et la toile était peinte. Les échanges, une courte messe, et Victoire devenait madame Clément Béchard. Suzelle rayonnait de beauté dans une robe d'un vert émeraude, manteau de lynx sur les épaules.

Gilles avait revêtu un complet dernier cri et le notaire, smoking loué, faisait noble figure dans cette petite cour... des miracles. Rien d'un mariage à Versailles, mais Victoire, tout comme Marie-Antoinette, allait dès lors régner dans un palais de marbre. Danielle essuyait une larme, l'oncle Adhémar se gonflait la poitrine, le sénateur et sa femme regardaient de bien haut cette union plus qu'intime et le juge Émard, gravement malade, brillait par son absence. Quelques badauds s'étaient glissés dans les tout derniers bancs, cherchant des yeux tous les convives absents. On avait cru à un mariage à déploiement, on assistait à une modeste cérémonie. De cette mariée qui avait l'allure d'une princesse, on cherchait les escortes, sa cour, la foule qui n'était pas en vue. Plus solennel que cela, ça ne se pouvait pas. Plus humble, ça ne se décrivait pas. Pas un murmure, pas la moindre quinte de toux de la part de ces gens, qui, de notoriété nantis, respiraient révérencieusement. Danielle, toujours émue, murmura à l'oreille de Patrice:

— C'est touchant, n'est-ce pas?

Sans bouger, emprisonné dans son col comme dans un carcan, il répondit:

— C'est chiant!

Dehors, le temps était très froid. Quatorze sous zéro Fahrenheit, il neigeait légèrement. Peu invitant pour la photo de groupe que les mariés esquivèrent en se réfugiant dans la somptueuse Cadillac noire qui les attendait. Ce qui avait fait dire à madame Béchard sur un ton mécontent: «Quel non-sens que de se marier par un temps à ne pas mettre un chat dehors.» Une remarque que Charlotte n'avait pas appréciée même si, au fond de son cœur, elle en voulait à sa fille de leur avoir imposé ce froid qui gelait jusqu'aux entrailles. Tous s'étaient précipités dans les voitures et pas un seul passant, sauf quelques petites filles chaudement vêtues qui s'étaient rassemblées pour voir la mariée... qu'elles n'avaient presque pas vue. Un vin d'honneur, un léger goûter avaient été préparés par l'un des chefs du *Ritz Carlton* dans un petit salon réservé pour la réception. Une musique de fond venue on ne sait d'où et une seule danse que les mariés exécutèrent ensemble pour ne pas se dérober aux normes. Une valse lente, sans titre, que personne ne put identifier. Si lente, si triste, que seuls Suzelle et Gilles daignèrent emboîter le pas des mariés. Les félicitations, les compliments d'usage et Victoire n'accepta que deux ou trois photos dont une avec ses parents et ses beaux-parents. Les deux autres? L'une avec Clément, de façon solennelle, et l'autre devant le gâteau discret orné de roses en sucre qu'elle faisait mine de trancher avec un couteau, un léger sourire sur les lèvres. Puis, ce fut la conversation. L'oncle Adhémar avec le père du marié, madame Béchard avec le notaire, sans toutefois regarder Charlotte qui s'éloigna pour causer avec Suzelle pendant que Patrice parlait à voix basse avec Gilles et que Danielle choisissait quelques bouchées dans un plateau dégarni. Une noce si vague, si sérieuse, si guindée malgré le manque de décorum que Patrice ne put s'empêcher de chuchoter à sa femme: «Je n'ai jamais rien vu d'aussi... plate!»

Clément semblait le plus heureux des hommes. À tel point qu'il tenta d'égayer ladite réception par quelques propos divertissants. Conscient du malaise des invités, il voulait mettre un peu d'agrément, rire, chanter même, mais Victoire d'un seul regard l'en avait empêché. Et en sourdine, une musique classique venue encore une fois on ne savait d'où. Aucune émotion sur le visage de la mariée, aucune joie, aucun signe de tendresse. Victoire était mariée et c'était là tout ce qui comptait pour elle. En peu de temps, au même endroit où elle avait rencontré Clément la première fois. Et à vingt-quatre ans. Juste à temps!

— Heureuse, ma grande? de lui demander son père.

— Très heureuse, papa... de répondre sans enthousiasme la mariée.

— On ne le dirait pas! s'exclama Charlotte.

— Mais oui, maman. Je suis nerveuse et ça me fige. De plus, j'aurais tellement voulu que le temps soit doux...

— On te l'avait prédit, Victoire, février, ce n'est pas juillet.

– Je sais, je sais, maman, mais il n'y a pas de tempête. C'est au moins ça de gagné, n'est-ce pas? Cupidon aurait pu crever un nuage et nous engloutir... ajouta-t-elle en s'efforçant de rire.

Clément venait de la rejoindre et s'adressant à ses beaux-parents de leur dire:

– Vous n'allez quand même pas me reprendre votre fille? Je ne te quitte plus d'un pouce Victoire, ajouta-t-il en riant.

– Madame Clément Béchard! Le nom te va à merveille, lança Suzelle.

– Madame Victoire Béchard, Suzelle. Je tiens à conserver mon prénom. Je ne vais quand même pas perdre mon identité entière pour un jonc.

– Pourquoi? Tu n'aimes pas mon prénom? de lui demander Clément.

– Non, non, ce n'est pas cela, mais de là à perdre le mien... J'ai toujours trouvé ridicule qu'une femme porte le nom complet de son conjoint.

– Toujours à part des autres! clama Patrice qui venait de saisir les dernières bribes de la conversation. Elle a toujours chialé contre son prénom et là, elle veut le garder juste pour tenir tête.

– C'est son droit, trancha Clément. La loi n'exige pas...

– Tiens, tiens, un plaidoyer d'avocat, le beau-frère? répliqua Patrice qui n'attendait que l'occasion pour encore faire des siennes.

Danielle l'entraîna par la manche tout en le semonçant discrètement.

– Comme si on ne pouvait plus s'amuser! de dire Patrice à sa femme. Un mariage, c'est quand même pas un enterrement.

Madame Béchard, qui avait saisi la remarque, répliqua sèchement:

— Qui sait, monsieur? J'ai l'impression d'être en deuil de mon fils depuis ce matin. Puis, détournant la tête, elle s'éloigna sans attendre la repartie.

Quelques heures plus tard, le banquet était terminé. Victoire, par un geste à l'endroit de Clément, en avait décidé ainsi.

— Déjà, ma chérie? Nous pourrions encore poursuivre, tu sais. D'ailleurs, sans voyage de noces, il n'y a vraiment rien qui presse.

— Je suis fatiguée, Clément. J'aimerais regagner la maison, être seule avec toi. Ce serait une façon d'entreprendre la vie à deux...

— Bien sûr, Victoire, quelle délicate pensée! Si tu savais comme j'ai hâte d'être seul avec toi, de te tenir dans mes bras, d'être...

Elle lui mit un doigt sur la bouche et lui murmura en s'efforçant de sourire...

— Chut! Pas devant Patrice, pas devant tes parents. Préservons notre intimité, de grâce!

Ils annoncèrent leur départ au grand désarroi des convives. Suzelle aurait souhaité rester, briller aux yeux du futur juge. Charlotte avait à peine croqué un canapé et Patrice n'avait pas terminé son second scotch.

— Restez, restez, je vous en prie, leur dit Victoire. Clément et moi partons en lune de miel... à Westmount!

Quelques rires discrets et personne ne s'interposa. Les invités allaient poursuivre cette fête sans éclat, sans les mariés. Patrice allait boire, Danielle allait le surveiller, et Gilles allait se dandiner dans son complet dernier cri devant la mère du marié. Suzelle, coupe de champagne à la main, s'était écriée:

— Et moi, je vais danser avec monsieur Béchard!

— Vraiment, madame? lui avait-il répondu plus qu'intéressé. Vous dansez le menuet? Il faudrait vite changer cette musique, ne croyez-vous pas?

Tous s'esclaffèrent, sauf Françoise qui ne prisait guère les égards de son mari envers la jeune sœur de sa belle-fille.

Victoire et Clément avaient disparu et la réception se termina sur ce faux pas. Charlotte, insultée du fait que madame Béchard l'ait ignorée, avait dit à Gustave: «Rentrons, j'en ai assez. Je n'ai jamais été aussi embarrassée.» Pendant que le notaire saluait tout le monde, elle était déjà dans l'escalier.

— Votre dame est souffrante? de s'enquérir le célèbre avocat.

— Un tout petit malaise, rien de grave, ça ira, croyez-moi.

Françoise Béchard n'avait même pas levé les yeux sur l'escalier que montait la mère de la mariée. Une main polie à Gustave, un au revoir cordial à Suzelle et à Gilles, et le jeune couple comprit que c'était là une façon de les inviter à suivre le notaire et sa dame. Sans que Suzelle puisse danser dans les bras de son mari. Patrice et sa douce moitié passèrent au vestiaire et ce dernier souffla à sa femme: «Rejoins vite Suzelle et Gilles et dis-leur qu'on les invite au restaurant. La supposée fête ne s'arrête pas là et on va enfin s'amuser tous les quatre.» Puis, certain d'être entendu par les Béchard, il avait ajouté: «J'espère que leur vie de couple va être moins plate que leur mariage!» Les quelques autres invités quittèrent le Ritz et Jules Béchard, toujours en conversation avec Adhémar, lui demanda:

— Que dirais-tu de venir souper dans un bon restaurant avec Françoise et moi?

Il n'eut pas le temps de répondre que madame Béchard riposta:

— Mais je n'ai pas faim, moi! Pas après ce buffet...

— Allons, Françoise, un verre ou deux et plus tard le repas. Le temps de laisser les mariés s'apprivoiser. N'as-tu pas compris que Victoire était partie dans le but d'être seule avec Clément, de commencer leur vie à deux en amoureux?

— Tu m'en diras tant, Jules Béchard! Va pour le restaurant, va pour le respect de leur vie à deux... jusqu'à ce que tu t'ouvres les yeux!

Victoire et Clément avaient regagné la résidence de Westmount, le nid de leur avenir, la maison de leur vie... à quatre. Tel que promis, une bonne était à leur service. Maggie, une femme dans la quarantaine, joviale et fort polie. Une Irlandaise qui parlait un bon français. Une dame corpulente qui était entrée au service des Béchard il y a quinze ans, après la mort tragique de son mari. Ce dernier, déprimé, s'était pendu dans le vestibule de leur logement. Jamais remariée, sans enfants, Maggie avait choisi d'être bonne à tout faire pour se cloîtrer, pour oublier. Une dame corpulente que Françoise avait cédée à Victoire pour ne plus la voir. Parce qu'elle était gourde, selon elle, et qu'elle ne se penchait pas pour nettoyer les pattes des tabourets.

— Vos appartements sont prêts, madame Béchard. J'ai préparé le thé, ajouta-t-elle en s'inclinant presque devant elle.

— Pas trop de manières, je vous en prie, et vous pouvez m'appeler Victoire si le cœur vous en dit.

— Non, ça, jamais! trancha Clément. Je regrette Victoire, mais ma femme doit avoir droit au même respect que ma mère.

Embarrassée, offusquée, Victoire avait répliqué:

— Tout de même, Clément, je n'ai pas l'âge de ta mère, moi.

Et c'est Maggie qui mit un frein à la discussion en avouant:

— Ne craignez rien, monsieur Béchard, jamais je ne me serais permis. Je connais l'étiquette après tant d'années. Vous comprenez, madame Béchard?

Victoire n'avait rien ajouté. Après les employés de son père, voilà que c'étaient ceux de son mari qui n'avaient pas le droit d'être familiers avec elle. Ce protocole, cette distance entre les gens, employés ou pas, elle ne comprenait pas. Mais elle devait se soumettre à ce rituel, à ce premier ordre de son mari qui poursuivait ainsi le tracé de son auguste mère. Seuls tous les deux, il l'avait encerclée de ses bras pour lui dire:

— Si tu savais comme je t'aime. Je vais te rendre heureuse, Victoire. Je vais tout faire pour que toi et moi...

Elle se dégagea de son étreinte au moment où il allait l'embrasser.

— J'ai mal à la tête, Clément. Un mal de tête épouvantable.

— Et tu n'en as rien dit? Tu as traversé la journée dans cet état?

— Oui, mais qu'importe. La noce est terminée maintenant, mais je t'avoue qu'un comprimé ou deux me feraient le plus grand bien.

— Tu es chez toi à présent et tu trouveras tout ce qu'il te faut dans la pharmacie. Que dirais-tu d'un bon bain chaud?

— Non, c'est le stress, Clément. Je n'ai guère dormi de la nuit. J'étais nerveuse, anxieuse. Tu sais, moi, les événements, ça me tend terriblement.

— Et si Maggie te préparait une tisane? Une eau minérale, peut-être?

– Non, non, deux comprimés et une sieste et je t'assure que je serai sur pied. Je regrette de t'imposer tout ça le jour de notre mariage.

– N'ajoute rien, chérie. Repose-toi, détends-toi. Pendant ce temps, je lirai. Nous avons toute la vie devant nous, tu sais.

– Merci de comprendre, Clément, mais je t'assure que ça ira mieux dans quelques heures. Un peu de sommeil et tout sera réglé. Tes parents ne s'attendent pas à ce que je sois à table pour le souper?

– Non, non, ne t'inquiète pas. Ils mangent au restaurant ce soir. Papa a tenu à ce que ce premier repas s'écoule en tête-à-tête. Toi et moi, que nous deux, Victoire. D'ailleurs, ils rentreront assez tard. Et puis, au cas où tu l'aurais oublié, dans ces appartements, personne ne viendra. Pas sans invitation du moins. Maman n'est pas du genre à s'imposer. Tu es ici chez toi, chez nous, Victoire. Nous y serons en toute tranquillité, sauf pour les repas, tel qu'entendu.

Victoire avala les comprimés et se retira dans sa chambre. La tête enfouie dans l'oreiller, elle se demandait si elle allait en rire ou en pleurer. Madame Clément Béchard! Devant Dieu et les hommes? En quelques mois, en moins d'un an pour ne pas joindre les rangs de Sainte-Catherine. Un coup de tête, une idée fixe de gamine. Désemparée, voilà l'état dans lequel se trouvait celle qui avait tout mis en œuvre pour s'emparer de sa proie. Loin de sa mère, de son père, de sa chambre de Rosemont. Dans la froideur d'un château de Westmount. Et pendant qu'elle songeait, sans le moindre mal de tête, elle entendait Clément qui, dans le boudoir, toussait pendant qu'il lisait.

Deux heures à ne pas dormir, à jongler, à verser quelques larmes sans trop savoir pourquoi, sur l'oreiller qu'elle tenait de ses poings serrés. Elle se devait d'être forte, de faire le meilleur de ce pire qu'elle entrevoyait de cette union conclue sur un coup de tête. Elle ne pouvait décevoir Clément qui l'aimait, qui avait joué franc jeu avec elle. Un mari n'est pas un instrument, et encore moins la clef pour se sortir d'un vil marasme. Victoire Desmeules l'avait voulu, elle l'avait eu. Il avait fait tant de compromis pour elle, ce futur avocat pas mal de sa personne. Ce jeune homme qui n'aurait eu que l'embarras du choix... sans elle. Victoire tentait de se convaincre. Il ne fallait pas que Clément souffre à cause d'elle comme l'en avait prévenue sa mère. Mais pourquoi, bon Dieu, ne ressentait-elle rien dans les bras de cet homme? Était-ce une question d'attitude? Avait-elle trop feint pour maintenant être capable de... Lui, le parti de choix, le mari idéal, celui que, d'un baiser du bout des lèvres, elle rendait presque fou. Combien de femmes auraient été heureuses dans ses bras, alors que, blotties sur sa poitrine chaude, elles auraient pu entendre un cœur battre d'amour. Victoire était désespérée. Le temps, pensa-t-elle. Oui, le temps, ce grand maître qui, bien souvent, arrange tout. Un espoir d'une seconde, puis le désenchantement. Comme si l'effort d'aimer était trop fort pour sa conscience. Comme Marie-Antoinette, jadis, dans les bras de Louis XVI. Mais, sans être roi, il n'était pas aussi grotesque que Louis Capet, son Clément. Pas ventru, svelte, séduisant même. Et sans doute prêt à l'honorer; ce à quoi, Victoire n'avait, hélas, guère songé. Vierge, elle sentait que l'animal en elle ne frémirait pas sous le corps de celui qui lui ferait perdre sa virginité. Non, non, pas cette pensée en plus, pas cette désillusion pour elle, pas cet affront pour lui. Tout comme à l'heure du premier rendez-vous, elle se répétait, faute d'Adhémar pour l'entendre: «Je me dois d'être à la hauteur de la situation.»

— Tu as bien dormi, ma chérie? Et cette migraine?

Victoire, souriante, affable, lui avait répondu:

— Ça va, Clément. Je savais que ce repos allait m'être bénéfique. Mon Dieu, je suis décoiffée! Le temps de me rafraîchir et je te reviens.

Une constatation rapide au moment où il s'approchait pour l'embrasser. Dans la salle de bains, elle entendait la voix de sa conscience la réprimander: «Victoire, tu es sa femme.» Pimpante, altière, elle revint vêtue d'une jolie robe du soir.

— Comme tu es belle! On dirait une reine de France...

Il s'avança, la prit dans ses bras et l'embrassa. Étourdie par le compliment, elle répondit à son baiser... lèvres closes.

— Viens, lui dit-il, la cuisinière nous a préparé un repas. Un petit festin de choix pour toi et moi.

Victoire descendit suivie du jeune maître de la maison. La salle à manger illuminée d'un lustre tamisé offrait une table où les chandeliers présidaient les couverts. La jeune mariée, telle une adolescente, rêvait comme au temps de ses quinze ans alors que sa tête était à Versailles. Et ce vin, ces coupes de cristal. Victoire mangea très peu, mais but abondamment. Au grand plaisir de Clément qui, ravi, voyait sa femme rire... l'alcool aidant. Elle se sentait légère, heureuse du moment. Jules et Françoise, tel que prévu, étaient absents. Un long souper qui se termina sur un divan où, tête appuyée sur l'épaule de Clément, la jeune madame Béchard taquinait le Grand Marnier. Une clef dans la porte, des bruits de voix, père et mère entraient.

— Sauvons-nous, Clément. Montons vite avant qu'ils ne soient là. Je suis étourdie par le vin, j'ai peur de tituber.

Clément, heureux, joyeux, riait comme un enfant.

— Viens, ma chérie, vite, je te suis.

Lorsque le paternel entra, suivi de sa fière Françoise, il ne restait du banquet que des verres à moitié vides, des restes de plats, des miettes de pain par terre et une domestique qui s'affairait à ramasser les quelques menus dégâts.

— Mon fils n'est pas là? de s'enquérir le père.

— Monsieur et madame sont montés. Dois-je les prévenir?

— Non, non, laissez. Ces enfants ont besoin d'être seuls.

Puis, regardant sa femme, il avait ajouté en souriant:

— Après tout, c'est en somme leur voyage de noces.

Françoise avait répondu froidement:

— Et plus fêtards qu'à la réception à ce que je vois.

— Cupidon a sans doute lancé ses flèches, ma femme.

Ce qui lui valut pour toute réponse:

— Je n'ai jamais vu ma maison dans un tel désordre!

Il faisait presque nuit et les tourtereaux réfugiés dans le boudoir attendaient que l'un d'eux daigne franchir la porte de la chambre de ce premier soir. Victoire buvait du café, Clément en buvait tout autant. Pour que son premier geste d'amour soit accompli sobrement. Et du rire, Victoire passa à la mélancolie. Parce que sans le vin, ses sens s'étaient apaisés, refroidis. Retrouvant sa raison, la folie s'estompait. Même si, une heure plus tôt, elle l'avait embrassé... bouche ouverte. Dans l'euphorie, les yeux fermés, dans le rire, sans geindre ni gémir. Parce que, le vin aidant, elle n'avait plus de résistance et qu'il avait de sa langue presque violé la sienne, à son insu, pendant qu'elle riait de toutes ses dents et sans, qu'à toutes fins utiles, elle ne s'en souvienne.

Robe de nuit de satin rose, cheveux défaits, Victoire était allongée sur le lit. La tête lui tournait encore, emportée par les dernières vapeurs du vin. Allongeant le bras, elle tamisa de beaucoup la lampe de sa table de chevet. Pour voir à peine, pour ne pas trop discerner dans le noir. Comme une favorite, comme une courtisane que le jeune marié entrevoyait comme celle qui attend de se donner. L'image était trop belle pour ne pas être réelle. Clément fit un pas et, debout face au lit, se présenta en sous-vêtement devant elle, sourire aux lèvres, yeux grands ouverts, cheveux encore trempés par la douche qu'il venait de prendre. Victoire le regarda. Beau corps, poitrine velue, jambes droites, cheveux épars, il avait tout du séducteur. Surtout sans ses lunettes.

Il s'allongea auprès d'elle, lui prit la main et lui murmura «je t'aime». Un doux arôme d'eau de Cologne transpirait de sa peau. Une odeur envoûtante pour une femme d'une première nuit. Pas pour Victoire. Réticente, elle répondit à son baiser... bouche close. Geste qui ne l'irrita pas. De sa main douce, il massait légèrement la cuisse et puis la hanche. Victoire frémit de peur, non de désir. Il lui murmura des mots tendres auxquels elle ne répondit pas.

— Tu ne dis rien? chuchota-t-il. Tu préfères le silence?

Muette, enfouie dans sa torpeur, Victoire ne délia pas la langue. Elle sentit peu à peu la main qui montait sur son sein. Inerte, telle une proie, inanimée, sans même respirer, il crut qu'elle n'attendait que le moment d'extase. Racé, élégant, gentleman dans sa façon de faire, il prenait tout le temps requis pour faire sa conquête. La main descendit sur le ventre, tenta de se glisser dans l'entrejambe, mais Victoire la retira. «Je t'aime, je t'aime», répétait-il tout en prenant la main de sa femme pour la déposer sur son membre prêt à bondir du sous-vêtement. Victoire le laissait faire comme si elle avait remis entre ses mains... le savoir-faire. Sans qu'elle s'en aperçoive, il avait retiré son sous-vêtement blanc. Nu comme un ver, il avait rampé doucement, et Victoire sentit sur sa hanche l'organe génital de son mari. Léger sursaut mais aucun appel de la chair. Sans craindre le moment, elle était paralysée, incapable de répondre à l'attente. Et le corps de Clément rampa à partir des pieds de sa jeune épouse pour monter jusqu'à la phase de l'accomplissement. D'un geste brusque, elle le retint.

– Pas ce soir, Clément, une autre fois si tu veux bien.

– Mais pourquoi, Victoire? Je t'aime et c'est notre nuit de noces.

– C'est que, pardonne-moi, je, je... suis indisposée.

Clément retomba sur l'oreiller, anéanti, le membre flasque.

Au petit jour, Victoire se réveilla la première. Un peu perdue, se demandant où elle se trouvait, elle réalisa vite que c'était là sa chambre, désormais, et que, depuis la veille, elle était une femme mariée. À ses côtés, couché sur le dos, complètement nu, son époux Clément Béchard. Elle jeta un long regard sur ce corps inerte, sur ce jeune homme qui dormait comme un ange et, se remémorant la nuit, Victoire fut prise d'un certain remords. Elle s'en voulait de ne pas avoir accompli son devoir d'épouse, d'autant plus que son mari n'était pas homme à dédaigner. Ressassant les cendres de ce court passé, elle se revit ne lâchant pas sa proie pour ne pas être la risée de son frère, le seul en l'occurrence qui l'aurait taquinée en l'affublant du titre qu'elle avait risqué de porter. Mais sa phobie était plus profonde, plus alarmante. Sans doute le fait que Suzelle se soit mariée si jeune. Dès ce jour, elle s'était sentie vieille fille avant de l'être. Ce qu'elle trouvait, de surcroît, très injuste, c'est que les hommes n'étaient pas comme les femmes, coiffés du titre qui l'avait tant terrifiée. Clément n'avait-il pas vingt-cinq ans révolus?

Jamais elle n'avait entendu la mention de «vieux garçon» le concernant. Surtout pas dans son milieu où les gens étaient au-dessus de tout quolibet. Victoire regardait Clément qui dormait tel un enfant. Clément qui, sans être beau, n'était pas laid. Clément que plus d'une femme aurait comblé... dans ses draps.

Un mariage sans amour. Voilà ce qu'avait contracté Victoire grâce aux bons soins de l'oncle Adhémar. Sans amour et sans haine. Un mariage d'occasion, la hantise de l'union parce que... Elle ne s'expliquait pas ce refus de se donner à l'homme qu'elle avait séduit de plein gré. Ses feintes avaient été multiples pour le convaincre de l'épouser; pourquoi n'avait-elle pas été capable de feindre jusqu'au lit, les yeux fermés? Il aurait fallu de si peu pour elle, l'invincible de la famille. Et voilà qu'il risquait de découvrir son jeu parce que, la veille, Victoire n'était pas indisposée. Après de pieux mensonges, voilà qu'elle devenait vile menteuse. Il l'avait crue, quoique blessé et, ce matin, son cœur débordait de regrets. Parce que tout était à recommencer. Parce que ce qu'elle avait remis aurait pu être, dès l'aube, fait accompli. Victoire se détestait de n'avoir pas su feindre une fois de plus. Elle se haïssait de trahir ainsi celui qui lui vouait une entière confiance. Mariée, vivant dans l'aisance, n'ayant plus à travailler, elle regrettait déjà de ne pas monter en voiture avec le notaire, son père. Qu'allait donc être sa vie dans ce palais de glace? Un beau-père aimable, une belle-mère qui la détestait, un mari encore aux études et elle qui, parmi les domestiques, allait s'ennuyer à en mourir. Pas même l'anxiété, la joie du retour de Clément le soir. Victoire, c'était inavouable, ne l'aimait pas. Désespérée, ne sachant plus à quel saint se vouer, elle aurait voulu être encore à hier et dire «non» à ce mariage, quitte à vivre à jamais avec sa mère. Parce que la peine de Clément lui faisait mal. Parce que sa mère lui avait dit: «Pour autant que tu ne lui fasses pas perdre son temps.» Elle, la victorieuse, faisait piètre figure le lendemain du mariage non consommé, alors que doucement, de peur de l'éveiller, elle couvrait du drap de satin la nudité de celui qu'elle était incapable d'aimer.

– Tu as bien dormi, ma chérie? lui demanda-t-il de bon cœur comme s'il avait passé une nuit de rêve à ses côtés.

– Oui, oui, très bien, même si je me suis sentie un peu dépaysée.

– Ça se comprend, voyons! C'est une maison étrangère pour toi, Victoire, tandis que moi...

– Clément, je veux... je voudrais te demander de me pardonner.

– Pourquoi? Pour cette nuit? Allons, ne t'en fais pas avec ça. Nous avons toute la vie devant nous et j'ai peut-être précipité les choses. C'est moi qui m'excuse, Victoire. J'aurais dû te demander si c'était le moment pour toi. J'ai tenu pour acquis que la nuit de noces... Et puis, oublions cela, un homme ça ne pense pas...

– Non, Clément, c'est moi qui aurais dû t'aviser que j'étais indisposée. Je n'aurais pas dû attendre le moment venu. J'ai été maladroite et je m'en excuse. Sans doute la gêne, la crainte de déplaire...

– Ne dis rien de plus, Victoire. Ce qui importe, c'est l'amour que nous avons l'un pour l'autre. J'ai été gauche, rapide, insistant et je ne l'ai compris que plus tard cette nuit. Tu sais, je me suis réveillé, je t'ai contemplée et j'ai remercié le ciel de m'avoir donné une aussi jolie femme. J'ai même failli te réveiller pour te le dire. Au fait, tu viens à peine d'être indisposée?

— Oui, par malheur, hier matin en enfilant ma robe de mariée. Le calendrier m'a joué un vilain tour. Sans doute la nervosité...

— Ne t'en fais pas, il n'y a rien de plus normal et, comme je te le disais tantôt, nous n'en sommes pas à notre dernière nuit à ce que je sache. Quand le moment viendra, ce sera sans doute... Disons que nous avons fait cette nuit un cours d'apprentissage.

Et il se mit à rire de bon cœur, pas frustré, pas choqué, tout simplement comblé par celle qu'il venait d'épouser.

— Qu'allons-nous faire de ce dimanche, ma chérie? Tu sais que demain j'ai à me rendre à l'université, mais aujourd'hui?

— Que dirais-tu de ranger nos affaires, de nous installer, de rester ici bien tranquilles tous les deux? Nous pourrions écouter de la musique à la radio.

Ce même soir, le coucher fut paisible. Victoire n'avait pas à simuler, Clément la savait indisposée. Il s'était couché sur le dos espérant sans doute le jeu de main pas si vilain, mais la jeune mariée s'était couchée sur le côté, lui tournant le dos, en lui souhaitant une bonne nuit comme elle l'aurait fait à un conjoint vieillissant.

— Pas même un baiser? lui murmura-t-il en l'enlaçant.

Se tournant vivement, elle s'excusa, lui présenta la joue.

— Tout de même! Comme un vieux couple, Victoire?

Elle tendit la bouche qu'il embrassa avec ardeur. De sa langue, il entrouvrit ses lèvres et Victoire ferma les yeux. Elle l'embrassa longuement, s'imaginant que c'était quelqu'un d'autre. Qui? Elle n'en savait rien, mais quelqu'un d'autre... que lui.

Quand elle ouvrit les yeux en ce lundi matin, Clément était déjà prêt à partir. Il lui sourit, puis, gentiment, lui demanda:

– Et que vas-tu faire de ta journée, toi?

– Je ne sais pas, peut-être un tour chez maman.

– Tu reviendras pour le souper, dis?

– Bien sûr, Clément, comment oses-tu en douter. Tu as déjeuné? Je serai donc seule avec ta mère pour prendre le mien?

– Non, maman a déjà déjeuné. Si tu ne veux pas manger seule à table, Maggie pourrait te monter un petit déjeuner ici, tu sais.

– Non, non, je vais descendre. Je ne veux quand même pas offenser ta mère en me séquestrant dans nos appartements. Il me faut apprendre à la connaître, Clément, à devenir son amie.

– Je pense qu'elle n'attend que cela. Tu verras, elle t'aimera, Victoire.

Il voulut l'embrasser passionnément.

– Clément, je ne me suis même pas brossé les dents.

Un baiser furtif et il partit en lui disant: «Je t'aime, ma petite femme.» Elle fit mine de s'étirer, lui souffla un baiser de la main, mais ne répondit rien.

Victoire prit une douche, se coiffa, se maquilla, s'habilla et descendit à la salle à manger où sa belle-mère se trouvait encore, café chaud, le nez dans une revue.

– Bonjour, madame Béchard. Belle journée n'est-ce pas?

– En effet. Vous avez bien dormi, Victoire?

— Très bien dormi. La chambre est si confortable. Au fait, puis-je vous demander de me tutoyer? Je me sentirais vraiment plus à l'aise.

Françoise la toisa du regard et lui répondit sans détour:

— Désolée, mais cela ne fait pas partie des coutumes de notre famille.

— Ah bon! J'aurais pensé... Puis-je au moins vous appeler belle-maman?

— Madame Béchard conviendra mieux. Vous savez, Victoire, en épousant Clément, vous épousez aussi les coutumes de son milieu. Mon mari n'est pas friand des familiarités, et dans notre famille...

Victoire vit rouge. Le naturel revenant au galop, elle osa:

— Ce n'est pas comme dans la mienne, je le sais. Soit! Si c'est ce que vous désirez, il en sera ainsi. N'en parlons plus... madame Béchard!

Elle se leva pour se verser un jus d'orange et Françoise l'arrêta.

— Nous avons des domestiques pour le service. Vous n'avez qu'à sonner. Ici, on ne se sert pas soi-même. Ils sont payés pour le faire. Restez assise et commandez. Tenez, la voilà justement qui arrive.

Victoire n'en croyait pas ses yeux. Elle n'aurait donc pas le loisir de rôtir son pain ou de cuire ses œufs à son goût? Elle se devrait d'accepter ses plats comme à la salle à manger du Ritz? Clément ne l'avait pas prévenue de cet aspect incongru. Rien à faire, pas même son lit? Une vie d'hôtel, pas celle d'une maîtresse de maison. Oh non! Ça n'allait pas se passer comme ça bien longtemps. Elle n'allait pas attendre deux ans pour avoir son chez-soi bien à elle. Au diable la maison qui viendrait avec la graduation. D'ici un mois,

Clément et elle se devaient d'avoir ne serait-ce qu'un logement. Cette belle-mère exécrable n'allait pas l'éduquer à sa façon. Et Victoire sentait que Françoise Béchard ne serait jamais son amie. Fureur dans les yeux, elle vit, comme pour surchauffer sa colère, sa belle-mère disparaître des lieux sans même lui faire un signe. Restée seule devant son assiette, elle n'avala qu'une bouchée, prit une gorgée de café, enfila son manteau, appela un taxi et donna, sur un ton qui fit sursauter le chauffeur, l'adresse de sa mère.

— Bonjour, maman, c'est moi! s'écria Victoire en se jetant dans les bras de sa mère.

— Toi? De si bonne heure? Affectueuse en plus? Sais-tu que tu ne m'as pas embrassée ainsi depuis des années. Mon Dieu, le mariage t'a changée...

— Je suis contente de te voir, maman, ne t'en plains surtout pas. Papa est déjà parti? Oh! ça sent le bon café. Je peux déjeuner avec toi?

— Bien sûr, mais qu'est-ce qui te prend? Tu n'as rien mangé encore?

— Oh! si peu. Je voulais manger avec toi, maman. Clément est parti à l'université et je me suis dit qu'une journée ensemble...

Charlotte n'en revenait pas. Sa fille n'était plus la même. Clément l'avait-il à ce point ravie pour qu'elle soit dans une telle euphorie? Décontenancée, Charlotte déjeuna une seconde fois pour accompagner sa fille.

— Heureuse à ce que je vois. Un mari sur mesure, je présume?

— Oui, oui, tout va bien, maman, mais tu sais, à ne rien faire, je me sens ligotée. Des domestiques, des bonnes, je ne suis pas habituée à cela, moi. Ça viendra sans doute, mais pour le moment, me faire cuire un œuf à ma façon dans ta vieille poêle, maman, c'est une bénédiction.

— Alors, ne te gêne pas ma fille et reviens aussi souvent que tu le voudras. Mais tu me fais bien rire, car ce n'est pas ta vieille mère qui se plaindrait d'avoir une cuisinière. À propos, comment ça va avec ta belle-mère?

— Pas tout à fait adaptée, maman. Tu sais, madame Béchard...

— Une pimbêche, Victoire! Ne le répète jamais à Clément, mais je ne la porte pas dans mon cœur, sa mère. Tu aurais dû la voir le jour des noces. Elle ne m'a même pas parlé, pas même regardée. Elle a agi comme si je n'existais pas. Elle a beau être la femme d'un futur juge, je ne suis quand même pas une femme de ménage, moi! Ton père est notaire, ce qui est presque aussi professionnel que d'être avocat...

— Ne t'emporte pas, maman. Françoise Béchard n'en vaut pas la peine. Quant à moi, c'est son fils que j'ai épousé, pas elle. À vrai dire, je n'attendrai pas deux ans pour vivre seule avec Clément. Je ne passerai pas vingt-quatre mois à table avec elle. Ça, jamais!

— Clément t'avait pourtant prévenue, Victoire. Je sympathise drôlement avec toi, mais ce n'est pas en étant encore aux études qu'il aura les moyens de se payer une maison.

— Un logement, maman, que ça! Et je retournerai travailler s'il le faut. Chose certaine, la belle-mère ne m'aura pas longtemps sur les bras.

— Que s'est-il produit pour que tu t'emportes de la sorte? Toi, tu me caches quelque chose, ma fille.

— Non, non, mentit Victoire, mais je sens que ça va venir. Son monde, son milieu, je n'en ai rien à faire, moi. Je suis certaine que Clément va comprendre, qu'il va m'appuyer et que d'ici un mois, nous allons quitter cette maison.

— Penses-y, Victoire. Tu ne peux tout de même pas lui mettre à dos ses parents. Rappelle-toi, c'est toi qui n'as pas voulu attendre deux ans, c'est toi qui as insisté et qui as accepté d'aller vivre chez ses parents. Ton père te dirait la même chose, ma petite. Ce n'est pas loin deux ans et si, entre temps, tu as un enfant...

— Dans cette maison? N'y pense pas! Clément et moi aurons des enfants quand nous aurons quitté Westmount, pas avant.

— Toi, tu n'es pas venue me voir si tôt pour rien, ma fille. Ne me dis pas que tu t'es déjà chicanée avec elle? C'est drôle, mais je le sens.

— Pas encore, maman, mais ce ne sera pas long. Tu me connais, hein?

— Trop bien, ma fille. Aussi prompte que ton père, mais je t'en prie, prends sur toi, respire un peu par le nez, évite les éclats de voix...

— Pour qu'elle finisse par me manger la laine sur le dos?

— Victoire, fais-le pour Clément, ton mari, l'homme que tu aimes. Est-ce possible? Deux jours seulement et... Prends sur toi, ma fille.

Victoire regagna Westmount juste avant le souper. Clément qui venait à peine de rentrer se précipita pour la saisir dans ses bras. Victoire se défit de l'étreinte voyant que Françoise surveillait la scène.

— Comment va ta mère? Heureuse de te voir, j'imagine?

— Surprise, je dirais, car il était rare que je déjeune avec elle.

Un dard pour madame Béchard qui venait de saisir que la remarque était pour elle et que Victoire n'avait rien avalé du déjeuner préparé. Jules Béchard qui venait à son tour de rentrer salua sa bru avant même de regarder sa femme.

— Très en beauté, Victoire. Cette coiffure vous va très bien.

— Si nous passions à table, trancha sèchement madame Béchard.

Un souper de gala. Des serviteurs empressés et muets. Un souper pendant lequel Clément faisait à son père la narration de sa journée. Entre Françoise et Victoire, pas un mot sinon un merci par ci et un s'il vous plaît par là pour un napperon échappé ou la salière à s'échanger. Clément sentait le froid qui sévissait entre sa mère et sa femme mais, par mesure de prudence, ne questionna pas Victoire quand ils regagnèrent leurs quartiers.

— Si nous allions au cinéma, chérie?

— Pas ce soir, Clément, il fait trop froid. Je préfère lire.

— Tu as déniché un bouquin dans la bibliothèque de maman?

— Non, je l'ai emprunté à ma mère. Un roman de Guy des Cars, rien de ce que lit ta mère. Tu sais, moi, les livres de psychologie, les «comment vaincre ci ou ça», pas tout à fait mon genre.

— Bon, comme il te plaira. Pendant que tu liras, je vais réviser mes notes d'examen. Pas facile cette session, tu sais, je pensais la passer sans efforts et...

Clément se retourna et s'aperçut que Victoire ne l'écoutait pas. Ses études, ses efforts ne l'intéressaient pas. Plongée dans son roman, les deux pieds sur le rebord de la causeuse, Victoire rêvait. L'heure du coucher sonna et les deux tourtereaux n'avaient pas échangé un seul mot. Lui, plongé dans ses études, elle, perdue dans ses romances. Il se déshabilla et se coucha, nu, collé contre elle.

— Pourquoi ne portes-tu pas un pyjama, Clément?

— J'ai toujours couché nu. Tout comme mon père, d'ailleurs.

— Ça fait partie de vos coutumes d'étaler ainsi les bijoux de famille?

— Pourquoi cette remarque désobligeante, Victoire? Ça t'embarrasse, cette façon d'être?

— Non, non, pas du tout, et loin de moi l'idée d'être désobligeante. Je disais ça comme ça. Une simple constatation, rien de plus.

Rassuré, Clément glissa sa main sur la poitrine de sa jeune femme.

— Ce ne sera pas encore pour ce soir, Clément, de lui dire Victoire en se tournant sur le ventre, face contre le mur, époux derrière la nuque.

La semaine s'était écoulée sans que Clément ne risque la moindre approche. Victoire était distante et faisait même en sorte de s'endormir ou du moins de prétendre le faire avant qu'il ne se mette au lit. Inquiet, le jeune marié sentait bien que quelque chose clochait. Il était impensable que Victoire soit indisposée aussi longtemps. Des baisers furtifs, certes, mais pas la moindre étreinte de sa part. Et surtout pas la plus minime audace, même lorsque nu, il frôlait de son sexe les reins de sa femme. Comme si elle avait été de bois. Comme si le corps n'invitait pas au moins le cœur. Inquiet, mais compréhensif, le brave Clément. Victoire n'avait jamais fait l'amour et le fait d'être sous le toit de son père... Généreux, patient, il l'excusait de son âme pour ensuite s'interroger de son cœur. Se pouvait-il qu'elle ne l'aime plus, lui qui l'aimait follement? Mariage non consommé alors que tous croyaient... Il n'aurait pas fallu que sa mère sache...

Victoire était sortie chaque jour depuis son mariage. Avec Suzelle pour aller magasiner, chez Danielle pour voir son bébé, au bureau de son père pour dire bonjour aux employés, ou seule, à flâner dans les boutiques ou se payer un bon film en plein milieu d'après-midi. Sans le dire à Clément, bien sûr, qui aurait pu sentir par ces agissements une évasion pure et simple. Tout pour ne pas être à la maison avec sa belle-mère, qui, un certain après-midi, alors qu'elle recevait des amies pour le bridge, n'avait même pas daigné la présenter alors que toutes la regardaient. Elle l'avait ignorée comme elle l'aurait fait d'une boniche. Si bien que quittant la maison, Victoire avait entendu une dame chuchoter à Françoise: «C'était votre belle-fille, n'est-ce pas?» «Oui, oui, la femme de Clément», avait répondu la mère en déposant une dame de pique. Mais Victoire s'était juré de n'en rien dire à Clément. Chaque matin, c'est dans son boudoir qu'elle prenait son déjeuner. Maggie descendait lui quérir son plateau et elle pouvait entendre sa belle-mère lui dire: «Elle mange encore en haut? Une souveraine, celle-là?» Nul doute, elle était en colère, mais Victoire s'en moquait éperdument. «Il n'y a rien de pire qu'une personne ignorée», lui avait déjà dit son père. Et Victoire ignorait sa belle-mère. Comme si elle n'existait pas, sachant fort bien que Françoise n'oserait s'en plaindre à son fils de peur que sa «déposition» se tourne contre elle. Elle connaissait le droit, madame Béchard. Son mari ne lui parlait que de procès. Victoire se devait maintenant de sortir de là, de gagner une autre manche. Pour ce faire, elle devait reconquérir Clément qui lentement se détachait d'elle. Elle se devait d'accomplir son devoir d'épouse, de consommer le mariage, de cesser d'être «indisposée» avant de l'être véritablement... d'un jour à l'autre.

Et le plan qui ne devait pas sombrer fut mis en œuvre un certain soir. Belle à outrance dans une robe de nuit noire, elle attendait que Clément la rejoigne une fois de plus, entièrement nu.

— Très excitante ce soir, Victoire. Un cadeau de Suzelle?

— Non, un achat juste pour toi, Clément. Elle te plaît?

Surpris, quoique méfiant, il se glissa auprès d'elle.

— En quel honneur?

— Celui d'être ta femme. C'est enfin le moment, Clément. Excuse-moi pour le délai, pour l'attitude, mais je n'y pouvais rien, je...

— Ne dis plus un mot, ma chérie. Si tu savais comme je te désire.

Il la souleva par la taille, l'encercla, la pressa contre lui et elle sentit sur elle le «désir» brûlant de ce mari qui l'aimait.

— Je suis toute à toi, Clément, rien qu'à toi...

— Je t'aime, Victoire, je t'aime comme un fou. J'ai eu peur...

— Chut! N'ajoute rien, chuchota-t-elle en éteignant la lumière.

Dans le noir, les yeux fermés, elle sentit dans son cou le souffle du mâle qui s'empare de la femelle. Feignant la jouissance par certains mouvements calculés, osant quelques touchers, Victoire se donna tout entière à celui qui, depuis quelques jours, désespérait. Doux, rempli de délicatesse, Clément n'abusa pas de son épouse tel un vil animal. Passive ou presque, elle le laissait tout faire, tendue, anxieuse d'entendre... le cri de la bête. Clément avait le feu au corps,

Victoire n'était que tiède. Jambes d'athlètes encerclant la taille d'une déesse, on aurait pu croire à l'amour fou. Chaque geste, chaque caresse, était d'une habileté rare de la part de celui qui avait pourtant l'allure d'un fonctionnaire. Sans savoir ce qu'était l'acte d'amour, Victoire ne perçut point que son mari faisait très bien... l'amour. Tendre, doucereux, il lui avait timidement demandé après être retombé sur l'oreiller: «Est-ce que tu m'aimes, Victoire?» Comment détourner la question? Comment ne pas répondre oui ou non? Victoire qui avait rêvé à tout autre que lui durant l'étreinte lui répondit: «Ne t'en ai-je pas donné la preuve, Clément?» répondant ainsi à la question... par une question. «Pour la vie, ma chérie. Nous serons ensemble pour la vie. Je t'aime, je t'aime, et Dieu sait que nous aurons de beaux enfants.» Victoire soupira comme pour acquiescer puis, se tournant, fit mine de somnoler. Mariage consommé, devoir accompli, Victoire Desmeules devenue Béchard... n'était plus vierge.

Gai comme un pinson, joyeux comme un gamin, Clément quittait la maison pour l'université en embrassant sa femme sur le front, devant sa mère qui ne partageait guère l'hilarité de son fils unique. Victoire regagna son étage, commanda son petit déjeuner et trama dans sa tête le plaidoyer qui allait peut-être la sortir de cette maison damnée. Ironie du sort, comme si tout avait été calculé, la jeune femme eut, en prenant sa douche, ses menstruations. Juste après avoir sauvé son mariage, juste à temps pour ne pas perdre la confiance de Clément. Habillée, maquillée, vison sur les épaules, elle s'apprêtait à téléphoner pour demander un taxi.

— Vous sortez encore, Victoire? osa lui demander sa belle-mère.

— Je vous demande pardon?

— Heu... je voulais dire, vous allez chez votre mère...

— Je regrette, madame Béchard, mais je n'ai de compte à rendre à qui que ce soit sauf à mon mari.

— Je vous l'accorde, mais ce n'est pas avec une telle impertinence que nous allons devenir amies vous et moi.

— Comme si vous le souhaitiez! Allons, pas avec moi. Je ne suis plus une enfant et je sais très bien qu'être ma belle-mère vous est déjà pénible.

— Changez ce ton, Victoire, vous parlez à la mère de votre époux.

— Heureuse de vous l'entendre dire, vos amies ne le savent même pas. Soyons honnêtes, madame Béchard, vous ne m'aimez pas. Vous ne m'avez jamais aimée ni acceptée.

— Acceptée, je n'ai pas eu le choix, ma chère, mais pour ce qui est d'être honnête, osez avouer que vous aimez mon fils.

— Je n'ai rien à vous avouer, madame Béchard. Ce sentiment, c'est entre Clément et moi qu'il s'échange.

— Vous ne l'aimez pas. Vous ne l'avez jamais aimé! Croyez-vous que je sois aveugle? Vous pouvez leurrer bien des gens, Victoire, mais pas sa mère.

— Alors, dites-le-lui, madame Béchard, on verra bien s'il vous croira.

— Savez-vous ce que vous êtes? Une opportuniste, Victoire! Une fille qui cherchait un bon parti, rien de plus. Pour vous caser, pour vivre à ses crochets! Oh! je sais, vous avez joué à la jeune fille modeste, mais vous saviez fort bien qu'en épousant Clément, vous épousiez sa fortune. Je vous ai analysée sous tous les angles, ma petite. Une arriviste! La fille d'un petit notaire qui s'infiltre dans le milieu d'un futur juge.

Victoire était rouge de colère. Un peu plus et elle sautait sur sa belle-mère, mais comme l'indifférence est pire que l'insulte, elle se retint, prit une grande respiration et répondit dans un calme déconcertant:

— Libre à vous de croire ce que vous voudrez, de m'insulter si le cœur vous en dit, mais sachez que je vous plains d'être aussi malheureuse.

— Moi, malheureuse? Vous êtes folle, ma foi? Regardez ma maison, voyez mon train de vie. C'est vous qui êtes malheureuse de ne pas avoir encore tout ce que j'ai. Encore chanceuse d'être sous notre toit...

— Pas pour longtemps, madame Béchard, pas pour longtemps.

— Ne me faites pas de fausse joie. Si seulement mon fils peut s'ouvrir les yeux. J'avais pourtant prévenu mon mari. Ah! si c'était à refaire, je vous jure...

Victoire referma la porte sans attendre le couteau. Son taxi l'attendait. Mais quelle merveilleuse occasion pour sortir de cette maison. Après cette querelle bien provoquée, tous les atouts étaient dans son jeu. La belle-mère était sortie de ses gonds. Françoise avait craché le morceau! Exactement ce qu'espérait Victoire pour que Clément la sorte de cette prison. C'était dès lors sa mère ou elle. Et après la nuit, l'abandon total, la passion s'était ancrée dans le cœur du jeune marié. Victoire le savait. Jamais Victoire ne se trompait. Clément la suivrait, il le devait. Françoise venait de lui offrir la clef de son échappatoire.


Victoire passa la journée dans les magasins, attendant que le soir s'amène, que Clément soit de retour. Pas question pour elle de rentrer, elle avait à lui parler. Inquiet de son absence, tournant en rond, sa mère lui fit part de leur mésentente et des durs propos de sa femme.

– Vous l'avez sans doute poussée à bout, maman. Vous n'aviez pas à lui reprocher quoi que ce soit. Victoire est ma femme.

Jules Béchard, dans un jugement partial, condamna ainsi sa femme:

– Je te connais, Françoise, tu l'as sans doute gravement offensée. Tu n'as jamais accepté qu'elle entre dans la famille. Combien de fois t'ai-je suppliée de te rapprocher d'elle? Tu l'as toujours rejetée, Françoise, et là, c'est notre fils qui en souffre. Tu n'avais pas le droit.

Madame Béchard s'emporta et traita une seconde fois, devant eux, sa belle-fille d'opportuniste. Puis, se sentant prise au piège, elle se mit à pleurer. Au même moment, un coup de téléphone. C'était Victoire qui suppliait Clément de venir la rejoindre dans un restaurant. Il sortit en claquant la porte, non sans avoir jeté un regard haineux à sa mère. Sautant dans sa Mercedes, il démarra en trombe et se rendit au lieu où sa femme l'avait convoqué. La mort dans l'âme, après une semaine d'union, le lendemain de sa première nuit d'amour.

Quand elle le vit entrer, Victoire se précipita dans ses bras en pleurant.

– Clément, Clément, je ne veux plus retourner dans cette maison. C'est incroyable tout ce qu'elle m'a dit, de s'écrier la jeune femme, les yeux inondés de larmes.

– Allons, allons, calme-toi, ma chérie. Pas ici, pas dans un endroit public. Tout le monde nous regarde. Viens, allons au Ritz, nous serons plus à l'aise pour parler de tout ça. Sèche tes pleurs, ma chérie, je suis là et personne ne dira du mal de toi désormais. Viens, quittons cet endroit.

Dans l'auto de son mari, Victoire aurait voulu se vider le cœur.

— Non, non, reprends ton souffle, retrouve ta quiétude. Tantôt, tous les deux, nous reparlerons de tout ça plus calmement.

Clément conduisait d'une main, retenant celle de sa femme dans l'autre. Au Ritz, le maître d'hôtel s'empressa de leur offrir une table de choix. Victoire s'y opposa prétextant ne pas avoir faim et suggéra le bar où il y avait peu de gens. Attablés dans un coin, un verre de vin entre les mains, elle lui dit, ayant retrouvé son calme:

— Je ne veux plus vivre chez toi, Clément. Je veux sortir de là!

— Pour aller où, Victoire? Tu sais bien que je suis aux études et que je n'ai pas l'argent pour une maison. Ce n'est quand même pas un malentendu qui va faire chavirer tous nos plans. Ma mère...

— Ta mère, ta mère, parlons-en! Elle a osé me dire que je t'avais épousé pour ton argent. Elle me déteste, ta mère, Clément. Elle m'a traitée d'opportuniste et je te fais grâce du reste. Si je n'étais pas sortie avant la fin de l'argument, j'aurais sans doute eu droit à mon chemin de croix.

— Je suis certain que maman ne pensait pas ce qu'elle t'a dit.

— Quoi? Tu la défends? Tu ne te rends même pas compte de l'humiliation que j'ai subie? Jamais je n'aurais cru...

— Je ne la défends pas, Victoire, je tente tout simplement de dédramatiser la situation. Quand je suis parti tantôt, maman pleurait à fendre l'âme. Tu aurais dû être là pour entendre tout ce que père lui a dit.

– Je ne retourne plus dans cette maison, Clément, c'est trop me demander. Et je ne te demande pas une maison mais un tout petit logement. Un endroit où nous serions bien tous les deux. Un chez-nous où je pourrais te cuisiner des petits plats, faire ma lessive, ne plus me sentir à l'hôtel entourée de domestiques. Tu comprends ça, dis? C'est toi que j'ai épousé, Clément, pas ta famille.

– Oui, mais il était entendu que pour deux ans, jusqu'à la fin de mes études, nous habiterions chez mes parents. Tu savais, Victoire, que ma mère n'était pas facile. Tu as tout accepté en me disant que pour autant que nous ayons nos appartements et nous les avons, ma chérie.

– Tu ne comprends pas, Clément. Je n'ai que vingt-quatre ans et, du jour au lendemain, je me retrouve dans une maison étrangère avec la table à partager avec ta mère. Et que faire de mes longues journées? Je m'ennuie, Clément, et je ne peux tout de même pas me rendre chez ma mère chaque jour ou courir aux magasins avec Suzelle. Elle a sa vie à faire, elle. Si seulement tu m'avais laissée continuer à travailler. Là, je me sens comme Anne, ma sœur Anne, qui ne voit rien venir. Je suis dans une tour, Clément, captive et immobile à attendre ton retour pendant des heures. Ce n'est quand même pas avec Maggie que je vais meubler mes journées.

– Je comprends, mais tu savais ce qui t'attendait, Victoire.

– Le pressentir et le vivre, c'est deux, Clément! Le rêve et la réalité, c'est bien différent. Il faut trouver une solution. Moi, je ne veux plus vivre dans cette maison.

– Je veux bien trouver une solution, ma chérie, mais donne-moi au moins le temps d'y penser. Laisse-moi parler à mon père, laisse-moi...

– Comme si tu n'étais pas assez grand pour prendre tes décisions!

– Écoute, Victoire, il faudrait que toi aussi, tu te mettes à ma place. Père a accepté que je me marie avant d'être reçu avocat. Il a accepté parce qu'il t'aimait et qu'il savait que tu allais me rendre heureux. Mais je ne peux quand même pas subvenir à tout en étant aux études. Ça, tu le savais, Victoire, et tu étais d'accord avec ce sacrifice.

– Mais je pourrais travailler, Clément. Au moins jusqu'à la fin de tes études. Avec ton avoir et mon salaire, ne viens pas me dire qu'on ne pourrait pas se payer un logement.

– Peut-être, mais un logement et une femme au travail, ce n'est guère invitant. Le fils d'un futur juge qui vivrait comme un cordonnier?

– Si tu m'aimais vraiment, tu mettrais ton orgueil de côté.

– Ce n'est pas de l'orgueil, Victoire, mais de la fierté. Je n'ai pas été habitué à tirer le diable par la queue, moi. Je n'ai pas un père fortuné pour vivre comme un palefrenier. À logement, je risquerais même de rater mes études. J'ai déjà pas mal de pression sur les épaules, je t'en prie, n'en ajoute pas. Deux ans, ce n'est quand même pas la mer à boire.

Victoire sentait qu'elle perdait la partie. Clément n'irait pas jusqu'à vivre modestement, même s'il l'aimait profondément. Larmes séchées, cœur durci, elle répliqua comme pour lui donner le coup de fouet:

– Dans ce cas-là, je retourne vivre chez ma mère!

Clément ne savait plus à quel saint se vouer. Son plaidoyer n'avait eu aucun effet sur sa jeune femme et il savait qu'elle allait lui tenir tête.

– Que dirais-tu de passer la nuit ici? Nous pourrions dialoguer plus librement et comme demain est un autre jour...

– Mais... je n'ai rien apporté, je n'ai que ce que j'ai sur le dos.

– Et puis? Ne sommes-nous pas mari et femme? Nous pourrions commander un souper, une bonne bouteille de vin et causer librement tous les deux. Moi aussi, je n'ai que ce que j'ai sur le dos, mais qu'importe. Demain nous n'aurons qu'à sauter dans la voiture et nous rendre...

– Où, Clément, où?

– Viens, allons louer la chambre, nous en causerons dans l'intimité.

Le jeune homme téléphona à son père pour le prévenir qu'ils ne rentreraient pas et Jules Béchard de lui dire:

– Tâche d'arranger les choses, Clément, et revenez. Ce n'est quand même pas un mot de trop qui va tout désorganiser.

Victoire et Clément se retrouvèrent enfin seuls dans une luxueuse chambre et, après avoir commandé, ils se mirent à l'aise pour discuter.

– Retourner chez ta mère... Tu veux dire que tu me quitterais, Victoire?

– Bien sûr que non, juste pour quelques jours, pour faire le point, réfléchir, analyser tous les angles de la situation.

– Après une semaine de mariage? Et tes parents, ta sœur, les autres, que vont-ils penser? Tu crois que c'est logique d'impliquer tout le monde dans notre vie de couple? Je ne peux pas croire, Victoire, que la dispute entre ma mère et toi devienne l'objet des pourparlers de toute la parenté. Ce n'est qu'un incident, un malentendu, une erreur de parcours, pas un crime. Et les histoires de notre vie à deux devraient rester intimes, tu ne crois pas? S'il fallait que ta sœur agisse de la sorte chaque fois que quelque chose ne va pas, tu serais la première à la réprimander.

Il avait trouvé les mots qu'il fallait. Victoire savait que son père n'accepterait pas une telle attitude après une semaine de vie conjugale et qu'elle serait fautive à ses yeux. De plus, elle risquait gros que Suzelle et sa mère en concluent qu'elle n'aimait pas son mari. Clément était bien vu dans sa famille; tous l'adoraient, même Patrice qui, pourtant, cherchait toujours la bête noire chez les gens. Faire un drame d'une discussion allait lui être néfaste. C'eût été donner raison à tous ceux qui doutaient d'elle dans cette rapide union. Victoire ne pouvait se permettre d'être perdante. Pas quand sa mère, jadis, avait fermé les yeux sur de bien plus graves incidents. C'est à elle qu'on jetterait la pierre, pas à Clément, pas même à sa belle-mère. Elle entendait déjà son père la semoncer avec «Tu sais, il n'est pas plus facile pour elle d'avoir une autre femme sous son toit. Mets de l'eau dans ton vin, ma grande. Tu l'as voulu ce mariage? Subis-en les conséquences.» Oui, elle serait condamnée avant même d'être jugée. Et Suzelle, qui adulait Clément, pouvait fort bien se tourner contre elle.

— Tu as une meilleure solution, toi?

— Écoute, Victoire, je sais que ce n'est pas toujours rose et que l'adaptation n'est pas facile pour toi, mais si tu acceptes quelques contraintes pour quelque temps, je te promets de parler à mon père.

— Ce qui veut dire?

— Que je le convaincrai de m'offrir une maison d'ici un an. De cette façon, nous abrégerons notre séjour chez mes parents. Ne déçois pas papa, Victoire. Il t'aime comme sa fille, il te respecte et il a une entière confiance en toi. D'ici un an, je te le jure, nous l'aurons notre maison. Je lui demanderai une part de mon héritage avant ma graduation et je suis certain qu'il comprendra, qu'il acceptera. Moi aussi j'ai hâte de vivre avec toi. Juste avec toi, que nous deux. Mais ne me demande pas de rompre avec mes parents quand mon avenir est en jeu. Essaie juste de comprendre, de m'épauler, et tu verras que tout s'arrangera. Fais ça pour moi, chérie, si tu m'aimes comme tu le dis.

Ce qu'elle ne lui avait pourtant... jamais dit.

Victoire sentait qu'elle perdait le combat, et elle ne voulait pas pour si peu perdre la face et avoir l'air d'une enfant gâtée. Sachant fort bien qu'elle avait provoqué l'incident, même si sa belle-mère avait ses torts, elle refusait, blessée dans son orgueil, de faire amende honorable.

— J'y retournerai, Clément, mais à certaines conditions.

— Dis toujours, on verra bien ce qu'on peut faire.

— Je veux que l'une des pièces qui ne servent pas devienne notre salle à manger. Je ne veux plus partager leur table, me sentir mal à l'aise. De plus, je tiens à préparer moi-même nos repas. Me rendre à la cuisine, choisir et non me laisser imposer un plat que je n'aime pas. Fini le menu comme dans les restaurants, je tiens à être libre de mes choix, apprêter mes œufs moi-même et être libre de faire mon lit le matin. J'en ai assez d'avoir Maggie à mes trousses avec ses «madame» par-ci, par-là. Tu sais ce qu'elle fait quand elle a terminé son ménage? Elle s'assoit, prend un livre et m'a à l'œil jusqu'à ce que je lui donne un autre ordre. Je n'en peux plus de cette vie, Clément. Je veux être ta femme à part entière tout comme l'a été maman pour mon père. J'aime bien l'Histoire, mais je ne suis pas la reine de France, moi! Est-ce trop demander que d'être libre de faire et de choisir? Je veux bien attendre un an, mais d'ici là, fais en sorte que ma vie soit agréable. Je ne veux plus avoir à sortir chaque jour pour fuir. Je ne demande que ça pour l'instant et je me sentirai chez moi temporairement. Ta mère et moi, n'y pense pas, ça ne marchera jamais. Peut-être un jour, quand nous ne serons plus là, mais pas sous son toit.

Naïvement, Clément perçut dans ces mots une immense preuve d'amour. Victoire voulait s'occuper de lui comme sa mère avait veillé sur son père. Sa femme l'aimait au point de ne plus vouloir être bourgeoise pour devenir la petite reine du foyer qui lui ferait à manger tout en s'occupant de sa lessive. C'était pour lui le plus bel aveu d'une princesse qui voulait, pour l'homme qu'elle aimait, redevenir Cendrillon et ça le touchait. Pourtant, par ces conditions, Victoire ne voulait que tenir tête à sa belle-mère, ne plus la voir, manger ce que bon lui plairait, mais pas devenir pour autant la petite épouse dévouée qui allait prendre soin de son gentil mari. Mais la carte avait été bien jouée. À défaut de gagner, elle venait de faire d'une pierre deux coups, et sans même s'en rendre compte. Françoise Béchard ne serait plus dans ses jambes et Clément, plus épris que jamais, tombait magistralement dans ses filets.

— Si tu savais comme tu me fais plaisir, rétorqua-t-il. Père avait raison quand il disait que j'épousais la femme la moins exigeante qui soit. Je savais que tu m'aimais, mais là, Victoire, c'est au-delà de mes espérances. Tes conditions sont nettement valables et sache que j'en fais aussi les miennes. Dès demain, pendant que tu seras en haut, j'en parlerai à ma mère et tout sera réglé en cinq minutes. Ce sera à prendre ou à laisser, et comme je la connais, il n'y aura aucune opposition même si ça chagrinera mon père de ne plus t'avoir à sa table.

— Je suis navrée pour lui, Clément, car je l'aime bien, ton père, mais j'espère que tu comprends, que tu m'appuies, que...

— Plus un mot, ma chérie. Ce que femme veut, Dieu le veut et moi aussi. Tiens! Nous n'avons même pas terminé ce bon vin.

Quelques heures encore et Victoire, épuisée par la journée, exprima le désir de se coucher. Clément, fou d'amour, ne demandait pas mieux. Elle se déshabilla, trouva fort inconfortable de se coucher en sous-vêtements et Clément, toujours nu comme Adam, lui suggéra:

— Pourquoi ne pas coucher nue ce soir, je te réchaufferai de mon amour.

Victoire ne répondit pas et se faufila entre les draps. Appuyé contre son dos, il voulut d'une main habile la caresser, mais elle se désista. Il aurait tant souhaité renouveler l'expérience de la veille. La seconde fois se devait de surpasser la première.

— Pas ce soir, Clément, je me sens fatiguée. Et puis... encore sensible, tu comprends. Être dépucelée n'est pas de tout repos, tu sais.

Il s'éloigna, remit dans sa tête le désir qu'il avait dans le cœur et lui murmura:

— Tu as raison, ma chérie, j'exagère. Tu sais, j'ai beaucoup de choses à apprendre sur les femmes. Je m'excuse, je ne voudrais pas que tu penses...

— Ça va, ne t'excuse pas. Avec le temps, aucune entrave ne surviendra.

Victoire aurait certes profité de cette nuit loin de Westmount pour se l'attacher davantage. Elle aurait tout fait, vapeurs d'alcool à l'appui pour qu'il la désire à tout jamais. Mais ce soir, les dieux étaient contre elle. Comment lui expliquer qu'elle était encore indisposée. Véritablement... cette fois!

Une douche, un croissant, un café, les mêmes vêtements quelque peu froissés, et les tourtereaux regagnèrent le palais de Westmount. Victoire monta vite à sa chambre sans même avoir croisé Françoise et Jules dont elle entendait les voix. Clément ne l'avait pas suivie. Un café versé et il était prêt à faire face à ses parents. Devant eux, face à face, dans un vibrant plaidoyer, il livra le résumé des conditions dictées par sa femme. Sa mère ne disait mot, sourcils froncés, regard méfiant. Le père, défait par la situation, rendit son jugement.

— Qu'il en soit ainsi, mon fils. Vous êtes ici chez vous et je tiens à ce que Victoire soit maîtresse de ses actes. La table sera déserte mais ce qui importe c'est que rien ne gêne votre vie de couple. Pour ce qui est de vous établir dans un an, Clément, laisse-moi y penser encore. Tu n'auras pas terminé tes études et c'était pourtant là le pacte que nous avions fait. Laissons passer le temps, on verra bien.

Clément remonta en trombe annoncer à sa femme que «leur procès» était gagné. Loin d'être heureuse de cette décision, Françoise attendit le départ de son fils pour dire à son mari:

— Petite sournoise! Elle l'aura eu jusqu'au bout, notre Clément. Pas même un mot d'excuse pour avoir été impertinente envers moi. J'accepte le compromis, Jules, mais n'exige pas de moi le moindre égard. Elle vivra à sa façon, dans notre maison, comme une étrangère.

— Il n'y a pas à dire, Françoise, ce ne sont pas les bons sentiments qui t'habitent. Toujours la même, hein? Comme si seulement les autres avaient des torts.

– Tout ça est de sa faute, Jules, et ne me fais pas dire ce que je pense. Quand ils partiront, je le jure sur mon âme, je ne voudrai plus la revoir.

– Voilà qui sera bien maladroit, ma femme. Dieu t'en garde car tu te puniras toi-même en étant privée des petits-enfants qu'elle nous donnera.

Quatre mois s'étaient écoulés et juin promettait un été bienfaisant. Tout fonctionnait tel que convenu et Victoire avait deux ou trois fois croisé sa belle-mère sans même lui parler. Deux ennemies, deux étrangères, comme la Du Barry et Marie-Antoinette à Versailles. Maggie montait une fois par semaine pour le grand ménage et Victoire allait à la cuisine rôtir ses plats au grand désarroi de la cuisinière qui croyait, grâce à madame, que cette prétentieuse dédaignait son savoir-faire. Entre les Béchard et elle, le cas était réglé, mais Victoire s'était bien gardée d'en souffler mot à ses proches.

Car, chez les Desmeules, on croyait que tout baignait dans l'huile dans cette maison de riches. Suzelle enviait son train de vie, ses multiples toilettes, ses fourrures, ses bijoux. Clément la choyait comme il n'était pas permis, même si leur vie de couple n'était pas sensationnelle. En quatre mois, trois relations sur insistance de sa part. Trois nuits d'amour sans amour pour elle. Passive, elle s'était laissé caresser, prendre, sans se donner. Pas même un «je t'aime» et encore moins une jouissance. Et Clément avait accepté qu'elle ne soit pas portée... sur la bagatelle. Comme s'il était normal qu'une femme reste de glace quand un corps chaud lui fait vibrer les entrailles. Il avait accepté parce que, lorsque vêtue, Victoire était si belle qu'elle faisait l'envie de tous ses amis. La femme qu'on habille beaucoup plus qu'on ne déshabille. Celle qui, parfois, accomplissait son devoir comme on fait sa lessive. Une femme de chair qui, dès qu'elle était au lit avec lui, devenait mannequin de bois. Un aller sans retour. Rien, pas même quelques audaces, ne parvenaient à la sortir du marbre. Clément acceptait, mais ses sens s'en plaignaient. Il avait l'impression de la violer à chaque fois. Sans qu'elle pousse un cri, sans qu'elle se défende. Et c'est les yeux fermés, comme si elle était morte... qu'elle le recevait.

— Curieux, Victoire, que tu ne sois pas enceinte, lui lança un jour Clément.

Anticipant la question depuis longtemps, elle n'attendait que le moment.

— Je ne suis pas une chatte, Clément! On ne tombe pas enceinte du jour au lendemain.

— Tout de même, j'aurais cru, j'aurais espéré...

— Moi aussi, Clément, mentit-elle, mais un enfant, c'est à la grâce de Dieu.

— Tu es certaine que tout va bien de ce côté, que rien ne cloche, que...

— Et qui nous dit que ce n'est pas toi le responsable? Des hommes stériles, ça existe, Clément.

— Justement et je me demandais s'il ne serait pas sage que nous allions tous deux nous rassurer auprès d'un spécialiste.

— N'y pense pas, je suis tout à fait normale. Le temps fera son œuvre ou pas. Moi, je ne m'en fais pas avec ça.

— Ta mère était pourtant très fertile...

— On ne peut pas en dire autant de la tienne, elle n'a eu que toi.

— Parce qu'elle a failli mourir, Victoire, et qu'on l'a opérée. Ne parle jamais de cela à maman, c'est une chose qui la fait encore pleurer.

– Compte sur moi, je ne lui parle pas.

– Parfois, je me demande si...

– Si quoi?

– Si, si... tu étais plus participante. Si tu faisais l'amour avec plus d'ardeur. Un enfant, ça se désire, tu sais.

– Tu profites du sujet pour me dire que je ne te satisfais pas?

– Non, ce n'est pas ce que j'ai voulu dire.

– Ah non? Alors pourquoi parler de participation alors?

– Bien, c'est que... Autant te le dire, Victoire, mais j'ai toujours l'impression de faire l'amour à sens unique. C'est comme si la relation sexuelle te déplaisait. Je ne sais pas... Je sais que tu m'aimes, mais rendu là, j'ai l'impression d'être un étranger. Tu te laisses faire, mais rien de ta part, pas même un toucher.

– Que voudrais-tu que je sois? Une dévergondée? Une traînée comme on en trouve dans certains bars? Si c'est ce genre de femme que tu cherches, Clément, il y en a plein dans les clubs et sur le trottoir!

– Victoire, je t'en prie, ménage tes paroles. Je tente de dialoguer et voilà que tu t'emportes. Une vie de couple, ça se discute, je pense...

– Tu penses... tu penses trop, Clément. La vie et le lit, ce sont deux choses. Moi, je suis comme je suis. J'accomplis mon devoir d'épouse.

Pour une fois, furieux, Clément s'emporta:

– Ton devoir! Voilà ce que tu fais. Que ton devoir, ma femme! Comme dans un vieux couple! Les jeunes de notre âge ont des jeux plus amoureux, tu sais. Des échanges, des expériences nouvelles...

– Des vulgarités, tu veux dire. Ne compte pas sur moi pour ça!

— Sûrement pas! Quand une femme se donne trois fois en quatre mois...

— Des reproches maintenant? Pas assez pour monsieur? Rien ne t'empêche d'aller voir ailleurs, Clément. Des filles de joie, il en existe partout. Tu veux t'amuser dans un lit? Trouves-en une autre!

— Il n'y a pas que les filles de joie qui s'adonnent à certains plaisirs. J'ai des copains qui sont mariés et qui sont fort comblés.

— Mariés avec des putains, sans doute, ce que je ne suis pas, moi!

— Tu es folle ou quoi? Je parlais de Bernard et Angéline.

— Parce qu'il te raconte ses nuits, celui-là? Le malappris! Et si sa femme est une salope, tant mieux pour lui. Moi, je ne le suis pas!

— Tu déraisonnes, ma foi? Pas moyen d'avoir un entretien avec toi. Qu'est-ce qui te prend, Victoire? Tu ne sors quand même pas d'un couvent? Est-ce que je te dégoûte à ce point?

— L'acte sexuel me dégoûte, Clément! Tu voulais le savoir? Tu le sais. Je ne suis pas portée sur la chose mais je remplis mon devoir. Si ça ne te suffit pas, il y en a d'autres!

— Je ne te demande pas des écœuranteries, je ne te demande que d'être ma femme. La femme que j'aime jusque dans le lit. Est-ce trop exiger quand on est marié? Est-ce moi qui te répugne, Victoire? Si l'acte sexuel te dégoûte, comment penses-tu que je vais me sentir à présent? Crois-tu que je vais insister? Me prends-tu pour un imbécile?

Réalisant que le ton se faisait menaçant, Victoire opta pour la clémence.

— Excuse-moi, ce n'est pas ce que j'ai voulu dire. Non, ce n'est pas ça... Je suis fatiguée, nerveuse, facilement irritable de ce temps-ci et je croyais que mon amour transpirait dans tout ce que je fais pour toi. Je croyais qu'être ensemble en était la plus belle preuve, et toi, tu me reproches d'être froide.

Il était sidéré. Les yeux embués de larmes, elle poursuivit:

– J'ai tout sacrifié pour toi. Ma carrière, ma liberté, ma famille que je ne vois presque plus. Je t'ai suivi ici, dans ta maison, et tu voudrais qu'en plus je sois comme ces filles... Voilà ce qui me dégoûte, Clément. J'ai des principes, j'ai été élevée convenablement et, si je ne suis pas enceinte, c'est sans doute parce que le ciel ne le veut pas pour l'instant. J'aimerais te donner un enfant, je voudrais tant...

Et elle éclata en sanglots, la tête au creux d'un coussin rond.

– Allons, ma chérie, pardonne-moi. Je ne pensais pas te blesser, je suis incapable de te voir pleurer. Pauvre idiot que je suis. J'ai un ange dans ma vie et je suis trop bête pour m'en rendre compte. Pardonne-moi, Victoire, dis que tu ne m'en veux pas. Je t'aime tant, je serais perdu sans toi. Tu m'excuses, tu me pardonnes, dis?

Victoire essuya une larme à l'aide d'un mouchoir à sa portée puis, sans rien dire, lui passa la main dans les cheveux en guise d'absolution.

– Si tu savais comme j'ai mal de t'avoir fait pleurer. Je te le jure, jamais je ne recommencerai. Dis-moi que tu me pardonnes, ma chérie.

– Oublions tout ça, Clément. Je suis trop sensible parfois, trop vulnérable. Nous l'aurons, cet enfant, nous le ferons, Clément. Un fils, si Dieu, le veut et qui te ressemblera.

Le dernier mot. Une fois de plus, Victoire avait eu le dernier mot d'un dialogue qui l'avait presque perdue. Avec des larmes, avec des yeux d'enfant battue, sans lui dire cependant qu'il serait peu probable qu'elle soit enceinte... avec un stérilet.

Jules Béchard venait d'être nommé juge, pour le plus grand bonheur de Françoise qui regardait les gens d'encore plus haut. Une réception avait été organisée à la résidence de Westmount pour souligner cette nomination. Clément avait demandé à Victoire d'inviter ses parents, mais ces derniers se désistèrent prétextant un malaise de Charlotte. Madame Desmeules ne voulait tout simplement pas revoir la pimbêche qui l'avait ignorée lors des noces. Pour ne pas se sentir seule parmi les invités de marque, collègues et amis du juge, Victoire avait prié Suzelle et Gilles d'être de la soirée. Invitation que la frivole sœurette ne refusa pas. Elle allait enfin voir de ses yeux le palais dans lequel vivait sa sœur. Des gens de distinction, des avocats, des juges, des ministres, tous accompagnés d'épouses ou de maîtresses guindées. La crasse de la bourgeoisie, collet monté, pensa Victoire. Très en beauté, la jeune madame Béchard fut reluquée par certains magistrats au crâne dégarni. «Clément, votre femme est ravissante», s'exclama l'un d'entre eux après les présentations d'usage. Suzelle et Gilles étaient arrivés dans la voiture du père de ce dernier, une rutilante Lincoln... pour impressionner. Gilles, toujours aussi bouclé, avait loué un smoking pour l'occasion. Suzelle, aussi fraîche qu'une rose, aussi jeune que jolie, ne passa pas inaperçue dans une robe moulante au décolleté provocant. «Qui donc est cette jolie personne?» demanda à Clément l'un de ses jeunes confrères célibataires. «Ma belle-sœur, répondit-il, mais tu perds ton temps, elle est mariée.» Suzelle s'amusait des regards qu'elle provoquait et, sans savoir que Françoise et Victoire étaient ennemies, elle engagea la conversation avec madame «la juge» qui en profita pour se montrer plus que charmante. Pour que la jeune madame Fabien dise à Victoire à quel point sa belle-mère était exquise. Une soirée huppée qui n'en finissait plus. Gilles causait avec un avocat et Clément, s'approchant de Suzelle, lui demanda:

— Pas de bébé en route, petite belle-sœur?

— Non, et c'est par choix. Gilles et moi n'en voulons pas pour l'instant. Nous désirons voyager, nous amuser, nous aimer comme des enfants. Et puis, à mon âge, tu sais, j'ai encore bien du temps. Au fait, tu savais que Danielle allait avoir un autre enfant?

— Non, Victoire ne m'en a rien dit.

— Pour décembre, cette fois. Patrice souhaite de tout cœur que ce soit un garçon. Clément, ta mère est formidable. Quelle charmante personne! De plus, Victoire m'a fait visiter vos appartements. C'est féerique! Je te dis qu'elle en a de la chance, la grande sœur, d'être tombée sur un homme tel que toi.

— Ah, oui? Et pourquoi donc?

— Parce que tu l'aimes, parce qu'elle est choyée. Parce que tu dois être un merveilleux amant.

— Quoi? Tu te paies ma tête, petite sorcière?

— Non, non, je suis sérieuse. Je n'ai pas son âge, Clément, mais j'ai peut-être plus d'expérience qu'elle... et les yeux ne trompent pas. Assez chaud lapin, n'est-ce pas?

— Mais tu es très indiscrète, Suzelle, de rétorquer Clément en riant.

— Moi, les hommes, ça me connaît. Victoire t'a-t-elle dit que j'avais eu un amant à l'âge de quatorze ans? Personne n'en a rien su, sauf elle, mais figure-toi qu'il avait trente-deux ans. Si papa l'avait appris, je serais cloîtrée aujourd'hui.

– Est-ce le bon vin qui te délie ainsi la langue, ma belle-sœur?

– C'est possible, les mondanités me rendent folle, de répondre Suzelle en riant. Dis donc, on ne vous voit pas souvent. Une seule visite depuis le mariage...

– C'est à Victoire qu'il faut en faire le reproche, Suzelle. Moi, je vous aime bien, les Desmeules. C'est elle qui ne sort pas de sa tour d'ivoire.

– Parce qu'elle fait maintenant partie du grand monde, la sœur?

– Non, non, casanière, renfermée, pas moyen de la dérider.

Victoire qui avait saisi en passant les derniers mots de la conversation s'interposa:

– Encore à me descendre, Clément? lui lança-t-elle avec des dards dans les yeux.

– Mais non, Victoire, nous plaisantions, Clément et moi.

– À mes dépens comme d'habitude? ajouta-t-elle en s'éloignant.

– Mais, qu'est-ce qu'elle a? s'informa Suzelle. Elle s'est levée du mauvais pied à ce que je vois.

– Oh! si ce n'était que ça, Suzelle, si ce n'était que ça...

Clément s'éloigna et Suzelle comprit que ça n'allait pas comme sur des roulettes dans ce ménage. Surprise, parce qu'elle ne comprenait pas Victoire de ne pas être heureuse, et déçue, parce qu'elle aimait bien son beau-frère qui, pour elle, était un gars en or.

La soirée prit fin et les convives se dispersèrent. Lorsque Suzelle et Gilles furent prêts à quitter, la sœurette cherchait Victoire des yeux.

– Elle est déjà montée, de lui dire Clément. Elle vous fait dire bonsoir. Il faut l'excuser, elle...

– Vous partez déjà, petite madame? d'interrompre Françoise Béchard.

– Oui, mais avec le souvenir d'une soirée très appréciée, madame.

– Monsieur, votre femme est une perle. Prenez-en bien soin, ajouta-t-elle à l'endroit de Gilles.

– Je le fais, madame, et elle me le rend très bien, de répondre ce dernier.

Clément, qui observait la scène, remarqua que sa mère faisait tout en son pouvoir pour conquérir le cœur de Suzelle.

– Saluez vos parents et offrez mes vœux de santé à votre mère.

C'était le bouquet! Françoise qui avait une pensée pour Charlotte. «Heureusement que Victoire n'est pas là, pensa Clément. Elle aurait vite fait de ce miel un vinaigre.»

Suzelle partit au bras de son mari qui lui avoua en montant dans la voiture:

– Je ne comprends pas Victoire. Est-elle malade? Elle était très étrange ce soir.

– Je sais, Gilles. J'ai l'impression que quelque chose ne va pas. Je l'ai senti dans les yeux de Clément. Il semblait nerveux, sur ses gardes, comme si Victoire allait allumer une mèche.

– Tu devrais peut-être lui parler, Suzelle?

– N'y compte pas. Elle m'enverrait au diable. Victoire Desmeules, je la connais, moi. Elle ne se confie qu'à elle, qu'à elle seule.

Novembre venait de naître sur le calendrier et le couple formé de Victoire et Clément se détériorait terriblement.

Depuis que Jules était juge, la jeune femme insistait auprès de son mari pour partir, quitter Westmount, avoir leur propre maison. Clément hésitait à en parler à son père. Non pas parce qu'il craignait un refus de sa part, mais parce que sa vie conjugale était de plus en plus fragile. Deux devoirs accomplis par sa femme en quatre mois. L'un sur lequel elle s'était carrément endormie et l'autre, avec mépris, parce qu'il avait osé aller un peu plus loin que... la chose. Clément se sentait rejeté, humilié, comme s'il avait été répugnant aux yeux de sa femme. Pourtant, à l'université, nombre de filles faisaient les yeux doux à ce jeune homme charmant quoique marié. Non pas parce qu'il était riche ou fils de juge, elles étaient d'un milieu tout aussi prospère. Elles le reluquaient parce qu'il était bien de sa personne, qu'il savait plaire. Elles désiraient avec lui ce que Victoire repoussait de la main. Mais il l'aimait encore, sa femme, même s'il essuyait moult refus quand venait le temps de faire l'amour. Belle, svelte, bien mise et soignée, Victoire était de plus en plus désirable. Clément avait tenté de la diriger vers un psychologue. Un mot de plus et elle l'aurait giflé. Il l'aimait encore, mais pas follement, pas aveuglément comme auparavant. Clément voulait sauver son mariage, sauver sa vie à deux, avoir des enfants et vivre, tout comme ses parents, une union jusqu'à la fin des temps. Lorsque sa mère le regardait pour lui signifier des yeux qu'elle avait depuis longtemps compris, il détournait la tête, par crainte d'avoir un jour à lui donner raison. Il en avait parlé à Suzelle mais que pouvait faire une jeune femme de dix-neuf ans contre une sœur aînée qui l'avait, jadis, couvée comme une poupée. Et Suzelle était trop jeune pour comprendre, pour aider, pour faire quoi que ce soit. Gilles lui avait même interdit de s'en mêler. Parler au notaire? Clément y avait songé, mais Victoire ne le lui aurait jamais pardonné. Pas à son insu. Ni à son père ni à sa mère. Inutile de songer à Patrice, il aurait lapidé sa sœur de jurons, préférant de beaucoup son beau-frère. Son père, tout bon juge qu'il était, n'avait pas d'intuition. Pour lui, Victoire et Clément nageaient comme des cygnes sur un lac sans le moindre vent. Et Françoise qui avait tout compris lui aurait dit: «Ne t'avais-je pas prévenu, mon fils? N'avais-je pas raison de m'en méfier?» Des réprimandes sans la moindre consolation. Non, Clément devait venir à bout tout seul de son naufrage. Dernier effort, ultimatum, quitter cette maison pour tenter de reconstruire avec celle qu'il avait choisie un nouveau nid. Ailleurs, n'importe où, pourvu que le cœur de sa belle puisse un jour prononcer le verbe commençant par une voyelle.

– J'ai l'intention de parler à papa dès ce soir, Victoire.

– Le plus tôt sera le mieux. J'aimerais tellement qu'on puisse passer les Fêtes dans un autre logement. Recevoir, être libres et autonomes.

– Pas un logement, une maison. Je veux demander à père, tel que je te l'avais dit, de m'octroyer une part de mon héritage. Il est évident que notre maison ne sera pas de l'ampleur de celle-ci, mais...

– Ce serait chez nous, Clément. Un logement m'aurait ravie, alors, imagine...

Victoire avait retrouvé le sourire, la joie de vivre. Tout pour sortir de là. N'importe quoi pour ne plus voir sa belle-mère. Après, elle verrait bien si le «problème» persisterait. Elle n'aimait pas Clément, elle ne l'avait jamais aimé, mais elle s'y attachait. Peu à peu, elle s'habituait à ce mari guère encombrant qui n'insistait même plus... la nuit venue.

— Crois-tu qu'un déménagement, qu'une vie à deux pourra régler un cas qui me désespère, Victoire?

— Que veux-tu dire? Je ne comprends pas...

— Allons, ne feins pas l'ignorance. Tu sais très bien de quoi je parle.

— Il n'y aura donc toujours que le sexe pour toi? Et le cœur, Clément? Tu n'as jamais pensé que le cœur, sa tendresse, sa générosité...

— J'ai vingt-cinq ans, Victoire, pas soixante. Je veux bien croire que le cœur est le coffret des sentiments, mais j'ai des besoins, des attentes. Je suis un homme, quoi! Je ne peux pas passer ma jeunesse à quémander pour ne recevoir à tous les trois mois que des miettes, Victoire. L'amour, c'est aussi faire l'amour, je crois. Je veux bien comprendre que tu ne sois pas portée sur la chose, comme tu le dis, mais de là à m'en priver où à te donner inerte, les yeux fermés, il y a une marge. Le corps n'est pas fait que pour faire des enfants et si c'était le cas... nous n'en avons même pas. Nous avons un sérieux problème à régler, ne crois-tu pas?

— Non, je ne crois pas, puisque je suis satisfaite, moi. Tes besoins sont anormaux, Clément. L'être humain n'est pas un animal, à ce que je sache, et le jour où je sentirai que je suis pour toi un déversoir organique...

— Quoi? Que dis-tu là? Tes paroles dépassent sûrement ta pensée, Victoire. T'ai-je donné l'impression de te voir de cette façon? Toi que j'aime par-dessus tout? C'est vraiment trop injuste ce que tu dis là. À t'écouter, ce serait moi qui aurais un problème à approcher ma femme deux fois par mois. Et encore, si c'était sans résistance. Mais là, à faire l'amour comme au déclin d'une vie à deux, je ne tiendrai pas le coup. De deux choses l'une, tu as un problème de comportement ou tu ne m'aimes pas. Peux-tu être assez franche pour une fois?

— Si j'étais de la seconde supposition, je ne te demanderais pas de partir, d'aller vivre ailleurs avec toi. Je m'en irais tout simplement et, de prime abord, je ne t'aurais pas épousé, Clément Béchard! Pour ce qui est du com-portement, reste à savoir qui de toi ou moi traîne un problème. Il est évident qu'à consulter, on pourrait trouver une réponse, mais je ne suis pas prête à révéler ma vie intime à un étranger qui se mettrait à fouiller jusque sous nos draps. Le seul fait de ne plus vivre ici peut améliorer bien des choses. Qui sait si ce n'est pas l'angoisse qui cause ce différend que toi seul ressens?

— Moi seul, bien sûr, puisque ça t'arrange de ne pas être dérangée. À t'entendre, j'ai l'impression d'être un goujat, un homme qui fait vivre sa femme et qui collecte ensuite sur le matelas. C'est drôle, mais je me sens tout à fait normal, moi. Je ne sors quand même pas d'un monastère, maudite misère! Tout ce que je te demande, c'est d'être ma femme comme je suis ton mari, avec la complicité que ça comporte. J'en connais des couples, j'en cause moi, j'en parle sans parler de nous, mais j'entends. Aucun couple ne se comporte comme nous, Victoire. Aucun de mes collègues m'a dit faire face à quelques règlements. C'est si naturel, l'amour, quand on s'aime, qu'on ne devrait même pas se rappeler de la dernière fois. J'en connais qui sont mariés depuis dix ans, qui ont deux enfants et qui font encore l'amour comme au premier jour, c'est-à-dire deux fois par semaine ou davantage sans compter les tours. Est-ce si difficile à comprendre? Allons-nous passer notre vie à attendre que les saisons changent pour nous déshabiller l'un devant l'autre et nous coucher en même temps? Encore si c'était mémorable, mais...

– Assez, Clément, je ne veux plus t'entendre! Tu parles comme un obsédé.

– Un obsédé? Tu veux rire! Je parle comme un homme que sa femme prive et qui se demande pourquoi. Je parle comme un homme qui fait l'amour par amour et qui a la certitude de violer sa femme. Je parle comme un homme qui cherche parfois à embrasser celle qu'il aime et qui détourne la tête. Le genre d'écœurant qui devient écœuré, Victoire!

– Tu as terminé? Préfères-tu qu'on se quitte, qu'on en finisse?

Clément baissa les yeux. Sa main tremblait, son cou suait.

– Non, ce n'est pas ce que j'ai voulu dire. Je t'aime, Victoire, mais ne m'en veux pas de me questionner sur ce sentiment en ce qui te concerne.

Pour éviter de répondre, pour ne pas être plus malhonnête qu'elle ne l'était, Victoire lui prit la main et doucement lui murmura:

– Parle à ton père, partons d'ici, Clément. Chez nous, avec le temps et peut-être un enfant, les choses peuvent changer. Nous sommes très mal partis tous les deux, et c'est un peu de ma faute. J'ai hâté le mariage. Tu étudies encore. De quoi te rendre nerveux, je suppose. Toi aussi tu as changé, Clément. Tu es plus irritable, impatient, agité même. Je crois que tes études exigent de ta part d'innombrables efforts. Je suis navrée... peut-être aurions-nous dû attendre pour nous marier. J'ai insisté et c'était sans doute trop te demander au moment où ton avenir s'engageait.

– Tu n'as pas à te blâmer, Victoire. Tu n'as rien à te reprocher. J'avais très hâte que tu sois ma femme. Je l'ai désiré autant que toi et je ne le regrette pas.

Ce même soir, Victoire attendait, fébrile, que son mari remonte du salon où il causait avec son père. De longues heures à faire semblant de lire, à tenter de saisir, du haut de l'escalier, quelques bribes de leur conversation. La voix de madame Béchard s'élevait, mais pas assez distinctement pour que la jeune femme puisse en saisir la hargne. Onze heures et, enfin, le pas de Clément qui montait l'escalier. Calme tout en étant intérieurement nerveuse, Victoire leva les yeux sans poser la moindre question.

— C'est fait, lui dit Clément, j'ai parlé à papa. Tout va s'arranger.

— Ce qui veut dire?

— Qu'il accepte que nous partions, que nous nous engagions à deux avec, bien sûr, la part de l'héritage que je lui ai demandée.

— Et ta mère, Clément? Je l'entendais d'ici élever le ton...

— Pas très heureuse, une vive opposition, mais mon père l'a fait taire. C'est lui qui mène dans cette maison. Tu sais, pour une mère, voir partir son fils n'est pas une bénédiction. Inutile d'ajouter qu'elle t'en voudra longtemps, mais qu'importe, elle et toi, ça ne fonctionnera jamais. Maman est très possessive et j'imagine que la même chose se serait produite avec n'importe quelle autre fille. Le genre de mère qui ne cède son fils qu'en mourant. Heureusement que papa est encore là, car, avec elle, j'aurais été déshérité.

— La vie ne sera pas facile pour moi jusqu'à ce que l'on parte.

— Bah! L'a-t-elle été jusqu'à présent? Tu n'as qu'à l'éviter, Victoire.

— On pourra donc chercher une maison?

— Même pas, c'est papa qui nous l'offre. Elle est déjà trouvée. L'un de ses collègues en a une à vendre à Outremont.

Un très beau quartier et une maison à deux étages, un peu comme celle-ci, mais moins grande cependant. Elle est entourée d'arbres, assez discrète, isolée même, et vieille de trente-cinq ans. Une maison de pierres avec un escalier tourbillon intérieur. Une maison construite, jadis, par un vieux millionnaire. Qu'en dis-tu?

– Nous ne pouvons pas accepter un tel cadeau de sa part, Clément!

– Et pourquoi pas? D'autant plus qu'elle fait partie de mon héritage.

– Elle est vide? Disponible pour bientôt?

– Pour demain si tu veux. Pas la peine de la visiter, mon père l'a déjà fait et m'a dit que c'était un bijou. Tu lui fais confiance, j'espère?

– Et comment donc! Je ne rêvais que d'un logement, Clément. L'aurais-tu oublié?

Ce soir-là, comme par magie, Victoire se donna corps et âme à «l'homme de sa vie». Si bien, si intensément, qu'il crut rêver. Comme pour le rassurer, comme pour lui prouver... sans rien éprouver. Par peur de le perdre sans doute, par besoin de reconquérir cet agneau qui se rebellait. Victoire se donna comme elle ne s'était jamais donnée, les yeux ouverts cette fois. Le prix à payer pour une proche liberté.

Malgré la confiance qu'elle avait en son beau-père, elle héla un taxi dès le lendemain pour se rendre devant la maison de la délivrance. Une résidence superbe, à pignons, et avec des carreaux vitrés comme ceux des églises. Une espèce de petit château digne d'une Dauphine. Un palais plus que vaste pour deux personnes et un terrain duquel elle ferait un joli jardin le printemps venu. Victoire était en pâmoison. Un conte de fées, un petit Versailles, sauf pour le prince à ses côtés qu'elle ferait encore semblant... d'aimer.

De retour, sans prévenir, elle entra sur la pointe des pieds et surprit sa belle-mère qui parlait au téléphone avec une amie. «Elle nous a bien eus, la gueuse! Et Jules qui voit en elle une femme dépareillée. Quand je pense à Clément. Trop naïf celui-là pour s'apercevoir qu'il a été dupé. Jules est un juge sans jugement et, comme Clément ressemble à son père, je ne serais pas surprise s'il devenait, un jour, un avocat sans cause. Qu'en dis-tu, Simone?»

Un long silence, puis... «Oh, non! Elle ne l'emportera pas en paradis. Compte sur moi!»

Victoire passa droit devant elle sans même la regarder. Pas tout à fait certaine qu'elle ait tout entendu, Françoise bafouillait n'importe quoi à son interlocutrice. Prise en flagrant délit? Elle le souhaitait presque, pour se vider le cœur, malmener sa belle-fille, mais Victoire était montée sans rien dire. Tout ce qu'elle désirait, c'était de partir au plus vite, début décembre, pendant que ses beaux-parents seraient à un congrès. Ce qui éviterait l'adieu et les remerciements. Au retour de Clément, pas un mot sur sa mère, pas la moindre allusion à la nouvelle maison. Un souper en tête-à-tête.

— Tu sais, tu m'as rendu très heureux hier soir, ma chérie...

Victoire sourit, lui passa la main sur la nuque et se versa du vin.

— Nous pourrons recevoir ta famille désormais.

— Je n'attendais que ce moment, Clément.

— Nous repartirons à neuf, ma chérie, comme si c'était le

premier jour. Comme si, depuis notre mariage, tout n'avait été qu'un mirage. J'ai hâte d'être seul avec toi, de te prendre dans mes bras. Si tu savais comme je t'aime...

Victoire porta sa coupe à ses lèvres, lui sourit tendrement et, très habilement, n'ajouta rien... à cet aveu touchant.

# Chapitre 4

Ils avaient déménagé début décembre pendant le congrès des juges. Victoire avait quitté Westmount comme on quitte une prison. Valises, effets personnels, une seule journée avait suffi pour qu'elle emménage à Outremont. Les meubles avaient été achetés, disposés, rien d'autre à faire que de s'installer. Et c'est en tête-à-tête avec Clément qu'elle célébra ses vingt-cinq ans. Dans sa maison, dans ses affaires, sans sa belle-mère et en femme mariée. Elle qui avait tant craint de coiffer le bonnet. Pour son anniversaire, un jour plus tard, toute sa famille était conviée. Suzelle, Gilles, Danielle et Patrice, leur petite Julie et leur dernier-né, Justin, arrivé trois semaines avant terme. Charlotte s'extasiait et Gustave était fier de la prospérité de sa fille. Adhémar manquait au portrait. Une vilaine grippe le retenait. Et d'une pierre deux coups, sans le juge et sa femme, on pendait la crémaillère.

— Ta maison est magnifique! Un véritable château en Espagne! de s'exclamer Suzelle.

Puis, à l'oreille de sa grande sœur, elle murmura:

— Là, si tu n'es pas heureuse, mea-culpa Victoire Desmeules.

Charlotte se pâmait devant des toiles de maîtres et Victoire, pour ne pas avoir à répondre à sa jeune sœur, s'approcha d'elle.

— Ils te plaisent ces tableaux, maman? C'est Clément qui les a choisis.

— Je ne m'y connais pas, ma fille, mais ce sont sûrement des œuvres de prix.

Clément causait avec Danielle et Patrice, les félicitant du même coup pour le petit Justin qui s'ajoutait à la famille. Gilles recoiffait une boucle dans un grand miroir digne de Napoléon tout en vantant à son beau-père la qualité des nouveaux complets de gabardine reçus dernièrement. Clément préférait de beaucoup Patrice qu'il trouvait franc et sympathique. Il ne pouvait comprendre qu'entre Victoire et son frère, c'était sans cesse la querelle.

— Si tu savais comme j'ai envie de la rendre heureuse, avoua Clément à son beau-frère.

— Je sais, je sais, Clément. En autant que ma chère sœur puisse te le rendre. Pas toujours facile, celle-là...

— Allons, Patrice, pourquoi cette guerre à n'en plus finir avec elle? On dirait que tu ne vois que ses défauts et ses qualités sont si nombreuses.

— Tant mieux si tu lui en découvres, Clément. Pas méchante, la sœur, juste le caractère du père. Égoïste sur les bords...

— Patrice, voyons! Arrête de médire contre elle, de lui dire Danielle.

— Je voudrais bien, mais moi, j'ai grandi avec elle. Si tu savais tout ce qu'elle m'a fait endurer, la grande, tu comprendrais. Parce qu'elle était l'aînée...

— Pas ce soir, Patrice. Retiens-toi devant son mari au moins.

– Il la connaîtra bien assez vite! Excuse-moi, Clément, c'est sorti tout seul. Peut-être qu'avec toi elle est autrement, mais avec moi...

Clément souriait et comme pour rassurer Danielle...

– Ne vous en faites pas, je sais m'y prendre avec les femmes. Et plus elles sont tenaces, plus j'ai mes armes. Au fait, un autre verre, Patrice? C'est la fête de ta sœur qu'on célèbre, pas seulement le déménagement.

Ils s'esclaffèrent et Victoire s'approchant d'eux demanda à son mari:

– Je suppose qu'il parle encore en mal de moi, celui-là?

– Non, non, ça fait longtemps que j'ai vidé mon sac, la grande sœur. Ce soir on fête, ton mari et moi. Je ne sais pas quoi, mais on fête. Tiens! Peut-être qu'on boit aux enfants que tu auras?

Victoire tourna du talon et fit mine de chercher sa mère pour l'inviter à voir son vaisselier. La soirée se termina sur une note de gaieté et quand la porte se referma, Victoire, soulagée, avoua à Clément.

– Fatiguée comme ce n'est pas possible. Le déménagement, ma fête, les invités, la crémaillère. Épuisée mais contente. Suzelle a été bien impressionnée et papa avait de la joie plein les yeux.

– Une famille charmante que la tienne, Victoire.

– Oui, tous... sauf lui.

– Qui lui?

– Patrice, mon cher frère, le p'tit gars à sa mère!

– Tu te trompes, Victoire. Dans le fond, il t'aime bien, ton frère.

– Moi aussi, mais parfois je lui mettrais la langue dans le vinaigre. Gilles n'était pas trop jasant ce soir. Tu lui as causé au moins?

– Bien sûr, ma chérie. Pour l'entendre me dire que son père avait reçu un superbe tweed qui m'irait comme un gant. Je l'aime bien, le beau-frère, mais à part les vêtements, les sujets se font rares.

– Que veux-tu, c'est son commerce. Au moins, il s'y intéresse et puis... il rend Suzelle si heureuse.

Ne sachant comment interpréter cette dernière phrase, Clément préféra se taire.

Le juge et sa femme, de retour du congrès, avaient eu vent de la crémaillère et de la soirée donnée en leur absence. Jules ne s'en fit pas pour autant, mais Françoise fulminait.

– Elle l'a fait exprès, la petite garce! Elle ne voulait pas que je sois là!

– Allons, calme-toi, ma femme. Ils ne sont quand même pas à notre disposition.

– C'eût été une attention délicate de leur part que d'attendre. Elle a tout manigancé, je le sens. Après tout ce que tu lui as donné, Jules! Et ne viens pas l'excuser. C'est une petite garce que notre fils a épousée.

– Encore en rogne toi? Avec des mots qui dépassent ta pensée?

– Pas cette fois, Jules. Et tu verras qu'avec le temps... Oh, celle-là!

Et lorsque Françoise téléphonait et que Victoire répondait, c'est sans même un bonjour que la belle-mère entamait: «Puis-je parler à mon fils, s'il vous plaît?» Ce qui faisait sourire Victoire. Décidément, entre sa belle-mère et elle, c'était aussi distant qu'entre la Du Barry et Marie-Antoinette.

Une guerre à couteaux tirés, tout comme au temps de sa souveraine bien-aimée.

— Heureuse, ma chérie? Vraiment heureuse cette fois? lui demanda Clément quelques jours plus tard.

— Je n'ai rien à demander de plus, Clément. Cette paix, cet environnement, ce bien-être d'être enfin chez soi.

— Et moi dans le portrait? Je compte un peu, j'espère?

— Bien sûr, quelle question! Au fait, t'ai-je dit que Suzelle et Gilles nous invitent pour le réveillon?

— Non, mais c'est une excellente idée. Et c'est chez tes parents qu'on doit souper à Noël, si j'ai bien compris?

— Oui, papa et maman ont décidé de réunir toute la famille.

— Une chose m'embête, Victoire. Et mes parents? Quand les verrons-nous? Tu sais, ils n'ont que moi, eux...

— Au jour de l'An, Clément. Je suis certaine que ton père comprendra. Reste à savoir si ta mère voudra me recevoir.

— Allons, ne sois pas bête à ce point-là. Tu sais bien que ma mère n'a que nous deux comme enfants...

— Que toi, Clément, pas moi, mais je n'ai pas l'intention de revenir sur le sujet. Si elle est de bonne foi, j'irai de bon cœur, mais explique-lui que Noël, c'est chez mes parents à cause de leurs petits-enfants.

— Compte sur moi, je m'en charge. Je vais même lui suggérer un bon restaurant pour le Nouvel An. Ma mère est au septième ciel quand elle se fait servir et sa bonne humeur se fait sentir.

— Bonne idée. Ce sera moins pénible qu'à sa table d'autant plus qu'elle et moi, on n'a rien à se dire. Et pour ce qui est de son cadeau, je te laisse le choisir. Je n'ai aucune idée du présent à lui offrir.

– Laisse-moi tout ça, Victoire, et occupe-toi de ceux de ta famille. Pour ma mère, ce n'est pas compliqué, son parfum préféré la ravira.

– Bon, un cas de réglé. Je me charge des autres.

Clément lui souriait tendrement. Embarrassée par le regard insistant, elle finit par lui demander:

– Qu'est-ce que tu as? Pourquoi me regardes-tu comme ça?

– C'est simple, je t'aime, Victoire.

– Oui, allô?

Au bout du fil, des pleurs, des sanglots, une voix qui marmonnait un nom sans pouvoir dire le moindre mot. Une voix éteinte par la douleur.

– Suzelle, c'est toi? Qu'est-ce que tu as? Qu'est-ce qui se passe?

Des larmes, un cri étouffé, quelques mots imperceptibles.

– Parle, parle enfin. Qu'est-ce que tu as, Suzelle? Dis quelque chose...

– C'est papa... réussit à articuler la sœurette avant d'éclater en sanglots.

– Papa? Qu'est-il arrivé? Qu'est-ce qui se passe? Suzelle...

Victoire tenait le récepteur d'une main tremblante. Elle sentait que quelque chose de grave venait de se produire. Un bruit de voix et Gilles s'empara de l'appareil pour lui dire:

– Ton père est à l'hôpital, Victoire. On vient de le transporter...

– À l'hôpital? Que lui est-il arrivé? Un accident?

– Non... une crise cardiaque.

– Quoi? Quand? Où est maman? cria Victoire avec des sanglots dans la voix.

– Ta mère est partie avec lui en ambulance. Patrice a été averti. Suzelle est effondrée. Elle est incapable de s'y rendre.

– Comment est-ce arrivé? Il allait pourtant bien...

– Ce matin, en se rasant. Il s'est pris la poitrine à deux mains, il a fait quelques pas pour ensuite tomber par terre au pied de ta mère.

– L'a-t-on réanimé? Est-ce grave? Parle, Gilles, parle...

– On l'a transporté inerte, dans le coma. Fais vite, Victoire. Va rejoindre ta mère et ton frère. Moi, je ne peux pas quitter Suzelle.

– Où? Quel hôpital? Et c'est arrivé ce matin? Pourquoi ne pas m'avoir prévenue avant? Il est deux heures...

– Ta mère ne voulait pas t'énerver. Elle pensait que ce ne serait qu'un malaise...

– Et là, aux dernières nouvelles?

– Ça ne va pas bien. Il n'a pas repris conscience... Victoire l'interrompit, nota le nom de l'hôpital et, enfilant un manteau, héla un taxi sans même prévenir Clément.

– Faites vite, avait-elle dit au chauffeur, c'est urgent!

Un 24 décembre. La veille de Noël, alors qu'elle se préparait pour le réveillon de Suzelle. Clément était allé rendre une courte visite à ses parents, histoire de ne pas trop les offenser. Victoire avait préféré le laisser en tête-à-tête avec sa mère. Un tel choc à quelques heures de Noël! Non, ce n'était pas possible. Elle régla le compteur et se rendit en trombe à l'urgence, ouvrant toutes les portes pour voir ce père qu'elle vénérait depuis sa tendre enfance. La salle était bondée. Des accidentés de la route, des enfants malades, des mères qui pleuraient. Que de tristesse dans ce couloir quand, dehors, c'était déjà la fête.

— Vous cherchez qui, madame? lui demanda une infirmière.

— Monsieur Desmeules. Je suis sa fille et je...

— Salle numéro huit, lui répondit la garde en poursuivant son chemin.

Des pleurs, ceux de sa mère. Victoire les entendait du bout du couloir. Et comme elle s'apprêtait à entrouvrir la porte, Patrice qui sortait la retint par le bras.

— Patrice! Qu'y a-t-il? Comment est-il?

— N'entre pas, Victoire, laisse maman avec lui.

— Comment, n'entre pas! Je veux voir mon père, moi...

Elle voulut se dégager, mais Patrice la retint et lui murmura:

— C'est fini. Il est parti, Victoire. Papa est mort dans mes bras.

Elle le regardait, muette, bouche bée, incapable de bouger.

— Ils ont tout fait pour le sauver. Il n'a même pas repris conscience. Maman est à ses côtés. Laisse-la pleurer, se remettre. Elle m'a demandé de la laisser seule avec lui...

Sortie de sa torpeur, un grand cri glaça l'assistance. Puis...

— Non, non, papa, papa, ça ne se peut pas. Tu n'es pas parti? Pas sans moi? Laisse-moi passer, Patrice, laisse-moi ou je hurle.

Il la retint davantage et, de force, la maintint sur une chaise. Au même moment, Charlotte sortait en pleurant et, voyant sa fille, se jeta dans ses bras.

— Victoire, enfin, où étais-tu? Il est parti, parti, c'est trop injuste.

— Je veux le voir, maman. Je veux le voir une dernière fois.

— Ils l'ont emporté, il n'est plus là. Reste dans mes bras, ma fille, ne me laisse pas. Je ne peux pas le croire. Mon Dieu que c'est injuste.

Victoire ouvrit la porte et aperçut le lit blanc, vide, sans son père sur l'oreiller. Bouleversée, renversée, elle se jeta dans les bras de sa mère en criant:

— Es-tu sûre qu'il soit mort? Ils ont peut-être tort...

— Ils ont tout fait, tout essayé, Victoire. Il était mort avant même de franchir cette porte. Gustave, Gustave, comment as-tu pu nous faire ça?

Constatant que sa mère vivait un réel cauchemar, Victoire s'empara d'elle comme on s'empare d'une enfant pour la serrer dans ses bras.

— Courage, maman, ne pleure pas. Ne me fais pas devenir folle. Viens, serre-toi contre moi, ne bouge pas.

Patrice assistait à la scène sans rien dire, les yeux embués de larmes.


Trois longues journées au salon funéraire où le corps de son père était exposé. Trois interminables journées pendant lesquelles les gens défilaient pour rendre un dernier hommage au notaire qui, dans son cercueil, reposait, l'âme déjà dans l'au-delà. Victoire était la plus affligée de la famille. Anéantie, vidée de toutes ses forces, elle regardait ce père qui, inerte, ne la voyait pas. Ce père, ce complice avec lequel elle avait œuvré. Ce père à qui elle ressemblait et qu'elle avait tant aimé. Mort subitement à soixante ans, la veille du jour où Jésus allait naître. Ce père dont elle avait toujours été la préférée. Sa douleur faisait peine à voir. Plus inconsolable que sa mère, son frère et sa sœur, elle ne sentait même pas la main de Clément sur son épaule en guise de réconfort. Son père l'avait quittée brusquement, sans prévenir et, pour elle, tout s'était effondré. Dans sa petite robe noire, traits défaits par le chagrin, sans maquillage, elle ne quittait pas son fauteuil de peur de perdre la dépouille du regard. Elle croyait rêver, elle ne se rendait pas compte et entrevoyait à peine ceux et celles qui lui tendaient la main pour lui offrir leurs condoléances. Quand elle vit l'oncle Adhémar, triste d'avoir perdu son frère, elle se surprit à penser: «Pourquoi pas lui?» Et ce, malgré tout ce que son parrain avait pu faire pour elle. «Je sympathise de tout cœur, Victoire.» Une voix qu'elle reconnut. Celle de sa belle-mère. Elle leva les yeux, tendit la main et répondit «merci» comme s'il s'était agi d'une passante. Elle aurait voulu réprimander Suzelle de ne pas l'avoir prévenue plus tôt du malaise de son père. Qui sait, elle l'aurait peut-être sauvé? À quoi bon! Il était mort au moment où il était tombé au pied de sa mère. Foudroyé par cet infarctus qui ne lui avait pas accordé la moindre chance de survie. S'en prendre à sa petite sœur qui pleurait? Blâmer sa mère qui souffrait? Jeter de l'huile sur le feu alors que Gustave était aux cieux? Victoire prit sur elle et resta inerte, muette, dans ce chagrin qui la minait. Ce qui la dérangeait jusqu'au plus profond de son être, c'est qu'il avait peut-être rendu le dernier souffle dans les bras de son frère. C'est dans les siens qu'il aurait dû rendre l'âme sans même reprendre conscience, sentir au moins sa présence. Sa mère lui avait juré qu'il était mort sur-le-champ, mais le doute persistait, et le seul fait que Patrice l'ait serré dans ses bras...

Démunie, ne pouvant reculer l'horloge du temps, Victoire se taisait. Patrice avait été le dernier à l'étreindre? C'était sans doute la revanche du destin. Petit, son père ne l'avait jamais serré dans ses bras, celui-là. Cœur au repos, avait-il pu enfin lui dire... «je t'aime»? Trois longues journées où, la mort dans l'âme, Victoire ne voyait pas la neige tomber. Service funèbre, pierre tombale avec ICI REPOSE GUSTAVE DESMEULES, calmants, repos continu et Victoire ouvrit à nouveau les yeux sur sa vie le 2 janvier, Clément à ses côtés.

En moins d'un mois, tel que souhaité par son père en cas de décès, l'étude de Gustave Desmeules fut vendue à un confrère. Convoqués par le nouveau notaire, la femme et les enfants du défunt assistèrent à la lecture du testament. Son avoir, sa maison, sa voiture, ses meubles, tout allait à Charlotte son épouse bien-aimée. À ses trois enfants qu'il chérissait, selon ses dernières volontés, une somme de cent mille dollars chacun pour les aider à poursuivre leur vie. À ses petits-enfants qui lui survivraient, une bourse d'études. Cent mille dollars en 1959, c'était un fort bel héritage. Une somme à faire fructifier, un montant à rendre tout héritier indépendant. Un montant qui, pour l'instant, faisait de Victoire une femme plus riche... que Clément.

— Tu sais quel jour nous sommes aujourd'hui, ma chérie?

— Oui, Clément, notre premier anniversaire de mariage.

— Que dirais-tu d'un souper au *Ritz* pour se remémorer...

— Je suis en deuil, Clément. C'est trop récent.

— Je suis certain que ton père n'y verrait pas d'inconvénient. Notre bonheur lui importe encore, tu sais. Que nous deux...

— Non, Clément, je n'en ai pas envie. Je n'ai pas le cœur à la fête.

— Tout de même, Victoire, ça fait presque deux mois. Aux morts survivent les vivants...

— Comment peux-tu dire une chose pareille! Mon père n'est pas encore froid et tu voudrais que je festoie? Ma peine est encore là, aussi vive, aussi intense qu'elle l'était le 24 décembre.

— Sois raisonnable, voyons. Depuis la mort de ton père, tu n'as pas mis le pied en dehors de la maison. Suzelle et Gilles n'ont pas annulé leur voyage au Mexique...

— Libre à eux! Si ma sœur oublie vite, moi pas. Je suis en deuil, Clément, et je le respecte, moi.

— Bon, comme tu voudras, mais ça ne va pas ramener ton père pour autant. S'il t'entend, je suis certain qu'il n'est pas d'accord avec toi.

— N'insiste pas. Je sortirai quand le temps viendra. Si ma présence, si mon silence t'ennuient, tu n'as qu'à sortir, toi! Je ne te retiens pas.

— Comme tu es brusque, Victoire. Je ne voulais que te faire plaisir, te changer les idées. Un premier anniversaire, tu sais...

— Ce n'est rien à côté de la perte d'un père. Laisse-moi épancher ma douleur, c'est tout ce que je te demande. Suis-je trop exigeante?

— Mais non, pardonne-moi si je t'ai blessée et... bon anniversaire, ma chérie.

Il se pencha pour l'embrasser mais, d'un geste raide, Victoire se désista, regagna sa chambre et, porte close, s'étendit sur son lit pour pleurer.

— Allô, Victoire? C'est maman. Je te dérange?

— Pas du tout, je sors du bain, je prends un café, je grille une cigarette.

– Tu fumes à présent? Depuis quand?

– Oh! de temps en temps avec un café tout simplement.

– Vilaine habitude, ma fille, surtout si tu veux des enfants.

– Je ne suis pas enceinte à ce que je sache.

– Bon, bon, fais comme tu voudras. Dis, tu pourrais venir dîner à la maison? J'aurais à te parler.

– Bien sûr, j'ai toute ma journée. Clément ne rentrera pas avant sept heures.

– D'accord, je t'attends. J'ai préparé un petit pâté chinois pour toi.

– Petit j'espère, ma ligne, maman!

Victoire était ravie de revoir sa mère, de prendre le thé avec elle après le petit pâté et quelques marinades. Heureuse d'être assise dans le fauteuil préféré de son père, sur lequel l'odeur de Gustave persistait comme s'il venait à peine de le quitter.

– Tu sais, Clément m'a appris à conduire. Trois leçons, maman, et c'est comme si j'avais fait ça toute ma vie. Finis les taxis, les attentes. Je m'achète une voiture prochainement. Pas une Mercedes, bien sûr, une voiture plus pratique, plus adaptée à mes besoins.

– Dis donc, tu sors de ta coquille, ma fille?

– Peu à peu, maman, mais papa me manque tellement. Je pense à lui constamment. Je l'imagine encore dans cette maison réglant son horloge.

– Parlant maison, c'est à ce propos que je t'ai demandé de venir, Victoire.

– Vas-y, je t'écoute.

– J'ai l'intention de la vendre. Je ne peux plus rester sous ce toit, voir sans cesse ce que nous avons partagé ton père et moi. Je ne suis plus capable de pleurer dans ces souvenirs. De plus, j'ai peur de vivre seule ici. Je n'en dors plus la nuit. Tu sais, une femme seule, à mon âge, ce n'est guère rassurant.

— La vendre? Tu n'y penses pas, maman? Toutes ces années, toute notre enfance. Je ne peux m'imaginer que ça puisse appartenir à quelqu'un d'autre.

— On ne vit pas dans le passé, Victoire. C'est un geste difficile à faire, crois-moi, mais à vivre sous ce toit, j'avive ma peine. J'ai peur de déprimer. Je vois ton père partout. Il faut que je parte, que je sorte d'ici, que je voyage, que je vive ailleurs aussi.

— Pour aller où, maman? Vivre seule dans un petit logement?

— Non, Suzelle et Gilles m'ont offert d'aller habiter avec eux. Du moins, pour un an ou deux. Après, on verra. S'ils ont des enfants, je me trouverai un autre toit pour ne pas me sentir de trop, mais d'ici là...

— Remarque que l'idée n'est pas bête, maman. Il faut aussi penser à toi et comme tu t'entends bien avec Suzelle et Gilles... Mais, vendre à un inconnu, je ne sais pas, j'en ai des frissons juste à y penser. Ce fauteuil, ce mobilier, tout ce qu'il aimait tant.

— Je sais, Victoire, mais il n'est plus là et je me dois d'enterrer avec lui tout ce qui me rend chagrine. On ne vit pas sur des cendres, on dépérit. Regarde mes yeux cernés. Si tu savais comme je l'ai aimé, ton père.

— Je sais, maman, je sais... et je suppose que Patrice est d'accord avec la vente de la maison?

— Oui, tout comme Suzelle. Ils savent que je m'ennuie, que je ne dors plus...

— Tu as trouvé un agent pour la vente de la maison?

— Mieux, j'ai déjà un acheteur, un ami de Patrice. Un couple avec trois enfants. Une maison familiale dans laquelle leurs enfants grandiront. Tu vois? La roue tourne, Victoire, et d'autres en profiteront. De plus, ce monsieur est prêt à me verser vingt mille dollars, meubles inclus.

— Ce qui veut dire que tu quitterais avec tes vêtements, rien de plus?

— Et mes souvenirs, Victoire. Mes photos, quelques bibelots, ce qui m'est cher et qui était précieux pour ton père. Que ça... puisque chez Suzelle, tout est meublé. Ce serait vraiment pour moi une vie nouvelle.

— Vingt mille dollars, dis-tu? Meubles inclus?

— Oui, une assez belle somme, selon moi.

— Et une bonne affaire pour l'acheteur. Il y a au moins pour cinq mille dollars de meubles ici.

— Ils ont quand même de l'âge...

— Vingt mille dollars tout compris? Oublie l'ami de Patrice, j'achète la maison, maman.

Charlotte fut sidérée. Elle croyait avoir mal entendu. Muette d'interrogation, elle regardait sa fille, elle ne comprenait pas.

— Oui, tu as bien entendu, je l'achète, maman. J'ai sûrement la préférence sur un étranger, non? Je l'achète, je te donne le même montant.

— Mais tu as ta maison, Victoire? Que ferais-tu de celle-ci? Je ne te suis pas, je suis confuse.

— Je l'achète et je verrai ensuite ce que j'en ferai, mais chose certaine, je ne la revendrai pas. Je veux tout garder tel quel, ne rien déranger...

— Tu es folle ou quoi? Tu veux en faire un salon mortuaire, Victoire?

— Non, non, je verrai, je la louerai peut-être, mais à quelqu'un de bien.

— Et les vingt mille dollars? Une assez grosse part de ton héritage.

– Un bon placement, maman. Laisse-moi faire, je me comprends. Tu veux bien me la vendre, la maison? J'y ai droit, non?

– Bien sûr, Victoire, mais si je m'attendais à ça... J'avoue que je ne te comprends pas.

– Aucune importance, maman. Dès le retour de Suzelle, tu t'installes chez elle et puis, on passe chez le notaire. Dis à Patrice de prévenir son ami que c'est sa sœur qui achète.

Victoire quitta sa mère, ayant quelques courses à faire avant le retour de Clément. Restée seule, Charlotte Desmeules était songeuse, inquiète même. Elle téléphona à Patrice, le mit au courant des intentions de sa sœur et ce dernier s'écria:

– Elle est complètement folle! Que va-t-elle en faire? Je parie qu'elle n'en a même pas discuté avec Clément.

– J'en douterais puisqu'elle se sert de son héritage.

– Il a quand même son mot à dire. C'est son mari, non?

– Oui, je sais, mais tu connais ta sœur... Elle veut cette maison et comme elle a la somme nécessaire, on ne peut pas lui refuser le premier droit.

– Folle, folle à lier, la sœur! Bien sûr qu'elle en a le droit, le privilège même, mais je ne comprends pas. Elle a déjà sa maison, elle achète sans en parler à Clément ou, du moins, pas encore, elle veut la louer, ne pas la revendre. Ça sent mauvais, maman. Comme je la connais, elle a sûrement une autre idée derrière la tête.

Victoire attendit le moment propice pour en parler à Clément. Ce même soir, à l'heure du bain, à l'instant où le désir de plaire de son mari devenait... pressant. Il s'objecta, tenta de lui faire comprendre le ridicule de son geste, mais, froidement, elle lui répondit: «C'est mon argent.» Il troqua la rage contre la douceur, plaida avec tout le bon sens qui l'animait, elle ne voulait qu'en faire à sa tête. Il s'emporta de nouveau, la traita d'inconsciente, d'enfant gâtée. Elle lui répondit: «J'achète, un point c'est tout!» Désemparé, il prit mine d'autorité, de son rôle de mari pour l'en empêcher et, fière, altière, elle rétorqua: «Et de quel droit?» Découragé, voyant qu'il n'en viendrait pas à bout, il opta pour le silence. Au moment du coucher, il voulut la prendre dans ses bras.

— Pas ce soir, Clément, je suis fatiguée.

— Ça fait deux mois, Victoire, deux mois que tu me repousses. Je veux bien croire que la mort de ton père t'affecte, mais là...

— Tu comptes les mois, maintenant? Comme un chat qui attend la chatte? Pourquoi ne comptes-tu pas les jours, Clément? Tu serais encore plus éloquent.

Découragé, il ajouta timidement: «Ce n'est pas normal.» Indignée, elle riposta vivement: «Oui, tu as raison. Pas normal de se comporter avec sa femme... comme un animal!»

Premiers lilas de mai, rosiers qui s'étirent paresseusement après un dur hiver et Victoire, de sa fenêtre, regardait à l'œuvre le jardinier que son mari avait engagé. Seule mais heureuse dans sa tour d'ivoire, elle avait flâné au lit jusqu'à ce que Clément soit parti. Seule avec ses rêves, moments d'extase pour la jeune femme, reine d'un château sans vie et de ses bals solitaires. Malgré sa vague de bonnes intentions, personne ne venait à la maison. Suzelle, Gilles, sa mère, une fois ou deux, ses beaux-parents, jamais. Victoire n'invitait guère, au grand désespoir de Clément qui aurait apprécié recevoir Danielle, Patrice et leurs enfants, et qui n'en finissait plus de s'excuser auprès de sa mère. Mais la jeune femme n'était pas restée cloisonnée pour autant. L'achat d'une voiture, l'achat de la maison de sa mère, tout avait été conclu dans la plus grande discrétion. Au point que son mari n'avait osé en parler à ses parents. Charlotte vivait maintenant avec Suzelle qui ne comprenait, pas plus qu'elle, le geste surprenant de son aînée. Et l'oncle Adhémar, avisé de l'affaire, avait préféré ne pas s'en mêler.

La vaste maison de Rosemont, celle de son père, celle de son enfance, était maintenant la sienne et Victoire ne l'avait pas louée et encore moins barricadée. À chaque jour ou presque, elle s'y rendait. Pour la rafraîchir, la décorer, lui donner fière allure, sans pour autant en changer l'âme. Elle s'y réfugiait pour lire, pour écouter de la musique, pour réfléchir, pour... fuir. C'était en quelque sorte son sanctuaire. Et c'était toujours avec peine qu'elle la quittait, le soir venu, pour retrouver le nid à deux qu'elle avait tant souhaité. Toujours plus loin, Victoire Desmeules, mais avec parfois... un pas en arrière. Ce retour sur son passé nourrissait les minutes présentes. C'était avec joie qu'elle retrouvait sa chambrette d'enfant, ce voisinage d'antan, l'église du coin, le fauteuil de son père, la nappe de dentelle de sa mère. C'est quand elle revenait chez elle à Outremont, qu'elle se sentait comme une étrangère. Elle ne vaquait plus à ses tâches et Clément se devait, bien souvent, de préparer ses repas. Le scénario qu'elle avait inventé pour quitter ses beaux-parents s'était dissipé avant même un lever de rideau. Étrangère dans sa maison de rêve, de plus en plus distante face à l'inconnu que devenait son mari, Victoire voulait vivre sa vie. Que sa vie. Sans partage, sans émoi, sans mariage, parce que... sans amour. Clément, décontenancé, abasourdi, voyait peu à peu fondre tous ses espoirs. Pas d'enfant à l'horizon, pas même une femme pour lui en donner la lueur. Il avait célébré ses vingt-sept ans le 13 avril sans même une pensée de sa douce moitié. Victoire s'en était excusée, elle avait oublié. Las d'être là sans qu'elle y soit, il lui arrivait de souper chez sa mère, prétextant que sa femme était en visite chez sa sœur. La vérité était tout autre. Depuis quelques semaines, il arrivait même que Victoire ne rentre pas. Un coup de fil, une piètre excuse et la jeune femme passait la nuit à Rosemont. Dans sa maison. La flamme qui animait Clément s'éteignait de plus en plus. Seul avec son chagrin, il n'osait en parler à personne. Sa mère lui aurait dit: «Ne t'avais-je pas prévenu?» et, mis au courant de la situation, Patrice aurait certes aggravé son cas en injuriant sa sœur. Un jour, puis deux et trois, Victoire ne rentrait pas. Comme une femme qui a deux vies, comme la jeune fille au temps de ses fréquentations. Comme bon lui semblait, au détriment de celui qui, dans un dernier souffle, espérait. Une seule relation de couple en quatre mois. Une seule... à sens unique. Victoire s'était laissée prendre sans se donner. Au point que, fou de rage, il s'était levé pour lui dire qu'elle venait de l'humilier. Loin de s'emporter, Victoire s'était endormie, la tête enfouie sous l'oreiller, pendant que son mari gesticulait dans le vide. Le lendemain, pour le punir de sa saute d'humeur, elle s'était enfuie dans sa demeure pour ne rentrer que deux jours plus tard. Comme si rien ne s'était passé. Comme si Clément n'avait plus aucun droit sur sa vie privée. Et le jeune homme sombrait. Dans ses études, dans ses pensées. Sa mère le sentait déprimé et son père se questionnait sans rien lui demander.

Cinq jours d'absence, c'était le comble. Clément avait téléphoné, la sommant de rentrer. Elle tapissait le mur du salon, puis celui de la chambre.

— Et notre maison, qu'en fais-tu? C'est un vrai bordel ici! Il n'y a rien dans le réfrigérateur, je n'ai rien à me mettre sur le dos et...

Elle l'interrompit.

— Engage une femme de ménage, Clément, je ne suis pas ta servante. Pour ce qui est de tes vêtements, la buanderie n'est pas loin, le nettoyeur...

Il protesta, vociféra... puis supplia. Si bien que sa voix s'étranglait dans ses larmes.

— Je dépéris, Victoire, reviens me remonter le moral, je t'en supplie. Que t'ai-je fait pour que tu me traites ainsi?

Elle avait été touchée et le remords l'avait emporté sur l'indifférence.

— D'accord, je rentre, mais de grâce, ne te mets pas dans un tel état.

Elle était revenue, quelque peu repentante, mais pas tout à fait convaincue. Ils avaient soupé ensemble. Elle avait bu du vin. Trop de vin. Barbe de deux jours, cheveux plus longs, Clément voulut jouer la carte de la séduction. Une douche, une eau de Cologne et, la retrouvant au lit, il voulut s'approcher de ce corps qui depuis belle lurette lui avait échappé.

— Non, Clément, pas ce soir, je suis fatiguée, épuisée.

Il insista en glissant une main sous le drap de satin.

Elle fit voler le drap, la couverture, se leva d'un bond et, furieuse...

— J'ai dit non! Je ne veux pas, je ne veux plus!

– Quoi? Tu te refuses? Tu ne veux même plus accomplir ton devoir, Victoire? Et moi, pauvre imbécile, qui te croyais quand tu disais que tu m'aimais.

La réponse fut cinglante.

– Je ne t'ai jamais dit que je t'aimais, Clément Béchard!

Un dard en plein cœur. Il la regardait, atterré par ce qu'il venait d'entendre. Ses yeux s'embuèrent de larmes et il marmonna d'une voix quasi éteinte:

– Tu ne m'as jamais aimé, Victoire?

Elle sentit un malaise lui écorcher l'épine dorsale.

– Écoute, Clément, c'est toi qui me disais sans cesse que tu m'aimais. Ce que je veux dire, c'est que moi, je n'en ai jamais fait l'aveu.

Et c'était vrai. Clément venait de s'en rendre compte.

– Donc, tu ne m'aimes pas... ajouta-t-il tout bas.

– Je ne peux pas répondre à cette question. Je ne veux pas répondre...

– C'est donc ça, tu ne m'aimes pas. Tu ne m'as jamais aimé, tu m'as joué la comédie. C'est trop cruel, Victoire, trop cruel et trop bête à la fois.

– Tu dis n'importe quoi. Tu, tu... cherches à m'amadouer.

– Plus maintenant. Avoue que tu ne m'aimes pas si tu en as le courage.

Blessée dans sa fierté, irritée par l'insistance, Victoire rétorqua d'un bond:

– Non je ne t'aime pas! Tu voulais le savoir? Je ne t'ai jamais aimé, Clément. Je n'ai jamais rien ressenti pour toi. Dois-je continuer?

Il était retombé la tête sur l'oreiller et, de son miroir, Victoire pouvait voir sur sa joue quelques larmes couler. Trop tard. L'aveu était parti, le mal était fait. Et, bizarrement, elle se sentait délivrée.

– Pourquoi m'as-tu épousé alors? Pourquoi, Victoire? Tu as même insisté pour précipiter notre mariage. J'ai acquiescé à tout parce que je t'aimais, moi. J'ai même convaincu mon père de nous laisser partir sur tes instances. J'ai tout fait, Victoire. J'ai fait tout ce que tu me demandais par amour pour toi. J'ai presque renié ma mère pour défendre tes droits. J'ai obtenu une part de mon héritage, j'étais prêt à t'offrir mer et monde et là, tu viens me dire en plein visage que tu ne m'as jamais aimé?

Victoire ne savait plus sur quel pied danser. D'une cigarette à l'autre, elle écoutait nerveusement les virulents reproches de Clément. Elle se sentait fautive, diabolique, mais sa fierté l'empêchait de s'expliquer. Ne sachant que répondre, ne pouvant lui avouer qu'elle l'avait épousé comme elle aurait épousé n'importe qui pour ne pas coiffer le bonnet de vieille fille, elle sauta un chapitre.

– Nous devrions nous séparer, Clément. Temporairement.

Il la regardait, n'en croyait pas ses yeux. Elle était sûrement malade. Psychologiquement, gravement malade.

– Tu devrais consulter un psychiatre, Victoire. Je crois que c'est urgent.

La phrase clé, la phrase de trop.

– Je suis saine d'esprit, tu sauras! Et je ne te demande qu'une séparation temporaire pour réfléchir, tenter de comprendre, me retrouver...

Il l'interrompit brutalement.

– Tu ne penses qu'à toi, Victoire. Je veux, je vais, je je je, que toi, en sale petite égoïste que tu es. Si tu pars, si tu retournes à Rosemont, c'est la séparation. La séparation légale, Victoire! Je n'attendrai pas que tu te retrouves pour me revenir sans amour. Tu ne m'aimes pas? Tu ne m'as jamais aimé? C'est fini entre nous. Pars, va-t-en et ne reviens pas. J'ai fini de gémir sur mon sort, et Dieu merci, nous n'avons pas d'enfants. Pars, Victoire, sors de ma vie et je me rebâtirai moi-même. Notre vie à deux vient de s'éteindre ce soir.

— D'accord, mais remarque que c'est là ton choix, Clément.

Furieux, hors de lui, il s'empara du jupon de sa femme, le lui lança et lui cria:

— Va-t-en! Va donner ton corps de glace à un autre que tu pourras aimer. Ma vie a été un cauchemar avec toi et, je te préviens, tu n'auras rien de moi, pas le moindre sou. Tu m'as ruiné jusqu'au fond de l'âme!

Effrayée par l'emportement de son mari, Victoire garda son sang-froid pour lui répondre très calmement:

— Je ne veux rien de toi, Clément, rien, moins que rien. J'ai déjà trop pris et tout ce que je veux, c'est reprendre ma vie. Je m'en vais, je pars maintenant, je ne passe même pas la nuit ici. Et je ne te demande pas de me pardonner. Je n'ai pas péché, je n'ai rien manigancé en t'épousant, je n'ai fait qu'une erreur, Clément. Une erreur que je ne m'explique pas.

— Je je je, encore je! Tu n'as jamais pensé à moi, tu ne t'es même pas rendu compte que j'avais tout chambardé pour toi. Mes études, mon avenir, ma famille. Tu m'as sauté dessus et tu qualifies ton geste d'erreur? Tu es un monstre de femme, Victoire! Tu t'es payé ma tête, tu t'es servi de moi comme d'un jouet. Plus misérable que toi, ça ne se fait pas! Ma mère avait vu juste, tu es une femme sans merci, une femme abominable. Et dire que mon père te couvait de sa tendresse. Lui, le juge qui n'a même pas l'intuition d'un prolétaire. Ah! comme ton frère avait raison! Lui aussi m'avait mis en garde contre la mauvaise graine que tu es. Et tu penses tout balayer en me disant que tu ne m'as jamais aimé? Je t'ai aimée, moi, Victoire, mais jamais comme je te déteste maintenant. Le dindon de la farce! Voilà ce que tu as fait de moi tout ce temps...

Victoire s'était rhabillée et l'écoutait sans rien articuler. Elle s'empressait de ranger ses effets dans une valise. Puis, avant qu'un autre orage ne gronde, elle quitta la chambre, la maison et démarra en trombe dans la nuit. En route pour Rosemont, pas une seule larme, pas un regret. Mais elle revoyait encore dans le miroir, le visage de l'homme qui pleurait. Pas la moindre émotion, aucun repentir. Tout venait de finir. Et Victoire savourait sans être remuée, l'éclosion de sa liberté.

Clément n'avait pas fermé l'œil de la nuit. Désemparé, blessé jusqu'au plus profond de son être, il avait laissé couler les heures, un verre à la main, le regard dans le vide. Victoire, celle qu'il avait tant aimée, celle de qui il voulait des enfants, venait de lui assener un dur coup en le quittant. Il s'était emporté et le regrettait presque, mais quand revenaient les mots «Je ne t'ai jamais aimé», sa pudeur s'effondrait pour faire place au mépris. Loin d'être dupe, il avait certes senti au fil des mois que sa femme évitait de plus en plus l'appel de son cœur, la tendresse de ses bras. Mais il avait été patient avec l'espoir qu'au gré du temps... D'un coup sec comme celui de la hache sur un arbre, il venait de perdre sa dernière feuille, de rendre l'âme. Elle avait enfin craché son venin et c'était moins atroce que d'être sans cesse coincé entre l'arbre et son écorce. Mais que dire à ses parents? Comment leur expliquer la situation, lui, seul dans sa vaste maison? Cette maison qu'il maudissait parce qu'elle était née du complot de celle qu'il aimait. Un échec épouvantable pour ce fils de juge qui avait le sens des valeurs. Il l'avait fait sienne pour la vie et, pendant ce temps, elle ne l'avait même pas aimé le temps d'une nuit. Un cauchemar? Un mauvais rêve? Non, Clément faisait face à son drame les yeux grands ouverts. Que dire à son père qui avait eu tant d'égards pour Victoire? Et à sa mère qui avait eu raison depuis le jour de leur union? Il avait bu toute la nuit, lui qui ne buvait guère, pour penser, pour pleurer, pour s'y faire, pour la haïr autant qu'il avait pu l'aimer, pour tenter de l'oublier. Il ne se présenta pas à l'université, quitte à rater un examen plutôt que de l'échouer par un semblant de présence. Il avait la tête lourde et le cœur au bord des lèvres. En une nuit, il s'était creusé quelques rides. Il attendit toute la matinée que le téléphone sonne. Dernier sursis. Si seulement Victoire s'amendait, lui avouant qu'elle lui avait menti. Si seulement il pouvait encore croire... mais à quoi bon. Elle ne l'aimait pas, elle ne l'avait jamais aimé, elle ne s'était jamais donnée à lui. Depuis le premier jour, elle n'avait su que feindre toute forme d'amour.

D'une main tremblante, il composa le numéro de sa mère.

— Maman, c'est moi, Clément.

— Mon Dieu que tu as la voix grave. Qu'est-il arrivé? Tu n'es pas à l'université?

— Non, à la maison, mais rien d'alarmant, ne vous inquiétez pas. Dites, père n'est pas là?

— Il rentre cet après-midi. Quelque chose ne va pas, Clément, je le sens.

— J'irai vous voir, papa et vous, en fin d'après-midi, J'ai des choses importantes à vous confier. Vous êtes libres? Vous n'attendez personne?

— Non, absolument pas, mais tu es sûr de ne rien me cacher? Victoire est là?

– Elle... elle dort encore. Donc, ça va pour cet après-midi?

– Bien sûr, mon garçon, nous t'attendrons, mais vraiment tu m'inquiètes. Tu n'es pas malade au moins?

– Non, non, je vais bien. À cet après-midi, maman.

Puis, composant un autre numéro, une voix d'homme se fit entendre.

– Patrice Desmeules à l'appareil.

– Patrice? C'est Clément. Je prends juste quelques minutes de ton temps. Dis, tu es libre ce soir?

– Heu... oui, ça peut s'arranger. Quelque chose d'important, Clément?

– J'aimerais te parler. On peut se retrouver au Ritz pour sept heures?

– Aucun problème, le temps de prévenir Danielle et je serai là. Mais tu m'intrigues, le beau-frère. Quelque chose ne va pas?

– Je te raconterai. Ce serait trop long au bout du fil.

En fin d'après-midi, Clément, ayant retrouvé ses facultés, s'était rendu chez ses parents. Sa mère en l'apercevant s'était écriée:

– Mais, qu'est-ce que tu as? Je ne t'ai jamais vu dans un tel état!

Clément avait les yeux rougis par les larmes, la barbe encore plus forte, les cheveux en broussaille, la mine basse, l'air abattu. Son père fronça les sourcils et invita le fils à passer au salon où la bonne s'empressait avec le café chaud. Seul avec ses parents, Clément vida son sac d'un trait. Sans la moindre interruption de leur part, ou presque. Du premier jour de son union jusqu'à la nuit dernière. Il leur parla de l'héritage de Victoire, de la maison achetée de sa mère, de la voiture et, finalement, de sa relation de couple sans omettre le moindre détail. Sa longue confession se termina par l'aveu méprisant de sa femme qui lui avait crié ne l'avoir jamais aimé.

Diplomate, pour ne pas ajouter à sa peine, sa mère se contenta de marmonner en regardant son mari de travers: «Donc, j'avais vu juste.» Pour sa part, le juge, consterné par tout ce qu'il venait d'entendre, avait murmuré: «Je n'aurais jamais cru ça d'elle. Je suis navré, j'ai été berné. Victoire m'a eu autant que toi, mon fils.» Clément pouvait sentir la colère qui grondait dans le cœur de son père. Aussi bon était-il, il ne fallait jamais trahir la confiance de Jules Béchard. Victoire venait, sans le savoir, de se créer un terrible ennemi.

– Prends tes affaires, Clément, reviens ici dès demain. Laisse la maison meublée comme elle est. D'ici un mois, elle sera vendue.

Françoise, ravie du retour de son fils, heureuse du départ de Victoire, n'en laissa toutefois rien paraître. Elle se contenta d'ajouter:

– Ta chambre est telle que tu l'avais quittée. Tu n'as qu'à revenir et laisser derrière toi cette histoire comme on laisse un mauvais souvenir.

Et le juge, plus juge que père, de dire à son fils:

– À présent, Clément, tu vas faire ce que je te dicte. Laisse-moi la cause, je m'en occupe. Tes études avant tout, mon fils.

Clément, larmes aux yeux, se jeta dans les bras de son père.

Sa mère aurait voulu qu'il reste et que les domestiques se chargent de ses effets personnels, mais Clément préféra repartir et revenir le lendemain, sans toutefois leur dire que Patrice l'attendait. À l'heure convenue, Patrice était au rendez-vous. Clément était passé chez lui pour se raser, prendre une douche, se coiffer. On n'entre pas au Ritz l'air déconfit quand on est fils de juge. Une poignée de main, un apéritif et Clément attendit d'être à table avant d'exprimer à son beau-frère son désarroi et sa misère. Patrice l'écoutait, fulminait, mais le laissa aller jusqu'au bout.

— Je ne comprends pas encore, Patrice. Je ne m'explique pas...

— Moi, je comprends et ce n'est pas parce que Victoire est ma sœur que je vais la défendre. Elle t'a épousé parce qu'elle ne voulait pas rester vieille fille, Clément! C'était là sa hantise. Toi ou un autre, il fallait qu'elle se marie avant d'avoir vingt-cinq ans. Tu voulais la vérité? La voilà! Plus folle que ça, cherche-la! Et tu n'as rien à te reprocher, mon vieux, loin de là. Victoire a toujours dominé à la maison. Tout comme mon père, elle avait toujours raison et Suzelle a été à sa merci jusqu'à ce qu'elle se marie. Moi, je me suis toujours battu contre elle, même si papa lui donnait toujours sa bénédiction. Victoire est une femme troublée, Clément. De la mauvaise herbe depuis son enfance. Ma mère en a toujours arraché avec elle. Égoïste, sans cœur, elle est responsable de tous ses malheurs. Quand tu l'as épousée, je te plaignais déjà. T'avoir connu avant, je t'aurais mis en garde, mais tu l'aimais tellement que tu n'aurais pas pris ce que je t'aurais dit d'elle. J'ai essayé par la suite, et encore dernièrement, mais rappelle-toi, tu m'as toujours fait taire quand ce n'était pas Danielle qui me clouait le bec. Je suis navré pour toi, mais cette rupture... c'est ce qui pouvait t'arriver de mieux. Jamais Victoire ne rendra un homme heureux. Il y a un monstre en elle et tu peux remercier le ciel à genoux de ne pas avoir eu d'enfant d'elle. Tu pourras refaire ta vie, sans remords, sans regrets. Tu es un gars formidable, toi.

Une heure à discourir et Clément l'écoutait sans même intervenir. Il avait besoin d'entendre de vive voix ce qu'il soupçonnait depuis longtemps. Tel un baume sur la plaie encore vive, les paroles de Patrice lui rendaient justice. Et c'était justement à titre de «justicier» que Clément l'avait convoqué. Pour éviter d'être sali et traîné dans la boue aux yeux de la famille. Ils se quittèrent très tard en se serrant la main, en se jurant de se revoir. Clément Béchard avait maintenant «son avocat» si la poursuite de Victoire s'avérait trop défavorable. En quelques heures, celui qui avait tant aimé... n'aimait plus. Il aurait certes à se remettre de ses émotions, de l'absence, vivre un retour aux sources, mais son cœur meurtri était à demi... guéri.

De son côté, Victoire s'était empressée d'offrir sa version des faits. Dès l'aurore, c'est Suzelle qu'elle convia pour les croissants et le café. Suzelle la naïve, Suzelle qui boirait ses paroles, Suzelle qui la plaindrait. Mais Suzelle la frivole n'était pas aussi sotte que Victoire le croyait. Après avoir écouté la complainte de son aînée, le rejet de Clément, sa demande pour une séparation légale, la cadette osa se prononcer.

— Je ne peux pas croire que Clément t'ait mise à la porte sans raison. Pas lui, Victoire. Ce n'est pas son genre et tu as sans doute été l'instigatrice de cette rupture.

— Quoi? Tu mets ma parole en doute maintenant? Tu préfères croire en ton beau-frère plutôt qu'en ta sœur? Je ne pensais pas cela de toi, Suzelle.

— Écoute et ne m'interromps pas, si tu le peux. Je connais Clément et je te connais, Victoire. Tu as un ange de mari et je t'ai vue agir avec lui. C'est toi qui lui fais la vie dure depuis le commencement. Clément a tout fait pour te plaire. Il a cédé au moindre de tes caprices.

— Là, tu charries, ma petite sœur, je...

— Ne m'interromps pas, laisse-moi aller jusqu'au bout de ma pensée. Cet homme a tout sacrifié pour toi, sa mère incluse. Tu désirais partir de chez ses parents? Il a acheté une maison. Encore mieux, vous l'avez eue en cadeau de son père. Tu n'avais qu'à lever le petit doigt et il s'exécutait. Sois franche et honnête, Victoire, tu ne l'aimais pas, tu ne l'as jamais aimé. Ce qui arrive, c'est toi qui l'as tramé et ne viens pas maintenant lui jeter la pierre. Clément était un être sans reproches, mais je poursuis en ajoutant qu'il ne faut pas forcer ses sentiments, qu'on ne peut pas faire semblant d'aimer quand le cœur n'y est pas. Sur ce point, je te comprends, Victoire, mais ne jette pas le blâme sur ton mari si ton cœur a toujours été indécis. Même si, de mon point de vue, il a tout pour plaire à une femme. Il est séduisant, charmant et sans doute bon amant. Je te comprends, Victoire, mais je te plains et je suis certaine qu'un jour tu t'en repentiras.

— Comment oses-tu me parler sur ce ton, toi, avec tes vingt ans et...

— Parce que je suis devenue femme, Victoire, parce que je ne suis plus la petite que tu manipulais du haut de ta grandeur. Parce que j'ai maintenant ma vie et parce que je suis mariée tout comme toi. Cesse de me parler comme si j'avais encore seize ans. Je regrette, mais sur les choses de la vie comme sur les sentiments, je te dépasse nettement. Je suis peut-être frivole, boute-en-train, mais j'ai mûri, Victoire, et je n'aurais pas épousé, comme tu l'as fait, un homme que je n'aurais pas aimé. D'autant plus que tu savais qu'il était fou de toi. Tu as joué, comme d'habitude, mais cette fois, tu as perdu. Clément était l'homme idéal, mais tu ne l'aimais pas. Va pour ça, mais ne viens pas chercher ma sympathie. Te rends-tu compte seulement du mal que tu lui as fait, Victoire?

— Tout de même, je ne suis pas odieuse...

— Pire, car tu lui as caché ta vraie nature depuis le premier jour. Tu l'as incité à t'épouser alors qu'il désirait attendre deux ans. Tu lui as forcé la main pour ensuite lui refuser tes faveurs. Tu l'as humilié maintes fois, Victoire, au point qu'il n'osait plus se regarder dans le miroir. Ce qui arrive, tu l'as provoqué. Tu n'as même pas voulu lui donner un enfant. Ton stérilet, moi je savais, mais pas lui cependant. Accepte ton sort car, au risque de te faire mal, je te dis aujourd'hui que tu as tous les torts.

— C'est fini? Tu te sens mieux maintenant? On fait venir sa petite sœur pour un appui et on écope d'un coup de fusil? C'est ça pour toi, le sens de la famille? Si j'avais su, je m'en serais abstenue...

— D'entendre tout ce que j'avais à te dire? Tu croyais que je serais l'éponge de ton malheur, que je te donnerais l'absolution sans poser de questions? Je suis désolée, Victoire, mais pour la première fois depuis que je suis née, je suis en désaccord avec toi.

— Comme tous les autres! Un coup d'épée et puis bonsoir.

— Pas tout à fait, car tu auras besoin d'appui. Je t'ai dit ce que j'avais à te dire, mais maintenant que le mal est fait, je ne vais pas te laisser tomber. Tu es toujours ma sœur et je n'oublie pas tout ce que tu as fait pour moi.

— Une forme de gratitude? De charité peut-être?

— Non. Tu as besoin de te retrouver et je serai là, à tes côtés, pour t'aider, mais sache que la tâche ne sera pas facile.

Nous aurons des obstacles à vaincre, Victoire. On ne part pas comme ça sans en subir les retombées.

– Au fait, Suzelle, le refus des faveurs, le stérilet, qui donc te faisait des confidences?

– Ne t'inquiète pas, ce n'est pas ton mari. Était-il seulement au courant de l'empêchement à la famille? J'en douterais. Une femme lit dans les yeux d'une autre, Victoire. Surtout quand il s'agit de sa propre sœur. Si tu t'étais confiée plus tôt, si seulement tu m'en avais parlé avant de l'épouser, je t'aurais convaincue de n'en rien faire et Clément ne serait pas aujourd'hui un homme blessé. Mais non, tu n'as fait qu'à ta tête et tu dois maintenant en régler l'addition. Te rends-tu seulement compte de sa souffrance, Victoire? Et son père, sa mère, maman, tous ceux qui l'aiment?

– Ne me fais pas sentir plus coupable que je le suis, Suzelle. C'est moi qui ai vécu cet enfer. C'est moi qui avais à me donner à un homme que je n'ai jamais aimé. J'ai assez payé pour mon erreur. C'est moi qui...

– C'est toi qui l'as voulu, Victoire! Je regrette, mais il te faudra en subir les conséquences. Tu dis avoir vécu un enfer? Et là, tu lui fais vivre un purgatoire pour une offense qu'il n'a pas commise. Sois au moins juste avec lui si tu n'es pas capable d'être franche avec toi.

– Tu veux m'aider et tu t'emportes? Dois-je en déduire...

– Ne déduis rien et n'en parlons plus si tu veux bien. Tu as ta maison, celle que tu voulais, celle de papa. Tu es libre à présent. Nous t'avons tous vue venir avec cet achat soudain, tu sais. Tout était prémédité. Admets-le au moins, écrase ta fierté, pile sur ton orgueil.

Et pour la première fois, Victoire, démolie, défaite, avoua à sa sœur qu'elle rêvait depuis longtemps de foutre le camp. Et sans plus se retenir, elle se confia comme elle ne l'avait jamais fait. Elle avoua tout, et plus encore, sans le moindre regret. Suzelle était sa seule bouée et elle ne pouvait risquer de la voir couler en lui mentant effrontément. En d'autres circonstances, elle aurait certes foutu sa cadette à la porte pour ne serait-ce qu'un brin de remontrance, mais pas maintenant. Parce qu'elle avait peur, parce qu'elle craignait d'être seule, face à face avec son geste.

— C'est fini, bien fini avec lui? osa une dernière fois Suzelle.

— Oui, c'est fini. Je l'ai voulu, je l'ai même provoqué, c'est vrai, mais il y allait de ma santé. Je lui ai sans doute fait mal, Suzelle, mais je ne pouvais plus vivre avec cette boule collée au cœur.

Et Victoire éclata en sanglots comme jamais elle n'avait pu le faire. De toute sa vie, c'était la première fois que la petite voyait la grande pleurer. Au point qu'elle en fut émue jusqu'au fond de son âme.

— Pleure, pleure, ça te fera grand bien. Tu t'es toujours retenue, Victoire.

Blottie dans les bras de Suzelle, l'aînée pleurait à chaudes larmes. Épuisée, nerveuse, coupable, son arrogance avait fini par craquer.

— Je t'aiderai, Victoire, je ne te laisserai pas tomber. Je ferai tout pour que tu puisses oublier. Fais-moi confiance.

Restée seule, Victoire écouta de la musique, de Mozart à Chopin, pour s'évader très loin du temps présent. La sonnerie du téléphone la fit sursauter. Devait-elle répondre? Feindre d'être absente? Elle décrocha et reconnut la voix impérieuse de son frère.

— C'est écœurant ce que tu lui as fait! Indigne de toi, Victoire!

Irritée par le ton, retrouvant sa raideur, elle rétorqua:

— Et je suppose que ça te regarde, le frère?

— Non, pas vraiment, mais sache que c'est fini entre toi et moi. Je ne veux plus jamais te revoir. J'ai honte d'être ton frère. Plus garce que toi, ça n'existe pas. J'ai vu Clément, j'ai su tout ce que tu lui as fait endurer et ça me fait vomir de honte.

— Tu as fini? Tu crois vraiment que j'ai besoin de tes impressions?

— Sûrement pas, mais moi je n'ai pas besoin d'une sœur comme toi dans ma vie. Va au diable, Victoire, et qu'il t'emmène où il voudra. N'en déplaise à maman, jamais tu ne me reverras ni mes enfants.

Victoire sentait que Danielle, derrière lui, faisait tout pour le calmer.

— Toi, laisse-moi lui dire ce que je pense. Ma sœur est une damnée!

Victoire lui raccrocha la ligne au nez.

Mais la jeune femme n'était pas au bout de ses peines.

— Allô, Victoire? C'est ta mère.

— Pas toi, maman, je t'en supplie, je n'en ai plus la force.

— Comment as-tu pu lui faire cela? Pourquoi, Victoire? Ah! Dieu merci que ton père ne soit plus là.

— Il m'aurait peut-être comprise, lui, maman.

— J'en doute, ma fille. Une séparée dans la famille, Gustave aurait très mal pris ça. Quelle honte! Une si jeune femme et en moins de deux ans de mariage. As-tu bien réfléchi, ma fille?

— Je t'en supplie, maman, parle à Suzelle. Moi, je n'ai plus la force...

— Elle m'a tout dit et je ne te renie pas pour autant, mais

que va être ta vie maintenant? Seule, pas d'enfant, sans mari, à l'abandon.

— Je vais m'en sortir, maman. Avec le temps, avec mon courage.

— Tu veux que je vienne vivre auprès de toi pour quelques jours?

— Non, je préfère être seule. J'ai besoin de silence, de repos.

— J'ai su pour Patrice. J'espère qu'il n'est pas sérieux.

— Je n'ai plus rien à lui dire, maman. Lui et moi, c'est fini.

— Une famille désunie! Mon Dieu! Et ton père qui n'est plus là...

— Patrice l'a voulu, maman, il l'a cherché. Il a été sans pitié. Il n'a même pas cherché à entendre ce que j'aurais pu lui dire. Il m'a toujours détestée et, de mon côté, je n'ai jamais pu le sentir. Je regrette pour Danielle, pour ses enfants, mais j'ai ma vie à vivre maintenant.

— Une rupture avec ton mari, une autre avec ton frère, c'est pas possible ce que j'entends. Tu es certaine de ne pas vouloir de moi à tes côtés? Tu es toujours ma petite fille, tu sais...

— Je sais, maman et je t'en remercie, mais j'ai besoin d'être seule, complètement seule. Un peu plus tard, tu viendras si le cœur t'en dit. J'ai même demandé à Suzelle de s'en abstenir pour quelque temps. Mon problème, je veux le régler moi-même. Après, on se retrouvera.

— Tu ne feras pas de bêtises, au moins?

— Voyons donc, maman, je suis beaucoup plus forte que tu ne le croies.

— Oui, oui, je sais, pareille à ton défunt père. Ah, mon Dieu!

Victoire dormit très mal cette nuit-là. Le tic tac de l'horloge de son père lui parvenait à l'oreille comme un doux reproche. Elle se sentait coupable, elle se sentait odieuse, mais au fond de son cœur, ce glas du mariage la rendait presque heureuse. Comme si le rideau était tombé sur un mauvais spectacle. Délivrée, voilà comment se sentait celle qu'on appelait déjà «la séparée». Délivrée de l'homme qu'elle n'avait pu aimer. Jusqu'à penser que rien de ce mariage n'était arrivé, que Clément n'avait existé qu'en rêve. Qu'importaient les anneaux, les promesses; selon elle, elle n'avait mis un terme qu'à une longue fréquentation. Sans rien demander de plus que d'être... libre. Elle tentait de se convaincre de ces pensées qu'elle jugeait justifiables, mais un doute, un affreux doute persistait dans son cœur. Assise sur son lit, dans l'obscurité de sa chambre, alors qu'un rayon de lune éclairait un portrait de son père, elle fondit en larmes et le supplia... «Comprends-moi, papa!»

Les oiseaux sautillaient d'une branche à l'autre et, dans la rue, des enfants jouaient sans se soucier de la dame qui les regardait de sa fenêtre. Victoire, un café dans une main, une cigarette dans l'autre, n'avait même pas fait sa toilette en ce dimanche matin. Depuis deux jours, aucune nouvelle. Comme si le drame avait été emporté par le vent. Suzelle s'était inquiétée, avait appelé, puis, rassurée, avait raccroché. Et Victoire, fenêtre ouverte sur le printemps, respirait l'air de sa liberté. Remords éteints, regrets ensevelis, elle souriait à la vie comme au temps de sa prime jeunesse. Comme si on pouvait recommencer sans que rien ni personne n'entrave la sève. Comme si le mauvais songe s'était, tel un nuage gris, dissipé dans l'infini. Mélancolique, nostalgique de sa jeunesse, des genoux de son père, de son premier collier de perles, elle délirait à fendre l'âme quand la sonnerie du téléphone la tira de sa rêverie.

— Oui, allô?

— Victoire? C'est vous? Ici Jules Béchard.

Son cœur fit deux bonds. Paralysée, elle ne savait que dire.

— Écoutez-moi, Victoire, je serai bref. Je vous ai fait confiance, vous m'avez déçu et c'est maintenant à moi que vous répondrez de vos actes.

— Que voulez-vous dire, monsieur Béchard?

— Mon fils est détruit, Victoire. À cause de vous! Il s'en remettra, il vous oubliera, mais je veux que vous sachiez que ce n'est pas la séparation que nous envisageons mais le divorce.

Victoire sursauta. De peur, par crainte du ton ferme et autoritaire.

— Puis-je parler à Clément, monsieur Béchard?

— N'y comptez pas! Vous l'avez assez fait souffrir. Jamais plus vous n'entendrez le son de sa voix. C'est avec moi que vous négocierez dorénavant.

— Ce qui veut dire?

— Que si vous êtes raisonnable, le divorce se fera à l'amiable. C'est Clément qui sera demandeur avec mention... d'adultère.

— Quoi? Adultère? Moi qui n'ai même pas...

— Rempli votre devoir d'épouse, je le sais. Vous vouliez être libre? Vous le serez! Et rassurez-vous, rien ne sera étalé au grand jour. Rien ne sera exigé de vous, pas même une présence devant un tribunal. Vous n'aurez qu'à signer des papiers attestant votre accord et ce, sans rien exiger de votre mari. Pas de pension, pas d'argent, que votre liberté et la fin de votre union.

– Donc, si je comprends bien, vous vous chargez de tout.

– Oui et il ne vous en coûtera pas un sou. Si vous protestez, quel que soit le prétexte invoqué, vous n'aurez qu'à prendre un avocat et la Cour se chargera de débattre l'affaire.

– Je ne veux ni de votre argent ni de l'avoir de Clément, monsieur Béchard. Il veut le divorce? Il en sera ainsi. Mais je trouve ignoble que je sois celle qui fera figure d'accusée dans cette affaire. Adultère, pensez-y...

– On a des scrupules maintenant? Désolé, mais c'est la seule raison valable. De plus, n'êtes-vous pas la coupable de ce bris, Victoire?

– Il y a l'envers de la médaille, monsieur Béchard, mais avec un juge qui prend tout en charge, je sens que je n'ai pas le choix. J'aurais pensé qu'à titre de beau-père vous auriez cherché davantage à savoir...

– Que vous avez manipulé mon fils? Je le sais, Victoire. De toute façon, je vous ai dit que j'allais être bref. Vous vouliez être libre? Clément veut le divorce! C'est à prendre sans mot dire, signer et ne rien exiger, ou à combattre à vos frais avec un avocat.

– Sachez, monsieur Béchard, que j'ai suffisamment d'argent pour le faire, mais comme je ne veux rien de vous ni de votre fils et que je peux aisément subvenir à mes besoins, finissons-en au plus vite. Oui, je veux être libre, délivrée de ce mariage, quitte à prendre le blâme infâme dont vous m'affligez.

– Bon, vous voilà raisonnable. Le tout sera exécuté dans la plus grande discrétion, croyez-moi. Sans la moindre humiliation publique, sans la clause de flagrant délit.

– Il ne manquerait plus que ça!

— Vous vouliez votre liberté? Vous l'aurez! Sur ce, je vous quitte en vous disant que l'huissier de la Cour se chargera du reste.

Il avait raccroché. Sans un bonjour, un au revoir ou un adieu. Le verdict était rendu. Un divorce, une liberté totale. Et, sans le moindre scandale. Et comme elle avait senti que le juge qui, jadis l'aimait, la méprisait, elle se surprit à sourire d'aise. Que des papiers à signer, qu'un peu de temps et Victoire Béchard redeviendrait Victoire Desmeules. Même si sa mère risquait de s'évanouir le jour où elle apprendrait que sa fille est «une divorcée».

Victoire confia ce secret à Suzelle en lui faisant jurer de ne pas en parler à leur mère. La jeune femme, soulagée pour sa sœur, blessée par l'acte d'accusation, mais heureuse de ce dénouement qui ne jaillirait pas sur la famille, osa quand même demander:

— Tu n'auras rien? Pas même un dédommagement? Ils sont si riches...

— Tiens, tiens, la fortune de ses parents l'emporte sur tes sentiments pour Clément?

— Ce n'est pas ça, mais si tu avais négocié, insisté, peut-être t'auraient-ils laissé la maison d'Outremont pour éviter le scandale? Tu sais, eux aussi ont tout à gagner en évitant que ce soit public. Un fils de juge qui divorce, un futur avocat, ce n'est guère apprécié dans les salons.

— Je ne veux ni de son argent ni de sa maison. Je ne veux rien lui devoir, Suzelle. Je suis la responsable, tu l'as dit toi-même. La seule chose qui me déçoive, c'est la raison qu'on invoque.

— Bien, pour ça, ma grande sœur, fais-en ton chemin de

croix. Un coup bas, je te le concède, mais remarque que la véritable raison n'est guère plus honorable si tu comprends ce que je veux dire. Une femme qui se refuse...

– Surtout, ne recommence pas! Ce qui m'importe, Suzelle, c'est que tout soit fini, qu'il sorte de ma vie.

– Il ne t'a même pas parlé?

– Non, trop lâche. Il a tout remis entre les mains de son papa.

– Lâche est un bien grand mot. Tu oublies que tu l'as presque tué, ton mari!

À peine six mois et Victoire recevait, en main propre, le jugement officiel de son divorce. Quel privilège que d'avoir un beau-père juge, ami d'un sénateur! Ce que Clément lui reprochait en guise de requête était écrit sur le papier. Sur ce papier qu'elle s'empressa d'enfouir dans un coffret de sûreté. Elle n'avait pas revu Clément, pas même entendu le son de sa voix une seule fois. Jamais depuis le soir où elle l'avait quitté. Sans le savoir, son «va-t-en» avait été son adieu. Suzelle qui avait «écorniflé» à Outremont avait vu de ses yeux des gens emménager dans la maison. Vite vendue, affaire conclue. Aucun sursis quand monsieur le Juge s'en mêlait. Victoire Desmeules, pas encore vingt-six ans, était libre comme le vent. Sans avoir à porter le nom du futur avocat. Curieux, mais elle était ravie quand le papier lui fut remis. Pas même contrariée par la raison «valable» dont elle ne se sentait pas coupable. Comme si, délivrée du bien et du mal, elle renaissait à la vie. Gaie comme un pinson, elle téléphona à Suzelle pour lui dire: «C'est fait, je suis libre, je repars à zéro.» Mais comment apprendre la nouvelle à sa mère, s'était inquiétée la sœurette. «Laisse-moi faire», lui avait répondu Victoire.

Ce même après-midi, papier dans le coffret, Victoire téléphonait à sa mère qu'elle n'avait pas revue depuis plusieurs mois.

– Maman? C'est Victoire. Que dirais-tu de venir souper ce soir avec Suzelle et Gilles?

– Souper chez toi? En quel honneur?

– Pour fêter, pour célébrer...

– Célébrer quoi?

– Mon divorce, maman!

# Chapitre 5

T rois autres calendriers avaient été déchirés depuis la rupture de Victoire et Clément et la jeune femme tournait, par un matin de printemps, la page du mois de mai de l'an de grâce 1963. Plus belle, plus femme que jamais, Victoire Desmeules cheminait calmement sur ses trente et un ans. Que d'eau sous les ponts depuis ladite affaire. Repartir à zéro, tel avait été le but de celle qui, libre de toute attache, voulait reprendre son travail de dactylo-sténographe. L'étude de son défunt père dirigée par un nouveau notaire lui avait offert l'emploi qu'elle avait occupé, mais Victoire avait refusé. Se retrouver dans ce bureau sans Gustave et son journal, sans l'appui du paternel, c'eût été raviver de tristes souvenirs pour elle. Non, ce qu'il lui fallait, c'était un renouveau, un autre milieu moins austère, plus apte à satisfaire ses attentes. D'une annonce classée à une autre, d'une rencontre avec une agence de placement jusqu'au «tuyau» du père de Gilles, elle se retrouva dans le bureau des Entreprises Payot, une firme de produits de beauté reconnue à travers le monde. *Payot et fils,* raison sociale, puisque le président d'âge mûr attendait que son fils Eugène soit assez autonome pour prendre la relève. Et c'est à titre de secrétaire particulière de Payot père que Victoire décrocha son prestigieux emploi. Elle avait tout pour se marier à ce décor. Beauté, jeunesse, liberté et savoir-faire. Ravi, le vieux monsieur d'origine française lui offrait une augmentation de salaire après trois mois de service. Aimable, polie, courtoise, bien mise, Victoire Desmeules savait déjà tout faire. Même faire rire ce patron grognon par une subtile plaisanterie les jours de pluie. À tel point qu'il lui avait dit: «Vous savez, ce n'est pas ma femme, ma vieille Marie-Louise, qui me changerait l'humeur comme vous le faites.» Aimée de ses collègues, féminine, courtisée par les hommes, madame Desmeules comme l'appelait Horace Payot, refusait toute invitation. «Chat échaudé craint l'eau froide?» lui demandait en riant l'un de ses soupirants face aux refus constants. «Non, l'oiseau en vol ne cherche plus sa cage», répondait-elle tout en tournant les talons.

Nouvelle vie. Victoire avait décidé de changer, de métamorphoser son allure et sa façon de penser. Son premier geste avait été d'appeler son coiffeur et de lui dire: «Monsieur Antoine, j'ai envie d'être blonde.» Ce qui fut dit fut fait et, dès lors, nombreuses étaient les têtes qui se tournaient sur son passage. Blonde, mince, sensuelle dans sa façon de se vêtir, l'aînée n'avait plus rien à envier à sa cadette. Suzelle, installée dans sa routine, avait pris de l'embonpoint et perdu beaucoup de sa coquetterie. Au grand détriment de son mari qui, toujours élégant, recoiffait encore ses boucles dans le miroir. Pour Victoire, plus de Marie-Antoinette. Elle l'avait à son tour guillotinée et troqué, du jour au lendemain, l'Histoire contre les romans d'amour. Sans doute pour s'imbiber le cœur de plus doux sentiments. Pour rêver, pour croire que, quelque part, un Adonis allait l'enlever et l'emmener sur une île déserte. Comme une adolescente en mal de passions. Comme une jouvencelle qui lit son premier roman de Paul Féval. Comme une femme qui avait raté l'effet de ses premiers talons aiguilles. Mais ce n'était certes pas chez *Payot* qu'elle allait rencontrer le dieu de ses plus beaux songes. Un vieux patron, le fils de ce dernier plus laid qu'un crapaud et, comme troisième homme de l'entreprise, Gontran, quarante ans, un efféminé avec lequel elle s'était liée d'amitié. Tous les autres collègues étaient des femmes sauf quelques vendeurs, mariés, pères de famille, qui l'invitaient dans le but de tromper leur femme. Bien installée dans sa confortable maison de Rosemont, un chat persan nommé Pacha pour lui tenir compagnie, Victoire voulait désormais vivre pour elle, rattraper le temps perdu. Son travail était devenu le plus noble palliatif à son mode de vie désuet. Gontran Lacasse, par ses folies, ses originalités, son exubérance, l'avait peu à peu sortie de sa torpeur. Il parlait peu de sa vie privée, mais Victoire savait qu'il avait un ami et que certains soirs, les querelles fusaient entre eux. Démonstratif dans sa façon d'être, discret sur sa vie intime, elle sentait que ce vieux garçon refoulait ses pensées et souffrait de désirs que l'époque réprouvait. Il lui arrivait même de mentir et de répondre à certains clients qu'il était veuf quand on l'interrogeait de trop près sur son *statut* civil. Mais personne n'était dupe. Gontran affichait ses couleurs en portant des foulards roses, des cravates fleuries et des chemises dont les cols et poignets étaient brodés de dentelle. De telles audaces dans une décennie si peu permissive, et le pauvre en voulait au monde entier quand un jeune voyou le traitait de... tapette! Bel homme sans être mâle, il avait fini par avouer à Victoire qu'il avait un jeune amant. Un garçon de vingt-neuf ans prénommé Fernand. C'est tout ce qu'il avait dit à Victoire de son amitié plus que particulière, tout en ajoutant que Fernand était professeur de danse et qu'il habitait encore chez ses parents. Et certains soirs, il lui arrivait d'inviter cet étrange Gontran à souper, histoire d'être moins seule.

— Tu es libre vendredi, Gontran?

— Heu... oui, pour aller chez toi?

— Oui, si ça t'arrange et que ton ami n'en souffre pas. Tu pourrais l'inviter, tu sais. Je n'ai aucun préjugé, moi.

— Je sais, Victoire, mais je préfère que notre lien ne soit pas partagé. De toute façon, Fernand soupe chez ses parents. C'est l'anniversaire de son père.

— Et tu n'es pas invité?

— Es-tu folle? Tu sais, sa famille ne sait même pas. Ils pensent même qu'il fréquente une fille à qui il enseigne la samba!

Gontran éclata d'un rire franc. Joyeux et malheureux à la fois.

— Dis donc, Victoire, libre depuis un an, tu n'as personne en vue, toi?

— Non, ça ne m'intéresse pas. Une fois m'a suffi.

— Mais... sans vouloir être indiscret, tu n'es pas faite de bois quand même.

Elle éclata de rire.

— Non, puisque mon ex-mari disait que j'étais faite de glace.

— Au fait, tu as une photo de lui? Par curiosité, comme ça...

— Une seule, prise le jour des noces.

Et Victoire, pour plaire à l'ami, sortit de son sac à main une petite photo qu'elle gardait pour mieux dédaigner son passé.

– Oh, là, là, quel beau garçon! Tu as quitté un si bel homme? Un avocat à part ça? Comprends pas.

– C'est le passé, Gontran, n'en parlons plus. Tu voulais le voir? C'est fait.

– Quelle perte! de déplorer le coloré personnage.

– Sans doute pour toi, Gontran, mais pas pour moi... ajouta-t-elle en riant de bon cœur.

– Et toi, quel changement? Tu étais certes jolie, mais regarde-toi maintenant. Un vrai mannequin, Victoire, digne de Christian Dior.

Elle pouffa de rire, mais le compliment l'avait ravie.

– Victoire, il faudrait qu'on sorte, qu'on aille dans les clubs toi et moi, qu'on danse. J'ai envie de m'amuser pendant qu'il en est encore temps.

– Voyons, je ne sais même pas danser, Gontran.

– Raison de plus, je t'apprendrai. Pas aussi bien que le ferait Fernand, mais à ma manière, comme il me l'a appris quand il en avait le temps. Je connais un petit cabaret où l'orchestre joue sans arrêt. Que dirais-tu de samedi?

– Je ne sais pas, Gontran, j'ai du travail à terminer chez moi. Tu sais, monsieur Payot me paye bien mais il ne m'épargne pas.

– Allons, dis oui. Tu le feras dimanche, ton fameux travail supplémentaire.

Elle hésita, se chercha une raison...

– Écoute, ça fait presque deux ans que tu ne fais plus partie du monde des vivants.

– D'accord, j'irai, mais il ne faudrait pas que je rentre trop tard. Au fait, as-tu entendu la rumeur sur la démission de la directrice de la promotion?

– La vieille sorcière? Bien sûr! Un bon débarras!

D'ailleurs, elle est beaucoup trop vieille, beaucoup trop laide pour être représentative de la maison. Je pense même que le fils Payot y est pour quelque chose dans sa démission. Ça fait un bon bout de temps qu'il veut rajeunir l'image des produits et son père a fini par croire en lui.

– Qui donc lui succédera? Une autre Française, je suppose?

– Non, non et tu seras surprise. Je ne devrais pas te le dire, mais je pense que le vieux Payot a des vues sur toi et que son fils est de son avis.

– Tu es fou ou quoi? Je ne connais rien à la promotion, moi.

– Ça s'apprend, Victoire. Tu n'es quand même pas pour rester secrétaire toute ta vie? Penses-y un peu. Avec ton apparence, ta jeunesse, ta formation.

– Tu dis des bêtises, Gontran. Directrice de la promotion, c'est tout un poste.

– Et tu l'auras, ma chère. Fie-toi à mon petit doigt.

Un vendredi soir avec Gontran, et le précieux quadragénaire avait passé la soirée à lui dire qu'un rideau rose serait plus éclatant que le vert. Il l'avait aidée à cuisiner et s'était même empressé d'essuyer la vaisselle, ceinturé d'un tablier de coton orné de pivoines. Il avait joué avec le chat et avait fait tourner des disques de Jean Sablon, son chanteur de charme préféré. En la quittant après une agréable soirée, il lui avait dit: «Tu sais, pour demain soir, tu devrais mettre ta robe de soie rouge avec tes longs gants noirs. Imagine! Avec tes cheveux blonds, ça ferait sensation.» Victoire protesta, alléguant qu'elle était trop décolletée.

– Voyons donc, Victoire. On s'en va dans un cabaret, pas à l'Oratoire. Ose, bon sens, ce n'est pas à cinquante ans que tu pourras porter une robe comme ça!

Le lendemain soir, ô surprise, elle était éblouissante lorsque Gontran vint la prendre à neuf heures au volant de sa Plymouth blanche. La robe rouge, les escarpins rouges, les cheveux blonds tombant sur ses épaules, un maquillage digne de Payot, de longs gants noirs et, sur l'un d'eux, un bracelet de cristal. De longues boucles d'oreilles, un léger manteau de velours noir, une vision pour celui qui adulait... la femme!

– Superbe! Sensationnelle! Une vedette de la chanson. Plus belle que Line Renaud, plus sensuelle que Dauberson!

Que d'éloquence... et Victoire souriait.

Ils firent une entrée remarquable. Gontran, dans un complet blanc, et elle, tout de rouge flamboyant. Table de choix, couple de l'heure. Gontran insista pour commander du champagne. Rien de moins pour une telle femme. Ils dansaient peu car Victoire ne voulait pas être en état d'apprentissage quand tous les regards seraient posés sur eux. Elle s'amusait, riait, mais, au gré des coupes de champagne, elle finit par danser comme si elle avait toujours dansé. Au bar, accoudé devant son verre, un type la regardait. Un très beau gars à la carrure d'athlète. Un homme aux cheveux noirs avec des yeux qui lui faisaient baisser les siens. Victoire avait senti l'insistance du regard et, devant sa timidité, le gars avait souri. Un merveilleux sourire qui offrait des dents blanches. Un gars seul, en début de trentaine, un dieu, aussi beau qu'un acteur. Gontran avait senti la complicité des regards et avait murmuré à son escorte: «Encore cinq minutes et il t'invite à danser.» Rougissante, elle avait répondu: «Voyons, je suis accompagnée.»

Mais l'étranger avait prestement senti que l'homme qui était avec elle n'était qu'un ami. Il y a de ces manières qui ne mentent pas. Gontran le savait d'autant plus qu'il l'avait quasiment invité d'un sourire. Pour elle... à défaut d'être pour lui. Tel que prédit, le jeune homme s'avança.

– Vous m'accordez cette danse, mademoiselle?

Elle hésita, regarda Gontran qui lui marmonna: «Vas-y, voyons! Ne reste pas là.» Elle se leva, le suivit sur la piste. L'orchestre jouait un *slow,* ce qui permit à l'inconnu de la serrer dans ses bras. Elle crut défaillir. Le type dégageait un parfum à humer pour la vie entière.

– Vous êtes avec...

– Un ami, répondit Victoire, un collègue de travail.

– Je l'aurais juré... enchaîna-t-il en souriant de ses lèvres charnues.

Trois danses sans se quitter et le charme aurait persisté si une polka n'était venue mettre un frein à leur douce étreinte.

– Dites, je peux vous raccompagner ce soir?

– Désolée, mais mon collègue m'a déjà offert ce service.

– Un dernier verre avec moi au bar, je vous en prie. Je suis certain que votre ami n'en sera pas offusqué.

Elle aurait voulu le remettre à sa place pour une telle audace, mais quelque chose l'en empêchait. Une odeur, une attirance, un désir...

– On verra bien. Peut-être...

Tout ce qu'elle savait de lui, c'était son prénom. Serge... rien de plus. Elle lui avait appris qu'elle s'appelait Diane. Elle n'avait osé lui révéler son véritable prénom de peur qu'il n'éclate de rire. Faisant part de l'invitation de l'inconnu à Gontran, ce dernier insista...

— Ne refuse pas, rejoins-le. Tu es assez grande pour t'occuper de toi. Ne laisse pas passer l'occasion, Victoire. Un si beau garçon...

— Mais je ne le connais pas! Qui me dit qu'il n'est pas marié, ce gars-là?

— Et toi, ne l'as-tu pas été? Tu sais, quand l'occasion se présente, on ne pose pas de questions. Allons, profite de ta jeunesse, cesse d'être vieille avant de l'être. Tu es belle, tu as tout pour toi. Vas-y... Diane!

Puis, éclatant de rire, Gontran quitta l'endroit en prévenant Victoire de faire quand même attention à elle, de ne plus boire. Mais le champagne avait fait son œuvre. Victoire se sentait étourdie. Par le nectar, comme par la passion qui lui remuait les sens. Serge, constatant qu'elle était seule, que le bonhomme était parti, se rendit à sa table, prit le fauteuil laissé vide par Gontran et lui lança avec le plus merveilleux des sourires:

— Puis-je t'offrir un verre, à présent?

Il l'avait tutoyée. Sans même lui demander la permission. Le «tu» qui devenait de plus en plus à la mode entre filles et garçons. Sans se connaître.

Elle se sentit rajeunir de cinq ans. Cette familiarité, plus que soudaine pour elle, ne lui déplaisait pas. Donnant, donnant, elle répondit...

— Juste une eau minérale, mais ne te prive pas pour moi.

Il commanda une eau pour elle, un rhum *on the rocks* pour lui. Ils bavardèrent. Il lui avoua être dans les affaires, célibataire, sans amie, sans personne dans sa vie. Mensonge qu'elle fit semblant de croire. À son tour de jouer. Elle était

Diane, fille d'avocat, étudiante en droit, habitant chez ses parents. Il avoua avoir trente ans, ce qui était sans doute vrai, elle... vingt-trois. Du faux, du vrai, de part et d'autre, mais Victoire s'en foutait. Tout comme Lady Chatterley quand elle s'était éprise de son rude jardinier.

Le bruit les incommodait et c'est de bon gré qu'ils quittèrent l'endroit. Au volant de sa voiture sport, Serge lui demanda:

— Tu aimerais qu'on aille manger? Je connais un très bon restaurant.

Victoire, dont les vapeurs de champagne provoquaient un doux effet, répondit:

— Non, je préfère rentrer. J'ai un examen en début de semaine et demain, je dois étudier toute la journée.

— Si tôt, si vite que ça? Pas même quelques heures avec moi?

— Que veux-tu dire?

Il immobilisa la voiture, l'attira contre lui et déposa sur ses lèvres un foudroyant baiser. Du genre de ceux qu'elle avait jadis refusés à Clément. Éblouie, grisée, enivrée par son odeur, c'est elle qui, d'une main, lui reprit la tête quand il la dégagea pour l'embrasser encore une fois... passionnément. Les mains de Serge caressaient sa nuque, sa taille, son genou. Et sa langue, sans parler, lui livrait son plus ardent message. Victoire, alias Diane, était sous l'emprise du désir de la chair. Aveuglément, comme si c'était dans ses habitudes, elle le suivit dans le petit hôtel qu'il lui avait suggéré. Au risque de passer à ses yeux pour une fille facile, soumise par le champagne, elle franchit la porte de la chambre qu'il avait louée. Il parlait peu mais embrassait divinement. Elle se laissa déshabiller et d'une main, dénouait la cravate de l'homme qui l'hypnotisait. Non pas qu'elle fût amoureuse, mais son corps brûlait d'un tel désir... Dans ce lit où tant d'amants s'étaient unis, elle posa ses lèvres sur la poitrine du jeune homme comme pour en boire l'essence qui l'enivrait. Lumières éteintes, avec la lune pour témoin, elle se donna comme elle ne s'était jamais donnée. Elle s'abandonna entièrement. Il était adroit, habile, sûr de lui, quelque peu brusque, mais Victoire sentait dans ces gestes une prise en douceur. Elle caressait ses cheveux, et lui, tout en la comblant de sa force, de sa puissance, l'embrassait à lui couper le souffle. Corps inertes sur les draps, têtes sur l'oreiller, pas un mot. Que l'accalmie après la tempête. Et pour la première fois, Victoire Desmeules se sentit femme.

Les yeux mi-clos, encore sous l'effet de l'amour et de l'ivresse, elle s'endormit aux côtés du bellâtre dont elle ne connaissait que le prénom. Six heures plus tard, alors que le jour se levait, un sursaut, un réveil et le «où suis-je?» de tout être qui, extase éteinte, retrouve ses facultés. Elle était seule, il était parti. Son Adonis l'avait sans doute abandonnée dans le mépris. Sur la table de chevet, une petite note: *J'ai dû partir mais j'ai passé un bon moment. Merci à toi. Serge*

Honteuse, prise de remords, indignée... elle se sentait quand même heureuse. Elle savait maintenant qu'elle était normale, capable d'aimer et d'être aimée. Elle avait encore sur la peau les relents du parfum de son amant d'un soir. Habillée en vitesse, engourdie par les vapeurs agonisantes du précieux nectar, elle longea le couloir, descendit sans se faire voir et, heureuse chance, elle put sans qu'on s'en aperçoive sauter dans un taxi qui prenait à son bord sa première cliente.

Heureusement pour elle, c'était dimanche. Rien à expliquer, pas même une mine fatiguée à offrir au patron. Le temps d'une douche et d'un démaquillant, d'un peignoir, et Victoire était calée dans son fauteuil, un café à la main, son chat sur les genoux. Et ce, sans se sentir souillée. Sans le moindre regret de s'être abandonnée à un pur étranger. Même si, pour lui, elle avait pu être une proie facile. Qu'importe le flacon pourvu qu'on ait l'ivresse! Heureux poète que celui qui avait créé cet adage. Victoire était femme, complètement femme. Par ce geste digne d'une aventurière, elle avait pu enfin se prouver qu'elle était de chair. Comme Suzelle, comme tant d'autres. Les barreaux de son cloître venaient d'être coupés. Si longtemps sans homme, elle s'était donnée au premier venu. N'ayant jamais connu l'amour, elle venait d'en goûter la saveur. Et pour Victoire, c'était un exorcisme, une délivrance. Elle savait qu'elle ne le reverrait jamais, qu'il était sans doute retourné dans le lit de sa femme... mais que lui importait. Ce n'était pas l'amour, ce n'était que de l'amour. Deux corps entrelacés entre des draps complices. Une jouissance pour lui, une thérapie pour elle.

Et la preuve concrète que l'acte sexuel n'avait que des entrailles. Un soupir, une odeur, un désir... pas de cœur.

— Allô, Victoire? C'est Gontran. J'étais inquiet, je me demandais...

— Comme tu vois, je suis là. Tu n'as pas trop mal à la tête, j'espère?

— Non, ça va, mais toi, comment es-tu? Que s'est-il passé avec lui?

— Le beau gars, tu veux dire? Rien de spécial. Une eau minérale, un brin de causette puis, il m'a ramenée chez moi.

– Sans insister pour entrer? Sans ne rien te demander? Allons, je connais les hommes, tu sais. Ne me mens pas, petite sournoise!

– Je suis franche, Gontran. Bien sûr qu'il voulait entrer, prendre un dernier verre, mais je lui ai dit que j'habitais avec mes parents.

– Et il est parti. Sans insister. Et toi, tu as pu lui résister. Je ne te comprends pas, je ne te comprendrai jamais, Victoire Desmeules. Un si beau gars...

– Mais pour qui me prends-tu, Gontran? Pour la dernière venue?

– Non, mais tout de même! Tu le reverras? Il t'a laissé son numéro?

– Absolument pas. Ça m'a pris deux minutes pour lui faire avouer qu'il était marié.

– Ah, c'était donc ça! Un infidèle, un Casanova qui se sert de ses charmes. Tous pareils, les hommes! Incapables d'être honnêtes, d'être francs...

– Oui, je sais, mais je t'avoue que le champagne... Oh! là! là! jamais plus pour moi, Gontran. Je t'ai menti tantôt, j'ai un mal de tête à faire peur au chat.

– Excuse-moi, c'est de ma faute, j'ai insisté.

– Non, non, tu ne m'as pas tordu le bras, répliqua-t-elle en riant. Je te quitte à présent, j'ai encore sommeil et d'autres comprimés à avaler pour retrouver mes sens et mon équilibre.

– Bon, remets-toi, Victoire, prends soin de toi. Moi, je sors avec Fernand aujourd'hui. Un petit tour à la campagne sans doute, rien de bien énervant.

Et jamais Gontran ni personne ne sut que la distinguée secrétaire de monsieur Payot père, s'était donnée comme une grue... à un pur inconnu.

Quelques semaines plus tard, Horace Payot convoquait Victoire dans son bureau. «Madame Desmeules, j'ai une proposition à vous faire.» Un long débat, quelques réticences, et Victoire sortait du bureau du patron avec le titre de Directrice de la promotion. Une marche de plus dans la hiérarchie de la riche compagnie. Un titre exquis à offrir à Suzelle qui en serait éblouie. La nomination fut affichée et, la lisant, Gontran s'était précipité.

– Ne te l'avais-je pas prédit? Félicitations, madame la directrice!

Avec ce titre, Victoire Desmeules prit vraiment son envol. Dans les affaires comme dans le ciel car, directrice de la promotion, elle avait à se déplacer, à franchir vents et marées, à se rendre à Paris, Londres, New York et Los Angeles afin de promouvoir la gamme de produits qu'elle représentait. Et Victoire se tirait bien d'affaires. Son premier séjour en France l'avait ravie au plus haut point. Et, réunions terminées, elle s'était empressée de se rendre à Versailles. L'Histoire avait repris de sa force et la jeune femme s'excusa presque devant un portrait de Marie-Antoinette de l'avoir reniée, trahie, décapitée une seconde fois. *Payot et fils* version française l'avait reçue comme une souveraine. Déléguée par le président, il était évident que la jeune femme avait droit à tous les égards, toutes les révérences. Victoire fit la tournée des grands magasins où les produits Payot étaient à l'honneur et, à chaque visite, c'était comme si une étoile de cinéma franchissait le seuil de la boutique. On s'inclinait, on l'adulait, le baisemain de la part des hommes, les sourires timides des vendeuses. Victoire Desmeules était dans toute sa splendeur. Une véritable reine de l'écran selon les Français et ce petit accent qui la rendait si chaleureuse. Mais Victoire imposait. Elle se plaisait à imposer. Avec le titre qu'elle détenait, aucune familiarité. Un tel aurait voulu la séduire en jouant du coude qu'elle le rappelait à l'ordre en le foudroyant d'un regard. On la regardait, on la désirait, mais on ne la touchait pas. En affaires, Victoire était la digne fille de son père. Exactement comme ça se passait jadis dans l'étude du notaire. Madame Desmeules, voilà comment on l'appelait. Jamais par son prénom et malheur à celui ou celle qui aurait osé lui demander son âge. On s'interrogeait à savoir si elle était mariée, si elle avait des enfants, mais personne n'osait la questionner, pas même l'épouse du directeur des ventes. Affable mais distante, telle était l'attitude de Victoire en milieu de travail. Tout comme au temps de son mariage... d'affaires. La fille à son père, comme aurait dit sa mère. Un corps de femme à deux têtes. L'une pour le respect, la classe, la discrétion, la méfiance, la hauteur, l'autre pour l'abandon, l'insouciance, les bassesses, les états d'ivresse et le saut dans les draps avec un inconnu dont elle avait aimé l'odeur et les caresses. Deux femmes en une seule et l'une ne valait guère mieux que l'autre. L'altière, la cruelle, la sans-merci et, au revers de cette médaille, la fatale, qui d'un sourire, enjôlait l'homme pour ensuite échapper la proie dès que son corps n'avait plus mal et pour que, jamais, son cœur ne consomme.

Une visite au Louvres, au Trianon, à la Malmaison, une petite sortie dans une boîte avec les directeurs et leur épouse, elle avait pu voir Patachou en personne. Patachou qu'elle n'aimait pas et qu'elle avait applaudie à tout rompre pour plaire à... Paris. Puis, dès le lendemain, le départ pour l'Angleterre. Autre petite succursale de Payot, bureau terne, sans saveur. Le directeur anglais du nom de Dalton était aussi niais qu'il était laid. Un séjour de vingt-quatre heures, histoire de voir si sa campagne de promotion avait gagné Londres, et Victoire revenait à Montréal, heureuse d'avoir mis tout ce beau monde au pas et d'avoir fait fureur auprès des directeurs.

Quatre ans de cette vie à faire de *Payot et fils* l'entreprise la plus prospère du continent, et Victoire Desmeules avait oublié de vivre pour elle pour se donner corps et âme à ce poste qui la gonflait d'aise et qui lui faisait voir du pays... en première classe. Elle avait, au cours des ans, visité sa mère, rencontré sa sœur, mais pas comme elle aurait dû le faire quand on est bonne enfant et avec un esprit de famille au fond du cœur. Et sur le plan sentimental, Victoire avait posé une croix sur les histoires d'amour tout en ne dédaignant pas, occasionnellement, les bonheurs inattendus de quelques draps de lit. Quelques «Serge» s'étaient succédé dans ses bras, mais rarement plus d'une fois pour chacun d'entre eux, sauf avec un jeune Grec où elle s'était permise... la récidive. Pas dans le but de trouver l'âme sœur. Loin d'elle cette folle idée, tout simplement pour ne rien perdre de «la femme» qui, en elle, avait trouvé sa voie charnelle.

Après ces dures années de labeur et de succès, Victoire ne fut pas surprise quand Payot père, enchanté de la hausse de son chiffre d'affaires, lui avait dit un beau matin...

— Madame, je vous nomme Directrice générale.

— Mais, monsieur Payot, ce titre ne revient-il pas à votre fils?

— Mon fils se marie, madame. Avec une fille de rien! Je le laisse faire, je ne le déshérite pas pour autant, mais il ne fera plus partie de la maison. Eugène compte s'établir à New York et s'occuper de loin des retombées de nos produits, mais c'est vous désormais qui assumerez les progrès constants de l'entreprise. Madame Desmeules, *Payot* est à vos ordres dorénavant. Une autre promotion en plein visage et de très haute distinction cette fois, car, comme plus haut poste, il n'y avait plus que celui du président maintenant. Printemps de l'année 1967, au moment où l'Expo *Terre des Hommes* montait ses pavillons, Victoire Desmeules, trente-trois ans, était sans le vouloir sur le trône des conquérants.

Un long périple à Los Angeles où, cette fois, dernière mission de promotion, Victoire devait diriger une jeune Américaine dans le domaine de la représentation. Un mois de séjour, ça allait, mais elle insista pour que Payot père lui octroie le privilège d'amener Gontran avec elle. Elle avait certes deux secrétaires, mais c'est Gontran qu'elle voulait, même si ce dernier ne relevait pas directement d'elle.

– Victoire, tu es sublime! Tu as demandé que j'aille avec toi?

– Non, Gontran, j'ai décidé que tu venais avec moi.

– Sans savoir si j'étais libre?

– Ah, bien là, si Fernand ne veut pas...

Gontran éclata d'un fou rire:

– Fini Fernand, Victoire. Il m'a laissé tomber pour un plus jeune. Crois-le ou non, mais je n'ai même pas eu de peine. J'en avais assez après dix ans d'être à ses pieds comme un vieil amant, de faire ses quatre volontés, de l'entendre sans cesse me menacer de me quitter pour un plus jeune. Il l'a fait et j'en suis soulagé. J'ai pleuré quelques jours, la durée de trois boîtes de *Kleenex* sans en parler à qui que ce soit, puis je l'ai oublié. Aussi vite que j'avais pu l'aimer autrefois. Incroyable, n'est-ce pas? Tu sais, et je te dis cela entre toi et moi, entre les hommes, ça ne dure pas. Un homosexuel, ce n'est pas un homo... sensuel. Tu comprends ce que je veux dire?

Éclats de rire et Gontran de poursuivre:

— J'en reviens pas Victoire que tu m'emmènes avec toi. Los Angeles, Hollywood, la tombe de Marilyn Monroe, les étoiles sur le trottoir, celle de Mae West, de Jean Harlow et du très beau Gary Cooper. Je vais même pouvoir acheter, depuis le temps que j'en cherche, des photos anciennes de Greta Garbo, Bette Davis et Maria Montez.

— Allons, Gontran, n'oublie pas que nous serons là pour travailler. Bien sûr que nous joindrons l'agréable à l'utile, mais je veux être certaine de ton appui. J'ai besoin de compter sur toi, sur ton expérience. Tu es mon guide en quelque sorte, ne l'oublie pas. *Payot* sans toi, sans moi, ça n'existerait peut-être plus.

Le voyage des amis fut on ne peut plus réussi. Les produits Payot se portaient bien au firmament des étoiles et les starlettes se battaient pour en faire la réclame. Les agences de promotion étaient beaucoup plus alertes que celles de Paris ou de Londres. En moins de dix jours, Victoire n'avait plus rien à leur apprendre. Les Américains avaient le marketing dans le sang. On pouvait leur faire vendre un lait de beauté tout comme un aspirateur en moins d'une heure. Gontran s'en donna à cœur joie en se dandinant sur les étoiles de *Hollywood Boulevard*. Il déposa même un bouquet de fleurs sur la tombe de Marilyn. Pour lui, après les légendes des années 30, c'était elle qui avait été la plus grande. Gontran rêvait d'un homme, mais il adulait les femmes. Surtout quand certaines étaient exactement du genre qu'il aurait rêvé... être.

Cette carrière qui prenait tout, ou presque, de la vie de Victoire ne laissait guère de place pour la famille qui s'en plaignait grandement. Charlotte vivait toujours chez Suzelle qui n'avait pas d'enfant et Gilles, toujours aussi coquet, n'était dévoué qu'à la mercerie de son père et doué pour les voyages. Suzelle Fabien, celle sur qui tous les yeux se posaient lors de ses vingt ans, n'attirait guère les regards huit ans plus tard. Devenue grasse puis grosse, elle ne se battait même pas contre l'obésité qui la guettait. Au grand désespoir de Gilles qui, du mari transi, devenait de plus en plus le mari qui fuyait, qui évitait les sorties, qui rentrait tard, bref, qui n'acceptait pas que sa déesse soit devenue la femme dont il n'était plus fier. Plus de maquillage, robes poches pour camoufler les bourrelets, Suzelle mangeait, mangeait, pour bouffer on ne savait quelle émotion. Le fait de ne pas être mère? Peut-être, mais Charlotte en doutait. La réussite de Victoire, sa beauté, son succès, son prestige, ses voyages, voilà qui semblait plus probable face au laisser-aller corporel de celle qui fut un temps la plus belle. Suzelle avait toujours envié son aînée. Non par jalousie mais par admiration. Victoire qui parvenait à ses fins. Victoire qui avait la fermeté de son père. Victoire qui vivait dans le grand monde pendant qu'elle, dans sa petite maison avec sa mère, rongeait son frein. Et comme les élans de Gilles se faisaient de plus en plus rares, Suzelle pleurait... et grossissait.

Danielle, Patrice et les enfants venaient souvent visiter maman chez la sœurette. La réunion du dimanche à laquelle Victoire n'assistait pas. Victoire qui n'avait jamais reparlé à Patrice, qui n'avait jamais revu ses enfants et qui s'en foutait éperdument. Charlotte avait tenté de les rapprocher. Patrice aurait cédé, mais sa sœur avait répondu: «C'est fini pour la vie, maman. N'insiste pas!»

– Mais les enfants, Victoire? Ils ne sont coupables de rien, ces trésors. Et Danielle que tu aimais tant et qui te le rendait si bien?

– Je la verrai ainsi que ses enfants quand ils iront chez toi sans Patrice, maman. Ne m'en demande pas davantage. Si tu savais comme je suis heureuse depuis que je n'ai plus ce cher frère dans les jambes. Son sarcasme, son ironie, son jugement cruel lors de mon divorce. Non, maman, je n'ai vraiment pas besoin de tout ça dans ma vie.

– Suzelle n'est pas heureuse, Victoire. Tu devrais lui parler, l'écouter, tu as tellement d'influence sur elle.

– Je sais, maman, et je compte la rencontrer. Je trouverai un prétexte, je ne peux pas la laisser aller de la sorte. Tu me disais que Gilles était de plus en plus absent?

– Oui et Suzelle pleure très souvent. J'ai beau tenter de la conseiller, elle ne m'écoute pas. Elle m'a même dit de me mêler de mes affaires pour ensuite s'excuser de s'être emportée contre moi. Il y a des fois où je me sens de trop dans cette maison. L'atmosphère est lourde et j'ai l'impression de ne plus me sentir chez moi.

Victoire comprenait par ces mots que sa mère désirait sûrement vivre avec elle. À Rosemont, dans la chère maison de toute une vie. Refusant d'être prise au piège, elle opta pour une réponse qui n'arrangeait en rien le cas de sa mère.

– Suzelle doit suivre une diète, maman. Son embonpoint est la clef de tous ses malheurs. Je suis certaine que, si elle perd du poids, tout rentrera dans l'ordre. Même pour toi, maman!

Victoire invita Suzelle un mardi soir, histoire de prendre le thé et de lui remettre des échantillons de produits de beauté. La sœurette était hésitante, mais Victoire insista tellement qu'elle finit par répondre:

— Je n'ai rien à me mettre sur le dos. Ça paraît que tu ne m'as pas vue depuis deux mois, toi! Et que veux-tu que je fasse de tes produits de beauté, grosse et laide comme je suis?

— Allons, Suzelle, ne te dénigre pas ainsi. Viens me voir, viens jaser comme autrefois avant que je reparte pour New York. Est-ce trop te demander? On a quand même des choses à se dire, non?

— Oui, oui, surtout moi, mais je n'ai pas le goût de t'embêter avec mes problèmes.

— Écoute, Suzelle, tu étais là pour moi quand j'ai vécu les miens. Tu as même été la seule à me défendre quand tout le monde me jetait la pierre.

— Au fait, je ne t'ai pas dit que j'avais croisé Clément dernièrement?

— Ah, oui? Où ça?

— Dans un restaurant. J'étais entrée pour une pointe de tarte. Inutile de te dire qu'il ne m'a pas reconnue. J'ai même pu lire sa déception sur son visage.

— Cesse de te diminuer ainsi. T'a-t-il demandé de mes nouvelles?

— Non. Il n'a même pas prononcé ton nom une seule fois. Il m'a demandé des nouvelles de maman, de Gilles, de Patrice qu'il ne voit plus, puis il m'a annoncé qu'il était remarié.

— Ah oui? Tant mieux pour lui.

— Il a épousé une jeune avocate et ils sont parents d'une petite fille.

– Une avocate? Qui se ressemble s'assemble. Sa damnée mère doit être folle de joie. Aïe! Une professionnelle dans la famille! A-t-il changé?

– Non, toujours svelte, toujours aussi beau.

– Faut quand même pas exagérer, Suzelle. C'est vrai que tu lui trouvais bien du charme, toi. Bon, tant mieux pour lui si sa vie lui réussit. Il faut que je te laisse, mais je t'attends ce soir.

– D'accord, j'irai. De toute façon, Gilles ne rentre pas pour souper.

Conversation terminée, Victoire se tenait le menton, songeuse, pensive, offusquée d'apprendre que son ex-mari ne s'était même pas informé d'elle. Il l'avait ignorée, ce qui était pire que d'être insultée, selon l'adage. Comme si elle n'avait jamais existé. Comme si elle avait été la brebis galeuse qu'on aurait abattue d'un coup de masse. Pas un mot, pas une question sur elle. Tout en lui laissant savoir par le biais de Suzelle qu'il était remarié, père de famille et enfin... heureux. Avec une avocate qui devait très bien cadrer dans le salon de Françoise Béchard. Pas un seul mot sur elle comme si elle était morte et enterrée. Blessée dans son orgueil, une seule pensée pour Clément: «Un bel écœurant!»

Suzelle arriva vers sept heures et Victoire faillit tomber à la renverse en la voyant. Sa petite sœur, si mignonne, était énorme. Cheveux longs mal coiffés, aucun maquillage, souliers plats, robe sac noire avec bordure blanche au collet, Suzelle était une autre femme.

– Pas trop belle à voir, hein? Je peux lire dans tes yeux.

– Suzelle, pour l'amour, ce n'est pas parce que tu as pris du poids que tu dois jouer à la victime. Là, je vais cesser de te mentir, de te dire que tu exagères, de te... Je t'ai demandé de venir pour te secouer, ma petite sœur. D'abord, la raison du drame de ce laisser-aller, puis après, on parle.

Suzelle éclata en sanglots dans les bras de sa sœur. Cette dernière fit de son mieux pour la consoler, la dorloter, mais il lui fallait l'aider et, sur ce point, Victoire était sans merci.

— Ça va, Suzelle, pleure, pleure encore quelques moments mais après, tu te contiens et tu te vides le cœur.

Suzelle pleura de plus belle. Tout comme au temps où, adolescente, sa grande sœur allégeait ses tourments. Victoire si forte, inébranlable, celle qui ne pleurait jamais ou presque. Victoire qui faisait face à tout avec un sang-froid comme son défunt père. Victoire qui avait réussi... sa carrière.

— Qu'est-ce qui ne va pas, petite sœur? Qu'est-ce qui a fait que tu empailles ta fierté pour devenir peu à peu celle que tu es? Tu sais, Suzelle, il n'y a pas de mal à être ronde. Certaines femmes luttent toute leur vie contre ce problème pendant que d'autres finissent par s'accepter et plaire avec leur embonpoint. L'une de mes représentantes fait osciller la balance à 180 livres, Suzelle, mais tu devrais la voir. Quel maintien, quelle grâce, quelle élégance! Elle a plus d'amants que je ne pourrai jamais en récolter avec mon tour de taille. Parce qu'elle a du charme, de l'entregent et un bon caractère, ce qui n'est pas mon cas. Donc, elle est heureuse avec son embonpoint. Beaucoup plus que moi avec mes 115 livres. Elle, c'est un cas, ce n'est même pas un problème, mais parlons du tien, veux-tu? Toi, tu n'as aucune raison d'être grosse. Personne ne l'est dans la famille. Donc, au départ, aucun combat contre l'hérédité. Tu es grosse, Suzelle, parce que tu manges. Tu manges à te défoncer et je veux savoir pourquoi tu te détruis de la sorte. Même plus coquette, sans aucun amour-propre. Désolée d'être aussi directe, ma petite sœur, mais je suis ici pour t'aider, te mettre en face de la réalité. Tu n'es pas malade au moins? Tu ne me caches rien, dis?

– Non, aucune maladie. C'est Gilles qui m'a rendue ainsi, Victoire. Gilles... que lui!

Et la cadette d'éclater en sanglots.

– Gilles? Qu'a-t-il fait pour que tu sois dans un tel état?

– Il s'est mis à rentrer tard, à me faire des remarques...

– Je t'arrête, Suzelle. Tout ça est arrivé quand il t'a vue te laisser aller, quand il a compris que tu ne cherchais plus à plaire, même à lui. Maman m'a parlé, Suzelle, et Gilles n'est pas responsable de ce qui t'arrive. Il t'a même offert d'aller avec toi consulter un médecin, un psychologue s'il le fallait. Gilles te croyait en dépression parce que tu pleurais sans cesse, mais dès qu'il prenait la porte, toi, tu ouvrais celle du réfrigérateur.

– Encore maman? Elle t'a tout dit à ce que je vois. Elle m'espionne depuis le premier jour. Ah! si tu savais l'erreur qu'on a commise en l'invitant à vivre sous notre toit. C'est à partir de ce jour que tout a commencé à se gâcher entre Gilles et moi. Je suis certaine que, sans sa présence, sans son nez dans notre ménage...

– Suzelle, encore une fois, tu n'es pas franche. Je connais assez mère pour savoir qu'elle n'est pas toujours discrète, mais Gilles était le premier à l'apprécier, heureux qu'elle soit là pour que tu sois moins seule. Ton mari aime maman et elle le lui rend bien.

– Bien sûr qu'il l'aime, parce qu'elle est là pendant qu'il couraille avec d'autres! Je sais qu'il a une blonde, une autre fille dans sa vie. Elle a même téléphoné ici une fois pour lui parler en se faisant passer pour la secrétaire de son père. Comme si je ne savais pas que mon beau-père n'a pas de secrétaire.

– Et si c'était le cas, n'y serais-tu pas pour quelque chose, ma petite sœur? Ce gars-là t'aimait comme un fou. Il aurait décroché la lune pour toi. Il ne peut avoir changé son fusil d'épaule du jour au lendemain sans que tu ne sois responsable de cette guerre.

– Parce que je suis grosse? Ce qui veut dire que monsieur ne m'aimait que physiquement? Comme une poupée? Une femme-objet qu'on habille et qu'on sort pour que d'autres hommes la regardent?

– Cesse Suzelle! Gilles t'aimait de tête et de cœur. Tu l'as fait fuir, tu l'as presque perdu avec tes crises de larmes, tes enfantillages, ton laisser-aller quand il te suppliait de t'aider. Tu sais, moi, j'ai perdu Clément, mais je le voulais, Suzelle. Je ne l'aimais pas et je ne pouvais lui jouer la comédie plus longtemps. Mais Gilles et toi, c'était le bonheur parfait, l'amour total, le couple idéal. Allons, sois franche une fois pour toutes et dis-moi ce qui ne va pas. Dis-le au moins à moi, Suzelle!

– Tu veux le savoir? Vraiment le savoir? Eh bien! c'est toi, Victoire.

L'aînée fit mine de jouer avec ses lèvres pour que Suzelle se rende jusqu'au bout.

– Oui c'est toi, même si ce n'est pas de ta faute. Je t'envie, Victoire! Tout te réussit dans la vie, même ton divorce, maudit! Regarde où tu en es aujourd'hui. Je pensais que tu souffrirais de la perte de Clément, mais non, ce fut pour toi le premier pas de ton petit sentier glorieux. Ta maison, ta position, tes promotions, ton allure. Regarde-toi, tu es belle à rendre toutes les femmes jalouses. Même moi, Victoire! Tout te réussit et, en plus, tu es brillante. Regarde le poste que tu occupes. Penses-tu qu'on peut être aussi satisfaite que tu l'es quand on est une femme à la maison, avec sa mère, sans enfant, un mari qui travaille et que tu attends? Sais-tu ce que c'est toi que de passer sa vie à s'ennuyer? Voilà pourquoi je suis devenue ainsi. Par dépit, Victoire, même si je t'aime, même si je t'admire. Par dépit parce que je sais que je n'aurai jamais ta chance ni ton talent.

Et Suzelle éclata en sanglots, la tête entre les mains, les coudes sur ses genoux. Victoire s'en approcha, la saisit dans ses bras et Suzelle, sentant par ce geste d'affection la clémence de son aînée, lui murmura:

– Pardonne-moi, Victoire. Je n'aurais pas dû dire cela, je...

– C'est fait, Suzelle, et je pense que ça t'a fait du bien. Je ne t'en veux pas, crois-moi. Je te comprends, je te soutiens et là, tu vas m'écouter parce que c'est à mon tour de t'aider comme toi tu l'as fait au moment où j'étais seule avec mon problème.

– Que faire, quoi faire, Victoire? Je suis en train de tout perdre...

– Sèche tes larmes, ma petite sœur, reprends ton souffle et dis-toi que c'est à partir de demain que ta vie commence.

– Que veux-tu dire?

– Que tu vas sortir de ta maison. Trop enfermée, Suzelle, voilà ce qui te ronge jusqu'à la moelle. Trop avec maman à l'écouter parler de papa, du bon vieux temps, de ton mari. Sans le vouloir, elle t'accapare, elle sème le doute. Remarque que tu pourrais lui demander de partir mais, pour l'instant, ça ne réglera pas ton cas. Ce qu'il te faut, c'est une vie bien à toi à travers celles des autres. Tu dois sortir de ta cabane, te trouver un emploi.

– Un emploi? Avec mon apparence? Tu es aveugle ou quoi?

– Non, je vois et c'est de cela dont on va s'occuper en premier, ma petite sœur. Je connais un excellent médecin...

— Pour un régime? Penses-y pas. Je ne perdrai jamais tout ça.

— Tu es une fausse grosse, Suzelle, comprends-tu? Une fausse grosse! Une femme qui a pris du poids à manger comme si elle le faisait exprès. Il n'y a pas d'obésité dans la famille et tu n'as aucune raison d'être grosse comme tu l'es. Tu es une accidentée de tes émotions, Suzelle! Tu as mangé au lieu de t'en sortir. Tu as pensé régler ton problème dans le pain croûté, les tartes, les croustilles et le *banana split*. Tu as contré ton ennui en te braquant sur les épaules 50 livres de trop. Tu as juste changé ton problème de place. Tu l'as enlevé de ton cœur et tu te l'es foutu sur la carcasse. Pire, tu as failli perdre Gilles. Tu l'accuses de rentrer tard, tu t'imagines même qu'il a une autre femme dans sa vie et moi, je suis certaine que tout ce qu'il fuit avec ses amis et peut-être certaines filles d'un soir, ce sont tes rengaines, Suzelle, tes jérémiades et ton problème. Il en a sûrement assez de t'entendre te plaindre et te voir engraisser. Et par-dessus cette déception, sa belle-mère qui l'aime bien mais qui l'examine ne serait-ce que pour trouver du rouge à lèvres sur son col de chemise. Rien n'est encore perdu, Suzelle, mais tu n'as plus une minute à perdre. Un autre mois de ce traitement et je te jure que Gilles sacre le camp. Est-ce là ce que tu veux? Ça m'étonnerait beaucoup.

— S'il ne m'aime plus, qu'il aille au diable. Si son amour n'était que physique, je n'en ai rien à faire de Gilles Fabien, moi.

— Son amour n'est pas que physique, Suzelle, et tu le sais. Ce n'est pas seulement ton embonpoint qui le fait fuir, c'est ton déséquilibre.

— C'est ça, dis-moi que je suis folle, maintenant!

— Écoute, ma petite sœur, tu me laisses t'aider ou j'arrête là. Je n'endosse pas ton marasme et Gilles n'a pas à encaisser ton sarcasme. Tu t'aides et tout revient à la normale. Tu restes entêtée et tu te retrouves seule. Tu as un problème à régler, Suzelle, et pas seulement au niveau du poids. Un problème entre tes deux oreilles parce que tu restes là, assise à longueur de journée à attendre qu'un enfant t'arrive ou que tu te retrouves comme une mémère à regarder la télévision, à manger, à te bercer. Grouille-toi, pour l'amour de Dieu! Prends au moins une chance dans ta vie. Tu n'as jamais déployé le moindre effort et tu n'as pas encore trente ans. Aide-toi et le ciel t'aidera, mais aide-toi, maudit!

Suzelle leva les yeux sur sa sœur, des yeux implorant sa pitié, mais Victoire ne la serra pas dans ses bras. Pas cette fois. Constatant qu'elle était à deux pas de la perdre comme alliée, Suzelle lui demanda en fixant le plancher:

— Il s'appelle comment, ton docteur?

Victoire ne répondit pas. Elle n'attendait que son bon vouloir. De ses deux mains elle pressa les épaules de sa sœur et lui murmura:

— Après le régime, après le malentendu, quand tu seras celle que tu étais, celle que Gilles retrouvera, je t'aiderai à te trouver un emploi. Parle à ton mari dès demain, fais-lui part de ta décision, parle à maman, parle-toi également et, d'ici deux jours, je t'obtiendrai un premier rendez-vous avec ce spécialiste de l'amaigrissement. Et je te jure qu'avec un petit coup de cœur, tu redeviendras celle que tu veux être, celle qui sera prête pour un envol dans une vie bien à toi... cette fois.

Un lundi de pluie, un temps gris et maussade... Victoire se demandait par quel contrat commencer tellement ils étaient nombreux sur son vaste pupitre encombré. Un café, une cigarette...

– On peut déranger madame la directrice un moment?

– Gontran! Entre, prends un fauteuil. Je me creusais justement la tête à savoir où la placer ce matin.

– Moi, si j'étais toi, avec le personnel que tu as, ça ferait longtemps que j'aurais déposé ces dossiers dans les tiroirs de l'une des secrétaires. Tu travailles tellement, Victoire, tu délègues si peu que je viens d'en croiser une qui se limait les ongles tout en racontant sa fin de semaine au comptable qui avait les deux pieds sur son pupitre.

– Oui, tu as raison, je devrais déléguer, j'ai la tête dure.

– Au fait, je venais te demander si tu allais être présente au cocktail des dix ans de *Martin Automobiles* ce soir?

– Es-tu fou? Que voudrais-tu que j'aille foutre là?

– Mais on t'a invitée, Victoire. Tu sais que Payot achète ses voitures et ses camionnettes là depuis dix ans. Nous sommes un gros client et, comme tu es la directrice, un petit tour, un verre en passant ne ferait pas de tort. D'autant plus que tu veux changer ta voiture bientôt et que le père Payot désire que tu choisisses ce qu'il y a de mieux.

– Oui, oui, je sais, mais c'est lundi, il pleut... Tu y vas, toi?

– Je n'ai pas vraiment le choix, Payot me l'a demandé. Il n'a pas insisté en ce qui te concerne, mais si tu venais avec moi, ce serait sûrement moins plate. Tu sais, moi, les autos... Viens donc, Victoire, juste le temps d'une coupe de champagne. On va te recevoir comme une reine et moi comme ton valet de cœur.

Elle éclata de rire. Gontran avait le don de mettre du piquant dans sa vie triste et monotone.

– Avec ce tailleur noir et mon chignon? C'est un cocktail...

— Très joli ton tailleur et pour ce qui est du chignon, ça te va à merveille. Le genre Grace Kelly, ça impressionne, tu sais. Tu es la directrice, Victoire, pas la petite secrétaire qui cherche à plaire.

— Bon, ça va, j'irai avec toi, Gontran, mais une heure, pas davantage. Juste assez pour être polie, et en même temps, regarder ce qu'ils ont de bien dans les voitures de luxe.

— D'autant plus que Payot t'a bien dit de ne pas te gêner.

Victoire offrit un sourire et congédia Gontran en lui disant:

— Bon, laisse-moi travailler maintenant. J'ai trois contrats à rédiger et des appels à placer à New York.

Gontran sortit, Victoire se mit à l'œuvre et, dehors, le tonnerre grondait. «Un orage! Il ne manquait plus que ça», pensa Victoire.

Avant d'entrer dans le grand salon bleu de chez *Martin Automobiles,* Victoire avait retouché son maquillage à la salle des dames. Gontran s'impatientait et voilà qu'elle revenait, belle, rafraîchissante, comme si elle sortait tout droit d'un salon de beauté. Elle fit son entrée au bras de Gontran et le président de l'établissement s'empressa auprès d'eux. Présentations, une coupe de champagne saisie en passant et, déjà, Victoire abandonnait Gontran pour admirer les voitures neuves de l'année. Gontran lui avait dit: «Prends ton temps, je ne serai pas loin.» Évidemment! Un vendeur dans la trentaine lui avait fait un sourire invitant.

Il y avait beaucoup de monde. Des hommes d'affaires avec leur femme. D'autres avec leur secrétaire et d'autres avec des filles qui semblaient sortir d'un club de danseuses du bas de la ville. Victoire regardait les voitures, examinait l'intérieur, prenait une gorgée et déambulait dans les allées sous des regards admiratifs qu'elle faisait mine de ne pas voir.

— Tu cherches quelque chose en particulier, belle enfant?

Elle se retourna brusquement, regarda l'homme en plein dans les yeux et, insultée de son approche, de son tutoiement, lui lança de haut:

— On se connaît? On s'est vu quelque part?

— Non, mais je me présente, Jean-Paul Croteau, l'as vendeur de la compagnie. Quatorze voitures en un mois.

Victoire le toisa une seconde fois. Assez costaud, pas tellement grand, cheveux clairsemés, environ quarante ans, il avait un sourire confiant et, dans les yeux, rien de charmant mais rien de méchant. Un vendeur d'autos, un simple vendeur sans instruction, sans manières, du genre à vendre à pression.

— Et je t'offre ma carte, poursuivit-il, car avec moi, on ne fait pas de mauvais achats. Je ne suis pas ici pour vendre, ce soir, mais si jamais, juste au cas. Je peux savoir ton nom?

— Victoire Desmeules, directrice générale de *Payot et fils.*

— Oh! j'savais pas. Excuse-moi! Le père Payot, c'est moi qui s'occupe de ses autos. Il me demande à chaque fois. Mais je ne savais pas qu'il avait une directrice. Ça fait longtemps que tu es là?

Victoire n'en revenait pas. Quelle audace! Elle lui aurait dit qu'elle était la reine d'Angleterre qu'il l'aurait encore tutoyée. Gontran, qui avait saisi les dernières bribes de la conversation, demanda à sa grande patronne.

— Vous vous connaissez, Victoire?

— Non, c'est la première fois que je rencontre monsieur.

— Et vous la tutoyez? Vous savez qui elle est au moins? Je me demande bien ce que votre patron penserait d'une telle effronterie.

– Écoutez donc, vous. Je ne l'ai quand même pas insultée, la demoiselle.

– La dame, monsieur, madame Victoire Desmeules, directrice générale de la maison de votre plus gros client.

– Oui, oui, je l'sais, elle me l'a dit.

Victoire éclata de rire. Gontran semblait si offusqué qu'elle ne put se retenir. Et le pauvre vendeur qui ne savait plus comment se comporter.

– Excusez-moi, tu, vous, j'ai la manie d'être familier et je la trouve bien jeune pour avoir un si grand titre. J'espère que je ne vous ai pas offensée, madame. C'était pas là mon intention.

– Mais le mal est fait, ajouta Gontran rouge de colère. Je ne porterai pas plainte mais vous mériteriez...

– Tout de même, Gontran, pas trop de cérémonie en ce qui me concerne. Monsieur Croteau a sans doute sa façon à lui de vendre des autos. Tiens! Je parie que sa femme possède la plus belle de ce plancher avec toutes les commissions encaissées dernièrement.

– Je ne suis pas marié, madame Victoire.

Elle éclata de rire une seconde fois et Gontran se prit à sourire.

– Desmeules, monsieur, Victoire est mon prénom. Tu viens, Gontran, il faut que je rentre. Le temps de saluer quelques personnes et... Bonsoir, monsieur Croteau, heureuse de vous avoir rencontré.

– Oh! moi, vous pouvez m'appeler Jean-Paul, vous savez!

Elle s'éloigna en souriant pendant que Gontran lui murmurait:

– Quel imbécile! Un gars qui ne sait pas vivre...

– Bah! pas méchant pour autant, Gontran. C'est le vendeur attitré de monsieur Payot. Il doit sûrement avoir de bons côtés.

– Ne viens pas me dire que tu lui trouves du charme, Victoire!

– Il est amusant et puis, as-tu vu ses bras musclés? Tu sais comment on appelle ça, un homme comme ça? Un gros nounours, Gontran!

– Moi, j'appelle ça un piètre idiot, Victoire. Rien dans la tête...

– Ne le juge pas sur ce ton, il est quand même sympathique et sa façon d'être est franche et directe. Pas hypocrite au moins, lui.

Ils quittèrent le cocktail, s'engouffrèrent dans la voiture de Gontran et en longeant la vitrine, Victoire y aperçut Croteau qui lui souriait tout en lui faisant un signe de la main.

Deux jours plus tard, alors que Victoire revenait de son dîner, un bouquet de fleurs sauvages livré en son absence trônait sur son bahut. Une petite carte et ces mots: *Pour m'excuser de ne pas avoir été poli. Jean-Paul Croteau*

# Chapitre 6

Janvier 1968, au cœur d'un nouvel hiver et Victoire avait ses trente-quatre ans révolus. Plus belle que jamais dans cette force de l'âge qui, pour la femme, lui octroie tous les droits, elle régnait dans l'entreprise comme Marie-Antoinette avait pu régner à Versailles. Mais ce, sans perdre la tête... ou presque. L'emportement de Gontran permettait d'en douter.

– Victoire, ce n'est pas vrai, dis-moi que j'ai mal entendu!

– Qu'as-tu donc encore? lui répondit-elle en souriant.

– Tu sais très bien ce dont je veux parler. Tu as même insisté pour que ce soit monsieur Payot qui me l'annonce. C'est pas vrai, Victoire. Tu ne vas pas épouser Jean-Paul Croteau? Dis-moi que tu plaisantes...

– Tout ce qu'il y a de plus sérieux, Gontran, que ça te plaise ou non. Une décision réfléchie sur laquelle je ne reviendrai pas.

– Mais voyons, tu le connais depuis quatre mois, tu l'as fréquenté à quelques reprises pour t'amuser. C'est ce que tu disais, du moins. As-tu perdu la tête, Victoire? Jean-Paul Croteau et toi? Penses-y, c'est le jour et la nuit. La grande dame et le cabochon...

– Je t'arrête, Gontran, ne va pas plus loin et ne te permets pas de me donner ton opinion sur lui. Je n'ai pas de comptes à te rendre, je n'ai pas à prendre la moindre remontrance de ta part. Ne me fais pas regretter notre amitié, nos confidences, notre familiarité.

– Excuse-moi, Victoire, mais ça été plus fort que moi. Je t'avoue que je ne comprends pas. Jean-Paul Croteau et toi!

– Oui, je sais, tu me cherches un ambassadeur, un politicien, un millionnaire et je ne sais qui encore, mais c'est Jean-Paul que j'épouse, Gontran. Et pas plus tard que le mois prochain.

– Dis-moi au moins ce qui s'est passé pour que tu en arrives là. Ce n'est quand même pas le premier homme à avoir cédé à tes désirs? J'en ai vu plusieurs se succéder et de bien plus beaux, plus... Je m'excuse, j'arrête là, mais si je ne rêve pas, Victoire, et si tu te maries vraiment avec ce type-là, donne-moi juste une bonne raison de le faire pour que je puisse te croire.

– Une bonne raison? Je vais t'en donner deux, Gontran. La première, c'est que je l'aime et, la seconde... je suis enceinte!

Que s'était-il passé entre le bouquet de fleurs sauvages accompagné d'excuses et le bouquet de noces que Victoire s'apprêtait à choisir? Et ce, en moins de cinq mois, la fin d'un été, un automne, un début d'hiver. Si vite, si solide avec ce petit vendeur d'automobiles. Pour en suivre la trame, il fallait remonter l'horloge du temps et, pendant que Gontran, bouche bée, venait d'apprendre que madame la directrice attendait un bébé, Victoire, appuyée sur le haut dossier de son fauteuil de cuir, revoyait se dérouler le court métrage qui ferait d'elle prochainement, pour la seconde fois, la femme du partage. Sans l'avoir cherché ni voulu. À son insu, cette fois.

— Pourrais-je parler à madame Desmeules, s'il vous plaît?

— De la part de qui, monsieur?

— Jean-Paul Croteau. Elle me connaît...

— Ne quittez pas, je vous prie.

Le temps de vérifier auprès de sa patronne qui refusa de prendre l'appel.

— Désolée, monsieur, mais madame Desmeules est déjà en réunion.

— De si bonne heure? On la fait travailler fort, la petite dame. Bon, dites-lui que j'ai téléphoné et prenez mon numéro au cas où elle l'aurait perdu.

Victoire n'avait pas voulu prendre l'appel. Pas une demi-heure après l'envoi des fleurs. Et elle n'allait pas le rappeler pour le remercier. Elle savait que Jean-Paul Croteau allait revenir à la charge avant la fin de la journée.

— Bonjour, mademoiselle, ici Jean-Paul Croteau. Madame Desmeules a-t-elle reçu mon message?

— Oui, monsieur, mais c'est pour elle une journée fort occupée.

— Est-elle là? Vous pensez que je pourrais lui parler un instant?

— Ne quittez pas, je vais voir si madame peut prendre l'appel.

La secrétaire qui avait reçu des ordres fit part à sa patronne que monsieur Croteau était en ligne.

— Victoire Desmeules à l'appareil.

— Madame Victoire? C'est Jean-Paul Croteau. Je m'excuse de vous déranger mais je voulais savoir si vous aviez reçu mes fleurs.

– Oui, ce matin, monsieur Croteau, et elles sont ravissantes. Je vous en remercie, mais le geste n'était pas nécessaire.

– Non, non, il fallait que je m'excuse. J'ai pas été correct, j'suis toujours trop direct. Le monsieur ne s'est pas gêné pour me l'dire...

– Il n'y avait pas d'offense, monsieur Croteau, et pour vous le prouver, j'irai vous rencontrer dès jeudi pour l'achat d'une voiture.

– Vous allez me demander? J'en suis bien content, vous savez. Je m'suis toujours occupé du patron et il ne l'a jamais regretté. Vous avez quelque chose dans l'idée? Quelque chose que vous auriez vu?

– Oui, la Mercedes. La plus luxueuse, celle dans les tons de vert.

– Un vrai bijou, madame Victoire, pardon, madame Desmeules.

– Alors, à jeudi, monsieur Croteau, et merci pour les fleurs.

Il raccrocha, fou de joie à la pensée de la revoir. Loin de lui l'idée de lui vendre une voiture, Victoire lui avait plu dès le premier regard. Elle, de son côté, n'en voulait pas à ce vendeur de l'avoir quelque peu brusquée. Il semblait sympathique et, sans la moindre idée derrière la tête, elle voulait obtenir le meilleur prix possible pour une Mercedes payée par *Payot et fils*. Une Mercedes, voiture de riche. Tout comme celle de Clément, jadis.

À l'heure fixée, elle fut au rendez-vous. Jean-Paul Croteau, bien vêtu, eau de toilette, cheveux bien en place, lui faisait des courbettes en trébuchant sur le tu et le vous, tout comme entre le madame Victoire et madame Desmeules. Si mal à l'aise le pauvre, que Victoire en eut pitié. Le grand patron était venu la saluer et tous les vendeurs n'avaient d'yeux que pour la superbe femme qui, coiffée d'un immense chapeau et vêtue d'un bien joli tailleur, avait l'allure d'une grande dame de théâtre. D'autant plus que Victoire avait le verbe élégant et le maintien d'un mannequin. Elle régla l'achat de la voiture avec Jean-Paul Croteau en moins de trente minutes. Sans s'arrêter aux performances de l'auto et encore moins au manuel d'instructions. C'était une Mercedes, c'était tout ce qui importait. Elle allait quitter et Croteau qui s'offrait de la raccompagner s'entendit répondre:

— Mais je suis arrivée avec le chauffeur privé de monsieur Payot. Vous l'aviez oublié?

— À vrai dire, oui. Ça m'aurait fait tellement plaisir.

Puis, sur le pas de la porte battante, juste avant qu'elle ne parte, il prit une grande respiration et osa:

— Madame Victoire, je... je me demande, je voudrais savoir, je ne sais pas...

Victoire attendait et semblait l'encourager d'un sourire.

— Bien, si vous êtes libre, j'aimerais ça vous inviter à souper un de ces soirs. Le moment que vous choisirez, mais seulement si vous êtes libre. Moi, je n'ai personne dans ma vie, mais vous...

Il s'attendait à un refus, à une indignation, à tout sauf à...

— Alors, invitez-moi, monsieur Croteau. Pour autant que ce ne soit pas au *Ritz Carlton* car je n'aime pas cet endroit-là.

— Non, non, j'avais pensé à un petit restaurant italien sur la rue Saint-Hubert. Assez chic et bon comme ça ne se peut pas. Si je vous invitais pour samedi, pensez-vous que ce serait trop vite?

— Ce samedi? Attendez...

Une courte réflexion simulée et Victoire de lui dire:

— Vous pouvez passer me prendre à 7 heures?

— Bien sûr, madame Vic... Desmeules. J'y serai si j'ai votre adresse.

Victoire pouffa de rire, lui écrivit son adresse, son numéro de téléphone et ajouta avant de partir:

— Et j'espère que le vin est bon chez votre Italien!

Quand elle apprit à Gontran, le lendemain, qu'elle avait accepté l'invitation de Jean-Paul, ce dernier entra dans une colère noire.

— Folle à lier, Victoire Desmeules! Sortir avec cet imbécile, ce bon à rien, ce gars du populo, quand tu as des ministres, des hommes d'affaires et même un producteur de films qui s'intéressent à toi.

— Oublie les grandeurs, Gontran. J'ai déjà été la femme d'un futur avocat, la bru d'un juge, et vois ce que ça m'a donné. Le cauchemar de ma vie! De plus, je n'ai pas l'intention de me remarier avec qui que ce soit, pas plus avec un ministre qu'avec un acteur. Ce que je veux, c'est avoir du plaisir dans la vie avec des gens simples, des gens de cœur, du vrai monde, Gontran. Ce n'est pas parce que je suis directrice de *Payot* que je vais chercher dans les hautes échelles un bonheur qu'on trouve parfois dans un escabeau!

— Bien dit, madame Desmeules, lança monsieur Payot qui avait surpris la conversation. D'ailleurs, les Parisiens sont snobs, froids et distants. Qu'est-ce qu'on dit d'eux ici, Gontran? Qu'ils sont chiants? C'est le terme et c'est vrai. Et ce Jean-Paul Croteau me semble un bien brave homme. Plus franc, plus honnête que lui, je ne vois pas. Alors, pourquoi madame Desmeules n'irait-elle pas se défouler avec lui, s'amuser, rire un peu? Oui, l'escabeau vaut l'échelle, madame Desmeules. On doit finir par s'emmerder d'aller à

Paris, Londres et Los Angeles. On a parfois besoin d'un retour aux sources. Suivez votre instinct. Amusez-vous, soyez gaie, et vous, Gontran, ne soyez pas un obstacle aux plaisirs de la vie de votre directrice.

— Mais je ne veux pas être un obstacle, monsieur Payot...

— Dans ce cas, ne t'en mêle pas, de lui servir Victoire. J'ai eu assez d'un frère qui avait le nez dans mes affaires et je ne le vois plus, Gontran. Ne viens pas prendre la relève, ne me force pas à ériger un mur entre nous. Notre amitié est trop établie maintenant. À chacun sa vie, à chacun son choix, Gontran.

— Bravo, madame Desmeules, vous parlez avec grande sagesse... de lui dire Payot père avant de regagner son bureau.

Après son départ, comme pour clore le sujet, Victoire lança à l'endroit de Gontran:

— T'ai-je reproché moi de t'être jeté dans les bras d'un gars de vingt ans? Exactement ce que tu avais reproché à ton ami Fernand quand il t'a quitté.

Gontran marmonna, baissa les yeux, et Victoire le darda une dernière fois.

— Oublie tout cela, sois heureux avec ton petit garçon et je vais tenter d'avoir des joies avec... mon bon à rien!

Œil pour œil, dent pour dent, les deux complices s'esclaffèrent.


Ponctuel, Jean-Paul était devant la porte de la maison de Rosemont alors que l'horloge de Victoire sonnait ses sept coups. Elle l'invita à entrer, lui offrit un apéro qu'il refusa, préférant caresser le chat qui avait été attiré par l'eau de toilette du monsieur fort propre et gentil. Le temps de s'emparer d'un léger manteau et Victoire était prête. Contrairement à ses jours de semaine, elle n'avait pas choisi l'allure de la femme d'affaires pour ce samedi soir. Cheveux au vent retenus par un bandeau orné de petites perles, jolie blouse blanche avec blouson d'un vert tendre, jupe noire assez ample et souliers en cuir verni aux talons pas trop hauts pour ne pas dépasser cet homme qui n'était pas aussi grand qu'il était costaud. Il lui tendit un colis orné d'un ruban.

— Je ne vous ai pas apporté de fleurs, j'ai choisi des chocolats.

— Merci, mais voilà qui n'est pas bon pour ma ligne, vous savez.

— Bah, un de temps en temps, ça ne fait pas de tort. C'est ce que m'a dit ma sœur quand je lui ai demandé si une boîte de chocolats, ça s'offrait.

— Parce que vous avez une sœur! Il faudrait bien que vous me parliez de votre famille.

— Au restaurant si vous voulez. On fera plus ample connaissance. On va avoir tout notre temps et j'ai réservé une table discrète.

Petit parcours dans l'auto bien cirée de son propriétaire, ils arrivèrent et Victoire remarqua que Jean-Paul n'était pas du genre à lui ouvrir la portière. Sans doute parce qu'elle avait deux mains tout comme lui, songea-t-elle en souriant. Ils entrèrent et le patron, Giacomo, les accueillit avec beaucoup d'égards. Jean-Paul était un habitué, ça se voyait, tout le monde le tutoyait. Le restaurant avait pour nom Gino en l'honneur du premier-né de Giacomo. Un petit restaurant ouvert depuis un an à peine. Une vingtaine de tables, deux serveurs, mais des mets succulents et des vins importés d'Italie que Victoire ne dédaigna pas. Un endroit fort sympathique, une table discrète cachée par un coin de draperie et, en sourdine, des chansons de Mario Lanza que le patron faisait tourner. C'était d'une ambiance si agréable, si genre «chez soi» que Victoire tomba en amour avec ce petit endroit. Tellement différent, tellement à l'opposé du Ritz qui l'avait traumatisée. Et ce Jean-Paul, qui aimait lever le coude, qui se gavait de pâtes et qui riait de bon cœur, lui apportait une certaine joie de vivre. Il y avait dans ce «rustre» d'homme quelque chose qui attirait Victoire. Poli sans être courtois, bien mis sans être du dernier cri, bon vivant aimant le vin et faisant bonne chère, elle ne s'ennuyait pas avec lui. Deux verres d'un vin suggéré par le patron et Jean-Paul qui avait tenté de chasser le naturel le sentit revenir au galop.

— Moi, les madame Victoire, ou madame ci ou ça, ce n'est pas moi. Me donnerais-tu la permission de te dire «tu», d'être plus intime et de t'appeler Victoire? Je serais tellement plus à l'aise.

— Comme je peux voir, c'est déjà fait, répondit-elle en riant. Comme bon vous semblera, monsieur Croteau.

— Ah non! par exemple, si je t'appelle Victoire, tu m'appelles Jean-Paul et tu me tutoies.

— Je ne sais pas, je ne suis pas aussi prompte que vous dans de tels cas.

— Bon, on fait une affaire. Une autre bouteille de vin et tu me tutoies. Si ça ne marche pas, bien... tu me garderas au vous.

Victoire avait éclaté d'un rire franc et après la seconde bouteille de ce vin sec et très alcoolisé, sa retenue s'écroula et...

— Je passe une très belle soirée avec toi, Jean-Paul.

— Enfin, parle-moi d'ça! Bon, maintenant qu'on se connaît un peu plus, j'suis prêt à subir le questionnaire, ma belle.

Victoire qui sentait déjà les effluves lui tourner la tête ne perdit pas une minute et, sans pudeur, lui demanda:

— Tu n'as jamais été marié?

— Jamais, même si ça fait drôle de dire ça à quarante-trois ans.

— Bon, j'ai enfin ton âge. Tu n'as jamais fréquenté, jamais aimé?

— Aïe, minute! Je ne suis quand même pas un faux frère! Oui, j'ai aimé dans ma vie. Deux fois je dirais. La première fois à vingt ans, mais ça n'a pas marché. Ensuite, il y a cinq ans. Elle s'appelait Marlène et c'était sérieux, mais après deux ans, ça s'est terminé.

— Suis-je indiscrète en te demandant pourquoi?

— Non, non. C'est parce qu'on a décidé d'habiter ensemble et c'est là que ça s'est gâté. On ne s'entendait plus et avant de faire le pas, le mauvais pas, on a décidé de se quitter. Marlène n'était pas une femme pour moi. N'en parlons plus, c'est du passé tout ça.

— Et tu m'as dit avoir une sœur? Une seule sœur? Et tes parents?

— Mon père est mort quand j'avais dix ans et ma mère est partie le rejoindre il y a sept ans. Là, je vis avec Madeleine dans la maison de mes parents. Ma mère nous l'a laissée et comme ma sœur est vieille fille et moi vieux garçon, imagine le beau couple qu'on forme dans cette maison.

Il éclata de rire et poursuivit sous l'effet de son vin:

— Madeleine a quarante ans, je suis le plus vieux des deux. C'est une bonne fille qui n'a jamais eu de chance avec ses prétendants. Comme ma mère lui a laissé assez d'argent, elle ne travaille pas et s'occupe de la maison. Moi, je lui verse une pension pour les repas, les comptes à payer. Disons qu'on s'arrange assez bien tous les deux, mais c'est pas une vie ça.

– Ah non? Et pourquoi? Cette liberté totale que plusieurs désirent tant.

– Passer sa vie avec sa sœur, c'est pas une vie. Je l'aime bien, Mado, mais n'empêche que si je rencontrais l'âme sœur...

Victoire changea de sujet en lui demandant:

– Tu aimerais savoir d'où je viens, moi?

– Bien, si tu veux me le dire, je ne dirais pas non.

– Premièrement, j'ai encore ma mère qui vit chez ma sœur et mon beau-frère. J'ai aussi un frère qui est marié, qui a deux enfants et que je ne fréquente pas. Ensuite, la maison où j'habite est celle de mon enfance. Je l'ai rachetée de ma mère quand mon père est décédé. Finalement, j'ai été mariée pendant deux ans, mais ça remonte à dix ans. J'ai été la femme d'un étudiant en droit mais nous étions trop jeunes pour que ça fonctionne. Comme nous n'avions pas d'enfant, nous avons divorcé et lui s'est remarié. Moi, je suis célibataire si on peut dire. Voilà ma petite histoire, Jean-Paul. Quelque chose d'autre?

– Oui, si tu permets. As-tu eu beaucoup d'hommes dans ta vie par la suite?

– Aucun! de répondre fermement Victoire.

Et elle était sincère. Plusieurs dans son lit, mais aucun dans sa vie.

– Ça te dirait d'aller voir un *show* dans un club, le temps d'un digestif?

– Pas friande des boîtes de nuit, Jean-Paul. Non, la soirée a été agréable et je t'en remercie, mais j'aimerais mieux rentrer chez moi.

– Comme tu voudras. Pour une première sortie, faut pas que j'exagère.

– Pour une première sortie? Tu as bien dit... première?

– Bien oui et si ça t'intéresse, moi, j'aimerais bien te revoir, Victoire.

– J'ai accepté l'invitation, Jean-Paul, mais de là à m'engager...

– Non, non, tu n'as pas à t'engager. Rien de sérieux, juste pour sortir de temps en temps puisqu'on est libres tous les deux.

– Le temps le dira, Jean-Paul. On verra pour la prochaine fois.

Ils se rendirent jusqu'à la voiture, Victoire s'y glissa et sentit que la tête lui tournait drôlement. Pas lui, pourtant. Victoire avait des problèmes avec le vin. Trois verres et elle chancelait. En fait, elle avait de la difficulté avec toute forme d'alcool. Un verre ou deux et elle était cuite. Elle avait même eu un certain soir de sérieux effets avec un seul verre de Metaxa, ce qui avait fait dire à son amant grec du moment. «Toi, tu ne supportes pas la boisson, *darling*.»

Appuyée sur l'épaule de Jean-Paul, ce dernier ne s'en plaignait pas. Il prit pour une marque d'affection cette tête qui se posait maladroitement par manque d'équilibre. En cours de route, comme pour meubler le silence, il lui avoua:

– Tu sais que je n'ai jamais rencontré une fille qui s'appelait Victoire. Où donc tes parents ont-ils pris ce drôle de prénom?

– C'est très simple, tu vas voir. Maman a fait deux fausses couches avant de me rendre à terme. Pour ce faire, elle est restée clouée au lit durant les neuf mois de sa grossesse. Quand, enfin, je suis arrivée, mon père s'est écrié en me voyant: «Victoire! l'enfant est là!» Ma mère, subjuguée, s'est empressée de lui répondre: «Gustave, tu viens de lui trouver son prénom. Nous l'appellerons Victoire, cette enfant-là!»

Mot à mot, tout comme à Clément, dix ans plus tôt devant la même question. Comme si Victoire avait appris par cœur la petite histoire de son abominable prénom. Jean-Paul avait écouté pour ensuite ajouter:

– Avoue que c'était pas bête comme idée. Ta mère a pensé vite.

– Oui, mais pas plus loin que le bout de son nez.

– Comme je peux voir, tu n'es pas folle de ton prénom. Si jamais on se revoit toi et moi, je pourrais peut-être t'appeler Vickie? J'aime les diminutifs, moi. Madeleine, c'est Mado pour moi.

– Vickie? Tu veux rire? On dirait le nom d'une danseuse.

– Allons, dis pas ça. Je connais une chanteuse de renom dont le prénom est Vickie.

– Non, si on sort encore ensemble, tu m'appelleras Victoire. Mon prénom a encore plus de classe que celui de ta chanteuse populaire. Pour ce qui est de ce soir, j'ai envie de dormir. J'ai vraiment trop bu...

– Excuse-moi, c'est de ma faute. La deuxième bouteille était peut-être de trop.

À la porte de la demeure de Rosemont, voiture immobilisée, Jean-Paul jouait dans les cheveux de Victoire. Cette dernière, charmée par cette patte d'ours, se rapprocha de la poitrine ferme et colossale de cet homme qui l'attirait par sa virilité. Elle leva les yeux, il souriait et, sans hésiter, s'empara de sa bouche qu'il embrassa comme on mord dans un fruit défendu. Si fort, si bien, si longuement, que Victoire en perdit le souffle. Heureuse, amoureuse de cette langue qui contournait la sienne, elle la captura et les baisers se multiplièrent jusqu'à ce que le dernier lui prenne ses dernières forces.

— Et si tu m'invitais à rentrer chez toi, Victoire?

— Non, pas ce soir, Jean-Paul. Peut-être une autre fois.

— Parce qu'il y aura une autre fois? Parce qu'on va se revoir?

Victoire le regarda, posa un doigt sur ses lèvres encore humides et lui murmura:

— Bien sûr qu'on se reverra. Je me sens bien dans tes bras, Jean-Paul.

— Et moi donc! Avec toi en plus? J'ai encore de la misère à le croire, Victoire.

Gontran Lacasse avait sa copine à l'œil, mais se retenait d'émettre la moindre opinion et encore moins de lui poser des questions. Selon son intuition, la soirée de Victoire avec Croteau n'avait pas été si pénible qu'il l'avait souhaité. Sans mot dire, sans se confier, madame la directrice générale semblait fort heureuse en ce lundi qui suivait sa première sortie. Gontran ne disait rien par crainte de perdre l'amitié de Victoire mais, en son for intérieur, la désapprobation subsistait. Jean-Paul Croteau était pourtant de sa génération, mais sans doute de ceux qui, depuis vingt ans, jetaient la pierre à ceux qui n'avaient pas la démarche masculine. Gontran l'avait jugé comme l'un de ceux pour qui le mépris l'emportait sur la compréhension. Pourtant, Jean-Paul, si peu porté sur la psychologie, se foutait éperdument des vieux pédés et de leurs oisillons. Gontran Lacasse, grognon de ce temps-ci, l'était beaucoup plus à cause de son mignon que de sa grande patronne. Ce dernier, jeunet fanfaron, lui avait soutiré quelques centaines de dollars dans le but de se refaire une garde-robe et Gontran avait appris que l'argent avait servi à un voyage à New York que son petit blond avait effectué avec un autre jeune garçon. Somme toute, l'argent du vieux avait servi au jeune à payer des vacances à un... plus jeune. Une crise de rage, un repentir de la part du blondinet et Gontran avait pardonné parce que l'autre avait promis, juré de ne plus jamais recommencer. Gontran Lacasse avait passé l'éponge parce qu'à son âge, les hameçons se voulaient plus rares pour les poissons qui, de bon gré, voulaient mordre le ver.

Victoire laissa Jean-Paul la désirer, la souhaiter pendant deux semaines avant d'accepter de prendre un appel et de conclure pour une rencontre le vendredi soir. L'homme avait désespéré, presque déposé les armes et c'est au moment où il allait abdiquer que la jeune femme répondit à ses nobles avances. Comme d'habitude, pour cette Victoire Desmeules qui s'était toujours emparée de la dernière chance. Juste avant de perdre, dans le but de tout gagner. Car, si les teintes avaient changé sur son radieux visage, le canevas était toujours le même. Victoire se devait de conquérir... quand le guerrier était à genoux. Cette fois, elle opta pour un souper dans une auberge de la région des Laurentides. Une petite auberge que Jean-Paul connaissait dans un décor champêtre. «Tu verras comme c'est beau, lui disait-il, de manger et d'apercevoir de la fenêtre les feuilles rouges et jaunes par terre.» Il tentait d'être poétique et elle avait souri. Comme si elle n'avait jamais vu un paysage d'automne, elle qui avait visité le monde entier ou presque. Elle qui, au volant de sa voiture, partait parfois toute seule sur les routes de campagne afin de prendre des photos des arbres les plus orangés qui soient. Elle avait souri, mais elle avait acquiescé à l'idée que ce devait être très joli. Elle voulait lui laisser le privilège de lui offrir l'automne à sa manière.

Très en beauté, plus attirante que jamais dans cette robe où le rouge et le noir se mariaient, un audacieux décolleté laissait deviner les trésors que le quadragénaire convoitait. Même si les cheveux de la belle cachaient parfois, par le souffle du vent, le repère du tourment de l'amoureux transi. Vêtu plus légèrement, chemise de soie à col ouvert, Croteau exhibait la naissance d'une poitrine velue. Une poitrine d'athlète avec des pectoraux, des muscles du cou solides et un bronzage qui ajoutait un semblant d'ébène à sa peau ferme. Pas beau ce Jean-Paul, quoique costaud, mais saligaud comme Victoire aimait un homme quand la chair l'emportait sur le cœur. La route était belle, la fin d'après-midi ensoleillée et quand ils regardèrent de la fenêtre de l'auberge, la nuit était tombée, les feuilles recroquevillées. Mais le vin était divin! Un rouge très sec pour le repas, un vin d'Alsace pour le dessert aux fruits. Puis le cognac, le drambuie, la crème de menthe... et Victoire était ivre. Ivre d'alcool et de bonheur. Ivre de sentir la liberté des jours qui venaient, loin du travail, sans personne à qui rendre des comptes. Sans même, depuis trois semaines, un coup de fil à sa mère. Ivre dans son égoïsme de faire ce qu'elle voulait de celui qui n'attendait que le signal pour la couvrir de caresses.

— J'ai passablement bu, Victoire et je me demande si j'aurai assez de force pour rentrer à Montréal les yeux ouverts.

— Ce qui veut dire, Jean-Paul Croteau?

— Que nous pourrions passer la nuit ici, si tu le désirais.

— Belle excuse, n'est-ce pas, d'autant plus que moi non plus je ne suis pas en état de conduire la voiture.

— Si tu crois que je veux abuser de toi, tu te trompes, ma chérie. Je suis même prêt à louer deux chambres pour te prouver mes bonnes intentions. Tout sauf rentrer et risquer d'avoir un accident.

— Pourquoi deux chambres? As-tu peur de partager la mienne, Jean-Paul?

Il la regarda stupéfait et elle éclata de rire.

— Grand fou, une seule chambre va suffire. J'ai envie de tes baisers...

Il n'en croyait pas ses oreilles mais s'empressa de louer la plus grande, la plus belle. La chambre 24, tout au fond du couloir de l'auberge.

— Tiens, le 24! L'âge que j'avais quand j'ai fait l'amour la première fois, de lui dire Victoire.

Vaste, luxueuse, une chambre de reine. Avec des fleurs partout, une salle de bain privée et un lit si majestueux qu'on aurait dit celui d'un prince. Ce qu'ils ne savaient pas, c'est que la chambre 24 était la suite des jeunes mariés. La plus chère, la plus spéciale pour une première nuit d'amour. De quoi mettre en confiance toute vierge qui aurait pu se sentir offensée.

Jean-Paul s'empara de sa bouche et ne la délaissa que lorsqu'elle le poussa pour reprendre son souffle. Puis c'est elle qui, d'un geste brusque comme celui d'une tigresse, l'empoignait par la nuque pour l'attirer jusqu'à ses lèvres. Et l'étreinte se voulut interminable. Victoire savourait le plaisir du baiser, le moment de l'union le plus charnel, selon elle. Le préambule qu'elle aimait prolonger jusqu'à ce qu'une main se faufile dans son corsage. Ouvrant les yeux comme pour retrouver sa tête, constater qu'elle était bien avec lui et non avec un passant comme ce fut le cas très souvent, elle aperçut devant elle le corps dénudé de l'homme. Ce corps qu'elle avait deviné, ce corps qui était encore plus détaillé qu'elle n'avait pu l'imaginer. Jean-Paul Croteau était, à son humble avis, plus séduisant nu comme Adam qu'avec un habit de gala. C'était l'animal, la bête, ce que Victoire avait cherché au fil de ses conquêtes. Et lui, penché sur ce corps de déesse, l'admirait, suant de passion et d'ivresse. Comme elle était belle à trente-quatre ans, la femme nue sur le drap limpide. Si belle qu'elle en était superbe. Plus belle que jolie. Si belle qu'il avait prié le ciel de ne jamais donner à ce corps un jour de plus. Jean-Paul Croteau n'avait jamais eu de plus belle chair dans la paume de ses mains. Cette chaleur, ce parfum, ces cheveux qui glissaient parfois comme pour cacher le bout d'un sein. Victoire, fidèle à sa façon d'aimer avec les amants rejetés, se donna telle une lionne qui eût été du mâle, privée. Tant et si bien que Jean-Paul en fut ravi. Mais tant et si bien qu'elle dut maintes fois ouvrir les yeux pour contempler le savoir-faire de ce... jardinier. Le rustre de son roman était le plus damné de ses amants. Pour un célibataire, pour un homme sans femme, cette brute au cœur tendre faisait l'amour avec l'expérience d'un tombeur de femmes. Elle fut ravie, conquise, puis... amoureuse. Tellement qu'elle sentit les effets du vin se dissiper et ses sens prendre la relève. Et c'est elle qui insista pour qu'il recommence et pour que l'étreinte dure jusqu'à ce que le jour se lève. Victoire Desmeules au petit jour était brûlante de fièvre. Son corps grisé par la jouissance avait crevé l'abcès de son cœur en retrait.

Gontran qui occupait le bureau voisin de la directrice générale grommelait chaque fois qu'il entendait annoncer à Victoire: «Madame Desmeules, monsieur Croteau demande à vous parler.» Monsieur Croteau! «Monsieur crotte», comme l'avait surnommé dans sa tête le vieux garçon enragé. Croteau, Croteau, quel nom de menu peuple, pensait Gontran sans penser un instant que le sien, Lacasse, n'avait guère plus de classe. À défaut de ne pas réussir sa vie, Gontran aurait tellement voulu que Victoire réussisse la sienne. D'autant plus qu'un certain ministre divorcé avait multiplié les invitations, mais sans succès. Toujours d'accord avec les aventures d'un soir de sa patronne, jamais Gontran ne s'était insurgé quand elle lui annonçait qu'elle avait passé la nuit avec un bel homme de son âge ou un plus jeune. Mais là, avec Croteau le vendeur d'autos, il ne le prenait pas. Un gars qui ne pouvait même pas rédiger un contrat de vente sans faire des fautes d'orthographe. Un illettré selon lui, avec la reine des produits Payot. Impensable! Inimaginable! Et malgré ses crises de foie causées par ses angoisses, Gontran se rendait compte que, désormais, rien n'allait les séparer en ce bas monde. Il sentait que Victoire était conquise, séduite, et qu'elle prenait tous les appels de Jean-Paul, de cinq à dix fois par jour.

Un soir, début novembre, alors qu'ils avaient mangé dans un restaurant chinois et que Victoire s'était gavée de vin blanc, c'est elle-même qui avait suggéré qu'il la ramène à la maison et qu'il y passe la nuit avec elle. Dans son lit avec le chat sur le tapis, pour avoir l'effet du plaisir de la chair dans sa propre chambre. Pour se relever avec lui le lendemain, ravie, époustouflée d'avoir pu recommencer avant de lui offrir un déjeuner. Et cette fois, la rage du corps s'intensifiait et le cœur prenait de plus en plus sa place. Jean-Paul était au septième ciel. Il lui avait même demandé, comme l'aurait fait un gamin:

— On sort vraiment ensemble, n'est-ce pas?

Elle avait souri, acquiescé de la tête et lui avait répondu:

– On dirait bien que oui, n'est-ce pas? J'aimerais que tu rencontres ma mère, Jean-Paul. Ma mère, ma sœur, mon beau-frère. Je les inviterai ici et ils apprendront à te connaître.

– Bonne idée, Victoire, et, en retour, je te présenterai ma sœur. Nous pourrions aller tous les trois chez Gino, car sa cuisine à elle, tu sais...

De la projection. Victoire en était à projeter, à planifier, à vouloir le présenter à sa famille. Quelle drôle d'idée pour une femme qui s'était juré de garder jalousement pour elle sa vie privée. Elle avait même ajouté:

– Le temps des Fêtes s'en vient et nous pourrions sûrement organiser une sortie avec maman, Suzelle et Gilles dès qu'ils t'auront rencontré.

Victoire avait invité sa mère, Suzelle et Gilles un vendredi soir. Un repas vite préparé, du vin, une salade, quelques desserts du pâtissier et c'est de belle façon que se déroula la soirée. Jean-Paul s'était présenté bien mis, cravate nouée, souliers cirés. Gilles l'éclipsait dans le domaine de la mode avec son complet dernier cri et Suzelle qui avait déjà perdu la moitié de son embonpoint était fort aguichante dans une robe noire ornée de paillettes d'argent. Elle avait retrouvé sa féminité, la sœurette, et, du même coup, les égards de son mari. Victoire se rendait compte des efforts de sa sœur pour retrouver son amour-propre. Le discours n'avait pas été vain. Charlotte Desmeules, assez distante avec Jean-Paul, le scrutait de la tête aux pieds. Quel contraste avec Clément que cet homme dans la quarantaine qui parlait... la bouche pleine. Cet homme qui riait fort, qui parlait haut et qui avait tutoyé

Suzelle et Gilles après dix minutes de conversation. Sans que Victoire ne s'y oppose. Victoire qui le regardait comme s'il était sorti de la cuisse de Jupiter. Victoire qui le fixait avec amour malgré ses allures de bûcheron. Non, Charlotte ne comprenait pas sa fille de s'être entichée d'un tel homme. À la fin de la soirée, boisson à l'appui, Jean-Paul avait osé s'écrier en s'adressant à madame Desmeules: «Et vous, la belle-mère, qu'en pensez-vous?» Charlotte avait pâli d'indignation. Comment pouvait-il se permettre? Suzelle et Gilles s'étaient regardés, Jean-Paul avait saisi l'embarras et Victoire lui avait dit doucereusement: «Tout de même, Jean-Paul.» Ce à quoi il avait répliqué à Charlotte: «Excusez-moi, madame. C'est pas d'ma faute mais quand j'suis heureux, j'suis toujours vite en affaires.» La soirée se termina et la parenté quitta la maison de Victoire, les laissant seuls à leurs futurs ébats. Car il était bien évident que Jean-Paul allait passer la nuit là. Il était même allé enlever ses souliers dans la chambre pour revenir avec des pantoufles dans les pieds. Ce qui avait fait murmurer Gilles à l'oreille de Suzelle, à l'insu des autres: «Pourquoi pas le pyjama une fois parti?» Victoire sentait que Jean-Paul n'aurait pas la faveur de tous les membres de sa famille. On lui en parlerait sûrement demain mais, d'ici là, elle se glissait telle une chatte dans le lit de ses amours féroces. Sans avoir débarrassé la table. Elle avait laissé tomber ses vêtements, avalé un verre de vin d'un trait, saisi la main de son amant qu'elle tira jusque dans le noir de la chambre. «Aïe! Pressée, ma petite chérie, ce soir?» Elle n'avait pas répondu et s'était chargée de lui faire glisser le pantalon. Madame la directrice générale n'était plus qu'une femme dans ces moments-là. Une femme plus que femme dans son... et cetera.

Ce n'est que deux jours plus tard que Charlotte Desmeules téléphona à sa fille.

— Tu es seule, j'espère. Ton bonhomme n'est pas là?

— Qu'est-ce que ça veut dire «ton bonhomme» et ce ton, maman?

— Comme si tu ne le savais pas.

— Non, je ne comprends pas! Sois donc plus précise dans ta pensée, maman.

— Victoire, ce n'est pas vrai? Ce n'est pas l'homme avec lequel tu as envie de refaire ta vie? Dis-moi que je me trompe...

— Refaire ma vie est un bien grand mot, maman. Jean-Paul est l'homme que je fréquente présentement. Mais, qu'est-ce que vous avez tous contre lui? N'a-t-il pas été aimable, de bonne compagnie?

— Peut-être, Victoire, mais tu sais, quand on a connu Clément, on ne peut pas s'imaginer...

— Là, je t'arrête, maman! Clément, c'était il y a dix ans. Un mariage mort et enterré. Arrêtez de comparer parce que vous ne me reverrez plus avec un type comme Clément. Le genre guindé, ce n'est pas pour moi, maman. La franchise, la simplicité, voilà ce qui me charme maintenant. Je ne te dirai pas que je suis follement amoureuse de Jean-Paul Croteau...

— Il ne manquerait plus que ça!

— Mais il me plaît, maman et, avec lui, je suis heureuse présentement. Est-ce assez clair? C'est un bon gars, un bon cœur et c'est tout ce dont j'ai besoin. Je suppose que Suzelle et Gilles ont déblatéré sur son compte eux aussi?

— Non, ce n'est que mon opinion. Suzelle...

Dès que sa mère eut prononcé son nom, Suzelle lui avait enlevé le récepteur pour dire à Victoire:

– Écoute, grande sœur. Gilles et moi avons apprécié ton souper, ton invitation. Pour ce qui est de Jean-Paul Croteau, Gilles l'a trouvé sympathique et bon vivant. En ce qui me concerne, j'avoue avoir été surprise de voir ce genre d'homme dans ta vie. Non pas qu'il soit dépourvu de charme, mais tu sais, comme j'ai toujours eu des visées hautes pour toi... Je ne te cache pas ma déception, mais je respecte ton choix. Après tout, tu ne comptes pas te remarier à ce que je sache? Donc, pour l'instant, il meuble bien ta vie et j'ai cru me rendre compte que tu étais passablement éprise...

– Oui, passablement comme tu dis, mais je te parle en tant que femme, tu comprends? Je suis dans le feu de la passion présentement, mais tu me connais, non? Dès que le charme sera rompu...

– Oui, je te connais et c'est pourquoi je ne m'inquiète pas. Au fait, as-tu remarqué ma silhouette? Ton médecin est un ange, Victoire.

– Oui, je l'ai remarquée et je sens que la partie sera bientôt gagnée. Si tu savais comme je suis fière de toi, Suzelle. Je savais que je te retrouverais un jour telle que tu étais et ce jour n'est pas loin. Ça va mieux entre Gilles et toi?

– Oui, mais pas à cause de la perte de poids. Il m'a avoué avoir été découragé par la déprime qui me minait, par mon manque de courage.

– Et l'autre, l'autre femme que tu redoutais?

– Rien de sérieux. Il m'a avoué une certaine faiblesse un certain soir, mais dans l'état où j'étais, puis-je lui en vouloir? Il m'a avoué n'aimer qu'une femme, moi. Au moins, il aura été franc et honnête.

– Et maman sous votre toit, ça va, ça se prend?

– Disons que oui...

– Tu ne peux pas parler, elle est à tes côtés, n'est-ce pas?

Dans ce cas, laisse-moi te le dire et réponds par oui ou non. Ça s'endure, mais ce n'est pas le paradis. La vie à deux se vit maintenant à trois et tu la sens le nez dans tes affaires.

– Tu n'aurais pas pu viser plus juste, Victoire.

– Prends patience, un jour tout va changer. Je ne tiens pas à lui reparler car je suis pressée, mais tâche de lui faire comprendre que Jean-Paul et moi avions l'intention d'aller réveillonner dans un restaurant. Ça vous plairait de vous joindre à nous? C'est lui qui invite.

– Heu... c'est gentil de sa part, mais cette année, le réveillon, c'est chez Patrice que ça se passe. Le lendemain, c'est eux qui viennent à la maison pour le souper que je prépare. Pourquoi ne pas te joindre à nous avec Jean-Paul? Pourquoi ne pas faire la paix avec Patrice, Victoire? Maman serait si contente...

– Désolée, mais je ne suis pas prête. Je ne tiens pas à le revoir et à entendre ses sarcasmes quand il connaîtra Jean-Paul. Je ne veux plus que Patrice croise aucun homme que je fréquenterai. Je suis toujours et encore sa bête noire, je le sais. Un vendeur que je connais l'a un jour rencontré et lui a dit qu'il travaillait pour sa sœur. Tu sais ce que lui a répondu le frère?

– Non et je n'ose même pas te le demander.

– Eh bien! il lui a dit: «Ah, oui? Celle qui se prend pour une autre?» Tu vois bien qu'il n'y a rien à faire, Suzelle. Désolée pour Danielle et les enfants, mais je ne veux plus de ce frère dans mon existence pour le moment. Il l'a assez empoisonnée et je viens à peine de m'en désintoxiquer, tu comprends?

– Alors, oublie l'invitation et tâche d'être heureuse de ton côté, mais on aura sûrement la chance de se reparler d'ici là.

C'était maintenant au tour de Victoire d'affronter Madeleine, dite Mado, la sœur unique de Jean-Paul avec laquelle il vivait depuis la mort de sa mère. La rencontre était prévue chez Gino, et Victoire avait pris soin de ne rien négliger pour épater cette vieille fille qui n'avait jamais eu d'amants. Elle pour qui ce sort était pourtant cruel. Elle qui avait tout mis en œuvre il y a dix ans pour échapper à la liste sur laquelle Mado était inscrite. Très à l'aise chez Gino, elle sentait que ce serait Mado qui ne saurait pas comment s'asseoir sur sa chaise. Victoire arriva seule, en taxi, sachant que Mado était déjà sur les lieux avec son frère. Ce dont ils avaient convenu. Ou plutôt elle qui voulait d'une entrée triomphale qui aurait l'heur de gêner la demoiselle. Mais Mado en avait vu d'autres et ne fut nullement impressionnée par la jeune femme, même si elle la trouva fort jolie. Très bien de sa personne elle-même, Victoire fut surprise de rencontrer une «vieille fille» très à la mode qui fumait, qui arborait de faux cils et qui levait sa robe de soie de façon à ce qu'on puisse apercevoir la naissance du genou. Souriante, charmante, yeux rieurs, Mado n'était pas aussi familière que son frère et utilisa le vous tout en l'appelant par son prénom. C'est Jean-Paul qui, après une heure, insista pour qu'elles se tutoient, qu'elles se dérident un peu et qu'elles deviennent des amies.

— Donc, c'est toi qui es prise à dorloter cet homme, Mado?

— Oui, jusqu'à ce qu'une autre s'en empare, répondit-elle en riant.

— Facile à vivre au moins ton frère? J'ai l'impression qu'il n'a aucun défaut, qu'il se lève toujours de bonne humeur...

– Tu crois? Il a pourtant ses sautes d'humeur. Marlène pourrait t'en dire quelque chose.

– Mado, assez! Ne parle pas du passé! lança Jean-Paul avec rigueur.

Victoire ne lui avait jamais vu une telle lueur dans les yeux. C'était la première fois qu'il affichait un visage à terrifier un chat et Mado, coupable, baissa la tête et s'excusa.

– Mais qu'y a-t-il de si grave, Jean-Paul? Pourquoi cet emportement? d'insister Victoire.

– Je ne veux pas qu'on parle d'hier, du passé quand je vis pour l'avenir.

– Mais on ne peut pas renier ce qu'on a été? J'ai été mariée, moi, mal mariée, mais je ne m'en cache pas. Je n'étais certes pas la femme que je suis ce soir en ce temps-là. On change, Jean-Paul...

– Assez, je t'en prie, Victoire. N'en dis pas plus. Je ne veux pas savoir ce qui s'est passé dans ta vie avant que j'y sois et je ne tiens pas à te raconter la mienne. Le présent, le futur, c'est ça qui compte.

– Et si l'on commandait un bon digestif pour mieux arroser notre rencontre, de suggérer Mado.

– Bonne idée, excellente façon de rafraîchir la conversation, de conclure Jean-Paul.

Soirée terminée, Mado fut déposée et Jean-Paul se mit en tête de suivre Victoire, qui avait sa voiture, pour être bien sûr qu'elle arrive saine et sauve chez elle. Curieusement, Victoire n'avait pas insisté pour qu'il entre, sachant fort bien que c'était là son intention. Défait, mécontent, il lui avait dit, alors qu'elle s'apprêtait à déverrouiller sa porte:

– Je ne couche pas avec toi, ce soir?

– Non, j'aimerais être seule, je voudrais réfléchir. Je suis fatiguée...

Ce que voulait Victoire, c'était de chercher à comprendre l'attitude affichée par Jean-Paul devant sa sœur. Sans lui en parler, en analysant, comme elle le faisait de toute situation. Il l'attira contre lui, la prit dans ses bras et se mit à la couvrir de baisers dans la pénombre de la galerie. De ces baisers auxquels elle ne pouvait résister. Elle voulut rentrer, il la retint, l'embrassa encore et lui murmura:

— Et moi?

— Bon, entre pour une heure, mais après, tu retournes chez toi.

Il la suivit, tamisa la lumière, se servit une bière, elle un scotch et, dans les bras l'un de l'autre, ils reculèrent jusqu'à la chambre. Et comme le mâle qui viole la femelle, il se jeta sur elle. Elle ne résista pas, prenant plaisir à cette violence charnelle qu'elle n'avait jamais trouvée auprès d'un autre. Il devait partir dans une heure et, au petit matin, il était encore à ses côtés, une main sur son sein. Elle se réveilla, l'embrassa, le caressa et se leva tout doucement pour préparer le café. Comme une maîtresse assouvie. Sans savoir encore que l'enfant qui viendrait avait été conçu en cette nuit.

— Madame Desmeules, que diriez-vous d'aller passer les Fêtes au Mexique?

— Pourquoi, monsieur Payot? Vous ne voulez pas de mes souhaits dans la neige?

— Non et je vais être franc avec vous. J'ai reçu deux billets d'un parent qui m'offre le Mexique, l'hôtel de luxe, le séjour d'une quinzaine et, vraiment, je n'en ai pas envie. Mon épouse déteste les chaleurs torrides et, de plus, elle a une peur bleue de l'avion. Alors, j'ai pensé que vous pourriez les prendre et vous y rendre avec une personne de votre choix. Votre sœur, votre mère, votre ami Gontran ou...

— Je ne sais trop, monsieur Payot. L'offre est intéressante, mais vous me prenez au dépourvu. Je n'ai jamais passé Noël ailleurs qu'ici.

— Oh! je vois, la réunion familiale, les retrouvailles...

— Non, justement, pas cette année. À vrai dire, rien ne me retient ici.

— Alors, pourquoi hésiter? Allez-y avec Gontran, ça lui fera plaisir. Vous lui avez vu la mine dernièrement? Son jeunet l'a quitté. Ah! ce monde-là, moi, je n'y comprends rien, mais je le plains, ce cher Lacasse.

— Oui, c'est vrai qu'il a piètre allure, qu'il cause peu. Je lui en parle, monsieur Payot, et si ça le ravit, je saisis au vol vos billets pour Acapulco. L'éloignement ne me fera pas de tort. J'ai beaucoup de morceaux à rassembler dans ma tête.

Jean-Paul avait téléphoné le lendemain dans le but de s'enquérir comment et où elle comptait passer le temps des Fêtes.

— Tu sais, Mado ne détesterait pas que tu viennes à la maison pour le réveillon. Comme tu ne vas pas dans ta famille... Le lendemain, nous pourrions aller manger dans un grand restaurant tous les trois.

— Ne va pas plus loin, Jean-Paul, je ne serai pas ici pour les Fêtes. Monsieur Payot m'a offert deux billets pour le Mexique et je pars avec Gontran.

Un long silence, une petite toux et l'homme ne put s'empêcher de réagir.

— Tu pars! Comme ça, sans moi! Très aimable ta façon d'être, Victoire. Tu aurais pu au moins m'en parler. J'aurais même pu faire ce voyage avec toi. Pourquoi Gontran? Pourquoi pas moi?

– Jusqu'à ce jour, il n'y a aucun engagement entre nous, Jean-Paul. Il est grandement temps de clarifier la situation. Nous nous fréquentons, nous sommes même très intimes, j'en conviens, mais rien de sérieux n'a été élaboré. Tu es libre, je le suis, et le hasard a voulu qu'on scelle en quelque sorte nos solitudes. Mais, pour l'instant, de ta part comme de la mienne, nous n'avons pas de comptes à nous rendre. Je pense avoir été assez claire, du moins, très franche.

– Tu as peut-être raison, mais même sans engagement, pourquoi ne pas m'avoir offert ce voyage, Victoire? Si j'en juge par nos rencontres, on ne s'ennuie pas ensemble, toi et moi...

– Justement, Jean-Paul, on ne s'ennuie pas et je ne veux pas que ça devienne sérieux au point que l'amour ne sera plus un jeu...

– Ah! parce que tu joues, toi! clama-t-il avec une certaine rage. Tu joues à l'amour, tu joues avec le sexe, tout est un jeu pour toi et, quand la joute est terminée, on se rhabille et on rentre chacun chez soi.

Il était furieux et jamais Victoire ne l'avait entendu prendre ce ton.

– Je ne veux pas dire que c'est un jeu, Jean-Paul, mais ce n'est quand même pas le genre d'amour à se regarder dans les yeux. Nomme-moi une seule fois ou, chez moi ou ailleurs, ça ne s'est pas terminé dans un lit. Nomme-moi une seule fois où, après le vin, ce n'était pas le drap et l'oreiller. Pas que je m'en plaigne, parce que je suis ravie avec toi, comblée à souhait, mais admets qu'entre nous la passion est beaucoup plus forte que l'amour à effeuiller la marguerite.

– C'est normal, non? On n'est quand même plus des enfants?

— Je te l'accorde et je ne m'incommode pas de la situation, mais sur le plan travail, j'ai aussi ma vie. Partir avec un amant serait très mal vu. C'est pourquoi je pars avec un collègue et... avec Gontran, aucun risque qu'on chuchote dans notre dos.

— J'en conviens et ce n'est pas lui qui me dérange, mais là-bas, toi, la femme si passionnée, tu vas te contenter des rayons du soleil?

— Ah, bon! Tu ne me fais pas confiance, n'est-ce pas? Tu...

— Non, non, excuse-moi, je ne sais plus ce que je dis. Je suis jaloux, je suis possessif, je t'aime, Victoire. Ne brisons rien de ce que nous avons construit. Excuse-moi de me mêler de ta vie à ce point. Tu as raison, tu ne m'as rien promis, rien juré. Va au Mexique, repose-toi, je t'attendrai. Tu travailles fort, tu mérites bien ces quinze jours de détente. Et pour une fois, tu n'auras pas la nostalgie des Noëls de ton enfance. Un palmier, ce n'est pas un sapin et, avec Gontran, tu seras entre bonnes mains. Excuse-moi, Victoire, mais promets-moi une chose, une seule avant de partir.

— Laquelle?

— C'est de m'inviter chez toi pour la fin de semaine qui s'en vient.

— Grand fou! Comme si ce n'était pas dans mes projets.

Et Victoire pouvait crier «victoire» une fois de plus. Elle venait de mettre à sa main l'homme dont elle ne pouvait plus se passer. Elle avait besoin cependant de cette absence, de cet éloignement, afin de réfléchir, de mesurer les angles de sa relation. Pour vraiment voir si son besoin n'était pas plus vice... que passion. Gontran lui avait encore dit la veille: «Je ne te suis pas dans ton fantasme. Je ne vois même pas ce que cet homme peut t'apporter au cœur tout comme au corps.» Ce à quoi elle avait répondu: «J'ai besoin de réfléchir à tout ça, Gontran. Après les Fêtes, je verrai si ce que je ressens n'est vraiment qu'un fantasme comme tu le prétends. Peut-être serai-je assez assouvie? Je ne sais pas, je ne sais plus ce qui m'attire, Gontran, mais un fait demeure, je suis incapable de me passer de lui. Je veux savoir si je vais souffrir de son absence à en guérir ou à... en mourir.»

La journée du 9 décembre, jour des trente-cinq ans de Victoire, s'écoula dans la plus stricte intimité. Une carte de souhaits de sa sœur et de sa mère, un souper avec Jean-Paul qui en profita pour lui offrir une jolie chaîne en or ornée d'un Sagittaire, et l'anniversaire fut arrosé de vin rouge. En toute discrétion, au point que monsieur Payot n'eut pas vent de la fête de sa directrice et que Gontran déposa secrètement, comme elle le lui avait demandé, un petit cadeau dans le tiroir de son pupitre. Une broche en forme de papillon. Cadeau symbolique? Sarcastique? Avec Gontran, on ne savait jamais, mais c'est de bijoux qu'on la parait, telle une reine.

Une dernière fin de semaine avec Jean-Paul. Trois jours à boire, à manger, à aimer, à causer, à boire encore et à aimer jusqu'à ce que les corps... soient usés. Et comme par magie, il lui avait avoué après les ébats, les extases:

— Je t'aime, Victoire, je t'aime comme un fou. Et toi?

— Je t'aime, Jean-Paul, je t'aime!

L'aveu. Le grand aveu qu'elle n'avait jamais pu faire à Clément jadis.

Sa mère fut peinée de la voir absente du décor pour les Fêtes, mais ne s'y opposa pas. Elle savait que Victoire ne reverrait jamais Patrice. Suzelle ne fut pas surprise et souhaita à son aînée un voyage magnifique.

— Et j'ai une chose à ajouter, ma grande sœur.

— Quoi donc?

— J'ai retrouvé ma ligne, j'ai terminé ma diète. Je suis à 115 livres! Je m'aime, Victoire, Gilles est fier de moi et jamais plus je ne serai l'autre qui n'était pas moi.

Gontran était fou de joie à bord de l'appareil qui l'emmenait avec Victoire sous un bien doux climat. Il lui avait murmuré: «Pendant que tu essayeras de comprendre, moi, je vais tenter d'oublier.» Victoire lui prit la main comme on le fait avec d'un vieil ami.

— J'aimerais tellement que tu sois heureux un jour, tu le mérites tant.

— Bah! tu sais, à mon âge, le bonheur se fait de plus en plus rare.

— Allons, ne parle pas comme ça, tu n'es qu'au milieu de la quarantaine.

— Et c'est vieux, Victoire, très vieux dans notre milieu. Du moins pour un amour certain. Je sais de quoi je parle, j'en ai vu des plus vieux, des hommes de soixante ans se ruiner pour de jeunes amants. Un voyage, des bijoux, une année à les entretenir à ne rien faire et ces petits profiteurs se lassent et partent avec un autre qui leur en promet davantage.

— Mais il n'y a pas que des jeunets, Gontran, il y a des hommes de ton âge.

— Oui, mais qui ne veulent rien savoir d'un homme de leur âge. Tu ne comprends pas, Victoire, pas encore, mais je ne t'en veux pas. Un homme comme moi, ça vit sa jeunesse pleinement, ça aime encore à trente ans, ça s'accroche par la suite et puis ça vieillit seul, tristement.

— Oui, mais il doit bien y avoir quelque part un autre homme comme toi qui serait heureux avec un homme de son âge...

– T'ai-je dit que je voulais d'un homme de mon âge, Victoire?

Un merveilleux séjour à Acapulco. Le soleil, les clairs de lune, la musique, la tequila, le rhum, le vin rouge très corsé, Victoire s'amusait, dansait, buvait, pour tenter d'oublier. Gontran l'avait à l'œil et remarquait qu'elle se retenait, qu'elle faisait des efforts pour ne pas succomber dans les bras de ces danseurs bronzés qui tentaient de l'entraîner. Plus belle qu'elle, il n'y avait que la madone, lui avait dit l'un d'eux dans sa vive insistance. Mais Victoire était restée fidèle. Fidèle à l'homme à qui elle avait dit «je t'aime». Fidèle à «l'abruti» comme pensait Gontran qui aurait souhaité qu'elle s'abandonne à un certain Juan pour oublier son vendeur de Plymouth. Mais Victoire résista. Ce qui l'empêcha de savoir si Jean-Paul était vraiment le seul «dieu» de sa vive jouissance. Ces corps musclés qui s'offraient à elle. Victoire avait fermé les yeux pendant que Gontran se morfondait jusqu'à ce qu'un jeune marginal remarque son gilet rose. La veille du départ, pour la somme de vingt dollars. Un prostitué! Un jeunet passif qui était allé boire son gain avec une fille dont il caressait les seins. Gontran qui payait pour de l'amour pendant que Victoire était malade. C'était la première fois qu'elle vomissait son vin. «Sans doute la chaleur ou le foie», songea-t-elle, sans se douter un seul instant...

Dans l'avion qui les ramenait, Victoire était très mal à l'aise. Malade à deux reprises sans avoir bu un seul verre de vin. Gontran lui avait dit:
– Tu bois trop, madame la directrice. Tu mélanges tout et tu manges mal. Tu as fait des excès, la bile ne passe plus, la

vésicule sonne son alarme. Il va te falloir consulter un docteur dès notre arrivée.

Et Victoire le fit. Elle en consulta même trois. Le premier avait opté pour un malaise de l'estomac et le second, après une plus sérieuse enquête, lui avait dit: «Rien de grave, petite madame, vous allez être mère. Est-ce votre premier?» Victoire avait failli s'évanouir. Elle avait pensé à tout sauf à cela. Elle se demandait même quand la chose avait pu se produire. Elle faisait attention, suivait son calendrier, mais elle avait oublié qu'un certain soir, dans l'ivresse de la boisson et de la passion... Désemparée, elle consulta un médecin d'un hôpital anglais pour que le tout soit plus discret. Ce dernier l'avait rappelée le lendemain pour lui dire: «*A beautiful baby is making his way, Mrs Desmeules.*» Elle n'avait plus à en douter. Victoire était enceinte de Jean-Paul et la panique s'empara d'elle.

À qui en parler, à qui le dire? À sa mère? À Suzelle? Non, il fallait que Jean-Paul soit le premier à apprendre la nouvelle. Sa réaction lui importait. Il était le père, donc le premier en droit d'apprendre ce que Victoire ne croyait pas encore. Elle l'avait fait languir une semaine avant de lui ouvrir sa porte et se jeter dans ses bras. Elle lui avait dit: «Je t'expliquerai», face au délai. Il avait déduit qu'elle en aimait un autre tandis que la jeune femme ne voulait être que certaine qu'en son sein battait la vie.

– Si tu savais comme je suis heureuse de te revoir.

– Et moi donc! répondit-il en l'étreignant dans ses bras.

Des baisers, des caresses, des effusions, il déboucha une bouteille de champagne, sortit deux coupes et, d'un geste, elle refusa qu'il remplisse la sienne.

– Et pourquoi donc? Je l'ai achetée pour toi, pour ton retour.

– Je ne peux pas, Jean-Paul, je suis malade, pas de boisson.

– Qu'as-tu donc ma chérie? Que t'est-il arrivé? Pas un virus, j'espère?

– Non, une maladie qui va m'empêcher de boire et de fumer pendant neuf mois.

Il la regardait, se grattait la tête, ne comprenait pas.

– Je suis enceinte, Jean-Paul, enceinte de toi! Réveille, grand bêta!

Un sourire à fendre le visage, les yeux sortis de leur orbite, il cria:

– Quoi? Enceinte de moi? Je t'ai fait un enfant? Victoire, c'est merveilleux ce qui arrive. Je vais être père. J'en ai rêvé toute ma vie. Attends que Mado apprenne ça!

Il la faisait tourbillonner dans ses bras, elle s'écria:

– Arrête, tu m'étourdis. Et puis, pense au bébé, c'est encore fragile tu sais. Il faut faire attention dans les premiers temps.

– Au point de ne pas faire l'amour ce soir, ma belle enfant?

– Non, pas à ce point-là. Tu m'as manqué, Jean-Paul. J'ai pensé à toi chaque nuit et j'ai même regretté que tu ne sois pas là.

– Tant pis, tu n'avais qu'à m'amener avec toi. Dis, quelqu'un d'autre est au courant pour... en lui pointant le ventre de son index.

– Non, personne encore, pas même Gontran qui m'a vue malade à deux reprises. Mais là, parlons plus sérieusement. Qu'allons-nous faire, Jean-Paul? Je me sens démunie...

— Démunie? Mais je t'épouse, voyons, et au plus sacrant! Tu ne vas quand même pas avoir un enfant sans le mari, non? Tu veux bien qu'on se marie? Tu m'aimes assez pour ça?

— Oui je t'aime, Jean-Paul et j'accepte d'être ta femme. J'aimerais même que ça se fasse le plus tôt possible. De cette façon, je n'aurai pas à dire à tout le monde que je me suis mariée enceinte.

— Alors, quand? Parle, dis-moi quand et où tu voudras.

— En février si tu veux bien, tout près de la Saint-Valentin.

— Occupe-toi de tout et je te suis, Victoire. Tu sais, moi, je ne me suis jamais marié. Toi, tu l'as déjà fait, alors je te laisse tout entre les mains.

— Ce sera très intime, Jean-Paul. Monsieur Payot et sa femme, Gontran, ma mère, Suzelle et Gilles et ta sœur Mado. Que ces personnes-là. Je veux un mariage dans la plus stricte intimité.

— Laisse-moi ajouter mon patron et sa femme ainsi que Giacomo et la sienne, tu veux bien, Victoire?

— Bien sûr, où avais-je la tête!

— Et j'aimerais que tu sois une belle mariée en robe blanche avec un voile.

— C'est impossible, Jean-Paul, je me remarie, moi. Tu oublies que je suis divorcée.

Se rendant compte que celui qui franchirait le pas pour la première fois semblait déçu, elle ajouta:

— Que dirais-tu d'une belle mariée vêtue de bleu avec un petit voile qui lui tomberait jusqu'aux épaules?

— Une robe longue avec un beau bouquet?

— Heu... oui, si tu veux, mais pourquoi tant d'insistance, Jean-Paul?

— Pour le portrait, ma chérie. Un portrait de noces, c'est

pour la vie et je veux que le nôtre soit aussi beau que celui de mes défunts parents. Moi, les portraits, je les regarde jour après jour. Je suis comme un enfant...

— Oui, je sais, et dire que tu en auras un dans les bras...

— Donc, sans le champagne, on peut quand même fêter ça toi et moi dans le noir? questionna-t-il en riant.

— Je n'attendais que ce moment, mon chéri.

Victoire devenue tendre. Victoire qui marmonnait des mots d'amour et qui ne pensait même pas qu'un mariage et un enfant risquaient d'enfreindre sa carrière. Victoire qui, dominée par la passion des sens, était plus inconsciente que lors de son union avec Clément. Et Victoire qui, encore une fois, avait choisi le mois qui avait porté malheur à son premier mariage. Février et à quelques jours de la Saint-Valentin, dix ans plus tard. Comme pour se faire du mal, penserait Suzelle, ou pour défier son destin, ajouterait sa mère. Au même moment que la première fois, comme si une étincelle du passé voulait encore se venger de Clément.

Voilà comment s'était déroulé le film jusqu'à ce matin de janvier où, en conversation avec Gontran, elle se crut obligée de lui avouer qu'elle était enceinte. Parce que ce dernier, son ami, devenait méprisant à l'endroit de son futur mari. À l'aveu de Victoire, Gontran était resté bouche bée pour ensuite s'informer:

— C'était donc ça les malaises du voyage, les nausées, le...

— Oui, c'était ça, Gontran et le destin avait déjà décidé pour moi.

— Es-tu heureuse au moins? Le fais-tu de plein gré ce mariage?

— J'ai passé quinze jours à réfléchir, à analyser et je me

suis rendu compte que je l'aime, Gontran. Est-ce suffisant comme réponse?

— Bien sûr et, je te le jure, jamais plus je ne dirai du mal de lui. À moins, bien entendu, qu'il ne te rende pas heureuse.

— J'en douterais. Jean-Paul est du genre à me décrocher la lune.

— Qu'en pense la famille? Tu les as tous prévenus?

— Oui et ma mère a sursauté. Imagine! Je suis enceinte et je me remarie avec un homme qui ne l'emballe pas. Un peu comme toi, ma mère, face à lui, mais ça changera. Suzelle était ravie, son mari aussi, mais le fait que je sois enceinte la réjouissait et la peinait en même temps. Suzelle aimerait tant avoir un enfant.

— Et ton frère?

— Ma mère l'a sans doute prévenu, mais Patrice est exclu de ma vie. Il ne sera pas là. En voilà un que Jean-Paul ne connaîtra pas.

— Monsieur Payot n'a pas été déçu? Ta carrière?

— Non, il estime Jean-Paul, me souhaite du bonheur et je l'ai assuré que je reprendrais mon poste après la naissance de l'enfant.

— En as-tu parlé avec Jean-Paul?

— Non, pourquoi le ferais-je? Je suis certaine qu'il s'y attend.

— Et moi, Victoire, moi qui ai parlé en mal de lui, moi qui ai osé le matraquer et te faire de la peine, vais-je être invité quand même?

— Heu... sais pas, attends, as-tu un complet neuf au moins?

# Chapitre 7

Un mariage civil, aussi impersonnel que rapide, et les mariés se retrouvèrent dans le petit salon d'un restaurant français pour une brève réception. Le 17 février 1968, un samedi d'hiver tout comme il y a dix ans, quelques jours après la Saint-Valentin. La mariée était charmante selon monsieur Payot. Longue robe bleue d'un satin très uni, petit caluron de même teinte à même la pièce d'étoffe et un voile bleu troué qui descendait jusqu'aux épaules. Cheveux longs soigneusement brossés, lèvres écarlates, yeux maquillés, Victoire avait l'air plus jeune qu'à son premier mariage. De ses jolies mains gantées, elle tenait son bouquet de noces. Des roses roses jaillissant d'un chou de satin bleu. Un bouquet rond comme le soleil qu'elle avait dans le cœur, rond comme la balle de neige que lançait un enfant sur un écriteau. Jean-Paul, complet marine, cheveux bien coiffés, souliers vernis, arborait à la boutonnière un œillet blanc. «La couleur de la constance», lui avait dit Mado en le lui épinglant. Et Victoire Desmeules venait une fois de plus de perdre son nom. Madame Victoire Croteau! lui avait lancé Gontran. La jeune mariée n'avait pas aimé la consonance. Elle allait convaincre son mari de conserver son nom de jeune fille pour son travail. Elle allait, du moins, tenter de le faire.

Suzelle, mince et svelte, ravissante dans son tailleur noir orné de perles, resplendissait au bras de Gilles, habillé dernier cri. Charlotte, pas trop heureuse de l'union, le soulignait à sa façon. Pour le second mariage de sa fille, elle portait une robe qu'elle avait depuis un an. Une robe seyante mais pas neuve. Pas plus que les bijoux ni les gants. Bien mise, certes, mais Victoire savait que, par ce geste, sa mère contestait son lien. Payot père et sa femme, le patron de Jean-Paul et son épouse, Giacomo et sa dame, Gontran, bien habillé, évidemment, et pour fermer le petit cortège, Mado Croteau, sa belle-sœur, coquette, élégante, qui semblait ravie de voir une autre femme... lui ravir son frère. Quelques coupes de champagne, un dîner convenable, les prises de photos auxquelles Jean-Paul tenait tant et, à quatre heures de l'après-midi, le départ des mariés qui devaient aller se changer. Le soir même, à huit heures, monsieur et madame Jean-Paul Croteau montaient à bord d'un avion pour Las Vegas. C'est là que Jean-Paul voulait vivre sa nuit de noces. Au milieu de la foire du jeu, des machines à sous, des beuveries des clients et de son appât du gain. Car, sans le dire à qui que ce soit, Jean-Paul avait plus d'une fois perdu ses payes aux cartes.

Que de monde, que de bruit dans cet hôtel que Jean-Paul avait choisi. Aussitôt arrivé, dès que rafraîchi, il s'était précipité vers une table de jeu où les consommations s'alignaient aux jetons. Victoire rangeait dans la chambre, les vêtements, les cosmétiques. Fatiguée, elle lui avait dit qu'elle ne tenait pas à passer la nuit debout. Elle se coucha, l'attendit, mais il ne monta pas. Jean-Paul jouait au baccara avec, en main, rhum et Coca-Cola. Le jour se levait quand il daigna s'écraser dans son lit tout habillé. Ivre, à bout de souffle, les poches vidées.

– Belle nuit de noces! lui lança froidement Victoire.

– Voyons, ma chérie. On est arrivé ici au début de la nuit. Et puis, qu'est-ce que ça veut dire une nuit de noces quand ça fait six mois qu'on couche ensemble? Il y aura ce soir, puis demain, Victoire. Laisse-moi dormir une couple d'heures, après on ira manger. On visitera Las Vegas cet après-midi et, ce soir, si ça te tente, on ira voir un spectacle. Tu sais qui est en vedette l'autre bord de la rue? Liberace! Imagine, Victoire. Lui-même en personne!

Comme si Liberace pouvait renverser la jeune femme. Elle qui se gavait davantage de chansonniers français, de Béart à Léo Ferré. Elle qui avait vu la France, Versailles, Marie-Antoinette en peinture et la Malmaison de Joséphine de Beauharnais. Elle qui avait de la classe, de la culture et une éducation. Elle qui, jadis, avait été mariée au fils d'un juge sans pour autant être une adepte de l'opéra. Liberace! «Pauvre imbécile!» pensa-t-elle à l'endroit de celui qu'elle ne semblait aimer que dans un lit. Sans même se rendre compte qu'intérieurement elle insultait de sa pensée le père de son enfant.

Qu'y avait-il donc à visiter à Las Vegas, ville du jeu, sinon les casinos et un ou deux musées sans importance? Las Vegas n'était quand même pas Los Angeles ou San Francisco, mais comment expliquer ce fait à Jean-Paul qui n'était jamais allé plus loin qu'à Old Orchard et dans les auberges de sa petite province. Elle fut complaisante mais froide, peu friande de cette randonnée en autobus qui leur indiquait quelques usines et une petite chapelle d'amour où les couples venaient se remarier en vitesse après avoir obtenu un divorce au Mexique. Le soir venu, ils soupèrent à la salle à manger de l'hôtel où les plats étaient loin d'être d'un grand chef. À Las

Vegas, le boire importait beaucoup plus que le manger. Pour ce qui était du spectacle de Liberace, Victoire fut radicale. Ce pianiste aux doigts garnis de bagues ne l'intéressait pas. Elle suivit son mari au casino, le regarda jouer pendant une heure et constata qu'il avait un vice caché qu'il n'avait osé lui avouer. Va pour l'alcool, Victoire buvait elle-même sans gêne, mais le jeu au point de parier d'énormes sommes, ça la dépassait. Ce pourquoi elle risqua:

— Jean-Paul, ça suffit. Tu viens de perdre cinq cents dollars!

— Et puis après? C'est mon argent ou le tien? lui répondit-il avec l'arrogance du perdant.

Elle le quitta, regagna sa chambre, ouvrit le téléviseur et attendit qu'il revienne passablement ivre aux petites heures.

— Pas encore couchée? Tu m'attendais pour m'engueuler?

— Pas vraiment, Jean-Paul, mais disons que je suis déçue. Je ne pensais pas qu'une table de jeu valait une nuit de noces.

— Allons, pour les fois qu'on reviendra ici, laisse-moi m'amuser. Regarde, la chance a tourné. J'ai empoché mille dollars!

Et ce disant, il la saisit dans ses bras et se mit à l'embrasser avec l'ardeur, la fougue, l'audace qu'elle aimait de lui. Même s'il avait l'haleine d'un ivrogne!

Ses mains lui chevauchaient les hanches. Ces mains baladeuses dont elle n'entravait pas la recherche. Victoire se laissa choir sur le lit et, la tête sur l'oreiller, attendit, telle la femelle, que le mâle en rut s'en empare. Jean-Paul, qui connaissait les faiblesses de celle qui n'osait plus rien dire lorsque prise, y alla adroitement de son savoir-faire. Si bien qu'après quelques soubresauts, quelques cris de jouissance, Victoire, profitant de plein gré de la bête... avait oublié l'homme.

Petit déjeuner, promenade jusqu'à la piscine de l'hôtel et Jean-Paul de demander à sa femme:

— Le père Payot a-t-il trouvé quelqu'un, pour te remplacer?

Victoire resta médusée, incertaine de ne pas avoir bien entendu.

— Tu ne réponds pas? A-t-il trouvé quelqu'un, oui ou non?

— Que veux-tu dire, Jean-Paul? Remplacer qui?

— Mais toi, chérie. Tu ne t'imagines tout de même pas que Jean-Paul Croteau n'est pas capable de faire vivre sa femme.

Voilà qui dépassait les bornes et Victoire se redressa sur sa chaise.

— Mais il n'est pas question que je quitte mon emploi, Jean-Paul. Il n'en a jamais été question. Je quitterai le temps d'avoir l'enfant, mais je reprends mon poste ensuite. Je suis une femme de carrière, moi, pas une femme de maison et encore moins une ménagère.

— Et tu penses que je vais accepter ça? Et ton rôle de mère, qu'en fais-tu? Pas question que tu travailles, Victoire! Tu quittes, tu élèves l'enfant et tu remplis ton rôle de femme. Une femme qui...

— Qui va être comme ta mère l'a été? Comme ta sœur, Jean-Paul? Merci pour moi! Voilà où est l'erreur, nous aurions dû en parler avant. Je ne l'ai pas fait parce que j'étais certaine que tu n'allais pas entraver ma carrière, mais si tel est ton but, l'union commence mal, Jean-Paul, très mal.

— Mais, tu vas avoir un enfant, oui ou non? Et qui va l'élever, cet enfant? Ta mère, je suppose? Ta sœur? Une gardienne?

– Nous aurons quelqu'un à la maison et je ne serai pas la première à le faire. Si tu avais dans l'idée que j'allais tout laisser tomber, tu t'es trompé. Je n'ai pas mis toutes ces années, fourni tous ces efforts, pour abandonner et changer des couches.

– C'est ce qu'ont fait toutes les mères, la mienne, la tienne...

– Pas moi, Jean-Paul! Je serai mère quand je serai là, mais rien ni personne ne me fera déroger de ma carrière. Remarque que cet enfant n'était pas prévu, qu'il arrive par accident...

– Ce qui veut dire que notre mariage est aussi un accident?

– Ce n'est pas ce que j'ai dit et ne me fais pas sortir de mes gonds. Je dis que l'enfant a tout précipité et c'est vrai. Je ne regrette rien, Jean-Paul, je t'ai marié parce que je t'aime, mais ne viens pas me mettre des bâtons dans les roues à présent. J'ai une carrière et j'y tiens. Et ce, même avec un, deux ou trois enfants. Que penses-tu qu'elles font les avocates et les politiciennes? Qu'elles quittent tout pour élever des enfants? Et les autres, les artistes, les chanteuses?

– Ce qui n'est pas ton cas, ma femme. D'autant plus que tu n'as pas à gagner ta vie, toi. Je suis là et...

– Non, pas ce jeu avec moi, Jean-Paul! Je ne quitterai pas *Payot* pour une maternité. Je regrette d'avoir à te le dire si tôt, en plein voyage de noces, mais c'est à prendre ou à laisser.

– Quoi? Des menaces? Du chantage déjà? Une vie de couple qui commence mal en maudit, tu crois pas? De retour à Montréal, on en reparlera.

– On ne reparlera de rien, Jean-Paul. Je reprends mon travail dès mon retour et je ne veux pas qu'on revienne sur le sujet.

— On en reparlera quand tu auras l'enfant. Pour l'instant, je n'ai pas envie de m'obstiner. Il fait beau, il fait chaud et si tu as envie de te baigner, vas-y, moi, je retourne jouer.

— C'est ça, vas-y, Jean-Paul, retourne à ta maladie!

— Quoi? Qu'est-ce que tu as dit? Moi, malade? Je me retiens...

D'un geste brusque, Jean-Paul secoua sa chaise longue qui se renversa sur le côté et se retira au casino en frappant du pied la porte du patio.

Quelques jours, puis quelques heures et c'était le moment de rentrer, de regagner Montréal. Victoire et Jean-Paul ne s'étaient guère parlé dans les jours qui suivirent leur première dispute. Il avait joué ses gains et son avoir et avait tout perdu. Elle avait lu, s'était couchée tôt, anticipant le moment du retour. Il regagna la chambre en plein milieu de la nuit, ivre, titubant, sans même avoir la force de se déshabiller pour se jeter au lit. Sauf la dernière nuit où il n'avait pas joué. Dernier soir, dernier espoir sans doute puisque, très attentionné, il avait réussi à dérober un sourire à Victoire.

— Tu me pardonnes, ma chérie? Je pense avoir mal agi. Je suis nerveux, anxieux. J'ai dit des choses que je n'aurais pas dû te dire. Je le regrette, Victoire. Nous sommes à peine mariés...

Il l'embrassa dans le cou, sur les épaules et sentit sa femme frémir de désir. Comme si la chair allait l'emporter sur la raison. Et la chair l'emporta puisque Victoire, accrochée à son cou, les deux jambes autour de ses reins, s'abandonna comme la louve dont le mâle revient de la chasse. Son eau de toilette sur la sueur de ses muscles, que ça, et Victoire Croteau piétinait sa fierté.

C'est contre son gré que Jean-Paul s'installa dans la maison de Rosemont. Il aurait préféré que Victoire la vende, qu'ils en achètent une autre et qu'ils repartent à neuf dans un décor à leur image. Victoire avait carrément refusé et, se rendant compte qu'elle tenait plus que tout à la maison de son père, ayant peur de l'offenser avant d'être mariés, il avait accepté de partager ses meubles et son avoir. Il n'arriverait qu'avec ses vêtements. Comme il l'avait toujours fait depuis qu'il était son amant. Aucun bibelot, aucun souvenir. Tout restait entre les mains de Mado. Jean-Paul n'avait apporté avec lui que sa montre, ses bagues, ses boutons de manchettes et un portrait de noces de son père et de sa mère. La maison de Rosemont ne lui était pas étrangère, il en connaissait tous les angles. Sauf que c'était la maison de sa femme. Il se sentait sous «son» toit alors qu'il aurait souhaité la porter dans ses bras vers le nid d'amour comme ça se faisait au cinéma. Pas parce qu'il était romantique, mais pour contrer le fait que le mâle allait être hébergé par la femelle. Lui qui avait toujours mené sa mère et sa sœur à sa manière. Lui qu'on servait comme un prince, qu'on blanchissait, qu'on nourrissait depuis des années pour l'entendre roter quand venait le temps de remercier. Lui, le bœuf, comme l'appelait sa défunte mère. Le bœuf qui avait tous les droits dans l'étable. Lui, le porc, comme avait pensé bien souvent sa sœur qui venait... de s'en débarrasser. Lui, qui entrait en lion chez Victoire, sans se douter, que telle l'araignée, elle défendrait sa toile.

Dès que rentrée de voyage, Victoire reçut un appel de sa mère qui lui annonçait que l'oncle Adhémar était mort et enterré. Le décès était survenu le lendemain de son départ et Charlotte avait cru bon de ne pas interrompre la lune de miel de sa fille avec le départ d'Adhémar qu'elle n'avait jamais prisé de son vivant. Même si ce dernier était le parrain de Victoire. Peu soucieuse de son sort, Charlotte n'était même pas allée le voir sur son lit de mort. Elle avait attendu que le médecin de l'hôpital l'appelle pour lui annoncer la... bonne nouvelle. Adhémar était parti rejoindre sa chère femme et son frère. Au salon funéraire, plusieurs personnes avaient défilé et quelle ne fut pas la surprise de Suzelle de voir arriver le juge Béchard, le père de Clément, qui fit une courte prière sur la tombe de son vieil ami pour ensuite lui offrir ses condoléances, seule parente sur les lieux à ce moment-là. De brèves condoléances, sans un mot de plus, et un départ précipité de peur de croiser Victoire qui était pourtant loin en cet instant précis. Suzelle n'avait pas bougé du salon jusqu'à la fermeture dans l'espoir de voir apparaître Clément, mais ce dernier ne se montra pas. Qu'aurait-il eu à foutre d'Adhémar qui lui avait jeté dans les bras... la femme des déboires de son premier mariage.

Mais ce que ne savait pas Victoire, c'est qu'elle était l'unique héritière de ce parrain passablement fortuné. Convoquée chez le notaire, elle s'entendit dire qu'elle héritait de la maison, des meubles, de la voiture du défunt, bref de tous ses biens en plus d'une assurance-vie de cent mille dollars. Sans oublier, bien sûr, sa fortune personnelle qui s'élevait à six cent mille dollars. Ce qui voulait dire qu'avec son propre avoir Victoire était, à quelques signes de piastre près, millionnaire. Jean-Paul, peu emballé par ce gros lot soudain, avait dit à sa femme le soir même:

— Avec ça, t'as sûrement pas besoin d'un homme pour te faire vivre!

– Écoute, Jean-Paul, même avant ça, je n'avais pas besoin d'un homme pour me faire vivre. J'étais indépendante de fortune et tu le sais.

– À tel point que tu es maintenant plus riche que moi...

– Je l'étais bien avant cet héritage, Jean-Paul.

– Belle façon de me le remettre sur le nez! J'suis peut-être pas millionnaire, mais j'étais capable en maudit de te faire vivre!

– Tu n'as que ces mots en tête depuis notre mariage. Faire vivre, faire vivre... Comme si je t'avais épousé pour me faire vivre. Pour qui me prends-tu, Jean-Paul? Pour une servante à dix piastres par jour qui espère que son patron la marie pour la faire vivre? Tu as épousé une femme de carrière, toi, pas la caissière du restaurant du coin de la rue. Si tu voulais une «tout nue» pour la faire vivre, tu n'avais qu'à regarder ailleurs, Jean-Paul Croteau! Je ne vais quand même pas passer ma vie à m'excuser d'avoir plus d'argent que toi, non? De toute façon, ce qui est à moi est à toi, à nous...

– Pas devant le notaire, Victoire. Tu t'es mariée en séparation de biens.

– Oui et j'y tiens! De cette façon, tu ne pourras pas m'accuser de te faire la charité. Tu as trop d'orgueil, Jean-Paul. Tu es trop mâle dans tes attitudes et c'est ça un jour qui te perdra...

– Trop mâle? Tu ne t'en plains pas au lit pourtant!

Victoire Desmeules-Croteau, bouche bée, ne sut quoi répondre.

Il était vrai que Victoire ne jurait que par le lit. Tant et si bien qu'elle eut peur d'être sous l'emprise de ses sens et de son mari. Entre les draps, la fière directrice devenait la proie soumise et volontaire de celui qu'elle appelait son bourreau dans son humiliation provoquée. Ce n'était qu'à ce moment que Jean-Paul avait le dessus sur elle et qu'il pouvait lui faire renier toute promesse. Tout ou presque, car même sous l'effet encore chaud de la jouissance, Victoire n'avait jamais accepté de quitter son emploi. Même si sa fortune pouvait lui permettre une liberté totale et des voyages à perte de vue. Son ego ne pouvait balayer le pouvoir qu'elle se plaisait à exercer dans ses fonctions. Riche sans être célèbre et admirée? Non! Pas pour Victoire Desmeules qui eut bien du mal à convaincre Jean-Paul que, pour les affaires, elle allait se soustraire de Croteau. «Tu renies mon nom?» s'était-il écrié. Elle l'avait persuadé que pour *Payot*, Victoire Desmeules était déjà instituée et que madame Croteau ne serait que pour sa vie intime, que pour lui, que pour l'enfant qu'elle aurait. Et il l'avait crue, comme si l'outrage dans le plaidoyer de sa femme était devenu un hommage.

Victoire avait vendu la maison, les meubles et la voiture de son défunt parrain. Elle n'avait gardé que son argent pour le faire fructifier par de bons placements. Elle avait repris le travail, retrouvé Gontran, son poste de commande, son pouvoir, tout en s'apercevant qu'elle devenait plus ronde lentement. Jean-Paul ne l'appelait plus quatre fois par jour. Elle avait réglé le cas en lui disant qu'ils se parleraient le soir... quand elle serait là. Il avait très mal réagi, frappé du poing dans le miroir qui se fracassa. Victoire lui avait crié: «Jamais plus ça, Jean-Paul ou, la prochaine fois, je te le casse sur la tête!» Victoire visitait très peu sa famille de ce temps et se contentait de dire à Suzelle que l'enfant se portait bien et qu'elle prenait du poids. Elle n'invitait pas sa mère, sachant que cette dernière n'aimait pas son mari et elle évitait d'aller chez sa belle-sœur Mado qu'elle trouvait sotte et niaise. Et

Mado se gardait bien d'aller chez elle, trop heureuse de ne plus être la servante de son frère. Mado qui n'était pas aussi épaisse que Victoire le croyait.

Le mariage se détériorait, ça se sentait, l'atmosphère était lourde. Victoire, jetant le blâme sur sa grossesse, refusait de suivre Jean-Paul dans les boîtes de nuit et même au cinéma. Elle était allée à deux reprises chez Gino saluer Giacomo et se gaver de pâtes aux œufs, mais rien d'autre. Comme si elle avait décidé de mettre son mari au rancart de sa vie mais pas de son lit. Certains soirs, elle souhaitait presque que sa grossesse se transforme en fausse couche. Un certain matin, après une querelle pour un pantalon que Jean-Paul avait trouvé non pressé, elle avait regretté de ne pas s'être fait avorter dès qu'elle avait su qu'elle était enceinte de ce... cabochon. Oui, le gentil surnom qu'elle avait reproché à Gontran et qu'elle venait d'adopter. Ce mariage était une erreur, elle le savait, mais elle ne pouvait rien faire pour l'instant. Pas avec, dans le ventre, un bébé qui allait naître dans quelques mois. Elle se plaignait à Gontran de son triste sort, de son remords d'avoir accepté ce mariage. Elle lui donnait raison, elle lui demandait presque pardon de ne pas l'avoir écouté avec plus d'attention.

— À part l'enfant qui s'en vient, donne-moi juste une bonne raison d'être encore avec lui, Victoire.

— C'est charnel, Gontran!

— Même ça, Victoire, quand je le vois, je ne comprends pas...

— C'est moi qui couche avec lui, Gontran, pas toi!

L'accouchement fut pénible, long, laborieux, douloureux. En retard d'au moins dix jours, c'est le 4 septembre 1968 que l'enfant vit le jour. Sous le signe de la Vierge, d'une mère qui avait prié le ciel pour que ses douleurs prennent fin. Victoire mit au monde un fils, un costaud garçon de neuf livres. Un vrai fils à son père. Un fils que Jean-Paul avait décidé d'appeler Régis, même si Victoire n'était pas en amour avec ce prénom. Mais ils avaient fait le pacte que si c'était un garçon, Jean-Paul aurait le choix du prénom et vice versa. C'est même Victoire qui avait suggéré l'arrangement, sûre et certaine d'accoucher d'une fille qu'elle appellerait Sophie. Suzelle avait assisté son aînée dans ses plus grosses douleurs. Victoire avait si mal que la cadette, devant ses grimaces et ses cris, n'avait plus du tout envie d'être mère. Jean-Paul se tenait à l'écart, nerveux, faisant les cent pas avec d'autres futurs pères dans le même état. Deux heures après l'accouchement, au moment où Victoire reprenait à peine son souffle, Jean-Paul lui avait dit d'un ton amusé:

– D'ici deux ans, faudra bien lui donner une petite sœur à ce p'tit gars-là.

Elle l'avait regardé dans les yeux, la bouche crispée, la sueur au front.

– Jamais plus, Jean-Paul. Jamais un autre enfant, jamais plus ces souffrances. Je le jure sur la tête de ma mère!

Sept jours après l'accouchement, Victoire était de retour à la maison avec son poupon. Jean-Paul avait préparé la chambre qu'il avait peinte en bleu et il l'avait garnie d'oursons, de camions, de tout ce qui représente... un garçon! Gauche, peu capable avec un enfant et un tantinet désintéressée, Victoire avait demandé à sa mère de venir la relever, de lui apprendre, de la mettre en face de la maternité. Charlotte avait accepté de bon cœur, pressentant d'instinct que sa fille aînée n'avait rien de ces dons que le ciel donne aux mères. Et c'est Charlotte et Jean-Paul qui s'occupèrent du bébé pendant que Victoire, qui avait refusé de l'allaiter, passait ses longues journées au lit sans même demander à prendre son fils dans ses bras. Comme si ce petit était l'enfant d'une autre. Comme si, sorti de son ventre, elle l'avait remis à Jean-Paul en guise de présent. Comme si «le fils à son père» n'avait pas besoin d'être celui... de sa mère.

— Victoire, ta mère est fatiguée, il faudrait bien que tu fasses ta part, de lui reprocher Jean-Paul. Ta mère a passé trois nuits blanches avec le petit et à son âge...

— Et toi, tu ne t'en occupes pas?

— Bien sûr, autant que je le peux, mais je ne suis pas une femme, moi. Je ne suis pas une mère, je n'ai pas l'instinct...

— Non? Et ton instinct de père?

— Écoute, Victoire, je travaille le jour. Je ne peux pas être là sans arrêt. Ta mère a fait sa part, à toi de prendre la relève.

— Elle semblait si heureuse d'être grand-mère une fois de plus...

— Oui, mais elle est fatiguée. Tu devrais comprendre ça au moins. Ta mère n'est pas une bonne, elle a déjà donné tout ce qu'elle avait.

— Alors, faudra trouver une autre solution, Jean-Paul. Je t'ai prévenu, je n'ai pas l'intention d'être une femme de maison.

— Une femme de maison? Tu es mère, Victoire, mère d'un petit garçon.

— Je le sais, ça ne s'oublie pas, crois-moi, mais je n'ai pas de talent pour les enfants. Il va falloir trouver de l'aide car j'ai l'intention de reprendre mon poste dès lundi prochain.

— Quoi? Tu ferais ça? Et le bébé? Ce tout-petit qui a besoin de toi!

– N'en fais pas un drame, Jean-Paul, on trouvera quelqu'un.

– Suzelle, je suppose? Si tu comptes sortir l'enfant d'ici, tu te trompes. Je ne veux pas que mon fils soit élevé par d'autres que nous.

– Alors, pourquoi pas Mado? Elle est libre, elle n'a rien à faire et comme c'est ta sœur...

– Mado est fille, elle ne connaît rien aux enfants.

– Tu pourrais lui apprendre, non? Comme elle n'a pas de mari, le petit ne verra pas un autre homme que toi. Avec Mado, tu l'auras à l'œil, tu verras tout ce qu'elle fait, tu...

– Tu veux dire qu'elle l'élèverait chez elle?

– Et pourquoi pas, Jean-Paul? Chez elle, c'est encore chez toi? Et je ne serai pas loin, moi? Les fins de semaines, nous pourrions le reprendre à la maison et le ramener chez ta sœur le lundi.

– Qui te dit qu'elle va accepter?

– J'en suis sûre, elle ne te refuse rien, ta sœur.

– Et toi, ça ne te dérange pas de savoir que ton fils va être élevé par une autre? Tu sais, ce n'est pas toi qu'il connaîtra, Victoire, mais elle et moi. Te rends-tu compte du risque que tu prends?

– Comme tu es dramatique! Comme si un enfant avec le temps ne sait pas qui est sa mère. Bon sang ne peut mentir...

– Tu es certaine que c'est ce que tu veux vraiment? L'enfant ne te manquera pas quand tu rentreras le soir et que le berceau sera vide?

– Je m'y ferai, Jean-Paul, je m'y ferai.

– Je n'en doute pas, Victoire, mais j'aurais jamais pensé que tu pourrais avoir si vite le cœur d'une mère dénaturée.

Le baptême fut solennel et très discret. Suzelle et Gilles avaient accepté d'être parrain et marraine de l'enfant. On l'avait baptisé Joseph, Gilles, Régis Croteau. Grand-maman Desmeules pleurait d'émotion. Si seulement Gustave avait vu naître ce beau petit garçon, son second petit-fils. Suzelle et Gilles promirent, comme le voulait le rituel, de ne jamais abandonner leur filleul et Mado, qui était porteuse, n'attendait que le moment venu d'emmener ce petit être sous son toit. Avec cet enfant chaque jour, c'était comme si elle allait contracter un mariage d'amour. Mado, célibataire. Mado, vieille fille, qui avait en pleine poitrine, plus que Victoire, un cœur de mère. Mado qui avait murmuré au petit: «Je vais te rendre heureux, moi.»

Suzelle avait fortement réagi en apprenant que Mado allait s'occuper de l'enfant de Victoire dans sa maison à elle et que le petit ne reviendrait chez lui que le vendredi. La grand-maman n'osait dire ce qu'elle pensait et c'est Suzelle qui s'en chargea.

– Tu dépasses les bornes, Victoire. On ne laisse pas un enfant si jeune entre les mains de sa belle-sœur. Un petit, c'est de sa mère dont il a besoin. Les premières années sont les plus importantes...

– Avez-vous fini de vous mêler de mes affaires? lança rudement Victoire. Toi aussi, Suzelle! Ne me pousse pas à bout. J'ai dit que je n'abandonnerais pas ma carrière pour un enfant et je maintiens ce que, tous, vous saviez. Je suis une femme de tête, j'ai des projets et rien ne viendra les entraver. Tu comprends? Sans doute pas, Suzelle, mais ça ne m'importe guère. Je n'ai de comptes à rendre à personne sauf à mon mari. Et avec lui, c'est réglé! Régis grandira chez Mado qui va s'en occuper comme s'il était son fils.

– Mais c'est le tien, Victoire, comment peux-tu?

– Je le peux parce que je le veux, ma petite sœur. Je sais que c'est injuste et que c'est toi qui aurais dû être mère, mais le bon Dieu se trompe parfois dans ses affaires. Là, et j'insiste, vous allez tous cesser de tenter de me comprendre et encore plus de me juger. Que chacun fasse sa vie et, n'ayez aucune crainte, le petit sera entre bonnes mains dans celles de ma belle-sœur.

– Je n'en doute pas et c'est ce qui me fait mal au cœur...

– Ai-je mal, moi, Suzelle? Est-ce mon enfant ou le tien?

– Il y a des fois où je me demande s'il est vraiment à toi, Victoire.

– Et pourquoi cette remarque, je te prie?

– Je ne t'ai jamais vue l'embrasser une seule fois!

Quelques mois s'écoulèrent et, Victoire, tel que convenu, allait chercher avec Jean-Paul son fils toutes les fins de semaines. Mais l'enfant n'était pas sage dans la maison de Rosemont. C'était comme si on l'enlevait chaque fois à sa mère et qu'il manquait d'amour et d'affection. D'ailleurs, dès qu'il rentrait à la maison, c'était Jean-Paul qui s'en occupait. Les couches, les biberons, les coliques, les quelques pleurs, tout revenait à Jean-Paul. Victoire, qui prétextait sans cesse une migraine, se sauvait des corvées. À tel point qu'on aurait pu jurer qu'elle était allergique à son fils. Le même comportement qu'avec Clément au temps où le déclic ne s'était pas fait. Distante, peu portée à le prendre, à l'étreindre, Jean-Paul en souffrait au point de lui dire: «Une belle sans-cœur, Victoire, un beau spécimen de mère!» Et c'est lui qui, peu à peu, se détachait d'elle pour jeter tout son dévolu sur l'enfant. Lui qu'elle aimait de façon charnelle et qui ne lui faisait plus l'amour avec ardeur. Lui qu'elle tentait d'attirer dans ses draps et qui se dégageait d'elle dès que l'enfant émettait le moindre grognement. Constatant qu'elle allait le perdre pour lui, elle demanda à ce que le petit ne vienne qu'une fois par mois sous leur toit. Jean-Paul s'emporta et elle se mit à pleurer en lui disant qu'elle était incapable d'être mère.

– Dans ce cas, je ne serai pas souvent ici, Victoire. Mes fins de semaines, c'est avec le petit que j'irai les passer. De plus et je te préviens, certains soirs tu ne me trouveras pas ici parce que je serai près de lui. Mon fils va passer avant tout, Victoire, même avant toi!

Ce à quoi elle avait répondu avec un calme déconcertant:

– Comme tu voudras... Jean-Paul.

Septembre 1969, l'enfant a un an, un premier gâteau, un petit chapeau. La fête se déroule à Rosemont où grand-maman, Suzelle et Gilles se trouvent avec Mado que le petit ne quitte pas d'un pouce. Victoire tente de l'approcher, de le cajoler devant sa famille, mais le petit glisse de ses genoux et se blottit dans les bras de son père. Comme un enfant qui veut être protégé de... l'étrangère. La naissance de Régis avait changé Jean-Paul. Moins imbu de lui-même, moins fantasque, il avait même délaissé les cartes, les boîtes de nuit et les quelques amis pour se dévouer tout entier à son petit. Comme s'il voulait, en se donnant doublement, pallier l'absence de l'autre. Beau comme un cœur, blond, yeux bleus de sa mère, le petit garçon qui tentait ses premiers pas était du genre à croquer. Sage, obéissant, doux et tendre, il était la joie de Mado qui avait veillé sur lui jour et nuit depuis sa naissance. Elle, la vieille fille, avec des entrailles de mère plus vivaces que celles de Victoire. Elle qui craignait chaque jour que sa belle-sœur réclame le retour de l'enfant qu'on lui avait confié. Une peur sans fondement puisque Victoire n'avait jamais appris une berceuse à fredonner à son petit quand elle l'avait pour une ou deux nuits. Victoire qui le donnait à Jean-Paul dès qu'il rechignait. Victoire qui ne changeait pas les couches et qui lui servait le biberon trop chaud par manque d'attention. Cette chère Victoire qui préparait sa tenue vestimentaire du lendemain pendant que l'enfant pleurait à fendre l'âme parce qu'il était mouillé. Elle attendait que Jean-Paul revienne pour accomplir la tâche. Comme si elle avait été la gardienne et non la mère du petit ange. Suzelle avait comblé son filleul de cadeaux et Charlotte l'avait bercé de sa tendresse. Souper terminé, table desservie, c'est en mère impatiente, fatiguée, que Victoire avait dit à Mado: «Tu ne partiras pas tard avec le petit, n'est-ce pas? Je dois me lever tôt demain.» Tous comprirent que c'était la fin de la fête et s'empressèrent de partir. Jean-Paul maugréa, jura tout bas et Mado, souriante, repartait heureuse avec son beau petit paquet dans les bras.

Jean-Paul Croteau sentait que son mariage se dissipait. Il ne voulait pour rien au monde que son fils soit un enfant du divorce, mais malgré sa patience, Victoire lui laissait savoir maladroitement que son cœur était coincé entre l'arbre et l'écorce. Elle s'éloignait de lui peu à peu et, pire encore, elle s'en détachait physiquement. Sa bête, son animal, malgré sa fougue et son eau de toilette, ne la faisait plus jouir. Comme si, assouvie dans sa folle passion, son cœur s'était couvert de granit. Victoire éprouvait à peine le besoin de se donner à celui qui, hier encore, pouvait la garder jour et nuit sur son oreiller. Charme rompu? Pire, les sens ne quémandaient plus. Et comme le corps n'invitait plus à la débauche, Victoire réalisait qu'elle n'aimait plus la tête ni le cœur de celui à qui elle avait dit oui. Elle voyait enfin ce que Gontran avait toujours vu. Ou plutôt, tout comme Gontran, elle cherchait ce qu'elle avait pu voir en lui. Le «c'est moi qui couche avec lui...» avait perdu de son ardeur, de sa violence. Victoire couchait encore pour la forme et Jean-Paul s'en rendait compte. Il avait beau tenter de se prouver, le scénario était usé. Et puis, un jour, ultime épreuve, ses baisers enflammés s'avérèrent périmés.

— Gontran, j'aimerais qu'on sorte ce soir. J'ai besoin de me défouler, de voir du monde, de noyer mon ennui, de m'amuser...

— Bon, te voilà repartie! Que se passe-t-il, Victoire? Ça ne fonctionne plus? Allons, confie-toi, je sens que tu en as envie.

— Non, non, sors-moi pour que j'oublie. Je n'ai pas envie de me confesser aujourd'hui. Sors-moi, Gontran, sors-moi de ma prison.

— Ta prison? Ton mari te laisse assez libre, ma foi...

— Ma prison intérieure, Gontran!

— Tu ne l'aimes plus, n'est-ce pas? Ton cœur se referme, tu souffres...

— Arrête, n'en dis pas plus. J'ai le moral bien bas en ce moment.

— Et ton petit, Victoire? Peut-être que si tu le reprenais avec toi...

— Non, surtout pas! Cet enfant ne me connaît pas et, d'ailleurs, je n'y tiens pas. Je n'ai rien d'une mère, Gontran, et je n'y peux rien. J'ai beau essayer, j'ai beau tenter de me convaincre, je demeure indifférente. C'est atroce à dire mais je ne peux mentir. Cet enfant, ce n'est pas que je ne l'aime pas et ce n'est pas que je l'aime. Il me laisse froide, Gontran, strictement froide. À tel point que j'ai peine à croire que je lui ai donné la vie. Une mère dénaturée, comme dit Jean-Paul, mais je te jure que ce n'est pas de ma faute. J'aurais beau tout tenter que j'échouerais encore. Je n'ai ni le talent ni la vocation d'être une mère à part entière. Et ne m'en fais pas dire davantage, je suis assez meurtrie dans mes déboires comme c'est là. Sors-moi, Gontran, sors-moi vite de mon trou noir...

– Je veux bien, mais tu vas prévenir ton mari au moins. Je ne voudrais pas qu'il pense que je t'éloigne de lui. Déjà qu'il ne m'aime pas beaucoup, je ne veux pas me mettre la corde au cou, moi.

– Non, je ne l'avise pas. Je sors, un point c'est tout. Mais rassure-toi, il ne saura jamais que je suis sortie avec toi.

– Tu veux le provoquer, Victoire? Où veux-tu en venir?

Elle baissa la tête, ne répondit pas.

– Toi, tu veux en finir, n'est-ce pas? Si c'est le cas, tu t'y prends très mal, madame la directrice. Ne lui fais pas subir le même sort qu'à l'autre. Il y a un enfant entre lui et toi, Victoire. Tu n'as pas le droit d'utiliser ce subterfuge. Pas avec lui, pas avec un enfant. D'ailleurs, tu n'avais pas plus le droit avec l'autre...

– Dis donc, toi, tu me juges, tu me condamnes ou tu m'aides?

– Je te fais prendre conscience, Victoire, que ça. On ne peut pas toujours jouer et gagner. Un jour, tu vas perdre et...

– Cesse ton discours et dis-moi où nous irons ce soir. Je n'ai pas envie d'entendre ton sermon, encore moins tes remontrances. Tu connais un bon restaurant? On commence par le repas, le vin, et après, on verra bien. Et quand le moment viendra, je te ferai signe. Tu n'auras pas à être mon ange gardien.

– Oh! là! là! je te vois venir, toi! La Victoire d'il y a deux ans. Celle qui prenait, disposait... Celle qui avait fait place à l'autre. Tu joues un jeu dangereux, Victoire. Je te préviens...

– Assez, Gontran! Si tu ne veux pas être complice, oublie tout et je m'arrangerai pour sortir seule. J'en ai assez d'avoir l'univers sur le dos. J'ai besoin de vivre, de m'amuser...

– D'accord, ne t'emporte pas. Nous sortons, mais permets-moi d'avoir le dernier mot. Je m'en lave les mains, Victoire!

– Je n'en attendais pas moins de toi... Ponce Pilate! rétorqua-t-elle en riant.

Victoire n'avait guère perdu sa taille pendant sa grossesse. Que le poids de l'enfant, selon Suzelle qui n'en croyait pas ses yeux car, après l'accouchement, elle rentrait presque dans ses robes de taille huit ans. Quelques semaines et elle avait retrouvé son poids normal. Sans le moindre effort, avec la complaisance de la nature. Donc, un an plus tard, s'acheminant sur ses trente-six ans, elle était plus femme que jamais, désirable à souhait. Et Jean-Paul qui avait perdu de son pouvoir sur elle s'en mordait les lèvres.

– Où veux-tu aller manger? de lui demander Gontran.

– Si tu n'as aucune idée... attends, pourquoi pas le Ritz? Ça me rappellerait des souvenirs.

– Tu m'avais dit avoir juré que tu n'y remettrais jamais les pieds.

– Bien oui, dans le temps, saturée de l'endroit par Clément, mais le rôti de bœuf est excellent et le service de premier ordre. Viens, Gontran, je t'invite. Ce soir, nous sortons grandiosement.

Un souper à la chandelle et une table désignée par la jeune femme. La même que réservait jadis Clément, lors de ses rendez-vous avec elle. Nostalgique sans savoir pourquoi, Victoire sentait qu'elle allait avoir le vin triste. Ses mariages ratés, sa maternité qui la laissait froide, la condamnation de sa famille, les remontrances de Gontran et les sourcils froncés de Payot père. Parce que ce dernier savait que Victoire rejetait presque son enfant. Ils mangèrent, burent le vin jusqu'à la lie et la jeune femme, déjà engourdie, avait les yeux tristes.

— Tu ne vas pas te mettre à pleurer au moins... de lui chuchoter Gontran. Tu m'as dit que tu voulais t'amuser.

— Oui, tu as raison. Partons vite d'ici et emmène-moi où il y a du bruit, de la danse, du cognac et des garçons.

Gontran qui craignait le pire, face aux intentions de sa patronne, lui demanda une dernière fois:

— Tu es certaine de ne pas vouloir rentrer chez toi, Victoire? Un repos, un dialogue avec ton mari, qui sait...

— Ne recommence pas, je t'en supplie. Ne me fais pas regretter d'avance ce bon temps que j'entrevois déjà. Sors-moi, Gontran, comme autrefois, comme lorsque tu riais en me poussant dans les bras des amants d'occasion. Tu t'en souviens, dis?

— Oui, Victoire, mais c'était avant, bien avant Jean-Paul et le petit...

— Alors, recule l'horloge et reviens à tes mauvaises intentions. Emmène-moi dans un club où je pourrai danser, oublier, boire...

Et Gontran, désemparé, désarmé, impuissant, l'emmena dans une boîte très à la mode de la rue Sainte-Catherine.

À peine rentrés que tous les regards se posaient sur la superbe femme qui, d'une main gantée, s'allumait une cigarette. Des filles dans la vingtaine la dévisageaient, enviant ce qu'elle avait et qu'elles n'avaient pas encore. Des plus âgées la reluquaient de l'œil, navrées de ne plus avoir ce corps de Vénus et furieuses de voir les hommes les oublier sans la moindre délicatesse pour river leurs yeux sur la déesse. Et, comme à chaque fois, on devina très vite que Gontran n'était ni son mari ni son amant. Elle dansa avec son collègue, commanda un *Cinzano* sur glace puis, une bouteille de champagne dont le bouchon sauta au point d'attirer l'attention.

– Tu es très regardée ce soir, très remarquée, de lui glisser Gontran.

– Oui, j'ai vu, mais je n'accepterai pas les avances de n'importe qui.

– Personne du style Croteau? de lui lancer Gontran en riant.

– Tu n'es pas drôle et je te prierais de ne pas mentionner son nom.

Elle venait à peine de terminer sa phrase qu'un très beau jeune homme aux cheveux blonds, yeux pers, s'approcha de la table.

– Vous dansez, mademoiselle?

Victoire le regarda. Il était beau. Elle se leva, lui sourit et le précéda sur la piste de danse. Là, emprisonnée dans ses bras, elle lui murmura:

– Madame, monsieur, pas mademoiselle.

– Vous avez l'air si jeune, vous êtes si belle. Serait-ce trop vous demander de me dire votre nom?

– Pour l'instant, oui, mais puis-je, moi, vous demander votre âge?

– Quelle drôle de question! s'exclama-t-il en riant. Vous voulez connaître mon état civil avant de me dévoiler le vôtre? Soit! Je suis célibataire, je me prénomme André, j'étudie en médecine et j'ai trente ans.

– Soyez franc. Va pour le célibat et les études en médecine, mais vous avez quel âge quand vous l'avouez sans baisser les yeux?

– Bon, ça va, vingt-quatre ans. Suis-je trop jeune pour vous maintenant? Je suppose qu'à mon âge, on est encore un enfant?

– Non, pas exactement, si une femme de trente-cinq ans ne vous effraie pas.

– Trente-cinq ans? Honnêtement, vous ne les faites pas, mais laissez-moi vous dire que j'ai toujours eu un faible pour les femmes dans la trentaine.

– Parce que vous les courtisez à la douzaine?

– Heu... ce n'est pas ce que j'ai voulu dire. Puis, rougissant... Vous accepteriez de venir prendre un verre avec moi dans un endroit plus discret? Au fait, je m'adresse à qui?

– Diane, murmura-t-elle langoureusement.

– Alors, on peut partir sans blesser le monsieur qui vous accompagne?

– Oui, on peut partir, André. Et sans avertir... si tu le désires.

Victoire n'était pas tout à fait attirée par ce grand blond aux dents blanches avec de si belles manières. Pas assez rustre pour elle, pas assez fauve pour que la nuit s'avère vorace. Ce qu'elle cherchait, c'était un Jean-Paul avec un autre visage. Un homme, un vrai, un dur, un animal! Parce que, titubante, madame la directrice perdait sa dignité. Parce que, saoule, madame Desmeules-Croteau tutoyait ses amants avant de les déshabiller. Un dernier cognac, une chambre à miroirs multiples et, dans le lit de l'orgie, le grand blond au sourire d'ange, quasi imberbe, avec une peau de jeune garçon. Aussi habile tenta-t-il d'être, il ne réveilla pas la moindre griffe de la chatte qui s'était... endormie. Apesantie par l'alcool, épuisée par le cafard, Victoire avait fermé les yeux pour tomber dans un sommeil profond avant même que le grand blond retire son pantalon. Quand elle se réveilla, sa montre indiquait quatre heures du matin. Le garçon n'était plus là et Victoire, rassemblant ses souvenirs au bon vouloir de sa mémoire, revit les yeux pers du jeune homme, son sourire, sa poitrine imberbe, puis... plus rien. Il n'avait laissé aucun numéro, pas même un petit mot. Où se trouvait-elle? Mystère! Elle s'informa par le truchement du téléphone et la réception la renseigna:

— Vous êtes au motel *De Bullion*, madame, sur la rue du même nom.

— Vous pouvez m'appeler un taxi, monsieur?


La clef dans la serrure, c'est sans faire de bruit que Victoire rentra chez elle après cette cuite exceptionnelle. Elle referma la porte, pénétra dans le salon et là, face à face avec Jean-Paul qui avait fait le pied de grue, elle remarqua sur son visage un rictus empreint de colère et de dégoût.

— Tu n'es pas couché? Tu m'attendais?

Pour toute réponse, une gifle magistrale en plein visage. Victoire, qui avait déjà peine à tenir sur ses jambes, alla s'écraser sur la table du centre, brisant vases et bibelots dans sa chute. Accroupie, elle releva la tête et sentit un sillon de sang couler de sa lèvre. Jean-Paul, debout devant elle, prêt pour la riposte, lui lança d'un trait:

— Salope! Mère dénaturée! Putain! Voilà ce que tu es.

Victoire sentit la rage lui monter jusqu'au cœur. Se relevant avec peine, elle lui cria de tous ses poumons:

— Sors d'ici, écœurant! Va-t-en, je ne veux plus jamais te voir! Tu as osé lever la main sur moi. Brute, batteur de femme! Je te donne une heure pour partir ou je te fais arrêter. C'est fini, Jean-Paul, fini!

L'homme se contenait. Le poing fermé, il se retenait, elle le sentait. Il aurait voulu lui fracasser la figure. Victoire voyait dans ses yeux la même hargne qu'elle avait vue quand Mado avait osé lui parler de son passé. Les yeux perçants, le regard fou, l'écume au coin de la bouche. Il la regarda, cracha par terre et lui répliqua:

— Je ne partirai pas. Je suis ici chez moi. Je suis ton mari, Victoire, et ce n'est pas moi qui suis en faute. Je m'occupe de notre fils, moi! Je ne découche pas, moi! Tu as couché avec le premier venu qui t'a fait boire? Et je suppose que c'est le pédé qui te servait d'escorte? C'est ça ta vie à deux, Victoire?

— Comment peux-tu oser me questionner après le geste que tu viens de faire? Tu m'as frappée, Jean-Paul! Comme la sale brute que tu es! Je comprends maintenant pourquoi Mado était si fière de se débarrasser de toi. Tu es un violent, un homme qui s'en prend aux femmes, un lâche qui n'affronterait pas un autre homme. Tu es un minable, Jean-Paul, un bon à rien, un petit vendeur d'autos avec qui j'ai eu le malheur de faire un enfant. Ah! si seulement j'avais su, je me serais fait avorter, Jean-Paul! Maudite folle que j'étais! On m'avait pourtant prévenue...

— Qui ça? Celui qui couche avec des p'tits gars? Celui qui ne m'aime pas la face? S'il était là, je lui fendrais le crâne...

— Encore un plus faible que toi, n'est-ce pas? Espèce de lâche! Et ce n'est pas lui qui m'a mise en garde contre toi, c'est ma mère, Jean-Paul! Ma pauvre mère qui avait sans doute senti la bête qui sommeillait en toi. Ma mère qui n'a jamais compris mon choix, moi qui avais été mariée avec un avocat.

– Un avocat qui t'a plaquée là, Victoire! Un avocat qui t'a foutue dehors parce que tu ne faisais pas ton devoir conjugal! Je me suis informé, tu sais. Je connais tout de ton premier mariage. Mais je ne suis pas Clément, moi. Je ne suis pas un p'tit gars de vingt-cinq ans que tu vas mener par le bout du nez. Je...

– Ne dis plus rien et va-t-en, Jean-Paul, lui répondit calmement Victoire tout en compressant d'une éponge sa lèvre qui enflait. Je te somme de partir ou je te fais foutre à la porte. Tu es dans ma maison et j'ai encore sur la lèvre la trace de ta brutalité. Je te donne quinze minutes pour partir, sinon j'appelle la police. Je suis sérieuse, Jean-Paul, tu pars ou je te fais arrêter.

– Si je pars, Victoire, tu ne reverras pas ton enfant, je te le jure.

– Pars, pars, la justice s'occupera bien de tout ce qui suivra.

Jean-Paul prit son veston, ouvrit la porte, mais juste avant de la claquer, il osa lui crier:

– Plus ordure, plus dégoûtante que toi... j'ai jamais vu ça!

Après son départ, assise sur son lit, elle se mit à pleurer de rage. Contre lui et contre elle. Une fois de plus, tout s'anéantissait et elle sentait que c'était de sa faute. Quelle sorte de femme était-elle pour qu'aucun sentiment ne la retienne, pas même l'amour de son enfant? Elle pleurait à fendre l'âme sur sa culpabilité. Jamais elle ne pardonnerait à Jean-Paul cette gifle sournoise, mais elle avait au fond du cœur tant de remords...

«Papa, aide-moi», s'écria-t-elle en levant les yeux vers le ciel. «Fais quelque chose papa, sors le diable de moi!» Les larmes inondaient ses joues et, lentement, elle se laissa choir sur le sol. Elle avait beau s'analyser qu'elle ne parvenait pas à mettre le doigt sur la plaie. Elle cherchait en vain dans sa mémoire l'élément déclencheur de ce qu'elle était devenue. Une enfance heureuse, choyée même, la préférée de son père, celle à qui l'on n'avait jamais rien refusé. Tiens! Et si c'était ce hic qui était la cause de tous ses malheurs. Si seulement on lui avait dit non quand, petite, elle obtenait tout en tapant du pied. Si seulement son père lui avait, jadis, administré une bonne fessée quand elle lui tenait tête, les deux mains sur les hanches. Qui sait si, en ce jour, elle n'aurait pas évité la gifle qui l'avait beaucoup plus saisie que blessée. C'est son orgueil qui venait de prendre le coup, pas son visage. De quel droit avait-il osé? Et pourtant, elle pleurait comme si elle l'avait méritée cette main dans la figure. Elle pleurait de rage et de regret. Écrasée sur le parquet de sa chambre, elle en était à se demander si, à défaut d'avoir du cœur, elle avait une âme. Et de là, les tourments, les remords, les reproches. Clément qu'elle avait bafoué sans même savoir pourquoi. Son frère Patrice qu'elle avait renié parce qu'il avait osé lui dire ses quatre vérités. Jean-Paul qu'elle venait d'écarter parce qu'il l'avait giflée. Une gifle impardonnable mais qu'elle avait sans doute provoquée. Et Régis, son petit garçon, cet enfant doux comme un agneau qu'elle ne parvenait pas à aimer. Où donc était son cœur de mère? Avait-elle seulement des entrailles? Était-elle née pour faire souffrir les hommes? Parce que, tout compte fait, ses victimes étaient des mâles, fils inclus. Son père avait-il été à ce point formidable qu'aucun autre ne pouvait le remplacer? Pourtant, aux dires de sa mère, Gustave, de son jeune temps, avait été exécrable. Tout comme elle! Oui, tout comme elle qui implorait ce père de sortir le diable d'elle.

Victoire attendit que le jour se lève et téléphona à Gontran qu'elle pria de la rejoindre chez elle. Alarmé, apeuré, le célibataire endurci tenta de se dérober, alléguant qu'il craignait les foudres de son mari.

— Il m'a giflée, Gontran. J'ai la lèvre enflée, la joue bleuâtre.

— Est-il parti? Va-t-il revenir? Je ne veux pas me retrouver en face de lui, Victoire. Je suppose que tu lui as dit que j'étais avec toi...

— Il l'a présumé, je ne lui ai rien avoué, mais je t'en prie, viens vite. Je veux que tu sois témoin de ce qui m'arrive. De plus, j'ai besoin de ton aide face à Payot. Je ne peux pas rentrer dans cet état.

Gontran sauta dans un taxi et arriva en trombe chez sa patronne qu'il trouva fort amochée.

— Le salaud! Le lâche! Il a osé te toucher. Comptes-tu porter plainte?

— Non, même si je l'en ai menacé. Pas dans ma situation, Gontran. Pas avec le poste que je détiens et ma famille qui risquerait de se ranger de son côté ou de me blâmer de l'avoir marié. Je l'ai mis à la porte, je ne veux plus le revoir, mais je n'ai pas l'intention d'aller plus loin pour le moment. D'ici une semaine, je ne veux voir personne, tu comprends? Le temps que ça désenfle, d'être présentable. Après, je réglerai son cas.

— Bon, bon, et que veux-tu que je fasse dans tout ça?

— Prends ma caméra, prends une photo très rapprochée de mon visage. J'aurai peut-être besoin de cette preuve un jour.

Gontran s'exécuta tout en demandant à sa patronne...

— Tu es rentrée tard, je suppose?

— Non, tôt... le soleil se levait.

— Ce n'est pas le moment de plaisanter, Victoire. Tu n'es pas raisonnable. Tu bois trop et, après, tu ne sais plus ce que tu fais. Pas même moyen de te raisonner quand tu es dans cet état. Quand j'essaie, tu m'envoies... je n'ose le répéter. Tu n'es plus la même quand tu bois, Victoire. Tu deviens diabolique. Tu pourrais même renier tes amis s'ils tentaient de t'aider. En boisson, tu perds la tête, tu perds complètement la raison...

— Bon, bon, assez de remontrances, Gontran. J'ai eu le venin de Jean-Paul, son coup de poing, n'ajoute rien, veux-tu?

— Excuse-moi, mais je voudrais tellement t'aider. Je t'aime, Victoire, tu es ma plus grande amie, mais que puis-je faire si tu ne m'écoutes pas? La vie que tu mènes n'est pas normale...

— J'ai déjà fait mon *mea-culpa*! trancha sèchement Victoire.

— Tu, tu... as passé la nuit avec le beau blond?

— Non, pas exactement. J'en avais l'intention, mais je me suis endormie. À mon réveil, il n'était plus là et la nuit était fort avancée.

— A-t-il abusé de toi?

— Même pas! Je lui ai fait peur, je crois. D'ailleurs, ce n'était pas un homme, ce n'était qu'un petit gars. Si j'avais su... Imagine! Vingt-quatre ans, un enfant ou presque, ce garçon.

— Bon, oublions ça et dis-moi ce que tu comptes faire face à monsieur Payot et à tous les rendez-vous que tu avais à l'agenda pour cette semaine.

— Les remettre, Gontran, rien de plus. Pour ce qui est de Payot, je vais lui dire que j'ai un problème d'ordre féminin à régler, que je dois consulter un spécialiste. Délicat comme il l'est, il n'insistera pas. De plus, dès mon retour, je veux que tu deviennes mon adjoint. J'ai vraiment besoin de toi à mes côtés avec tout ce qui va survenir. Durant mes absences, au moins, tu seras là. Je n'en peux plus d'avoir tout sur les épaules, c'est trop pour une seule personne, c'est dangereux, risqué, et Payot comprendra. Rentre au bureau à présent et bouche cousue, veux-tu? D'ici là, j'aurai parlé au président.

Un mois s'était écoulé depuis l'altercation et Victoire était sans nouvelles de Jean-Paul et de son fils. Remise physiquement après une semaine, toute trace d'agression ayant disparu, elle avait regagné son bureau, ses contacts et la confiance de Payot père. Tel que prévu, Gontran devint son assistant. Ce qui enleva un boulet de la cheville de la directrice. Un court séjour à New York, un gros contrat à négocier à Toronto et Victoire venait d'ajouter des bénéfices dans les coffres de l'entreprise. Le soir, fourbue, elle rentrait chez elle et se couchait tôt après avoir causé brièvement avec Suzelle qui s'inquiétait de ne pas avoir de ses nouvelles. «Trop occupée», lui avait répondu Victoire en guise de repentir. «Trop de travail et comme Jean-Paul est à l'extérieur de la ville...» Pieux mensonge, mais de bon augure. Personne, outre Gontran, n'était au courant de la séparation du couple. Jean-Paul, elle se demandait bien pourquoi, n'en avait pas parlé à qui que ce soit. Surtout pas à sa mère qu'il devait détester depuis l'aveu de Victoire dans sa colère. Et pas un seul coup de fil de Mado, même pas pour lui donner des nouvelles de l'enfant. Consigne de Jean-Paul, assurément.

— Madame Desmeules, votre mari vous réclame sur la ligne quatre.

Gontran qui était à ses côtés faillit renverser son café. Médusée, stupéfaite, Victoire lui fit signe de sortir et, prenant son courage à deux mains, souleva l'appareil.

— Oui, allô?

— Victoire? C'est moi. Je m'excuse de te déranger, mais il fallait que je te parle. D'abord, comment vas-tu?

— Bien merci et toi?

— Oh! ça va, mais pas comme je le souhaiterais. Si tu le permets, je vais aller droit au but. Victoire, j'aimerais te rencontrer.

— Crois-tu que ce soit nécessaire?

— Si tu ne le fais pas pour moi, fais-le pour le petit, Victoire. Il n'est pas responsable de notre mésentente, lui.

— Une mésentente? Tu qualifies ton geste de mésentente, Jean-Paul?

— J'aimerais qu'on en parle ailleurs qu'au bout d'un fil si tu veux bien. Juste une rencontre, Victoire. Ça ne peut pas durer comme ça. Il va falloir agir, prendre une décision. On ne peut rien régler dans le silence.

— Bon, ça va. Dis-moi où et quand et je ferai en sorte d'être là.

— Chez toi, chez nous, Victoire, à Rosemont et ce soir, si tu le peux...

— J'aurais préféré un terrain neutre, moins imprégné de mauvais souvenirs.

— Au contraire, c'est là, chez nous, qu'on pourra voir la vérité bien en face.

— Bon, si tu insistes, mais à huit heures, pas avant. J'ai un contrat à terminer.

Victoire fut très surprise de le voir arriver avec des roses à la main. Désagréablement surprise, car ce geste précédait sans doute le bouquet de ses bonnes intentions. Elle lui offrit un scotch et se servit un verre d'un vin de Bourgogne. Très en beauté ce soir-là, Jean-Paul le lui souligna. Elle remercia poliment tout en le regardant et en ressentant quelques émois qu'elle tentait d'écraser de sa mauvaise foi.

— Victoire, je m'ennuie de toi, je ne peux pas croire que ce soit fini entre nous...

— Admets que tu l'as cherché, Jean-Paul. C'est toi qui m'as frappée...

— Je te supplie de m'excuser. Je ne sais vraiment pas comment une telle chose a pu m'arriver. Ce n'est pas mon genre, Victoire, je ne suis pas violent. Je ne m'explique pas ce geste, et encore moins cette impatience. Une crise, une crise de nerfs, voilà ce que j'ai fait. Parce que je t'aime, parce que je suis jaloux et possessif et parce que je me suis imaginé... Je ne t'ai même pas laissée t'expliquer, Victoire. Si tu savais comme je m'en veux. Je ne dors plus, j'ai des regrets, je ne mange plus. Mado ne sait plus quoi faire avec moi. Tout ce que je te demande, c'est une autre chance. Une seule chance pour te prouver que, jamais plus, ça ne risquera d'arriver. Donne-moi une chance, Victoire, même si j'ai tous les torts. Si tu ne le fais pas pour moi, fais-le pour notre petit Régis. Je ne veux pas que notre fils subisse les méfaits d'une rupture. Donne-moi une chance et je te jure...

Victoire était décontenancée. Jean-Paul prenait tout le blâme sans même lui infliger la moindre part du drame. Elle qui s'était sentie si coupable. Elle qui avait prié son père de sortir... le diable d'elle. C'était comme si, après sa confession, Jean-Paul lui donnait l'absolution. Elle qui était pourtant plus coupable que celui qui s'accusait. Elle aurait voulu lui crier qu'elle l'avait trompé, que sa nature l'incitait à... Mais elle se retint. Trop fière de s'en tirer sans la moindre allusion. Au point d'en oublier la gifle, l'humiliation.

— Que veux-tu dire par «donne-moi une chance», Jean-Paul?

— Je veux revenir auprès de toi, être ton mari, aller chercher le petit les fins de semaines, former une famille sans nuire à ta carrière, Victoire.

— Et si l'idée te prenait de recommencer? Tu sais, j'ai des voyages...

— Jamais plus je ne douterai de toi, je te le jure!

À ce point gagnante, Victoire n'en croyait pas ses oreilles. Quelque peu mal à l'aise face à l'intégrité dont il la bénissait, elle répondit avec un calme décidé:

— Je ne sais pas si je pourrai oublier, mais je prends le risque, Jean-Paul.

— Et tu ne le regretteras pas! s'écria-t-il en lui serrant les mains, les yeux remplis de larmes.

Un autre scotch, trois autres verres de vin et, le couple qui se maudissait hier, ressemblait aux amants... de demain. Il s'était rapproché d'elle, avait même osé prendre place sur le divan. Elle buvait, elle était ivre et, ô miracle, l'eau de toilette de son mari lui redonnait les sensations qu'elle avait crues évanouies.

— Ils sont au courant chez toi? lui demanda-t-il timidement.

— Non, personne, sauf Gontran, bien entendu.

— Cette grande gueule-là?

— Ne dis pas cela, Jean-Paul, ne médis pas de lui. Gontran est un ami fidèle, un ami très discret. Si je ne l'avais pas eu, je me demande bien qui m'aurait remonté le moral. J'ai passé de durs moments, tu sais et, sans Gontran...

— Oui, j'imagine, je m'excuse. Je n'ai aucune raison de lui en vouloir. J'avoue que je ne l'aime pas, mais c'est sans doute parce que... heu...

— Parce qu'il est marginal? Parce qu'il est homosexuel? Tu es comme tous les hommes, Jean-Paul, incapable de comprendre, porté à juger. Son état d'âme ne l'empêche pas d'avoir ses hauts et ses bas comme tout le monde. Pas facile sa vie, tu sais, mais pour toi, quelle importance...

— Tu as raison et je n'y peux rien. Je devrais être plus conciliant, plus compréhensif, mais que veux-tu, j'suis pas capable. Je ne lui veux aucun mal, pas plus à lui qu'à ses semblables, mais j'suis pas capable de les regarder en pleine face et de leur dire que c'est correct. Moi, les... je retiens le mot, c'est... c'est juste une perte pour les femmes.

— Bon, un jour, tu comprendras peut-être, mais pour l'instant, nous allons tenter de régler notre problème, parce que toi et moi, nous sommes aussi dans la marge, mon mari.

— Que dirais-tu si je revenais m'installer demain avec mon linge?

— Fais-le, Jean-Paul, c'est le premier geste à poser.

— Et en fin de semaine, on pourrait amener le petit ici?

— Bien sûr. Dis donc, Mado est au courant de notre mésentente?

— Evidemment, je suis resté un mois chez elle.

— Qu'a-t-elle dit de tout cela?

— Que c'était sans doute moi qui étais dans le tort comme de raison. Mado n'a jamais vu rien de bon en moi. C'est un peu comme ton frère avec toi.

Victoire n'insista pas. Avec Mado de son côté, c'est comme si elle était blanchie de tout péché. Un autre verre de vin, une cigarette, un regard en direction de Jean-Paul qui lui souriait étrangement. Elle comprit l'invitation et comme elle avait été privée de ce bien-être, elle ressentit le feu de sa passion, le désir de sa chair. Comme si l'absence avait fait renaître en elle un besoin pressant de... l'animal. Il lui passa la main dans les cheveux et elle posa sa tête sur sa poitrine musclée. De l'autre main, il dégrafa son soutien-gorge et elle se retourna pour se blottir dans ses bras. Leurs lèvres s'unirent, la chaleur du baiser la fit frémir et, comme la femme qui a trop retenu ses pulsions, Victoire se coucha sur lui en lui murmurant des mots plus qu'érotiques. Étourdie par le vin, enivrée par la peau, elle se donna comme si c'était la première fois. Comme si, par cet abandon... il était possible de tout recommencer.

# Chapitre 8

P as très en forme après l'abus d'alcool et une nuit mouvementée, Victoire affichait mauvaise mine le lendemain matin. Gontran, pourtant désireux de connaître le déroulement de cette rencontre, n'osa demander à sa patronne le résultat de son entretien de la veille. Habitué aux frasques de cette dernière et la voyant dans cet état, il comprit rapidement qu'elle avait bu et que, sous l'effet du vin, elle avait pu courber l'échine. Il connaissait, de Victoire, les forces et les faiblesses. Après l'avoir observée, échappé un soupir, il allait s'éloigner quand elle lui cria:

— Je sens que tu me juges, Gontran et ça, je ne le prends pas.

— Mais je n'ai rien dit à ce que je sache? Qu'est-ce qui te prend?

— Me crois-tu naïve au point de ne pas avoir entendu ton long soupir?

— Soit, j'ai soupiré, mais j'ai décidé de me mêler de mes affaires désormais. Je suis ton adjoint, Victoire, pas ton thérapeute.

— Oh! la! la! quel grand titre! Tu serais très mal placé pour l'être, ne crois-tu pas?

– Qu'est-ce que tu veux dire? Que veux-tu insinuer par ces mots?

Une attitude hautaine, voire méprisante. Toujours la même quand madame se sentait en faute. Griffer avant d'être mordue. Attaquer de plein fouet avant d'être ébranlée. Gagner pour ne pas perdre. Victoire prit place sur son fauteuil et là, la tête entre les mains...

– Excuse-moi, je ne sais plus ce que je dis. J'ai un violent mal de tête. Il faut que je t'explique.

– Tu n'as rien à m'expliquer, Victoire. Ta vie, c'est ta vie, je n'ai rien à y foutre et je n'ai aucun droit sur tes pensées comme sur tes gestes.

– Tu ne vas tout de même pas me laisser tomber? Tu es le seul à qui je me suis toujours confiée. Tu ne vas quand même pas te désister...

– Je n'en avais pas l'intention, mais avoue qu'avec une telle entrée...

– Pardonne-moi, j'avais la tête ailleurs. Viens, prends un café que je t'explique.

Bon gré mal gré, Gontran qui avait pourtant assez de problèmes lui-même avec un autre amant qui venait de le quitter, prêta l'oreille à celle qui, dans son égoïsme, se foutait éperdument de ce qu'il pouvait vivre. Comme si un homosexuel n'avait pas, lui aussi, ses drames, ses peines, ses tourments, ses quelques joies. Quand il tentait de parler de lui, timidement, comme pour avoir son soutien, elle parlait d'elle. Comme si, outre Victoire Desmeules, personne d'autre n'existait sur terre. Elle sur scène, lui, sans cesse en spectateur.

– Jean-Paul revient. Nous nous accordons une autre chance. Tu sais, je le fais pour le petit...

– Non, non, pas à moi ces balivernes, Victoire. Tu as bu, tu as fléchi et je ne serais même pas surpris que tu aies passé la nuit avec lui. Je le répète, ça te regarde, ma chère, mais ne me prends pas pour un imbécile en me disant que tu le reprends pour le petit. Pas à moi, Victoire, pas à celui qui te connaît de la tête jusqu'au coeur. Vous reprenez? Tant mieux! Voilà qui t'empêchera de commettre d'autres erreurs. Sans doute le frein par excellence pour tes histoires d'un soir. Et ne m'en dis pas plus, je t'en supplie. Désormais, tu fais ce que tu veux, quand tu le veux, comme tu l'entends. N'est-ce pas d'ailleurs ce que tu as toujours fait? À quoi bon te confier, te laisser conseiller quand tu n'en fais qu'à ta tête? Non, je ne suis pas ton thérapeute ni ton confesseur, Victoire. Je croyais être ton plus fidèle ami mais là, permets-moi d'en douter. Tu n'as besoin de personne, toi! Pas plus de moi que de ta soeur ou de ta mère. Le poste de direction, ça te connaît. Sauf que tu diriges moins bien ta vie que l'entreprise. Et je te fais grâce du reste, j'ai du travail à faire.

Sur ces mots, Gontran Lacasse quitta le bureau de son auguste patronne. Jamais Victoire ne l'avait entendu lui parler de la sorte. Bouche bée, ahurie par ses propos, elle l'avait regardé tourner les talons sans rien ajouter. «Il reviendra à de meilleures intentions, se disait-elle. Un homme avec un coeur de femme, ça se repent, ça s'excuse.» Mais elle l'avait sous-estimé en lui parlant de l'enfant. Gontran savait mieux que quiconque à quel point ce petit lui était indifférent. Elle s'était trompée, elle avait trébuché sur le motif de sa réconciliation. Honteuse, elle ne lui aurait jamais avoué avoir scellé le pacte sur les draps du lit, mais elle aurait pu jouer d'habileté. Ce qui avait déboussolé Victoire, c'est qu'elle n'était plus sûre de sa décision de la veille. Comment expliquer logiquement qu'elle reprenait la vie commune avec un homme qui l'avait giflée, un homme au tempérament violent. Et cette mine affreuse qu'elle affichait. Le résultat de trois bouteilles de vin suivies d'une nuit grotesque.

Payot père, enchanté de la décision de la jeune femme, lui avait dit:

– Je suis heureux pour vous, Victoire et, davantage, pour votre enfant.

Tel que prévu, Gontran, l'homme au cœur de femme, revint et s'excusa.

– Pardonne-moi, je me suis emporté. Je n'avais pas le droit, Victoire, pas après tout ce que tu as fait pour moi. Je me suis levé de mauvais pied. Je n'aurais pas voulu t'en parler, mais Stéphane est parti et a tout emporté. Ses affaires et les miennes. Mes bijoux, mes livres et une partie du mobilier que m'avait offert ma vieille mère.

– Si on allait dîner tous les deux, tu pourrais m'en parler?

– Je veux bien. Tiens, on parlera tous deux de nos malaises si tu le veux.

À quelques heures près, attablés en tête à tête, au moment où le malheureux allait se vider le cœur, Victoire se commanda un verre et bifurqua sur ses problèmes. Que les siens!

– C'est la dernière chance que je lui accorde, Gontran.

Constatant qu'elle ne voulait rien savoir de son drame, habitué d'écouter, de prêcher dans le vide, il se contenta de répondre.

– Je ne veux pas être prophète de malheur, mais la seconde gifle n'attend que son heure.

– Tu ne crois pas qu'on puisse changer, n'est-ce pas?

– Non, Victoire. Changes-tu, toi?

Dix-huit mois s'écoulèrent dans la vie du couple Croteau. Avec ses hauts, ses bas, ses folles nuits d'ivresse et ses querelles. Mado avait toujours la garde du petit qui s'épanouissait et, chaque vendredi, c'était avec joie que l'enfant se jetait dans les bras de son père. Jean-Paul qui s'occupait de tout: les repas de l'enfant, les promenades au parc, les contes pour faciliter son sommeil et les caresses qui rassuraient tant. Elle, pendant ce temps, avait le nez dans ses affaires, ses documents. Payot prenait de l'expansion et la directrice en était la raison. Jamais un sourire à l'enfant, pas la moindre accolade sauf un petit baiser discret quand son mari le ramenait. Un baiser duquel le petit se dérobait comme il le faisait pour toute étrangère. Jamais «maman», c'était Mado sa mère. Adorable, de grands yeux bleus, il se contentait de la regarder, de la fixer, comme s'il avait compris très tôt qu'il ne saurait jamais l'apprivoiser. Et combien de fins de semaine Jean-Paul avait dû passer seul avec son fils. Victoire était en Europe, Victoire était au Japon, Victoire était à New York. Victoire était partout sauf à la maison. Pour rendre encore plus millionnaire le célèbre Payot père. Au détriment de son mari, de son enfant, de sa famille qu'elle négligeait et de sa mère qui s'en plaignait. Pour Victoire, que l'ambition. Et de là, les querelles, les reproches, les remontrances de Jean-Paul qui, finalement, se trouvait désarmé quand elle le toisait du regard pour lui dire: «C'est à prendre ou à laisser!» Pas question d'un autre enfant, il l'avait compris. Pas avec une femme qui avait troqué son cœur pour son nombril. Pas avec une mère sans entrailles qui chassait son enfant quand ce dernier, de ses deux ans, éparpillait ses documents. Et, comble de malheur, Victoire venait d'être nommée vice-présidente de l'empire de l'illustre Payot.

Reine de l'entreprise ou presque, on s'inclinait devant elle, on la vénérait, on l'admirait. Tous l'adulaient pour sa prospérité, sauf Gontran qu'elle avait quelque peu écarté et qui n'avait pas obtenu le titre d'assistant de madame la vice-présidente. Elle l'avait placé en charge du siège social de Montréal. Un poste si exigeant qu'il n'allait plus pouvoir la suivre dans ses déplacements. Seule en terre étrangère, elle mènerait joyeuse vie la vice-présidente. Sans représailles, sans le regard réprobateur de son vieil ami, sans loi ni remords. Et ce, à l'insu de son mari qui, faute de preuves, devrait lui accorder le bénéfice du doute. Ce mari qui prenait si bien soin du petit et qui, le jour venu, vendait encore des voitures à la sueur de son jargon. Ce mari encore bon pour le lit, mais qui n'avait gravi aucun échelon. Un raté! Un homme sans ambition! Voilà ce que pensait Victoire du père de son enfant quand il lui annonçait fièrement qu'il avait liquidé trois voitures de prix en une seule journée. Pas même directeur, avec, déjà, des cheveux gris. Que de dégoût, que de mépris pour celui qui ne faisait même pas partie de la hiérarchie de la compagnie. Un petit vendeur d'autos. Toute sa vie! Mais Victoire parvenait à dissoudre ce mépris quand, après vin et champagne, il la transportait ivre dans le lit conjugal pour lui faire l'amour comme un bel animal.

Un matin de novembre, de retour du Japon, elle avait demandé à son bon vieux Gontran s'il était libre pour le souper. «J'ai tant de choses à te raconter», lui avait-elle dit, l'œil sournois, sourire au coin des lèvres. Gontran, éternel confident, usé jusqu'à la moelle par ses histoires d'amour, avait accepté... pour ne pas être seul. Lui qui, sans amour, vieillissant, s'offrait parfois, tout comme elle, des amants d'un soir mais en payant. Lui, réduit, billets de banque tendus, à quémander d'un jeune homme sans pudeur, dans un bar, les faveurs. Lui qui, très à l'aise, partait parfois en voyage avec un jeune qui le trompait avec un autre jeune sur la plage. Si seul Gontran, si triste dans sa luxueuse misère, qu'il était prêt à tout, même aux fantasmes de Victoire, pour briser son mur de silence. Fatigué, épuisé par le travail, il n'allait pas bien le jeune homme d'autrefois. Il toussait, consultait, on lui recommandait de cesser de fumer. On ne trouvait rien, pas même une trace du cancer qui, peu à peu, lui dévorait le foie. «Vous avez mal? Mangez moins gras!» Petit discours que Victoire écouta d'une sourde oreille. Elle avait tant à lui dire, elle était si exaltée, si emportée...

– Tu sais ce qui m'arrive, mon cher? Tiens-toi bien, j'ai rencontré l'homme de ma vie!

– Ah, bon. Où ça, au Japon?

– Oui, Gontran! Le plus sublime Japonais que la terre ait porté. John Kakino! Un dieu asiatique, une beauté du diable, un amant merv....

– Parce que tu as déjà couché avec lui? de l'interrompre l'ami.

– Impossible de lui résister, Gontran, c'est une merveille, un homme sans pareil. Il est propriétaire de douze boutiques des plus luxueuses à travers le Japon dont une superbe à Tokyo. Prospère, instruit, respecté, je ne trouve pas les mots pour le décrire.

– Marié, ton Japonais, Victoire?

– Non, célibataire, trente-deux ans, toutes ses dents.

– Et tu l'as cru? Pauvre de toi! Ils se marient à vingt ans là-bas. Tu ne changeras jamais, Victoire, toi qui me disais un jour qu'on pouvait changer. Il t'a eue comme toutes les autres. Des fleurs, des courbettes puis la couchette.

– Pourquoi faut-il toujours que tu viennes tout démolir?

– Avoue, ce n'est pas ça? N'est-ce pas là le déroulement du film?

– En quelque sorte, oui, mais...

– Je gagerais ma main droite qu'il a même ajouté que si tu n'étais pas mariée, tu serais la femme idéale pour lui.

– Comment le sais-tu?

– Parce que je connais les hommes plus que toi, Victoire Desmeules. Je te l'ai déjà dit, en affaires tu es extraordinaire, mais en amour, tu es encore au primaire. Et là, que comptes-tu faire? Tout quitter? Le rejoindre?

– Mais non, voyons, ce n'est qu'une passade, je ne suis pas...

– Tu n'es qu'une aventurière, Victoire, qu'une aventurière. Et un jour, tu vas le payer cher, crois-moi. Il y a de ces aventures... Je préfère me taire mais, juste avant, laisse-moi ajouter qu'on ne peut pas toujours jouer dans la vie sans en payer le prix un jour ou l'autre. Tu vas vieillir, Victoire, tu finiras mal. Comme moi qui suis bien placé pour en parler. La vie se venge, tu sais. Tôt ou tard, après le plaisir, c'est la débandade. Et là, écoute-moi bien. Tu n'as pas rencontré l'homme de ta vie, Victoire, tu n'as que croisé un autre bon amant au lit. Un Asiatique cette fois, une forme d'amour que tu ne connaissais pas. L'amour à l'orientale, quoi! Je t'écoute et j'ai l'impression d'être en face d'une enfant. Une fillette de quinze ans! Tu t'emportes, tu montes au septième ciel, ensuite tu t'écrases et tu te détestes. Le même scénario avec chacun d'eux, parce que tu n'as jamais aimé, Victoire. Jamais avec ton cœur. Pas même Jean-Paul, pas même ton enfant.

– Ça recommence? Encore et toujours des remontrances? J'en ai assez, Gontran. Assez de ton envie et de ta jalousie. Oui, jaloux, parce que tu aurais tant voulu...

– Allez, continue, ne te gêne pas.

Victoire se leva, quitta la table, enfila son manteau et sortit. Mais juste avant, elle avait eu le temps d'entendre Gontran lui crier:

– Tant voulu quoi? Être une putain comme toi?

Elle s'était arrêtée, l'avait foudroyé du regard, n'avait rien ajouté. Dans son cœur, c'était fini. Gontran Lacasse venait de sortir de sa vie.

Très tôt le lendemain, elle voyait Payot père et lui ordonnait d'affecter Gontran à New York sous peine de quitter s'il ne le faisait pas. Payot tenta d'en connaître la raison mais Victoire s'y objecta. C'était personnel. Il y avait incompatibilité entre elle et lui. Le président tenta de la raisonner, mais rien à faire. Victoire n'avait pas oublié l'insulte publique. Jamais elle ne pourrait lui pardonner. Donc, c'était elle... ou lui. Le brave homme devant une telle sommation, de peur de perdre celle qui le rendait célèbre et riche à la fois, s'inclina. Il offrit à Gontran le plus alléchant des contrats à New York, mais ce dernier, ayant deviné la source de l'infamie, s'y objecta. Sans rien dire de l'esclandre, sans ne rien dévoiler de l'incident dont il se sentait, malgré lui, coupable. Malade, recroquevillé, à bout de force, il quémanda un congé prolongé.

– Jusqu'à ce que la santé me revienne, monsieur Payot. Après, on verra...

– Vous n'êtes pas bien, n'est-ce pas? Que vous ont dit les médecins, Gontran?

– Rien de précis encore, mais je pressens le pire. J'ai mal, je souffre...

– Reposez-vous, mon ami. Guérissez-vous, on vous attendra, croyez-moi.

Gontran allait se lever lorsque Payot père se risqua.

– Qu'est-il arrivé pour que madame Desmeules soit dans un tel état?

– Rien de grave, monsieur Payot. J'ai joué de malchance en voulant être plus qu'un ami. Et, croyez-moi, je ne lui en veux pas. Je me sens délivré.

Victoire resta perplexe face aux dires de monsieur Payot. Gontran était malade? Malade au point de se retirer, de ne pas se défendre? Quelque peu repentante, elle s'en voulait d'avoir châtié l'ami de toujours. Légers remords intérieurs, mais blessée dans son orgueil, elle ne pouvait oublier l'offense. On ne traite pas de putain la vice-présidente. On ne parle pas de la sorte à une amie. Pour elle, l'insulte de Gontran était plus forte, plus douloureuse que la gifle de Jean-Paul.

Un samedi de décembre, de la neige, de la froidure, déjà. Victoire, affairée dans ses livres, entendait le petit qui riait sur les genoux de son père. De ce mari qu'elle laissait aux caprices de l'enfant le jour, pour le retrouver le soir... pour cause. Le son du cuivre de la sonnette, Jean-Paul qui répond, une livraison. Un froissement de papier, un bruit fracassant par terre et elle se précipite. Il est là, debout, blanc comme un drap, l'écume à la bouche, pendant que l'enfant tourne la page du livre de contes resté ouvert. Jean-Paul est haletant et le blanc de son visage s'empourpre. Il la fixe de ce regard qui lui a tant fait peur un jour. Elle se demande, elle hésite, il tient une petite carte dans ses mains, une gerbe de fleurs piétinée sur le plancher.

– Tu peux me dire ce que c'est? Tu peux me dire qui il est? lui cria-t-il avec force dans la voix, haine dans les yeux.

– Quoi? Qui? Explique-toi, mon Dieu! Ne reste pas planté là!

Il lui lança la carte, elle se pencha, la ramassa et de sa main tremblante la porta à ses yeux. *Merci, merci pour tout. J'ai été conquis. John Kakino.*

Elle leva les yeux et avant qu'elle ne s'explique...

— Salope! Maudite salope! Je m'en doutais. Ton voyage au Japon, n'est-ce pas?

— Allons donc, un client gentil...

— Non, Victoire, un amant ravi! Tu ne sais pas lire? Me prends-tu pour une poire? Regarde-moi dans les yeux et viens me dire que tu n'as pas couché avec ce type-là. Kakino! Un Japonais à part ça!

— Allons, ne t'énerve pas, laisse-moi au moins t'expliquer...

Fou de rage, oubliant l'enfant qui observait la scène, Jean-Paul s'avança, gifla Victoire de toutes ses forces et la projeta sur le plancher du salon.

— Salope! Bonne à rien! Mère dénaturée!

Il criait, jurait et, d'un coup de pied, fit basculer sa femme jusqu'à l'entrée de la chambre. Un coup de pied si brutal que Victoire en perdit le souffle. Hors de lui, rictus diabolique, il s'avançait de nouveau et Victoire crut sa dernière heure venue. Un élan à bout de bras pendant qu'elle se protégeait le visage et le petit se mit à pleurer à fendre l'âme. Des pleurs et des cris mêlés à ceux de sa mère. La peur de l'enfant face à la violence arrêta net Jean-Paul qui s'empressa de le rejoindre pour le consoler et le serrer dans ses bras. Avec tendresse pour qu'il oublie la brute qu'il était. Pour que l'enfant, devenu nerveux, ne voie là qu'un jeu, alors que Victoire, incapable de se lever, rampait jusque dans la chambre et trouvait la force de se mettre à genoux pour fermer la porte à clef. Derrière, elle pouvait entendre: «Pleure pas, pleure pas, papa est là. Maman est méchante.» Le souffle coupé,

293

les reins meurtris, le sang sur le visage, Victoire trouva la force de lui crier très faiblement entre deux hoquets:

– Pars, Jean-Paul, va-t-en ou j'appelle la police.

Quelques secondes sans le moindre son, puis...

– Je serai parti dans cinq minutes. Le temps de rapailler le linge du p'tit. Oui je pars et tu ne me reverras plus! Une belle ordure, Victoire! Compte-toi chanceuse que le p'tit soit là. Sans lui je t'aurais tuée! Tu m'as poussé à bout! Depuis des mois que j'endure et j'endure. Pour lui, pour le p'tit! Mais là, il va être mieux sans mère qu'avec une chienne comme toi!

La porte claqua et Victoire, se traînant dans le sang de ses blessures, atteignit le téléphone. La police? Elle n'y pensait même pas. Ils l'auraient certes flanqué derrière les barreaux, mais quel scandale. Qui donc appeler à titre de témoin? Qui donc appeler pour l'aider, pour panser ses blessures, pour passer à l'hôpital. Gontran? Surtout pas. Gontran, c'était autrefois. Qui donc? Suzelle! Suzelle à qui elle n'avait pas donné de nouvelles depuis deux mois.


Au coup de fil de sa grande sœur en larmes, Suzelle sauta dans un taxi et arriva en trombe sur les lieux du drame. Victoire, marchant avec difficulté, lui ouvrit la porte et la cadette fut horrifiée par le visage tuméfié de l'aînée qui avait tenté tant bien que mal de se protéger du dernier coup de pied. Derrière elle, sur le tapis, des taches de sang avaient suivi ses pas.

– Victoire, que t'est-il arrivé? lui demanda-t-elle dans un état de panique. Ne me dis pas que c'est lui, que c'est Jean-Paul qui t'a fait ça?

Victoire acquiesca d'un signe de la tête en se jetant dans

ses bras. Elle sanglotait, tremblait encore et c'est avec peine que Suzelle parvint à la traîner jusqu'à son lit.

– Il faut alerter l'hôpital, appeler un médecin, faire quelque chose...

– Non, non, ça va aller. Prends vite une photo, je t'en prie, Suzelle.

– Mais il faut te soigner, Victoire! As-tu seulement vu ta bouche, ton œil?

– Prends une photo, Suzelle, prends-en plusieurs, ensuite on verra.

La jeune femme s'exécuta et, ceci fait, elle réussit à convaincre Victoire de faire venir un médecin. Le même qui l'avait accouchée et avec lequel elle se sentait à l'aise de parler. Le docteur arriva, lui prodigua les premiers soins, lui donna un calmant et lui dit:

– Ça va aller, madame Croteau, rien de cassé. Dans quelques jours, ça partira, mais vous devriez porter plainte. Un homme n'a pas le droit de battre une femme comme ça. Sous aucun prétexte.

– Je sais, docteur, je ferai le nécessaire.

– Je l'espère, madame et vous pouvez compter sur mon appui. Je me ferai un plaisir de vous aider à mettre pareille bête en cage.


Après son départ, plus calme, plus rassurée, Victoire tenta de fermer les yeux, mais le gauche, gonflé par l'atroce gifle, refusait d'obéir.

– Pourquoi, Victoire? Es-tu assez forte pour m'en parler?

Victoire lui désigna le bouquet, le petit carton froissé et Suzelle, ayant pris soin de le lire, demanda à sa grande sœur.

– Il pense que tu l'as trompé? Est-ce le cas? Qui donc est cet homme?

– Un client, un propriétaire de boutiques au Japon qui me remerciait de ma précieuse collaboration. Juste un client satisfait, Suzelle.

– Donc, rien d'intime, rien de particulier...

– Rien, Suzelle, rien, je te le jure!

– Le scélérat! Il n'a que présumé, déduit, frappé comme une brute?

– Oui, sans que je puisse lui fournir la moindre explication. Un monstre d'homme, Suzelle, et tout ça devant le petit qui pleurait. Une brute, un violent, et ce n'est pas la première fois, tu sais. Il m'a déjà frappée et j'ai eu honte d'en parler.

– Mais il faut le faire arrêter! Porte plainte, fais quelque chose.

– Je vais demander le divorce, Suzelle, rien de plus. Pense au scandale, pense à l'enfant. Je le quitte, je le sors de ma vie, ce bourreau.

– Voilà qui s'appelle s'en tirer à bon compte, mais comment as-tu pu te rendre jusque-là? Un homme qui lève la main sur sa femme une fois, la relève à nouveau un jour ou l'autre. C'est la première fois que tu aurais dû le quitter, Victoire, définitivement.

– Oui, je sais, mais j'ai eu du cœur, j'ai pensé... au petit.

Alourdie par le calmant, à bout de force, Victoire parvint tant bien que mal à fermer les yeux et à dormir, sachant que Suzelle veillait et que Jean-Paul ne reviendrait pas.

Quelques heures à tourner en rond après avoir averti sa mère qui s'emporta contre cet homme qu'elle détestait et

Suzelle, sous le coup de l'indignation, téléphona à son beau-frère réfugié chez sa sœur.

– Oui, allô?

– Mado? Passez-moi Jean-Paul et ne me dites pas qu'il n'est pas là.

Jean-Paul prit l'appareil, averti par sa sœur qu'au bout du fil, c'était la sœur... de l'autre.

– Oui, Suzelle, j'écoute.

– Espèce de lâche, espèce de brute! Ce n'est pas à moi que tu aurais fait ça, Jean-Paul Croteau. Tu serais derrière les barreaux! Tu n'es qu'un monstre, un violent, un batteur de femme. Mais ça ne restera pas là, je te le jure!

– Ta sœur n'est qu'une garce, Suzelle, une chienne! Tu veux ma version?

– Absolument pas et ménage tes paroles. Un homme qui lève la main sur une faible femme, c'est, c'est... tu mériterais la corde, Jean-Paul!

– Ah oui? Et que dis-tu d'une femme mariée qui couche avec un autre homme? D'une mère indigne qui rejette son enfant?

– Tu n'as aucune preuve, tu déduis, Jean-Paul! À ta façon, parce que ça t'arrange de frapper une femme. Tu as ça dans le sang, tu te plais à battre, à saccager. Victoire ne t'a jamais trompé, elle me l'a juré! Et l'aurait-elle fait que ça ne te donnerait pas le droit de la toucher. Malade, possessif, jaloux comme tu l'es, tu n'avais qu'à la quitter. Battre une femme, c'est impardonnable. As-tu seulement vu dans quel état tu l'as laissée?

– Une sale menteuse, ta sœur, Suzelle! En ce qui me concerne, elle n'a que ce qu'elle mérite. Je ne regrette rien. Elle n'est pas morte, non? Il était temps qu'elle ait sa leçon.

Si elle me traîne en cour, elle sera obligée de cracher la vérité. Son Japonais recevra un ordre de comparaître, tu verras...

– Gros bon à rien, lâche, ne remets jamais plus les pieds ici et ne compte pas t'en tirer comme ça! Il y a une justice pour les salauds de ton espèce!

D'un geste brusque, dans sa colère, Suzelle raccrocha.

Payot père, instruit de la situation, sympathisa vivement avec sa vice-présidente. Un congé jusqu'après les Fêtes et les services d'un brillant avocat. «Il faut l'écarter de votre vie. Cet homme finira par vous tuer» lui avait-il dit. Un Noël sans lumière, sans son enfant à qui elle avait expédié un tout petit présent. Un Noël seule, chez elle, une visite de Gilles et Suzelle et, pas un mot, pas un geste de la part de Jean-Paul qui attendait nerveusement le moment du dénouement. Et pour ajouter à son malheur, pour la première fois, aucun souhait de la part de Gontran. Elle avait appris par sa secrétaire que c'était la réceptionniste qui, sans malice, avait donné son adresse à monsieur Kakino. Profitant de son congé, Victoire enquêta discrètement. Un coup de fil à l'un de ses employés lui permit d'apprendre que John Kakino était parti en vacances avec sa femme et ses trois enfants. Il était marié! «Le menteur, l'hypocrite» avait murmuré Victoire en songeant à celui qu'elle avait considéré comme... l'homme de sa vie. Piégée, abusée, voilà ce qu'avait été Victoire à son insu. L'amant d'un soir lui avait menti, s'était joué d'elle, comme elle-même l'avait fait tant de fois avec... d'autres. Plus qu'un souvenir, ce Kakino. Qu'une nuit d'amour, le Japonais. Jamais elle ne le reverrait, se jurait-elle. Comme si, dès son retour, telle n'avait pas été sa plus forte intention. Que le désir de plaire, celui de conquérir et la férocité du lit.

Incapable d'aimer jusqu'au cœur qui que ce soit. Qu'un bref amour charnel, sans âme, sans respect, sans récidive et sans regret.

Dès janvier, les procédures s'engagèrent. Hors cour car Victoire, incapable de faire face au tribunal et de l'entendre la salir, préférait oublier qu'elle était la victime de l'agression brutale. Le fond de vérité qui risquait de sortir de la bouche du truand l'effrayait. Jurer sur la bible et se parjurer? Non, jamais! Hors cour, entre avocats, avec plein consentement de part et d'autre, voilà ce que souhaitait Victoire en guise de dénouement.

— Mais vous pourriez obtenir un sérieux dédommagement, de lui dire son avocat.

— Je ne veux rien de lui, pas le moindre sou noir. Je le faisais vivre, maître Deschamps. Il a toujours été à mes crochets, je payais tout...

— Bon, bon, mais vous savez qu'il voudra à tout prix obtenir la garde de l'enfant. Un tel cas hors cour...

— Laissez-le-lui! Régis est toute sa vie, laissez-le-lui pour le bien du petit.

— Quoi? Vous vous désistez de la garde de votre enfant? Vous avez pourtant tout en main pour le lui ravir, madame, et le garder auprès de vous.

— Non, qu'il le garde, qu'il l'élève. Le petit vit déjà chez sa sœur depuis sa naissance. Cet enfant serait perdu sans elle, sans lui...

— Mais, madame, vous êtes sa mère...

— Et je compte bien le rester, maître, mais de là à le leur enlever... Non, que l'enfant reste avec eux, qu'il en obtienne la garde légale. Tout ce que je réclame, c'est de le voir de temps en temps, sur demande, et sans la présence de son père.

– Il faudrait être plus précise, madame Croteau. Une fois par semaine?

– Non, une fois par mois, maître Deschamps. Je voyage beaucoup, j'ai une carrière qui m'amène sur tous les continents. Une fois par mois sera suffisant.

Maître Deschamps inscrivait la requête en regardant sa cliente de travers. «Quelle étrange mère», de penser celui qui avait pour tâche de la représenter.

Quelques jours plus tard, Suzelle, qui suivait l'affaire de près, revenait la visiter. Sans le lui dire, Victoire constata qu'elle avait, depuis quelque temps, repris tout son poids et même davantage. Café chaud, croissants, elle lui révélait le fil de sa démarche, ses revendications, la garde de l'enfant...

– Non, ce n'est pas vrai! Tu lui laisses la garde du petit? Je ne peux pas le croire, Victoire. Tu aurais tout en ta faveur pour le reprendre et...

– N'insiste pas, Suzelle, Régis sera mieux avec lui. Malgré sa brutalité envers moi, Jean-Paul adore son fils. Mauvais mari mais très bon père. De plus, pense au petit. Il vit avec Mado depuis sa naissance, elle est comme sa mère. Dès que je l'approche, c'est elle qu'il réclame à grands cris. Il est trop tard pour le reprendre et... qu'en ferais-je? Je voyage, je suis toujours partie. Un enfant de cet âge a besoin de soins constants.

– Mais j'aurais pu le garder moi, l'élever correctement.

– Non, il en serait traumatisé et Mado l'élève très bien. Elle adore cet enfant et il le lui rend bien. C'est à lui que je pense en agissant ainsi. L'enlever à Jean-Paul serait sa perte. Il est très près de son père.

– C'est un peu de ta faute, Victoire, tu ne t'es jamais penchée sur lui.

– Je le sais et le mal est fait. Je n'ai rien d'une mère, Suzelle. Je lui ai donné la vie, rien de plus. Qu'il soit avec toi ne changera rien dans mon cas et le petit en serait malade. À défaut de sa mère, grandir avec un père, c'est beaucoup plus normal. Pour une fois que je pense à lui...

– Tu as sans doute raison, mais je ne comprends pas. Comment peut-on avoir un si bel enfant et ne pas ressentir d'émotions...

– Mais je l'aime bien, cet enfant-là, ne te méprends pas.

– Oui, comme tu dis, tu l'aimes bien. Moi, en avoir un, j'en serais folle!

Victoire ne releva pas la remarque et lui demanda:

– Tu as le temps pour un autre café?

– Non, je te remercie, maman m'attend. Je lui ai promis d'aller magasiner avec elle. Tu devrais l'appeler plus souvent, Victoire, elle se sent délaissée.

– Oui, je sais, mais avec tout ce qui m'arrive présentement...

Suzelle se leva, enfila son manteau de castor et, sentant le regard de son aînée posé sur elle, elle lui lança d'un ton maussade:

– Oui, tu peux regarder et, comme tu peux voir, tu t'es trompée. Je ne suis pas une fausse grosse, Victoire!

Tout se déroula hors cour tel que prévu. Sans sommation, sans comparution, d'un avocat à l'autre, avec de respectables conditions. Interdiction à Jean-Paul d'entrer en contact avec sa femme. Aucune approche, pas même un coup de fil sous peine de représailles. Si l'enfant était malade, Mado avait la responsabilité d'en avertir la mère, pas lui. Une visite une fois par mois et sur demande. Chez elle ou chez lui, sans sa présence. Et rien dans cette entente concernant l'assaut, pas même une réprimande. Trop heureux de s'en sortir si aisément, Jean-Paul signa tous les papiers. Sans remords face à sa femme, sans le moindre regret face au geste dément, il avait éprouvé une seule crainte, perdre la garde de son enfant. Et Victoire le lui laissait. Il en était presque sûr, mais sait-on jamais. Ne serait-ce que par vengeance, elle aurait pu... Mais non, la punition aurait été la sienne. Jean-Paul savait que Victoire n'avait rien pour être mère, pas même le cœur. Et voilà qu'il en serait délivré. Elle qui l'écrasait de son savoir-faire, de sa réussite. Elle qui l'avait toujours fait se sentir minable. Elle qu'il avait jadis aimée pour ensuite faire semblant... de sa force charnelle. Elle, la garce, la moins que rien, qui s'effaçait de sa vie en lui laissant un trésor, son petit. On avait enquêté, on avait même retracé Marlène, sa concubine de deux années, qui ne s'était pas gênée pour avouer qu'elle avait quitté Jean-Paul parce qu'il l'avait frappée. «Vous avez là toute une cause», avait dit l'avocat à Victoire, mais cette dernière, lasse des causes, voulait passer à autre chose. Pas d'accusations, pas de prison, que le divorce. Se défaire à tout jamais de cet animal qui lui avait fait un enfant malgré elle. Ce bourreau du lit qui l'avait séduite alors que les vapeurs du vin lui avaient fait oublier les risques. Ce fauve qui l'avait reconquise parce qu'elle était ivre et en chaleur. L'homme de la chair, celui qui l'avait éveillée à son corps, à sa jouissance. Enfin sorti de sa vie. Quel débarras! Peut-être retrouverait-elle une vie nouvelle? Un besoin de la chair sans démesure? Un cri du cœur et non du corps? Quelques mois encore, des papiers à remplir et, enfin, le «certificat» de son second divorce. Libre à nouveau, Victoire Croteau redevenait, sans lien, Victoire Desmeules. En 1971, dans la force et la splendeur de ses trente-sept ans révolus.

Assise dans son bureau, dictant ses ordres à sa secrétaire en ce début d'octobre, alors que des feuilles mortes jonchaient déjà le sol, Victoire fut dérangée par le président qui désirait la voir. Délaissant son travail pour se rendre à la salle de conférence où se trouvait Payot père, elle fut surprise de le trouver seul, l'air grave, mélancolique, perdu dans ses pensées.

– Ah, c'est vous? Prenez place, madame Desmeules.

– Comme vous êtes solennel, ce matin. Rien de sérieux, j'espère?

– J'ai eu des nouvelles de Gontran. Il ne reviendra pas, il se meurt lentement, Victoire.

Elle n'osait bouger. Surprise, abattue, elle murmura...

– Qu'a-t-il, monsieur Payot? Qu'est-ce qui a pu lui arriver?

– Un cancer du foie qui semble s'être généralisé. Il me l'a confirmé dans le plus grand calme. Comme un homme qui a hâte d'en finir.

– Oh! mon Dieu! Grave à ce point? Et les médecins?

– Rien à faire, il est condamné. Ses jours sont comptés. Je vous ai fait demander parce que j'ai cru qu'il était de mon devoir de vous en informer. Je n'ai rien à ajouter, mais au nom du passé...

– Vous souhaiteriez que j'aille le voir, le réconforter?

– Vous seule êtes juge de la situation, Victoire. Vous seule savez si vous pouvez poser ce geste. Pour ma part, je compte bien me rendre à son chevet, mais après que vous l'aurez fait si le cœur vous en dit.

– Le mien, oui, mais me recevra-t-il de bon cœur, lui?

– Je douterais du contraire. Vous savez, à l'agonie, on ne garde pas rancœur. Je suis certain que Gontran ne souhaite pas partir sans vous avoir serrée dans ses bras. Pensez à toutes ces années, Victoire, à ces moments où il était à vos côtés. Songez à vos voyages ensemble, à votre complicité...

– Oui, mais je pense aussi à ce bris entre lui et moi. Aucune nouvelle depuis, pas même un mot pour mon anniversaire. Je sens, je sais qu'il m'en veut encore de son départ, mais si seulement vous saviez.

– Je ne veux pas savoir, Victoire. Cet incident est clos et se veut entre lui et vous. Ce qui m'importe, ce qui me chagrine, c'est le présent. Pauvre homme, si malheureux, si seul, à peine cinquante-trois ans. Si vous saviez comme je suis triste. Cet homme s'est donné corps et âme pour l'entreprise.

– Est-il à l'hôpital?

– Non, chez lui. Il m'a dit qu'il désirait mourir chez lui, dans ses souvenirs, dans son silence. Pas de chance ce pauvre homme, pas de chance.

Victoire attendit quelques heures et, craintive, se décida à téléphoner à cet ami de toujours, prête à en subir les conséquences. Une voix faible, à peine audible...

– Allô, j'écoute.

– Gontran? C'est Victoire.

– Victoire, enfin toi! J'espérais que tu n'aies pas la tête aussi dure que la mienne. Content de t'entendre, Victoire, tu m'as vraiment manqué.

– Oh! Gontran, toi aussi! J'ai appris, je viens d'apprendre...

– Que je me meurs? C'est vrai. Un jour ou l'autre, on doit tous...

– Ne parle pas comme ça, accroche-toi, il y a toujours de l'espoir.

– Non, Victoire, pas pour moi. Pas quand la science te tourne le dos en te souhaitant bonne chance.

– Tu ne souffres pas trop au moins? As-tu les médicaments qu'il te faut?

– J'ai toujours à portée de la main antidouleurs, calmants et somnifères. Ne t'en fais pas pour moi, j'ai de l'endurance.

– J'aimerais aller te voir, te parler, passer quelques heures à tes côtés.

– Je ne voudrais pas te déranger, Victoire. Tu as traversé de durs moments, toi aussi. J'ai tout appris. D'ailleurs, en silence, je te suivais pas à pas.

– Puis-je me rendre chez toi ce soir? As-tu assez de force?

– Je dors toute la journée et je passe mes nuits blanches. Oui, j'ai assez de force et j'aimerais bien te revoir, mais mon orgueil me fait hésiter, Victoire. Je ne suis plus que l'ombre de moi-même. Un squelette à peine regardable.

– Ne t'en fais pas pour ça, je t'en prie. Ce sont tes yeux que je veux revoir. Tes yeux, ta bouche et ton sourire. Je veux t'entendre, t'écouter...

– Bon, libre à toi pour la surprise. Si tu désires venir, ne le fais pas trop de bonne heure. C'est à partir de dix heures que je suis éveillé. C'est à ce moment que commence ma nuit complètement réveillé. C'est drôle, mais c'est comme si j'avais peur de la noirceur, moi qui vais très bientôt reposer six pieds sous terre.

– Ne parle pas ainsi, Gontran. Sois optimiste, confiant, ne te laisse pas aller.

– D'accord, madame la vice-présidente, lui lança-t-il en riant. Je vous attends ce soir, mais je te préviens, je n'ai rien à boire.

– Grand fou! Tu n'as pas changé à ce que je vois.

– Non, et toi, Victoire?

À dix heures pile, ce même soir, Victoire sonnait à la porte de l'appartement de Gontran. Quelques secondes et elle se retrouva face au spectre de celui qui avait été son plus grand ami. Emmitouflé dans une robe de chambre, amaigri, les joues creuses, le teint jaunâtre, Gontran Lacasse était un mort en sursis. Se contenant, gardant son sang-froid, elle l'embrassa et lui dit:

– Tu n'es pas si mal. Comme d'habitude, tu as exagéré.

– Et toi, comme d'habitude, tu mens effrontément, ma chère. Regarde-moi, je ne suis déjà plus sur terre. C'est un mort vivant que tu as devant toi.

Ils prirent place au salon. Gontran avait préparé du café et là, l'un en face de l'autre, ils se souriaient tendrement comme dans le temps. Après s'être informée de sa santé, de ses progrès, de ses rechutes, elle finit par l'encourager en l'assurant que, dans son cas, la mort n'était pas une certitude. Puis, comme pour se soulager d'un lourd fardeau...

– As-tu fini par me pardonner, Gontran? As-tu été capable de comprendre que j'ai agi sous impulsion, que dans le fond...

– Arrête, n'ajoute rien, ne parlons plus de cet incident, veux-tu? Je pourrais également te demander si tu m'as pardonné, mais comme tu es là... Ne t'en fais pas avec mon départ, tu n'y es pour rien. En toute sincérité, tu m'as rendu un fier service. Cette offre de déplacement s'amenait juste à point. J'étais malade, je rentrais de force chaque matin, je prétendais être bien et «l'incident», comme tu dis, m'a permis de m'ouvrir à Payot, de prendre du repos, de ne pas crever dans mon bureau. J'ai maintes fois voulu te le dire, j'ai même pensé à t'écrire mais la maladie, le découragement, les quelques traitements ont eu raison de mes forces. Je me suis cloisonné car je voulais partir en emportant mes plus beaux souvenirs, mais si tu savais comme je suis content de te revoir. C'est le plus beau cadeau du ciel pendant que je suis encore sur terre. Et comme tu es belle! Si belle que j'ai l'impression de voir déjà un ange.

Il lui tenait les mains, ses yeux étaient humectés et Victoire sentait sur sa joue une larme perler. Il la lui enleva de son auriculaire et lui dit: «Surtout, ne pleure pas ou je te fous à la porte!» Elle sourit, il éclata de rire puis, toussa, toussa, but un peu d'eau et continua.

— Si tu savais comme ça ronge cette bibite-là! Ça s'endure de partout sauf que là, c'est rendu jusqu'aux os. Le pire est à venir, mais avec de la morphine, des calmants... Bon, assez parlé de moi. Toi, Victoire, que deviens-tu? Et ne crains rien, je ne te parlerai pas de lui.

— Je me remets lentement, Gontran, pas de sa perte parce que c'est une délivrance, mais je me remets des déceptions de ma vie. Ce que me réserve l'avenir, je n'en sais rien. Je travaille, je travaille et j'oublie.

— Et ton petit Régis, tu le vois de temps en temps?

— Oui, mais c'est pénible parce que le petit ne vient pas à moi. La dernière fois, il s'est blotti contre Mado et je n'ai jamais pu le prendre. Ma présence doit lui rappeler un mauvais souvenir. Ce qu'il a vu l'a sans doute traumatisé. Je suis donc devenue celle dont il a peur. Mais je n'insiste pas; avec le temps, il comprendra.

— Personne dans ta vie? Pas d'époux en vue?

— Non, sûrement pas! Fini le mariage, jamais plus. Oh que non!

— Belle comme tu es, séduisante à l'extrême, quelques amants parfois?

Il éclata de rire, s'excusa de l'indiscrétion...

– Ne t'excuse pas, je te connais, tu ne pouvais pas résister. Non, pas d'amant, Gontran, et encore moins d'amants d'occasion. J'ai fait le vide, j'ai sorti ce venin de ma tête, je ne veux plus rien.

– Allons, allons, ce qui a été sera et ne te retiens pas. Tu vois comme c'est court la vie? Regarde-moi! Parfois, je passe la mienne en revue et je me dis que mon plus beau temps, c'était avec Fernand. Curieux, Victoire, je ne me l'explique pas, mais si tu savais comme la fin te rapproche... du commencement.

Ils parlèrent pendant des heures. Triste et heureux à la fois, Gontran la taquinait avec le grand blond qui s'était sauvé du motel. Il se remémorait ses escapades, sa folle épopée, et faisait ensuite narration de ses propres déceptions auprès des garçons convoités.

– Ah, si seulement c'était à refaire, Fernand serait encore là. C'est le seul que j'ai vraiment aimé, Victoire.

– Gontran, ce qui devait arriver...

– Est arrivé, je le sais. Le destin l'a voulu et je ne regrette rien. Je me suis amusé, j'ai camouflé mon désarroi parfois, mais je me suis amusé. Et puis, je t'ai connue, toi, la seule femme qui a charmé ma vie.

– D'un charme pas toujours élégant, sois franc.

– D'un charme fou, Victoire. Tes cuites, tes nuits d'amour, tes lendemains avec ton savoir-faire de directrice. J'ai connu deux femmes en toi et, crois-moi, je les ai adorées toutes les deux.

Victoire sentait qu'il souffrait et qu'il s'efforçait de n'en rien laisser paraître. Parfois, une grimace lui signifiait que sa «bibite» venait de lui coincer un os quelque part. Une retenue digne du fier combattant.

— J'ai rédigé mon testament, tu sais. Je n'ai qu'un seul cousin qui est marié et qui est père d'un fils. Curieusement, depuis que je suis malade, il vient me voir. Comme si j'étais assez niais pour ne pas m'en apercevoir. Qu'importe, il est de mon sang, pas riche, et j'ai tout laissé à son fils. En voilà au moins un qui n'aura pas à s'en faire avec le coût de ses études. Toi, je ne te lègue que mon bon souvenir. Tu es si fortunée que ce serait indécent de te laisser quoi que ce soit, tu ne saurais qu'en faire.

— Ce serait même désobligeant, Gontran. Ton souvenir, si jamais tu pars, est ce qui me restera gravé au cœur. Que ton souvenir, Gontran, mais pas pour l'instant...

— T'en fais pas, je partirai. Je me sens, je me vois aller...

Victoire détourna la conversation de peur de lui donner raison. Il était titubant sans être ivre.

«Ah, ces maudits étourdissements, ces pilules, ces sédatifs. Excuse-moi, on dirait que j'ai bu et j'ai du mal à digérer un café.»

— Et tu fumes encore? Est-ce prudent dans ton état?

— Comme si arrêter allait changer quelque chose à présent. Un clou de cercueil de plus ou de moins ne m'empêchera pas de me rendre au cimetière.

— Gontran!

— Bon, changeons de conversation si tu veux. Maudit que tu es belle! Et comme tu sens bon. Une nouvelle fragrance de *Payot?*

— Oui, *Clair de Lune,* le dernier-né des parfums de la collection.

— Sublime cet arôme! Ouille! Excuse-moi, Victoire, c'est mon genou.

Il souffrait terriblement et avalait comprimé sur comprimé. Il était deux heures du matin, le temps était frisquet, le chemin du retour assez long.

— Je crois que je vais partir, je ne suis pas rendue...

— Et tu as une grosse journée demain. Tu vois? Quand on ne fait rien, on ne pense même plus à l'horaire des autres.

Il se leva péniblement, la reconduisit jusqu'à la porte de l'ascenseur et là, avec des larmes dans les yeux, il la serra sur son cœur. Victoire se retenait pour ne pas fondre en larmes, il le sentait.

— Ne t'en fais pas pour moi, je n'ai pas peur. J'ai bien vécu et tu sais, la vieillesse qui m'attendait...

— Ne parle pas comme ça, Gontran, je t'en supplie.

— Allons, voyons les choses en face. J'ai pris le meilleur de la vie, Victoire.

— Puis-je revenir te voir?

— Si tu le désires, oui, mais ne change rien à ton horaire. Un coup de téléphone pourra tout aussi bien faire l'affaire.

— Non, non, je reviendrai, Gontran, aussi souvent que possible.

Elle allait emprunter l'ascenseur, il la retint un moment.

— Puis-je te demander une dernière faveur, Victoire?

— Bien sûr, tout ce que tu voudras...

— Une seule et je suis sérieux, Victoire, je ne plaisante pas.

— Qu'est-ce donc?

— Tu veux bien t'occuper de mes funérailles, dis?

— Gontran!

— Je ne plaisante pas, Victoire. Je ne veux pas que ce soit le cousin qui m'enterre. J'ai pensé à tout et sachant que je te reverrais avant de mourir, je voudrais que ce soit toi qui te charges de me mettre en terre. En toute modestie, Victoire. Avec le cœur et les sentiments de l'amie.

Victoire avait acquiescé de la tête sans pouvoir dire un mot. Son chagrin l'étranglait. Sur le chemin du retour, un long frisson, le souvenir de son rire, l'image de son Gontran au temps de son Fernand. Victoire venait de comprendre qu'elle ne le reverrait pas... vivant.

Il partit trois jours plus tard, emporté en plein jour durant son sommeil, souffrant le martyre sans trop s'en rendre compte sous l'effet des drogues. Elle n'avait eu le temps que de lui dire un «au revoir» au bout du fil du téléphone. Il était si faible que la conversation fut brève. Elle comptait le revoir le lendemain soir... jour de son décès. Tel que promis, elle le porta en terre. En toute modestie, avec dignité. Et là, face à sa pierre tombale, un flot de larmes. Avec le départ de Gontran Lacasse, une partie de sa vie s'en allait. Une dure partie, sans cesse secondée de son appui. Gontran, son seul ami sur terre, veillerait sur elle de l'au-delà, sinon... du cimetière.

— Suzelle, c'est toi? Je vends la maison de papa, les meubles, tout.

Au bout du fil, la sœurette s'inquiéta.

— Pourquoi?

— Trop de souvenirs, des bons et des mauvais. Je ne peux plus vivre sous ce toit. J'ai comme l'impression de vieillir avec la maison.

— Je te comprends, Victoire. Quelle sage décision! Et tu habiteras où?

— Dans un appartement superbe que je vais louer à Outremont. Loin de ce quartier, loin du passé. Je n'achète pas, je loue, je ne suis jamais là. J'ai besoin d'air frais, de renouveau, je ne garde rien sauf mon chat Pacha dont je te demanderais de prendre soin si tu le veux bien.

– Somme toute, tu refais le plein d'essence, tu te dégages des séquelles...

– Non, Suzelle, je commence une vie nouvelle!

# Chapitre 9

H uit années se sont écoulées. Juillet 1979 et Victoire, qui se dirigeait sur ses quarante-cinq ans, s'apprêtait à prendre des vacances. La firme *Payot et fils* avait maintenant pignon sur tous les continents. Et ce, grâce à la dextérité et le savoir-faire de la vice-présidente qui avait établi l'entreprise comme l'une des plus connues dans le monde entier. Payot père, avide pourtant de richesse et de célébrité, s'inquiétait parfois de l'ampleur de son entreprise.

– Je savais qu'avec vous, Victoire, ce serait la renommée, mais à ce point... Nous devrions peut-être nous contenter de cette prospérité sans nous étendre davantage, avait-il dit à son experte qui lui avait répondu:

– Et le Brésil alors? Nous n'allons tout de même pas négliger une telle offre quand tant de femmes à l'aise de ce pays n'attendent que nos produits.

Une succursale de plus s'ouvrit, grâce aux excellentes négociations de Victoire dont l'ambition était sans fin. Très d'affaires pour le succès des autres, elle l'était beaucoup moins pour sa propre sécurité. Aucune part des profits, ce qu'elle aurait pu réclamer depuis longtemps, Victoire Desmeules travaillait encore... à salaire. Un mirobolant salaire, mais un salaire, rien de plus. Avec vacances payées, bien entendu. Payot père devenu pingre avec sa puissante fortune, ne lui refusait rien de ce qu'elle demandait, mais n'offrait rien de plus quand Victoire se taisait. Pas même un cadeau personnel en passant. Pas le moindre bracelet en or et parsemé de diamants qui aurait pu orner son bras. Et Victoire, passionnée par son travail et comblée par son pouvoir, ne demandait rien de plus.

Toujours belle en plein mitan de la quarantaine, elle n'avait qu'un dépit au fond du cœur. Une vie intime sans succès. Que des échecs derrière elle et de la rancœur jusqu'au fond de l'âme! Que s'était-il passé dans sa vie depuis son second divorce? Rien qui vaille et qu'elle aurait pu inscrire dans un journal intime. Rien... parce qu'il lui arrivait d'avoir honte d'elle-même, quand elle se rendait compte qu'en elle la bête grondait toujours. Victoire avait revu son fils une fois par mois tel que convenu. Chez Mado, sans que Jean-Paul y soit. Mais l'enfant, qui n'était pas attiré par elle, se réfugiait dans les bras de sa tante dès qu'elle se penchait pour l'inviter de ses bras ouverts. Une fois par mois, puis à tous les deux mois. De là, découragée du peu d'affection du petit garçon, elle passa à une fois tous les quatre mois, deux fois par année et, après trois ans, plus rien. Comme si elle avait compris qu'il valait mieux pour lui que l'enfant soit entièrement à son père, à Mado, à sa famille, quoi! Une situation qu'elle avait engendrée dès sa naissance, mais dont elle se défendait en plaidant les circonstances. Victoire avait fait en sorte de s'écarter du portrait, prétextant que c'était pour le bien de l'enfant, sans oser parler de son... soulagement. Mère dénaturée. Ces deux mots de Jean-Paul lui revenaient constamment, mais ils lui semblaient plus attribuables au destin qu'à la réalité. Victoire avait fini par croire que c'était le hasard, la vie, qui en avaient décidé ainsi. Lors de la première communion du petit, elle s'esquiva. Malgré les supplications de Mado, malgré l'insistance de Suzelle. Régis communia sans elle et il reçut de sa part le missel aux tranches dorées de son défunt grand-père. Un grand-père qu'il n'avait jamais connu. Et une mère, une étrangère, qui n'était pas venue. Jean-Paul, se dévouant entièrement pour son fils, n'avait pas refait sa vie, habitait toujours avec Mado et vendait encore des autos. Des femmes croisées par ci, par là, bien sûr, mais aucune, aussi gentille fût-elle, pour qu'il lui glisse l'anneau au doigt. Après son désastre, son marasme, après Victoire, aucune autre femme n'allait risquer de le détruire. Jamais plus on n'allait l'accuser de lever la main sur une autre. La violence avait fait place à la tendresse. Pour ce fils qui était sa raison de vivre, pour cet enfant qu'il chérissait de tout son cœur. Son fils à lui, plus jamais à elle. Son fils à lui seul.

Au sein de sa famille, Victoire avait traversé une épreuve. Sa mère Charlotte était morte il y a cinq ans, emportée par une embolie pulmonaire. Le choc d'un instant, le chagrin de quelques jours seulement. Sa mère n'était pas son père et pourtant... La perte avait été moins lourde même si elle s'était efforcée d'exprimer par des larmes sa douleur devant Suzelle, inconsolable. Au salon funéraire où amis et intimes défilèrent, elle n'eut pas le choix que de croiser le regard de son frère. Patrice qui avait déjà des cheveux gris se tenait loin d'elle, blotti contre Suzelle, chuchotant comme toujours à l'oreille de Danielle. Cette dernière s'était avancée vers Victoire avec ses enfants. Victoire l'avait embrassée, avait regardé les enfants et leur avait souri quand Danielle leur avait dit: «C'est votre tante, les petits.» Pas un mot, incapable d'aborder les enfants. Et pas un mot à Patrice qui n'attendait pourtant qu'un signe. Il souhaitait qu'elle fasse les premiers pas et Victoire espérait de tout cœur qu'il ne s'approche pas. Qu'un ou deux regards. Comme on le fait entre étrangers. Sans la moindre fraternité. Et ce, jusqu'à ce qu'on dépose Charlotte en terre, à côté du cercueil de Gustave.

Suzelle n'était plus grasse, elle était... grosse! À quelques kilos près de l'obésité, elle faisait peine à voir sur ses jambes lourdes. Pas laide sans être belle, ses jolis traits d'autrefois étaient enfouis sous la graisse des joues. Les yeux plus petits, la bouche perdue dans le menton. Peu coquette et pour cause, elle n'était plus que «la grosse» que certaines pointaient du doigt. Au grand désespoir de Gilles qui, toujours bel homme, avait fait de sa belle de jadis, son épreuve actuelle. À trente-huit ans seulement, Suzelle Desmeules-Fabien n'attirait plus aucun regard sauf les méprisants ou les compatissants. Trente-huit ans! Hantée encore par son Histoire de France, Victoire avait songé en la regardant: «Marie-Antoinette sur les marches de l'échafaud était plus séduisante qu'elle à cet âge.» Puis, poussant son dédain, elle ajouta sans merci à sa pensée: «Elle aurait sûrement fait partie du menu peuple en ce temps-là. Parmi les tricoteuses qui avaient envahi Versailles.» Victoire savait que Gilles trompait sa sœur. Elle l'avait croisé dernièrement, dans un grand restaurant, une ravissante blonde à son bras. Il avait imploré sa discrétion, elle l'en avait assuré. Comme si elle ne pouvait le blâmer de tromper une femme qui ne faisait que manger. Suzelle avait quitté son emploi et, sans sa mère, cloîtrée dans sa maison, elle se faisait vivre par celui qui ne lui portait plus la moindre attention. Sans enfant, elle avait quelques amies. Des femmes comme elle qui bouffaient leurs émotions. Des femmes qui n'exprimaient jamais les raisons profondes de leur trop pleine assiette. Des femmes malheureuses qui n'osaient pas demander de l'aide. Des dépendantes qui ne s'aimaient pas et qui fermaient les yeux sur les écarts de leur mari. Ce que Victoire, sans cervelle, n'avait pas compris. Encore belle, svelte, en dépit d'un visage qui prenait de l'âge aux commissures des lèvres, Victoire, avait encore en guise de victoire, des hommes qui se pressaient pour elle. Élégante, racée, cliente des plus grands couturiers, chaussures dernier cri, ses jambes parfaites faisaient tourner les têtes. Mais que des aventures pour cette femme avide de caresses. Que des hommes d'un soir qu'elle suivait librement dans ses états d'ivresse. D'un lit de motel avec l'un jusqu'à la chambre de l'appartement d'un autre, elle donnait et recevait ce que ses sens réclamaient. Facultés affaiblies la plupart du temps, car Victoire buvait terriblement. Tellement que, certains jours, Payot père s'en inquiétait. «Songez à votre foie», lui avait-il dit après qu'elle eut ingurgité plusieurs verres de vin suivis de digestifs au cours d'un dîner. Ivre, morte de rire, elle lui avait répondu: «Ne vous inquiétez pas, j'ai bon estomac et la main sans entrave pour signer des contrats.» Payot père s'était tu, sachant que, dès le lendemain, sa vice-présidente serait là, droite et altière, pour négocier le plus gros contrat de sa carrière.

Plusieurs hommes, une seule fois. Jamais de reprise avec aucun d'entre eux même si la nuit avait été exquise, même si le gars était digne d'une toile de Michel-Ange. Pas de comte de Fersen comme sa défunte reine. Du moins, pas encore. Quand un mâle de l'entreprise, d'aussi loin venait-il, osait lui faire des avances, elle les refusait. Personne, même le plus sérieux, ne la possédait par un aveu. Personne depuis Kakino le Japonais qui s'était joué d'elle sachant qui elle était. Que des inconnus rencontrés dans un bar. Que des passants, mariés ou pas, qu'elle ne questionnait pas. Que des corps pour assouvir le sien. Sans leur dire qui elle était, sans même un au revoir quand Victoire leur mentait en leur disant qu'elle s'appelait Diane ou... Suzelle. Un faux numéro de téléphone glissé dans la main de l'amant et elle disparaissait. Avec la chance inouïe de ne pas les croiser sur son chemin dans un monde si petit. D'un bar à l'autre, d'une ville à une autre, de New York à Paris, Victoire était de corps une femme assouvie. Sans peur, sans la moindre crainte de l'inconnu, car, éteintes, où donc était le méchant loup pour la perfide brebis?

Un lundi de novembre et Gabrielle, secrétaire de Victoire, demanda à la voir. Assises l'une en face de l'autre, la dame de lui avouer:

— Je ne sais trop comment vous le dire, madame Desmeules, mais je dois vous quitter. Mon mari a fait l'acquisition d'une boutique en Alberta et nous comptons nous y installer. Si vous saviez comme je suis désolée.

— Pas autant que moi, Gabrielle, nous étions si habituées l'une à l'autre. Vous me prenez par surprise, vraiment. Il ne sera pas facile de vous remplacer.

— Je sais, mais vous ne pensez pas que Marguerite...

— Non, incompatibilité, Gabrielle. Je ne pourrais pas m'entendre avec elle. Dites-moi, quand comptez-vous nous quitter?

— Nous partons en janvier, j'ai donc pensé qu'avec un mois d'avis...

— Oh! la! la! voilà qui est rapide, mais je vous comprends. Sachez que votre départ m'attriste, mais en même temps, je me réjouis de ce qui vous attend.

– Et en ce qui concerne ma chaise vide, madame Desmeules?

– Je verrai, j'en parlerai avec le président.

Dans le bureau de Payot père, Victoire de lui défiler d'un trait:

– Je ne veux personne de l'établissement. J'ai besoin de sang neuf venu d'ailleurs. Quelqu'un de plus jeune que Gabrielle et un homme de préférence. Ce que je veux, monsieur Payot, c'est un secrétaire particulier. Un homme loyal, doué et de bonne carrure. Quelqu'un qui pourrait m'accompagner dans mes voyages. Un secrétaire qui me servirait aussi de garde du corps. Voyager seule me rend de plus en plus craintive. J'ai besoin de me sentir rassurée, protégée.

– Tout à fait juste, Victoire. Plus ça va, plus la terre est inconfortable. Allez-y, choisissez vous-même votre secrétaire. Vous savez très bien que la décision vous revient de droit. Vous n'avez pas à me consulter sur le sujet. Vous êtes vice-présidente, ma foi!

Et Victoire d'insérer une offre d'emploi sous la rubrique «Carrières» d'un grand quotidien. Un secrétaire, au masculin, avec toutes les qualités requises et un bac en administration bien en vue. Plus de cinquante candidatures en moins d'une semaine et, après les avoir scrutées à la loupe, la vice-présidente n'en retint que trois, pas davantage. Trois candidats qui avaient eu la bonne obligeance d'inscrire, concernant leur état civil, la mention... célibataire. Trois jours plus tard, Victoire les convoquait. Deux dans la matinée, le troisième en début d'après-midi. Le premier était quelque peu chauve, un peu lourdaud, dans la quarantaine, avec un beau sourire et les qualifications requises. Mais dès le premier coup d'œil, il avait couru à sa perte. Il avait l'allure de Jean-Paul! Le second, belle apparence, trente-cinq ans, avait aussi de bonnes prétentions, mais Victoire avait vite décelé par ses manières et son comportement que cet homme aux cheveux roux colorés avait certes des... tendances. Sans discrimination aucune, elle avait songé: «Non, un seul Gontran dans ma vie. Pas un autre avec ses histoires de cœur, ses peines d'amour, ses doléances.» Il n'en restait plus qu'un et, Victoire, découragée, espérait de tout cœur ne pas avoir à relire les nombreux curriculum vitae restés dans un dossier. Un court dîner, un retour précipité, quelques appels à retourner et Gabrielle de l'avertir que le troisième candidat était arrivé. «Un bel homme celui-là, madame Desmeules, avec un petit accent d'outre-mer et de très belles manières.»

«Tiens! Plus jeune que les deux autres», de se dire Victoire en voyant apparaître devant elle un fort beau garçon au sourire magnifique. Carl Prémont, vingt-huit ans, bac en administration et toutes ses dents. La vice-présidente resta muette de stupéfaction. Un superbe garçon! Grand, élégant, soigné, et avec des manières de jeune premier. Contenant son admiration, elle lui posa toutes les questions faisant partie du rituel. Il n'en était qu'à son deuxième emploi qui lui ferait quitter le premier s'il obtenait le poste. Victoire décrivait ses exigences, en amplifiant même la teneur, et le jeune homme acquiesçait en la regardant dans les yeux. Devenir «le secrétaire» d'une femme ne le gênait nullement. Il avoua même en riant être du type chevalier servant, épée à la main, pour sauver sa patronne de tout péril. Ce qui fit sourire Victoire qui lui offrit un essai de trois mois. À ses risques, bien sûr, car si l'élu n'allait pas se révéler à la hauteur, il allait perdre non pas un, mais deux emplois avec celui qu'il détenait déjà. Carl Prémont de lui répondre: «N'ai-je pas tout à gagner? D'ailleurs, cet emploi que j'ai, tôt ou tard, je comptais le quitter.» En janvier 1980, après le départ de Gabrielle, Carl Prémont, Français d'origine, établi au Québec depuis dix ans, entrait dans le bureau et dans la vie de Victoire Desmeules qui avait fêté ses quarante-cinq ans dans le champagne et dans le lit d'un tout dernier amant. Car, à partir de ce jour, sans qu'elle le sache encore, le destin de la vice-présidente allait être sérieusement ébranlé.

Mors aux dents, contrairement à ses habitudes, elle avait dit à son jeune secrétaire dès son arrivée.

– À mon âge, permettez-moi de vous tutoyer.

– À votre âge? lui avait-il répliqué en guise de question.

Puis, devant son silence, mal à l'aise de l'interrogation, il avait ajouté:

– Comme vous voulez, madame Desmeules, je n'ai aucune objection.

Première semaine de travail et, mine de rien, discrètement, Victoire avait observé le moindre mouvement de son nouveau secrétaire. Très à l'aise, sûr de lui, Carl Prémont remplissait son mandat. Aucune faille, aucun faux pas, Victoire avait déniché la perle rare. Gentil, affable, poli envers les collègues, respectueux face à Payot père et vêtu dernier cri chaque jour, sans jamais porter deux fois la même cravate. Français d'origine de surcroît, ce qui avait plu à Payot père qui avait dit à Victoire: «Vous avez eu la main heureuse. Ce jeune homme a tout de l'image que nous voulons donner à la maison.» Fière d'elle, la vice-présidente avait répondu avec une fausse modestie: «J'ai eu de la chance; en effet, monsieur Payot, j'aurais pu me tromper.»

Victoire avait aussi ses stratégies. Comme pour mieux le confirmer dans son poste et éviter toute familiarité de sa part, elle l'avait tenu à l'écart. Pas un seul dîner avec lui, pas le moindre rapprochement. Que des ordres, des missions à accomplir, des tâches à remplir pour l'instant. Mais ce que femme fait n'est pas toujours ce qu'elle désire. Victoire avait une envie folle de le connaître mieux, de le questionner, de le fasciner, de le mettre dans sa poche, quoi! Elle se retenait, mais dès qu'il partait le soir, elle se demandait où il allait, ce qu'il pouvait faire de ses soirées, ce à quoi il pensait, jusqu'à ce qu'il revienne le lendemain. Comme si, entre la fin et le début du jour, ce jeune homme beau comme un dieu n'avait que dormi.

Début d'une autre semaine et, ne pouvant plus se retenir, Victoire de lui dire:

— Carl, je t'invite à dîner. Des projets à mettre au point, un aperçu de la semaine.

— Avec plaisir, madame Desmeules, vous pouvez compter sur moi.

Très élégante, blouse de soie rouge, jupe noire un peu courte pour son âge, cheveux sur les épaules, Victoire fit son entrée dans son restaurant préféré suivie de Carl qui, sur son passage, attirait les regards des jeunes filles. Ce qui n'échappa pas à la vice-présidente qui lui dit, devant la table montée:

— Tu fais des conquêtes sans le savoir, mon ami. Très regardé, monsieur Prémont.

Il sourit, avala une gorgée d'eau et répondit tel un gamin:

— C'est vous qui le dites, je n'ai rien vu, moi. Où ça?

Ils commandèrent. Victoire se délecta de vin pendant qu'il sirotait une bière et là, détendue par la première vapeur, elle lui demanda:

— Et si tu me parlais de toi? Tu me disais habiter chez tes parents?

— Avec ma mère, Constance. Mes parents sont divorcés, madame Desmeules. Mon père vit en France avec ma sœur Corinne qui poursuit des études en médecine. Comme vous pouvez le constater, que des «c» dans nos prénoms. Une lubie de ma mère. Constance, Carl, Corinne et, figurez-vous que mon père se prénomme Claude. Une fixation de ma mère sur la deuxième consonne de l'alphabet.

Profitant de cette anecdote fort amusante, Victoire s'en servit pour l'informer de l'origine de son prénom. Carl eut donc droit à l'histoire de «Victoire, l'enfant est là!» Comme les autres, en entier, avec la même ardeur qu'elle y mettait chaque fois... comme pour se faire pardonner.

— Votre prénom est pourtant très joli. Il y a beaucoup de Victoire à Paris.

— Oui, je sais, mais pas ici. Enfin, un qui ne se jouera pas de mon prénom.

— Que je n'utilise pas encore, madame Desmeules.

Victoire, sentant l'invitation, ne releva pas la dernière réplique. Pas encore du moins, pas après un seul verre de vin. Pas permissive à ce point, la vice-présidente qui aimait faire languir les hommes par le respect. Peu intéressée par l'astrologie, elle apprit de Carl qu'étant native du Sagittaire, elle avait tout de la femme d'affaires, friande de voyages et... d'aventures. Ce dernier mot murmuré dans un demi-sourire.

— Un signe de feu, madame Desmeules. Un signe de commande, de puissance.

— Et toi, quel est le tien? Supérieur au mien, je suppose? répliqua-t-elle en riant.

— Un Cancer de juillet, un signe d'eau, bon caractère, doux, dévoué, aimable. Vous rendez-vous compte, madame

Desmeules? Le feu et l'eau qui se croisent. L'opposition. La mer et... l'enfer!

– Donc, ce serait moi l'enfer, si je comprends bien. Ce qui veut dire?

– Passons, ce ne sont que des balivernes. C'est ma mère qui est experte dans les astres. Je ne fais que répéter ce que je l'entends dire depuis si longtemps. Moi, l'astrologie, j'y crois dans les grandes lignes. Il est vrai que certains signes sont compatibles, mais de là à me fier à son horoscope...

– Le Sagittaire et le Cancer, c'est compatible selon toi?

– Absolument, il faut maintenant le croire puisque c'est moi que vous avez embauché, que vous avez choisi. Ma mère vous dirait que non, mais n'y prêtons pas attention. Le hasard et l'intuition valent bien les planètes, croyez-moi.

Victoire aurait voulu boire davantage, mais elle se retint. Elle ne voulait pas que son secrétaire ait mauvaise impression. De plus, la journée était loin d'être terminée. Avec regret, elle troqua le cognac contre une eau minérale. Et de là, loin des affaires, sa conversation sur la France, sur sa très grande Histoire, sur sa révolution.

– Cette pauvre Marie-Antoinette. Ces brutes qui lui ont coupé la tête. Une reine!

– Oui, mais avouez qu'elle l'a cherché, le peuple crevait de faim.

– Était-ce là une raison pour la guillotiner? Que pouvait-elle faire? Ils n'avaient qu'à l'exiler s'ils n'étaient pas contents, ces sans-culottes!

– Tout de même, madame Desmeules, le peuple était révolté. L'affaire du collier, ses dépenses, elle l'a bien cherché l'Autrichienne.

– Quoi? Tu crois à l'affaire du collier, toi? Elle a été dupée, la pauvre. De plus, aux prises avec un roi qui ne savait régner. Un fabricant d'horloges que ce Louis XVl. C'est elle qui devait voir à tout, qui pensait pour lui...

– Sans se servir de sa tête, sinon elle ne l'aurait pas perdue. Vous savez, quand un peuple a faim, quand il réclame du pain...

– Dis donc, serais-tu un petit Robespierre, toi? lui demanda-t-elle avec un regard qui se voulait tout à fait dénué de charme.

Constatant que sa patronne se voulait à ce point l'avocate de la reine, Carl n'insista pas et se contenta d'ajouter:

– Heu... non, sûrement pas, mais entre nous, c'est de l'histoire ancienne tout cela. Vu d'un autre angle, j'admets...

– Oui, admets qu'on n'avait pas le droit d'assassiner une reine!

Puis, se ressaisissant, elle retrouva le sourire pour lui dire:

– Te rend-tu compte que c'est là notre premier désaccord, cher Cancer?


– Madame Desmeules, votre sœur sur la ligne trois. Dois-je vous la passer?

– C'est que... bon, passez-la-moi, Geneviève.

– Allô, Victoire?

– Oui, c'est moi, Suzelle. Quelle drôle de voix tu as. Qu'est-ce qu'il y a?

À l'autre bout du fil, Suzelle sanglotait, incapable d'ajouter un mot.

– Allons, prends sur toi. Qu'est-ce qui ne va pas?

– C'est, c'est... Gilles. Il me trompe, il a une maîtresse.

Victoire, hors d'elle, cria sans mesurer ses paroles:

– Comme si tu ne t'en doutais pas! Et puis après? Qu'est-ce que tu veux que je fasse dans ton ménage, moi? Écoute-moi une fois pour toutes et ne m'interromps pas. Si Gilles a une maîtresse ou des femmes dans sa vie, ne te demande pas pourquoi. Regarde-toi, Suzelle, ne fais que ça et tu comprendras. Tout ce que tu as à faire, c'est de suivre un bon régime, te trouver un emploi et sortir de ta maudite cuisine! Redeviens celle que tu étais, fais un effort, Suzelle, et après, vends la maison, quitte-le et trouve-toi un autre homme. Tu ne vas quand même pas rester accrochée à lui toute ta vie?

– Comme tu es dure... de lui répondre Suzelle en pleurant.

– Pas dure, ferme, Suzelle. Tu n'es bonne qu'à te plaindre, qu'à te faire plaindre, sans rien faire pour t'en sortir. Aide-toi, réveille-toi, bon sens! Que veux-tu que je te dise de plus, Suzelle? Tu manges, tu grossis, tu joues aux cartes avec d'autres grosses et tu attends que ton mari qui te trompe remplisse ton réfrigérateur. Suis-je assez directe? Et ne viens pas me dire que je suis dure, je veux te secouer, ma petite sœur. Est-ce que je me laisse aller, moi? Est-ce que je mange...

– Toi, tu as toujours eu de la chance.

– De la chance? Je me surveille, Suzelle! Je me pèse, je suis parfois des régimes moi aussi. Tout le monde engraisse, toutes les femmes, même moi si je mangeais comme, comme...

– Comme une truie, dis-le, ne te gêne pas, écrase-moi, Victoire.

– Ce n'est pas ce que je voulais dire, mais ça ne changerait rien. Toi seule peut régler ton problème, Suzelle. Le tien n'est qu'une question de poids. Après, tu fonces, tu le fous à la porte. Penses-y, tu n'as pas encore quarante ans, Suzelle et, et... tu me parles comme si tu en avais soixante. Laisse les cartes, change d'amies, vois un médecin, arrête d'inviter chez toi ton cercle de grosses et tu vas pouvoir régler bien des choses.

– Plus directe que ça... Et dire que je n'ai que toi.

– Non, tu n'as pas que moi. Tu as Patrice, Danielle, Gilles que tu dis aimer encore. Tu n'as pas que moi, mais tu t'acharnes sur moi parce qu'ils ont décroché, eux. Ils sont tannés de tes complaintes. La preuve? Ton propre mari...

– Arrête, tu es vraiment cruelle. Comment peux-tu me parler ainsi, toi qui n'as même pas eu le courage d'élever ton petit.

– Bon, ça suffit. T'ai-je demandé conseil, moi? Trop lâche pour t'entreprendre, tu changes de sujet, tu attaques de plein fouet. Au revoir, Suzelle, je n'ai pas de temps à perdre avec toi.

D'un coup sec, Victoire raccrocha et pria la réceptionniste de ne plus lui passer d'appels de sa sœur, de lui dire qu'elle était en réunion. Parce que la remarque désobligeante de Suzelle l'avait blessée en plein cœur. Parce que le moment était mal choisi pour lui reprocher d'avoir délaissé son petit.

Six mois à travailler à ses côtés. Du matin jusqu'au soir sans se lasser. Six mois qu'elle le regardait, qu'elle le désirait, qu'elle se... contenait. Pas même une aventure d'un soir avec un amant d'occasion depuis l'arrivée de Carl Prémont. L'abstinence totale pour la tigresse qui, par dessein soutenu, se privait de tout mâle. Et Carl le savait. Il sentait que sa patronne l'aimait et que, sournoisement, elle l'envahirait de son charme auquel il n'était pas insensible. Mais il laissait les choses venir, se sachant «l'objet» de son plus grand désir. Un soir, alors qu'ils soupaient ensemble après une dure journée de travail, il avait croisé sa mère à qui il présenta Victoire. Une femme très belle, de quatre ans son aînée. Constance avait accouché de Carl à l'âge de vingt ans. Elle était là, au bras d'un homme de son âge. «Un ami?» avait demandé

Victoire à Carl après leur départ. «Non, Marcel est son amant. Ils n'habitent pas ensemble mais ils s'aiment. C'est pour lui que ma mère a quitté mon père», lui répondit celui qui s'en foutait éperdument. Un autre soir, il l'avait invitée à souper chez sa mère et elle avait accepté. Par complaisance, selon elle, par envie d'être avec lui, selon lui. Constance qui tirait les cartes, qui lisait dans les lignes de la main, s'était aventurée dans celles de Victoire.

– Je vois des hommes, un enfant, plusieurs hommes et...

– Et quoi? Que voyez-vous d'autre?

– Je vois un bonheur à l'horizon, un grand amour et puis... des larmes.

Victoire dans sa fierté lui avoua en riant:

– Cela me surprendrait, je n'ai jamais pleuré pour un homme.

– Vous le ferez, madame! de s'exclamer Constance très sérieusement.

Le lendemain, Carl s'était risqué à lui demander:

– Avez-vous un enfant, madame Desmeules? Vous n'avez pas réagi quand ma mère l'a découvert dans les lignes de votre main.

– En effet, j'ai un fils. Il est issu de mon second mariage.

– Comme c'est curieux, vous ne m'en avez jamais parlé.

– Non, c'est vrai, parce que mon fils vit avec son père et que je ne l'ai pas revu depuis des années.

– Je ne comprends pas. Vous êtes pourtant sa mère?

– Je l'ai voulu ainsi, n'en parlons plus, veux-tu?

Un certain matin alors que Carl était entré quelque peu amoché, elle s'était risquée à lui demander:

– On a fait la fête? Couché trop tard? Trop d'alcool peut-être?

Fatigué de la veille, pas tout à fait remis, il avait répondu:

– Dois-je vraiment vous faire état de mes soirées?

– Non, non, absolument pas. Désolée, je n'avais pas le droit...

– Excusez-moi, madame Desmeules, j'ai dépassé les bornes du respect que je vous dois.

– Non, non, Carl, c'est moi qui ai osé... Pardonne-moi.

Mais Victoire était frustrée, maladive, irritée à l'idée que l'homme qu'elle convoitait depuis des mois puisse être dans les bras d'une autre. Sans même penser qu'à son âge, elle n'avait pas le droit de prétendre à ce jeune protégé. Mais, éprise, amoureuse, Victoire n'avait pas d'âge. Comme si tous les mâles de vingt, trente ou quarante ans se devaient d'être à ses pieds. Et pour Carl, dans son cas, Victoire était même jalouse de ce qu'elle ne voyait pas. Possessive d'un homme qui ne lui appartenait pas.

Un autre mois s'écoula et un beau matin...

– Carl, nous partons pour New York demain. Un contrat à signer.

– Demain? C'est que...

– Quoi, tu n'es pas libre? Je t'avais pourtant prévenu que, dans ton travail, l'imprévisible était à prévoir. Un engagement, une sortie, une amie?

– Non, non, personne ne me retient. Ça va, je serai prêt, nous partirons.

– Alors, pourquoi l'hésitation? Sois franc, Carl, il y a une femme dans ta vie?

– Non, je vous jure que non. Libre comme le vent. Vous m'avez pris par surprise, j'avais la tête ailleurs tout simplement.

Victoire sentait qu'il mentait mais elle s'en foutait. Éperdument éprise, elle avait insisté pour aller signer à New York un contrat qui aurait pu se régler par la poste. Pour être avec lui, seule avec lui, enfin avec lui depuis le temps qu'elle se morfondait. Parce qu'elle le désirait à n'en plus dormir la nuit. Parce qu'elle voulait sur son sein cette tête et ce corps que ses sens réclamaient. Victoire aimait de corps et encore... pour la première fois. Carl qui la faisait rire, Carl qui l'amusait, Carl qui, de son regard, lui faisait baisser les yeux, Carl qui, de sa démarche sensuelle la tenaillait jusqu'au plus profond d'elle. Sans même chercher à savoir si le jeune homme éprouvait la même attirance. En fermant les yeux, sûre et certaine qu'elle ne lui était pas indifférente.

Très en forme, mine réjouie, vêtu d'un complet gris, le jeune homme aux cheveux longs couleur d'ébène prenait place dans l'avion auprès d'elle. Victoire avait tout mis en œuvre pour paraître plus jeune. Robe de style matelot, cheveux épars retenus d'un bandeau, anneaux de gitane aux lobes d'oreilles, escarpins de cuir marine, elle avait tout de la jouvencelle qui se veut femme fatale. Elle le regardait. Quel superbe profil! Nez aquilin, menton carré, yeux verts aux cils très longs, crinière qui tombait en boucles folles jusqu'aux épaules. Une sculpture, selon elle. Puis, comme pour se projeter dans l'Histoire, «Samson et Dalila», pensa-t-elle.

Dans l'avion, entre ciel et terre, elle lui avait dit: «Oublie le "madame Desmeules" et appelle-moi par mon prénom, je te le permets.» Carl venait de comprendre que cette permission était un pas de plus dans son ascension. Un contrat vite signé lors d'un lunch avec un client qui lui répétait «Il n'était pas nécessaire de vous déplacer» et ce fut la promenade dans Central Park. Une chambre pour lui, une suite pour elle dans un très chic hôtel et Victoire lui donna rendez-vous dans le hall d'entrée, à deux pas de la luxueuse salle à manger. À sept heures pile, il s'y trouvait. Frais rasé, cheveux placés, complet noir de qualité, cravate à pois de teinte bourgogne, souliers vernis. Et c'est une femme extraordinaire, une vedette de cinéma, que Carl Prémont vit descendre du grand escalier. Si belle, si magnifique, que tous les regards étaient posés sur elle. Robe longue de velours noir ceintrée d'un boa argenté, l'audacieux décolleté ne couvrait que la moitié des seins que le style Empire surmontait. Un habile chignon retenu d'un diadème orné de pierreries et pour tout autre bijou, de longues boucles d'oreilles en tiges de pierres du Rhin. À son doigt, une bague ornée de rubis et de diamants et, aux pieds, des escarpins de cuir suédé avec boucles d'argent. Une femme plus que femme dans la force de l'âge. Une femme troublante... sans âge.

– Je ne vous ai jamais vue aussi belle, Victoire.

Elle sourit, glissa sa main sous le bras qu'il lui présentait.

– Nous sommes à New York, Carl, parmi les millionnaires, ne l'oublie pas.

Ils firent leur entrée et tous les regardèrent. Un silence presque total pour la durée d'un moment. Lui, si beau, elle, si merveilleuse. Pas loin d'eux, à une autre table, une petite fille de bonne famille d'environ neuf ou dix ans se tourna vers son père et lui chuchota ce que Carl entendit: *Is she a movie star, daddy?* Carl, éberlué, contemplait sa patronne. Cette vérité qui sortait de la bouche d'une enfant. Victoire le sentait subjugué.

Champagne onéreux, grand vin du cellier, caviar, canard à l'orange, cognac, et Victoire, enivrée quoique toujours droite sur sa chaise de soie pour ne pas perdre sa dignité, commanda, pour accompagner sa coupe de fruits frais, quelques onces d'anisette. Carl, qui ne pouvait la suivre dans ce festin plus liquide qu'alimentaire, avait déposé son verre de vin au troisième et ne goûta qu'un doigt du digestif. Intrigué, amusé, il regardait cette femme très belle, très audacieuse, signer de son nom la carte de crédit or qu'elle avait sortie de son petit sac garni de pierreries. L'élégant souper avait été fort long, ce qui fit qu'au second palier, dans la salle de bal, l'orchestre avait entamé depuis quelques heures ses premières mélodies. Quelque peu chancelante, pas encore titubante, madame la vice-présidente suggéra à son escorte le temps d'un arrêt pour une danse. Juste au moment où le trompettiste poussait les premières notes de *Stardust*. Accrochée à son cou, blottie sur son épaule, celle qui attirait tous les regards sentait son désir l'envahir dans les bras puissants de ce petit Français. Et comme si elle avait été écrasée sur sa peau nue, elle lui caressait la nuque de ses doigts aux ongles vernis. Carl la sentait frémir, ce qui redoublait son ardeur. Pas fait de bois, le jeune Prémont. Surtout pas quand une telle femme s'abandonnait dans ses bras. Poussant un peu l'audace, il posa ses lèvres dans son cou pour lui mordiller une mèche de cheveux rebelle. Sans se défaire de l'emprise, sans le repousser discrètement, Victoire releva la tête, lui sourit tendrement et lui murmura, les yeux pétillant de désir: «Et si on montait, maintenant?»

C'est dans sa chambre que Carl transporta cette femme de rêve. Dans ses bras, en poussant la porte du pied. Comme le font les mâles qui s'acheminent vers l'amour. Étendue sur le lit telle une *Belle au bois dormant,* Victoire attendit de l'amant, le rituel. Cravate enlevée, chemise déboutonnée, il allait dénouer sa ceinture quand elle lui murmura: «Approche, laisse-moi faire. Doucement, tout doucement...» Par des gestes adroits, elle lui retira son pantalon, son slip et, nu comme un ver, Carl, à genoux au-dessus d'elle, lui retirait ses bijoux, sa robe, ses dessous, pour ensuite défaire le chignon qui laisserait ses cheveux tomber sur ses épaules. «Je t'aime» lui murmura-t-elle. Il souriait et sa main dessinait sur le corps encore ferme de la femme. Une main si douce, si habile, que Victoire crut rêver. Il posa ses lèvres sur l'empeigne du pied de sa dive maîtresse, puis, langoureusement, il monta jusqu'à ses reins, jusqu'à ses lèvres. Un baiser passionné, un baiser... mortel. Comme jamais Victoire n'avait été embrassée. Et les deux corps enlacés roulèrent sur le drap de satin. Des caresses, des baisers, ses bras musclés, Victoire était au septième ciel. Carl, fort surpris de ce corps de déesse, lui fit l'amour avec passion. Avec art, pas comme un animal. Une forme d'amour que Victoire n'avait jamais sentie de ses maris, de ses amants, dans aucun lit. Sans un mot, dans la pénombre, sur une musique de fond de Cole Porter. Après la jouissance, après le cri, sa bouche humectée sur son oreille, il lui demanda:

– Dois-je encore vous dire vous, madame ma patronne?

Victoire le regarda, l'attira vers elle, l'embrassa et lui murmura:

– Dois-je t'apprendre à dire tu?

Dernière étreinte, doux réconfort et Carl lui murmura... «Je t'aime.»

Un an à s'aimer entre guillemets, entre parenthèses, à l'insu de tous, pour que personne ne voie, en cette relation, le moindre privilège. Seul avec elle, il la tutoyait. De retour au bureau, le vous redevenait de rigueur même si, désormais, devant Payot père, le «madame Desmeules» avait fait place à Victoire. Ce qui n'était pas toujours facile. Surtout quand, s'échappant devant les collègues, il lui disait «tu» maladroitement pour se reprendre avec un «vous». Surtout, quand la veille, ils avaient passé la nuit ensemble dans le luxueux appartement de la patronne à Outremont. Les gens n'étaient pas dupes. On chuchotait, on présumait que la vice-présidente avait un faible pour son secrétaire. Qu'un faible, sans savoir qu'ils partageaient le même lit très souvent depuis douze mois et quelques poussières. Follement amoureuse, du moins le croyait-elle, Victoire avait coupé les ponts avec sa sœur qui, malgré tout, la rappelait en vain, désespérément en vain. Amoureuse de l'amour, Victoire ne vivait que pour elle, que pour lui, que pour eux. Personne d'autre n'existait, pas même les clients qu'elle déléguait souvent à des représentants. Carl et elle avaient appris à s'aimer, à se compléter, à s'amadouer et à travailler ensemble sans ne plus se quitter. Leurs mots d'amour coulaient dans l'ivresse. Celle des corps, celle des spiritueux. Car, avec le temps, le jeune Prémont avait appris à boire autant qu'elle. Payot père se doutait bien de quelque chose, mais comment en être sûr sans que Victoire ne s'ouvre à lui. Ce qu'elle n'osait faire de peur que, par conflit d'intérêts, il n'écarte Carl en lui offrant un poste loin d'elle. Sur ce point, Payot père était radical. Il refusait que les affaires et la vie intime empruntent la même avenue.

De New York à San Francisco, de Madrid à Los Angeles, les amoureux partaient ensemble. Pour le bien-être des affaires et de leur intimité. C'était la fête, les dancings, les hôtels, les boîtes de nuit, l'amour, le lit. Comme deux gamins en fugue. Joli portrait pour lui, moins évident pour elle. Victoire n'avait plus l'âge des jouvencelles. Madame la vice-présidente étirait ses ficelles. Mais elle l'aimait à n'en plus voir clair. Tant et tellement qu'elle ne remarquait plus autour d'elle ces hommes très beaux dont, jadis, elle aurait fait des amants. Elle n'avait d'yeux que pour lui. Et, de surcroît, elle l'aimait avec son «cœur» celui-là, croyait-elle. Aveuglément, volontairement, elle le comblait de présents. Des habits, une voiture, des bijoux, des gâteries. Des cadeaux de prix que Carl ne refusait pas. Il l'aimait profondément, l'assurait-il, sans ajouter que ces présents creusaient davantage le puits de ses sentiments.

Il avait délaissé ses amis, les jeunes de son âge, pour n'être dévoué qu'à elle. Comme si, par magie, elle avait acheté de son argent le corps et le cœur tout entiers de son jeune amant. Des folies, elle en faisait pour lui. Jusqu'à se rendre en Grèce, sans succursale à l'appui, aux frais de la compagnie, pour tâter le terrain, avait-elle dit à Payot père. Sans lui avouer, bien sûr, que ce voyage était exclusivement pour lui. Parce qu'un soir, Carl lui avait avoué que son plus grand rêve était de voir ce pays. Ils s'étaient aimés à Athènes, dans un hôtel de renom, aux sons des mandolines, quarante onces de Metaxa dans le gosier. Ils avaient fait l'amour jusqu'au matin et les femmes de chambre se demandaient qui était ce jeune homme en compagnie de la dame blonde. Car, quoique belle et séduisante, il devenait de plus en plus évident que Victoire était beaucoup plus âgée que son superbe amant. Le tour du monde ou presque. Sans la moindre querelle, sans le plus minime incident. Et elle l'aimait comme au premier jour, ce jeune dieu qui lui faisait si bien l'amour. Elle qui, par le passé, cueillait les amants comme on le fait des fleurs des arbustes. Le temps d'une rose. L'arôme, l'épine et puis... morose. Victoire Desmeules avait bien changé. Parce qu'amoureuse, follement éprise, elle commençait à s'inquiéter. Non pas de son roman, mais de l'amant enchaîné. Carl Prémont, depuis un an, vivait à ses pieds, telle une bête en captivité.

— Maman, mieux vaut te le dire, je suis amoureux.

Constance Prémont regarda son fils, pencha la tête et murmura:

— Oui, je sais. Je sais depuis longtemps. Victoire Desmeules, n'est-ce pas?

— Comment le sais-tu?

— Un cœur de mère, ça ressent tout, mon fils. De plus, me crois-tu aveugle? Je l'ai vu dans mes cartes. J'ai su bien longtemps avant que ça ne démarre que cette femme s'immiscerait dans ta vie. Je l'ai senti la première fois qu'elle est venue. Libre à toi, tu es en âge, mais n'oublie pas que celle que tu aimes a presque le mien...

— Et qu'est-ce que ça change quand on aime? Tu peux me le dire, toi?

— Rien pour l'instant, je te l'accorde, mais avec le temps...

— Mais elle m'aime, maman. Est-ce là ce que tu redoutes?

— Bien sûr que non, nigaud. C'est de toi dont j'ai peur, pas d'elle. Elle est brillante, elle est riche, elle est belle, mais plus tard...

— Serait-elle sans le sou que je l'aimerais tout autant. Si tu crois que son argent...

– Je ne crois rien, Carl, je sais. Je te connais, va. À d'autres tes balivernes. Si cette femme était sans le sou, absente de pouvoir...

– Je l'aimerais quand même! Je ne suis plus un enfant, maman, je sais ce que je fais.

– Le sais-tu seulement, mon fils? Le sais-tu vraiment?

– J'ai l'impression que tu ne l'aimes pas, qu'elle prend ta place auprès de moi.

– Allons, allons, comme si une mère pouvait se remplacer par une maîtresse. Tu es sous le coup de la passion, Carl, sous l'emprise de l'euphorie. Je l'aime bien cette dame, je n'ai rien contre elle. Je crains pour elle, voilà tout.

– Mais tu crains quoi, maman? Que ton fils soit un scélérat?

– Non, sûrement pas, mais crois-moi, tu seras celui qui lui fera verser des larmes. Je le lui avais prédit sans savoir que je parlais de toi, juste avant que mes yeux ne s'ouvrent sur son avenir. Quand je t'ai vu dans son décor, j'ai regretté cette prédiction, mais il était trop tard.

C'est avec lui que Victoire avait fêté ses quarante-sept ans. En tête-à-tête dans un chic restaurant, puis en vidant un cognac de qualité dans son appartement. Il lui avait offert des fleurs. Que des fleurs, son cœur et son corps en lui souhaitant le plus joli anniversaire qui soit. Et c'est encore avec lui qu'elle avait vécu sa nuit de Noël. Sur le même oreiller, bouteilles de champagne vides sur le plancher. Pas un appel à Suzelle, pas même un vœu. Comme si personne d'autre que lui n'existait sur terre. Le pouvoir, le sexe et l'alcool, les trois raisons de vivre de Victoire. Avec lui, Carl Prémont, l'homme de sa vie. Celui qui la gardait jeune et belle. Celui qui allait tout prendre d'elle. Matin de Noël, une migraine, et Carl de lui dire qu'il aimerait bien appeler sa mère pour lui offrir ses vœux. Cette mère qui le supplie au bout du fil de venir souper avec sa dulcinée. Victoire qui refuse et qui insiste pour être seule avec lui. Un autre coup de fil en France pour parler à son père, à sa sœur Corinne et leur offrir ses souhaits. Et il leur dit qu'il pense à eux pendant que Victoire, assise par terre, le regarde en versant du champagne dans sa coupe de jus d'orange. Un remède contre les méfaits de la veille, l'assure-t-elle. On guérit avec ce qui a détruit. Puis, une, deux, trois autres coupes... sans jus d'orange.

Étendu sur le lit, vêtu d'un bas de pyjama corsaire, Carl a les mains derrière la nuque et murmure à celle qui se jette sur lui:

— Pas encore, ma chérie... Je suis fourbu, moi.

D'une main habile elle réanime le désir, le corps à corps s'en mêle, elle échappe un soupir. Madame Desmeules est satisfaite. Son bel amant est «compatible». Elle le regarde, l'attire encore à elle et là, yeux dans les yeux...

— Il faut que je te parle, mon amour. C'est maintenant ou jamais.

— Tiens, comme tu es sérieuse tout à coup. Tu m'intrigues, toi.

— Ce que j'ai à te demander est ce qu'il y a de plus important pour moi.

— Alors, vas-y, je veux bien t'écouter.

— Carl Prémont, mon amour, veux-tu m'épouser?

Sidéré, assis droit sur le lit, il la regarde, ne la croit pas.

— Tu plaisantes, non? Tu te payes ma tête...

— Non, je suis très sérieuse. Je t'aime et je désire devenir ta femme. Si tu le veux, bien entendu. Je ne peux plus vivre sans toi, Carl.

Cette fois, il sent qu'elle ne plaisante pas, qu'elle est sincère.

– Tu voudrais de moi pour époux? Moi, ton secrétaire?

– Non, toi, l'homme que j'aime depuis un an, l'homme que j'attends depuis toujours.

– Après deux mariages, tu ferais le saut encore une fois, Victoire?

– Avec toi, oui! J'ai bien réfléchi, nous nous aimons, nous sommes inséparables. Pourquoi ne pas unir nos vies? L'idée te déplaît?

– Non, au contraire, mais je n'aurais jamais pensé qu'un jour... Je ne sais plus quoi dire, Victoire. Je, je... ne trouve pas les mots.

– Alors, tu n'as qu'à dire oui. Un seul, si tu m'aimes toi aussi.

– Oui, je t'aime et oui, je veux être ton mari! Deux fois oui, ma chérie!

Elle se jeta dans ses bras, l'embrassa passionnément et lui murmura:

– Je te rendrai heureux, je te le jure. Aussi heureux que tu me rends heureuse.

– Et tu penses à quand pour ce mariage, Victoire?

– Le 14 février, jour des amoureux. La Saint-Valentin tombe un samedi cette fois.

– Quoi, si vite que ça? Je suis déboussolé! Je vois d'ici la tête de ma mère quand je le lui apprendrai... Tu es vraiment une femme décidée, toi!

Victoire n'avait même pas songé à mettre leur âge en cause. Pas même pensé qu'elle était de dix-huit ans son aînée. Il n'avait que vingt-neuf ans son jeune amant. Victoire ne s'était pas inquiétée à savoir si lui... Non, elle était encore belle, elle lui plaisait, qu'importaient l'âge et les sillons aux coins des yeux. Telle une petite fille amoureuse d'un garçon, elle allait se marier, selon elle, dans «son cœur», pour la première fois. Et Carl, dans son euphorie, avide de pouvoir, avait déjà en main la clef du paradis.

Constance Prémont avait maugréé, puis agréé. Dans son for intérieur, comme une mère qui souhaitait le bien-être de son enfant, elle savait qu'en épousant «la dame», Carl se placerait les pieds. Elle saurait même se faire une amie de cette belle-fille presque de son âge, une fois le fait accompli. Et, sourire en coin, elle voyait déjà la tête de Claude, son ex-mari, quand il apprendrait que son fils épousait une femme pour vivre à ses crochets. Une femme de quarante-sept ans, divorcée à deux reprises. Corinne, la petite sœur chérie, allait être surprise. Reçue médecin à Paris depuis peu, la fille cadette de Constance allait avoir en plein visage son premier «cas» particulier.

— Mais pourquoi février, pourquoi en ce jour de la Saint-Valentin? Vous savez pourtant, par expérience, que ce mois ne vous a guère porté chance... avait dit la voyante à sa future belle-fille.

— Justement, c'est pour contrer cette croyance que je récidive en février, Constance. Je veux prouver qu'il est possible de s'aimer pour la vie qu'importe le moment choisi. Je ne crois pas à ces chimères, moi, et le jour des amoureux...

— S'oppose à votre bonheur, ma chère. Je sais que vous n'en croyez rien, je vous laisse donc faire, mais on ne peut faire fi de son destin.

— Permettez-moi d'en douter. Son bonheur, on le fait en juillet comme en février quand on aime.

Constance préféra se taire. Victoire était, face aux astres, très terre à terre.

– Madame Desmeules, c'est votre sœur, elle insiste, l'informe la réceptionniste.

Heureuse, remplie de gaieté, Victoire lui répondit:

– Elle tombe bien, passez-la-moi; je la prends cette fois.

– Bonjour, Suzelle, comment vas-tu?

– Victoire, enfin toi! Après presque deux ans, j'ai peine à le croire.

– Je m'excuse, Suzelle. C'est bête, je ne trouve pas mots.

– Les mots? Pas un seul mot de toi, Victoire, pas même une carte postale. Comment as-tu pu me faire cela? Comme si j'étais morte, comme si tu n'avais plus de sœur. Que dois-je penser? Que dois-je te dire?

– Rien, petite sœur, à moins qu'il te reste la générosité de me pardonner.

– Le voudrais-je que... Non, je t'ai retrouvée, c'est ce qui compte, mais explique-moi, de grâce, ce silence qui m'a tant fait souffrir.

– J'avais besoin de faire le vide, Suzelle. J'avais besoin de me retrouver moi-même. Ma vie n'a pas été facile, tu sais. J'avais mes problèmes et je ne pouvais plus assumer ceux des autres, les tiens inclus. Il fallait que je décroche. J'ai volontairement tout mis de côté pour retrouver mon équilibre. Sans ce geste, j'étais perdue, Suzelle, le comprends-tu?

– Je veux bien, je tente de comprendre, je comprendrai sûrement avec le temps, mais si tu savais comme j'ai souffert d'être laissée à moi-même. Seule avec mon désarroi, seule dans tout ce que j'ai traversé.

– Tu veux bien m'en parler maintenant? J'ai pris l'appel parce que je suis en paix avec moi-même. Vas-y, je t'écoute. Je n'ai jamais cessé de t'aimer, ma petite sœur. Si tu savais combien de fois j'ai pensé à toi, mais il valait mieux...

– Oui, tu as raison, il valait mieux que tu me laisses à moi-même, Victoire.

– Que veux-tu dire?

– Gilles n'est plus là. Parti depuis un an. Je l'ai mis à la porte.

– Tu es séparée, Suzelle?

– Non, divorcée! Libre de lui et de ses reproches, libre comme l'air. Finis pour moi ses jeunes maîtresses, ses tromperies, ce rouge à lèvres sur ses cols de chemises. J'en ai eu assez, Victoire, juste au moment où il voulait s'amender, tenter de tout recommencer.

– Comment ça?

– Parce qu'il faut que je te dise que ta petite sœur n'est plus obèse, Victoire. Après ton silence, ton absence, je me suis regardée dans le miroir et là, seule face à mon image, j'ai pleuré comme un veau. J'ai tellement pleuré que j'ai presque pensé en finir. Je n'avais plus le goût de vivre. J'y ai pensé sérieusement, Victoire, mais c'est comme si un ange gardien m'avait prise par la main. Je me suis laissé guider; puis j'ai réagi; j'ai consulté un spécialiste et, après un an de durs sacrifices, je suis redevenue comme avant. Je pèse cent vingt livres, Victoire, le poids que j'avais à vingt ans!

– Pas possible! Quelle belle réussite, Suzelle! Que de courage!

– Oui, que de courage, mais quelle belle récompense. C'est à ce moment-là que Gilles a tenté un rapprochement. Svelte, cheveux courts et blonds comme les blés, maquillée, élégante, il avait retrouvé sa poupée, tu comprends? Que le physique, Victoire, jamais le cœur.

– Et tu l'as quand même foutu à la porte malgré ses insistances?

– Oui, mais pas par vengeance, pas pour le punir. Je ne l'aimais plus, Victoire. Pas la moindre étincelle en mon cœur. Il m'a tant fait souffrir, il a tant meurtri mon âme que plus rien ne subsistait en moi pour lui. Je ne voulais que son départ, que ma délivrance.

– Et ça s'est fait sans accrocs, sans cris?

– Oh non! ça n'a pas été facile. Il a hurlé, il a pleuré, mais de nous deux c'est moi qui avais le meilleur avocat. J'avais toutes les preuves de son adultère. J'avais même le nom et l'adresse de sa maîtresse.

– Il est donc parti sans rien? Sans sa part de la maison?

– Quelle part? Souviens-toi que cette maison était un cadeau de papa à sa fille le jour de son mariage. Tout était à mon nom, Victoire. Gilles est parti avec ses valises et ses guenilles. Pas même un portrait de noces. Il est parti en claquant la porte et s'est réfugié chez sa jeune maîtresse. Depuis, plus de nouvelles et j'en suis fort aise. D'ailleurs, j'ai vendu la maison, j'ai loué un appartement et je travaille. Ma vie a changé comme tu peux voir.

– Tu travailles? Que fais-tu?

– Je suis hôtesse dans un grand restaurant. Je reçois, je prends les réservations, je m'occupe des banquets, bref, je suis une femme heureuse maintenant.

– Et côté cœur, tu as...

– Oui, j'ai un ami. Quarante-trois ans, veuf, père d'une fille de seize ans, Robert est comptable et je l'ai connu comme client au restaurant.

– Vous vivez ensemble?

– Oh! non, chacun chez soi. Pour le moment, c'est une fréquentation. Un homme aimable, un être charmant, mais tu sais, chat échaudé craint l'eau froide. Je ne suis pas prête à m'engager, Victoire. Je savoure à peine le fait d'être libre, de ne pas dépendre de personne.

– Si tu savais comme je te comprends. Tu vois, Suzelle, je n'étais pas là et tout est arrivé quand même. Qui sait si ce n'est pas ton ange gardien qui m'a éloignée de toi pour que, seule, tu puisses te reprendre en main.

– Peut-être, peut-être, mais tu m'as bien manqué, tu sais. D'un autre côté... Oui, tu as raison. Surprotégée par toi comme tu l'as toujours fait, j'en serais peut-être encore à me plaindre de lui tout en dévorant mes biscuits. Oui, tu n'as pas tort et, je te l'accorde, il m'a fallu être seule devant mon miroir, sans aide, sans bouée, pour que je me rende compte que ma vie pouvait s'améliorer. Je t'en veux et je ne t'en veux pas. Je me suis tellement ennuyée de toi, Victoire.

– Moi de même, Suzelle, mais l'important c'est que le jour des retrouvailles soit arrivé. Là, toi et moi, on ne se quittera plus, je te le promets, petite sœur. On en discutera plus longuement quand on sera face à face. J'ai hâte de te serrer dans mes bras.

– Tu désires avoir des nouvelles de Patrice?

– Heu... pas vraiment, mais si tu insistes.

– Il va bien, Danielle aussi. Les enfants grandissent mais il n'a pas changé, ton frère, toujours le même vilain caractère.

– Je ne compte pas sur ce miracle, crois-moi. Ne parlons plus de lui, veux-tu? Juste à en parler, j'angoisse.

– Bon, passons. Comment va Régis, Victoire? Comment va ton fils?

– Heu... bien, je présume. Écoute, Suzelle, je vais être franche avec toi. Je ne vois plus mon fils depuis belle lurette. Son père en a la garde entière et je n'insiste pas. Pour l'enfant, je n'ai jamais été sa mère. Rien ne sert de le perturber, Mado se charge de l'élever.

– Et il ne te manque pas? Tu y penses parfois?

– Oui, heu... si peu. Il est heureux sans moi, Suzelle. Je n'ai rien d'une mère. Je lui ai donné la vie, que la vie, je le sais, je le sens. Cet enfant a depuis sa naissance une autre maman. J'ai fait mon deuil de cette maternité en quittant son père. Crois-moi, je ne suis pas dénaturée ou... peut-être le suis-je, mais sans faire d'histoire. En laissant Régis à son père, c'est ce que j'ai fait de mieux pour lui.

– Et toi, Victoire? Assez parlé de moi, des autres, que deviens-tu, toi?

– Je travaille. Je voyage. Je vois à la réussite de l'entreprise.

– Je parle de ta vie privée, Victoire. Tu n'es sûrement pas seule. Pas telle que je te connais. Suis-je indiscrète? Un secret que tu veux garder pour toi, peut-être?

– Non, je n'ai aucun secret pour toi mais je ne sais comment te le dire...

– Avec des mots, Victoire. Allons, maintenant qu'on s'est retrouvées.

– Heu... je me remarie, Suzelle. J'ai enfin trouvé l'homme de ma vie.

Un long silence, un soupir désapprobateur puis, dans un murmure rempli d'anxiété...

– Avec qui cette fois?

– Avec Carl Prémont, mon secrétaire. D'origine française, il a grandi ici. Un type charmant, Suzelle, le grand amour de ma vie.

– Célibataire, divorcé?

– Non, célibataire. Carl en sera à son premier mariage.

– Un vieux garçon! Un homme de ton âge, j'espère?

– Heu... pas tout à fait, mais est-ce vraiment important?

– Quel âge a-t-il, Victoire, ce mari de tes rêves?

– Vingt-neuf ans... répondit Victoire dans un murmure inquiet.

Suzelle faillit tomber par terre. Revenue de sa surprise, elle s'écria:

– Quoi? Tu es folle ou quoi? Vingt-neuf ans? Tu plaisantes dis, tu n'es pas sérieuse? Tu ne vas pas épouser un gars...

– Dont je pourrais être la mère? C'est ce que tu veux dire? Ne gâche rien, Suzelle, surtout pas en ce jour de notre premier entretien.

– Tu as raison, ça ne me regarde pas, mais je ne voudrais pas qu'un type en vienne à t'épouser pour.... Oh! excuse-moi.

– Pour mon argent? C'est ce à quoi tu pensais, n'est-ce pas? Si c'est ce qui t'inquiète, rassure-toi. Carl m'aime éperdument, Suzelle! Je suis toujours la même; j'ai encore tous mes charmes...

– Ça, je n'en doute pas, Victoire, mais... et puis, n'en parlons plus. Et ce mariage qui te rend folle de joie, c'est pour quand?

– Le 14 février, jour de la Saint-Valentin, un samedi cette année.

– Décidément, tu es dédiée à Cupidon, toi! Trois fois en février...

– Il faut que je te quitte, Suzelle, j'ai trois appels à rendre. On pourrait peut-être se voir, en discuter plus longuement?

– Oui, oui, et excuse-moi de t'avoir retenue si longtemps, mais après tous ces mois...

– Je te comprends, ne t'en fais pas, je t'embrasse, petite sœur.

– Oh! Une dernière question, Victoire.

– Va, je t'écoute.

– Serai-je invitée à ton mariage?

Victoire éclata d'un rire franc et lui répondit:

– Tu en doutais? Petite sotte, va! Bien sûr que tu seras là. Tu es la seule personne qu'il me reste de la famille. On se reparle, ça va?

Après avoir raccroché, Suzelle s'empressa de téléphoner à Patrice à son bureau.

– Qu'est-ce qui t'amène, petite sœur? Rien de grave au moins?

– Non, non, juste une nouvelle. J'ai parlé à Victoire.

– Bon, pis, qu'est-ce que tu veux que ça me fasse, Suzelle?

– Elle se remarie, Patrice! Avec un gars de vingt-neuf ans cette fois!

– La maudite folle! Tu vois bien qu'elle n'a pas toute sa tête, la sœur. J'ai toujours dit que c'était un cas pour les psychiatres. Tu vois bien qu'elle est folle à lier. Quant à moi, elle peut se remarier dix fois si elle veut mais, chose certaine, elle va finir par trouver chaussure à son pied.

– Et tu sais, son petit? Elle ne le voit plus, Patrice, plus du tout.

– Malade! Malade au cerveau, la Victoire. Ingrate, égoïste, une maudite, une maudite...

– Patrice, arrête, ne dis pas ce que tu penses.

– Pis toi, arrête de me pomper avec elle, veux-tu? Je l'ai sortie de ma vie, moi! Toi, si t'es encore assez téteuse pour la rappeler, c'est de tes affaires mais, moi, je ne veux plus en entendre parler, est-ce clair?

Suzelle raccrocha, honteuse d'avoir fait ce coup de Jarnac à sa sœur. Mais, pour dissoudre sa culpabilité, encore rancunière d'avoir été délaissée, quelque peu envieuse, un tantinet amère, elle murmura: «Il a raison, le frère: elle est folle, elle n'a plus toute sa tête.»

Quelques pas dans la neige et Victoire entrait, radieuse, au bras de Carl dans cette petite pièce privée où ils allaient s'unir pour le meilleur et pour le pire. Se dégageant de son manteau de vison blanc, la blonde dame, cheveux courbés sur les épaules, portait une robe moulante de satin rouge. D'un rouge qui épousait ses lèvres, avec un décolleté très prononcé, garantie certaine de ses charmes non dissimulés. Béret de vison blanc, elle y avait épinglé une broche en or de la forme d'un Cupidon. Son gage, son présage de cet heureux quatorze février de l'an de grâce mil neuf cent quatre-vingt-un. À ses lobes d'oreilles, des cœurs de diamant. À son poignet, un bracelet de même acabit. Bottillons de suédine rouge, gants blancs ornés de pierreries, la mariée avait à la main son troisième bouquet de noces. Un cœur de satin blanc orné de roses rouges cette fois. Pour l'amour! Aux couleurs de la Saint-Valentin. Pour toujours! Carl Prémont, beau comme un mannequin de magazine, avait revêtu un smoking noir avec chemise à boutons perlés. Nœud papillon de circonstance, il lui souriait de ses dents blanches, la regardait de ses yeux verts, tout en secouant de sa chevelure de gladiateur quelques flocons de neige. Constance Prémont, vêtue telle une reine, avait opté pour le noir agrémenté de jade. Aussi belle, de nature à rivaliser avec la mariée, on aurait pu croire que ces deux femmes étaient des sœurs. Claude Prémont, père du marié, était venu de Paris avec sa fille Corinne pour assister au mariage de son aîné. Un homme bien de sa personne, mais distant quoique courtois. Peu porté vers son ex-femme, il se tenait à l'écart, sa fille à son bras.

Cette dernière, médecin de dernière heure, était jolie mais peu éblouissante. Le portrait de son père. Avec les mêmes bonnes manières. Gentille mais peu attirée par sa mère de laquelle elle n'avait rien hérité, du moins physiquement. C'est Carl qui était le vivant portrait de sa mère. Les mêmes yeux, la même bouche, la même complicité. Corinne Prémont, vêtue d'un tailleur gris trop sévère pour son âge, avait répondu à Victoire lors des présentations: «Enchantée, madame.» Le paternel lui avait baisé la main en s'inclinant et en lui disant: «Ravi, madame.» Sans un sourire, sans doute déçu de voir son fils au bras d'une divorcée. Sans compter qu'elle avait presque vingt ans de plus que lui. Suzelle, fort belle dans une robe beige, parée de bijoux noisette, faisait bonne figure. Si belle que Carl osa dire à Victoire: «Superbe, ta sœur. Que de beauté dans cette famille.» Et Suzelle l'avait trouvé de son goût, ce futur beau-frère. Naïvement, de la même façon qu'elle avait aimé subitement les autres maris de son aînée. Encore adolescente dans son cœur quoique femme, elle le trouvait fort beau. Au point de murmurer à sa sœur: «On dirait un acteur de cinéma.»

Brève réception chez Constance, la mère du marié. Un buffet commandé, servi avec soin, et le vin coulait à flots après les flûtes de champagne. Victoire était heureuse. Resplendissante de beauté, accrochée au bras de son jeune époux, on aurait pu jurer qu'elle se mariait pour la première fois. Un mari comme elle en avait rêvé, adolescente. Un magnifique chevalier à qui il ne manquait que l'armure. Et ce corps d'athlète qu'elle entrevoyait déjà sur le sien, légalement désormais. Constance n'avait pas invité son amant et Suzelle ne s'était pas avisée d'être escortée par son ami. C'eût été mal vu du père du marié et de Corinne qui semblaient empreints de préjugés. Six personnes, mariés inclus, pas même monsieur Payot qui, d'un œil désapprobateur, avait prétexté une migraine pour ne pas être de la noce. Sa vice-présidente le décevait pour la première fois. Payot père leur fit don d'un tableau de grande valeur, mais pas l'honneur de sa présence.

Victoire, sentimentale, quelque peu étourdie par le vin, choisit elle-même le disque qui allait ouvrir le bal de ces peu nombreux danseurs. Elle le faisait pour lui, pour elle, pour eux seulement. Qu'importait si la cour était réduite à quatre sujets, deux domestiques, Victoire danserait dans les bras de celui qu'elle aimait. Un tango cette fois, celui des *Roses*. Carl dansait si bien qu'elle n'avait qu'à mourir dans ses bras sans même faire l'effort de suivre le moindre pas. Monsieur Prémont regardait d'un œil inquiet cette femme d'un certain âge aux allures de jouvencelle. Son fils, son fils sur lequel il avait fondé tous ses espoirs allait vivre... entretenu! Aux crochets d'une femme qui, quoique jolie, laissait paraître sous le maquillage quelques traits flétris. Et Constance qui, d'un sourire, semblait vouloir dire à ce mari d'autrefois: «Il t'a bien eu le fiston, hein?» Corinne, navrée, soucieuse, seule dans son coin, n'avait pas avalé une bouchée. Sa mère lui avait demandé: «Heureuse, docteur Prémont?» Et la fille à son père de lui répondre: «Davantage à Paris qu'ici, maman.» Malgré les efforts de Victoire, la fuite constante de sa belle-sœur qui, pour s'en défaire, trouvait sans cesse le moyen de s'adresser à son père. Claude Prémont, poli, sérieux, regardant parfois sa montre, n'avait eu que ces mots pour Victoire: «Puisse mon fils vous rendre heureuse, madame». Ce «madame» qui la gênait terriblement. Carl avait dit à son paternel: «Tu peux l'appeler Victoire, tu sais.» Il avait répliqué: «Oui, je sais» et pour contrer la permission, il s'était adressé à sa belle-fille par ces mots: «Ne le voyez pas comme un ange, madame. Il est parfois têtu, le fiston».

Suzelle, qui riait de bon cœur des prédictions de Constance, avait tenté en vain de se rapprocher de Corinne en lui demandant: «Vous êtes médecin, m'a-t-on dit?» Ce à quoi la sœurette avait répondu: «En effet, madame.» Certaine de ses atours, de ses succès d'antan, Suzelle s'était mise en tête de conquérir, ne serait-ce que le sourire du père.

— Mon rêve serait de connaître Paris, monsieur Prémont.

Il se retourna, la regarda et lui répondit sans le sourire anticipé:

— Pour connaître Paris, il faut y vivre, madame. Un voyage, c'est visiter, regarder, voir et ne rien savoir. On ne retire rien d'un court passage.

À huit heures du soir, après une journée déplorable pour eux, Corinne et Claude Prémont sautaient dans un taxi pour reprendre le vol de nuit d'Air France. Et ce, malgré les instances de Carl.

— Sois heureux mon fils, que la vie te rende grâce.

— Tu pars déjà, papa? Corinne, retiens-le. Quelle idée de repartir le soir même. Vous auriez pu en profiter pour visiter le Canada.

— Nous sommes venus pour tes noces, mon fils. Voilà, c'est fait. Le travail nous attend, ta sœur et moi.

Un baiser furtif de Corinne à sa mère, un autre sur la joue de son frère. Un au revoir à Constance de la part de l'ex-époux, une poignée de main à son fils et les Prémont s'engouffraient dans la voiture venue les quérir. Sans avoir invité Carl et Victoire à les visiter. Sans même avoir embrassé la mariée. Victoire, humiliée, quelque peu ivre avait crié à sa belle-mère: «Et si l'on débouchait un autre Beaujolais, Constance? Je meurs de soif, moi!»

Domestiques partis, il ne restait plus que Constance, Suzelle et les nouveaux mariés. La musique ne tournait plus et Victoire, un verre de vin à la main, chaussures enlevées, titubait sur le plancher.

— Pas trop aimable, ton père, n'est-ce pas? lança-t-elle à son mari.

— Père est comme il est. Poli, discret et peu bavard.

— Et ta sœur? C'est parce qu'elle est médecin qu'elle est si hautaine? Assez pimbêche, non? Pas même un regard sur moi. Tiens! Comme si je n'existais pas, comme si je n'étais pas de la famille, moi!

Carl, impatient, mal à l'aise, répliqua fermement:

— Je t'interdis de dénigrer les miens, Victoire. Ils sont comme ils sont et je me passerais volontiers de tes remarques.

— Ai-je le droit de dire que je préfère ta mère, au moins? Constance, vous seriez très aimable de me servir un autre verre.

— N'en fais rien, maman. Ma mère n'est pas une domestique, Victoire. D'ailleurs, tu as assez bu pour ce soir. Prends ton manteau, nous partons.

Victoire, insultée, humiliée devant sa sœur et sa belle-mère répliqua d'un ton ferme:

— Des ordres? Déjà? Comment oses-tu, Carl Prémont...

— Victoire, je t'en supplie, arrête, lui cria Suzelle. Carl a raison, tu as assez bu. Sois raisonnable et ne gâche pas ainsi le plus beau jour de ta vie.

Elle regarda Suzelle d'un œil malsain et lui cria devant les autres:

– Bien placée pour parler, toi, tu n'as même plus de mari!

– Cela suffit, Victoire, trancha Carl d'un ton autoritaire.

Puis, se tournant vers la sœur de sa femme, il s'empressa...

– Excusez-la, Suzelle, c'est sans doute l'émotion, le vin, quelques frustrations.

Victoire ne parlait plus. Les yeux rivés sur le sol, la coupe déposée, elle se rendait compte dans son ébriété qu'elle était en train de tout gâcher. Se précipitant dans les bras de sa sœur, elle lui murmura tendrement:

– Excuse-moi, je ne sais plus ce que je dis. J'ai trop bu, j'ai...

– Ça va. Arrête, il n'y a pas d'offense, Victoire. Rentre chez toi et sois heureuse. Tu as tout pour l'être, cette fois.

Pendant que Victoire tentait de remettre ses souliers, Constance reconduisit Suzelle jusqu'à la porte.

– Excusez-la, madame Prémont, ce n'est pas dans ses habitudes.

– Ne vous en faites pas, madame, j'en ai vu d'autres, vous savez. Votre sœur est émue, confuse. Le vin a quelque peu bouleversé son état d'âme. Tout rentrera dans l'ordre, ne craignez rien.

– Et Carl, il se remettra d'une pareille scène le jour de ses noces?

– Il la lui rendra, madame, plusieurs fois. J'ai pourtant avisé votre sœur que février s'opposerait sans cesse à son bonheur, mais elle a préféré faire la sourde oreille. Les astres, ça ne trompe pas, mais Victoire me regarde comme si j'étais sorcière. Dommage qu'elle ne m'ait pas écoutée. Voyez, les flèches de Cupidon partent déjà de l'arc... empoisonnées. Un mariage en juin ou juillet aurait été plus favorable, mais voilà, le mal est fait.

Suzelle partie, Constance aida Victoire à enfiler son manteau. Carl, qui avait momentanément retrouvé le sourire pour ne pas provoquer davantage l'amertume de sa femme, se contenta de lui susurrer à l'oreille:

– Chez toi, chez nous, notre nuit de noces nous attend, ma chérie.

Rouvrant les yeux qui se refermaient tout seuls, Victoire entrevit la nuit qui s'annonçait. Heureuse, elle se pendit à son cou et lui murmura:

– Emmène-moi vite, mon amour. J'ai envie de ton corps, de ta bouche...

Sans savoir que sa nuit de noces s'écoulerait dans ses ronflements, ses rots et ses hoquets, à cuver son vin. Dans les limbes, sans force pour l'étreinte.

Quand elle se réveilla, coiffure malmenée, visage bouffi, un faux cil sur l'oreiller, sa main pendante indiquait, résultat d'un ultime geste de la veille, le dernier verre de vin jeté par terre. Pas belle à voir, la nouvelle mariée au réveil. À ses côtés, une place vide. Carl était déjà sous la douche et sifflait un air à la mode que les jets d'eau étouffaient. Victoire, encore titubante, la bouche épaisse et la gorge enrouée par le tabac et l'alcool, toussait comme le font les ivrognes se remettant d'une cuite. Un affreux mal de tête, l'estomac en compote, elle se cramponna à son bureau pour se donner un coup de peigne. Devant sa glace, elle recula de frayeur. La jolie femme de la veille n'était plus qu'une loque le lendemain de ses noces. Et, de là, le remords propre à tout buveur qui regrette ses excès. Une nuit de noces gâchée. Sans amour, sans partage, sans même le souvenir d'un doux baiser. Qu'allait donc penser Carl de son épouse d'à peine un jour? Vite, une cigarette, un peignoir, un fond de teint par-dessus l'autre. Pour qu'il ne voie pas qu'au petit matin sa femme accusait son âge. Et fort bien... à la lumière du jour. Avec des rides aux yeux, au coin de la bouche et davantage au cou. Des rides plus visibles chez une femme encore saoule. Il sortit de la salle de bains, cheveux mouillés, le corps enroulé d'une serviette. Radieux sourire, un Adonis qui sentait qu'il n'avait rien à perdre. Elle le regardait timidement. Jamais elle ne l'avait vu aussi beau, aussi désirable. Et il était à elle, ce merveilleux apache. Victoire tira les rideaux pour éviter que le soleil l'expose telle quelle à ce modèle de jeunesse. Pour la première fois, Victoire craignait qu'il se rende compte qu'elle n'était plus aussi fraîche, que sans artifices...

— Ça va bien, ma chérie? Hum... pas trop en forme à ce que je vois.

— Surtout, pas de reproches, Carl, j'ai un mal de tête à m'arracher les cheveux.

— Voilà ce qui se passe quand on ne prend rien au sérieux. Je t'ai pourtant avertie, Victoire. Tu buvais trop, tu n'écoutais personne.

— Et toi, tu ne bois pas? Tu ne lèves pas le coude autant que moi?

— Si, si, mais pas le jour de mes noces, mon amour. Pas devant des invités. Et remarque que je le porte bien l'alcool, moi, ce qui n'est pas ton cas.

— Je sais, tu as raison, j'ai fait une folle de moi. Que va penser ta mère? Si tu savais comme je me déteste, Carl. Comment ai-je pu te faire cela?

— Non, non, pas de culpabilité, je t'en prie. Ce qui est fait, est fait. Inutile de revenir sur le sujet. Nous partons en voyage dans quelques heures.

– J'ai gâché notre nuit de noces, mon chéri. Je ne me le pardonnerai pas.

– Allons, qu'est-ce donc qu'une nuit de noces. Nous faisons l'amour depuis un an. On se reprendra, va; on a toute la vie devant nous...

– Oui, mais une nuit de noces, c'est important. C'est le premier pas...

– Allons, cesse de jouer les romantiques. Tu n'es plus une couventine à ce que je sache. L'amour, ce n'est pas que faire l'amour, Victoire.

– Viens près de moi, Carl, prends-moi dans tes bras.

– Tu devrais plutôt prendre une douche, te refaire une beauté, avaler un bon café avec deux comprimés. Il faut te remettre sur pieds, Victoire.

Et Carl de s'habiller tout en sifflotant pendant que Victoire, dos courbé, mains tremblantes, se dirigeait vers la salle de bains.

– Ne perds pas trop de temps, chérie, l'avion décolle dans deux heures et si on le rate, on oublie Freeport. Bouge, j'ai hâte de voir les Bahamas, moi.

À bord de l'avion, appuyée sur l'épaule de son mari, Victoire avait des nausées. L'alcool de la veille lui remontait jusqu'aux lèvres. Un autre comprimé et, pour se départir des effets secondaires, quoi de mieux qu'un scotch ou deux. C'est toujours avec un verre que Victoire dissipait les conséquences des autres. Maquillée, recoiffée avec un chignon, verres fumés pour cacher ses paupières gonflées, la nouvelle mariée trouva les quelques heures du voyage fort longues.

– Sais-tu seulement à quel point je suis fière de porter ton nom?

Carl glissa sa main sur son cou, massa quelque peu, elle frissonna.

– Un peu plus et je n'étais pas madame Prémont.

– Pourquoi? Qu'est-ce que tu veux dire? Tu as hésité au dernier moment?

– Mais non, grand fou! Ce que je veux dire, c'est qu'à partir d'avril, les femmes ne prendront plus le nom de leur époux. Une nouvelle loi, paraît-il. Une loi stupide. Les gens mariés auront l'air de concubins toute leur vie.

– Une loi qui ne changera rien pour toi puisque, de toute façon, pour l'entreprise, tu seras toujours madame Desmeules.

– Peut-être, mais une Desmeules fière d'être une Prémont chaque soir à la maison. Et dans mon cœur, mon chéri, je serai toujours Victoire Prémont.

– Je t'aime, Victoire. Te l'ai-je déjà dit?

– Non, jamais... depuis la dernière fois.

Ils éclatèrent de rire, échangèrent un baiser et Victoire remarqua qu'une jolie jeune fille les observait. Une fille d'environ dix-neuf ans, belle comme une fleur fraîchement éclose. Non, ce n'était pas eux qu'elle regardait. C'était lui, son mari, cet homme plus que beau dans son complet beige, chemise ouverte, chaînette au cou, chevelure de mousquetaire. Elle le regardait pour ensuite diriger son regard sur elle. Victoire aurait tout donné pour connaître sa pensée. Etait-elle envieuse de son bonheur? Voyait-elle de ses yeux de femme, la différence d'âge? Quelle insolente à la fin! Quand la jeune fille perçut le dard dans le regard de la dame, elle détourna la tête. Mais Carl avait remarqué qu'elle ne le quittait pas des yeux. En homme courtois, poli, il lui avait souri.

Un bel hôtel, une suite princière, un casino, du vin blanc, du rhum, du cognac. C'était, pour la nouvelle dame, le paradis sur terre. Une nuit à aimer, à faire l'amour, à posséder ce corps musclé de jeune époux. Victoire aurait certes passé la journée au lit pour une... récidive. Carl, pimpant, maillot de bain enfilé, lui avait dit:

— Regarde la mer, ma chérie. Verte et agitée, j'ai l'impression qu'elle nous attend. Je te précède. Rejoins-moi. Je te donne dix minutes pour être dans mes bras et dans les vagues.

Victoire regardait par le fenêtre son mari plonger dans les vagues de la mer. Beau, séduisant, glorieux, il était à elle, à elle seule, ce presque dieu. Peu de gens sur la plage, quelques chaises, quelques corps exposés au soleil. Soudain, à sa grande déception, la jeune fille de l'avion! Un corps de déesse dans un bikini blanc, une longue tresse brune retenue par un chiffon. Elle était unique, majestueuse, à quelque cent pas de Carl qui ne la voyait pas. Avec elle, une dame, sa mère sans doute. Environ quarante-cinq ans, une femme de sa génération qui faisait place à sa fille devant les caprices de la vie. Victoire revêtit son maillot noir d'une seule pièce, enfila un peignoir, cacha ses yeux derrière ses verres fumés et dénoua son chignon pour que ses cheveux blonds virevoltent au vent. Carl, la voyant venir à lui, lui cria tel un reproche:

— Pourquoi ne pas avoir enfilé ton bikini rouge, ma chérie?

Cinq jours atroces pendant lesquels Victoire Desmeules-Prémont avait pris conscience de son âge. Cette jeune fille qui sans cesse reluquait son mari et ce dernier qui ne semblait pas indifférent. Sans parler des autres femmes de trente ou trente-cinq ans qui auraient volontiers déposé la clef de leur chambre d'hôtel dans le soulier de cet homme pourtant à elle. Mine de rien, Carl voyait tout. Au point de se rendre compte de son charme, au point de jouer les naïfs.

– Les femmes me regardent, Victoire. Qu'ai-je donc de croche? Qu'ai-je...

– Ne joue pas à l'idiot avec moi, veux-tu? Tu sais très bien ce qu'elles veulent et tu es conscient de l'effet que tu as sur elles. Ne joue pas à l'imbécile avec moi, Carl Prémont. Tu rends bien les sourires, crois-moi.

– Tiens, serais-tu jalouse par hasard? lui répliqua-t-il d'un ton taquin.

– Non, pas jalouse, mais pas aveugle pour autant. Aie au moins la délicatesse de ne pas leur sourire devant moi. Je ne peux les empêcher de t'admirer, de te désirer même, mais ne joue pas les gars offensés tout en leur lançant un clin d'œil.

– Allons, Victoire, tu sais très bien que tu es la seule femme que j'aime.

Sur ces mots, il l'attira à lui, lui mordit doucement l'épaule. Elle frémit, ne résista pas, mais sentit le regard des femmes posé sur lui.

– Oui, je sais, mais ne butine pas du regard. Si tu m'aimes comme tu le dis, quittons cette plage, regagnons notre chambre et...

– À vos ordres, madame mon épouse. La mer, ses algues, quelle incitation...

Ils regagnèrent la chambre et Victoire tira les rideaux. Pendant des heures, tandis que les convives de l'hôtel s'attablaient déjà, Victoire et Carl n'avaient cessé de s'aimer. Elle, comme une chatte en chaleur, lui, comme un lion qui rugissait quand elle s'agrippait à sa tignasse. Durant des heures, avec des mots d'amour, des cris de jouissance, un apaisement, un... recommencement.

Cinq jours épouvantables, sauf au lit quand ils étaient seuls tous les deux. Parce qu'au Casino, vêtu d'un smoking blanc, Carl était encore la proie des regards des femelles. Un Carl adroit qui, lançant les dés pour déjouer les regards de Victoire, profitait du moment d'inattention pour sourire de toutes ses dents à une superbe rousse d'environ trente-deux ans. Il venait de gagner, Victoire n'avait rien vu d'autre que le butin. La chance au jeu, les jetons qui s'empilaient, l'appât du gain, avaient raison des yeux. Et la jolie rousse de glisser un bout de papier dans la poche de veston du mari convoité. À l'insu de Victoire qui, à son tour, gagnait à la roue de fortune. Elle qui avait semoncé Jean-Paul d'être joueur. Pour Carl, tout vice était permis. Même ceux qu'elle reprochait à d'autres, autrefois. Tout pour lui, rien que pour lui. Pour elle, le rhum, le scotch, le vin, mais dans une juste mesure. Pour ne pas être privée de son amour une seule nuit. Et Carl l'aimait. D'un amour fou, passionné même. Mais sans se départir de son désir de plaire. Attiser les femmes et n'être qu'à la sienne. La roulette russe d'un bien vilain séducteur. Oui, Carl Prémont jouait. Beaucoup plus avec son charme que sur le tapis vert. Enfin, le jour du départ, l'avion, les sièges, la première classe. Ils rentraient au bercail. Assoupie sur l'épaule de son mari, la belle quadragénaire sommeillait. Sans avoir vu les autres passagers et la jeune fille avec sa mère. Une jeune fille de bonne famille qui sirotait un soda. Une fille à qui Carl avait enfin murmuré pendant que sa femme dormait: «Vous êtes très jolie, mademoiselle.» Elle avait rougi, souri, puis détourné la tête. De peur d'éveiller la mégère. À la descente de l'avion, un dernier regard. Victoire n'avait rien vu. Pas plus la fille que la mère. Carl, en lui demandant: «Tu as bien dormi, ma chérie?» savait alors que la jeune fille se prénommait Manon. Que ça et c'était suffisant. Aucune envie d'une telle jouvencelle, mais il savait qu'elle rêverait de lui, la demoiselle.

Payot père n'avait guère prisé ce mariage entre sa vice-présidente et son jeune secrétaire. Bourru, distant, il s'était tu. Les histoires d'amour de Victoire n'étaient pas de ses affaires. Pour autant qu'elle lui rapporte de l'argent. Car madame Desmeules était géniale dans son... gouvernement.

– Faites, Victoire, lui avait-il dit, mais je ne vois pas d'un bon œil une femme qui travaille avec son mari. Vous connaissez mes règles, n'est-ce pas?

– Ne craignez rien, monsieur Payot, j'ai tout prévu. La chaîne de boutiques *Féminité* se cherche un directeur. J'ai déjà parlé au président et Carl est l'homme qu'il leur faut. Dès notre retour de voyage de noces, il entrera en fonction. Imaginez! *Féminité* est l'un de nos plus gros clients.

– Soit, je n'ai rien à ajouter, mais qui donc va le remplacer?

– Je trouverai, je ferai publier une offre d'emploi.

– À votre guise mais, un petit conseil en passant, choisissez donc une femme cette fois!

Follement amoureuse, éprise à corps perdu, Victoire se mit en tête de décrocher la lune pour «l'homme de sa vie». Son luxueux appartement? Trop étroit pour deux. Une recherche par le biais d'un agent immobilier et, en moins de deux mois, elle faisait l'acquisition d'une spacieuse résidence en pierres des champs sise à Longueuil avec vue sur le fleuve. Une maison de quatorze pièces dont trois salles de bains. Un grand terrain, un quai, des voisins éloignés, la pure tranquillité. Une maison qui appartenait à un gros bonnet de la finance. Une résidence de millionnaire, ce qu'elle était d'ailleurs. Et de cette propriété qu'elle avait meublée à neuf, un superbe yacht qu'elle offrit à son mari en fracassant elle-même la bouteille de champagne qui devait le baptiser. Il aurait voulu que le yacht porte le nom de Victoire, elle insista pour le nommer *Toi et Moi,* nom qu'elle fit peindre en lettres dorées. Rien de trop beau pour ce mari adulé, adoré. Constance Prémont était ravie. Son fils s'était «placé» les pieds. Victoire le choyait de son amour, de sa fidélité, de son argent. Que lui dans sa vie, personne d'autre. Quand un bel homme croisait sa route, elle ne le voyait pas. Ce mari de vingt-neuf ans valait tous les amants. Un jardinier, deux domestiques en permanence à l'étage du bas. Victoire Prémont, vice-présidente, comblée d'argent, aurait fait mourir d'envie Françoise Béchard, sa première belle-mère. Elle aurait payé cher pour lui voir la face devant sa fortune, sa réussite. Une pensée noire l'espace d'un instant. Parce qu'elle n'avait jamais oublié qu'elle avait été une intruse sous son toit. Constance, elle, était fière pour son fils, mais elle craignait. Les cartes de Carl, comme la paume de sa main, lui prédisaient encore que la joie serait éphémère, que surviendrait un jour l'orage. Depuis son mariage, le jeune époux n'avait pas déboursé le moindre sou. Victoire payait tout. Ses vêtements, ses voitures, ses voyages, ses plaisirs. Il était l'homme de paille qu'elle entretenait de son argent. Son mari qui, anneau au doigt, se soumettait à ses caprices chaque nuit. Le secrétaire de jadis avait franchi de très grands pas, mais les domestiques savaient que monsieur était le joujou de madame. Pas son gigolo parce qu'ils étaient mariés, mais son jouet. Profiteur à outrance, Carl prenait. Il aimait Victoire, mais comment ne pas aimer une femme qui fait, de son mari, son roi. C'est dans une rutilante Jaguar que Carl Prémont se rendait chaque jour à son bureau de directeur des boutiques *Féminité*. Peu vaillant, pour ne pas dire paresseux, le président s'accommodait des efforts à faire... par respect pour sa femme. Avec un salaire très élevé qu'il déposait dans un compte privé, Victoire voyait à toutes ses dépenses. Des chèques en blanc, des cartes de crédit, Carl n'avait qu'à signer. Même pour ses dîners d'affaires avec trois jolies secrétaires. Le soir venu, il rentrait à la maison, buvait du vin avec sa femme et l'honorait de son savoir-faire. C'est d'ailleurs dans le lit, après de chauds ébats, qu'il lui parla d'un superbe chalet à Saint-Sauveur. Un chalet ou plutôt un château qu'un millionnaire désirait vendre. Une suggestion en passant qui fit que Victoire l'acheta sans le voir. Au comble de son amour, elle l'offrit à son mari en guise de cadeau d'anniversaire. À son nom, sans la moindre part, avait-elle exigé du notaire. Et ce, même advenant bris de ménage. Un château qui ferait d'elle la reine de son histoire avec, à ses côtés, un roi Soleil qui l'émerveillerait. Et pour mieux garnir l'écrin, une bague sertie de trente diamants. Pour l'auriculaire de son homme, le jour de ses trente ans. Des voyages en première classe. Au Mexique, en Italie, au Japon, en Thaïlande. Des sommes colossales qui sortaient de la bourse de sa femme. Entretenu, comblé en tout, le bellâtre français n'avait qu'à rembourser sur l'oreiller. Mais à une telle fréquence que, certains soirs, il préférait l'enivrer pour s'éviter d'avoir à l'aimer jusqu'à la démesure. Lorsque Victoire buvait, elle s'endormait. Pour Carl, le magnifique, c'était une nuit d'épargnée. Après dix mois de mariage, en décembre, alors que Victoire fêtait ses quarante-huit ans, Carl Prémont ne l'aimait plus... ou presque. Dénuée de ses charmes, le foie malade, le teint jaunâtre, elle n'était plus aussi attirante. Il lui faisait l'amour... les yeux fermés. Parce qu'il avait encore beaucoup à soutirer.

— Victoire, je n'en peux plus de travailler pour *Féminité*. J'en ai assez du président. Il demande, exige, en veut toujours davantage.

— Bon, si je comprends bien, je te trouve autre chose?

— Non chérie, j'aimerais fonder ma propre entreprise.

— Ta propre entreprise? Que veux-tu dire?

— Une chaîne de boutiques compétitive à la sienne. Nous pourrions débuter avec trois ou quatre et nous étendre par la suite. Je te jure que ça marcherait et que, les profits dans nos poches, ce ne serait pas négligeable.

— Mais tu es fou, mon amour. Où penses-tu trouver de quoi financer un tel investissement?

— De toi, Victoire. De qui d'autre?

— Et tu as projeté combien pour la mise en chantier d'une telle entreprise?

— Heu... j'ai calculé et je crois qu'avec quatre cent mille dollars...

— Quoi? Me prends-tu pour une banque, toi? Je n'ai pas cette somme, tu le sais bien. La maison, les autos, le chalet, les voyages, sans compter l'entretien, tes dépenses... Nous avons des valeurs, Carl, pas de comptant.

— Allons, allons, on pourrait hypothéquer la maison. C'est en empruntant de l'argent qu'on fait de l'argent, Victoire. Les financiers le disent...

— Et qui n'a pas de dettes s'enrichit, Carl! L'adage a certes sa raison d'être.

Carl prit son air de chien battu. Comme un enfant à qui

l'on refuse un jouet. Songeur, les mains dans les poches, il joua sa plus belle carte.

– Ça va, ça va, n'en parlons plus. Un dur coup pour mon ambition, mais...

– Sois raisonnable, voyons. J'ai tout dilapidé pour toi, je n'ai rien épargné pour que tu sois heureux. Nous vivons bien, nous avons tout le luxe voulu, que veux-tu de plus?

– Rien, Victoire, tu as raison, n'en parlons plus.

Il monta à la chambre, se servit un cognac, prit une douche et attendit qu'elle monte, serviette autour de la taille, cheveux mouillés, une Gauloise entre les lèvres. Elle l'aperçut et ce fut l'éclair. Tout comme au premier jour, Victoire perdait la tête quand ses sens la traquaient. Elle s'approcha de lui, lui passa la main sur la nuque, sur la cuisse...

– Pas ce soir, Victoire, je n'ai pas le cœur à l'amour, j'ai un vague à l'âme.

– Allons, mon chéri, il faut savoir se détendre.

Elle se déshabilla, brossa ses longs cheveux, enfila un déshabillé transparent et, assise sur lui, elle glissa sa main sous la serviette.

– Non, pas ce soir, j'en serais incapable.

– Malheureux à ce point, mon amour? Allons, laisse-toi aimer.

Plus rusé qu'un renard, Carl s'abandonna aux caresses de sa femme. Des soubresauts, des soupirs d'aise, un souffle retenu et il lui fit l'amour d'une façon féroce. Avec une telle ardeur qu'elle en resta bouche bée. Et ce, pendant des heures tout en lui versant du cognac dans son café, tout en lui servant un Beaujolais, son vin rouge préféré. Victoire buvait, aimait, était aimée. Jamais de toute sa vie n'avait-elle été aussi conquise. Haletante, épuisée, la tête sur les genoux de l'homme nu qui s'était redressé pour lui verser du vin, elle murmura:

— Si tu savais comme je t'aime, mon amour.

— Moi aussi, je t'aime, Victoire. Tu me rends fou!

Un aveu de taille au moment où le vin la rendait vulnérable.

— Sans toi, je n'existerais plus, Carl. Tu es toute ma vie, tu es toutes mes nuits. Je voudrais que de tels moments ne s'achèvent jamais.

Il sentait que peu à peu elle... achetait. Parce qu'il savait se vendre. Un baiser passionné qui la fit geindre de plaisir, un autre plus ardent, un troisième interminable. Étourdie, enivrée par le vin et l'amour, elle s'approcha de ses lèvres et, les yeux dans les vapeurs de l'alcool, elle chuchota: «Quatre cent mille, m'as-tu dit? Tu les auras, mon amour. Ton bonheur m'est plus précieux que le jour.» Dans la pénombre de la chambre, Carl l'embrassa longuement, puis, sourire en coin... s'alluma une cigarette.

Victoire hypothéqua sa luxueuse demeure du sous-sol jusqu'au toit. Avec des intérêts à verser et un capital à rembourser auxquels elle ne s'arrêta pas. Pour combler la différence, afin d'accumuler le montant exigé par son jeune époux, elle puisa dans son compte privé, celui qu'elle gardait pour ses vieux jours. L'héritage de l'oncle Adhémar venait de s'envoler sur un nuage. Au diable la vieillesse, songeait-elle, ce qui importait, c'était le moment présent dans les bras de celui qu'elle aimait. Et cet argent, cette somme mirobolante, fut versé à Carl non sous forme de prêt, mais tel un don pour le récompenser de son amour. Carl s'empressa d'ouvrir ses quatre boutiques dans divers quartiers de la ville. Boutiques qu'il baptisa du nom de *Beautérama* tout en engageant des vendeuses dans la force de l'âge et une adjointe de trente ans, Maude Roque, ex-mannequin, beauté rousse aux yeux verts. Une femme de classe qui avait acquis une certaine réputation dans le milieu de la mode. Maude Roque avait même eu, durant un an, son émission à la télévision. Victoire n'y vit que du feu! Sans la moindre méfiance, sans le plus minime doute. Soumise à son mari, elle lui avait promis qu'elle le laisserait naviguer seul, qu'elle n'allait pas s'immiscer dans ses affaires, qu'elle ne mettrait pas le pied dans ses boutiques de peur d'être encline à le guider de son expérience. Carl se devait de faire ses preuves lui-même. Sans même une suggestion de sa femme. Il le lui avait fait jurer. D'ailleurs, selon lui, les tendances de la mode dans le domaine de la beauté étaient en phase de renouveau. Très peu de produits Payot, ce qui insulta royalement le président de l'entreprise. Des produits américains, d'autres d'Espagne et, la plupart, de maisons françaises récemment établies. Très peu de Payot si ce n'est que les fragrances de base et les laits de beauté pour ne pas déplaire à Victoire. Parce que selon lui, la mode n'avait plus rien à voir avec ce qui venait... du vieux!

Victoire s'était déniché une assistante. Une femme cette fois comme le lui avait sérieusement suggéré Payot père. Une ex-dirigeante des boutiques *Féminité*. Leslie Dupéré, une superbe fille de vingt-neuf ans. De père français, de mère anglaise, Leslie avait le minois, la prestance, l'élégance qu'il fallait pour rehausser les produits de Payot père. Une fille splendide, célibataire, belle comme l'avait été Victoire à son âge. Et pourvue de savoir-faire. Parfaitement bilingue, ce que Victoire n'était pas, la jeune femme allait lui être d'un précieux secours lors de ses négociations avec les

Américains. Arriviste cependant, visant les hauts sommets tout comme sa patronne jadis, une ambition dont Victoire ne se méfia nullement.

— Bonjour, Suzelle, c'est Victoire, comment vas-tu?

— Très bien et toi? Si tu savais comme je suis heureuse d'avoir de tes nouvelles.

— Je te l'ai dit, Suzelle, désormais, le lien sera toujours noué entre toi et moi. Tiens! Que dirais-tu d'une soirée au cinéma jeudi, après un bon repas dans un grand restaurant?

— Je préférerais mercredi si c'est possible, c'est mon jour de congé. Ça te va?

— Bien sûr, pourquoi pas? Il m'arrive d'oublier que tu travailles, toi aussi.

— Tu es certaine que ça ne dérange pas tes plans avec Carl?

— Non, non, de ce temps-ci, il est si occupé avec ses boutiques que je ne le vois presque pas. Dans quelques mois, ce sera différent, mais, que veux-tu, établir un commerce requiert un travail de douze heures par jour. Quand il rentre, il est si fatigué qu'il tombe dans le lit comme un soldat revenant de guerre. En moins de deux minutes, il dort comme une bûche. Je le comprends, remarque, il faut faire bien des sacrifices pour réussir en affaires.

— Tu ne te sens pas négligée? Toi, si avide d'amour, toi...

— On se reprendra, Suzelle. Dans quelques mois, tout rentrera dans l'ordre et il m'a même promis un voyage à la Barbade pour décompresser et oublier ses efforts. Et toi, petite sœur, ça va toujours avec ton Robert?

— Heu... non, j'ai mis un terme à cette relation. Il devenait trop sérieux et je ne tenais pas à m'engager. Je ne suis pas tout à fait remise de mon échec avec Gilles, tu sais. Tant d'années ne s'oublient pas dans les bras d'un autre. Je ne voulais pas que Robert devienne un palliatif et il a compris. Que veux-tu, Victoire, Gilles est le seul homme que j'aie aimé, le premier que j'ai connu. Je sais qu'avec le temps je l'oublierai complètement, mais ce deuil n'est pas terminé et c'est seule que je veux le vivre, sans l'imposer à quelqu'un d'autre. Et, entre toi et moi, il était fin, Robert, mais, mais... je ne l'aimais pas.

– C'est merveilleux, Suzelle, tu me ravis! Moi qui te croyais dépendante au point de te jeter dans les bras du premier venu. Tu me surprends et tu m'enchantes. Donne-toi du temps, ma petite sœur. Tu sais, on a encore la vie devant soi quand on n'a que quarante-deux ans. Belle comme tu es... Dis donc, ta diète semble avoir porté fruit? Tu te maintiens dangereusement bien.

– Oui, mais pas sans efforts, Victoire. Pas facile de travailler dans un restaurant cinq étoiles et de se priver de desserts flambés, mais j'y parviens. Ce qui s'est produit et que j'ignorais, c'est qu'avec ce régime sévère, j'ai appris à manger, Victoire. Je ne bouffe plus, je mange. Beaucoup de légumes, peu de viandes, pas de sauces riches, pas de calories inutiles. Je mange bien et je ne consomme pas d'alcool sauf un léger verre de vin blanc en passant. Je ne serais plus capable d'avaler ce que je bouffais autrefois. Le voudrais-je que mon estomac le rejetterait. Voilà le succès de ce «maintien», grande sœur. Une philosophie bien plus qu'une privation. Je mange souvent, mais peu à la fois. De plus, maintenant que Gilles n'est plus là, je n'ai plus à bouffer d'émotions. Quand le cœur se dégage, le ventre n'a plus besoin d'une telle charge. Aussi simple que ça, Victoire. Bon, cessons de parler de tout ça et dis-moi quel film tu as en tête pour mercredi.

– Je ne sais pas, je t'en laisse le choix.

– J'ai vu annoncer quelque part un film d'époque de Sacha Guitry.

– Non, non, oublie l'Histoire. Pense à toi, ne te force pas pour me plaire.

– Dans ce cas, que dirais-tu du dernier film de Mel Gibson? On le présente au Palace, je crois. Tu connais mon faible pour lui, n'est-ce pas?

– Va pour Gibson, je t'accompagne. Le seul fait d'être avec toi...

Ce qui devait durer quelque temps se prolongea dix-huit mois. Carl rentrait tard ou ne rentrait pas, prétextant des voyages, des réunions, des imprévus. Jusqu'au jour où Victoire s'emporta. Son mari, l'homme de sa vie, ne lui faisait l'amour qu'une fois par mois. Inacceptable pour une femme qui se cramponnait à son lit quand elle était inassouvie. Carl sentit la soupe chaude et se montra beau joueur durant quelques semaines. Le temps de remettre du carburant dans son ménage. Bon prince, il honorait sa reine plus souvent, allant même jusqu'à lui dire que, de toutes les femmes, elle était encore la plus belle. Que de tels mots l'effleurent, qu'un tel mensonge la fasse rêver, et Victoire oubliait ce qu'elle avait sur le cœur. Surtout quand le corps de son mari se glissait sur le sien. Surtout quand la bouteille vide de son contenu gisait par terre, juste à côté du lit. La Barbade n'était plus qu'un rêve périmé. Carl lui avait fait miroiter la possibilité d'un voyage à Paris. Pour visiter à deux Versailles et ses richesses, pour revoir sa sœur et son père. Un second voyage de noces, quoi!

Second tournant, date effroyable, Victoire Desmeules-Prémont venait d'avoir cinquante ans. Un anniversaire qu'elle célébra discrètement avec son mari dans un bien triste tête-à-tête. Sans Suzelle, sans Constance, sans personne d'autre qu'elle... et lui. Car la cinquantaine lui était arrivée en plein cœur tel un dard. Elle n'acceptait même pas que son époux lui mentionne le chiffre.

– Qu'est-ce que ça change? Qu'est-ce que ça peut faire quand on est si bien conservée?

– C'est à moi que ça fait mal, Carl. N'en parlons plus, veux-tu?

Et c'est dans une chambre d'hôtel avec deux scotches et trois bouteilles de vin que Victoire, encore affamée des plaisirs de la chair, oublia qu'elle était quinquagénaire.

Enfin, le voyage tant attendu. Paris, la Ville lumière, Versailles, le Louvre, le Moulin Rouge, le vin, Pigalle et ses lupanars, Montmartre, un saut à Genève, en Suisse, un retour et une invitation à dîner chez Corinne, médecin des riches, à laquelle son beau-père Claude Prémont allait se joindre. Voyage de noces? Pas tout à fait. Une promesse tenue, rien de plus, dont Victoire faisait les frais parce que son mari, dont les boutiques *Beautérama* ne parvenaient pas à supplanter celles de *Féminité,* était plutôt à la gêne. Jolie, moins belle qu'il y a trois ans, alourdie par les affres du temps, Victoire étalait davantage la différence d'âge qu'elle avait avec lui. Elle s'en était rendu compte à bord du Bœing d'Air France quand deux hôtesses, les regardant, s'étaient échangé des propos qui en disaient long sur l'opinion qu'elles avaient d'eux. Propos étouffés par le bruit des moteurs de l'avion.

Corinne s'efforça d'être aimable, courtoise avec elle, après avoir sauté au cou de son grand frère. Une bise discrète sur les deux joues avec encore le «madame» qui irritait Victoire. Sa belle-sœur, la sœur de son mari dont elle portait le nom, la traitait comme une étrangère pour ne pas dire... aventurière. Claude Prémont s'amena à l'heure convenue. Même scénario, distant et froid, une main tendue avec un... «Heureux de vous revoir», rien de plus. Dîner intime, sans éclat, sans rires, sans joie. On parla de musées, de politique, de l'Histoire de France, du dernier film de Chabrol, de la carrière de madame «le docteur», mais pas d'eux, de leur ménage, et pas un mot sur Constance. Comme si Corinne n'avait jamais eu de mère. Un dîner interminable durant lequel Victoire but à peine quelques gorgées de vin. Au moment où ils s'apprêtaient à quitter, Corinne s'informa:

— Vous avez des projets pour demain?

— Victoire compte faire des emplettes, visiter les grands magasins, répondit Carl.

— Dans ce cas, toi et moi, nous pourrions peut-être casser la croûte, mon frère? Que dirais-tu d'un saucisson dans une guinguette? Quelques heures, pas davantage, avait-elle ajouté à l'endroit de Victoire. Le temps de se rappeler des souvenirs, nos mauvais coups d'enfance, ajouta-t-elle en riant... pour la première fois.

Victoire avait souri, n'avait rien dit. De retour à l'hôtel, Carl avait suggéré:

— Tu peux te joindre à nous, si tu le désires.

— Non, Carl, oublie-moi, «madame» n'était pas comprise dans vos jeux d'enfants.

Carl, sentant une guerre à venir, n'osa intervenir.

Le lendemain, pendant que Victoire dévalisait les magasins de son avoir, Carl cassait la croûte avec sa frangine sur la terrasse d'un bistrot. Quelques souvenirs mémorables, des coups pendables, des rires, un petit vin blanc, Corinne était aussi joyeuse qu'elle avait pu être sérieuse la veille.

— Tu ne me demandes pas des nouvelles de maman?

— Bah, est-ce nécessaire? Elle va bien, je présume? Elle lit encore les cartes?

— Corinne, c'est de ta mère que je te parle.

— La tienne, Carl; moi, je n'ai qu'un père. Chacun sa part de ce ménage. Une mère à toi, un père pour moi. N'en a-t-il pas toujours été ainsi?

— Oui, sans doute...

— Alors, tirons-en notre parti. Je respecte maman comme tu respectes papa, mais l'affection ne vient que d'un côté pour toi comme pour moi. Te fais-je des reproches à l'égard de père, moi? Soyons adultes, mon frère...

— Tu as raison, n'insistons pas. Pour autant que la bonne entente règne entre toi et moi.

— Tu as l'air soucieux, grand frère. Tu es heureux, dis?

— Oui, si on veut. Pas malheureux du moins.

— Pas le bonheur fou à ce que je vois. Content de ta vie avec elle? Aucune autre femme? Voilà qui ne te ressemble pas, mon frère.

— Oh! une petite parenthèse par-ci, par-là. Comme tous les mâles, quoi!

— Garnement! Tu comprends maintenant pourquoi je préfère vivre seule, librement? Tous les mêmes, les hommes!

L'interjection fut suivie d'un rire approbateur.

— Elle a grossi ta femme, Carl.

— Victoire? Non, je ne crois pas. Elle se maintient quelques kilos près depuis trois ans.

– Je ne dis pas qu'elle a pris du poids, mon frère. J'ai constaté qu'elle avait grossi, alourdi, courbes plus rondes. Une question de morphologie. Tu sais, à cinquante ans, une femme même svelte n'a plus la taille de ses trente ans. La ménopause, la métamorphose, tu comprends? Encore élégante, très bien de sa personne, mais le corps change de ligne, la taille s'épaissit... Comme maman, quoi! Même manège pour les hommes, tu n'as qu'à regarder papa.

– Peut-être, Corinne, mais elle est encore jolie, ne trouves-tu pas?

– Bien sûr, le camouflage, ça la connaît, mais elle n'est plus une fleur fraîche éclose...

– Tu ne l'aimes pas, n'est-ce pas? Tu ne l'as jamais aimée, non? Avoue.

– Je n'ai rien contre ta femme, mais pour être franche, je serais incapable de m'en faire une amie. Je ne sais pas, Carl, mais je la vois à l'image de Constance et moi, les femmes de cet âge... Je ne sais pas, mon frère, mais j'ai l'impression qu'elle et toi...

– Ne cherche pas à m'arracher des confidences, Corinne, ma vie ne regarde que moi.

– Je te l'accorde et je ne cherche nullement à m'immiscer dans ton ménage, mais dis-moi, elle est bien la petite qui prend parfois la relève?

Il lui serra la bras et tous deux éclatèrent de rire.

– Ah! toi, petite peste, petite curieuse à lunettes. Je ne dirai rien!


Un voyage de retour d'un calme plat. Victoire n'avait guère prisé l'accueil de la belle-famille. À bord de l'avion, elle buvait, buvait, ne disait mot. Elle en voulait même à Carl d'avoir appuyé Corinne en faveur des révolutionnaires quand ils s'étaient hasardés sur le sort de Louis XVI. Et sa pauvre reine, sa divine Marie-Antoinette que Carl, à l'instar de Saint-Just et Robespierre, appelait «l'Autrichienne». Non, elle n'était pas heureuse de son voyage et encore moins de son image. Au gré des jours, elle avait vu chacune de ses nouvelles rides apparaître. Maquillée à outrance, elle sentait que sous le mascarat, les paupières s'affaissaient, que sous le fond de teint, un sillon de la joue persistait. Et cet agent de bord efféminé qui, ayant remarqué la beauté de Carl, lui avait demandé avec une fausse diplomatie durant une courte absence de ce dernier: «Du vin rouge pour le jeune homme qui vous accompagne, madame?» Elle avait acquiescé de la tête sans répondre qu'il était son mari.

De retour au bureau, une paperasse indescriptible l'attendait. Des comptes à rendre, des contrats à renouveler. La même charge, mais plus lourde avec le temps. À peine assise, pas encore le cœur à l'ouvrage, un appel de la secrétaire du président.

— Monsieur Payot désire vous voir, madame Desmeules.

— Bon, dites-lui que j'arrive. Le temps d'avaler un café.

Peu encline aux affaires, la tête encore dans ce voyage qui était loin d'avoir été un rêve, la vice-présidente n'était pas d'humeur à discuter contrats et promotion.

— Bonjour, Victoire, excellent voyage j'espère?

— Assez épuisant, monsieur Payot, mais tout de même un congé pour le cerveau.

Payot père, sans s'informer davantage de Paris, de Versailles, alla droit au but.

— Victoire, nous accusons une baisse de profits de 20% pour l'année dernière; je viens d'avoir le bilan.

– Étrange, les affaires ont pourtant roulé... comme d'habitude.

– Comme d'habitude, mais pas avec la même exactitude. On ne doit pas tenir pour acquis...

– Que voulez-vous dire, monsieur Payot?

– Que nous ne sommes plus seuls dans la course. D'autres maisons ont vu le jour, Victoire. D'autres marques, une terrible compétition, quoi!

– À laquelle j'ai toujours fait face, monsieur Payot.

– Soit! En maintenant les clientes par l'habitude, mais là, il nous faut être plus d'attaque. Il faut rajeunir nos produits, Victoire, trouver de nouvelles fragrances, d'autres noms, aviver la promotion. Notre clientèle vieillit, il faut nous en rendre compte. Les femmes de votre âge nous sont fidèles quoique moins consommatrices avec les ans. Va pour les parfums, mais elles abandonnent peu à peu les fonds de teint, les crèmes vivifiantes, les mousses rajeunissantes auxquelles elles ne croient plus, vous comprenez? Ce qu'il nous faut, c'est rajeunir notre image et conquérir la femme plus jeune qui a un fort penchant pour les produits américains.

Payot père avait eu la maladresse de mentionner les femmes de «son âge».

– Les jeunes femmes d'aujourd'hui ne sont pas coquettes, monsieur Payot. Elles achètent américain parce que ces produits ne coûtent presque rien. Elles achètent impulsivement ce qui leur tombe sous la main, à rabais, dans les magasins à filiales de deuxième ordre. Et c'est sur elles que vous misez pour tenir *Payot et fils* en vie? Vous faites erreur, monsieur le président! Ce qu'il faut, je vous l'accorde, c'est créer d'autres fragrances, d'autres flacons, d'autres noms, pour ces femmes dont le souci de plaire est encore à l'honneur.

– Une génération qui se meurt, Victoire! Qui vous dit que la baisse des affaires n'est pas attribuable à des décès? Je veux bien ne pas négliger la clientèle fidèle et leur offrir des nouveautés, mais de là à ignorer celles qui font leurs premiers pas... Je me refuse à croire qu'elles n'achètent qu'à rabais, n'importe quoi, comme vous dites. Ça, je ne le crois pas. Les femmes ne sont plus aussi coquettes? À nous de les instruire, de leur enseigner l'importance de la beauté. Je ne voudrais pas que *Payot et fils* devienne la maison du troisième âge avec un flacon qu'on achète une fois l'an. Et elles ne vivent quand même pas jusqu'à cent ans, ces belles d'antan. Et si tel était le cas, Victoire, a-t-on besoin d'un lait démaquillant à quatre-vingts ans?

Victoire était frustrée, terriblement frustrée. C'était la première fois que Payot père mettait en doute son savoir-faire. Elle n'avait guère prisé qu'il ait également ajouté: «Votre mari dédaigne même nos produits, madame. Pas assez "dans le vent" selon lui pour sa clientèle des moins de trente ans.» Prête à bondir, à défendre Carl, elle fut interrompue par ce qui allait être la phrase de trop:

– Comme le disait Leslie, on croirait que les jeunes sont pour vous quantité négligeable.

– Quoi? Leslie Dupéré? Vous préférez prêter l'oreille à cette petite assistante plutôt qu'à mes années d'expérience? Ah, je vois, elle a bien choisi le moment, la petite! La patronne est en voyage, alors on en profite pour amadouer le président.

– Ne vous emportez pas, Victoire, mademoiselle Dupéré n'a fait que suggérer. Si vous saviez tout le bien qu'elle pense de vous...

– Oh! sûrement! Au point de prendre l'ascenseur pour atteindre le sommet. Je l'ai analysée depuis longtemps cette fille. Une opportuniste!

– Non, non, ne le prenez pas de la sorte, Victoire. Sans vous, que suis-je?

– Je ne vous le fais pas dire, monsieur Payot!

– Vous avez toute ma confiance, tout mon appui. Ce que je voulais surtout souligner, c'est cette baisse étonnante de nos ventes. Il est évident que je me fie entièrement à vous pour en crever l'abcès. Je ne doute pas de vous, Victoire, et ce n'est pas demain la veille que Leslie Dupéré prendra votre place à mes côtés. Vous avez toujours été libre, Victoire, libre d'œuvrer selon votre expertise. Allez-y de votre talent, faites seulement en sorte que Payot demeure un conquérant.

Victoire, qui se méfiait quelque peu de la sincérité de Payot père, préféra lui accorder le bénéfice du doute.

– J'y verrai, monsieur Payot. J'y verrai... à ma manière.

Un printemps, un début d'été, travail acharné, couple négligé, Victoire sentait que son mari n'était plus le même. Soucieux, inquiet, il prônait, en réponse à ses questions, que ses boutiques roulaient sur l'or. Alors, pourquoi travaillait-il si fort? Pourquoi rentrait-il si tard le soir quand ce n'était pas en plein milieu de la nuit? Pourquoi se coucher sans même un geste au cas où sa femme encore éveillée... Carl était distant, lointain, ailleurs. Lorsque Victoire se pressait contre lui, le corps répondait à peine. Pas l'inertie, pas le néant, mais Carl Prémont n'était plus aussi bon amant. Comme si faire l'amour était devenu... un devoir conjugal. Comme si le fait accompli, il ne pouvait s'empêcher de laisser échapper un soupir de soulagement. Trente-trois ans, plus beau, plus homme que jamais, Carl n'avait plus d'engouement... pour la chose. Du moins, avec elle. Il l'honorait, bien sûr, de façon... honorable. Comme un mari qui s'efforce de secouer les cendres quand le feu est éteint. Et Victoire en souffrait sans insister pour autant. Comme pour éviter une dispute, comme pour se retenir de s'emporter. Victoire s'en contentait, Victoire buvait, Victoire Desmeules-Prémont... dormait.

— Madame Desmeules, votre sœur sur la ligne sept.

Un lundi matin, neuf heures tapant, alors qu'elle n'avait pas le cœur à l'ouvrage et que le bureau débordait de papiers qui n'attendaient que son doigté.

— Oui, allô, Suzelle?

— Victoire! Je suis contente que tu sois là. Tu as passé une belle semaine?

— Heu... assez bonne, mais si tu voyais tout le travail qui m'attend ce matin.

— Ne t'en fais pas, je ne te retiendrai pas longtemps. Tu es allée quelque part avec Carl en fin de semaine?

— Non, nulle part, Carl travaillait. Il avait même un rendez-vous d'affaires samedi soir. Une cinquième boutique en vue. Mais pourquoi toutes ces questions banales, Suzelle? Je suis vraiment à court de temps, tu sais.

— Puis-je te voir ce soir, Victoire? C'est très important.

— Tu me fais peur. Tout va bien pour toi? Tu n'es pas malade au moins?

— Non, non, ça va. J'ai congé ce soir et j'aimerais aller souper avec toi si tu es libre. J'ai à te parler, Victoire. J'ai à te parler de toute urgence.

— Aïe, tu m'inquiètes, toi! Tu ne peux rien me dire au téléphone?

— Non, surtout pas. Penses-tu pouvoir être libre?

— Bien sûr, Carl discute d'affaires à Saint-Jovite. C'est là qu'habite son vendeur.

— Bon, parfait, que dirais-tu de venir souper chez moi?

— Chez toi? Tu ne préfères pas le restaurant?

– Non, chez moi, ce sera plus intime. Viens, Victoire, je t'en supplie.

– J'irai, je serai là, mais tu m'intrigues grandement, toi.

– À ce soir, grande sœur. J'ai hâte de te voir et sache que je t'aime.

Après cette rude journée, c'est avec une anxiété empreinte de curiosité que Victoire se rendait chez Suzelle, non sans être passée acheter une bouteille de vin pour rehausser le repas.

– Tu boiras bien un peu de vin avec moi, n'est-ce pas?

– Oh! à peine le fond d'un verre. Tu sais, moi, le vin rouge, mais avec la brochette de bœuf, ce sera sûrement de bon aloi.

– Toujours aussi mince à ce que je vois. Toujours au fichu maintien?

– Bah, sans effort, j'ai l'appétit d'un oiseau, je mange à ma faim, pas plus.

– Et personne en vue? Pas d'homme pour la belle femme que voilà?

– Non, Victoire, répondit Suzelle en riant. Que ferais-je d'un homme, ma foi?

Elles prirent place à la table bien garnie et Victoire déboucha le *Domaine des Mille fleurs,* un bourgogne velouté, l'un de ses préférés.

– Bon, tu me dis ce qui se voulait de toute urgence, petite sœur chérie?

– Mangeons d'abord, tu n'es pas là pour cinq minutes seulement, non? Mangeons, on en parlera au moment du café, si tu veux bien.

Victoire mangea avec appétit, but sa bouteille de vin après en avoir servi un soupçon à sa sœur qui lui demandait:

– Et les affaires, ça va?

– Oui, j'ai remonté quelque peu les ventes, mais si tu savais comme je n'ai plus le cœur aux défis. Tant d'années ont fini par m'user, Suzelle.

– Tu devrais quitter, Victoire, prendre ta retraite.

– Pas pour l'instant, ma fortune est placée. Et puis, à cinquante ans...

– Tu as peur de t'ennuyer, n'est-ce pas?

– Remarque que je pourrais m'infiltrer dans les commerces de mon mari. Carl me doit bien cela, mais encore là, en aurais-je la force?

Suzelle ne répondit pas. Pensive, la tête dans son assiette, elle se décida:

– Tu sais, Victoire, c'est au sujet de Carl que je t'ai demandé de venir.

– Carl? Que veux-tu dire? Tu le connais à peine, Suzelle. Tu l'as vu au mariage et deux ou trois fois par la suite. Que sais-tu donc de lui?

– Écoute, ce que j'ai à te dire est très sérieux. Promets-moi de ne pas être offensée, de ne pas m'en vouloir, Victoire. Ce n'est pas mon genre de faire des révélations et encore moins d'être mauvaise langue, mais devant...

– Où veux-tu donc en venir, toi? Je te sens mal à l'aise. Tu ne sais plus comment t'asseoir sur ta chaise.

– Tu me jures de ne pas m'en vouloir? Tu me le jures, Victoire?

– Oui, oui, tout ce que tu voudras, mais parle, bon Dieu!

– Si tu savais comme ça me fait mal d'avoir à te faire de la peine. Je t'aime, Victoire, je veux ton bien. Il ne serait pas honnête de ma part de me taire...

– Suzelle, je t'en prie, cesse de tourner autour du pot. Parle enfin!

– Ton mari te trompe, Victoire.

Pas un mot, pas un geste, Victoire avait pâli. Puis, retrouvant un certain calme, elle enfila une dernière gorgée de vin et répliqua:

– C'est grave ce que tu me dis là, Suzelle, très grave. Il ne faudrait pas...

– C'est justifié, Victoire. Je l'ai vu de mes propres yeux.

– Bon, bon, vas-y, crache! Je t'écoute sans t'interrompre, je suis muette.

– Je t'explique tout. Samedi soir, je suis sortie avec Yvette, l'une des serveuses du restaurant. Elle voulait aller à tout prix dans une discothèque même si je lui disais que ne c'était pas de notre âge. Juste pour voir, me disait-elle, juste pour voir comment s'amusent les jeunes d'aujourd'hui. Un seul verre, pas plus, me disait-elle, et j'ai accepté de l'accompagner. Nous sommes entrées et avant qu'on nous désigne une table, j'ai vu Carl sur le plancher de danse avec une superbe rousse. Une fille d'environ vingt-huit ou trente ans. Ils dansaient un *slow* très collés; ils s'embrassaient à bouche que veux-tu. J'ai refusé une table et je les ai observés, dans le noir, cachée derrière une colonne. Je ne pouvais rien entendre de ce qu'ils se disaient tellement c'était bruyant, mais il y a de ces gestes qui ne trompent pas.

Victoire avait tout écouté sans interrompre, sans perdre son sang-froid.

– Je ne veux pas mettre tes paroles en doute, Suzelle, mais samedi soir...

Elle cessa net de parler, se rappelant que, samedi soir, Carl lui avait dit rencontrer un proprio d'établissement à Saint-Jovite. Et, mémoire à l'appui, il n'était rentré que très tard dans la nuit.

– Qu'as-tu? À quoi penses-tu? de s'enquérir Suzelle.

— Décris-moi cette fille, veux-tu? Décris-la-moi telle que tu l'as vue.

— Rousse, grande, très jolie, cheveux longs, robe noire moulante et à son bras, un bracelet en or en forme de serpent. Je l'ai remarqué ce bracelet, parce qu'il faisait trois tours jusqu'au poignet. Tu la connais, Victoire?

— Et Carl, comment était-il habillé?

— Chemise de soie rouge, pantalon noir, ceinturon de métal doré, je crois.

Victoire faillit tomber à la renverse. Suzelle venait de décrire ce que portait son mari sans n'avoir jamais vu sa ceinture de métal. C'était d'ailleurs elle qui venait de la lui offrir récemment.

— Peut-être une fille de parcours, Victoire, mais tout de même...

— Non, Suzelle, une maîtresse! Comment ai-je pu être à ce point aveugle. Le salaud! La garce! Ils ne t'ont pas vue, j'espère?

— Non, non, nous avons quitté rapidement. J'avais tellement peur qu'il me voie, qu'il me demande de garder le silence. Malgré tout, je te l'aurais dit, Victoire. Je sais trop par expérience ce que c'est que d'être une femme trompée. Et elle, tu la connais? Tu sais qui elle est?

— Que trop! Je ne l'ai rencontrée que deux fois, mais le serpent au bras, ça ne ment pas. Elle est la seule à porter un reptile comme celui-là. Rousse, bien tournée et assez grande, n'est-ce pas?

— Oui, je dirais même qu'elle le dépasse d'un pouce avec ses talons hauts.

— Maude Roque! La garce, la chipie, la vache! Elle n'a pas fini avec moi.

— Qui est-elle, Victoire?

– Son assistante. L'ex-mannequin de la télévision. Tu ne la connais pas?

– Oh! mon Dieu! J'ai dit à Yvette: «Il me semble l'avoir déjà vue quelque part, elle.» C'était donc ça! À la télévision, quand elle avait une petite émission. Et puis, dans des défilés de mode.

– Oui, c'est elle! Carl l'avait engagée pour mousser la publicité, m'avait-il dit. Je ne savais même pas qu'elle était encore dans les parages. La gueuse! La vipère!

– Écoute, Victoire, il n'y a pas qu'elle... Tu réagis comme moi avec Gilles.

– Sois sans crainte, il ne perd rien pour attendre ce mari, ce vaurien. Je le ferai avouer et ça lui coûtera cher, je te le jure. Quand je pense que je lui ai tout donné. Quand on pense que je l'ai toujours fait vivre. Jamais je n'aurais cru. Pas lui, pas Carl Prémont qui ne vivait que pour ses affaires! Il m'a même dit, il n'y a pas si longtemps, que j'étais la seule femme de sa vie.

– Oui, tout comme Gilles avec moi. La seule femme de sa vie, pas de ses nuits. Je suis désolée, Victoire, de t'avoir fait de la peine. J'aurais préféré ne rien avoir vu, mais j'ai trop souffert d'être trompée pour que tu le sois aussi.

– Je n'en souffrirai pas, moi, Suzelle. Il va le regretter comme ça ne se peut pas. Il va me le payer à mort, crois-moi. L'animal! Oser me faire ça! Je ne serais pas surprise qu'il couche avec elle chez elle. Suzelle, tu vas m'aider, moi, on risque de me reconnaître. Tu téléphones à la boutique principale et...

Victoire trama un scénario que Suzelle suivit à la lettre.


– Bonsoir, mademoiselle, Maude Roque est là, s'il vous plaît?

— Non, madame Roque a quitté. Nous sommes fermés...

— Et je m'adresse à qui?

— À celle qui s'occupe des étalages le soir. Vous voulez bien rappeler demain?

— Juste un instant, écoutez-moi. Je suis mannequin et j'ai souvent travaillé avec Maude Roque. Dernièrement, je l'ai aperçue à Sainte-Adèle. Je n'ai pas eu le temps de la rattraper, sa voiture était en marche. Elle habite bien Sainte-Adèle, n'est-ce pas?

Et la jeune fille naïve, mais fière de son savoir, lui répondit:

— Non, madame, Maude Roque n'est pas de Sainte-Adèle. Elle s'y trouvait peut-être, mais elle habite Saint-Jovite.

Suzelle raccrocha d'un coup sec, livrant son message à Victoire. Cette dernière, rouge de colère, pourpre de rage, s'écria:

— Le salaud! C'est là qu'il devait rencontrer son vendeur samedi soir. C'est chez elle qu'il a couché vendredi soir. C'est là qu'il se réfugiait quand il avait des «affaires» à régler. De là, il devait l'amener souvent à son chalet de Saint-Sauveur. Et, en quarante-cinq minutes, à Montréal, dans une discothèque. Dans la Jaguar que je lui ai payée! Et moi qui l'attendais, qui comprenais, qui lui faisais confiance. Comment ai-je pu être aussi innocente? À mon âge, Suzelle! Je ne me le pardonne pas. Ah, le salaud, te dire ce qui l'attend avec moi...

— Tu me fais peur, Victoire. Tes yeux dégagent une telle violence...

— Non, non, ne crains rien, je ne le tuerai pas. Ce châtiment serait trop doux. Crois-moi, il va se retrouver plus nu que lorsqu'il est apparu dans ma vie. Et cette garce, je... je, je vais lui mettre sa carrière en morceaux!

– Écoute, Victoire, prends sur toi. Les femmes ne sont pas toujours à blâmer, souviens-toi...

– Tu parles de moi et de mes amants d'occasion? Remarque que je ne savais pas s'ils étaient mariés, moi. Et quand on me le disait, je n'avais pas la prétention de connaître leur femme. Un amant d'un soir, ce n'est pas un «amant», Suzelle. Ne l'as-tu pas haïe celle qui t'a pris ton Gilles, toi? N'as-tu pas été humiliée sachant qu'elle savait que tu existais, qu'elle te connaissait? N'est-ce pas là le plus grand outrage d'une femme à une autre? Ah! ils ne perdent rien pour attendre. Couple maudit! Hypocrites jusqu'à la moelle! Sers-moi un autre verre avant que je hurle, Suzelle. Comment a-t-il osé me faire une chose pareille, m'humilier de la sorte, me mentir, me tromper.

Comment a-t-il pu me faire ça... à cinquante ans!

# Chapitre 10

Victoire laissa deux jours s'écouler avant de réagir. Elle avait pleuré dans les bras de Suzelle. Si longtemps et tant de larmes que cette dernière commençait à croire que sa sœur aimait vraiment cet homme. Elle l'avait consolée, cajolée, lui avait fait comprendre qu'elle n'avait pas à être dupée. L'aînée se jurait bien de rompre mais, après avoir versé l'océan de sa peine, se promit, larmes séchées, que Carl allait payer cher l'affront qu'il avait osé lui faire. Elle s'était glissée dans le lit conjugal auprès de lui comme si de rien n'était. Il avait fait semblant de dormir. «Sans doute rassasié par sa maîtresse», avait songé la cocufiée. Quand elle se réveilla, assommée par l'alcool et les calmants, son jeune mari était parti. En catimini, sans faire de bruit, avant qu'elle ne s'éveillât. Et c'est fort amochée par la douleur de la défaite, la boisson et les barbituriques que la vice-présidente arriva en retard à son travail. Monsieur Payot se rendit compte de sa piètre mine, mais ne la questionna pas. Leslie Dupéré, son assistante, n'osait l'approcher. Depuis sa traîtrise, Victoire l'ignorait au point de ne plus s'entretenir avec elle. Que des ordres, des documents à taper, plus même un dîner en sa compagnie. Mercredi soir, Victoire était rentrée plus tôt chez elle, sachant que Carl serait là pour le souper. Un scotch sur glace, un litre de vin, juste ce qu'il fallait pour être agressive. La dose requise pour le crucifier.

Il rentra frais et pimpant, sifflant comme l'homme heureux qui a tout à se reprocher. Il l'aperçut enfouie dans un fauteuil, souliers enlevés, éparpillés, un verre de vin presque vide, la bouteille à la main. Cheveux défaits, mine déconfite, il se demanda s'il rêvait. Victoire était saoule.

— Qu'est-ce qui t'arrive? Tu bois seule maintenant? Sans manger?

— Tu as faim, toi? Tu es privilégié, mon petit gars, mais il faudra te faire cuire un œuf toi-même. Je n'ai rien préparé, j'ai l'appétit coupé, moi.

Carl sentit qu'il se passait quelque chose. Il n'était pas normal que la cuisinière, la femme de ménage, bref, que tout le personnel soit en congé.

— Ça ne va pas, dis? En voilà une façon d'accueillir son mari!

— Mon mari? Fais-moi rire, Carl! Tu parles sans doute du jeune bon à rien que j'ai épousé et que je fais vivre. Tiens! Parlerais-tu aussi de celui qui m'a juré fidélité?

Nerveux, il se versa un scotch, reprit son souffle et osa demander:

— Tu es malade, Victoire? Des troubles de dernières menstruations?

— Salaud! Ingrat! Tu crois que j'en suis là? Peut-être bien. Ta maîtresse a encore ses règles, elle?

Il pâlit, fit mine de bondir d'indignation.

— Ma maîtresse? Tu es folle ou quoi? Quelle maîtresse? Je...

— Maude Roque! Le mannequin déchu qui a pignon sur rue à Saint-Jovite. Celle avec qui tu couches, Carl! Celle que tu amènes dans les discos pour te coller le nez dans ses seins. Celle que tu tripotes, que tu sors avec mon argent.

– Ça suffit, Victoire. Tu déparles, tu déraisonnes. Quand tu bois, tu deviens folle.

– On t'a vu, Carl Prémont! Dans ses bras, la bouche dans son cou! Ne mens pas en plus. Tu es déjà assez ignoble sans l'ignorance. On t'a vu et on l'a vue elle aussi avec son serpent au bras, sa robe noire moulante. Aimerais-tu être confronté avec qui t'a vu, sale menteur?

– Oh là! assez d'injures comme ça. Tu parles à ton mari, Victoire.

– Mon mari? Le petit secrétaire qui a tout pris de moi? lui cria-t-elle en se levant de son fauteuil pendant que Carl se dérobait à son regard. Tu vois? Tu n'es même pas assez homme pour me regarder en pleine face. Lâche comme tous ceux de ton espèce. Mécréant comme tout profiteur. Ose me dire que cette chienne n'est pas ta maîtresse! Ose encore me mentir, me parler d'un vendeur à Saint-Jovite alors que tu jouis dans son lit. Si tu n'es pas un lâche, s'il te reste un brin d'honnêteté, avoue Carl! Si tu ne le fais pas, c'est à elle que je m'adresserai. Je te préviens, je le ferai.

Pris comme un ours dans la trappe, Carl ne put lui cacher la vérité tout en tentant de minimiser le drame.

– Tu fais d'un grain de sable une montagne, ma chère. Oui, j'ai dansé avec elle, mais c'était lors de l'invitation du vendeur à sabler le champagne.

– Menteur, sale petit menteur! Tu crois me faire avaler ça? Tu penses que ta femme sort d'un couvent, peut-être? J'en ai vu d'autres, moi! Ne me raconte pas d'histoire et avoue, c'est tout ce que je te demande. Pour elle, pour moi, avoue Carl ou je fais un scandale!

N'en pouvant plus d'être agressé et de se faire mettre les faits sur le nez, pour la calmer, il eut la maladresse d'avouer:

– Oui, j'ai couché avec elle, Victoire. Un égarement, car c'est toi que j'aime...

Elle se retourna et d'un geste brusque, lui lança son vin en plein visage.

– Tu es folle, quoi? Tu m'ordonnes d'être franc, je tente de m'expliquer et tu réagis comme une tigresse. Ne recommence jamais ça, Victoire, ou...

– Ou quoi? Tu pars? Tu me quittes? Mais c'est exactement ce que tu vas faire, mon chéri. Cul par-dessus tête à part ça! Je te donne une heure pour ramasser tes guenilles et sortir d'ici. Après, tu t'arranges avec mes avocats. T'as compris, saleté? Une heure, pas plus, et tu n'en as pas fini avec moi. Je te jure que je vais te ruiner, moi, et te ramener dans la crasse et la misère d'où je t'ai sorti. C'est dans la rue, tout nu, que tu pourras coucher avec ta vermine!

Jamais Victoire n'avait eu la langue aussi sale, le venin si crachat. Blessée, humiliée, désillusionnée de l'avoir tant aimé, c'était comme si rien de trop laid lui viendrait en aide pour déchirer le portrait. Griffes dehors, elle le regardait avec tant de haine qu'il craignait qu'elle lui saute à la gorge. Mais, comme tout chien qui a peur, il se devait de mordre la chatte avant d'être meurtri de sa patte. Perdu, sachant ce qui l'attendait, il contre-attaqua violemment.

– Tu veux savoir pourquoi j'ai une maîtresse, Victoire Desmeules? Tu veux vraiment le savoir? Alors, tu l'auras cherché. Oui, j'aime Maude. Je l'aime parce qu'elle ne boit pas. Elle n'est pas alcoolique, elle! Je l'aime parce qu'elle n'avale pas une montagne de pilules. Je l'aime parce qu'elle fait l'amour comme une dame, pas une traînée...

Victoire n'en croyait pas ses oreilles. Elle était restée clouée sur place et Carl, croyant avoir le dessus, amplifiant davantage le volcan de ses injures.

— Je l'aime parce qu'elle ne me fait pas vivre, elle! Je n'ai pas l'impression de vivre à ses crochets, comprends-tu? Avec elle, je suis un homme, pas un jouet, Victoire. Et si tu veux en savoir plus, je l'aime parce qu'elle est jeune... elle!

Un dard en plein front n'aurait pas fait plus mal. D'un bond, quoique titubante, Victoire, d'un coup de griffe, lui arracha la peau du visage avant de le gifler de toute sa force. Il recula de trois pas, vit le sang sur ses ongles et lui cria:

— Je te ferai arrêter pour assaut, Victoire, pour sévices corporels. Je pourrais me venger, t'écraser d'une main, mais je n'en ferai rien. Ton attaque de fauve me servira devant le juge.

Elle le regardait, haletante, l'écume au coin de la bouche. Furieux, il la toisa du regard et poursuivit de plus belle.

— Tu crois vraiment que ça me plaisait de coucher avec toi? Je l'ai fait les yeux fermés Victoire, chaque fois. Parce que je me demandais ce que je faisais à mon âge sur une si vieille peau!

— Salaud! Dégueulasse! Répète si tu oses!

— Oui, une vieille peau! Une femme fanée puant la boisson! Tu as cinquante ans, Victoire, et ce ne sont pas les produits de Payot qui vont les camoufler.

— Et tu m'as épousée pour mon argent... Petit Français, vil déchet...

— Faux, je t'ai épousée parce que je t'aimais. Il y a trois ans, tu n'étais pas celle que tu es devenue. La boisson t'a rendue semblable à la bête. Regarde-toi maintenant. Démaquille-toi! Vois ce que tu es devenue. Une vieille ordure qui croit tout acheter avec son argent! Et tu veux que j'aille plus loin, madame Desmeules? Tu fais l'amour comme une pute! Comme celles qui font le trottoir, comme celles que l'on paye pour une nuit d'orgie! Jamais avec le cœur, Victoire, que le... Je me retiens, par décence, mais je n'ai jamais eu avec toi une seule nuit d'amour. D'ailleurs, sais-tu seulement ce qu'aimer veut dire? Deux maris que je plains, des tas d'amants de passage. Une grue, Victoire, pas une femme avec un cœur. Et c'est à moi que tu reproches une amante? Avec un passé aussi sale que le tien? Heureusement qu'il y a Maude... merci mon Dieu, c'est avec elle que j'ai appris ce qu'était l'amour sain. Il m'a fallu la rencontrer pour comprendre à quel point tu étais répugnante. Tôt ou tard, je t'aurais quittée. Crois-tu que j'aurais passé ma vie à coucher avec un litre de vin, Victoire? Un vin qui pue, une femme qui ronfle et qui grossit? Et qui te dit que je n'ai pas envie d'avoir des enfants, moi!

Victoire, hors d'elle, s'empara d'un vase de porcelaine qu'elle lança de sa main tremblante et qui se fracassa sur le mur à quelques pouces de sa tête.

– Va-t-en! Sors de ma vie! Ah! si tu savais comme ça va te coûter cher...

– Tu es folle, folle à lier. La bête noire de la famille, Victoire. Oui, je sais, oui, je pars, pour t'éviter d'être traduite en justice. Je te sens capable de tuer! Ce qui n'est pas mon cas, même en légitime défense...

Une coupe de cristal se brisa dans la glace et des parcelles atteignirent Carl à la nuque. Pris de panique, il sortit, dégringola les marches sans se retenir de lui crier:

– Tu sais par qui tu devrais me remplacer? Pas un amant, un psychiatre, Victoire!

Du haut de l'escalier, titubante, elle lui répliqua dans sa rage:

— Je vais te dépouiller, Carl Prémont! De tout ce que tu as, tu m'entends?

Calme, la main sur la poignée de la porte, il la regarda dédaigneusement.

— Me dépouiller de quoi? De mes boutiques? Trop tard, Victoire, j'ai fait faillite. *Beautérama* n'existe plus! Les huissiers sont venus, c'est terminé.

— Et mon argent? L'argent que je t'ai prêté? Qu'en fais-tu de cette dette?

— Désolée, ma chère, mais c'était un don. Comme le chalet de Saint-Sauveur, comme la voiture, comme le yacht. C'est toi qui es ruinée, Victoire. Je ne l'ai pas fait exprès, mais que veux-tu, je ne suis pas doué pour les affaires.

— Si tu crois me faire peur, tu te trompes. Attends de voir mes avocats! Tout ce qui est à toi vient de moi. Il y a des lois contre des monstres comme toi!

— Alors, utilise-les! Mes avocats les attendront de main ferme.

— Tu verras, sale ordure! Plus d'argent, plus de putain, plus d'ex-mannequin...

— C'est ce que tu crois? Erreur, Victoire, j'ai tout prévu. Avant de déclarer faillite, j'ai presque tout vendu. Le chalet, le yacht et les meubles. Je vis maintenant chez elle. J'allais te l'avouer en toute franchise, calmement, mais là, avale la pilule.

Du haut de l'escalier, elle lui lança un autre vase en le traitant des noms les plus vulgaires, mais il était sorti, laissant la porte ouverte, pour que le voisinage soit témoin de ses cris, de sa démence.

Au volant de sa Jaguar, Carl Prémont pesait sur l'accélérateur. Dans la nuit, des pleurs, des hurlements puis... un long cri de douleur.

Alertés par les voisins, les policiers étaient venus. Triste constat d'une femme à moitié ivre dans l'escalier. Une femme qui pleurait, qui criait, qui leur disait de s'en aller. Ambulance requise, c'est de force que Victoire fut conduite à l'hôpital. On craignait pour ses gestes, on voulait lui sauver la vie. Incohérente, on lui administra un léger calmant et, le lendemain, c'est Suzelle qui vint la délivrer de cet internement. Suzelle qui expliquait aux médecins la nature du drame et des tourments. Suzelle qui avait du chagrin de la voir dans cet état et qui ne se pardonnait pas d'avoir allumé la mèche qui avait causé l'explosion. Suzelle qui ne la quittait pas d'un pouce et qui lui murmurait: «Allons, ma grande, ça s'arrangera» tandis que Victoire, calme devant les docteurs, criait dès qu'ils étaient sortis: «Il va le payer cher, ce gigolo, ce sans-cœur. Il ne s'en tirera pas comme ça!»

De retour à la maison, Victoire prit trois jours de congé. Pour se remettre, pour consulter ses avocats, pour tenter de lui intenter un procès. Il était vrai que Carl avait déclaré faillite. *Féminité* avait eu raison de *Beautérama*. Acculé au pied du mur, il avait fait cession de ses biens. De ses boutiques, non de son avoir personnel puisque jamais on n'avait exigé de lui la moindre garantie. C'était Victoire qui avait fourni les sommes nécessaires et les marges de crédit se succédaient au gré des... bonnes affaires. On avait cru en lui, tout comme elle. Et les banquiers, premiers créanciers, se retrouvèrent avec quatre boutiques et des tonnes de cosmétiques. Malgré ses vives tentatives, Victoire n'eut pas la moindre chance. Elle lui avait fait don de l'énorme somme d'argent comme elle lui avait fait don du chalet, du yacht *Toi et Moi* et de la Jaguar. Avec, dûment signée, la clause de non-revendication. «Procès perdu à l'avance, madame Desmeules», lui avaient dit ses avocats. «On ne peut reprendre par la loi ce qui a été donné de bonne foi. Dupée, vous l'avez été, mais mariée en séparation de biens, dons clairs et notariés, vous ne pouvez rien contre votre mari. Il a bien joué son jeu, madame. Nous regrettons...» Victoire crut défaillir. Il allait donc s'en tirer les mains blanches? Avec de l'argent, sa pute de trente-deux ans et son avoir? Non, elle se vengerait. Sous le choc, elle avait dit à Suzelle:

— Je les tuerai tous les deux s'il le faut, jamais ils ne vivront en paix!

— Victoire, garde ta fierté, je t'en prie. Tu as encore la vie devant toi.

— À cinquante ans? Tu veux rire, non? Pendant que monsieur...

— Tu l'aimes encore, ma foi! Serait-ce possible, Victoire? Tu l'aimes encore?

— Après ce qu'il m'a dit, ce qu'il m'a fait? Tu es folle ou quoi? Non, je le déteste, je le méprise, mais pas au point de fermer les yeux, de tourner la page, de l'entendre rire de moi avec elle...

— Victoire, la peine d'orgueil est plus malsaine que la peine d'amour, crois-moi. J'ai détesté Gilles moi aussi, j'ai pensé à me venger, puis je l'ai oublié.

— Mais il ne t'avait pas ruinée, toi!

— Allons, tu as ton palais, ta belle grande maison...

— Hypothéquée jusqu'au toit, Suzelle! Je la dois tout entière à la banque. Il devait me rembourser. Comment vais-je faire, je n'ai que mon salaire.

– Quoi? Tu as fait ça? Tu t'es laissée avoir à ce point-là? Et ton argent, tes placements personnels?

– Je lui ai tout donné, Suzelle, l'héritage d'Adhémar inclus. Il me reste à peine vingt mille dollars à moi. Comprends-tu mon désarroi?

– Ruinée pour un homme! Inconcevable de ta part.

– Pas pour un homme, pour... et puis, à quoi bon, tu ne comprendrais pas.

Victoire avait pleuré, amèrement pleuré. Elle l'avait tant aimé cet homme-là, du moins le croyait-elle. Physiquement, sans doute. Habituée à ses manies d'enfant gâté, il allait lui manquer celui qu'elle choyait de son argent, de son pouvoir. Aussi brillante était-elle, elle n'avait jamais pensé que Carl puisse profiter d'elle. Elle croyait qu'il l'aimait pour son cœur, pour son corps, et voilà que dans son déchaînement, il l'avait traitée de... vieille peau! Elle qui, jadis, avait tous les hommes à ses pieds. Se pouvait-il que les affres du temps? Elle n'osait le croire. Les femmes ne sont-elles pas encore belles à cinquante ans? Sans aucun doute, mais pas aux yeux d'un Adonis de trente-trois ans. Pas quand une femme à la peau de soie lui tombe entre les bras et qu'il se voit, le soir venu, sous l'emprise d'une joue ridée sur l'oreiller. Ce qui peinait Victoire, c'étaient les injures, les attaques sur son âge, pas tellement d'avoir perdu ce bel oiseau volage. Ce qu'il avait osé lui dire l'avait heurtée jusqu'au plus profond de son âme. Même si, sans savoir encore pourquoi, elle avait été incapable d'aimer Carl jusqu'au cœur. Les sentiments, le romantisme, un doux baiser, un poème glissé sous l'oreiller, Victoire en était incapable. Elle aimait Marie-Antoinette, la Du Barry, la Montespan, les meurtries de l'Histoire. Pas les héroïnes des romans Harlequin. Comme s'il eût été débile qu'un soupirant l'enlève à l'aide d'une échelle. L'histoire de *Mayerling*, ce pacte d'amour, la laissait froide. Les ébats de *Lady Chatterley* la faisaient vibrer. Comme si l'amour n'était beau que dans le mal. Comme si les amants dont elle rêvait se devaient d'être des bêtes. Blessée dans son amour-propre, remplacée par une plus jeune, elle sentit pour la première fois qu'elle était la vaincue du combat. Rejetée comme une vieille alors qu'hier, elle croyait encore qu'elle n'avait qu'à dérouler son bas de soie. Dans son miroir, Victoire accusait désormais son âge. Ce qu'elle n'admettait pas. Comme si l'horloge du temps avait pu s'arrêter pour elle. Hélas, ne pouvant être ce qu'elle avait été, elle n'aurait jamais cru faire face un jour à la réalité par des propos si indécents. Carl avait été sans merci, sans retenue. Elle le maudissait, ayant oublié qu'elle lui avait sauté au visage. Comme pour le défigurer, comme pour lui donner vingt ans de plus d'un coup de griffes. Pour que, tout comme elle, il accuse un visage défait. Et ce vieux Payot qui, à soixante-dix ans, parlait de rajeunir son entreprise! Jeunesse... que ce mot, et Victoire prenait le mors aux dents. Il l'avait humiliée, saccagée, presque ruinée. Quel odieux prix à payer pour des nuits d'amour dans des draps de satin. «Comme une pute», lui avait-il dit. Comme Diane de Poitiers, la vieille catin édentée d'Henri II dont elle empruntait le prénom pour ses aventures d'un soir. Se venger, se venger atrocement de celui qui l'avait cocufiée. Elle, qui sans cesse et sans relâche, plaquait ses maris, ses amants.

Se venger, mais comment? Mettre le feu à leur chalet de Saint-Jovite? Défigurer celle qui prenait sa place dans le lit de l'audace? Lui enfoncer un couteau dans le dos? Passer sur le corps de Carl, pied sur le champignon de sa Mercedes? Elle avait beau y penser, elle n'en avait pas le courage. Les conséquences lui faisaient plus peur que l'acte lui-même.

L'eût-elle commis qu'on l'aurait condamnée, internée. Victoire n'était pas folle, elle n'était que momentanément... folle de rage. Tout comme au terme de sa vie à deux avec Clément, avec Jean-Paul et tout comme avec Kakino, le Japonais qui lui avait menti. Sauf qu'à l'encontre des autres, Carl l'avait ruinée. Perdante de ses biens, perdante d'avoir aimé, Victoire pleurait de toute son âme. Cette fois, c'est «lui» qui la quittait même si «elle» lui avait indiqué la porte. Il n'attendait que ce doux châtiment pour se jeter à corps perdu dans les draps de Maude Roque. Il l'avait rappelée pour récupérer ses vêtements. Outrée, elle lui avait répondu: «Ils t'attendent pêle-mêle près de la remise dans un sac à ordures!»

— Constance, c'est Victoire. J'ai à vous parler. Puis-je vous rencontrer?

La mère de Carl semblait froide, peu accueillante.

— Croyez-vous que nous ayons vraiment quelque chose à nous dire, Victoire?

— Heu... vous savez sans doute pour Carl et moi.

— Comment ne pas le savoir. Il m'est arrivé défiguré par les traces de vos ongles sur le visage et des coupures à la nuque. Savez-vous qu'il aurait pu porter plainte, ma chère? On ne tente pas de tuer son mari parce qu'il a une maîtresse, Victoire. On le quitte tout simplement. Avec dignité, avec respect, comme ce fut le cas entre mon mari et moi.

— Monsieur Prémont ne vous trompait pas, vous!

— Non, j'avoue, c'est moi qui le trompais. M'a-t-il défigurée pour autant? Il y a des gens qui savent vivre, qui savent se tenir, même quand, dans un mariage, survient le pire.

– Je n'aime pas parler de ces choses au bout du fil. J'ai besoin de vous voir.

– Tiens! Vous avez besoin de me voir! Vous qui m'avez toujours fuie. Je m'étais promis d'être une amie, de vous aider dans les durs moments, mais savez-vous combien de fois vous m'avez rendu visite en trois ans? Deux fois, Victoire, et une invitation de circonstance sous votre toit parce que Carl l'exigeait. Vous m'avez éloignée pour l'avoir entièrement à vous. Aucune autre femme, pas même sa mère, de peur que l'exclusivité vous soit ravie. Vous avez même éloigné votre propre sœur pour ne pas partager avec elle le moindre petit bonheur. Vous ne le vouliez qu'à vous et je vous l'ai laissé. Tant et si bien qu'il s'est lassé de n'avoir personne d'autre dans sa vie que vous et votre cage fermée à clef.

– Comment pouvez-vous croire une telle chose, Constance!

– Je ne la crois pas, je l'ai vécue, ma chère. Je vous ai laissé le champ libre et le voilà vide. La belle affaire! Et maintenant qu'il est parti, qu'il a trouvé une autre femme à aimer, vous croyez que sa propre mère pourrait devenir complice de votre piètre désarroi? Ne vous avais-je pas prédit que mon fils serait celui qui allait vous faire pleurer? Ne vous avais-je pas mise en garde contre un mariage en février? «Foutaise que tout cela, me disiez-vous, je peux contrer ces balivernes!» Ne vous avais-je pas dit que Sagittaire et Cancer étaient le feu et l'eau? Vous avez ri de moi en disant à mon fils que sa mère était une sorcière. Vous avez ri jusqu'à ce que vienne le moment de pleurer, Victoire. Et maintenant, vous souhaiteriez que je vous console, que je consulte les lignes de votre main, peut-être? Pas nécessaire, croyez-moi, vous ne serez jamais heureuse, vous, parce que vous êtes incapable d'aimer. Vous vous gavez d'amants, vous faites l'amour, mais vous ne saurez jamais ce qu'est l'amour. Vous avez même été incapable d'aimer votre propre enfant!

Au bout du fil, Victoire fulminait. La belle-mère qui se tournait maintenant contre elle.

— Il n'y a pas que dans la maladie qu'un cancer ronge jusqu'aux os, Constance. Votre fils est un tueur. Une bête plus immonde que celle de son signe.

— Vous voyez bien que votre cœur ne déborde que de haine? Vous me téléphonez telle une brebis blessée et, au moindre mot contradictoire, vous mordez comme la vipère. Non, croyez-moi, Victoire, vous lui avez fait assez de mal comme ça. Carl est libéré, en paix, et heureux avec une autre. Dégagé de votre emprise, de vos sous.

— Bien sûr, il m'a ruinée, le salaud! Il m'a tout pris puis il est parti.

— Il ne vous a rien pris, Victoire, c'est vous qui lui avez tout donné. Mon fils a peut-être ses torts, mais l'envers de la médaille n'est guère plus joli. Ce qui est fort surprenant pour une femme de votre âge...

— Soyez servie, Constance, vous avez cinq ans de plus que moi.

— J'en suis consciente, mais je n'ai pas épousé un jeune amant, moi! À chaque génération son lot, Victoire. Peut-être deviendrez-vous plus avertie...

— Donc, impossible de vous convaincre que j'ai été dupée, n'est-ce pas?

— J'aimerais bien pouvoir le croire, ma chère, mais avec trois maris...

Victoire, d'un geste brusque, raccrocha. Elle venait de sentir qu'elle perdait la partie. Seule dans sa vaste maison, domestiques congédiés, elle erra dans les pièces et se retrouva derrière le bar. Un scotch, une bouteille de vin, des verres de cognac, elle but jusqu'à ce que la nuit tombe. Elle venait de noyer, son orgueil, son dépit, sa rage. Avec assez d'alcool pour que la paupière se rabaisse toute seule sur l'œil.

Quelques jours plus tard, ayant récupéré son poste et son bureau, Victoire fit comme si rien ne s'était produit. Comme si elle avait mieux à faire que de flamber la cervelle d'un mari qui l'avait volée. Elle avait songé à écrire à son père, à sa sœur Corinne. Elle s'était même emparée de la plume pour, après trois mots, détruire le papier. C'eût été s'humilier davantage devant ce beau-père et cette belle-sœur qui l'avaient toujours considérée comme une intruse au sein de la famille. «Non, pas de pareilles sottises à mon âge», se répétait-elle. Elle laisserait le temps lui venir en aide. Ce précieux temps qui permet, quand on le respecte, de tout faire oublier. Un matin, ô surprise, une lettre d'avocat l'attendait à son bureau. C'était Carl Prémont qui demandait le divorce. Pour violence verbale et physique, put-elle lire. Carl qui s'engageait à couvrir tous les frais si la désunion se faisait à l'amiable. Hors cour, sans aucun tribunal. «Quelle audace!», pensa-t-elle. Parce que, habituellement, c'était elle qui se débarrassait du mari encombrant. Elle devint soucieuse. Et si un divorce rapide allait la priver de tous ses recours? Car elle voulait poursuivre cet animal pour dette morale. En consultation, ses brillants avocats l'assurèrent, hélas, qu'elle ne pouvait rien faire, qu'elle ne retirerait pas un centime de cette triste affaire.

— Laissez-le donc payer pour ce divorce, madame Prémont. Vous vous en tirez à bon compte.

— Après les cinq cent mille dollars qu'il m'a extorqués?

Après le chalet qu'il m'a dérobé? Et la voiture, le yacht, sa garde-robe... vous appelez cela à bon compte, vous?

— Aussi ignobles que soient ses gestes, vous n'y pouvez rien. Aux yeux de la loi, on ne peut réclamer ce qu'on a donné de bon cœur. Clauses à l'appui, madame. C'est avant que vous auriez dû nous consulter. Et ne comptez pas sur une reconnaissance de dette, votre mari ne signera pas. Il sait fort bien qu'il a toutes les cartes dans son jeu. Pourquoi ajouter des frais à vos pertes maintenant? Divorcez madame, signez, laissez-le payer au moins votre liberté.

— Et la sienne, bien entendu. Sans doute pour refaire sa vie avec cette...

— Je vous en prie, ne vous emportez pas. Oubliez ce qu'il fera de sa vie et pensez à la vôtre, madame Prémont. Libre, dépourvue de son nom, vous pourrez rebâtir votre avenir avec le vôtre.

— À cinquante ans? Vous voulez rire, monsieur!

— Voilà qui serait mal vu, j'en ai soixante, madame. Il y a dix ans, à votre âge, je repartais mon étude de droit après avoir perdu la précédente. Que de chemin depuis. Une vie qui commence n'a pas d'âge, madame. Même si l'on compte les ans quand ça fait cinq fois qu'on la recommence.

Perplexe, bouche bée, Victoire parvint à trouver les mots pour s'excuser. Ce vieil avocat, fidèle à Payot père, venait de lui servir une leçon de vie. Elle signa, déposa la plume et, d'un regard haineux, lança à ce vieux maître:

— Que le diable les emporte, lui et sa maîtresse! Qu'ils brûlent en enfer! Qu'ils soient damnés!

— Je vous en prie, gardez votre calme et ne vous en faites plus. Le mal que l'on fait, on l'expie sur terre, madame.

Des procédures rapides, trois mois d'attente, un temps record pour un divorce... à l'amiable. Victoire n'avait même pas cherché à modifier l'accusation. Violence verbale et physique! Allons donc! De la part d'une femme d'un certain âge contre un athlète qui aurait pu la réduire en miettes. «Pauvre petit con», avait-elle murmuré. Ce qui importait, c'était qu'elle soit débarrassée à tout jamais du voleur. Libre... enfin! De l'homme qu'elle détestait et qui, malgré sa rage, lui manquait. Elle l'imaginait dans le lit de Maude Roque et elle fulminait. «Elle, cette...» Non, elle préférait la haïr. Et elle n'avait qu'à songer à toutes les injures de Carl pour y parvenir.

– Suzelle? C'est moi, comment vas-tu?
– Assez bien et toi? Tu as l'air pimpante, que t'arrive-t-il?
– J'ai mon divorce, je suis libre. J'ai reçu les papiers en bonne et due forme.
– Déjà? Comment as-tu réussi ce nouvel exploit?
N'écoutant que sa fierté, le mensonge éclata:
– Nous avons réglé hors cour. Il a signé, j'ai tout payé!

Son anniversaire de naissance avait été triste malgré les efforts de Suzelle pour le souligner en l'invitant au restaurant. Il lui arrivait encore de penser à Carl, à ses étreintes, à ses merveilleuses nuits d'amour de jadis. À présent, aucun homme n'était là pour se blottir dans ses bras, aucune caresse après ses deux bouteilles de vin à l'orée de la nuit. L'ayant reconduite chez elle passablement ivre, Suzelle avait repris le chemin de son appartement. Seule avec un an de plus sur les épaules. Seule à regarder ses murs, à écouter de la musique, à prendre des cognacs en titubant. Depuis le départ de Carl, aucune nouvelle de lui. Pas même un vœu d'anniversaire par la poste. Comme si elle n'avait jamais existé pour lui. Elle avait cru qu'il aurait pu avoir la délicatesse... elle s'était trompée. Tout ce qu'il lui restait de lui, c'était son papier de divorce. Comme de Clément, comme de Jean-Paul. Comme si, mariage brisé, chacun de ses conjoints en avait été délivré. De son côté, elle n'avait pas tenté de rejoindre Carl, d'entendre sa voix. Il était clair et précis dans l'acte de divorce qu'elle ne devait en aucun temps tenter le moindre rapprochement sous peine de poursuite. Car son ex-mari, tout comme sa concubine, avait pris au sérieux les menaces de Victoire. Ils avaient mis des mois à dormir en paix, à ne plus craindre une vengeance. Carl avait eu peur parce qu'il savait qu'il l'avait délestée de son argent. Il s'agissait de dons, bien sûr, mais sa conscience le tourmentait. Non coupable d'avoir pris ce qu'elle lui donnait aveuglément, il avait quelques remords de l'avoir incitée à s'endetter sous le coup du charme. Quelques remords en ce qui avait trait aux affaires, mais aucun regret de l'avoir trompée avec une autre, d'être tombé amoureux de Maude. Le cœur et la bourse, c'était deux choses dans sa tête. Ce qui ne l'avait pas empêché, néanmoins, d'avoir eu peur pendant quelque temps, de redouter la fureur de celle qui s'était juré de le lui faire payer. Victoire avait eu, elle aussi, ses moments de repentir. Elle l'avait choyé, elle l'avait aimé, mais elle savait qu'elle l'avait maîtrisé jusqu'à ce qu'il soit à ses pieds. Un homme-objet qu'elle avait acheté. Un jouet pour son lit. Un homme qu'on habille de son argent pour le déshabiller de sa passion. Un homme, un grand adolescent qu'elle avait aimé follement quand il était nu devant elle. Un mari d'occasion qu'avec sa poigne de fer, elle avait quand même perdu. Comme les autres! Était-elle donc si vilaine pour que chacune de ses ruptures soit si brutale? Une question à laquelle Victoire ne pouvait pas répondre... en état de boisson.

Pour oublier, pour croire qu'elle était encore souveraine, Victoire Prémont, redevenue Desmeules, organisa dans son vaste palais, à quelques jours de Noël, une superbe réception. Suzelle s'y amena ainsi que quelques collègues de travail avec leur conjoint. Trois couples et sa sœur sur un total de quinze invitations. Tout comme Marie-Antoinette, madame était impopulaire au sein de son «royaume». Et, pire que l'affront de la reine de France à la Du Barry de l'époque, Leslie Dupéré n'avait pas été invitée. La seule sans carton, la seule volontairement oubliée. Leslie que les gens aimaient bien et qui obtint leur appui. Les invitations déclinées, en fait, l'avaient été en guise de solidarité. Un buffet pour trente personnes, mais seulement huit furent de la fête incluant la patronne. Le champagne coula peu, les serveurs se tournaient les pouces. La soirée fut brève car, à onze heures, les collègues venus par politesse avaient quitté les lieux. Seule avec Suzelle, ivre comme d'habitude, Victoire avait fracassé sa coupe de cristal sur une statue de marbre. «Ils me le paieront! Les uns après les autres, je vais tous les congédier!»

La nuit de Noël, alors que Suzelle fêtait chez son frère et sa petite famille, Victoire était seule dans le noir. Elle avait bu, elle avait pleuré. Elle avait encore bu, pleuré, pleuré, puis s'était endormie, robe froissée sur le moelleux tapis.

Février, jour de tempête, et Victoire se demandait comment elle allait se rendre au bureau par un temps pareil. Les ponts étaient congestionnés selon les rapports de la météo et plusieurs accrochages avaient bloqué davantage la circulation en cette matinée. Elle rentrerait plus tard, voilà tout, en début d'après-midi par les bons soins du chauffeur privé de la compagnie. «Quelle sale tempête! Quel dur hiver!» de marmonner Victoire en regardant par la fenêtre. Soudain, comme pour la sortir de sa mauvaise humeur, la sonnerie du téléphone se fit entendre. C'était la réceptionniste de *Payot et fils* qui lui annonçait d'une voix chevrotante:

— Madame Desmeules, monsieur Payot est très malade. Il a été conduit à l'hôpital cette nuit. Et de toute urgence, m'a-t-on dit. C'est mademoiselle Dupéré qui m'a priée de vous en aviser.

— Qu'a-t-il? Rien de grave, j'espère? Vous savez quelque chose?

— Monsieur Payot a été victime d'une thrombose. On l'a trouvé inanimé, et là il est aux soins intensifs. Je n'en sais pas plus pour le moment.

— Où est-il? Quel hôpital?

— Saint-Luc, madame Desmeules. Mais je doute qu'il soit en état de recevoir des visiteurs si telle est votre intention.

— Avec ce temps? J'ai peine à voir le bout de la route. Je vais quand même téléphoner et je vous tiendrai au courant de tout développement. Leslie est au bureau? Elle a réussi à s'y rendre?

— Oui, madame Desmeules, et elle m'a dit que le fils de monsieur Payot avait été prévenu. Il doit sauter dans le premier avion si la tempête n'est pas aussi intense à New York. Monsieur Eugène devrait être à l'hôpital cet après-midi si tout se passe bien.

— Bon, d'accord, je téléphone à l'Urgence pour prendre de ses nouvelles.

Victoire était décontenancée. Après tout ce qu'elle venait de vivre, monsieur Payot n'allait pas bêtement comme ça lui crever dans les mains. Pas au moment où elle avait besoin de tout son appui. Ah! non, ce serait trop infâme. Il fallait qu'il s'en tire. Peut-être avait-on exagéré la gravité de son malaise. Victoire eut bien du mal à rejoindre un médecin traitant pour obtenir des renseignements. Elle n'était pas de la famille et, vice-présidente ou non, pouvait-on être sûr de son identité au bout d'un fil? Après plusieurs démarches, insistance, emportement face à une infirmière de garde, elle put enfin parler à un médecin et faire valoir ses droits.

— Il est gravement atteint, madame. Paralysé du côté droit, il a perdu l'usage de la parole et nous avons détecté un caillot au cerveau. Vous savez, à son âge, on ne peut rien promettre. Cet homme a le cœur fort, c'est ce qui le réchappe pour l'instant, mais nous doutons que, même avec les mesures d'urgence, il puisse retrouver ses facultés.

— Que voulez-vous dire, docteur?

— S'il s'en tire, madame, monsieur Payot demeurera paralysé. Le côté droit ne pardonne guère, vous savez. Il peut survivre, mais dans un triste état.

— Puis-je me rendre auprès de lui? Puis-je le voir?

— Le voir, non, pas pour l'instant, à moins d'opter pour la salle d'attente. D'ailleurs, son assistante est déjà là, je crois...

— Son assistante? Quelle assistante, docteur? Je suis l'adjointe du président.

— Attendez un instant, madame, je m'informe de la personne qui est là.

Quelques moments, des murmures de voix et le médecin reprenant l'appareil:

— Madame Dupéré, Leslie Dupéré, madame. Vous désirez lui parler?

– Non merci, docteur. Je la verrai plus tard. Je m'y rends dès que possible.

Victoire fulminait. «Ah, la petite garce! Elle braverait la foudre et les tornades pour être là avant moi, à ma place. Petite arriviste, va! Tu ne perds rien pour attendre, toi. On verra bien qui est la patronne quand je serai là!»

Le chauffeur de la firme Payot brava la tempête afin d'aller cueillir Victoire à Longueuil. Une longue randonnée, visibilité presque nulle et, c'est saine et sauve que la vice-présidente arriva à l'hôpital où avait été transporté son patron. Il reposait toujours entre la vie et la mort, mais les médecins obtempéraient davantage pour la survie de leur patient, quoique ce dernier n'aurait jamais la chance de mener une vie normale. Elle put le voir d'une fenêtre, intubé comme un agonisant, inconscient, mais avec ce cœur de lion qui avait résisté à la violente attaque. Victoire se promenait de long en large, seule avec quelques personnes qui attendaient un diagnostic pour l'un des leurs et auxquelles elle n'adressa pas la parole. Le malheur des autres ne la touchait pas. Le triste sort de Payot père l'inquiétait cependant. S'il fallait qu'il trépasse ou qu'il ne soit plus en mesure de diriger? Juste à l'idée que le fils pourrait prendre la relève, Victoire en avait des frissons dans le dos. Elle se rappelait très bien qu'au tout début, lors de son entrée dans cette maison, elle n'avait pas été bien vue du fiston. Ce dernier n'était pas tombé sous le charme de la nouvelle venue et c'était avec soulagement que Victoire l'avait vu partir pour les États-Unis épouser «sa traînée» comme l'avait dit son père. Elle n'avait revu le fils qu'une ou deux fois durant toutes ces années. Il occupait un petit poste à New York, un geste charitable de la part de son père. Elle n'avait jamais vu sa femme qui, selon Payot père, trompait son fils avec le premier venu. «Une femme indigne de la famille», lui avait-il dit. «Pas même capable de lui donner un héritier, mais, pour ça, Dieu merci! Quel enfant aurait-elle pu lui donner, cette traînée!» Victoire n'avait pas relevé la remarque à l'époque. Comme si elle s'était sentie un peu visée après avoir été elle-même «indigne» de la famille de Clément Béchard.

Vers quatre heures, le fils Payot entrait précipitamment, suivi d'une femme qu'elle ne connaissait pas. «Sans doute son épouse», pensa-t-elle en reluquant cette rouquine dans la quarantaine avancée qui n'avait pas une allure distinguée. L'apercevant, Eugène Payot s'écria: «Madame Desmeules, merci d'être là. Je vous présente ma femme. Où donc est père?» Eugène avait suivi d'un pas rapide l'infirmière privée qu'il avait engagée pendant que sa dame cherchait le fumoir pour griller une cigarette, sans être le moindrement navrée de ce qui arrivait à ce beau-père qui l'avait reniée. Victoire tenta de l'approcher mais, sans gêne aucune, la dame lui lança: «*Sorry,* je préfère être seule. Dites à mon mari de me rejoindre en bas quand il aura fini.» Estomaquée, Victoire n'insista pas. «Fini avec quoi?» pensa-t-elle. «De la corvée qui lui tombait entre les bras?» Il était vrai que le fils était loin d'être en amour avec son père, mais ne serait-ce que par décence... «Quelle femme mal élevée que celle-là», songea-t-elle tout en arpentant le couloir. Eugène avait vieilli, terriblement vieilli pour un homme d'à peine quarante-huit ans. Cheveux gris, yeux cernés, joues creuses, on pouvait deviner qu'il en avait vu de toutes les couleurs avec sa... traînée. Et ce «madame Desmeules» long comme le bras. Ce vouvoiement alors que, jadis, dans le temps, il l'appelait Victoire en la tutoyant familièrement. Était-ce la gêne des retrouvailles ou la froideur? Victoire allait le savoir à son heure. Quand il sortit de la salle où était alité son père, il s'approcha de Victoire.

– Il n'en mourra pas, selon les spécialistes, mais il ne pourra plus jamais reprendre son siège. Il restera hypothéqué côté santé jusqu'à la fin de ses jours. Et mère qui n'est plus là pour en prendre soin. Elle qui aurait veillé sur lui comme sur un enfant. Je ne sais vraiment pas ce que je vais faire...

– Qui sait s'il ne se remettra pas de cette attaque sournoise? Vous savez, avec la science d'aujourd'hui, la physiothérapie et son goût du combat...

– Ne fondez pas de faux espoirs, madame Desmeules, les spécialistes sont catégoriques. Père survivra, mais il n'aura pas toute sa tête. Ce caillot qui se déplace, cette paralysie du côté droit, encore heureux qu'il soit vivant. Ils verront plus tard ce qu'ils peuvent faire, mais, chose certaine, père ne pourra pas rentrer chez lui. Il existe, semble-t-il, des instituts spécialisés...

– Allons, monsieur Eugène, vous sautez trop vite aux conclusions. Votre père n'a même pas repris tout à fait conscience. Vous verrez que le corps humain est capable de miracles.

– On verra bien, madame Desmeules, mais d'ici là, ce qui compte, c'est la bonne marche des affaires. Mon père ne vivait que pour son entreprise.

– De ce côté, vous n'avez rien à craindre, je suis là. Vous savez, j'ai en main toutes les clefs du succès de l'entreprise.

– Je sais et je compte beaucoup sur vous, madame Desmeules. Je vais m'installer dans la maison de mon père jusqu'à ce que je sache à quoi m'en tenir. Dès demain, entre mes visites à l'hôpital et mon installation dans sa maison, j'irai au bureau et je vous saurais gré de me renseigner sur la marche de ses affaires. Il y a bien longtemps que j'ai quitté le pays et, sans vous, je me sens perdu, je vous l'avoue.

– Vous pouvez compter sur moi; je suis votre toute dévouée, monsieur Payot.

Victoire avait cru remarquer que le fils ne voulait pas de familiarité. Quand elle l'avait appelé «monsieur Eugène», il avait hésité; il avait passé outre, mais elle avait senti qu'il n'avait pas apprécié. Le «madame Desmeules» persistant venait le lui confirmer. Eugène Payot n'était plus celui qu'elle avait connu autrefois, jeune désabusé et fainéant. Déterminé, il affichait déjà l'allure d'un président.

– Mais où donc est ma femme? s'inquiéta-t-il en regardant de tous côtés.

– Elle m'a prié de vous dire de la rejoindre en bas au fumoir. Elle désirait être seule.

– Je vois; j'y vais de ce pas. Rentrez à la maison, madame Desmeules, il n'y a rien d'autre à faire que de prendre des nouvelles de temps à autre. Les médecins vont m'aviser de tout changement et je vous en informerai. Quel sale temps! Vous avez quelqu'un pour vous reconduire au moins?

– Oui, le chauffeur de votre père m'attend dans le stationnement.

– Bon, qu'il vous ramène et qu'il revienne ensuite nous prendre, ma femme et moi. Les taxis sont une denrée rare par un jour de tempête.

– Remarquez que nous pourrions monter tous ensemble. Il pourra me déposer au bureau et vous reconduire par la suite.

– Non, allez, je vais rester encore quelque temps au cas où père reprendrait conscience.

– Comme vous voudrez, monsieur Payot, mais dites-moi, le voyage n'a pas été trop pénible? Et au fait, qui donc a pu vous avertir si promptement de l'état de santé de votre père?

– Heu... attendez, une dame de l'entreprise. Madame Dupéré, je crois... vous la connaissez?

– Bien sûr, elle est ma secrétaire! de lui répondre Victoire avec du mépris dans la voix.

Le printemps lançait son premier clin d'œil et, pour Victoire, ces quelques mois derrière elle avaient été... un purgatoire. Payot père avait repris conscience, mais tel que les médecins l'avaient pressenti, il était confus, privé du sens de la parole, confiné dans un fauteuil roulant et à la merci de son fils qui n'avait pas hésité à le placer dans une institution de longue durée. Victoire l'avait visité à deux reprises. Peine perdue, le président ne l'avait pas reconnue. Il l'avait regardée chaque fois comme s'il ne l'avait jamais vue. Pour son fils, guère plus de chance, Eugène face à son père ne percevait en ses yeux aucun signe, aucun émoi, comme s'il avait été un étranger au même titre que l'infirmier. Installé avec sa femme dans la maison du paternel, il avait réussi à devenir curateur de tous ses biens. Un testament rédigé depuis des années le reconnaissait comme unique héritier et ce, avec une clause le favorisant en cas d'incapacité si jamais, un jour, le père devenait inapte. Avec mention qu'il devait subvenir à ses besoins jusqu'à son dernier jour. Ce qu'il comptait bien faire, la conscience en paix, en plaçant le paternel dans une institution. Victoire avait donc en main les rennes de l'entreprise. Premier acte concret, le transfert de Leslie Dupéré dans une succursale de Vancouver. Ce que la secrétaire avait accepté en maugréant, bien sûr, en attendant... Eugène Payot, ignare de toute donnée de l'entreprise, devint le fidèle élève de la vice-présidente qui lui consacra des soirées entières afin de lui enseigner toutes les règles du jeu. Fouinant par-ci, par-là, avec les comptables agréés, les conseillers, le fils qui, jadis, avait été un fainéant prouva qu'il avait, tout comme son père, la bosse des affaires. Poli, courtois aimable, il lui arrivait d'inviter Victoire dans un grand restaurant. Non pas en guise de remerciement, mais pour en apprendre davantage entre les bouchées et les gorgées de vin de sa fidèle vice-présidente. Car, il n'en fallait plus douter, Eugène Payot était devenu le président. Des mois, des jours, des heures, sans les compter, Victoire Desmeules était plus que dévouée. Si bien que le fils Payot connaissait maintenant l'entreprise de son père comme les doigts de sa main. Quelques voyages éclair à Paris, à Madrid, à Londres, New York et... Vancouver. Voyages qu'il effectuait seul, sans sa vice-présidente, histoire d'apprendre par lui-même. Un boulot énorme pour madame Desmeules qui, devant cette tâche ingrate, avait négligé ses sorties, sa vie intime, sa sœur et... sa bouteille. Victoire buvait moins pour ne rien laisser paraître. De plus, chaste depuis des mois, elle n'avait pas pris un seul amant d'occasion, comme si elle craignait la moindre distraction. Un purgatoire du printemps jusqu'à décembre, espérant gagner le ciel sans se douter que c'est l'enfer qui l'attendait. De plus en plus distant, voire fuyant, Eugène Payot brassait des affaires sans même la consulter. Il était là du matin jusqu'au soir, et parfois même la nuit, pour préparer des contrats, transiger des projets, sans que madame Desmeules ne soit mise au courant des faits. Était-ce pour cela qu'elle avait célébré ses cinquante-deux ans complètement seule en vidant presque son bar d'un trait? Puis, elle avait appelé Suzelle pour lui dire d'une voix pâteuse: «Il va me rendre folle, cet imbu de lui-même, ce faux président, ce trou de cul de son père!» Victoire n'avait jamais revu la femme d'Eugène. Pas une seule fois depuis sa brève rencontre avec elle à l'hôpital. «Madame Payot» voyageait, dépensait et trompait sans doute son mari avec l'argent de la compagnie. Mais Eugène s'en foutait. L'appât du gain était plus important que la fidélité de... sa traînée. Ce qui laissait Victoire songeuse n'était pas seulement la distance entre le nouveau président et elle. Ce qui l'agaçait, ce qui l'indisposait, c'est que Payot fils se rendait fréquemment à Vancouver. Soucieuse, elle regrettait de ne pas avoir congédié... la Dupéré.

Deux jours avant les Fêtes, après une année laborieuse, Victoire sentait qu'elle avait tout donné d'elle pour que Payot fils soit enfin prêt pour la gouverne du commerce de son père. N'ayant épargné ni temps ni efforts, elle l'avait fait pour gagner sa confiance, pour être à la hauteur, pour le sentir quelque peu obligé même si Eugène n'était pas du genre à le lui démontrer. Un beau matin, alors que les flocons tombaient en douceur sur les sapins de sa riche demeure, elle se rendit à son bureau la joie dans le cœur, la fatigue dans les jambes et le dos.

— Madame Desmeules, monsieur Payot désire vous voir, devait l'avertir la secrétaire de ce dernier.

C'est avec réticence que Victoire se rendit au bureau de Payot père devenu celui de Payot fils. Comme si son petit doigt lui disait que l'ongle allait s'infiltrer dans la plaie. Trônant tel un seigneur, musique de Wagner en sourdine, Eugène Payot affichait une mine très austère. Levant les yeux sur elle, il lui désigna un fauteuil.

— Prenez place, madame Desmeules, je vous prie.

Pas même un bonjour, pas même un sourire. Un long silence que Victoire rompit par une question présomptueuse.

— Que me vaut l'honneur de cette convocation, monsieur le président?

Relevant la tête, il fit mine de s'étirer pour lui dire d'un ton embarrassé:

– Pas de bonnes nouvelles, madame Desmeules, pas tout à fait.

– Que voulez-vous dire?

– Les profits ne sont plus ce qu'ils étaient. Sans accuser de baisse, je vous l'accorde, mais nous nous attendions à beaucoup plus.

– Encore chanceux de ne pas accuser de baisse, répondit-elle. Avec la compétition de plus en plus forte...

– Là n'est pas la question, madame. Payot se doit de vaincre tous les obstacles. Le même diapason n'est pas ce qu'envisage une entreprise prospère.

– Sans doute, mais vous savez, les modes changent, les femmes...

Il l'interrompit, trop heureux de pouvoir sauter sur l'occasion.

– Voilà madame, les modes changent, les femmes aussi. Il fallait depuis longtemps rajeunir nos produits, trouver d'autres fragrances quitte à garder, comme le font plusieurs, les produits garantis offerts sous d'autres noms. Mon père vous en avait parlé, je crois, et je regrette que vous n'ayez pas réagi.

– J'ai fait mon possible, monsieur Payot; tout ce qui était en mon pouvoir, ça, votre père pourrait vous le dire. Mais avec le mince budget que j'avais...

– Ce qui n'a pas été suffisant, madame Desmeules. Je ne doute pas de votre bonne foi, croyez-moi, mais il aurait fallu forcer mon père à dénouer les cordons de sa bourse. Là était votre devoir à titre de vice-présidente.

– Des semonces à présent? Où voulez-vous en venir avec vos arguments?

Eugène Payot se redressa sur son fauteuil puis, la fixant droit dans les yeux:

— Je vais aller droit au but, madame Desmeules. Il me faut aller plus loin, sauver la compagnie en perte de vitesse et, pour ce faire, je n'ai qu'une solution. Il faut céder votre place, madame.

Victoire tressaillit, elle s'attendait à tout mais pas à une telle claque.

— Pardon? Ai-je bien entendu?

— Je suis navré de vous le dire, madame Desmeules, mais vous n'êtes plus représentative du nouvel envol que nous voulons prendre. Votre façon de penser, de gérer, est celle d'hier, pas d'aujourd'hui. De plus, à... à...

— Dites-le, ne vous gênez pas. À mon âge? C'est ce que vous voulez dire, n'est-ce pas?

— Sans vous offenser, madame, je ne fais que me soumettre à la réalité.

— Moi de même, Eugène, et vous n'êtes pas de la dernière cuvée!

Il pâlit. Elle avait osé l'appeler par son prénom, sans respect, comme si, agressée, elle se devait d'être agressive.

— Je vous suis de quelques années, j'en suis conscient, mais je vous ferai remarquer que je suis le président, moi, et non l'image sur laquelle reposent les bénéfices de la compagnie. Aux yeux de la clientèle, c'est vous madame qui déteniez la clef!

— Déteniez? Tiens, tiens, déjà au passé. À qui dois-je la rendre maintenant?

— Ne vous emportez pas, je vous en prie, j'ai d'autres vues pour vous au sein de la compagnie. Ce n'est pas parce que l'on perd un titre...

– À qui dois-je remettre la clef, monsieur Payot? d'insister Victoire.

– À Leslie Dupéré et ce, après mûre réflexion, madame Desmeules.

Une gifle en plein visage! Aussi brutale que celle de Jean-Paul, naguère.

– À cette... à elle? Comme insulte, vous n'auriez pu trouver mieux, Eugène!

– Écoutez-moi et cessez ces familiarités. Écoutez-moi jusqu'au bout, je vous prie. Leslie a l'âge que vous aviez au temps de votre force. Seriez-vous orgueilleuse au point de dédaigner la relève? Vous êtes fatiguée, madame Desmeules, vous êtes allée jusqu'au bout du rouleau. N'en êtes-vous pas consciente? Pourquoi vous mettre dans un tel état quand je vous offre gentiment le doux repos de la guerrière? Ce à quoi vous avez droit après toutes ces années.

– Ce qui veut dire, monsieur Payot?

– Que vous pourriez rester parmi nous comme consultante, conseillère...

– Et relever de cette petite garce qui aura enfin réussi à prendre ma place? Ça, jamais! Vous m'entendez? Jamais! Cette petite à qui j'ai donné sa chance et qui n'a même pas le talent d'une secrétaire. Cette petite arriviste qui vous a bien eu avec son coup du charme. Je la voyais venir, vous savez. Ce n'est pas votre père qui aurait...

– Cela suffit, madame Desmeules, un tel langage est indigne de vous!

– Indigne? C'est vous qui l'êtes, Eugène! Indigne d'être à la tête d'une entreprise que j'ai montée d'arrache-pied. C'est moi qui ai fait de votre père le multimillionnaire dont vous êtes l'héritier. L'avez-vous oublié, Eugène? Y avez-vous pensé lors de votre mûre réflexion? Sans moi, vous ne seriez pas là. Et vous disposeriez de moi comme d'une vieille chaussette? Non, je ne l'accepte pas!

Le ton montait, les murs craquaient, les employés pouvaient entendre, porte aussi close fût-elle, qu'entre madame et le président, ça bardait.

— J'aurais pu exiger des parts, une participation aux bénéfices de votre père. J'aurais pu, à chaque contrat, faire établir des clauses m'octroyant un pourcentage des profits. J'aurais dû...

— Oui, vous auriez pu et vous auriez dû, madame, mais l'époque de mon père est révolue et c'est moi qui préside maintenant. Ce que vous avez fait, vous l'avez fait pour lui, madame. Moi, je n'y étais pas et je ne vous dois rien à ce que je sache.

— Vous me devez votre siège et vos culottes, Eugène! Sans moi, vous seriez dans la rue. Sans mes efforts, *Payot* n'existerait plus depuis longtemps. Ce que j'ai accompli pour votre père, vous en bénéficiez, monsieur, pas moi.

— Un travail pour lequel vous avez été grassement payée, madame.

— C'est ce que vous croyez! Suis-je cousue d'argent, moi? Est-ce vous qui avez une maison à payer, des dettes à rembourser...

— Je vous ferai remarquer que vos problèmes n'ont rien à voir avec moi, pas plus qu'avec mon père. C'est votre jeune mari qui vous a ruinée, madame!

— Ah, bon, parce qu'on est au courant. On vous a bien renseigné, ma foi!

— Prenez-le comme vous voulez, je trouve que père a même été patient. Il a souvent tenté de vous guider, m'a-t-on dit, mais avec trois maris, trois divorces, ne me parlez surtout pas de succès, madame Desmeules.

– Et vous, ne me parlez pas d'un poste de conseillère à moindre salaire, monsieur Payot!

– Je vous le concède, je n'y tiens plus. Et dans ces conditions, j'opterais pour une avantageuse prime de séparation.

Victoire frémit. En un mot, il lui désignait la porte avec un certain mépris.

– Une prime de séparation? Non, vous pouvez la garder monsieur Payot. Je n'ai pas besoin de votre argent. J'ai été grassement payée selon vous? J'ai fait mon temps? Je vous remets ma démission. De cette façon, je m'éviterai l'humiliation et votre prix de consolation.

– Mais je voulais parler d'un généreux montant...

– Que vous pouvez vous foutre... Non, Eugène, ne me faites pas m'emporter. Et dire que j'ai consacré ma vie pour cette maison! Bien servie, madame Desmeules. Voilà comment on remercie celle qui a creusé tous les sillons.

– Encore une fois, votre orgueil vous perdra, réfléchissez, madame.

Victoire se leva, le regarda froidement et lui lança d'une seule tirade:

– C'est fait, Eugène. Vous ne me remplacez pas, je vous quitte. Dès ce matin! Je ne resterai pas une minute de plus. Je laisse tout à «madame Dupéré», à son savoir-faire, à l'amorce de votre faillite. Je quitte la tête haute, sans un sou de vous, le cœur plein de dégoût. Je perds un emploi? Qu'est-ce donc quand on ne perd pas sa fierté. Les concurrents sont nombreux, Eugène, et c'est chez l'un d'entre eux que je verrai votre empire s'écrouler. Votre père avait la bosse des affaires, lui, pas vous. Vous n'êtes que le fils gâté d'un millionnaire. Et si vous croyez que la petite Dupéré...

– Assez, ça suffit! lui cria-t-il vert de colère.

Souriante, détendue, s'allumant une cigarette, Victoire se leva...

– Dans trente minutes, je serai partie. Avec un fardeau de moins sur le dos, celui des restes de l'entreprise *Payot*. Et vous verrez, Eugène, que l'expérience de mes années ne sera pas remplacée par la petite Dupéré. Vous verrez, je vous le jure, qu'une femme d'affaires de cinquante-deux ans n'a pas besoin de charité. Bonne chance, monsieur Payot, et que le diable emporte votre père!

Rouge de colère, au moment où elle franchissait la porte, il lui cria sans pudeur:

– Le diable n'emporte pas ceux et celles qui n'ont pas renié leur fils, madame, ce qui n'est pas votre cas. Allez... allez donc cuver votre vin, madame Desmeules!

Victoire n'avait pas relevé les deux dernières remarques qui l'avaient profondément blessée. Elle l'avait cherché, le fils Payot? Elle l'avait trouvé! Hargneux, humilié, déchargeant sur elle les fonds de tiroir de ses pensées. Plus bas, plus vil que lui, tel homme n'existait pas, selon elle. Un tel traitement après une vie consacrée à édifier l'entreprise. Un écroulement en moins d'une heure. Sans même la prime de départ qu'elle venait de refuser. Une vie consacrée à tout perdre. Subitement! Poignardée dans le dos par Payot fils et sa petite Dupéré. Une vie consacrée pour que sa femme, sa traînée, se pavane en limousine comme une reine. «Une fille de rien», comme disait le père qui, paralysé, ne savait même plus que Victoire Desmeules existait. Les employés n'avaient rien osé dire. Ils avaient vu Victoire lancer dans une mallette, puis dans des sacs, tous ses effets. Sans plus attendre, trente minutes plus tard, l'ex-vice-présidente claquait la porte. Sans un mot à qui que ce soit et sans un geste pour la retenir de la part de qui que ce soit. Sans même avoir revu Eugène. Son règne était fini. Partie, madame Desmeules. Sans un sou de Payot, avec en bandoulière sa fierté.

De retour dans sa vaste demeure, elle se servit un scotch, ouvrit une bouteille de vin, tourna le bouton de la radio où des airs de Noël se succédaient. Puis, effets de l'alcool mêlés au valium, elle pleura à chaudes larmes. C'était trop injuste, trop ingrat, songea-t-elle. Pourquoi la vie était-elle si cruelle? Ivre du vin suivi de verres de cognac, elle chancelait, s'agrippait aux fauteuils et atteignait le téléphone. Suzelle! Que Suzelle qui la comprendrait. Que Suzelle à qui dépeindre son bien triste tableau.

— Tu n'as pas fait ça, Victoire, de lui dire sa sœur après que cette dernière lui eut débité d'un trait son entretien du matin.

— Quoi, pas fait ça? Tu croyais que j'allais lui embrasser les pieds?

— Non, mais tout de même! Si tu avais gardé ton calme, si tu avais négocié...

— Rien à faire. Un poste de conseillère auprès de la Dupéré! Je t'ai dit...

— Oui et je te comprends de l'avoir refusé. Surtout avec elle que tu ne pouvais pas sentir. Mais la prime de séparation, Victoire, qui sait si tu n'aurais pas pu aller chercher cent mille dollars?

— Me faire payer pour débarrasser le plancher? Et ma fierté, Suzelle? On dirait que tu ne me connais pas, toi! Papa a toujours dit...

– Oui, oui, je sais ce qu'il disait et bien souvent, il avait tort, Victoire. Tu aurais dû au moins écouter, négocier, je suis certaine qu'après toutes ces années, tu aurais pu faire grimper le dédommagement. Tu n'as même pas...

– Non, je n'ai pas cherché à savoir! Je suis partie la tête haute après lui avoir dit tout ce que je pensais de lui.

– Voilà qui s'appelle s'en tirer à bon compte. Les paroles s'envolent, tu sais... Victoire, comprends, tu avais pourtant besoin de cet argent! Ta maison, tes dettes...

– Et puis après? Crois-tu que *Payot* soit la fin du monde pour moi? Attends, tu verras. Il ne perd rien pour attendre le fils Payot. On va venir me chercher, on va m'offrir la lune. Voyons, Suzelle, avec mon expérience...

Un bruit, celui d'un liquide qu'on verse dans un verre.

– Arrête de boire, Victoire! Tu es saoule, tu ne régleras rien de cette façon.

– Ne te mêle pas de ça, petite sœur. Je ne suis pas saoule, je décompresse. Arrête de me juger sans voir, j'en, j'en... suis à mon premier verre.

– À d'autres, Victoire, pas à moi. Tu balbuties, tu t'enfarges, c'est comme si j'étais là. Je pourrais même jurer que tu as pris des calmants.

– Ça me regarde; je décompresse, je t'ai dit. J'ai à me remettre de tout ça, c'est pourtant facile à comprendre, non? Des coups, que des coups en bas de la ceinture depuis deux ans. Carl Prémont, mon emploi, tu... tu voudrais que je noie ça dans l'eau de Vichy, Suzelle? Laisse, laisse-moi...

– Victoire, Victoire, tu es encore là?

Victoire Desmeules, ivre d'alcool et droguée par les calmants, gisait par terre. Au bout du fil, Suzelle distinguait des grognements suivis de ronflements de la part de celle qui refusait de perdre sa fierté, mais non ses facultés.

L'année qui venait de naître ne laissait rien présager de valable à cette femme de cinquante-deux ans quelque peu déprimée. Après son départ de l'entreprise *Payot,* dont elle eut bien du mal à faire le vide, elle s'attendait subito presto à des appels de tous côtés pour ses services. Elle avait, bien sûr, quelques économies, mais son train de vie les faisait fondre si vite qu'elle avait dû se départir avant Noël de sa dernière femme de ménage. Payot fils lui avait fait parvenir par courrier le montant de ses vacances accumulées avec un petit mot: *Bonne chance, madame, merci de votre apport. Eugène Payot.* Pas la moindre récidive de la part du nouveau président face à la prime qu'elle avait rejetée sans en connaître la valeur. Et pas la moindre tentative de la part de Victoire pour essayer de la récupérer après avoir constaté que ce magot l'aurait grandement aidée. Orgueilleuse jusqu'au bout des ongles, Victoire Desmeules avait marché sur son urgent besoin d'argent pour ne pas perdre la face. Elle avait signé, sans même la lire, la lettre de démission rédigée par Leslie Dupéré et dans laquelle se trouvait une clause de non-réclamation en aucun temps. Ayant appris son départ, plusieurs clients se montrèrent attristés, sympathiques à sa cause, lui promettant que d'ici peu de temps elle allait avoir des nouvelles d'un concurrent. Victoire, sûre d'elle, sans même s'arrêter sur ses calendriers, n'attendait que le moment de se venger, de ruiner, par son savoir-faire, son abominable employeur d'hier. Dans sa tête, c'était clair, Eugène Payot allait payer cher ce renvoi qu'elle qualifiait d'injustifié.

L'année venait de naître... et les mois s'écoulèrent. Les appels promis ne lui venaient pas. Un à un, les clients d'autrefois s'estompèrent, laissant dans l'oubli, avec son talent, celle qui, selon eux, avait sans doute fait son temps. En début de mars, un vendeur d'une firme concurrentielle la rappela.

— Madame Desmeules, j'ai une offre pour vous.

— Puis-je savoir de qui?

— De la part du proprio de la boutique *Beauté-Santé*.

— Cette petite boutique sans même une succursale? Comme gérante, j'imagine?

— Heu, heu... pas tout à fait. Comme vendeuse au comptoir, madame.

— Quoi? Vous osez m'appeler pour un emploi de vendeuse? Moi, l'ex-vice-présidente des entreprises *Payot?* Vous avez du culot, mon ami!

— Excusez-moi, j'ai agi de bonne foi. Si vous saviez comme j'ai hésité... Je sais ce que vous valez, croyez-moi, mais à votre âge...

— Mon âge, mon âge, mais je suis dans la force de l'âge, monsieur!

— Je n'en doute pas, madame Desmeules, mais dans ce milieu, les gérantes ont entre trente et trente-cinq ans maintenant. On vise une clientèle jeune, on mise jeune, on...

— N'allez pas plus loin, j'ai compris! De toute façon, même à titre de gérante, jamais je n'aurais accepté un si minable emploi. Pas avec le passé que j'ai, l'expérience acquise. J'ai fait le tour du monde, moi!

— Je sais, madame Desmeules, et je ne doute pas de vos qualités. Je déplore le fait autant que vous, je ne comprends pas, mais que voulez-vous, c'est tout ce que j'ai pu trouver. Je m'excuse, je n'aurais pas dû vous téléphoner.

— Allons, ne vous excusez pas, votre geste est louable et je vous en remercie. Ne vous inquiétez pas pour moi, j'ai déjà deux offres à considérer. Merci de votre démarche et de l'attention que vous me portez, monsieur.

Et Victoire raccrocha sur la seule offre d'emploi, et au salaire minimum, qui lui parvenait depuis son renvoi.

Il lui fallait garder la tête haute, faire face à ses créanciers, ne rien laisser paraître de sa position fâcheuse. Elle épuisa ses économies jusqu'au bout, sauf cinq mille dollars qu'elle camoufla dans un coffret de sûreté d'une banque éloignée. D'un mois à l'autre, elle subsistait, elle survivait, au grand désespoir de Suzelle qui la sentait au bord de la ruine personnelle. Pour étirer le temps, dans l'espoir qu'un poste de commande lui tombe du ciel, Victoire vendit sa Mercedes, puis ses fourrures et ses bijoux, diamants de ses ex-maris inclus. Que des sursis afin de payer, d'un mois à l'autre, l'hypothèque élevée qui la rongeait. Anxieuse, angoissée, elle ne mangeait presque plus. Elle buvait, elle fumait, elle dormait avec l'aide de calmants et elle se relevait plus triste que la veille, plus pauvre d'un jour à l'autre. D'ici là, les meubles les plus chers, le piano, les tableaux, bref, tout ce qui lui restait de valeurs, allaient y passer.

À la mi-juin, le téléphone avait cessé de sonner. Même les coups de fil qui répondaient à ses appels et qui lui disaient qu'ils étaient désolés, qu'ils n'avaient rien pour elle. Parce que Victoire Desmeules, ruinée, s'était enfin humiliée à quémander un poste de directrice à salaire, à rabais. Même à ce prix, on ne voulait pas d'elle. Pour la concurrence, l'ex-vice-présidente était dépassée. *Payot*, depuis son départ, avait repris du poil de la bête. Leslie Dupéré avait tout chambardé et les concurrents le savaient. Les produits nouveau-nés, soutenus par une adroite publicité, rapportaient des profits inespérés. Payot fils avait délié les cordons de la bourse que le père avait maintenus serrés.

Victoire vivait depuis trois mois dans une luxueuse maison presque vide. Sans auto pour se déplacer, réfrigérateur peu rempli, le bar, toutefois, était encore garni de bouteilles de toutes sortes. Madame Desmeules, déprimée, solitaire, buvait plus que jamais. Et son médecin, ne connaissant trop la cause de son désarroi, la calmait d'une ordonnance. Un bienfait qu'elle laissait parfois fondre dangereusement dans son scotch ou son verre de vin. Cheveux longs avec repousse grise, la belle dame de jadis n'était plus que l'ombre d'elle-même. Elle parlait à Suzelle par le truchement du téléphone, mais lui interdisait toute visite. Elle avait besoin d'être seule, de réfléchir, lui disait-elle. Elle préparait son entrée dans une grande entreprise, mentait-elle. Et Suzelle, quoique méfiante, lui accordait le bénéfice du doute. Sans voir, cependant, le visage apeuré, amaigri, que rendait le miroir de Victoire.

Trois autres mois sans payer, à ignorer les avis de la banque et les appels des autres créanciers qui échouaient sur le répondeur. Trois mois à se cacher, à ne plus sortir, à ne rappeler que Suzelle pour lui dire que, bientôt, tout serait réglé. Puis, un matin, les huissiers et un ordre de la cour. Elle supplia, elle voulut s'expliquer; on lui donnait deux jours pour payer, pour se conformer. Seule, sans personne à qui emprunter, Victoire avait bu sa défaite avec une dernière bouteille.

– Suzelle, c'est moi...

– Victoire? Que t'arrive-t-il, ta voix est grave. Rien de sérieux, j'espère?

– Suzelle, je, je... Et elle éclata en sanglots.

– Qu'as-tu? Parle! Je t'en supplie, Victoire, calme-toi et parle.

– Je... je suis ruinée, murmura-t-elle. On m'a saisie, on m'a tout pris, je suis dans la rue, Suzelle. Je n'ai plus rien. Aide-moi... Et Victoire se remit à pleurer de plus belle.

– Où es-tu? D'où m'appelles-tu?

– D'une cabine téléphonique avec trois valises remplies de vêtements à mes pieds. J'ai tenu le coup jusqu'au bout, mais là, je n'ai plus rien, j'ai tout perdu.

– Mais ne reste pas là, saute dans un taxi, arrive Victoire, ma porte t'est grande ouverte.

– Je n'osais pas, je ne savais pas comment...

– On en discutera plus tard, veux-tu? Viens vite, ne reste pas comme ça! Tu as assez d'argent pour régler la course?

– Oui, oui, j'ai ce qu'il faut, mais si tu savais comme j'ai honte...

– Victoire, je t'en supplie, n'en dis pas plus. Viens vite, arrive, tu n'es pas dans la rue, voyons! J'ai un si grand appartement.

# Chapitre 11

L e 9 décembre 1986, c'est dans un restaurant du nord de
la métropole que Victoire fêtait ses cinquante-trois ans
en tête-à-tête avec Suzelle. Le vin était à l'honneur, les
pâtes délicieuses, et la dame, cheveux gris colorés bruns,
affichait ce soir-là une mine réjouie même si ses traits
accusaient bien son âge. La partie n'avait pas été facile pour
la sœurette qui avait ouvert sa porte à l'aînée, ruinée,
déprimée, en larmes et ayant perdu tout espoir. Victoire, dont
elle avait été si fière, était arrivée chez elle ravagée, amaigrie
et défaite, traînant ses trois valises, puant l'alcool à plein nez.
Mais le cœur avait fait fi de l'odeur et du portrait qui s'offrait
à sa vue. Pour Suzelle, Victoire était encore la remarquable
grande sœur. Jour après jour, elle avait veillé sur elle et ce, en
dépit de ses dures journées de travail. Victoire la retenait
éveillée jusqu'aux petites heures pour se plaindre, pour
pleurer, pour jurer de se venger, alors que Suzelle s'étirait les
paupières pour ne rien laisser paraître de ses nuits abrégées.
Et Victoire jurait encore de se venger. De qui, de quoi? De
tous et de tout à la fois sans ne jamais s'en prendre à elle-
même. Discrètement, Suzelle était allée avec elle quérir dans
le coffret bancaire les dernières économies de sa sœur, jadis
millionnaire. Cinq mille dollars que Suzelle avait déposés

dans son propre compte pour qu'ils soient à l'abri de tout requin et du moindre œil averti. «Heureusement que j'ai caché ce montant, cela me permettra de tenir un bout de temps», lui avait dit Victoire, désireuse de partager avec elle le loyer et les denrées. Ce à quoi Suzelle s'opposait, clamant qu'elle n'avait pas besoin de son aide pour le logement. Puis, elle se mit en tête de la remettre sur pied, de lui redonner son élan et sa joie de vivre d'antan. Tableau optimiste que l'aînée approuvait, rendue au fond... de la bouteille. Car Victoire buvait encore et encore, prétextant que l'alcool était remède et oubli. Le seul argument entre elles depuis que «la grande» vivait sous son toit.

— Tu bois trop, Victoire, tu ne peux plus te contrôler. Si tu voulais t'aider, je pourrais t'indiquer...

— Non, arrête, ne me parle pas de cure, toi; je ne suis pas une alcoolique. Je bois pour me remettre, Suzelle; je l'ai toujours fait et c'est comme ça que j'ai pu oublier les plus grandes déceptions de ma vie. Je n'ai aucun problème, crois-moi, je bois parce que l'alcool est mon remède. Si ça te dérange, sois franche et dis-le-moi. Si c'est le cas, je partirai, je ne t'ennuierai pas.

Suzelle aurait voulu lui faire comprendre, lui dire qu'elle désirait l'aider parce qu'elle l'aimait, mais elle préféra se taire devant la menace; elle aurait à en vivre le remords si, un jour, Victoire partait. Et l'aînée ne buvait plus que du vin rouge par souci d'économie. Que du vin rouge qu'elle achetait au plus bas prix, qu'il soit de France, d'Israël ou du Chili. Et quand elles allaient dans un restaurant, le vin maison au litre, le vin d'ici, vinaigré ou de bon goût. Peu importait la marque ou la qualité pour autant que le verre... fut plein!

Un samedi, alors que Victoire était partie magasiner, Suzelle avait prévenu son frère du déménagement de sa sœur, de son triste état, de la perte de son emploi, de sa ruine. Ce dernier l'avait écoutée pour ensuite s'écrier:

– Le cul sur la paille! Exactement comme je l'avais prédit. Tu vois bien qu'elle est folle, et maintenant c'est toi qui l'as sur les bras. Si tu t'attends à de la sympathie, tu te trompes de numéro, ma petite sœur.

Danielle qui avait tout entendu avait murmuré:

– Patrice, voyons...

– Non, non, pas de «voyons», toi! Ne te mêle pas de ça, ma femme. Elle nous a fait chier pendant des années, celle-là!

– Patrice! de reprendre Suzelle, c'est tout de même de ta sœur que tu parles.

– Ma sœur? Quelle sœur? Je n'ai qu'une sœur, moi, et c'est toi, Suzelle. Victoire est morte depuis longtemps pour moi. Sortie de ma vie, t'as compris? Tu appelles ça une sœur, toi, une femme qui n'a jamais pris de nouvelles de sa belle-sœur ni de mes enfants? Elle aurait pu m'ignorer que ça ne m'aurait pas dérangé, mais Danielle et les enfants n'avaient rien à voir dans nos querelles. Une sans-cœur, pas une sœur, Suzelle. Tu peux la plaindre autant que tu voudras, mais moi, une mère qui abandonne son propre enfant, ça ne fait pas partie de la famille. Une folle que je te dis! Une Marie-Antoinette qui a fini par être guillotinée! Imagine, Suzelle! Trois maris, des autos, des millions, des voyages à travers le monde et puis, un jour, plus un rond. T'appelles ça une femme intelligente, toi? Rappelle-toi les larmes que maman a versées parce qu'elle se sentait abandonnée par elle. Rappelle-toi, Suzelle. Un cœur plus dur que le sien, je n'en ai jamais vu, moi! Héberge-la, cajole-la, fais ce que tu veux, Suzelle, mais ne me l'impose pas...

– Je voulais juste te donner de ses nouvelles, Patrice.

– J'aurais pu m'en passer! Ça m'aurait évité de sacrer, de m'emporter, de m'en prendre à Danielle. Toi, tu seras toujours la bienvenue chez moi, mais ne me parle plus jamais d'elle. Elle est morte et enterrée, la grande! Et pour moi, ça fait plus longtemps que la mère qu'elle est en cendres!

– Bon, bon, n'allons pas plus loin, veux-tu? Je ne t'en reparlerai plus, mais ne m'attends pas pour Noël. Je ne la laisserai pas seule dans son désarroi, moi.

– Comme tu voudras, Suzelle. On se reverra quand bon te semblera.


– Victoire, je pense avoir décroché un emploi pour toi! s'était écriée Suzelle en rentrant de son travail par un froid virulent de février.

– Ne me parle pas d'une boutique ou d'un grand magasin, tu sais très bien que je ne veux pas être vue du public. Imagine si un ancien client se présentait...

Depuis son arrivée chez sa sœur, Victoire n'avait pas jeté les yeux sur la moindre offre d'emploi des journaux. Dégoûtée de constater qu'elle ne faisait plus partie de celles sur qui l'on misait à cause de son âge avancé — à cinquante-trois ans seulement —, elle s'était révoltée contre le monde entier qui l'avait, si jeune, enterrée vivante avec ses années d'expérience dans le ventre. En pleine forme, encore jolie, bien mise, on accueillait sa candidature à tout poste comme celle d'une retraitée. Une rançon de la gloire bien ingrate pour celle qui avait encore tant à donner. Cinquante-trois ans et déjà... au rancart. Comme si son talent, ses idées, émergeaient d'un naufrage. À chaque fois qu'on lisait son curriculum vitae, on était sûr d'avoir déniché la perle rare jusqu'à ce qu'on voie sur le papier... son âge. On lui avait offert quelques emplois, mais si peu valorisants qu'elle s'était crue à la remorque d'un organisme d'œuvres de charité. Désespérée, la quinquagénaire avait fini par abdiquer son savoir-faire pour se sentir condamnée à vivre, inerte, dans un corps pourtant encore vivant. Vendeuse au comptoir, représentante pour du porte à porte, solliciteuse par téléphone, caissière, étalagiste pour le rayon des bijoux dans une succursale d'une chaîne de magasins, voilà ce qu'on offrait à l'ex-vice-présidente de *Payot* qui avait conquis tous les continents. Victoire dès lors avait fermé les yeux, préférant ouvrir la bouche pour absorber les vins du dépanneur du coin que le peu qui restait de ses maigres économies lui permettait. Mais Suzelle, toujours heureuse dans son humble travail d'hôtesse de restaurant, ne lâchait pas prise. Il fallait que sa sœur sorte de son marasme, qu'elle croie encore en elle-même et qu'elle accepte d'avoir été et... de ne plus être. Elle ne le voulait que pour sa survie, que pour la soustraire à sa bouteille et à son laisser-aller quotidien, elle, écrasée devant la télé, mine déconfite, qui ne se levait même pas pour préparer le souper. Victoire payait sa part, mais Suzelle savait fort bien que son maigre avoir s'envolait et que, bientôt, elle l'aurait entièrement à sa charge. Ce qu'elle ne pouvait envisager avec son modeste salaire même si elle jouissait d'un confortable coussin dans un compte en banque. Car Suzelle avait épargné l'argent de la vente de sa maison, seul et unique héritage de son défunt père. À quarante-six ans, l'ex-madame Gilles Fabien était plus à l'aise pécuniairement que son aînée, jadis bourrée d'argent. Il fallait que Victoire se secoue, qu'elle redevienne un être entier et non à charge. Il fallait qu'elle la sauve, ne serait-ce que pour contrer ses beuveries permanentes.

– Non, Victoire, quelque chose de mieux que tout ce qu'on a pu t'offrir jusqu'à présent. Un emploi dans lequel tu te plairas, à l'abri de toute rencontre désagréable.

– Bon, dis toujours, on verra bien.

– Figure-toi que j'ai comme client un notaire du nom de Gérard Dalpé. Un homme charmant qui a une étude assez prospère depuis trente-deux ans. Pas un immense bureau, mais bien établi avec une clientèle fidèle. Un bureau discret comme celui que père avait. Jusqu'à ce jour, c'est son épouse qui lui servait de secrétaire, mais la brave dame que je connais est fatiguée et compte se reposer. Imagine! À travers ça, elle a élevé cinq enfants et souffre maintenant d'angine. À soixante ans, il était temps pour elle de déposer les armes, et monsieur Dalpé cherche une personne pour la remplacer. Je lui ai parlé de toi et il m'a semblé enchanté d'autant plus que tu as de l'expérience dans les contrats notariés.

– De l'expérience, de l'expérience, j'avais vingt-trois ans, Suzelle! Les temps ont sans doute bien changé. Ce que je faisais avec père et ce que l'on fait aujourd'hui... De plus, tout doit être sur ordinateur et je n'ai pas cette maîtrise de l'informatique. Je ne suis pas de la dernière école, moi!

– Il le sait et ça ne change rien. Il prétend qu'avec quelques notions de base, tu pourras très bien t'en tirer. D'un clavier à un autre, m'a-t-il dit. Ce qui prouve qu'il est intéressé, Victoire.

– Sait-il seulement l'âge que j'ai ce monsieur?

– Bien sûr et il te trouve bien jeune, crois-moi. Monsieur Dalpé a soixante-trois ans. Son bureau n'est pas loin d'ici, tu pourrais même t'y rendre à pied. Il m'a dit que l'un de ses fils travaillait avec lui et qu'une réceptionniste prenait les appels. Bref, ton travail consisterait à les seconder, son fils et lui.

– Avec un salaire de crève-faim, je présume?

– Écoute, Victoire, ce n'est pas *Payot* ni le poste que tu détenais. Il faut oublier cette époque et tourner la page. Tu cherchais un travail discret et à l'abri des regards? Ne crois-tu pas que ce serait là une chance en or?

– Quelle est son offre salariale, Suzelle? Je ne suis pas une bénévole, moi!

– Sans t'avoir vue, sans même te connaître, il te fait confiance et il est prêt, m'a-t-il dit, à faire un essai à cinq cents dollars par semaine avec trois semaines de vacances payées. Quand même pas si mal pour commencer. Il a ajouté que si le travail te plaisait et que si l'entente était bonne entre toi, son fils et lui, il serait apte à réviser ce salaire au bout d'une année. Je sais que ce n'est pas la mer à boire pour toi qui as gagné beaucoup plus...

– Ce qui voudrait dire un grand pas en arrière, un retour aux sources, quoi!

– Et puis après? Il y a de ces pas en arrière qui font avancer, Victoire. Je t'en prie, mets ton orgueil de côté pour une fois et considère cette offre. Remarque que je ne te l'impose pas, mais tu n'étais pas malheureuse dans ce milieu. Rappelle-toi tes bonnes années avec papa. Une petite entreprise, Victoire, la tête tranquille, avec du bon temps pour profiter de la vie le soir venu et les fins de semaines. Rien pour te tracasser, rien pour t'angoisser. Avec, en plus, la satisfaction d'être appréciée.

Victoire songea quelque peu, vida le fond d'une bouteille de vodka, puis, relevant la tête, elle regarda sa sœur droit dans les yeux.

– Tu te démènes beaucoup pour moi, tu sais. Je sens tous les sacrifices que tu t'imposes depuis que je suis avec toi, Suzelle. Je n'ai pas toujours été facile, pas vrai? Et toi, patiente, dévouée, tu m'as laissée vider mon fiel. Tu m'as écoutée sans jamais t'emporter. Tu m'as toujours soutenue. Il m'arrive de boire trop, de perdre la tête, mais mon cœur est toujours sobre, lui. J'ai vu tout ce que tu as fait pour moi...

— Je t'en prie, tu me fais rougir, Victoire. Ce que j'ai fait pour toi, tu l'as fait maintes fois pour moi. Et je ne te rends rien, crois-moi. Je ne veux que ton bien, ta paix intérieure, grande sœur. Je veux que tu sois heureuse pour l'être avec toi. Trêve de mots de gratitude, Victoire. Nous sommes indissociables, toi et moi. Pourquoi ne pas profiter de ces belles années qui s'offrent à nous? Le passé n'existe plus, regardons l'avenir ensemble, veux-tu?

— Oui, tu as raison, petite sœur. Et ce monsieur Dalpé, quand donc serait-il prêt à me rencontrer?

— Parce que tu acceptes? Oh, Victoire! Si tu savais comme tu me combles de joie. Je dois le revoir demain, lui donner une réponse. Il a besoin d'une secrétaire le plus tôt possible. Je crois même que tu pourrais le rencontrer d'ici vendredi.

— Bon, ça va. Dis à ce notaire que je suis prête à le rencontrer, à discuter avec lui du travail et non du salaire. Dis-lui que s'il est encore intéressé, j'accepte sa proposition. Je reprends confiance, Suzelle et, si ça fonctionne, tu crois qu'à deux on pourrait faire l'achat d'une petite maison? Rien de grand, une petite maison modeste. On étouffe de plus en plus dans cet appartement.

Le vendredi suivant, bien coiffée, maquillée, tailleur noir sur blouse de soie beige, boucles d'oreilles en or, broche en forme de rose, Victoire Desmeules attendait dans une petite salle que le notaire Gérard Dalpé la reçoive. Une attente de quelques minutes à peine. Homme honorable aux tempes grises, poli, galant comme les hommes d'hier, il lui fit bonne impression. Et elle remarqua qu'il avait à son égard beaucoup de respect mêlé d'admiration. Madame Desmeules avait tout de même une réputation qui la précédait. L'entente fut cordiale, chaleureuse, et elle sentait que le notaire comptait beaucoup sur elle, même si elle lui avait dit: «Vous savez, il me faudra réapprendre, il y a si longtemps que j'ai quitté l'étude de mon défunt père». Il lui présenta son fils Raymond, un bon gaillard rondelet de quarante-deux ans. Un père de famille tout comme lui. Jovial, sincère, moins élégant que le père, mais tout aussi gentil. En moins d'une heure, le marché était conclu. La jeune réceptionniste était aimable et assurait Victoire qu'elle lui enseignerait la marche à suivre de son ordinateur. Heureux d'avoir trouvé une si brave dame pour remplacer sa femme, Dalpé lui avait demandé:

— Selon vous, madame Desmeules, sans vous obliger, vous croyez qu'il vous serait possible de commencer dès lundi?

— Bien sûr, monsieur, sans aucun effort de ma part.

Deux mois plus tard, Victoire Desmeules était entièrement intégrée au décor. Le travail ne la troublait guère car, à quelques exceptions près, elle se serait crue dans l'étude de son père. Les contrats étaient restés les mêmes et elle maniait l'ordinateur comme elle le faisait de sa machine à écrire autrefois. Redevenue brune parce que le blond ne convenait plus à son âge, elle avait renouvelé sa garde-robe. Les tons de noir en étaient exclus et elle arborait des robes de soie rouge, des tailleurs jade et des blouses de dentelle aux tons d'ivoire ou pastel. Elle avait fait la connaissance de la femme de son patron, une personne charmante qui bénissait le ciel d'avoir une si remarquable remplaçante. Une famille unie, une famille aimante, le fils était poli, courtois, bref, c'était le travail dans la plus parfaite harmonie. Heureuse, sourire aux lèvres, c'était une autre sœur que Suzelle retrouvait chaque soir. Victoire avait changé. Cet emploi de bonne qualité l'avait métamorphosée. Joviale, aimable, elle ne parlait jamais de son passé. Sa ruine tout comme ses déboires les plus intimes avaient été enterrés, enfouis dans un baluchon du cœur ficelé. Victoire buvait encore, avalait ses calmants, mais elle buvait moins qu'avant parce qu'elle craignait d'afficher, le lendemain, une mine de la veille à ceux qui lui faisaient confiance. En revanche, le samedi, Victoire plongeait un peu plus dans le whisky. Sans doute pour oublier qu'elle était seule, sans un homme dans son lit, elle qui, jadis, les accumulait au détriment de ses maris.

Début juin de la même année, par un dimanche ensoleillé, Victoire dit à sa sœur qui venait à peine de se lever.

— Tu sais à quoi je pense, Suzelle? Tu sais ce qui me hante depuis quelque temps?

— Non, mais si tu veux bien me le dire...

— J'aimerais revoir mon fils.

Suzelle faillit s'évanouir. Le choc avait été si fort qu'elle en échappa sa brosse à dents. Appuyée contre l'évier, elle ne pouvait bouger.

— Tu m'as entendue, dis?

— Oui, oui... tu es sérieuse, tu voudrais revoir Régis?

— Oui, j'y pense de plus en plus souvent. Te rends-tu compte qu'il a maintenant dix-huit ans et que je ne l'ai jamais revu depuis ses premiers pas?

— Oui, je sais, mais si je m'attendais à cela ce matin... De toi, Victoire.

— Sans rien déranger de sa vie, tu sais. Juste le revoir, ne serait-ce qu'une fois. Le revoir, lui parler, le regarder, un désir de mère, quoi!

— Ne crains-tu pas qu'une telle rencontre risque de le chavirer? Et toi? Tu n'as pas peur d'en être bouleversée? Après toutes ces années...

— Oui, je sais, Suzelle, mais il n'est pas normal pour une mère de ne pas sentir cet appel de la chair. Je savais qu'un jour ou l'autre, ça m'arriverait. Je ne voudrais quand même pas mourir sans avoir revu mon fils, sans lui avoir dit...

— Je comprends, Victoire, mais avoue avec moi que c'est bien délicat. Régis vit avec son père depuis son enfance. Mado s'en est occupé comme une mère. Il ne t'a jamais réclamée...

— Parce qu'il était jeune, mais là, peux-tu affirmer qu'il ne pense pas à moi parfois? Il sait qu'il a une mère, qu'elle existe. Qui te dit...

— Peut-être, Victoire, mais je t'avoue que je ne sais comment réagir.

— Tu l'as vu dernièrement? Ne m'as-tu pas dit un jour...

— Oui, je l'ai vu il y a deux ans. Jean-Paul m'avait invitée à souper. J'en étais fort surprise après tout ce que je lui avais craché au visage autrefois, mais il voulait que Régis renoue avec un lien sanguin de sa famille. Très beau, ton fils, Victoire. Un jeune homme bien éduqué, raffiné, poli, instruit. Un fils dont tu peux être fière. J'avais juré de ne pas t'en parler, mais comment me taire puisque tu abordes le sujet. Ton fils te ressemble beaucoup, tu sais. Il adore Mado et il respecte son père qui l'a très bien élevé, crois-moi. Jean-Paul n'avait pas que des défauts. Il n'a vécu que pour Régis depuis votre rupture. Aucune autre femme n'est entrée dans sa vie. Il s'est entièrement consacré à lui. Tu sais qu'il est maintenant gérant d'une entreprise de locations d'autos?

— Ne me parle pas de lui, Suzelle, c'est de Régis que je veux des nouvelles.

– Régis étudie au cégep. Après, c'est la médecine qui l'intéresse. Il m'a dit, il y a deux ans, qu'il rêvait de devenir chirurgien, d'ouvrir des corps et de remettre des cœurs en ordre. Il veut devenir cardiologue, rien de moins.

Victoire était ravie, déjà hautaine sans le laisser paraître. Un fils médecin, réputé avec le temps, de quoi redorer son blason. Victoire était décidément plus qu'intéressée.

– Vraiment? J'en suis heureuse. Ce qui veut dire qu'il ira plus loin que son père...

– Victoire! Pas de vilaines pensées, je t'en prie. Jean-Paul n'avait peut-être rien d'un mari, mais ne doute pas un instant de ses qualités de père. Il voulait à tout prix que son fils ne suive pas ses traces. Il a travaillé, sué, pour que ton fils puisse se permettre de hautes études. N'en fais pas un être méprisable. Une brute avec les femmes, je te l'accorde, mais un ange avec son enfant. Et Mado a sacrifié sa propre vie pour ce petit. Je t'en prie, Victoire, pas de mépris. Tu arrives à peine dans sa vie. Du moins, tu songes à y poser le cœur. Eux, ça fait dix-huit ans qu'ils se consacrent à lui.

– J'en suis consciente et je leur en sais gré. Ne crains rien, je ne me permettrais jamais à titre d'intruse de leur reprocher quoi que ce soit. Et ce, même si mon fils n'avait rien fait de bon dans la vie. Je l'ai abandonné, Suzelle! Crois-tu que je l'ai oublié? Je l'ai rejeté, cet enfant, et je le regrette maintenant. Mais ce qui est fait est fait. Je ne veux rien réparer, ce serait impossible. Je voudrais juste le revoir, lui dire que malgré tout, je suis sa mère, celle qui lui a donné la vie. Penses-tu que Jean-Paul pourrait me refuser une si brève joie?

– Je ne sais pas, Victoire, je ne le sais pas. Laisse-moi lui parler mais remarque que, malgré sa bonne volonté, ton fils est maintenant en âge de décider. Régis n'est plus un enfant et l'accord ou le refus ne peut venir que de lui.

Quelques jours plus tard, c'est d'un pas peu rassuré que Suzelle se rendit chez son ex-beau-frère qui avait accepté de la recevoir sans connaître le but de cette visite inattendue après deux ans de silence. Suzelle n'avait pas voulu parler de sa mission au téléphone, mais elle avait insisté auprès de Jean-Paul pour que Mado soit là le soir convenu et que Régis, si possible, soit absent.

— Bonsoir, Suzelle, entre donc, de l'inviter Jean-Paul avec un grand sourire.

Toujours musclé, pas de ventre rond, presque plus de cheveux, Jean-Paul Croteau avait gardé un certain charme malgré l'âge. Et la brute d'antan, face à Victoire, avait toujours été aimable avec cette belle-sœur qu'il estimait.

— Heureuse de vous revoir, Suzelle, vous êtes toujours ravissante, de lui dire Mado en l'apercevant.

— Je vous rends le compliment, Mado, le temps vous a gardée intacte.

— Tu prends un café, une bière, un scotch? de lui offrir Jean-Paul.

— Un café, s'il te plaît. Tu sais, moi, l'alcool...

— La sage de la famille! de s'exclamer Jean-Paul sans se tourner la langue. Je ne comprends pas que tu ne sois pas remariée avec tes ailes d'ange.

— Un ange, moi? Tu aurais dû me voir à vingt ans. J'étais plutôt démone.

— À cet âge, tout se pardonne quand la sagesse vient ensuite t'avertir... Et puis, assez de ces babioles, qu'est-ce qui t'amène soudainement?

— Jean-Paul, Mado, ce que j'ai à vous dire est très sérieux. Promettez-moi de m'écouter et de m'épauler si possible, car je ne suis pas ici pour moi.

– Tu viens de la part de ta sœur, n'est-ce pas? Elle a des ennuis? Elle est malade?

– Non, Jean-Paul, Victoire va bien. Tu as sans doute appris qu'elle est divorcée?

– Oui, comme ça, entre les branches, mais je n'en ai pas été surpris. Tu sais, quand on épouse un jeune de cet âge, on ne peut pas s'attendre à un amour à vie. D'ailleurs, avec elle, c'est l'euphorie du moment puis la tempête. J'en sais quelque chose, même si c'est loin derrière moi. Mais passons, arrivons vite au but de ta visite. J'ai l'impression que tu ne sais pas par où commencer.

– En effet, je suis assez désemparée, je l'avoue. Tu savais qu'elle habitait chez moi depuis son divorce?

– Non, je n'en savais rien; tu me l'apprends. Tu sais, depuis deux ans, tu n'as guère laissé de traces derrière toi, Suzelle.

– Oui, je sais et je m'en excuse, mais Victoire avait pris toute la place. Elle est arrivée ruinée, déprimée, sans espoir, et je viens à peine de la sortir du noir.

– Je ne t'en demande pas plus, Suzelle. Que veut-elle de nous, ta chère sœur?

– Une faveur qui va vous paraître étrange. Sortie de sa torpeur, repartie à zéro, elle exprime de tout cœur le désir de revoir son fils.

Un long silence. Jean-Paul était bouche bée. Mado avait baissé la tête.

Suzelle en profita pour ne pas perdre le fil de son plaidoyer.

– Elle veut le revoir, Jean-Paul, ne serait-ce qu'une fois. Pas pour l'embêter et surtout pas pour déranger. À son âge, et je m'y attendais, elle voudrait regarder, contempler l'enfant qu'elle t'a donné. Son intention n'est pas d'envahir, soyez rassurés. Son cœur s'est attendri avec les ans et je crois sincèrement qu'elle ne veut pas partir un jour sans avoir revu cet enfant sorti de ses entrailles. Un désir bien légitime, je crois, mais elle m'a assurée qu'elle n'insisterait pas si tu t'y opposais ou si Régis n'avait aucune envie de la connaître. Je lui ai parlé de lui, je l'ai décrit et, comme tu la connais, elle en est fière même si elle sait qu'elle n'a rien fait d'autre que de lui donner la vie. En ce qui vous concerne, Mado, elle vous vénère, reconnaissant que vous avez fait ce qu'elle aurait été incapable de faire pour lui. Elle reconnaît également à quel point tu as été un bon père, Jean-Paul. Elle m'a même avoué l'avoir abandonné sans chercher à s'en disculper. Croyez-vous qu'il soit possible que son vœu soit exaucé?

Ils discutèrent pendant des heures. Jean-Paul, réticent à l'idée, en profita pour dénigrer la mère de son enfant. Comme un homme qui se décharge le cœur quand l'occasion lui en est donnée. Il la plaignait, bien sûr, mais il la condamnait. Il aurait préféré que son fils ne la revoie jamais. Mado, plus sensible, plus mère qu'une mère, semblait pencher en faveur des retrouvailles. Elle savait que Victoire ne prendrait jamais sa place dans le cœur de Régis, mais elle sentait que, seule avec ses déboires, Victoire souffrait.

– Je ne sais quoi te dire, Suzelle. Régis ne m'a jamais parlé d'elle. Pas une seule fois, il n'a manifesté le désir de la connaître, de la revoir.

– Si, Jean-Paul, tu te trompes, de l'interrompre Mado.

– Que veux-tu dire? Il se serait ouvert à toi? Il t'aurait parlé d'elle?

Mado, les mains jointes sur ses genoux, de renchérir à son frère:

– Oui, Jean-Paul, Régis m'a souvent parlé d'elle. C'est à moi qu'il s'ouvrait au fur et à mesure qu'il grandissait. Toi, tu n'aurais pas apprécié qu'il te parle d'elle. Ça, il le savait. Encore dernièrement...

– Il a exprimé le désir de la connaître, de la rencontrer?

– Oui, Jean-Paul, ne serait-ce que par curiosité comme il disait.

– Et que lui as-tu répondu?

– Qu'il n'en dépendait que de lui et du moment où il se sentirait prêt.

– Mais tu ne m'en as pas parlé? Pourquoi, Mado?

– Parce que tu n'aurais pas compris, Jean-Paul. C'était là notre secret.

Au même moment, la porte s'ouvrait et Régis rentrait. Il était accompagné d'une ravissante jeune fille, sa petite amie, sans doute. Plus homme qu'il y a deux ans, plus beau, plus grand, Suzelle fut éblouie par ce neveu qui lui souriait tout en l'observant comme pour se rappeler...

– Tu reconnais ta tante Suzelle, n'est-ce pas? de lui demander Mado.

– Oh! bien sûr, mais ça fait si longtemps que je l'ai vue. Vous allez bien? lui demanda-t-il en lui tendant la main. Permettez-moi de vous présenter Lise, ma petite amie, non... la fille que j'aime.

Le portrait de sa mère. Aussi décidé qu'elle, aussi direct, aussi franc dans ses élans, mais avec dans les yeux une lueur de bonté que Victoire n'avait pas. Jean-Paul, embarrassé, n'osait parler devant la jeune fille. Mado, plus spontanée, s'adressa à son «p'tit gars».

– Ta tante est ici pour une affaire très personnelle, Régis. Un entretien qui te concerne.

Régis regarda sa bien-aimée qui, pas bête, comprit la situation.

– Je n'étais venue que pour le reconduire. Nous avons pris ma voiture, ce soir. Je dois partir, Régis. Tu sais, avec ce cours si tôt demain matin...

Elle salua poliment, il la raccompagna jusqu'à la voiture et Suzelle discerna, par la fenêtre ouverte, le baiser échangé. Il revint sur ses pas, se servit un café, prit place dans un fauteuil et regardant son père, déclara:

– Je suis tout ouïe maintenant. Puis-je savoir de quoi il s'agit?

Jean-Paul alla droit au but en lui faisant part du désir de sa mère. Ce fut bref. Il prit une pause et ajouta d'un ton très solennel:

– Une décision qui ne regarde que toi, mon fils. Rien ne t'y oblige, tu es entièrement libre. Nous avons longuement discuté tous les trois pour en conclure que tu étais le seul...

Régis ne le laissa pas terminer.

– Moi, je veux bien si ça n'offense personne. Qu'en penses-tu, Mado?

– Le moment est sans doute arrivé, Régis. Nous en avons souvent parlé.

– Et toi, papa, ça ne te dérangerait pas?

– Je te l'ai dit et je te le répète, la décision te revient de droit. Tu es en âge d'assumer la portée de tes gestes. Si le cœur t'en dit...

– J'avoue que ça va me gêner, mais ça fait longtemps que j'ai envie de la rencontrer. Ça me tenaillait, ça me tiraillait, ma tante, mais j'attendais qu'elle se manifeste; je ne voulais pas m'imposer. Si ma mère veut me revoir, moi, je veux bien. Je sais que ça n'indisposera pas Mado et comme papa disait...

– Je te le répète encore, Régis. Ton choix, ton droit.

Suzelle partit heureuse ce soir-là. Elle allait tout arranger pour que Victoire et Régis se rencontrent en terrain neutre. Sans que Jean-Paul y soit, sans que Mado ne croise son ex-belle-sœur. Au volant de sa voiture, elle jubilait. Quelle joie pour elle que d'annoncer ce bonheur à sa sœur! Elle allait enfin voir son aînée avec un baume sur le cœur. D'autant plus qu'en parlant d'elle, Régis avait dit sans retenue... ma mère.

À l'annonce de l'heureuse nouvelle, Victoire avait frémi. Elle reverrait son fils sans que personne ne s'y oppose? Elle n'en croyait pas ses oreilles et se jeta telle une enfant dans les bras ouverts de sa cadette. Suzelle s'abstint de lui faire part du plaidoyer, préférant lui faire croire que tout s'était bien passé et que Jean-Paul n'avait pas été contrarié. Elle ne dévoila pas que Régis avait utilisé le terme «ma mère», de peur que le jeune homme ne s'en abstienne devant elle. Il ne restait plus qu'à fixer le jour, l'heure et l'endroit.

– Si c'était possible, Suzelle, j'aimerais que cette rencontre ait lieu le quatre septembre, jour de son dix-neuvième anniversaire. De cette façon, je ferais d'une pierre deux coups en lui offrant un présent. Tu sais, il n'est pas facile de se retrouver devant un homme quand on a quitté un enfant.

– Tu ne crois pas que tu abuses, que tu en demandes trop? Et si Jean-Paul et Mado avaient l'idée de le fêter?

– Sa fête tombe un vendredi, cette année. Ne crois-tu pas qu'on va plutôt le fêter le lendemain avec ses amis qui seront en congé? Si tel n'est pas le cas, je le verrai le samedi, mais j'aurais tellement aimé partager ce jour de fête avec lui. N'ont-ils pas eu les autres anniversaires, eux? Sa première fête avec moi, la seule peut-être. Insiste, Suzelle, je t'en supplie.

Suzelle n'eut pas à insister outre mesure. Jean-Paul maugréa quelque peu parce qu'il comptait fêter son fils le soir même de son anniversaire, mais voyant que Mado semblait plutôt compréhensive, il se montra bon joueur et remit au lendemain le souper prévu pour son fils. Tenant compte que Victoire ne l'avait pas embêté avec la garde partagée durant toutes ces années, il avait dit à sa sœur: «Soit, accordons-lui ce qu'elle demande. Pour une fois qu'elle semble avoir du cœur au ventre.» Régis s'était montré enchanté de cette rencontre éventuelle quoique le fait de se retrouver seul, face à face avec elle, l'intimidait terriblement. Il aurait souhaité que Suzelle fût des retrouvailles, ne serait-ce que pour casser la glace, mais cette dernière lui avait dit: «Je crois qu'il serait préférable que vous soyez seuls tous les deux pour la première fois. Par la suite, je serai là, Régis, je te le promets, mais je connais Victoire, elle serait très mal à l'aise de me sentir à ses côtés pour cette première rencontre. Elle n'est pas du genre à s'exprimer quand elle se sent épiée. Crois-moi, ça ira beaucoup mieux comme ça.» Régis n'avait pas insisté mais il voulait en savoir davantage. Où, comment, à quelle heure? Victoire avait exprimé le désir que la rencontre ait lieu au *Ritz Carlton*. Une table discrète, un endroit huppé, sans fêtards. Un lieu qui devait pourtant lui rappeler de bien tristes souvenirs, mais Victoire ne voulait pas que ces retrouvailles se déroulent chez elle. Elle désirait revoir son fils en tête-à-tête, comme s'ils s'étaient quittés la veille.

— Au Ritz? de s'inquiéter le jeune homme. Je n'ai jamais mis les pieds dans un tel endroit, moi. Avouez que ça va être encore plus gênant, ma tante.

— Mais non, ne t'en fais pas. Vous prendrez d'abord l'apéro au bar pour ensuite passer à la salle à manger. C'est l'endroit tout désigné.

– Oui, mais je parie qu'il faut être tiré à quatre épingles pour entrer là?

Mado qui écoutait regarda ce grand jeune homme qu'elle avait élevé.

– Voyons, Régis, un complet, une chemise, une cravate. Tu as tout ce qu'il te faut dans ton placard. Dis donc, commencerais-tu à avoir peur, toi?

Victoire et Suzelle avaient tout mis en œuvre pour que cette rencontre soit mémorable pour le jeune homme qui allait enfin revoir sa mère. La table avait été réservée, Victoire avait choisi sa toilette et avait acheté pour son fils, en guise de présent, un stylo de prix dans les tons or et argent sur lequel elle avait fait graver ses initiales. Un stylo de chez Birks dans un étui de velours rouge. Un cadeau discret, de petit format, qu'elle pourrait lui offrir à la fin du repas sans attirer l'attention des gens. Un premier présent qu'elle lui glisserait dans la main en lui offrant de vive voix ses vœux les plus chers. Sans la carte de souhaits pour ne pas avoir à signer «ta mère» ou «maman». Le jour venu, elle était passée chez le coiffeur et revenait avec une tête ondulée, boucles sur le front, une coiffure de vedette de cinéma. Comme tenue vestimentaire, elle avait opté pour un chic tailleur noir très ajusté qu'elle avait rehaussé d'une broche en or en forme de soleil. À ses lobes d'oreilles, deux pendants de même ton en forme de croissants de lune. Le jour et la nuit à la fois. Ce qu'elle avait été toute sa vie. Tout était pensé, minutieusement préparé. Un superbe manteau de velours émeraude, des escarpins de cuir noir à talons fins. Ayant retiré depuis longtemps de son annulaire l'alliance qui jadis l'unissait à Carl, elle en avait camouflé la trace par une superbe bague montée de diamants et d'émeraudes. Le seul bijou qu'elle avait gardé et qui lui avait été offert, naguère, par le père... de son fils. Sans le sou, vivant des maigres revenus de son nouvel emploi, Victoire Desmeules, qui n'avait rien perdu de sa fierté, avait encore l'allure de la millionnaire qu'elle avait été. Tout avait été prévu. Elle se rendrait en taxi et le rejoindrait au bar à l'heure convenue. Selon les plans, Régis devait être là avant elle. Elle le reconnaîtrait sans difficulté. Rares étaient les garçons de dix-neuf ans assis au bar du Ritz, seuls, en train de siroter une bière. Il avait été entendu qu'après la soirée Régis la reconduirait chez elle dans la voiture de son père.

Le 4 septembre 1987, avec le cœur qui battait la chamade, Victoire attendait le taxi réclamé. Sa sœur la regardait, elle la trouvait superbe.

— Une remarque, Victoire, une seule, si tu me le permets...
— Ne t'inquiète pas, je boirai raisonnablement.
— Tiens, tu lis dans mes pensées maintenant?
— Non, mais depuis le temps que je subis tes jérémiades... Sois rassurée, cette soirée est trop importante pour la gâcher.
— Je voulais te l'entendre dire, mais tu sais, toi, dans l'euphorie...

Victoire, se tournant brusquement, lui répondit d'un ton ferme:

— C'est mon fils que je rencontre, Suzelle, pas un amant!

L'autre se tut, préférant ne pas flétrir la joie qu'éprouvait sa grande sœur. Le taxi arriva, Victoire s'empara de son sac puis, regardant sa sœur, elle lui demanda:

— Souhaite-moi bonne chance, Suzelle, j'en aurai grandement besoin.

Suzelle, émue, surprise, lui murmura:

– Je sais que tout va bien se passer, Victoire. Ton fils est un jeune homme superbe.

Sans rien ajouter d'autre. Pour la première fois, elle avait cru apercevoir, dans le coin de l'œil gauche de sa sœur aînée, une larme qui se retenait de tomber.

Victoire fit son entrée dans le hall du *Ritz Carlton* et, tout comme autrefois, les têtes se tournèrent devant l'élégance et la distinction qu'elle affichait. Une femme mûre à présent, mais avec la même dignité, le même charme d'antan. Tout doucement, sans passer au vestiaire, elle se dirigea vers le bar. Quatre ou cinq couples en tête-à-tête, un gros homme ventru avec son journal et, tout au fond, dans un fauteuil, une bière à la main, un très beau jeune homme qui ne l'avait pas vue venir. Elle resta figée sur place, envahie par le trac du dernier moment, regardant sans le croire, ce beau garçon qui était le fruit de ses entrailles. Tremblante, perdue dans ses pensées, elle voulait prolonger l'attente, savourer l'anxiété, quand les yeux du jeune homme se posèrent sur elle. Le souffle court, retrouvant son calme et bravant son angoisse, elle s'approcha de lui, sourire aux lèvres, comme si elle l'avait quitté la veille.

– Bonsoir, Régis. C'est bien toi, n'est-ce pas?

Il se leva prestement, essuya sa main moite sur son veston et la lui tendit.

– Oui, c'est moi, je ne vous avais pas vue, j'étais distrait...

Gauche, mal à l'aise, il regardait partout pour éviter de la regarder dans les yeux.

– Je peux m'asseoir?

– Bien... bien sûr, que je suis maladroit. Prenez place. Vous désirez un verre?

Le garçon de table s'avança et Victoire commanda un scotch sur glace. Régis la dévisageait et elle pouvait sentir qu'elle lui plaisait mais qu'elle l'intimidait. Croisant la jambe, Victoire le pria de se sentir à l'aise.

– Faisons comme si on s'était vus maintes fois, ça te va?

– Heu... je veux bien, laissez-moi juste reprendre mon souffle.

– Tu n'as pas eu de difficulté à trouver l'endroit? Ta voiture est bien garée?

– Oui, oui, ils prennent soin de tout ici. J'ai eu l'air... ben, c'est la première fois, vous savez.

– Détends-toi, sois à l'aise, je crois que nous allons passer un bon moment. J'espère que tu aimes la fine cuisine? J'ai un plat exquis à te suggérer.

Il avait bu d'un trait la demie de son verre de bière pendant que Victoire, nerveuse sans le laisser paraître, vidait, elle aussi, son scotch à une vitesse vertigineuse.

– Et si on répétait avant de passer à table, ça t'irait?

– Bien sûr, bien sûr... dois-je appeler le serveur? Ah, tiens, le voilà!

Il lui fallait décontracter ce fils plus anxieux qu'elle ne l'avait imaginé. Victoire n'avait pourtant rien provoqué qui puisse l'émouvoir. Elle voulait que les sentiments naissent un à un, au gré des mots, des gestes, comme entre deux copains qui se retrouvent.

– Je te trouve très bien, tu sais. Encore plus beau que j'aurais pu le rêver...

– Heu... merci, vous aussi. Je ne m'attendais pas à...

– À quoi? Dis-le, ne te retiens pas, laisse-toi aller...

– À... à une femme si élégante, si jeune, si bien conservée.

Il n'avait pas prononcé le mot «mère» une seule fois. Victoire sentait qu'il n'en était pas encore là et elle se jura de ne pas insister.

– Tu t'attendais à voir une femme défraîchie, les cheveux gris, le chapeau noir enfoui jusqu'aux oreilles?

Il éclata de rire, ce qui détendit l'atmosphère.

– Non, non, mais pas à une femme de votre genre... heu... je veux dire si bien mise.

– À ce que je vois, ta tante Suzelle ne m'a pas dépeinte une seule fois.

– À vrai dire, non. Elle voulait sans doute que j'aie la surprise.

Ne voulant pas mentionner son père, Victoire, habile, lui demanda:

– Mado ne t'a jamais montré une seule photo de moi?

– Si, celle de vos noces, puis une autre dans un journal, mais cette dernière datait de dix ans et n'était pas très claire.

– Et la mariée que j'étais n'est plus celle que je suis, tu vois...

– Non, celle que vous êtes est plus impressionnante que la mariée de la photo.

– La mode change, Régis, et pour le mieux, car elle était atroce en ce temps-là.

Tous deux s'esclaffèrent. La glace était rompue.

Installés à la table réservée, Victoire lui avait suggéré un plat du chef ainsi que le meilleur vin. Elle lui avait dit: «Si tu le veux bien, tu commandes. Il est de mise en un tel endroit que le serveur s'adresse à toi. Pour ce qui est de l'apéritif, je prendrai un autre scotch.» Quand le garçon, serviette sous le bras, se présenta, il demanda: «Un apéritif, monsieur dame?» Régis sans hésiter répondit: «Oui, bien sûr, un scotch sur glace pour madame, une bière allemande pour moi.» Pour madame! Victoire avait souhaité qu'il s'échappe, qu'il dise «pour ma mère», mais l'omission venait peut-être du fait qu'un garçon de cet âge ne voulait pas admettre qu'il dîne avec sa mère. Tel n'était pas le cas. Régis, qui n'avait presque jamais prononcé le mot «mère» dans sa vie, n'y avait même pas songé devant cette étrangère.

— Suzelle m'a dit que tu poursuivais tes études, que tu te dirigeais vers la médecine?

— Oui, c'est mon rêve. J'espère avoir assez de talent et de... patience.

— Ne doute pas de toi, tu y parviendras. Et laisse-moi ajouter que je suis fière de ton choix, fière de toi.

— Ben... merci, mais ce n'est pas encore fait, vous savez. J'en ai pour longtemps et ça, si on m'accepte. Beaucoup d'appelés, peu d'élus.

— Tu réussiras mon... Régis. Je sens que rien ne t'arrêtera.

Elle avait presque dit «mon fils» et le «Régis» s'était mal amalgamé au reste de la phrase. Pourquoi cette retenue? Pourquoi ne pas aller droit au but? Victoire ne pouvait répondre à cette question venue de son for intérieur. Son cœur de mère ne le lui avait pas appris. Elle prit un verre de vin, puis deux... et trois. Voyant que Régis ne buvait guère le sien, elle s'inquiéta.

— Tu ne l'aimes pas? Aurais-tu préféré le blanc ou le pétillant?

— Non, non, mais je ne bois pas tellement, vous savez. Et puis, comme je conduis, je me dois d'être raisonnable. Ils sont de plus en plus sévères et comme j'ai pris l'auto de mon père...

— Je comprends, je m'excuse; je ne voulais surtout pas t'inciter à boire.

– Ne vous en faites pas, avec deux ou trois bières, aucun danger pour moi.

Victoire, malgré sa promesse, vida la bouteille et le pria d'en commander une autre. Il lui fallait les «effets», ne serait-ce que pour la sortir de la torpeur qui l'envahissait. Régis remarqua qu'elle buvait grandement, avidement, beaucoup plus qu'elle ne mangeait. Au moment du dessert, elle refusa le sorbet et opta pour un digestif, un cognac nature, double s'il vous plaît. Régis, un peu marqué par les effets de la bière se jeta dans le café accompagné d'une eau Perrier. Et, d'un premier cognac, Victoire en commanda trois autres. Son fils, hébété, surpris, la regardait lever ses verres et n'essayait plus de les compter. La dame, cette mère retrouvée, buvait plus que son père quand, par mégarde, il se laissait aller. En état d'ébriété, quoique droite sur sa chaise, Victoire sortit un étui, en retira une cigarette et...

– Oh! je m'excuse, tu fumes?

– Non merci, je n'ai jamais fumé. Un futur médecin qui fumerait? Ce serait mal vu...

Il ricana de ses dents blanches. Mon Dieu qu'il était beau son fils devenu grand. Musclé comme son père, mais combien plus raffiné, plus distingué. Plus grand que Jean-Paul, corps d'homme déjà parfait, joli complet bleu, cravate de goût, Victoire nota d'un regard scrutateur qu'il ressemblait à son grand-père. Oui, à Gustave. Un vrai Desmeules, ce p'tit gars-là!

– Vous voyagez encore? Vous avez fait le tour du monde à ce qu'on m'a dit?

– Oui, c'est exact, mais plus maintenant. Je suis devenue casanière avec le temps.

– Ah oui, j'oubliais, vous avez changé de carrière.

Victoire, poussée par les vapeurs de l'alcool lui intima:

– Tu peux me tutoyer, tu sais. Ce ne serait pas désagréable.

Il rougit, baissa les yeux et murmura:

– Oui, ça viendra, mais donnez-moi un peu de temps. C'est la première fois, je, je... n'en suis pas encore capable. On vient à peine de se connaître.

– Je sais mais je suis ta... Bon, ça va, attendons le moment. Suzelle m'a dit que tu avais une petite amie? Ça fait longtemps?

Une fois de plus, elle s'était retenue juste à temps. Elle ne voulait pas que le mot «mère» vienne d'elle avant qu'il ne le crie lui-même de tout son être.

– Oui, j'ai une amie, elle s'appelle Lise. Je la connais depuis longtemps. On a grandi ensemble, on s'est revus et là, je crois qu'on s'aime. Lise étudie pour devenir infirmière.

– Dis donc, la santé dans vos assiettes à ce que je vois? Un couple bien assorti en tout cas. Elle est jolie? Tu n'as pas connu d'autres filles qu'elle?

– Oui, elle est belle, très belle, tenez, regardez, j'ai sa photo.

Et Régis de lui tendre la photo d'une petit brunette.

– Très jolie, en effet. C'est sérieux entre vous?

– Passablement et, pour vous répondre, c'est la première et la dernière.

– Que veux-tu dire?

– Lise est la seule fille que j'aie fréquentée et celle que je vais épouser quand viendra le moment.

– Quand même! Pas demain, j'espère? répliqua-t-elle en riant.

– Non, mais pas dans dix ans pour autant. Moi, j'aimerais bien avoir deux ou trois enfants avant d'avoir trente ans.

– C'est noble, je l'admets, mais de nos jours, tout coûte si cher. Et comment terminer tes études et être père en même temps?

– Facile, mon père est prêt à nous héberger si l'envie de nous marier se présentait.

– La belle-fille chez le beau-père? Avec Mado en plus? Je...

Victoire se retint. L'image que lui peignait son fils du tableau de son avenir lui rappelait l'horrible cauchemar qu'elle avait vécu chez les parents de son premier mari. Elle était passée à un cheveu de le lui dire, de le mettre en garde, mais elle s'en était abstenue. Le «je» non terminé changea vite de sentier.

– Je... je crois que ça pourrait être une solution. De toute façon, voilà une chose qui vous regarde. Oh! avant que j'oublie, j'ai un petit présent pour toi. Rien d'extravagant, juste un petit cadeau pour souligner ta fête.

– Vous n'auriez pas dû! de s'exclamer le fils en déballant le petit colis. Ce n'était pas nécessaire; ça me gêne terriblement.

Il ouvrit, vit le stylo avec ses initiales et murmura:

– Comme il est beau! C'est beaucoup trop; je ne sais plus quoi dire...

– Joyeux anniversaire, Régis.

– Merci, merci beaucoup. Il va me servir, soyez-en assurée.

– Bon, il se fait tard, tu veux bien me raccompagner? Le chemin du retour est long, tu sais.

– Comme vous voudrez et merci encore pour le cadeau, je ne m'y attendais pas.

Elle se leva, tituba. Il le remarqua.

– Ça va? Vous vous sentez solide? Vous voulez prendre mon bras?

– Un peu étourdie, je l'avoue. Je n'ai pas l'habitude. Sans doute l'émotion...

Il ne releva pas la dernière phrase, l'aida à enfiler son manteau et présenta son coupon pour que sa voiture lui fut rendue. Pendant ce temps, Victoire réglait l'addition. Il s'y opposa; elle le toisa du regard:

– C'est ta fête, c'est moi qui invite.

Il n'insista pas. Il avait vu le total de l'addition, un fort montant qu'il n'avait pas en poche.

Le parcours se fit dans le silence rompu par quelques bribes de conversation. La pluie, le beau temps, l'automne qui viendrait, ses feuilles mortes. Victoire, alourdie par l'alcool, parlait très lentement pour ne pas mâcher un verbe ou massacrer un adjectif. À destination, devant sa porte, elle lui demanda:

– Tu veux monter? Prendre un dernier café peut-être?

– Heu... sans vous déplaire, je préfère continuer. La prochaine fois peut-être, mais il est tard, j'ai un long chemin et demain...

– C'est vrai, on te fête chez toi. J'oubliais.... Dis, puis-je t'embrasser?

– Mais certainement, répondit-il, tout en inclinant la tête vers elle.

Elle lui prit la tête entre ses mains, puis, le saisissant par les épaules, elle l'attira à elle. Ses lèvres dans son cou, elle lui murmura tendrement:

– Merci d'être venu, ce fut une belle soirée. J'ai réalisé un grand rêve ce soir.

Elle le releva, le regarda dans les yeux et constata que des larmes coulaient sur ses joues. Émue, touchée, elle lui prit la main et lui avoua:

– Tu sais, je t'aime, mon grand.

– Moi aussi je t'aime... maman!

Il l'avait tutoyée, il l'avait appelée «maman». Le cœur ravi, elle le serra contre elle et lui dit tendrement:

– Bonne fête encore une fois, mon fils. Je suis la mère la plus heureuse de la terre en ce moment.

Il pleurait, s'essuyait les yeux, pleurait encore. Comme un enfant qui a peur de perdre sa mère. Comme un enfant qui la retrouve. Comme un enfant qui apprend.

– On se reverra, tu crois? lui demanda-t-il timidement.

– Bien sûr, Régis, aussi souvent que tu le voudras.

Elle retira sa main, le regarda une dernière fois. Il pleurait sans s'en rendre compte. Heureuse de l'effet, fière d'avoir su l'émouvoir, elle n'avait pourtant pas versé de larmes, Victoire. Et de surcroît, pas une seule fois lui avait-elle parlé du passé. L'idée ne lui était même pas venue de le supplier de lui pardonner. Comme si elle n'avait rien eu à se reprocher. Il était reparti et elle était rentrée. Suzelle qui l'attendait se rendit compte qu'elle était ivre, qu'elle titubait. Sans le lui reprocher, elle risqua:

– Ça s'est bien passé? Tu es heureuse? Que penses-tu de lui?

Victoire laissa glisser son long manteau par terre, fit voler ses souliers et se versa un autre verre. Puis, stoïque, l'air hébété, elle regarda sa sœur et l'implora:

– Suzelle, je t'en supplie, comment fait-on pour être mère? Réponds-moi, je t'en prie. Ai-je vraiment dans le corps un cœur de mère?

– Tu as tout gâché, n'est-ce pas?

– Non, au contraire, mais je commence à croire que ça existe des mères... dénaturées.

Quinze jours s'étaient écoulés sans que Victoire ne parle de sa rencontre avec Régis. Suzelle aurait voulu la questionner, savoir ce qui avait pu clocher, mais devant le mutisme de son aînée, elle s'en était abstenue. Elle sentait que Victoire était malheureuse, mais malheureuse de quoi après des retrouvailles tant souhaitées? Victoire travaillait, rentrait le soir, mangeait peu, buvait trop et allait se coucher sans même converser avec sa sœur sauf pour répondre évasivement à quelques questions routinières. Et Suzelle, impuissante devant une situation dont elle ignorait la cause, ne savait plus sur quel pied danser. Quand sa sœur regagnait sa chambre et qu'elle avait à jeter à la poubelle une bouteille vide laissée dans le salon, elle fulminait intérieurement. Il lui arrivait même de se demander si elle avait fait une bonne affaire en invitant Victoire à partager son appartement avec elle. Ancrée dans son égoïsme, axée sur sa personne, celle qu'on appelait madame Desmeules ne se rendait même pas compte, qu'en silence, sa cadette souffrait. Ou, si tel était le cas, elle semblait s'en foutre éperdument. Que lui importait donc le bien-être des autres quand elle fuyait le sien dans les vapeurs de l'alcool. Mais Suzelle, aussi bonne, aussi patiente fût-elle, n'allait pas encaisser en silence. Surtout pas après que Victoire lui eut dit un matin: «Si Régis appelle, je ne suis pas là.»

Et ce qui se devait d'arriver... arriva. Régis rappela, ton de voix heureux, pour parler à sa mère. C'est le cœur rempli de regret que Suzelle lui mentit en affirmant qu'elle était absente pour l'instant alors qu'à quelques pas, Victoire se versait un troisième scotch sans se soucier de son triste embarras.

— Écoute, Victoire; ça suffit! Tu ne vas pas jouer les muettes avec moi à l'infini. Qu'est-ce qui se passe? Je t'ordonne de me le dire, je veux le savoir. Je l'ai senti si déçu, si peiné, que je me suis crue damnée de lui mentir à cause de toi.

— Qu'est-ce que tu veux savoir? Le nez encore fourré dans mes affaires, toi?

Suzelle, pourtant douce, entra dans une vive colère.

— Assez, Victoire, assez, c'est assez! Nous vivons sous le même toit, je suis ta sœur et je ne prise guère les remarques désobligeantes. Tu t'assois, tu me parles, compris? Qu'est-ce qui s'est passé pour que Régis et moi ayons à avaler ton vil mépris? Parle, Victoire, ou je ne réponds plus de moi!

Le ton était violent, si violent que l'aînée sursauta et déposa son verre sur la table.

— Tu veux savoir? Je vais te le dire, ma petite sœur! Je vais te le dire parce que j'ai bu et que ça me donne de l'audace. Cette rencontre a été néfaste pour moi. C'est de ma faute, j'ai insisté, je le sais, mais je ne pensais pas que je sortirais de cette rencontre avec un cœur de glace. Je n'y peux rien, c'est comme ça!

— Pourquoi, Victoire? N'a-t-il pas été gentil, aimable avec toi? N'as-tu pas été heureuse de revoir ton fils, l'enfant de tes entrailles, après dix-sept ans de silence? Que s'est-il donc passé pour que tu sois dans cet état? Vas-tu enfin me le dire?

— Oui, je vais te le dire, mais après, on met le point final et tu ne m'en reparles plus. Si tu me promets de ne plus persister, je vais te dire ce que j'ai ressenti.

– Je te le jure, Victoire!

– Bon, puisque tu insistes...

Victoire avala une lampée de scotch et, prenant le peu de courage qui lui restait, regarda sa sœur qui n'attendait que ses aveux.

– J'ai été heureuse de le revoir, du moins je le croyais. Régis est un garçon superbe, bien élevé, poli, bref, un jeune homme parfait. Je l'ai trouvé beau, bien mis, affable. Il a même fini par m'appeler «maman» en pleurant dans mes bras.

Suzelle écoutait et se retenait pour ne pas pleurer. Elle adorait son filleul et la description qu'en faisait sa mère la touchait droit au cœur. Victoire but une autre gorgée comme pour se donner le cran de continuer.

– J'avais bu, tu sais, passablement bu. Suffisamment pour être vulnérable et quand il m'a appelée «maman», ça m'a secouée. Je dirais même que j'étais émue devant ses yeux remplis de larmes, mais j'ai été incapable de pleurer, Suzelle. Je le consolais comme on le fait d'un enfant qui s'est fait mal, mais honnêtement, je ne ressentais rien, je... je...

– Pas même au moment où tu l'avais dans tes bras, sur ton cœur?

– J'ai frémi, bien sûr, comme si quelque chose voulait sortir de moi. L'espace d'un instant, Suzelle. Après, portières refermées, je sentais le malaise qui se dissipait.

– Tu es pourtant faite de chair et de sang? Je ne m'explique pas...

– Face à ce fils que j'ai quitté enfant et que j'ai retrouvé homme, je me suis sentie vieille, Suzelle, vieille et meurtrie. Comme si j'avais vieilli de vingt ans en quelques heures, voilà le drame. Je le voyais devant moi et en dépit du fait qu'il s'abstenait de me parler du passé, de remuer les cendres, je me sentais jugée, condamnée. Comme une bête aux aguets, Suzelle... et je buvais.

— Pour noyer un sentiment de culpabilité, Victoire! Pour tenter d'oublier ce que lui a sans doute oublié depuis longtemps. Tu as engendré ta propre douleur alors que ton fils savourait un moment de bonheur. Pourquoi creuses-tu toujours ta plaie, Victoire? Blotti dans tes bras, tu l'aimais? Tu sentais...

— Oui, je l'aimais, je... je l'aimais bien, je ne sais pas, je ne sais plus. Il y avait comme un mur entre lui et moi. Un mur que j'ai érigé si dur... Tu as déjà vu un cœur de pierres à l'envers, toi?

Une autre gorgée, un état d'ébriété avancé, des larmes de rage puis, un cri:

— Regarde ce qu'a été ma vie. Maudit soit mon père!

Victoire se leva, quitta le salon en titubant, regagna sa chambre et claqua la porte. Restée seule, Suzelle avait perdu tous ses moyens. Sa sœur était-elle devenue folle? Que venait faire son père dans cette triste affaire? Elle ne comprenait rien.

Le lendemain, mine de rien, elle téléphona à Patrice et le pria de la rencontrer au restaurant après son travail. Isolés dans un coin, deux cafés sur la table, elle lui demanda de ne pas s'emporter, de l'éclairer, de l'aider. Et elle lui raconta tout, à partir du moment des retrouvailles jusqu'à la damnation du père. Patrice avait écouté et, pour une fois, il tenta d'éclairer sa sœurette qui ne savait plus où donner de la tête.

— Je vais t'expliquer une fois pour toutes ce qui se passe avec elle. Tu sais pourquoi elle s'en prend au père, mort et enterré depuis longtemps? C'est parce qu'elle est comme lui, Suzelle, et qu'elle ne l'accepte pas. Elle a toujours été sa préférée, ça tu le sais. Pourquoi? Parce que père se revoyait en elle. Parce qu'elle avait tout comme lui un front de bœuf, un cœur de pierre. L'as-tu déjà vu se pencher sur moi, son seul fils, pour une caresse, une marque de tendresse? Avec toi il faisait semblant, Suzelle, parce que tu étais son bébé, sa cadette, mais dans son cœur, il n'y avait qu'elle. Sa copie conforme, sa dame de fer. Moi, j'étais le portrait de maman. Faible selon lui, sans force de caractère. Toi? Trop sensible, trop douce, mais si belle. Voilà pourquoi il t'a davantage épargnée. Parce que tu étais belle, plus belle que maman et que, fou des femmes, il en était fier. Tu as sans doute eu vent qu'il a trompé notre mère, n'est-ce pas? Une maîtresse de quelque temps, me diras-tu, mais tu te trompes. Gustave a eu plus de femmes dans sa vie que Victoire a eu d'amants dans son lit. Avec la différence que maman se taisait, elle. Elle pleurait, mais elle endurait comme les femmes trompées de son temps. Entièrement dépendante, elle fermait les yeux et souffrait en silence. Je sais ce dont je parle, c'est à moi qu'elle se confiait. Je n'avais que treize ans, Suzelle, et je comptais sur mes doigts avec elle les maîtresses de papa. Personne n'en a eu vent sauf moi. Surtout pas Victoire qui aurait pris sa défense. Pareille à lui, la grande. Rappelle-toi comme elle a fait pleurer maman par son indifférence. L'as-tu seulement vue pleurer quand elle est morte? Et pourtant, souviens-toi de sa détresse, de son désespoir quand il a levé les pattes, le paternel. Pareille à lui et c'est pour ça que je l'ai haïe dès ma prime jeunesse. Autant que j'ai pu le détester, ce père qui me méprisait. Aînée de la famille, c'est à moi qu'elle s'en prenait pour ensuite te protéger de son aile. Parce qu'elle l'observait, parce qu'elle l'imitait, sans savoir encore qu'ils étaient du même bois dur tous les deux. Lorsque j'ai épousé Danielle, j'ai senti que j'étais pour le père un maudit bon débarras. Et vice versa, je m'en débarrassais aussi. Je l'aimais pourtant, j'ai même été là jusqu'à son dernier souffle, mais lui, c'était Victoire sa réussite, pas moi ni toi. Tu t'es mariée à dix-huit ans, Suzelle. À peine sortie du banc d'école. A-t-il tenté de t'en empêcher, de te faire comprendre que tu étais trop jeune? Non! Il te savait casée et sa chère Victoire allait rester à ses côtés. Quand elle s'est mariée à son tour, il a grommelé, j'étais là à l'entendre. Il jurait contre Adhémar mais, ne voulant blesser sa fille bien-aimée, il a fait comme si de rien n'était. Imagine! Elle épousait un futur avocat! Et il savait qu'étant comme lui, l'union ne durerait pas et qu'elle lui reviendrait. Facile à prévoir, elle était à son image. Il n'avait certes pas tort puisqu'elle a eu deux autres maris depuis Clément. Deux autres fiascos! Tout comme son mariage à lui sauf que mère, silencieuse à ses pieds, n'a jamais eu le courage de le quitter. Mais il est mort, Dieu merci pour lui, juste avant d'avoir à réparer les dégâts de Victoire. Tout comme lui, elle m'a fait souffrir, la grande. Comme si elle prenait la relève. Jusqu'au jour où je l'ai sortie de ma vie. Je l'ai fait parce que je l'ai vue, sans merci, monstrueuse avec Clément, indifférente envers maman. Me comprends-tu maintenant? Tout comme lui, elle construit pour finir par tout détruire. Vois ce qu'elle est devenue à présent. Le père s'en est mieux tiré, il a crevé à temps. Car ce que tu ne sais pas et que Victoire ignore encore, c'est que le père avait une autre femme dans sa vie. Une femme qui l'aurait ruiné si son cœur n'avait pas flanché. Maman le savait, j'étais au courant, je la consolais. Et notre mère, Suzelle, est partie avec son secret. Elle a même eu la bonté de tout lui pardonner quand il n'a plus été du monde des vivants.

Une sainte femme, la mère, ma petite sœur. Une femme comme toi, avec de la générosité au fond du cœur. Victoire, même si ce n'est pas de sa faute, a le sang du père dans les veines, que le sien. Trois maris réduits en miettes, un fils abandonné et retrouvé, un fils qu'elle est incapable de reconnaître parce qu'il n'est pas vilain comme elle. Régis a sans doute le sang de maman dans ses veines. Victoire aurait souhaité qu'il ait le diable au corps comme elle. Comme pour perpétuer l'enfer hérité de son père. Un brave homme, disait-on de lui. Bien sûr qu'il cachait bien son jeu et mère fermait les yeux. Moi seul ai vu ce que Gustave a pu faire de Charlotte. Une épave qui a pleuré toute sa vie et qui a continué de pleurer quand Victoire a pris la relève. Et à défaut de sévir contre le père, c'est elle que le ciel a punie. Son dernier mari, son joujou, l'a ruinée.

Suzelle, les larmes aux yeux, tremblait de tous ses membres. Et Patrice, qui en avait lourd sur le cœur, de poursuivre:

— Victoire sait qu'elle lui ressemble sans savoir de quel bois noir il se chauffait, le père. Une femme avec un cœur d'homme. Et par malheur... le sien! Elle sait qu'elle lui ressemble, elle a en bouche son venin, mais elle en est inconsciente. Elle se demande et se demandera toute sa vie pourquoi elle est ainsi. Parce qu'elle n'a jamais su et qu'elle ne saura jamais que son père avait plus de fiel dans son cœur... qu'elle. De plus, elle boit, ce qu'il ne faisait pas. Elle boit pour chercher la vérité et, à défaut d'apprendre, elle noie tous ses déboires. Alcoolique de la toute première once jusqu'à ses multiples bouteilles. Prise au piège! Sournoisement! Honteuse de son sort, orgueilleuse à mort, elle boit pour éviter de se poser des questions, incapable de trouver des réponses. Elle fait mal sans s'en rendre compte. De Clément jusqu'à son propre fils. Tout comme père avec maman et moi. Détruite, anéantie, elle ne remontera pas, Suzelle. Ni toi ni moi ne pourrons rien faire pour elle. Elle est comme lui, elle le sait, elle le sent. C'est pourquoi elle l'a maudit dans un moment de rage. Un cri du subconscient. Un blasphème sorti tout droit de son âme.

– Mais c'est affreux, Patrice. On doit pouvoir l'aider?

– Non, Suzelle, lui dire tout ce que je viens de t'avouer et elle n'en croirait pas un mot. Se sentir analysée, disséquée, elle ne le supporterait pas. Non, Suzelle, trop tard, pas à son âge. Laisse le destin se charger d'elle.

– C'est trop odieux, c'est comme la laisser se pendre avec sa propre corde.

– Celle de père, Suzelle. Il la lui a tendue le jour où elle est née.

– Il faut la sauver, l'aider. Je refuse de croire qu'elle soit irrécupérable.

– Fais ce que tu veux, c'est ton droit. J'ai gardé mon calme tel que promis, mais moi, je ne veux plus jamais la revoir.

– Comment peux-tu être aussi dur? Pourquoi, Patrice?

– Parce qu'avec la mort du père, j'ai été délivré d'elle... son suaire! Parce que je vis maintenant en paix, Suzelle, et que je tiens à éviter qu'elle crache son poison sur mes enfants!

Suzelle était rentrée bouleversée de sa rencontre avec Patrice. Tout ce que son frère lui avait révélé l'avait profondément secouée. Elle se demandait quelle attitude adopter désormais. Encore plus de compréhension ou tout simplement une vive compassion? Chose certaine, elle n'allait pas l'abandonner. Elle sentait que son aînée cherchait en vain la clef de son problème, la cause de son infortune et de tous ses malheurs. Inconsciente! Oui, voilà ce qu'était la grande sœur. Inconsciente du mal qu'elle faisait parce qu'il était héréditaire. Inconsciente mais avec une lueur au fond du cœur qui l'incitait à maudire son père. Un père qu'elle avait pourtant admiré toute sa vie et pleuré le jour de sa mort. Et ce n'était pas Suzelle qui allait lui révéler la cause de tous ses tourments. Surtout pas elle que Victoire avait toujours traitée de sotte et sans cervelle. C'eut été faire injure à son intelligence. Elle allait se taire et tenter de l'appuyer, de la défendre contre elle-même. Elle irait même jusqu'à obstruer ses plans diaboliques quand ils se présenteraient, avec l'aide du ciel et de son mince vocabulaire. Ce qui n'arrangeait pas pour l'instant le cas de Régis.

Ce dernier, après une autre semaine d'attente, se décida à téléphoner et c'est Suzelle qui s'empara de l'appareil sur ordre de sa sœur qui lui avait crié: «Si c'est lui, je ne suis pas là!» Suzelle, tant bien que mal, chercha à la défendre, à lui faire comprendre que c'était peut-être trop tôt, trop rapide pour elle. Mais dans sa grande intégrité, elle mentait mal, la tante Suzelle. Surtout quand, insistant pour parler à sa mère, elle lui avait répondu: «Elle, elle... elle n'est pas là ce soir.» Il insista, lui rétorquant: «Je sais qu'elle est là. Si elle ne veut pas me parler, qu'elle me le dise, mais je n'accepte pas qu'elle se cache, qu'elle se dérobe à moi après m'avoir promis qu'on se reverrait. Qu'ai-je donc fait pour qu'elle agisse ainsi, ma tante? C'est pourtant elle qui désirait ces retrouvailles.» Suzelle, embarrassée, la voix chevrotante, ne savait plus quoi lui répondre. Elle tenta de lui expliquer que sa mère avait des problèmes de comportement, ce qui fit bondir Victoire de sa chaise.

— Des problèmes de comportement? Es-tu folle? Donne-moi l'appareil, Suzelle!

Le lui arrachant des mains, rouge de colère, enivrée de whisky, elle n'avait même pas pris la peine de dire allô ou quelque formule de politesse que ce soit. La bouche sur le récepteur, un verre dans l'autre main, elle avait débité à son fils:

— Peux-tu seulement comprendre, Régis? On ne devient pas mère à cinquante ans!

Un long silence au bout du fil, une respiration, puis le timbre sonore d'une conversation coupée. Sans vouloir l'offenser, incapable de dire un mot, Régis avait doucement raccroché.

Les yeux dans le vide, assommé par ce qu'il venait d'entendre, ce grand garçon de dix-neuf ans sentit des larmes couler sur sa joue. Le cœur lui faisait mal. Cette mère retrouvée après tant d'années venait de le rejeter... une seconde fois. Mado qui, de la cuisine, avait discrètement observé, s'était approchée pour lui mettre une main sur l'épaule. La regardant, les yeux remplis de larmes, il s'était blotti dans ses bras et pleurait comme un enfant. Jean-Paul, s'approchant à son tour, lui demanda:

— Qu'est-ce que tu as, mon grand? Pourquoi es-tu à l'envers comme ça?

Il leva les yeux sur lui, essuya ses larmes et répondit évasivement:

— Rien, papa, rien de grave, ça passera.

— C'est ta mère, n'est-ce pas? Avoue, parle, dis-le-moi!

Régis encore ébranlé, quelque peu apeuré par le ton autoritaire de son père, répondit:

– C'est fini, papa. Déjà! Elle ne veut plus rien savoir de moi.

Chez elle, perplexe devant l'appareil devenu sourd, Victoire faisait les cent pas dans l'espoir qu'il rappelle. Pour s'expliquer, avec délicatesse, pour ne pas le blesser. Le téléphone sonna et elle s'empressa de répondre.

– Allô, Régis? C'est toi?

– Non, c'est moi, Jean-Paul, son père!

Puis, avant qu'elle ne revienne de sa surprise.

– Ecoute-moi bien, espèce de garce! Ton fils souffre de tout son être à cause de toi. Il a pleuré comme un enfant, mais heureusement pour lui, Mado, sa véritable mère était là pour le consoler. Ça va aller maintenant, mais écoute bien ceci. Tu l'as vu enfant, Victoire? Tu l'as revu homme? Mais là, tu ne le reverras plus! Jamais plus, tu entends? Je te le jure sur sa tête!

Victoire eut juste le temps de dégager le récepteur de son oreille. Jean-Paul avait raccroché violemment.

Trois années s'étaient écoulées et Victoire Desmeules, délivrée des émotions des retrouvailles depuis longtemps, s'était jetée corps et âme dans son travail. Amasser des sous, recommencer, s'offrir une certaine sécurité, telle avait été son ambition. Elle avait épargné, conjurant sa sœur d'en faire autant et, depuis un an, elles habitaient un coquet bungalow acheté à Ahuntsic, sur une petite rue tranquille. Une modeste maison quoique confortable, qu'elles payaient toute deux à la sueur de leur front. Esclave de son aînée ou presque, Suzelle n'avait pas refait sa vie. Victoire, toujours heureuse chez le notaire Dalpé, avait bénéficié d'une augmentation de salaire. Sage, plus avisée, elle était devenue routinière, l'aînée. Le travail, l'épicerie, la télévision... et la boisson. Car, Victoire, dans son souci d'économie, avait troqué les spiritueux contre les vins bon marché. Qu'importe le flacon pourvu qu'elle ait l'ivresse. Certains soirs, deux ou trois fois l'an, elle sortait sans dire à sa sœur où elle se rendait. Et elle revenait aux petites heures, assouvie par des amants d'occasion rencontrés dans des bars. Sûrement pas des hommes comme Carl ou les dieux grecs de jadis, mais des hommes encore assez jeunes pour lui plaire à qui elle mentait en leur disant avoir quarante-cinq ans. Le dernier en lice avait été un travailleur de la construction croisé dans une brasserie. Bien bâti, quarante ans, marié, trois enfants, ce gars aux bottes sales, qui jurait plus qu'il ne parlait, l'avait entraînée dans un motel, une caisse de bière sous le bras. Et là, la digne dame d'antan, celle qu'on prenait parce qu'on la désirait, s'était pliée aux bassesses réclamées par cet Hercule. Il était reparti en lui disant: «Salut!» et elle, ivre morte dans le lit humide, s'était endormie. À son réveil, la caisse contenait encore deux bières non entamées. Un pourboire de voyou, sans doute. Mais Victoire s'en foutait. Dans sa tête à peine retrouvée, elle plaisait. Mais que deux ou trois fois par année. Pour se sentir femme sans ne plus être belle et sans le moindre charme. Car Victoire n'avait pas les outils qui proviennent de l'âme.

Régis n'avait jamais rappelé. Elle avait espéré mais... Si peu, qu'elle avait fini par l'oublier. Lui avait eu du mal à se remettre du déboire. On ne retrouve pas sa mère après dix-sept ans pour ne la voir qu'un soir. Mado l'avait consolé, son père lui avait changé les idées et Lise, sa bien-aimée, était toujours à ses côtés. En pleine étude, il avait fini par faire le deuil de sa mère... ou presque. Il y pensait encore parfois, mais sans jamais l'admettre. Il s'était fiancé à celle qu'il adorait et, à vingt-deux ans, il parlait maintenant mariage. Lise et lui allaient, tel que prévu, habiter dans la maison de son père. Avec Mado, avec Jean-Paul, jusqu'à ce qu'ils aient l'argent pour louer un appartement. Et pendant ce temps, Victoire avait bu jusqu'à la lie le vin de ses cinquante-sept ans.

L'an 1991 qui venait de se lever allait apporter une certaine accalmie dans la vie de cette femme tourmentée qui prenait de l'âge... sans grâce. Pendant que Suzelle, à l'aube de la cinquantaine, avait conservé une allure de jeunesse, Victoire accusait fort bien le déluge du temps. Amaigrie, paupières lourdes, joues flasques et passablement ridées, le savant maquillage dont elle était capable ne parvenait plus à camoufler les ravages causés par l'alcool et une mauvaise alimentation. Et comme elle fumait terriblement pour oublier sa solitude, ses dents, pourtant saines et solides, étaient teintées de jaune. Mais, en dépit du massacre, Victoire Desmeules était très élégante et avait encore dans les yeux ce quelque chose qui envoûtait les hommes. Dans les restaurants, dans les centres commerciaux, quand elle était avec Suzelle, c'était encore elle qu'on regardait. Parce que sous le machiavélisme persistait la séduction. Bien tournée, jolies jambes, démarche provocante, la quinquagénaire parvenait à faire oublier, malgré les sillons du cou et quelques taches brunâtres sur les mains, qu'elle n'avait plus trente ans.

En juin, rentrant du travail, Suzelle lui apprit:
– Régis se marie au mois d'août, Victoire.

– Comment le sais-tu?

– Jean-Paul m'a téléphoné au restaurant pour m'en avertir. Il m'a même invitée...

– Et je suppose que tu vas t'y rendre?

– Je ne sais pas, je ne lui ai donné aucune réponse. Il paraît que c'est Régis qui a insisté pour que je sois là, pour que quelqu'un du côté maternel...

– Personne n'a parlé de moi?

– À vrai dire, oui. Jean-Paul m'a dit que... que...

– Que quoi? Arrête d'hésiter, voyons!

– Que tu n'étais pas invitée, que ton fils n'y tenait pas. Tu sais, il n'a jamais oublié et... et puis, à quoi bon remuer les cendres.

– Il n'a pas à s'en faire, je n'y serais pas allée. Tout ça est derrière moi maintenant et je n'en suis pas offensée. Je lui enverrai un cadeau et mes souhaits.

– Même pas, Victoire, Jean-Paul te l'interdit sous peine de te le retourner si tu oses. Il a été précis et tu veux que je sois franche, Victoire? Pour eux, tu n'existes plus.

– Je m'en fous éperdument. J'ai quand même assez de savoir-vivre pour lui offrir un présent. Se marier à son âge, encore enfant... marmonna-t-elle.

– Remarque que ça ne nous regarde pas, ma sœur. Si Jean-Paul lui donne sa bénédiction, si Mado en est heureuse... Et puis, elle est charmante, sa Lise. Régis aura une vie harmonieuse avec elle.

– Oui, mais elle avec lui, le beau-père et Mado. Tu sais, ça me rappelle une vieille histoire, cet arrangement. Pauvre fille! C'est elle que je plains.

– Pas si à plaindre que ça. Elle est peut-être de bonne compagnie, elle.

– Ce qui veut dire?

– Rien Victoire, surtout ne recommence pas, ne cherche pas les poux. Toi, quand tu bois, c'est un rituel. C'est comme si le vin allait de pair avec la querelle.

– Je ne te cherche pas noise, ma petite sœur, mais cesse de me provoquer avec tes remarques à double sens. Bon, ça va, tu y seras ou non à ce mariage?

– Je t'avoue que ça me rend mal à l'aise, seule de mon côté. J'imagine les parents de la mariée en train de se demander ce que je fais là.

– Pourquoi n'ont-ils pas invité Patrice, Danielle et leurs enfants?

– Voyons donc! Régis ni Jean-Paul ne les ont jamais vus de leur vie.

– Alors, décide, tu y vas ou pas?

– Je ne sais pas, mais si je me décide, j'irai à l'église seulement. Le temps de leur offrir mes vœux et de prendre une ou deux photos. Je n'assisterai pas à la réception.

– Tu comptes leur offrir un présent?

– Bien sûr, mais nonobstant les menaces de Jean-Paul, j'ai une idée. Que dirais-tu si je leur remettais un cadeau de nous deux? De cette façon, il serait impensable qu'il le retourne. Un cadeau signé de nos deux prénoms, rien de plus.

– Pas bête ton idée, pas bête du tout. De cette façon, j'aurai au moins eu la sensation d'avoir fait partie du grand jour. Pas bête ton idée, Suzelle. Que dirais-tu d'un luxueux service à vaisselle? Un superbe, en porcelaine, un service de prix.

Tel que convenu, au moment venu, le cadeau fut livré chez les parents de la future. Un service si beau, si coûteux, que Lise et Régis en furent surpris. Avec le colis, une carte imprimée de vœux coutumiers signée Suzelle et Victoire.

Lorsque Jean-Paul apprit le soir-même que la carte était signée des deux sœurs, il sacra, tempêta, mais par respect pour sa belle-sœur il ne retourna pas le présent que la future mariée appréciait grandement. La première manche était gagnée. Sans être présente, Victoire avait participé au bonheur de «son enfant». Pour défier le père... assurément!

Le lendemain matin, Suzelle se rendait à l'église où l'union était bénie. Discrète, elle se faufila dans un banc éloigné, mais Jean-Paul, l'apercevant, la força à le rejoindre au premier rang. Entre Mado et son ex-beau-frère, Suzelle avait comme l'impression d'être la mère manquante. Régis lui avait souri avec tant d'affection qu'elle sentit que sa présence était grandement désirée. Elle voulut fuir après la cérémonie, mais Jean-Paul la retint et insista pour qu'elle soit de la fête. Elle tenta de le convaincre de la laisser partir jusqu'au moment où les mariés, ensevelis de confettis, la croisèrent. Régis, beau et heureux, s'arrêta pour lui dire: «Je suis si content de vous voir, ma tante, qu'après la danse des mariés, l'une des suivantes sera pour vous. Merci d'avoir accepté l'invitation.» Prise au piège, elle ne put résister et suivit Jean-Paul et Mado qui la firent monter dans la limousine louée. Et c'est ainsi que tante Suzelle dansa dans les bras de son filleul le jour de son mariage. Gentil, affable, il lui avait murmuré: «Vous êtes si belle, si fine, si douce. Lise vous aime beaucoup, vous savez.» Suzelle rentra très tard à la maison en ce samedi. Victoire qui avait bu lui lança:

— Ils ont fini par t'avoir? Un peu plus et tu couchais là!

— Régis a insisté, Victoire. J'ai été incapable de lui refuser cette joie. Jean-Paul et Mado ne m'ont pas quittée d'un doigt. Tu sais, en somme, je suis ce qu'il leur reste de toi. Tu aurais dû voir ton fils! Plus séduisant, ça ne se fait pas!

– Je comprends, il n'a rien de son père! de s'écrier une Victoire quelque peu orageuse.

– Regarde, j'ai pris des photos polaroïd. Regarde comme ils sont beaux tous les deux.

Victoire s'empara des photos, regarda sans broncher, puis déclara:

– Pas mal, lui, mais elle, je la croyais plus jolie. Assez ordinaire, la mariée.

– Non, non, elle est très belle. Ne te fie pas à ces photos prises sur le vif.

Victoire tendit les photos à sa sœur.

– Quoi? Tu ne les gardes pas? Je les ai prises pour toi, Victoire. C'est ton fils...

Suzelle ne put terminer sa phrase. Victoire, tout en levant son verre, l'avait interrompue.

– Ah oui? Depuis quand? La mère du marié était-elle là, Suzelle?

Et les photos du mariage de son fils unique restèrent sur la table, retenues par un vase.

Deux mois plus tard, par inadvertance, Suzelle avait croisé Constance. Gitane, tireuse de cartes, astrologue et voyante, la mère de Carl Prémont était plus excentrique que jamais. C'est elle qui avait reconnu Suzelle alors que cette dernière lui désignait une table dans le restaurant où elle était hôtesse. Constance Prémont était accompagnée d'un homme. Son vieil amant, sans doute. La conversation avait été brève quoique cordiale. Elle s'était informée de Victoire, priant Suzelle de la saluer pour elle. Carl avait rompu avec le mannequin, vendu le chalet, perdu son avoir, et était retourné en France travailler avec son père. Aux dernières nouvelles, il vivait avec une comédienne qui avait presque deux fois son âge. «Une femme très à l'aise qui le mignote et qui l'adore», avait ajouté la mère de son dernier beau-frère. Lorsque Suzelle regagna la maison, c'est avec empressement qu'elle rapporta à Victoire sa courte conversation. L'aînée, radieuse, avait souri: «Il a perdu sa pute et son argent, voilà ce qui me console. Et ce gigolo s'est trouvé une autre poire, dis-tu? Une vieille qu'il va dépouiller? Tant pis pour elle!» Puis, levant son verre avec une certaine nostalgie, elle ajouta: «Voilà ce qui arrive quand on s'embarque pour des draps de lit. Encore bon amant, sûrement, le salaud. Le seul homme sur terre à faire l'amour passionnément... en mentant.» Et le sujet fut clos. Victoire leva son verre à la défaite de l'animal de ses plus belles nuits.

Victoire n'allait pas bien, sa santé chancelait. Son médecin lui avait dit: «Votre foie, madame, mangez-vous bien?» Elle se défendit et il lui prescrivit un régime de santé et quelques médicaments. «Aucun alcool en tout temps, madame. Au fait, buvez-vous souvent?» Jouant à l'offensée, Victoire lui avait répondu: «Allons, docteur, un verre de vin parfois au restaurant, pas davantage.» Il en doutait, fit mine de la croire: «Dans votre état, c'est encore trop, madame Desmeules. Buvez de l'eau abondamment.» Victoire promit de suivre à la lettre ses instructions et plaida si bien, si outrageusement, qu'elle réussit à sortir de ce bureau avec une nouvelle prescription de calmants. «Pour éliminer le stress, pour amoindrir l'angoisse, docteur», avait-elle invoqué. De retour chez elle, sédatifs à côté des autres obtenus ailleurs, elle en avala un avec un verre de vin. «Que le foie...» se disait-elle. «Qui donc n'a pas le foie malade!»

Un dur automne à travailler en dépit des migraines et des étourdissements. Malaises qu'elle contrait avec des... sédatifs. Sans arrêter de boire malgré le sévère avertissement. Sans jamais avoir dit à Suzelle qu'elle avait consulté un médecin. Pour elle, alcool était synonyme de formol. C'était ce qui lui gardait une apparence de vie. C'était ce qui l'aidait à vivre, à marcher, à se rendre au travail chaque jour. Quand la main lui tremblait, le barbiturique s'ajoutait. La levée du corps n'était pas facile, mais les jambes suivaient. Un autre anniversaire fêté avec Suzelle au restaurant. Mince repas, des cigarettes, de la bière et du vin. Sans le moindre respect pour le corps, heureuse d'enivrer le cœur. Chancelante, elle avait avoué à sa sœur:

– Tu sais, dans le fond, c'était Clément qui était le meilleur. Doux comme une soie, honnête, rempli d'attentions. Ah! si c'était à refaire...

Suzelle était perplexe. C'était la première fois que Victoire revenait ainsi sur son passé. Et pas sur le dernier mais le premier de ses maris.

– Que veux-tu dire par «si c'était à refaire»?

– Bien, il était beau, il était tendre, il avait dans les yeux... Et maintenant que je sais, que j'ai appris, il m'arrive de songer que ça aurait pu être merveilleux dans ses bras... Et puis, laisse faire, Suzelle, oublie tout ça, je déraisonne, je dis n'importe quoi.

– Et si l'on rentrait à présent? Viens, tu as assez bu, on te regarde.

– Un dernier verre, le dernier, je te le promets. On me regarde, on me regarde... c'est ma fête, maudit! J'ai le droit de la célébrer, non?

Triste Noël que celui-là, car Suzelle, incapable de subir ses états d'ivresse, l'avait laissée avec son verre pour aller fêter chez son frère. Assez, oui assez de la regarder boire, divaguer, tituber et pleurer. Parce que depuis quelque temps, elle avait le vin encore plus triste, Victoire. Si triste que même les hommes d'un soir la fuyaient quand l'ébriété s'annonçait. Car elle osait encore, madame Desmeules, se permettre quelques histoires. À l'insu de sa sœur, n'importe où, le temps d'une petite heure. Et, outrage des ans, avec l'amant de l'avant-veille, un gars de trente-huit ans, le motel, c'est elle qui l'avait payé. Tout comme le vin et la bière. Pour quelques moments sans jouissance, le visage ravagé sur un bras musclé.

Suzelle était allée chez Danielle et Patrice et, avec les enfants devenus grands, les amis, les confrères de travail de son frère, elle s'était amusée. Sans regret, sans remords face à Victoire qui buvait depuis le lever du soleil. Suzelle s'était détendue et, fait curieux pour le frère, elle n'avait pas parlé de Victoire. Comme si en cette nuit de Noël, sa sœur ivre morte n'existait pas pour elle. Non, elle n'était pas restée auprès d'elle pour l'entendre ronfler sur le sofa avant que minuit sonne. Pas cette fois, plus jamais pour Suzelle qui avait envie de vivre pendant que l'autre se saoulait. Dans le noir de sa solitude, tel que prévu, Victoire dormait, facultés éteintes. En sourdine, un cantique de Noël et, à quelques pas, de l'autre côté de sa mer de vin, on déposait à l'église l'enfant Dieu sur la paille.

— Victoire, tu ne le croiras pas, mais un monsieur désire te connaître.

La phrase d'accueil par un soir de mars alors que l'aînée rentrait du travail.

– Laisse-moi au moins enlever mon manteau, et ne viens pas jouer les entremetteuses, Suzelle Desmeules. Plus d'hommes dans ma vie, compris?

– Écoute, ce n'est pas n'importe qui. Laisse-moi au moins t'expliquer.

– Déniché où celui-là? Dans les colonnes des âmes en peine? Je te l'ai déjà dit, Suzelle, ne te mêle pas de ma vie. Tiens, au fait, s'il est si bien ton monsieur, pourquoi ne le gardes-tu pas pour toi? Tu es bien plus en peine que moi, toi!

– Sans être en peine comme tu dis, oui je le garderais pour moi celui-là, mais c'est toi qu'il désire rencontrer. Il ne sait pas ce qui l'attend, le pauvre, mais c'est toi qu'il désire connaître, pas moi.

– Et pourquoi donc? Il a besoin de lunettes, ton beau gars?

– Un monsieur, Victoire, un vrai gentleman. Un homme d'affaires de ton âge. Il t'a vue au restaurant, tu l'as chaviré sans le savoir et il s'est informé. Oui, il veut te connaître et moi, à ta place, je n'hésiterais pas.

Victoire se versa une bière, alluma une cigarette et, curieuse, attendit le curriculum.

– Monsieur Bouliane, Léandre Bouliane, possède des boutiques de vêtements pour dames, qui marchent rudement bien. Élégant, courtois, bien élevé, il est amateur de grande musique et, ô miracle, il se passionne pour l'Histoire tout comme toi. Il m'a parlé de la Révolution française, de sa haine pour Robespierre, du pauvre petit Louis XVII et de.... je ne sais plus quoi! J'avais l'impression d'être plongée dans les pages d'un dictionnaire. Pas n'importe qui, je te le dis. Il a de l'argent, une maison, un chalet en Estrie et un condo à Miami. C'est quand même pas à dédaigner, Victoire. Veuf depuis cinq ans, aucune femme n'a su l'intéresser jusqu'à ce qu'il te voie. Qu'as-tu donc à perdre en le rencontrant ne serait-ce qu'une fois?

Éblouie beaucoup plus par ses richesses que par ses goûts et couleurs, Victoire demanda:

— Il a quel âge ce monsieur qui semble te ravir?

— Soixante ans, Victoire. De beaux cheveux gris, bien de sa personne, très charmant.

— De mon âge, disais-tu? À cinq ans de la pension de vieillesse et avec des rhumatismes, sans doute?

— Allons, Victoire, sois réaliste, tu as cinquante-huit ans!

Victoire avait fini par accepter, mais à ses conditions. Pas de rencontre au restaurant où tout un chacun épiait. Suzelle se devait de l'inviter à la maison, de faire les présentations et de disparaître pour la soirée. «Et pas avant huit heures, avait-elle insisté, je n'ai pas l'intention de cuisiner. Juste un verre et causer.»

Trois semaines s'écoulèrent, monsieur Bouliane était en Floride. De retour, client habituel, Suzelle s'empressa de lui dire que sa sœur n'était pas rebelle à l'éventualité d'une rencontre. Intéressé, Léandre manifesta le désir de la rencontrer le plus tôt possible. «Vous ne me croirez pas, Suzelle, mais même en Floride, j'ai pensé à elle. Je m'étais pourtant résigné, mais le jour où je l'ai vue... Faites vite, je me meurs de la connaître», d'ajouter le sexagénaire. Suzelle mit tout en œuvre. Se pouvait-il qu'elle puisse sortir Victoire de son marasme, de son fichu mal de vivre? Depuis l'an dernier, c'était comme si plus rien ne l'intéressait. Comme si elle avait déposé sur la rive les rames de sa barque. Se pouvait-il qu'un autre amour puisse l'arrêter de boire? Car, selon elle, sa sœur buvait pour oublier. Aucun sourire, seul un rictus amer au coin des lèvres. Voilà ce qu'elle voyait quand Victoire rentrait chez elle et qu'elle se garrochait sur une bouteille. Un homme, une fortune, des voyages, une maison, un chalet, un condo, autant d'ingrédients pour sortir Victoire de son trou noir, songea-t-elle. Tout pour Victoire, rien pour elle. Suzelle ne vivait que pour la survie de sa sœur. Léandre s'eût-il intéressé à elle qu'elle en aurait été presque déçue. Le bonheur de l'autre, que cela. Après, elle ouvrirait peut-être les yeux sur un dernier coup de chance. Mais avant tout, Victoire et sa survivance. Pour elle, sa... délivrance.

Avril, dernière fonte des neiges et Léandre Bouliane sonnait à la porte de la maison d'Ahuntsic. Élégante à souhait, Victoire s'était maquillée et portait une robe de soie blanche cintrée, un collier de jade et des boucles d'oreilles nacrées en forme de papillons. Bien coiffée, parfumée, lumière tamisée, dernière mise en scène de la conquérante. Léandre avait des fleurs. «Pour un vase quelque part...», avait-il dit à Suzelle en le lui présentant. Nanti d'un savoir-vivre, il savait qu'offrir des fleurs à une femme sans la connaître ne faisait pas partie des bonnes manières. La façon détournée était plus adroite, beaucoup plus sage. Suzelle le fit entrer au salon et là, fit les présentations. Il lui tendit la main, elle lui rendit la sienne et il s'inclina.

— Ravi de vous connaître, madame.

— Très heureuse, de lui répondre Victoire.

— Vous prendrez bien un verre, monsieur Bouliane? s'empressa Suzelle.

— Avec plaisir, un scotch bien dilué et rempli de glaçons si c'est possible.

Pendant que Suzelle s'affairait, Victoire, tout en se servant un verre de vin, l'observait. C'était vrai qu'il était bien de sa personne, qu'il avait du charme et de la classe, mais elle était embarrassée. C'était la première fois qu'elle était en présence d'un homme plus âgé qu'elle. Nerveuse, inquiète, elle ne savait comment s'y prendre.

– Belle journée, n'est-ce pas? On dirait que le printemps veut renaître.

– En effet, et je vous le souhaite. Vous savez, j'ai l'habitude de fuir l'hiver.

– Oui, j'ai cru noter... ce teint bronzé. Prenez place, je vous prie, tout en lui indiquant un fauteuil face au sien.

Suzelle revint, offrit le verre et, pressée de quitter, déclara:

– Vous allez m'excuser, mais il faut que je me sauve. Le temps d'enfiler un manteau, une amie m'attend. Bonsoir, monsieur Bouliane, au revoir, Victoire.

Seuls, en face l'un de l'autre, c'est lui qui, le premier, rompit le silence.

– Charmante personne, votre sœur. Très dévouée en plus. Si vous saviez comme elle est appréciée de la clientèle. Toujours une joie de la retrouver.

– Oui, en effet, Suzelle est en outre très appréciée de ses patrons.

Il la questionna sur son emploi, la félicita pour sa toilette, lui parla de ses boutiques, des tendances de la mode actuelle, puis de l'Histoire de France. Elle s'était levée, s'était versée un second verre qu'elle se promettait de boire lentement, voyant que l'homme buvait peu et que les glaçons fondaient dans son verre. Elle se leva de nouveau, plaça sur le système de son un disque compact de la musique de Chopin pendant qu'il sympathisait avec la pauvre Marie-Antoinette, victime de crétins. Elle revint prendre place, jambes croisées, pan de robe au-dessus du genou, verre de cristal à la main.

— Vous aimez Frédéric Chopin? Vous avez un faible pour sa musique? de lui demander Léandre.

— J'aime la musique classique lorsqu'elle est douce, pas agressive. J'aime beaucoup le piano et les œuvres de Chopin semblent valser sur le clavier.

— Vous avez raison, même si je penche davantage du côté de Liszt. C'est un tendre et sa liaison avec Marie D'Agoult se ressent dans ses œuvres. Ah! ce que j'aurais donné pour vivre en ce temps-là! Vous aimez les concerts, les orchestres symphoniques?

— Pour les écouter, oui, mais je m'y rends rarement. Suzelle ne serait pas de compagnie pour ce genre de musique.

— Qu'à cela ne tienne, madame, je me ferais volontiers chevalier servant.

Victoire était sous le coup du charme. Cet homme cultivé, si bien élevé, la transportait dans un monde dont elle avait rêvé. Ce vouvoiement, ce «madame» avec tant d'élégance. La Pompadour elle-même n'aurait pu être mieux servie. Ils bavardèrent longuement même si Léandre refusa un second verre. Un seul qu'il étirait jusqu'à ce que le fond ne soit plus qu'un filet d'eau, jamais plus selon sa coutume. Ce qui incita Victoire à laisser dormir son vin dans son verre. Pas selon sa coutume, mais de peur d'être mal perçue avec une gorgée de plus. Ils parlèrent de tout et de rien et pour contrer la monotonie d'un certain sujet, elle le renseigna sur l'origine de son prénom, de la dure grossesse de sa mère, du cri de victoire de son père. Léandre, sans crainte de l'offusquer, se mit à rire de bon cœur de l'anecdote plus qu'amusante. Et pour qu'elle puisse lui offrir le son de son rire, il s'empressa de lui dire:

– Et moi, Léandre? Imaginez! Avec un peu de culture, mon père aurait pu choisir Alexandre. Comme Alexandre le Grand! Vous avez déjà vu ça dans l'Histoire, vous, un noble qui se prénommait Léandre? Un sans-culottes sans aucun doute!

Elle éclata d'un rire franc. Aussi frais, aussi jeune qu'au temps des plaisanteries d'un jeune amant. Victoire était séduite; cet homme la captivait par son verbe.

– Vous avez des enfants, monsieur Bouliane?

– Oui, trois filles. Je devrais plutôt dire deux car l'aînée est décédée accidentellement quelques jours avant ses seize ans.

– Oh! je m'excuse...

– Ne vous excusez pas, madame. C'est loin, le baume a cicatrisé la plaie. Henriette repose en paix depuis longtemps et sa mère est maintenant auprès d'elle. J'ai actuellement deux filles, Michèle et Véronique. Toutes deux mariées, l'une habite à Boston et la plus jeune, Véronique, vit en Floride avec son époux. Ils opèrent l'une de mes boutiques, établie à Palm Beach depuis cinq ans.

– Ce qui veut dire que vous êtes grand-père si je ne m'abuse?

– Oui, d'un petit-fils unique, Francis. Le fils de Michèle et de son mari Herbert, un avocat. Je ne le vois pas souvent ce petit bout d'homme, mais que voulez-vous, la distance, l'éloignement. Véronique, pour sa part, n'a pas d'enfant, mais ça viendra peut-être. De nos jours, les femmes se décident beaucoup plus tard. Et vous, vous êtes mère, madame Desmeules?

– Heu... oui, un fils, Régis, issu de mon second mariage. Il est marié depuis l'an dernier. Il nage en plein bonheur et qui sait, peut-être serai-je grand-mère avant longtemps? Oh! là! là! quel terme! Pas facile à prendre pour une femme.

– Ne craignez rien, vous en serez charmée. Les petits-enfants, nous sommes là pour les choyer, pas pour les élever cette fois, ne trouvez-vous pas?

Embarrassée, honteuse, elle répondit en riant nerveusement:

– Oui, j'imagine, je ne sais pas encore.


Onze heures et Léandre était encore là, cloué sur son fauteuil, le verre vide, refusant la récidive malgré l'insistance de Victoire qui, elle, se tortillait d'être à sec. Il accepta volontiers le café et, faute de vin, elle s'en versa une tasse, très noir, très fort, dans laquelle elle fit fondre un calmant. Se rendant compte de l'heure, il s'écria:

– Oh! Quel manque de savoir-vivre! Déjà onze heures trente et je suis encore là. J'ai vraiment abusé de votre temps, mais je vous avoue ne pas avoir vu les heures s'écouler. En votre compagnie... Bon, je quitte, je rentre, je vous laisse vous reposer.

– Je vous en prie, soyez à l'aise. J'ai également ignoré les aiguilles de l'horloge.

– Et votre sœur qui va bientôt rentrer. Non, vraiment, j'ai abusé mais c'était sans m'en rendre compte, croyez-moi.

Il se leva. Victoire le suivit, lui remit son paletot, son chapeau, ses gants, et Léandre Bouliane de lui baiser la main en lui disant:

– J'ai passé une merveilleuse soirée, madame. Puis-je espérer vous revoir?

– Le plaisir a été pour moi, monsieur Bouliane. Avec le printemps qui vient, vous aurez sûrement l'occasion d'ajouter à nouveau quelques fleurs au décor si le cœur vous en dit.

– Merci, merci infiniment, et que diriez-vous d'un concert un de ces soirs? Non, non, là je m'emporte. Un souper quelque part serait certes plus de mise. Le concert peut toujours suivre.

– À votre guise, monsieur Bouliane, soyez prudent, les routes sont sournoises à la fonte des glaces.

– Ne craignez rien, j'ai l'œil ouvert. Merci encore pour tout. Votre présence, cette charmante conversation. Merci encore et dormez bien, madame Desmeules.

– Merci à vous et... à bientôt, monsieur Bouliane.

Léandre Bouliane, au volant de sa voiture, était amoureux fou. Cette femme l'envoûtait, le subjuguait. Que de classe, que de distinction. Un joyau de... l'Histoire. Porte refermée, Victoire était songeuse. Il était charmant, elle était conquise. Mais elle savait qu'elle avait joué un jeu et que lui avait été franc. Un jeu, oui et non, car Léandre lui plaisait. Un gentleman, un homme du monde, un fervent défenseur de la monarchie française guillotinée. Un amateur de belle musique, fortuné de surcroît. Et sans entraves puisque ses filles vivaient au loin et qu'il était entièrement libre. Un bon parti pour une femme qui, jadis riche, avait peine à joindre les deux bouts. Mais Dieu que «madame» avait hâte de se verser un verre. Ce qu'elle fit au moment même où Suzelle rentrait, épuisée, fatiguée d'avoir étiré son absence.

– Et puis? Comment l'as-tu trouvé? La soirée s'est bien déroulée?

Victoire avala d'un trait le contenu de la coupe de cristal.

– Très bien, Suzelle. Je l'ai trouvé charmant, sympathique, très cultivé.

Surprise de constater que sa sœur était sobre, heureuse de sa retenue, Suzelle s'empressa d'ajouter:

– Tu comptes le revoir? Vous avez planifié?

– J'attendrai sa bonne obligeance, mais ça ne saurait tarder, j'en suis persuadée.

Victoire avait misé juste puisque cinq jours plus tard, Léandre manifestait le désir de l'inviter à souper dans un grand restaurant. Une soirée divine à parler de Napoléon, de Louis XVlll, du rétablissement de la monarchie en France. Monsieur Bouliane était loin d'être un bonapartiste. Selon lui, ce petit fumiste venu pour sauver le menu peuple avait été plus coûteux pour la France que les monarques qui l'avaient précédé. Ne s'était-il pas fait sacrer empereur alors qu'un sang de petite noblesse coulait dans ses veines? «Pour qu'on s'incline devant lui telle une majesté», avait ajouté Léandre. Et, à l'instar des rois, cet empereur instantané avait eu des favorites avec lesquelles il trompait sa Créole, la chère Joséphine. Victoire était ravie car, tout comme elle, il était royaliste, son prétendant de dernière heure. Revenant sur terre, il lui parla de sa maison trop grande pour un homme seul, de sa jeunesse dans la pauvreté au sein d'une famille nombreuse, de son dur labeur pour se sortir de la misère. Victoire l'écoutait religieusement tout en se gavant d'un vin de grand prix. Sans dépasser les bornes toutefois, car Léandre avait à peine bu la moitié d'un verre après s'être permis un scotch dilué qui avait traîné sur la table pendant une heure. Une très belle soirée durant laquelle, au cours d'une évocation du passé, il avait déposé sa main sur la sienne pour ensuite s'en excuser. Le geste lui avait échappé. Il l'invita dans un grand hôtel pour finir la soirée. Un hôtel avec une salle de bal. Le temps d'un autre scotch en guise de prix d'entrée pour elle, une eau minérale pour lui et, à sa grande surprise, il l'invita à danser. Très doué, surtout pour la valse, elle se sentit telle une reine dans ses bras. Au plus fort de son amour pour elle, il lui avait murmuré: «Comme vous êtes belle!» Un compliment dont elle avait été privée depuis plusieurs années. Elle avait souri, elle avait même rougi. Il la raccompagna et insista pour la revoir le plus souvent possible. Victoire Desmeules, conquise, ne s'y opposa pas. Quand elle rentra, sa sœur la questionna sur le périple de sa soirée. Victoire, plus éloquente que jamais, avait amplifié certains détails et Suzelle, ravie, d'ajouter:

– Commences-tu à l'aimer? Éprouves-tu quelque sentiment pour lui?

– Il est charmant, il est tendre, il a une approche qui me séduit.

– Oui, mais l'aimes-tu, Victoire?

Elle hésita, dégraffa quelques boutons de sa robe et lui avoua tout simplement:

– Aime-t-on encore à cinquante-huit ans, Suzelle?

Léandre revint à la charge plus souvent. D'un concert à une soirée dansante, d'une invitation chez elle à une autre chez lui. Quelle magnifique résidence que la sienne. Une femme de ménage, un domestique, un jardinier. Tout comme au temps de ses belles années. Ils s'appelaient maintenant par leur prénom, mais le vouvoiement persistait. Ce qui enchantait Suzelle, c'est que Victoire buvait plus raisonnablement. Depuis sa rencontre avec Léandre, pas un seul état d'ébriété, moins de calmants, la tête plus solide sur les épaules. En voie de guérison, selon la cadette, sa sœur devait être amoureuse. Après deux mois, lors d'une soirée dansante, un premier baiser qu'elle n'avait pas refusé. Un baiser qui en disait long sur les intentions du soupirant. Léandre était subjugué! Des fleurs pour le vase, une broche sertie de diamants pour accueillir l'arrivée de l'été puis, un soir, assis l'un contre l'autre chez lui alors que le lecteur de cassettes introduisait les *Nocturnes* de Chopin, il lui avait murmuré: «Si vous saviez comme je vous aime.» Un soir où, emporté par ses élans, Léandre avait bu deux scotches au lieu d'un. À la fin de la soirée, après un baiser échangé au cours d'un *slow* qu'ils avaient dansé, il l'avait priée de s'asseoir, de l'écouter, de ne pas l'interrompre.

– Victoire, à notre âge, le temps se fait précieux. Je vous aime, vous m'aimez, voulez-vous m'épouser? Accepteriez-vous de devenir ma femme?

Débit d'un trait auquel elle ne s'attendait guère. Lui avait-elle seulement dit qu'elle l'aimait? Surprise et feignant de l'être, elle avait répondu:

– Voyons, Léandre, nous nous connaissons à peine...

– Avons-nous vraiment besoin d'une longue fréquentation? Moi, je vous épouse demain, les yeux fermés, si vous acceptez. Je vous aime et je n'ai pas besoin d'une autre année pour vous le redire chaque jour. Permettez-moi d'insister, Victoire. Nous ne sommes plus des enfants, l'automne de nos vies s'en vient, à quoi bon prolonger le tourment? Je vous permets de réfléchir, mais ne me faites pas languir, je vous en prie. En ce qui me concerne, le plus tôt sera le mieux. Je vous offre un mariage intime, discret, mais scellé d'un amour ardent.

– Ce qui veut dire que vous avez déjà ébauché un plan, un jour précis peut-être?

– Si vous acceptez et si la date vous convient, j'avais pensé au 31 octobre prochain, jour de mon anniversaire de naissance.

– Mais, vous ne savez rien de moi, vous ne m'avez jamais questionnée...

– Est-ce nécessaire, Victoire? Je vous aime... je vous aime éperdument.

Vive impulsion, elle se leva, avala une gorgée de vin et le regarda dans les yeux.

– J'accepte, Léandre, j'accepte volontiers de devenir votre femme.

Il cria de joie, jubila, la serra dans ses bras et l'embrassa.

– Je vous rendrai heureuse, croyez-moi! Sur mon honneur, sur mon amour!

Elle souriait, caressait son verre, s'éloignant ainsi de son étreinte.

– Êtes-vous conscient que le 31 octobre est le jour de l'Halloween? ajouta-t-elle en riant.

– Bien sûr, quand j'étais jeune, ma mère me surnommait citrouille!

Il la raccompagna, il était fou de joie. Il lui promettait la lune, des voyages, une vie princière et, par-dessus tout, son amour plus que sincère. De retour chez elle, devant Suzelle qui la sentait cachottière, elle brisa le mur du silence en lui annonçant comme si de rien n'était: «Je me marie, petite sœur, j'épouse Léandre.» Suzelle avait failli tomber à la renverse. Pour ajouter à sa surprise, elle avait ajouté: «Le jour de l'Halloween cette fois. Espérons que les sorcières me seront plus salutaires que les Cupidons.»

– Mais tu l'aimes, Victoire? Tu l'aimes vraiment?

Ce à quoi elle avait répondu en brossant sa chevelure abondante:

– Est-ce vraiment important?

Non, Victoire n'aimait pas Léandre. Elle le trouvait plaisant, charmant, mais elle était incapable d'aimer un homme de soixante ans. Du moins, pas... physiquement. Pas après avoir été dans les bras de Carl et de ses jeunes amants dont elle gardait, sur ce point, un souvenir vivant. Mais l'occasion était trop belle pour ne pas la saisir. Un homme racé, élégant, sa richesse, les voyages, la sécurité, l'adieu à un emploi minable. Quelle merveilleuse pension de vieillesse pour celle qui, jadis, avait été princesse. Fait étrange, son dernier mariage tout comme le premier avait pour clause la peur et l'insécurité. Clément était pourtant jeune et beau, mais elle n'avait pu l'aimer faute de... savoir-faire. Léandre était gentil et vieux, ce qui jouait contre lui depuis qu'elle avait appris à si bien manipuler... le lit. «Comme la vie est étrange...» songea-t-elle.

Au cours de juillet, Léandre insista pour qu'elle rencontre sa fille Véronique qui serait de passage à Montréal. En retour, il désirait connaître son fils. Prise au piège face à cette requête, elle avait déclaré que son fils et sa femme étudiaient en Angleterre pour un an, qu'ils ne seraient pas de la noce, malheureusement. Léandre en fut navré, mais avant qu'il ne trouve une bonne idée, elle avait enchaîné: «Vous savez, avec votre grande famille et ma sœur à mes côtés, je nagerai dans le bonheur. Ne craignez rien, Régis n'en sera pas offensé et nous fera parvenir tous les vœux de son cœur.» Il cherchait quand même un moyen et elle l'interrompit en lui disant: «Ce sera mieux ainsi, car derrière le fils, il y a le père. Vous comprenez?» Léandre n'insista pas. Loin de lui l'idée de la troubler.

La rencontre avec Véronique avait eu lieu dans un grand restaurant. Victoire était resplendissante ce soir-là et se montra fort attentionnée au bras de son futur. Trop sans doute, puisque la jeune femme de trente ans fut polie, agréable mais distante.

– Votre père m'avait dit que vous étiez jolie, mais à ce point...

– Merci, madame, répondit sans emphase celle qui cherchait à l'éconduire.

– Les affaires vont bien? Que pensez-vous des tendances actuelles de la mode?

– Très évolutives. Vous étiez femme d'affaires vous-même, n'est-ce pas?

– Heu...oui, dans les parfums, les produits de beauté, mais c'est déjà loin...

– Tiens, et vous ne m'en aviez rien dit... de lui reprocher son futur mari.

– Remarquez que vous ne m'avez jamais rien demandé, mon chéri, de répondre Victoire avec un sourire derrière le verre qu'elle portait à ses lèvres.

– C'est vrai, je m'en excuse. Tu sais, Véronique, l'amour présent n'a pas à vivre du passé.

– Vous avez été mariée trois fois, n'est-ce pas? d'insister Véronique.

– Oui, madame, répondit calmement Victoire, et ça, votre père le sait.

Elle sentait la rage l'envahir. Cette petite prétentieuse allait subir son savoir-faire. Ton pour ton, se disait Victoire, mais elle s'inquiétait. La jeune femme semblait en savoir plus long sur elle que son futur mari.

– On m'a dit que votre fils serait absent? Quel dommage!

– En effet, mais Lise et lui seront tout près. De cœur, je veux dire.

– Vous avez une grande famille, des frères et sœurs?

Œil pour œil, dent pour dent. Victoire s'apprêtait à la remettre à sa place quand Léandre intervint:

– Je t'en prie, Véronique, un peu plus de discrétion. Que de questions en si peu de temps! Ce n'est pourtant pas dans tes habitudes...

Se voyant coincée, jugée, regardée de haut par sa future belle-mère, elle préféra faire la paix, du moins pour l'instant, et s'écria dans un premier sourire:

– Excusez-moi, madame, père a raison. Je ne voulais surtout pas vous offenser. Je suis curieuse de nature, voilà tout. Pardonnez-moi, je suis confuse.

– Soyez à l'aise, Véronique. Oh! Vous permettez que je vous appelle par votre prénom? Il est si joli, si romantique. Quel heureux choix de la part de vos parents.

La fin du repas s'écoula plus détendue, mais Victoire sentait que sa future belle-fille épiait ses moindres gestes. Elle l'avait à l'œil, la surveillait, la scrutait sans cesse du regard. Au point que madame Desmeules en était mal à l'aise. Fort heureusement, l'interminable repas se termina. Véronique, qui avait sa voiture, regagna la maison de son père après un «au revoir, madame» poli mais sans chaleur. Venue seule, son mari étant resté pour les affaires, elle n'était que de passage. Dans quatre jours, elle regagnerait la Floride et Victoire ne la reverrait qu'au mariage. Après? La future madame Bouliane avait déjà l'intention d'évincer cette belle-fille du portrait. En cours de route, sa main glissa dans celle de Léandre...

– Je crois que votre fille ne m'aime pas. Je le sens, je pourrais le jurer.

– Surtout, n'en faites rien, vous risqueriez de vous tromper. J'avoue qu'elle aurait pu être plus cordiale. Mais que voulez-vous, Victoire, ça fait cinq ans que je suis seul et, soudainement, je lui présente ma future femme.

– Mais vous avez droit au bonheur, Léandre, à une seconde chance? N'est-elle pas assez mûre pour le comprendre?

– Oui, oui, avec le temps, ma chérie, Véronique n'est plus une enfant. Néanmoins, admettez que, pour elle, la méfiance est justifiable. Elle aime son père et, d'un seul coup, elle apprend qu'une autre femme va prendre la place de sa mère. Une réaction normale quand, dans son cœur, le souvenir subsiste. Mais Véronique est une fille adorable qui désire le bonheur de son père. Quand elle vous connaîtra vraiment, quand elle verra combien je suis heureux près de vous, ça changera, croyez-moi.

– Je le souhaite, Léandre, et j'ose espérer que l'autre n'est pas aussi méfiante.

– Michèle? Une perle celle-là! Elle vous adoptera d'emblée, vous verrez. Pour l'instant, elle ne sait rien encore, mais Véronique s'en chargera.

Victoire allait-elle devoir se battre encore contre des femmes? Deux, cette fois? Elle avait en mémoire le froid accueil de Corinne, la sœur de Carl. Et que dire de la mère de Clément, l'odieuse Françoise. Constance ne l'avait guère épargnée et, finalement, il n'y avait que Mado qui l'avait accueillie à bras ouverts. Et pour cause, elle se débarrassait de son frère! «Ah, petites gueuses! songea-t-elle en référant aux filles de Léandre. Attendez que je sois mariée et vous verrez de quel bois je me chauffe!» Léandre l'avait déposée, avait cherché à l'embrasser, mais elle s'était dérobée.

– Pas fâchée au moins? Véronique n'a...

– Non, non, Léandre, mais à la vue des passants, à notre âge...

Elle posa sa main dans la sienne et lui murmura:

– Vous comprenez, n'est-ce pas?

Sans perdre de temps, Victoire avait décidé d'aller choisir sa toilette de mariée en compagnie de Suzelle. Léandre lui avait dit: «Ce qui vous plaît, ce qu'il y a de plus joli, ma chérie; je règle la facture.» Victoire s'était opposée, clamant que cette dépense lui revenait, mais il avait tellement insisté qu'elle avait fini par céder. Sa sœur lui avait murmuré: «Accepte, voyons, il en a les moyens et tu n'auras pas à t'arrêter sur les prix.» C'est donc avec un port de tête de femme bien établie que madame Desmeules se rendit dans une luxueuse boutique où les vêtements étaient de la griffe des grands couturiers. Empressées auprès d'elle, les vendeuses y allaient des suggestions les plus coûteuses. Sans rien se laisser imposer, Victoire jeta son dévolu sur une robe à la mi-cheville de brocart beige garnie de perles avec un ample manteau de même tissu. Une robe princière qui moulait fort bien sa silhouette encore très svelte. Un collier de corail, des boucles d'oreilles assorties, un bracelet de perles, un sac du soir dans les tons orangés garni de perles, une parure de tête confectionnée pour elle avec une légère voilette jusqu'aux sourcils. De cette boutique à une autre, des escarpins de soie à la couleur du sac à main et, chez le fleuriste, un corsage de roses pêche qu'elle porterait au poignet gauche sur un long gant beige. En quelques heures, la future mariée était vêtue, toilette mise de côté, addition s'élevant à cinq mille dollars et quelques poussières que Léandre allait régler.

– Tu es heureuse, ma grande sœur? Dieu que tu seras belle!

– Comme on peut l'être à mon âge, pas davantage. Merci d'être venue avec moi, Suzelle, tu m'as été d'une aide précieuse.

– Tu as vu comme on s'empressait? Un peu plus et on s'inclinait devant toi.

– Remarque que les ventes de ce genre en pleine récession, ça fait bougrement leur affaire.

Les deux sœurs allèrent dîner dans un petit restaurant et Suzelle de lui dire:

– Je crois que, cette fois, tu ne fais pas un faux pas. Léandre est si...

– On verra, on verra bien, Suzelle. Après trois échecs, excuse ma méfiance, mais face au bonheur, j'ai encore de la réticence.


Véronique s'apprêtait à partir, à regagner la Floride pour rejoindre son mari. La veille du départ, elle avait demandé à son père de passer au salon, de s'asseoir avec elle, de l'écouter, elle avait des choses à lui dire. Léandre, qui ne voulait aucun obstacle à son bonheur, devinant où elle voulait en venir, lui demanda: «Est-ce bien nécessaire, ma fille? Je ne voudrais pas que...» Elle l'avait interrompu lui avouant qu'il était impératif qu'ils se parlent.

– Bon, je t'écoute, Véronique, mais ne sois pas hargneuse, je te vois venir, toi.

– Au départ, papa, je veux que tu sois assuré que ton bonheur m'importe et que ma plus grande joie serait de te voir heureux. Tu es libre de tes décisions, de ton choix, tu n'as pas de comptes à rendre à qui que ce soit.

— Allons, où veux-tu en venir? Pourquoi ce préambule, ce détour?

— Je t'en prie, papa, écoute-moi et laisse-moi aller jusqu'au bout s'il te plaît. N'avons-nous pas toute la soirée devant nous? Puis-je te servir un scotch?

— Non, non, ça va, continue, je t'écoute, je suis tout ouïe.

— Une autre chose avant d'arriver au but, papa. Je voudrais que tu saches que je n'ai rien contre cette femme, je veux dire madame Desmeules. Ta vie future avec elle te regarde, mais malgré moi, par intérêt pour toi, j'ai fait ma petite enquête sur elle.

Léandre bondit de son fauteuil.

— De quel droit? De quoi te mêles-tu, Véronique? Comment as-tu pu oser te renseigner sur elle quand ton propre père n'a rien demandé, rien exigé?

— C'est ce que tu aurais dû faire, papa. Je m'excuse mais tu as eu tort. On n'épouse pas une femme sans bien la connaître, sans savoir d'où elle vient, ce qu'elle a été avant toi et, ne m'interromps pas, laisse-moi me rendre jusqu'à la fin. Oui, j'ai poussé une petite enquête et ne me demande pas où ni avec qui, je ne te le dirai pas. Ce que je peux t'affirmer, c'est que tu t'apprêtes à commettre une bêtise, papa. Cette femme que tu louanges est indigne de toi.

— Je vois bien que tu ne l'aimes pas...

— Là n'est pas la question, loin de là. Laisse-moi poursuivre, je t'en supplie.

Léandre Bouliane, nerveux, irrité, laissa sa fille maintenir l'affrontement.

— Victoire Desmeules, la femme que tu comptes épouser, a été mariée trois fois à des hommes qu'elle a fait rudement souffrir. Le premier l'a quittée au bord de la dépression. Un homme de qualité, papa, un futur avocat qu'elle a humilié, bafoué, jusqu'à ce que l'épuisement le rende malade. Elle l'a fait souffrir énormément, refusait de lui donner des enfants, bref, plus vilaine, cherchez-la. Un gars irréprochable qui s'est remarié et qui vit heureux avec sa seconde femme et ses enfants depuis ce temps-là. Un homme de bonne foi tout comme toi, papa. Elle a été si odieuse avec lui que son beau-père, un juge de surcroît, l'a reniée à tout jamais. Le second, une brute selon elle, avait tout mis en œuvre pour la rendre heureuse. C'est de lui qu'elle a eu un fils, mais ce que tu ne sais pas papa, c'est qu'elle l'a abandonné, cet enfant. En très bas âge en le laissant au père et à sa sœur qui l'ont élevé. Sans le revoir, pour être libre, indépendante, reprendre sa carrière, voyager et vivre en millionnaire. Oui, en millionnaire, parce qu'elle l'a été un certain temps. Son fils n'est pas à l'étranger, c'est faux. Il est ici, bien en place, après avoir revu sa mère une seule fois en dix-huit ans. Des retrouvailles qui l'ont laissé amer puisqu'elle n'a plus voulu le revoir après l'avoir bouleversé de son faux repentir et de ses mensonges. Elle n'a même pas été invitée à son mariage, papa. Pas surprenant qu'elle invente une histoire pour expliquer son absence au vôtre. Le père était intempestif, voire violent, il l'aurait même battue — d'où le divorce, mais selon ma source, encore heureux qu'il ne l'ait pas étranglée. Elle a été vilaine, indescriptible envers lui...

— Mais c'est immonde ce que tu dis là, Véronique! Te rends-tu compte que tu parles de la femme que j'aime, de celle que je vais épouser? l'interrompit le père avec de la colère dans les yeux.

— Oui, je sais, mais écoute-moi, je n'ai pas terminé. Le troisième était beaucoup plus jeune qu'elle. Il était son secrétaire au moment où elle était vice-présidente d'une entreprise. Un petit Français qu'elle a enjôlé parce qu'il était beau, qu'il lui plaisait et que madame était portée sur la chose. Elle l'a choyé, gâté de sa fortune. Un homme-jouet qu'elle a épousé pour les plaisirs du lit. Sans doute opportuniste le petit puisqu'il a tout pris. Il l'a même ruinée, papa! Inconsciemment, mais il l'a ruinée et elle était si en colère qu'elle a tout fait pour se venger. Il en avait peur, il avait une maîtresse et, encore aujourd'hui, il la redoute tellement qu'il a fui. Après l'avoir manipulé, elle a voulu le tuer parce que, pour la première fois, elle s'était prise à son propre piège. Et ce que je te rapporte me vient d'une source très honnête, d'une personne qui n'a rien contre elle mais qui veut t'éviter le pire, papa.

— Comment as-tu pu impliquer des étrangers dans ma vie privée? T'ai-je demandé une telle enquête, moi? Tu as dépassé les bornes, ma fille!

— Je n'ai pas terminé, papa. Laisse-moi me rendre au bout et après, tu seras libre de me dire ce que tu penses de moi. Bon, voilà. Victoire Desmeules à travers ses mariages a cumulé les amants. Des hommes d'un soir avec lesquels elle a trompé tous ses conjoints, papa. De plus, cette femme que tu veux épouser boit énormément en plus d'être une adepte des barbituriques. Elle est alcoolique, papa! Le savais-tu? Tu t'imagines dans quelle galère tu t'embarques? Je n'ai plus rien à ajouter. Le compte rendu est complet. À toi de faire ce que tu veux à présent.

Léandre, estomaqué, puis choqué par les révélations de sa fille s'était levé.

— Tu es jalouse, Véronique, jalouse au point de vouloir détruire ce que je tente de bâtir. Tu n'acceptes pas qu'une autre femme remplace ta mère, voilà. C'eût été une autre, que tu aurais trouvé à redire. Victoire n'est pas la femme que tu prétends...

– Je ne prétends rien, on me l'a affirmé. Libre à toi de n'en rien croire, papa, mais cette femme va te rendre malheureux. Comment peux-tu me dire, à mon âge, que je suis jalouse, quand je ne veux que t'éviter...

– Et je ne t'ai rien demandé, moi! Me suis-je mêlé de tes affaires lorsque tu t'es mariée? Crois-tu que ton mari était l'homme que j'avais en tête pour toi?

– Qu'a-t-il donc, mon mari? Je suppose qu'à défaut de vouloir ouvrir les yeux sur ce que je t'ai dit sur elle, tu vas marteler sur lui? Ne sommes-nous pas heureux, Larry et moi? Pourquoi t'en prendre à notre ménage? Sans nous en Floride...

– Sans vous? Tu parles des affaires? N'oublie pas que tout ce que vous avez, vous me le devez. Sans moi, vous seriez sans le sou tous les deux. J'ai ouvert ce commerce pour te faire plaisir, Véronique, pour vous faire vivre!

Insultée, la jeune femme se leva d'un bond et le regarda droit dans les yeux.

– C'est trop injuste, papa. Tu me dis presque que tu nous as fait la charité? Et les profits? C'est quand même toi qui les empoches, non? Je me doutais bien que cette conversation avec toi allait tourner au vinaigre. Je t'ouvre les yeux sur elle et, dans ton orgueil blessé, tu t'en prends à moi, à mon mari, comme pour tenter d'oublier tout ce que je t'ai dit. On sait bien, tu ne te trompes jamais, toi! Si c'est comme ça, papa, reprends-la, cette boutique, et vends-la. Tu verras que Larry et moi n'attendons pas après toi... pour vivre.

– Ah, Véronique, ça ne va quand même pas tourner en querelle, tout ça...

– C'est toi qui l'as cherché, papa, pas moi. Je te parlais de bonne foi, moi, pour que tu puisses maintenir ta décision si tu le veux, mais avec le réel portrait devant les yeux. Tu peux te remarier trois fois si ça te chante, mais de grâce, ne te laisse pas prendre au jeu d'une... d'une intrigante!

– Je t'interdis ce genre de remarque, Véronique. Tu parles de la femme que j'épouse.

– Elle te marie pour ton argent, papa! Es-tu dupe à ce point? Elle a tout à gagner, rien à perdre avec toi. Si ça ne marche pas, la pension alimentaire!

– Pas un mot de plus, tu en as assez dit, ma fille. Tu retournes en Floride, tu t'occupes de tes affaires et tu ne te mêles plus des miennes, compris? Et si tu n'acceptes pas Victoire dans la famille, abstiens-toi d'être présente au mariage.

– J'y comptais bien, crois-moi, mais comme c'est toi qui le suggères, je peux, dès lors, être certaine de ne pas te déplaire en n'assistant pas à cette farce. Je regrette amèrement d'avoir tenté de t'être utile, papa. Si j'avais su, je te jure que je me serais mêlée de mes affaires.

– C'est ce que tu aurais dû faire, ma fille! Par respect pour ton père!

La jeune femme était montée à sa chambre, décontenancée par la conversation, bouleversée par la situation. Elle n'avait pu convaincre son père et, pourtant, les faits étaient très évidents. Fallait-il qu'il soit aveugle pour ne pas ouvrir les yeux sur la femme que Victoire était. Et sourd, complètement sourd, pour ne pas entendre la mise en garde de sa fille qui l'aimait. Elle n'en revenait pas, d'autant plus que son rapport de bonne foi s'était tourné contre elle. Le lendemain, comme si rien ne s'était passé la veille, Léandre avait déjeuné avec sa fille, l'avait reconduite à l'aéroport et, après l'avoir embrassée, lui avait dit: «Salue Larry de ma part et dis-lui qu'on se reverra en janvier à moins que tu ne changes d'idée d'ici là.» Véronique n'avait rien répondu. Tendant son billet, elle franchissait la grille des départs.

Ce brave monsieur Bouliane était quand même resté songeur. Sa fille croyait qu'il avait fait la sourde oreille, mais les dénonciations s'étaient imprégnées dans le cœur. Il refusait de douter de Victoire, mais un «si» persistait, Véronique l'avait incriminée avec tant d'éloquence. S'il fallait, s'il fallait que ce soit ne serait-ce qu'un tantinet vrai. Si Victoire n'était pas celle qu'il croyait? Comment savoir après lui avoir presque dit que le passé était lettre morte? Et ce, au moment même où Victoire lui avait murmuré: «Vous ne savez rien de moi...» Comment savoir maintenant? Lui qui n'avait même pas cherché à savoir de quelle source sa fille tenait tous ses renseignements. Véronique aurait-elle seulement avoué après avoir juré la confidentialité? Elle était pourtant simple, l'enquête de Véronique. Elle s'était rendue chez Payot fils, mais ce dernier étant en vacances, c'est Leslie Dupéré qui lui avait dit: «Vous n'apprendrez rien de moi, madame, j'ai eu maille à partir avec elle trop longtemps.» Insistante, implorant au nom de son père, Leslie avait fini par lui suggérer: «Pourquoi n'allez-vous pas rencontrer madame Prémont, la mère de son dernier mari? Prenez un rendez-vous, elle est diseuse de bonne aventure. Sur place, qui sait si elle ne vous dira pas tout ce qu'elle connaît d'elle?» Et Véronique de suivre ce trajet. Méfiante au départ, mais sympathique à la cause de la jeune femme qui, de tout cœur, voulait sauver son père d'une embuscade, elle avait déballé son sac lui faisant jurer qu'elle ne la trahirait pas. Constance, à qui Victoire s'était jadis entièrement confiée, connaissait tout de «l'étrangère» comme la qualifiait Véronique. Constance qui, par ses révélations, se vengeait de celle qui lui avait ravi son fils, de celle qui l'avait ignorée et, finalement, de celle qui avait menacé Carl de se venger le jour où il l'avait quittée. Après l'avoir bien renseignée, elle avait ajouté: «Si votre père épouse cette femme, c'est sa perte, madame.» Et de là, l'urgent besoin de la fille de mettre son père en garde. Mais «la perte», c'est elle qui la subissait. Plus forte qu'elle, Victoire l'emportait dans le cœur de Léandre.

Ce même soir, peu bavard, Léandre avait rencontré Victoire chez elle. Inquiète, elle lui avait demandé ce qui le tenaillait. «Oh, un petit ennui en ce qui a trait aux affaires», avait-il répondu en ajoutant qu'il souffrait d'un violent mal de tête. Sans même lui offrir un comprimé pour le soulager, Victoire, rassurée, s'était écriée:

— Vous devriez voir ma toilette, Léandre! J'espère que la facture ne vous fera pas sursauter.

— Bien sûr que non. Ne vous ai-je pas donné carte blanche?

Elle l'avait serré dans ses bras, embrassé. Il était reparti. Une rude journée.

— Allô, papa? C'est Michèle!

— Oh! bonjour, ma grande, comment vas-tu?

— Je vais très bien et toi?

— Très heureux, ma fille. Tu as sans doute appris la bonne nouvelle? Comment vont Herbert et le petit Francis? Beau temps à Boston, j'espère?

– Oui, beau, encore assez chaud et nous allons tous bien, papa. Francis grandit de jour en jour, dommage que tu sois si loin. Il parle souvent de son grand-père.

– Quelles nouvelles à part ça? La santé est bonne?

– Oui, papa... Au fait, je te téléphonais concernant la «nouvelle».

– Tu parles de mon mariage? Une femme charmante, Michèle. Je suis sûr que Victoire te plaira. Quand je pense que d'ici quelques mois...

– Écoute, papa, Véronique m'a téléphoné pour me parler de votre entretien.

– Je le pressentais. Tu sais, ta petite sœur se fait de fausses idées.

– Je n'en suis pas si sûre, moi. Si tu savais comme elle t'aime. Elle pleurait au bout du fil. Elle a voulu t'aider et toi, tu l'as profondément blessée.

– Au sujet du commerce? Oui, je sais, je suis allé trop loin, je regrette...

– Non, pas cette remarque, papa. Ce qui l'a blessée, ce fut de se rendre compte que tu refusais de la croire, que tu mettais en doute tous ses dires.

– Parce que ça n'avait pas de sens, Michèle. Cette femme, c'est moi qui la fréquente, qui la connais.

– En es-tu bien sûr, papa? Il y a de ces moments d'extase...

– Parce que tu te ranges de son côté maintenant? Tu préfères croire ce que raconte cette tête de linotte plutôt que les sentiments de ton père? Si c'est le cas, tu me déçois, Michèle. Attends au moins de la rencontrer, de faire sa connaissance...

– Le jour de vos noces? Un peu tard si Véronique a raison, ne trouves-tu pas?

– Si tel était le but de ton appel, c'est peine perdue, ma grande. À mon âge, je sais ce que je fais et je n'ai pas de comptes à rendre. Ta sœur est hystérique, elle n'accepte pas le fait que je remplace votre mère par une autre. Ce n'est pourtant pas elle qui vit la solitude, non? J'ai enfin trouvé la compagne que je cherchais, celle qui va me sortir de mon isolement. Qu'avez-vous donc toutes deux, l'une en Floride, toi à Boston? Sais-tu seulement ce que c'est que de vieillir et être seul?

– Je l'imagine, papa et j'en suis désolée. J'ai souhaité de tout cœur qu'un jour tu puisses rencontrer l'âme sœur, mais avec ce que j'ai appris de Véronique...

– Libre à toi de la croire, mais elle est dans l'erreur, ta sœur.

– Et si c'était toi qui l'étais? Si tu faisais sans le savoir un faux pas, papa?

– Doutes-tu de mon intelligence, Michèle? Je vois pourtant clair à ce que je sache. Cette femme est une perle rare. Elle a tout pour me rendre heureux, crois-moi.

– Écoute, tu la connais à peine. Pourquoi ne pas t'accorder un sursis? Pourquoi ne pas remettre à plus tard et éviter de te tromper? Si tel n'était pas le cas...

– Ce n'est pas le cas, Michèle. J'ai soixante ans, je n'ai pas de temps à perdre et je l'aime.

– Prends juste un peu plus de temps, je t'en prie. Laisse-moi au moins la rencontrer.

– Crois-tu que j'aie besoin de ta bénédiction? Allez-vous cesser de vous mêler de mes affaires, vous deux? J'aurais pu l'épouser sans même vous en parler si je n'avais pas tenu à ce que vous soyez présentes à mon bonheur. Et voilà qu'on tente de mettre des bâtons dans les roues? C'est du joli, non?

– Loin de moi cette intention, pas avec l'amour que j'ai pour toi. Et pour ce qui est de Véronique, c'est également par amour pour toi...

– Oui, oui, elle m'aime tellement qu'elle ne sera pas là, la petite.

– C'est toi-même qui lui as suggéré de s'en abstenir. Si tu savais comme elle a pleuré...

– Elle n'avait qu'à se taire. Crois-tu qu'il soit agréable pour un père de voir sa fille à ses noces mépriser sa belle-mère? Victoire ne mérite pas un tel sort. Elle est entière, elle. Dévouée, aimante et sincère.

– À ce que je vois, tout ce que je pourrais dire...

– Ne changera rien, tu as raison, mais ne sois pas le perroquet de ta sœur, Michèle. Tu ne connais pas ma future femme et tu n'as pas le droit de la juger. Ce que tu fais, tout comme elle d'ailleurs, on appelle ça de la présomption!

– Peut-être, mais je suis incapable de balayer du revers de la main les dires de Véronique. Ça te ferait certes plaisir, mais ça me rendrait malade. Je ne voudrais tellement pas que tu commettes une erreur, papa. Tu as travaillé si fort, tu as été si heureux avec maman, tu mérites un bonheur sans nuage. Lui as-tu seulement parlé de la conversation?

– À qui? À Victoire? Lui parler des accusations de ta sœur? Tu es folle ou quoi? À un doute près de sa part, je risquerais de la perdre. Elle a son honneur, cette dame. Et même si, de tout cela, un tantinet était vrai, je ne m'en ferais pas. Le passé est le passé et l'on change avec le temps. Vous êtes trop jeunes pour le savoir, les filles.

– Papa, avec le temps, on ne change pas, on s'améliore ou on empire. Est-ce seulement le cas? Véronique m'a dit qu'elle buvait, qu'elle avait un problème.

– Allons donc, que vas-tu chercher là? Victoire ne boit que du vin rouge. Un verre ou deux avec le repas. Tu appelles ça boire, toi? Tu vois bien, Michèle, que ta sœur a eu affaire avec une mauvaise langue.

– J'aimerais tellement pouvoir le croire, mais je pense à toi, papa, à ton avenir.

Quelque peu impatienté par le doute qui persistait dans la tête de son aînée, il cessa de s'expliquer et lui demanda d'un ton sec:

– Dis donc, m'appelles-tu pour me dire que tu ne viendras pas, toi aussi?

– Non, non, papa, si ce mariage a lieu, j'y serai, ne crains rien.

– Bien sûr qu'il aura lieu! Avec ou sans l'approbation de ta sœur, tu peux me croire.

– Véronique viendra, je suis certaine qu'elle respectera ton choix.

– Qu'elle vienne, je ne m'y oppose pas, mais qu'elle ne vienne pas semer la pagaille.

– Comment peux-tu dire cela? Si tu savais combien elle t'aime. Pourquoi ne l'appelles-tu pas? Je suis certaine qu'elle serait heureuse d'entendre le son de ta voix.

– C'est à elle de faire ce geste, Michèle, de s'excuser même.

– De quoi? D'avoir agi par amour pour toi? Papa, je t'en prie, ne lui jette pas la pierre. Véronique ne cherche qu'à te plaire, à te défendre, à t'éviter le pire...

– Alors, qu'elle ne cherche plus! Cette façon qu'elle a d'épier...

– Pour ton bien, papa, pour que rien d'irréparable ne t'arrive.

– J'ai beau parler, je sens que tu es encore de son côté, Michèle. C'est comme si ce que je disais n'importait pas. Pourtant, c'est de ma vie qu'on parle.

– Bon, d'accord, papa, n'en parlons plus, veux-tu? Tiens, Francis vient tout juste de rentrer. Tu veux lui dire un mot?

– Oui, passe-le-moi, ce petit sacripant.

– Allô, grand-père? Tu connais les Ninja Turtles, toi?

– Heu... les quoi?

Septembre, un été qui s'achève et les arbustes qu'on transplante pour le printemps prochain. Journées plus courtes, soirées plus fraîches, et c'est par un soir de grisaille que les futurs mariés se rendaient assister à un concert. Heures de détente exquises alors que, main dans la main, ils se laissaient emporter vers un bonheur lointain quoique près... sur les pages du calendrier. Un doux emportement sur la *Symphonie du Matin* de Grieg, le *Concerto Grosso* de Corelli, le *Brandebourgeois N°4* en sol majeur de Jean-Sébastien Bach et le *Cygne du Carnaval des Animaux* de Camille Saint-Saëns. Quel bien-être, quel doux repos de l'âme pour celle qui appréciait tout en étant profane. Et que de tendresse au cœur quand l'orchestre présenta, en guise de rappel, la *Grande Valse* de Frédéric Chopin. Ravie, éblouie, encore sous le coup du charme et victime de son euphorie, Victoire qui se retenait de boire jusqu'à son... mariage, se permit le verre de trop qui allait lui être néfaste. Grisée par la musique, elle avait encore en tête une sonate, attablée avec Léandre à la salle à manger d'un restaurant huppé. Un gin gimlet, une bouteille de vin *Domaine des Mille fleurs,* son bourgogne préféré, et deux cognacs à elle seule. Léandre avait, comme d'habitude, étiré son scotch jusqu'à la fonte des glaçons. Il avait remarqué l'abus, il n'avait rien dit. Parce que Victoire, après le vin, lui avait murmuré: «Si tu savais comme je suis heureuse!» Surpris, mais certes pas offensé, il s'était écrié:

– Victoire, vous m'avez tutoyé! Est-ce là un désir, une invitation à le faire?

– Oui, Léandre. À quelques pas de notre union, j'ai pensé...

– Si tu savais comme tu me fais plaisir. Je n'aurais pas osé, mais venant de vous, je veux dire de toi, j'en suis encore plus charmé. Je le souhaitais, j'en rêvais. Nous n'allions quand même pas nous vouvoyer jusqu'à la suite nuptiale.

Elle sourit, lui prit la main et, enivrée sans trop le démontrer, elle rétorqua d'une phrase qu'elle allait regretter.

– J'ai cru qu'il était temps qu'on passe du respect à la familiarité.

– Quelle femme formidable tu es! En un si beau soir. Tu as vu cette pleine lune?

Léandre la ramena chez lui afin de parler du concert, de leur mariage, des invités, de leur avenir, lui avait-il dit. Il s'était rendu compte qu'elle était pompette mais ne s'en offusqua pas. Au contraire, il pressentait que, légèrement étourdie, sa future femme n'allait pas lui refuser les joies d'une nuit prénuptiale. Pour lui, ce trop-plein d'alcool n'était qu'un égarement, un oubli. Pour Victoire, c'était la rechute monumentale. Après s'être abstenue de boire le verre de trop depuis leur rencontre, elle ne s'était pas aperçue qu'elle l'avait ingurgité alors qu'il lui décrivait avec ardeur l'inexplicable amour de Chopin pour Aurore Dupin dite George Sand. Et lorsque Victoire buvait ce verre qui lui était fatidique, le mal était fait. Impossible de s'arrêter par la suite. Facultés affaiblies, rien ni personne ne pouvait la ramener à la raison et encore moins l'inciter au cran d'arrêt. Avec le verre de trop, la femme devenait animale. De moins en moins gentille, de plus en plus brutale. Comme la tigresse trop flattée qui s'en lasse et qui grogne. Un geste de plus et elle mord. Ce que Léandre Bouliane ne savait pas encore.

— Je te sers quelque chose? Un café peut-être?

— Non, pas maintenant, un digestif si ton bar en contient.

— Je n'ai malheureusement pas de cognac, Victoire. Que dirais-tu du Metaxa? C'est une espèce de brandy grec, mais je te préviens, c'est très fort.

— Si tu crois m'apprendre quelque chose, lui répondit-elle en riant. Je connais le Metaxa et c'est fort, mais m'en mettre en garde, c'est mal me connaître.

Léandre était perplexe. Que voulait-elle dire par «mal me connaître»? L'espace d'un instant, les propos de Véronique lui revinrent à l'esprit mais, emporté par la pleine lune vue de la fenêtre, il lui servit quatre onces sans même s'en rendre compte. À sa grande surprise, Victoire vida le verre en trois traits sans esquisser la moindre grimace. Il en était abasourdi. Elle avait bu le Metaxa comme on le fait d'une limonade. Comme un bûcheron sur un chantier de construction.

— Je peux te servir un café maintenant? Tu risques d'être malade, tu sais.

Elle éclata d'un rire dément, se leva et se versa elle-même un autre verre.

— Je suis heureux que tu aies apprécié le concert. Ils n'ont rien interprété de Liszt, mais...

— Je t'en prie, Léandre, assez de ce concert. La musique était belle, mais je ne m'y connais pas en fait de compositeurs. Tiens! Tu me fais penser à mon premier mari avec ses opéras. Le pauvre! Il croyait me faire plaisir et ça m'ennuyait à mourir. À part quelques arias de *Carmen,* le reste pour moi, c'était de la bouillie pour les chats.

Un rire satanique, une gorgée de Metaxa, une cigarette, les yeux hagards.

— Veux-tu dire que tu ne viens au concert avec moi que pour me faire plaisir?

— Non, la musique c'est beaucoup mieux. Moi, c'était les chanteuses avec leur voix aiguë que je ne pouvais pas supporter. De vrais cris de mort!

— Les sopranos, tu veux dire? Je suis fort surpris de ton peu d'intérêt pour l'opéra et la musique classique. Ça fait pourtant partie de l'Histoire, tout ce monde-là. Marie-Antoinette elle-même se passionnait pour l'opéra.

— Elle faisait semblant, Léandre, pour faire plaisir à son gros Louis. La belle Autrichienne était sans doute plus heureuse dans les bras de Axel de Fersen. Quel bel homme il était celui-là, à côté de son gros lard à bedaine!

Un autre rire fou et Léandre la regardait, le front crispé, sourcils froncés. Néanmoins, il se rapprocha d'elle, encercla de sa main le cou de sa future et l'attira sur sa poitrine.

— Comme tu sens bon, Victoire. *L'Air du Temps* de Nina Ricci, je parie?

— Non, trop doux pour moi, *Shalimar* de Guerlain, mon trésor.

C'était la première fois qu'elle l'appelait ainsi. Appellation gentille mais qui lui déplaisait. À son âge, conservateur, il tolérait à peine «mon chéri». Pour lui, ces douceurs, ces mots affectueux étaient destinés aux femmes. Jamais de son vivant, Florence ne l'avait appelé «chéri». Quand il lui arrivait de lui faire l'aveu, elle lui disait: «Je t'aime, Léandre» ou «Je suis heureuse avec toi, mon mari.»

— Je suis content qu'on en soit à se tutoyer, Victoire. C'est comme si notre amour avait un nouveau visage.

Tout en lui murmurant ces mots, il avait habilement glissé la main dans son corsage. Réalisant qu'elle ne refusait pas le geste, il murmura:

— Si tu passais la nuit ici? Tu sais, vient un temps où...

— Tu me sers un autre verre? de lui répondre Victoire tout en retirant ses souliers à l'aide du tapis.

— Je veux bien, mais promets-moi que ce sera le dernier. La modération...

— Oui, je sais, je connais le dicton, mais j'ai soif, Léandre, j'ai encore soif.

Troublé par cet aveu, inconscient de l'ampleur du problème, il lui servit un verre en lui disant:

— Ne crois-tu pas qu'un grand verre d'eau étancherait ta soif?

Elle éclata de rire, l'embrassa fougueusement, se leva, tituba, et il la prit dans ses bras comme le font les jeunes mariés qui franchissent le seuil des ébats. Et d'un pas ou deux, ils se retrouvèrent dans la chambre des maîtres, celle où, bientôt, elle vivrait chaque nuit. Celle où elle comptait bien changer les... rideaux. Sur le lit, étendue, blouse ouverte, seins presque nus, elle buvait tout en regardant son futur mari retirer ses vêtements. Discrètement, n'ayant gardé qu'un sous-vêtement, il s'allongea à côté d'elle.

— Tu as vu cette lune, ma chérie? Ronde et orangée. Quel astre superbe!

Il s'avança, lui retira sa jupe, ses bas, sa petite culotte et, d'un geste adroit tout en la couvrant de baisers, de caresses, se retrouva sur elle. Victoire, consciente quoique ivre, détournait la tête. Elle se mordillait les lèvres pour s'empêcher de crier. Il voulut ce que tout homme veut dans un tel tourment, mais au moment où l'acte allait se faire, passive, inanimée, elle se mit à hurler.

– Arrête, je ne veux pas. Non, pas ça! Pas avec moi! Et elle le repoussa brutalement.

Penaud, pantois, il gisait bouche bée pendant qu'elle se rhabillait.

– Qu'est-ce qui te prend? Qu'as-tu, Victoire? J'aurais cru pourtant... Nous serons mari et femme dans un mois. Quel est donc ce comportement?

Elle enfila sa jupe, sa blouse, se donna un coup de peigne et murmura:

– Pas ce soir, pas encore, je ne peux pas, je ne veux pas.

– Mais pourquoi? Nous ne sommes quand même plus des enfants? Tu as trop bu, tu ne te sens pas bien?

Une chance inespérée de s'en sortir avec cette excuse, mais dans son état...

– Non, je n'ai pas trop bu et je me sens bien. Je ne veux pas, un point, c'est tout.

– J'avoue que je ne comprends pas. Dis-moi au moins ce qui ne va pas.

– Je rentre, Léandre; je m'en vais coucher chez moi.

– À deux heures du matin? Tu n'y penses pas, ça n'a pas de sens...

– Je rentre, appelle-moi un taxi!

– Un taxi? Allons donc! Laisse-moi me rhabiller et je te reconduis.

– Non, Léandre, j'ai dit un taxi! de lui lancer Victoire d'un ton autoritaire.

Ahuri, déboussolé, voyant qu'elle était en furie, intraitable, il appela un taxi qui arriva en trombe en peu de temps.

– C'est de la folie, Victoire, mon auto est là, je suis sobre...

– Sobre, sobre, tu n'as que ce mot à la bouche. J'ai l'impression d'entendre Suzelle! Comme si j'étais saoule, moi!

Puis elle sortit, tituba, s'accrocha à la rampe et Léandre la vit monter dans la voiture avec l'aide du chauffeur qui l'avait guidée jusqu'à la portière. À six semaines de son mariage, Léandre Bouliane venait de voir le vrai visage de sa future femme.

De la résidence de son futur, Victoire se fit conduire dans un bar. «N'importe lequel, avait-elle dit au chauffeur. Un bar où il y a du vin et des hommes.» Le chauffeur, un mulâtre dans la trentaine, l'observait par le rétroviseur. La chance était trop belle pour ne pas être tentée.

– Je connais un endroit où l'on peut acheter du vin, moi, et puis je suis un homme, madame.

Elle le regarda. Belle carrure, bras musclés, joli sourire, elle se mit à rire.

– Vous n'y allez pas par quatre chemins, vous? Commençons par acheter le vin.

Il s'arrêta chez un dépanneur ouvert jour et nuit et en ressortit avec deux bouteilles que la dame avait payées. De là, sans même lui demander quoi que ce soit, il se rendit à un motel, retira son dôme du toit et se dirigea vers le caissier. Sa démarche était virile, ses jambes droites, sa taille bien proportionnée. Il revint, l'avisa du prix pour la nuit et c'est elle qui paya. Elle régla même les frais du compteur. Dans cette petite chambre quasi malpropre, elle trouva un verre. Il ouvrit une bouteille, la lui tendit, ouvrit l'autre et se mit à boire à même le goulot. Il se leva, ferma la lumière et ouvrit la radio qui jouait un air de jazz. Dans ce fond de cour, la pleine lune éclairait à peine la chambre. Sans dire un mot, il se déshabilla et, tel un fauve, il se jeta sur elle en lui arrachant par des gestes brusques tous ses vêtements. Saoule, les yeux mi-clos, elle se donna avec rage à cet inconnu qui n'avait aucun égard, aucun respect en lui faisant l'amour. Une relation qui relevait du viol ou presque, mais facultés voilées par l'alcool, le corps suivait très bien la pente de l'outrage. Telle une prostituée, elle se plia à toutes ses exigences après avoir, contrairement aux filles du métier, tout payé. Victoire Desmeules, grande dame au moment de l'achat de son corsage de noces, n'était plus qu'une épave sous les coups répétés de cet homme dont elle jouissait. Alcoolique, cerveau diminué, elle subissait l'affront comme s'il s'était agi d'une passion. L'inconnu lui avait murmuré après son acte consommé: «C'était ton mari, le vieux?» Elle n'avait pas répondu, elle s'était endormie. Au petit jour, réveillée en sursaut par des bruits, elle ne savait même plus où elle était. Il était six heures trente et le jour allait naître. Elle se leva, regarda autour d'elle: l'endroit lui répugnait. Elle but un verre d'eau, s'habilla, se brossa les cheveux et jeta un coup d'œil dans son sac à main. Plus un sou, l'homme s'était emparé de tout son argent sauf ses cartes. «Le salaud, le voleur, je vais le dénoncer. On pourra vite le retracer...» Puis, «Non, ce serait épouvantable. Léandre, la police, les explications...» Son amant de quelques heures, son voleur, savait très bien que ce genre de femme n'allait pas porter plainte. Elle sortit doucement de peur d'être vue, marcha quelques coins de rue et héla un taxi qui passait. Elle donna son adresse et, rendue à destination, le fit attendre à la porte pour le règlement de la course. Suzelle qui s'apprêtait à prendre sa douche fut plus qu'estomaquée de la voir dans un état si délabré.

– D'où viens-tu? Que t'arrive-t-il? Victoire, tu es effroyable!

– Cesse de me questionner et va régler le taxi qui attend, veux-tu? Je n'ai pas d'argent. On m'a tout pris.

Suzelle enfila une jupe, un gilet, et sortit régler le chauffeur qui s'impatientait. De retour, hors d'elle, elle lui cria:

– Victoire, que s'est-il passé? Où as-tu passé la nuit?

L'autre ne répondit pas et la cadette, appréhendant le pire, s'écria:

– Oh! non, mon Dieu! Tu n'as pas recommencé ça? C'est pas vrai, Victoire? Dis-moi que je rêve, que ce n'est pas ça. Parle, Victoire, explique-toi!

Sur le sofa, sa sœur dormait à poings fermés. Visage défait, démaquillée, meurtrie par la boisson, vêtements déchirés, la puanteur de l'alcool mêlée à sa sueur lui donnait un haut-le-cœur. Non, ce n'était pas possible. Pas à un mois de son mariage. Ce n'était sûrement pas Léandre... Pourtant, c'est avec lui qu'elle était allée au concert la veille. Non, ça ne pouvait être Léandre. Elle avait bu, elle s'était saoulée comme une ivrognesse et elle avait tout gâché. Suzelle, plus morte que vive, était allée travailler complètement découragée.

Léandre s'était inquiété toute la nuit. Il n'avait pas fermé l'œil, attendant en vain un appel de Victoire, des excuses, une explication. Il n'avait osé téléphoner en pleine nuit par crainte de réveiller Suzelle. Songeur et triste à la fois, il avait fait les cent pas et avait bu plusieurs cafés pour se garder éveillé. À huit heures, sachant que Suzelle était près de son départ, il composa vite le numéro qu'il connaissait par cœur. Aucune réponse. Suzelle était partie quelques minutes plus tôt. Et Victoire, elle? Sans doute amochée, incapable d'aller travailler. Et qui sait, elle avait peut-être débranché l'appareil? Anxieux, nerveux, agité, il attendit trente minutes et téléphona au restaurant où Suzelle travaillait.

– Suzelle, enfin! C'est Léandre. Où est Victoire? Que se passe-t-il?

Consciente qu'elle n'avait pas eu tort de douter, cherchant encore à la protéger, la cadette lui répondit:

– Elle dort, Léandre, elle n'est pas allée travailler. C'est à vous de me dire ce qui s'est passé, je n'ai pas réussi à lui soutirer un seul mot.

– Bon, pour autant qu'elle soit arrivée à bon port saine et sauve, c'est ce qui compte.

– Oui, mais dans quel état! Qu'est-il arrivé, Léandre? Vous étiez avec elle...

– Ecoutez, Suzelle, je ne veux pas abuser de votre temps, je vous explique rapidement. Je ne sais trop pourquoi, c'est sans doute la première fois, mais hier soir, votre sœur a bu plus que de coutume. J'ai même été incapable de l'arrêter. Je lui ai offert le gîte pour la nuit et comme nous allons bientôt nous marier... vous comprenez? Mais elle buvait de plus en plus et à un moment donné, allez savoir pourquoi, elle s'est levée, a réclamé un taxi et elle est partie. J'ai insisté pour la reconduire vu son état, mais elle était en furie. Je ne sais pas pourquoi, je ne l'ai jamais vue comme ça. «Un taxi, un taxi», criait-elle. J'ai fini par me soumettre à son désir et elle est partie sans me donner de raison. Imaginez! À deux heures du matin! Je suis sûr qu'elle vous a réveillée. Elle n'a pas été malade, au moins?

– Heu... non, pas à ce que je sache, mais elle a sans doute la tête lourde ce matin. Je ne comprends pas. S'égarer ainsi à son âge, elle qui n'a pas l'habitude. J'y pense, il me faut prévenir son patron.

– Devrais-je me rendre à la maison? Je suis vraiment inquiet pour elle.

– Non, non, n'en faites rien. Elle dormait comme un loir quand je suis partie. Attendez qu'elle vous appelle. Elle serait gênée par votre présence. Les cheveux défaits, la blouse déchirée...

– Comment ça, la blouse déchirée? Elle est pourtant partie de chez moi pimpante, non froissée?

– Heu... la rampe de l'escalier, dans son état... Et qui sait Léandre, elle a peut-être été malade sans que je m'en aperçoive. Qu'a-t-elle bu?

– De tout, Suzelle! Du scotch, du vin, le Metaxa en très grande quantité... Et je n'y suis pour rien. J'ai même tenté trois fois de lui servir un bon café.

– Vous n'avez pas à vous culpabiliser, Léandre. Sans doute la nervosité, l'anxiété, ce mariage si près. Elle vous expliquera, j'en suis certaine. Désolée, mais je dois vous quitter. Il faut que je prévienne son patron. Je trouverai bien une raison.

Suzelle raccrocha, désemparée. Elle était partie à deux heures, en pleine nuit, et n'était rentrée qu'à sept heures du matin sans un sou pour régler son taxi? Ce n'était pas possible! Victoire n'avait pas fait une telle bêtise? Pas encore, pas à deux pas du mariage. Et cette fuite dans la nuit. Léandre ne venait-il pas de lui faire sous-entendre... Oh, non! Elle ne s'était pas refusée à lui? Pas à l'homme qui allait devenir son mari? Mais, ne la connaissant que trop bien, rien n'était impossible et le pire était à prévoir. «Si tu as fait ce que je redoute, Victoire, je ne te le pardonnerai pas», marmonna Suzelle entre ses dents. Perdre la seule chance qu'il lui restait. Il ne manquerait plus que ça! Et le notaire Dalpé qui l'attendait. «Oh, non! Pas ça, Victoire Desmeules. Pas à ton âge! Maudite folle!», de gémir la cadette.

La soirée allait être difficile pour Victoire. Rentrée plus tôt que de coutume, Suzelle n'y alla pas de main morte avec elle.

— Je ne peux pas croire que tu sois descendue aussi bas. À un mois de ton mariage, Victoire. Tu as bu comme toi seule en est capable et ce, devant ton futur mari qui risque maintenant de découvrir la vérité. Ah! si je ne me retenais pas, je l'aviserais de te laisser tomber! Il ne mérite pas ça, le brave homme. Et dire que c'est moi qui ai servi d'entremetteuse pour devenir l'artisane de son malheur. Je croyais en toi, Victoire, j'espérais de tout cœur que cette dernière chance allait faire de toi une femme équilibrée qui retrouverait confiance en soi, qui apprendrait ce qu'est le sens du mot bonheur. Peine perdue. Que veux-tu donc, Victoire? finir tes jours seule, vieillir mal? Dans la misère, sur l'assistance sociale?

— Assez, je t'en prie, tu me juges sévèrement pour un simple écart de conduite.

— Un écart de conduite? Moi, j'appelle ça une trahison ce que tu as commis. Un crime envers l'homme qui t'offre son respect et sa confiance. Si ce n'était que d'avoir trop bu, mais où as-tu passé la nuit? Avec quel mufle as-tu couché?

— Suzelle, de grâce, arrête de m'assommer. J'ai déjà assez de remords comme ça sans que tu m'écrases davantage. Je m'expliquerai, rien n'est perdu...

— Avec qui as-tu couché, Victoire? Ne mens pas, ta blouse déchirée, l'étrange odeur que tu dégageais... Tu n'as certes pas passé la nuit sur un banc de parc.

– Je n'ai pas l'intention de te cacher quoi que ce soit. J'étais ivre, je ne savais plus ce que je faisais et je me suis retrouvée dans un motel.

– Avec qui? Tu n'as quand même pas passé la nuit avec le Saint-Esprit?

– Je ne sais pas, je ne m'en souviens plus. Dans mon état... Un trou de mémoire profond, Suzelle. J'ai beau m'efforcer, mais je ne m'en souviens pas.

– Tu couches avec un homme et tu n'as pas le moindre souvenir?

– Exact et ça ne s'explique pas, tu ne comprendrais pas. Le chauffeur de taxi, je crois, mais c'est vague et je ne me rappelle même plus son visage.

– Comment peux-tu? Un pur inconnu! Serais-tu nymphomane, Victoire?

– Quelle sottise! Suis-je dans le lit d'un homme chaque soir? C'est la boisson, que la boisson. Crois-tu qu'avec toute ma tête, j'aurais fait ça? Un état second, Suzelle. Un état qui fait qu'on n'a plus peur de rien.

– Dans ce cas, garde-la ta tête et arrête de boire, Victoire! Prends-toi en main, fais-toi aider, mais arrête de te saouler. Tu n'as aucun contrôle...

– Comment peux-tu dire ça après tous les efforts que j'ai faits depuis que je connais Léandre. Je peux très bien me contrôler moi-même, ne pas prendre le verre de trop. Je n'ai besoin de personne pour me l'apprendre. Hier soir, le verre de trop, je ne l'ai pas vu venir. Un accident, rien de plus, Suzelle.

– Un accident avec de graves conséquences. Léandre est dans tous ses états. Il m'a téléphoné ce matin. L'as-tu seulement rappelé pour t'excuser?

– Pas encore, je compte le faire ce soir. N'aie pas peur, tout va s'arranger.

– Pourquoi l'avoir quitté brusquement en pleine nuit? Tu as même refusé qu'il te raccompagne. Pourquoi être partie si vite? Que s'est-il passé?

– Il, il... voulait qu'on passe la nuit ensemble.

– Et puis, il ne t'aurait quand même pas violée! Pourquoi cette fuite?

– Parce qu'à un moment donné, j'en ai été incapable. Je n'ai pas pu, Suzelle.

– Tu étais pourtant ivre, sans peur de rien comme tu dis? Incapable de partager le lit de l'homme qu'on va épouser et capable de passer la nuit avec un pur inconnu dans une chambre de motel. Non, vraiment, je ne comprends pas.

– Je n'ai pas pu avec Léandre parce qu'il ne m'a pas plu. Ivre peut-être, mais pas aveugle pour autant. Il a le corps flasque, Suzelle, la peau qui pend, des varices sur les cuisses. Crois-tu que ce soit invitant?

Suzelle n'en croyait pas ses oreilles.

– Tu es folle ou quoi? Te rends-tu compte que tu parles de l'homme que tu vas épouser dans un mois, le mari avec lequel tu partageras toutes tes nuits? Que feras-tu quand le désir bien légitime sera là? Te sauver en pleine nuit chaque fois? Léandre a soixante ans, Victoire! Tu ne t'attendais tout de même pas à retrouver un petit Prémont dans ton lit, non? Et toi? Tu te crois une jeune poulette? Ton corps a également vieilli, flétri. Tes taches brunes sur tes mains en font état. S'en plaint-il, lui?

– Ne compare surtout pas! Je n'ai pas de varices, moi, je n'ai pas un corps aussi dégoûtant. Je me suis conservée, moi! Je n'ai pas les fesses qui tombent, un ventre avec des bourrelets et des poches de chair pendante aux genoux!

– Que le physique, hein? Aucune autre qualité, jamais le cœur...

– Je regrette, Suzelle, mais je suis encore esthète et ce n'est pas avec le cœur qu'on couche! Je sais que Léandre a soixante ans, qu'il n'a plus le physique de ses trente ans, mais je ne suis pas capable. Sa femme a eu le bon temps, moi les restants! J'ai honte de dire du mal ainsi de lui, car c'est un homme charmant. Peut-être m'y ferai-je avec le temps, mais pour l'instant... ça me répugne.

– Parce que tu comptes l'épouser quand même? Tu n'es pas honnête, Victoire. Une femme intègre ne ferait pas ce geste. Il doit déjà se sentir très blessé, malheureux, dépourvu. Et ce, sans même savoir ce que tu penses de lui. Tu n'as pas le droit de faire ça. On n'épouse pas un homme pour son argent!

– Mais non, je l'aime...

– Ah non! pas à moi! Me prends-tu pour une folle, toi? Quand on aime, Victoire, on voit l'autre avec les yeux du cœur. Tu l'aimes bien, peut-être, parce qu'il est aimable, mais tu ne l'aimes pas. Tu ne l'as jamais aimé! Si tel avait été le cas, tu ne te serais pas arrêtée à ses quelques lacunes physiques. Tu aurais compris qu'il est normal avec l'âge de perdre quelques avantages. Tu te conduis comme une gamine. Comme à trente ans, comme toujours. Tu n'as jamais aimé personne, Victoire. Tu n'as aimé que l'amour quand le miroir te renvoyait l'image d'un beau corps d'homme. Tu as même oublié dans tes enfantillages que toi aussi tu vieillissais, que ton visage plissait, que tes seins tombaient. Regarde-toi Victoire, regarde-toi comme il faut. Tu as cinquante-huit ans! Cherche-les tes charmes d'antan! Tu te crois invincible, séduisante comme dans le temps, et tu te retrouves dans les bras d'un voyou qui t'a volé ton argent!

– Tu es dure, très dure avec moi, ma petite sœur.

– N'est-ce pas le cas? Tu n'avais même plus un traître sou pour payer ton taxi. Je parierais même que c'est toi qui as défrayé le coût de la chambre. Tu appelles ça être séduisante, toi? Quand on en est rendu à débourser pour ses plaisirs de la chair... Il n'y a que les vieilles traînées qui font ça!

– Ça suffit, Suzelle! Comment oses-tu me parler de la sorte, toi qui n'as même pas un homme dans ta vie! Tu es odieuse, je suis ta sœur...

– Je n'ai pas d'homme par choix, moi. Et ce ne sont pas les partis qui manquent. Mais entre temps, je ne couche pas avec n'importe qui, moi! J'ai de l'amour-propre, moi! Et je ne bois pas comme un trou, moi!

Sur ces mots, Suzelle enfila son manteau, passa la porte et se rendit chez une amie. Elle avait quitté avant de s'emporter davantage, d'aller trop loin et de dire à sa sœur que, c'était elle... l'entrave à son bonheur.

Victoire avait téléphoné à Léandre pour s'excuser de sa conduite, le priant de lui pardonner. Un vibrant plaidoyer qui sut émouvoir le sexagénaire jusqu'au plus profond de son âme. Ce qui ne l'empêcha pas d'ajouter...

– J'ai cru que c'était moi, que je ne te plaisais pas. Ce départ si subit...

– Non, non, Léandre, j'avais trop bu, je m'en excuse encore. J'ai craint d'être malade dans ton lit, j'ai eu peur que ça m'arrive dans ta voiture. J'aurais eu trop honte, comprends-tu? J'ai bu plus que de coutume, sans doute heureuse de ma soirée. Je ne m'en suis pas rendu compte, je n'ai pas l'habitude...

– Bah, ne t'en fais pas, ce sont des choses qui arrivent à tout le monde. Et là, ça va mieux? Ton estomac ne t'a pas trop fait de reproches?

– Non, le foie un peu, mais avec ce repos d'une journée et de l'eau minérale... Tu ne m'en veux pas trop, dis? Tu me pardonnes cette gaucherie? Si tu savais comme je suis mal à l'aise. Te téléphoner a été un effort, j'étais si honteuse.

– Oublie ça, n'en parlons plus, ma chérie. Ce n'est qu'un incident, un tout petit oubli. Ne t'en fais plus et cesse de t'excuser, je t'en prie. Pensons plutôt au grand jour qui s'en vient, mon amour.

Deux jours plus tard, un samedi, Léandre était venu quérir Victoire chez elle en début d'après-midi. «J'ai une surprise pour toi», lui avait-il dit. «Où donc va-t-on ainsi?» d'insister celle qui avait réussi à lui faire oublier «l'incident». Il stationna sa voiture devant l'une de ses luxueuses boutiques et l'invita à entrer. Après l'avoir présentée à ses employées comme sa future femme, il lui avait murmuré:

– Allez, va, choisis tout ce que tu voudras. Ta garde-robe se doit d'être renouvelée.

– Voyons, Léandre, jamais je ne pourrais, je ne peux accepter...

– Pas un mot, je veux que notre vie à deux commence dans un renouveau. Ne sois pas gênée et ne me refuse pas ce tout menu plaisir.

Les robes étaient belles, élégantes, coûteuses. Quelque peu intimidée, Victoire ne put résister. D'un essai à l'autre, dix robes furent choisies sans parler des pantalons, des gilets, de deux manteaux, de trois chapeaux, foulards et gants.

– J'ai abusé, n'est-ce pas? Je me suis laissé emporter, je suis mal à l'aise.

– Que ça? Tu es bien modeste. Je t'avais dit tout ce que tu voudrais.

– J'ai déjà les bras chargés, Léandre. C'est trop, crois-moi.

Puis, dans l'auto, avec plusieurs cartons sur le siège arrière.

— Sais-tu que j'aurais pu choisir ma robe de noces chez toi?

— Jamais de la vie! Du prêt-à-porter pour notre mariage? Tu ne me connais pas. Et puis, je n'ai pas les signatures des grands couturiers, moi.

— Était-ce nécessaire? Tu as de si belles choses...

— Oui, oui, pour tous les jours, pour une sortie, pas pour un mariage. Du moins, pas le nôtre. Tu vois ça d'ici toi, la femme du patron avec une robe de l'une de ses boutiques? Tout le monde l'aurait reconnue. J'ai mon orgueil, tu sais.

— Bon, je te donne raison, mais tous ces cadeaux...

— Ne me remercie surtout pas. Ce qui est à moi sera désormais à toi, ma chérie. Madame Bouliane n'aura rien à se refuser.

— Madame Bouliane? Tu ne savais pas qu'on gardait son nom de fille maintenant, que la loi...

— On peut la contourner, Victoire, en payant, bien entendu. Une loi qui a été créée pour faire de l'argent. Moi, j'aimerais bien que tu portes mon nom. Je te sentirais davantage ma femme.

— Comme bon te semblera, Léandre, moi, je n'y vois aucun inconvénient.


Suzelle la vit rentrer les bras chargés. Victoire déballait ses robes, les suspendait une à une et la cadette, vivement intéressée, n'avait de cesse de les admirer.

— Des cadeaux de Léandre... de lui dire Victoire, un peu embarrassée.

— Mon Dieu, as-tu dévalisé la boutique?

— Non, il m'a ordonné de prendre tout ce qui me plaisait.

— Tu n'as pas un peu exagéré?

— Du tout. Ça m'a même rassurée face à nous, moi qui pensais...

— Oh! là! là! la verte avec de la dentelle. Quelle ligne, quel beau tissu!

— Tu sais, je pourrais t'en prêter quelques-unes pour tes sorties, mais là, je le remarque, tu as repris du poids, petite sœur chérie.

Une autre semaine s'écoula et Léandre, dans son ardeur de lui plaire, l'invita à souper chez lui dans un merveilleux tête-à-tête. Pour l'occasion, il avait même engagé un cuisinier. Un chef d'un grand restaurant dont il avait retenu les services pour une assez grosse somme d'argent. Un serveur en livrée était sur place. Rien n'avait été négligé. Les chandelles, les fleurs, la nappe d'apparat, la vaisselle de porcelaine et... les coupes de cristal. Superbes coupes sur pied que Victoire redoutaient. Non, elle n'allait pas s'enivrer, pas à vingt-huit jours de son mariage. Un léger apéro, le potage, le filet mignon, spécialité du chef, les desserts flambés et, comme musique de fond, celle de Franz Liszt, compositeur préféré de Bouliane. Victoire se permit deux verres de vin, pas davantage. Elle se retint, déployant tous ses efforts pour être sage. En guise de digestif, un soupçon de *Tia Maria*, la seule liqueur qu'elle n'aimait pas. Dîner terminé, chandelles éteintes, au salon tous les deux pendant qu'on desservait la table et que le cuisinier partait, il lui chuchota:

— Heureuse, ma chérie?

— Je n'ai jamais eu de dîner plus charmant, j'en suis ravie.

— Que dirais-tu de m'accorder une danse ou deux jusqu'à ce qu'ils partent?

— Sur la musique de Liszt? Je ne danse pas le menuet, moi.

Ils éclatèrent de rire et Léandre de lui dire:

– Ne crains rien, j'ai tout prévu. J'ai toutes les œuvres de Cole Porter.

Enlacés, ils se laissèrent aller sur un *slow* très romantique.

– Tu es très belle ce soir, vraiment très belle.

Il la regardait si tendrement que, dans un éclair, Victoire redouta le pire. Léandre était trop empressé, trop ardent, trop... collant. Les gens étaient partis et il ne restait plus qu'eux, un long silence et, sur le lecteur, une chanson langoureuse de Bing Crosby.

– Tu aimes ces chansons d'autrefois?

– Bien sûr, mais j'aime aussi ce qui se fait actuellement, les ballades de Roch Voisine, les chansons de Bruel, la musique du film *À Corps Perdu*...

– Petite fille, va! Sentimentale à ce que je vois.

Il s'était rapproché, avait encerclé ses épaules de son bras, l'attirait, l'embrassait dans le cou. Et Victoire de frémir... d'horreur. D'un geste délicat, il posa une main sur sa nuque, la glissa à son cou et descendit doucereusement dans son corsage. Elle fermait les yeux, retenait son souffle, de peur de lui déplaire. Il s'approcha de son oreille, elle sentit sa respiration comme un vent dans ses cheveux, il lui murmura:

– Ce soir, sobres tous les deux, j'aimerais faire l'amour avec toi.

– C'est que...

– Non, non, je ne te retiendrai pas pour la nuit. Quelques heures, de doux moments...

Ce disant, il avait déboutonné de la main gauche deux boutons de sa chemise. Prise au piège, sans excuse cette fois, Victoire ne savait plus que faire. Il l'entraîna par la main, sûr et certain que cette union des corps allait lui plaire. Dès qu'il entrouvrit la porte de la chambre des maîtres, Victoire resta clouée sur place. Ce grand lit déjà défait, ces oreillers, ce drap qui les attendait. Elle recula de deux pas et, agitée, nerveuse, désemparée, elle s'écria:

– Je ne peux pas, Léandre! N'insiste pas, je ne suis pas prête.

– Allons donc, d'ici quelques semaines, nous serons mariés.

De plus en plus nerveuse, incontrôlable, désespérée, elle retira violemment sa main de la sienne et retourna au salon reprendre place sur le divan. Sidéré sur le seuil de la chambre, Léandre ne comprenait pas. Offusqué, offensé, il lui déclara:

– Si ça continue, je vais finir par croire que tu ne m'aimes pas.

– Ce n'est pas cela... de lui répondre la future.

– Qu'est-ce donc alors? Madame serait-elle frigide par hasard?

– Si tel est ton argument, il est bien pauvre, Léandre. Non, je ne suis pas frigide. Pas après trois mariages et un enfant. Je n'ai pas le goût, voilà tout.

– Pas le goût, pas le goût, je veux bien croire, mais qu'est-ce que ce sera après si tu n'as pas envie avant? Est-ce moi que tu dédaignes? Tu me dois des explications, Victoire. Ce soir, tu n'as aucune raison...

– Pas de raison... Comme s'il fallait qu'une femme soit prête dès qu'un homme en a envie. Tu as tes pulsions, j'ai aussi les miennes. Mais il peut arriver qu'elles ne se manifestent pas en même temps. Une femme n'est pas un objet, Léandre. Une femme ne se donne pas sur commande.

– Bon, excuse-moi. Loin de moi l'idée de t'y forcer, mais j'aurais cru qu'après cette soirée, qu'après quelques caresses, tu puisses avoir envie qu'on se connaisse...

– Ne gâchons pas cette soirée, veux-tu? Il est tard, j'aimerais rentrer.

– Je n'insisterai pas, sois rassurée, j'attendrai. Mais il n'est pas si tard...

– J'insiste, je veux rentrer, Léandre, je ne me sens pas bien.

– Bon, soit, je te raccompagne. Le temps de prendre mon veston.

Il la raccompagna sans lui dire un seul mot. Ce silence l'effrayait, mais dans sa tête, tant de choses la troublaient. Aucun échange, pas un baiser et, à sa porte, Victoire s'empressa de descendre en lui disant: «Bonsoir, merci pour la soirée.» Offensé, certes perplexe, Léandre avait démarré. Il n'avait guère apprécié. Victoire jeta un œil autour d'elle. La chambre de Suzelle était éclairée. Tout doucement, sans faire de bruit, elle redescendit les marches, pressa le pas jusqu'à une artère principale et héla un taxi. «Au centre-ville, n'importe où s'il vous plaît.» Elle se fit descendre dans l'ouest, dénicha du regard un bar, entra, s'y installa et commanda un verre de vin rouge. Le premier pour son... entonnoir! Il lui fallait méditer, penser, analyser, se disait-elle. La belle excuse! D'un côté, tout à gagner. De l'autre, tout à subir. Comment avait-elle pu ne pas y penser? Elle, consciente depuis le premier jour, que Léandre n'allait jamais lui inspirer l'amour. Que faire? Trop tard maintenant. Quelques semaines, si peu de jours. Pas possible, il lui fallait oublier, noyer son inconscience à défaut de trouver. D'un verre à l'autre, un homme s'était approché d'elle. Trente ans ou un peu plus, joli visage, épaules carrées, chemise ouverte sur une poitrine légèrement velue et enivré, tout comme elle. Ils sympathisèrent et dans les méandres des vapeurs, elle avait appris qu'il était seul, en peine tout comme elle, que sa femme l'avait quitté et qu'il avait un faible pour les dames... plus âgées. Ils burent ensemble, s'amusèrent, dansèrent et, du garçon triste de tantôt, celui qui disait s'appeler Pierre avait maintenant le vin joyeux. Ils parlèrent longuement, se mentirent mutuellement et, cerveau plus que tamisé, Victoire le suivit à son appartement. Ivre, mais encore éveillée pour voir de ses yeux ce corps d'athlète, elle en fut émerveillée. Lui, rejeté, en manque, n'ayant pu trouver femme plus jeune dans son ébriété, huma le parfum de Victoire et s'empara d'elle sans même s'apercevoir que la cuisse n'était plus aussi ferme.

De retour chez lui, insatisfait de la tournure de la soirée, tourmenté par la conduite de celle qu'il aimait, Léandre avait rappelé Victoire. Suzelle avait répondu précisant qu'elle n'était pas rentrée.

– Voyons, Suzelle, je viens moi-même de la déposer.

Mal prise, elle lui avait répondu:

– Elle est sans doute allée s'acheter des cigarettes. Comme je ne fume pas...

Il l'avait priée de lui demander de le rappeler dès son retour. Debout, face à sa fenêtre, Suzelle entrevoyait le pire. Léandre n'avait pas le ton gentil. Il s'était passé quelque chose. Mais où donc était cette tête sans cervelle? Cette fois-là, elle n'allait pas mentir. Pour son bien à lui. Tant pis pour elle!

Léandre, ne pouvant trouver le sommeil, sans rappel de sa future femme, prit l'appareil à deux heures du matin. Au diable le respect, il s'inquiétait.

– Allô, Suzelle? Excusez-moi, il est tard, je vous réveille...

– Oh! ça va, il n'y a pas de quoi, lui répondit-elle calmement.

– Victoire est là? Je peux lui parler?

Un long moment d'hésitation. Allait-elle mentir pour la sauver?

– Non, Léandre, elle n'est pas là, elle n'est pas rentrée.

– Quoi? Mais il lui est sûrement arrivé quelque chose? Je l'ai déposée et je suis parti avant qu'elle ne déverrouille sa porte. Êtes-vous sortie? Avez-vous regardé?

– Non, je ne l'ai pas fait. Ne vous inquiétez pas, elle rentrera.

– Comment pouvez-vous être aussi calme? Deux heures du matin...

– Elle rentrera comme d'habitude. Ne vous inquiétez pas, Léandre, elle sera là...

– Expliquez-moi, vous semblez savoir où elle se trouve.

– Non, Léandre, c'est elle qui vous expliquera. Je regrette, mais j'ai sommeil. Calmez-vous, dormez sur vos deux oreilles et rappelez-la demain matin. Vous verrez, elle sera là.

Elle avait raccroché et Léandre, récepteur à la main, ne comprenait plus rien. Que savait donc Suzelle qu'il ne savait pas? Ce calme, cette certitude de sa part. Mais où donc était Victoire en pleine nuit? À trois semaines de leur mariage!

Léandre Bouliane n'avait pas fermé l'œil de la nuit. En pleine forme depuis son bonheur récent, il avait ressenti quelques spasmes de son angine durant ces heures à se morfondre. Anxieux, stressé, angoissé, il attendit que huit heures sonnent pour s'emparer de l'appareil et composer le numéro de Victoire. Suzelle qui s'apprêtait à quitter pour le restaurant avait répondu d'une voix détendue:

– Suzelle, c'est moi. Désolé de vous importuner, Victoire est-elle rentrée?

– Bien sûr, Léandre, elle est encore au lit, mais elle est là, ne craignez plus.

– Vous étiez sur votre départ, je présume?

– Oui, j'allais quitter. Un anniversaire de naissance est prévu pour le brunch.

– Accordez-moi quelques minutes de plus. À quelle heure est-elle rentrée?

– Je n'en ai pas la moindre idée, je dormais, je n'ai rien entendu.

– Vous la protégez, n'est-ce pas?

– Non, Léandre, je vous le jure. Si j'avais eu l'idée de la couvrir, je l'aurais fait cette nuit lors de votre deuxième appel. Je vous dis la vérité, je ne l'ai pas entendue rentrer. J'ai fini de m'en faire avec elle, moi.

– Allez la réveiller, dites-lui que c'est urgent, que j'insiste pour lui parler.

– Comme vous voudrez, Léandre, mais je ne vous promets rien.

Suzelle entra sans frapper dans la chambre de sa sœur et la secoua vivement:

– Quoi? Qu'est-ce qu'il y a? Quelle heure est-il?

– Huit heures, ma chère, et Léandre est au bout du fil.

– Dis-lui que je dors, que je ne me sens pas bien.

– Ah! non, pas cette fois. C'est ton problème, pas le mien.

Sur ces mots, elle décrocha le récepteur de l'appareil sur la table de nuit et le lança sur l'oreiller de sa sœur.

– Parle-lui, Victoire, explique-toi, moi je pars, le patron m'attend.

– Sans prévenir Dalpé que je ne rentrerai pas, que je suis indisposée? lui demanda-t-elle en bâillant.

– Non, ça aussi ça te regarde. J'ai fini d'être une bouée, raconte tes mensonges toi-même. Prends-le ce téléphone bon Dieu! Il risque de tout entendre.

Encore dans les vapeurs d'alcool, prise entre un violent mal de tête et des étourdissements, Victoire cherchait de la main le récepteur qui était tombé par terre.

– Oui, allô? murmura-t-elle d'une voix d'outre-tombe.

– Victoire, tu es là! Ça me rassure. Mais je sais que tu n'es pas rentrée de la nuit et je veux savoir ce qui s'est passé. Tu me dois une franche explication! J'insiste pour te voir aujourd'hui même.

– Je... je ne me sens pas bien, Léandre. Le foie, ce fastueux souper...

– Ne cherche pas à te défiler, je ne suis pas né de la dernière pluie, moi. Appelle ton patron, dors un peu, prends une douche pour te réveiller et attends-moi. Je serai chez toi à midi. Une cafetière ne sera pas de trop. Nous avons à parler.

– Je t'en prie, Léandre, pas chez moi! Chez toi, ce soir, à six heures.

– Comme tu voudras, je serai là. Une discussion s'impose, Victoire, de toute urgence!

Il avait raccroché sans même un bonjour ni «à ce soir». La tête enfouie dans l'oreiller, elle était terrifiée. Jamais Léandre ne lui avait paru si révolté.

Elle se traîna toute la journée. Elle était si mal en point que même le maquillage ne parvenait à camoufler ses yeux cernés. Elle se remémorait la veille. Quelques remords face à Léandre, aucun regret face à son geste. Ce jeune amant, ce fier-à-bras aussi saoul qu'elle, l'avait transportée au septième ciel. Elle ne le reverrait plus, elle en était convaincue, mais faisant fi de la décence, elle n'oublierait jamais ses baisers, ses caresses, sa merveilleuse façon d'aimer. Nymphomane, selon Suzelle? Mais non, les nymphomanes cherchent jusqu'à ce qu'elles trouvent la jouissance. Et, de mémoire, Victoire l'avait trouvée dans les bras de Jean-Paul, ceux de Carl et ceux de la plupart de ses amants. Une nuit empreinte de jeunesse que celle qu'elle venait de vivre. Une nuit de passion, comme jadis lors de ses séductions. Un gars robuste, beau et viril qui, en l'espace de quelques heures, lui avait redonné l'ardeur de ses trente ans. Un dieu de la mythologie qui lui avait fait oublier en une nuit qu'elle avait vieilli. Un homme qui l'avait aimée pour elle, sans qu'elle ait à payer cette fois. Comme ses jeunes amants d'autrefois. Non, elle n'était pas nymphomane, elle n'était qu'une grande... amoureuse. Sans aucun regret, avec le seul désir de retrouver encore et sans cesse, avec des types de ce calibre, sa jeunesse périmée.

Deux verres de vin pour se remettre, un cognac, un calmant et efforts à l'appui, elle n'était pas jolie, Victoire Desmeules, quand elle sonna à la porte de son futur mari. Mal coiffée, les traits tirés, les ravages de la veille étaient imprimés sur son visage. Agitée dans sa torpeur, nerveuse jusqu'à la moelle, le triste portrait qu'elle offrait n'allait guère l'aider dans ses excuses inconcevables. Et que dire de son haleine de quelques verres sans même être passée à table. Fatiguée, épuisée, Victoire ne se sentait nullement d'attaque. Elle se fiait à son charme... rompu, dans le miroir comme dans le cœur de Léandre.

— Entre, viens t'asseoir. Tu as très mauvaise mine, tu sais.

— Je t'ai dit que ça n'allait pas. Une crise du foie, je n'ai rien avalé de la journée.

— Bon, je te sers un café et l'on parle.

– Non, non, pas un café, je risquerais de le vomir. Sers-moi un scotch avec eau minérale s'il te plaît. C'est tout ce que peut prendre mon estomac.

– Un scotch? Après tous ceux ingurgités cette nuit? Tu appelles ça te remettre, toi?

– Je t'en prie, pas de saute d'humeur. J'ai mal à la tête, je suis fragile.

Léandre lui servit son verre n'y allant pas à la petite cuiller. Elle voulait boire encore? Elle allait boire! Démunie, le chat sortirait du sac.

– Où étais-tu, Victoire, où donc as-tu passé la nuit?

– Une heure ou deux Léandre, pas la nuit. Au bar du coin pour me remettre de mes émotions.

– Menteuse! À deux heures du matin, tu n'étais pas encore rentrée. J'ai téléphoné.

Victoire avait pâli. Sa sœur ne lui en avait rien dit.

– Comme si je regardais ma montre à tout instant. Tu m'as manqué de quelques secondes...

– Un autre mensonge! Suzelle se serait rendu compte de ton arrivée. Elle n'a rien entendu, elle dormait, m'a-t-elle dit. Tu n'es rentrée que ce matin, je le sens, j'en mettrais ma main au feu. Et puis, qu'importe, où étais-tu?

Ce questionnement sans relâche lui mettait les nerfs en boule. Elle se serait crue sous les réflecteurs des détectives enquêteurs attitrés aux actes criminels.

– Je ne te répondrai pas si tu ne baisses pas le ton. On devait discuter Léandre et tu cries, tu me condamnes avant même de savoir. Ne sois pas odieux, je suis sans force. Ajoute un peu de scotch dans cette eau et reprenons le dialogue.

Il se calma, la servit de nouveau et attendit, pensif, que les vapeurs agissent. Encore pleine de l'alcool de la veille,

Victoire n'avait guère de résistance à celui qui s'ajoutait depuis l'après-midi sur son sédatif.

– J'étais déçue, amère, tu ne comprenais pas. J'étais peinée, désemparée... Oui, je suis allée boire. Pour noyer ma tristesse, pour dissiper mon chagrin, Léandre.

– Et pour oublier que tu es incapable de coucher avec moi?

Le ton avait monté. L'homme n'avait pas mordu à l'hameçon de son supposé dépit.

– J'en suis capable, mais en temps et lieu. Comme des adultes consentants, pas sous l'effet de ton désir soudain. Je ne suis pas une femme sur commande, moi. Faire l'amour impulsivement, ce n'est plus de mon âge, Léandre!

Il sentait qu'elle gagnait du terrain, qu'elle tentait de lui rendre la balle qui aurait dû l'ébranler. Quelque peu ivre, elle se défendait bien, sa future femme. Craignant de perdre la face et le contrôle, il changea de tactique.

– Écoute, Victoire, c'est pour ton bien, pour notre avenir que je m'inquiète. Je ne t'en voudrai pas, mais sois franche, sois honnête avec moi, dis-moi juste la vérité et je tenterai de comprendre. Voilà qu'on se querelle comme des enfants maintenant.

Quelle belle volte-face! Elle tomba dans le piège.

– Tu veux sincèrement que je te dise tout, quitte à chercher à me comprendre?

– Oui, je le veux. Allons, ouvre-toi, confie-toi, je sens que tu en as besoin.

– Je veux bien tout te dire, mais je doute que ça puisse te plaire.

– Non, non, n'hésite pas, sois sincère, ne me cache rien, je te promets de me taire et de t'écouter en silence. Parle, j'en ai vu d'autres dans ma vie, tu sais.

En confiance, la tête lourde et légère à la fois, elle débita d'un trait.

— J'ai commis une gaffe, Léandre. Quand je bois, je ne réponds plus de moi. Quand tu m'as déposée, j'ai voulu rentrer puis, déçue de la fin de la soirée, j'ai hélé un taxi. Je me suis fait conduire dans un bar, j'ai bu, j'ai...

Elle s'arrêta, elle hésita. Ce qui allait s'ensuivre risquait de tout anéantir.

— Allons, continue, vois comme ça va bien quand on sort tout de soi.

— J'ai rencontré un type, il m'a fait boire davantage et...

— Et quoi, n'arrête pas, laisse-toi aller...

— Et je me suis retrouvée chez lui. J'ai passé la nuit dans son lit, Léandre! Je ne me reconnais pas. J'ai couché avec lui; je n'avais plus ma tête...

Il s'était levé d'un bond.

— Plus ta tête, mais les jambes entrouvertes, n'est-ce pas? Capable de te donner à lui, un étranger, après m'avoir rejeté moi, ton futur mari. Il arrivait en temps et lieu, lui, je présume? Tu as couché avec un autre homme après t'être refusée à moi? Tu as craché le morceau, enfin! Je ne trouve pas les mots pour te qualifier, je...

Il était rouge de colère, poussait du coude le divan. Il la regardait avec tant de mépris qu'elle comprit qu'il venait de l'avoir dans le tournant, à son insu, après lui avoir promis d'être compréhensif. Se sentant trahie, n'ayant plus rien à perdre, elle se leva et lui cria:

— Ah! tu le prends comme ça? Oui, j'ai couché avec lui, et de plein gré, Léandre Bouliane!

— Et tu disais m'aimer, tu... tu es ignoble, Victoire.

— Je ne t'ai jamais dit que je t'aimais de bon vouloir. Tu m'arrachais l'aveu!

– Alors, pourquoi m'épouser? Qu'avais-tu derrière la tête, salope?

Elle bondit de son fauteuil et lui lança le contenu de son verre en plein visage. Il s'essuya de sa manche et murmura:

– Compte-toi chanceuse de ne pas être un homme, toi.

– Parce que tu en es un, toi? Un homme à la dérive, Léandre Bouliane! Un homme flétri dont je n'ai jamais eu envie! Un bon compagnonnage, voilà ce que j'anticipais avec toi. Pas une vie à deux sur un matelas!

– Parce que celui de l'autre était plus invitant... si je comprends bien?

– Rien à voir avec son lit! Il était jeune, lui!

Trop tard, l'affront cruel, le dard effilé, la pointe en plein cœur. Léandre se contenait, il craignait une crise d'angine. Défait, abattu, il prit un verre d'eau et le vida d'un trait. Elle, debout, repentante d'être allée si loin dans ses dires, lui balbutia:

– Tu, tu... tu m'as demandée d'être franche, tu m'as promis de me comprendre et ça m'a valu d'être traitée de salope. Pas très élégant, Léandre Bouliane. C'est ton insulte qui a provoqué la tempête...

Elle s'était arrêtée parce qu'il la regardait avec mépris, dédain, pour ensuite lui murmurer du bout des lèvres:

– C'est fini, Victoire, fini, terminé entre nous. Le mariage n'aura pas lieu, je vais tout décommander. N'ajoute rien, tu m'as fait assez de mal. Et dire que j'ai failli me brouiller avec ma fille à cause de toi.

– Quelle fille? Véronique?

– Oui, elle savait tout de toi, de ton passé, de ton alcoolisme. Elle m'avait mis en garde contre toi et je l'ai engueulée. Pauvre de moi! Une fille qui t'aime et que tu n'écoutes pas pour une femme en laquelle tu crois et qui te trompe. Jamais je ne pourrai te le pardonner. Plus jeune que moi, hein? Plus beau, plus attirant? Quel idiot j'ai pu être, mais heureusement, j'ai découvert le pot-aux-roses à temps. Va-t-en, Victoire, disparais, sors de ma vie. Je viens de vivre un cauchemar. Imagine ce qu'aurait été ma vie! Je n'ose y penser. Le bon Dieu m'a aimé, c'est l'enfer qui m'attendait, c'est... bah, à quoi bon.

Calme, soulagé malgré la douleur, il s'empara du téléphone.

– Qu'est-ce que tu fais? Qui appelles-tu?

Pour lui souligner l'éloignement qui s'imposait, il troqua le tu contre le vous.

– Ce qui vous est le plus cher, madame Desmeules, un taxi.

Manteau sur le dos, ne sachant plus quoi dire, elle préféra attendre la voiture sur le palier. Au moment où il allait refermer la porte, elle se retourna.

– Léandre, je...

– Partez, Victoire!

Le taxi la déposa à sa porte et c'est découragée, quoique soulagée, que Victoire posa sa clef dans la serrure. Suzelle, mine de rien, regardait la télévision, appréhendant le pire sans toutefois poser de questions. C'est Victoire qui, après avoir enlevé son manteau, lui lança:

– C'est fini, Suzelle, fini entre Léandre et moi. Tout est à l'eau, on ne se marie plus.

– Tu n'es pas sérieuse... Comment en êtes-vous arrivés là? Voyons, Victoire, à peine trois semaines encore. Dis-moi que j'ai mal entendu.

– Non, tu as très bien entendu. Nous avons rompu et ne viens pas me dire que ça te surprend. Après ce que tu as fait...

– Quoi? Qu'ai-je donc fait? Tu vas me tenir responsable de ce que tu as provoqué toi-même? Ah, non, par exemple!

– Pas responsable, mais si tu avais eu l'intelligence de ne rien dire, de camoufler un peu les faits, de ne pas être aussi précise...

– Tu veux dire lui mentir encore une fois? Non, Victoire, parce que je l'aurais fait toute ma vie par la suite. Ce n'est pas moi qui ai passé la nuit je ne sais où avec je ne sais qui. Et si seulement c'était la première fois... Tu as été malhonnête envers lui et ce, depuis le premier jour Victoire. Tu ne l'as jamais aimé cet homme et dire que c'est moi qui te l'ai fait connaître. Ah, si seulement j'avais su...

Pourpre de colère d'être mêlée à ce fiasco, Suzelle poursuivit:

– Je t'ai assez cachée, assez camouflée comme ça. Je suis intègre, moi! Te rends-tu compte de ce que tu allais faire de lui? Un mari trompé avec lequel tu n'aurais même pas voulu coucher. Crois-tu que cet homme honorable et sincère méritait un tel sort? Si c'est lui qui t'a flanquée à la porte, tant mieux! Il vient de sauver sa peau, le pauvre. Je le voyais s'embarquer et je tremblais pour lui. Il a coupé la corde avant de se pendre? Tant mieux pour lui, tant pis pour toi. La plaie sera moins profonde. Te rends-tu compte de la femme que tu es, Victoire? Démoniaque, diabolique, et je ne sais avec quelle maladie dans la tête. J'ai espéré, j'aurais cru qu'à ton âge... C'est fini? Dieu merci! Il n'aura pas à souffrir comme les autres, lui. Il s'en remettra plus rapidement.

– Il, il... que lui. Et moi? Tu crois peut-être que ça me dérange à ce point? Je lui ai tout avoué, tout dit, pour ressentir un grand soulagement. Est-ce moi qui ai cherché à le connaître? N'étais-je pas en paix avant lui? Sa fortune, sa maison, la Floride, j'ai connu mieux que ça dans ma vie.

Penses-tu que ça ne m'effrayait pas, ce mariage-là? Je sortais, je fuyais, pour oublier que j'allais être dans de beaux draps...

– C'est ça, Victoire, écrase tout bonheur possible et retourne vite dans les draps qui semblent te convenir, ceux des hommes à qui tu te donnes.

– Holà, te rends-tu compte que c'est à ta grande sœur que tu parles? Que suis-je donc à tes yeux, une truie?

Suzelle se leva et regagna sa chambre tout en lui rétorquant:

– Si ce n'était que ça... Victoire!

Le lendemain de cette altercation, un froid régnait entre les deux sœurs et c'était Suzelle qui, désemparée à l'idée de vivre encore avec elle, de continuer à l'endurer, ne lui avait pas adressé la parole de la matinée. Victoire, plus détendue que défaite, avait brisé la glace.

– Tu peux me tenir tête, mais ça ne changera rien maintenant. Je ne te demanderai même pas de chercher à comprendre. Une faveur cependant, une dernière, Suzelle. Appelle-le et demande-lui où je peux retourner tous les vêtements qu'il m'a offerts. Moi, je n'ose pas, je ne veux plus lui parler.

– Bon, encore à moi de ramasser les morceaux du pot cassé.

– Un dernier petit service, Suzelle, rien de plus. Je me tiendrai à l'écart. De toute façon, tôt ou tard, vous allez finir par vous parler. Pourquoi pas maintenant? Rends-moi ce service, je veux en finir au plus vite avec cette histoire.

Suzelle attendit trente minutes, ne sachant comment entamer la conversation. Finalement, pendant que sa sœur se retirait du décor, elle s'exécuta.

– Allô, Léandre? C'est Suzelle à l'appareil.

– Bonjour, Suzelle, heureux de vous entendre. Vous avez su, je présume?

– Oui et, croyez-moi, j'en suis navrée, Léandre. Je ne sais que dire...

– Vous n'avez pas à vous sentir impliquée, Suzelle. Ce qui est arrivé se devait d'arriver, vous n'y êtes pour rien. Vous êtes une femme remarquable, vous. Et pour vous rassurer, dites-vous bien qu'aujourd'hui, je me sens délivré d'un poids. Grâce à vous, à votre franchise, j'ai évité la pire erreur de ma vie.

– Léandre, je ne vous téléphonais pas dans ce but. Je ne m'immiscerai pas davantage... mais je vous comprends, avait-elle murmuré pour ne pas être entendue de l'autre qui, sans doute, l'épiait de sa chambre. Le but de mon appel est de vous demander où retourner tous les vêtements que vous lui avez offerts. Victoire ne tient pas à les garder. C'est elle qui m'a chargée de vous téléphoner.

– Je ne veux rien de ce que je lui ai donné. Les retourner serait m'humilier davantage devant mes employées. Dites-lui de les garder en souvenir de l'homme qu'elle a blessé.

La brève conversation se termina avec un mot ou deux, un au revoir. Respirant un peu mieux, Suzelle fit part à sa sœur du désir de Léandre.

– Ça, jamais! Il va tout ravoir! Je ne veux rien de lui, rien d'autre que ma liberté. Ce disant, elle plaçait dans des boîtes les robes qu'elle n'avait même pas portées.

– Ne fais pas ça, Victoire, ça l'humilierait davantage.

Sans l'écouter, Victoire avait appelé un taxi, avait réglé le chauffeur à l'avance et les vêtements étaient retournés à la dite boutique aux soins de Léandre Bouliane. Après le départ du chauffeur, Suzelle avait éclaté.

– Maudite fierté! Quel geste irréfléchi de ta part, Victoire.

Sans même te soucier de sa fierté à lui, sans même penser à moi qui, au restaurant, vais l'avoir comme client chaque jour en pleine face.

Ce à quoi, d'un regard méprisant, l'aînée avait répondu:

– Si ça te dérange à ce point-là, trouve-toi un autre emploi. Change de place!

Léandre Bouliane, fort embarrassé face à sa famille et aux invités qui avaient déjà le faire-part en mains, eut à s'expliquer avec plusieurs personnes qui lui étaient chères, tout en laissant à une secrétaire le soin d'aviser les autres convives plus éloignés que le mariage prévu avait été annulé. Embarrassé parce qu'il ne savait quelle raison invoquer, il en pria plusieurs de ne pas insister, leur affirmant que cette décision avait été prise de consentement mutuel par les deux membres du couple concerné.

Puis, prenant son courage à deux mains, il composa un numéro en Floride.

– Véronique, c'est toi? Ici papa.

– Bonjour, papa. Que me vaut la surprise de ton appel?

– Je voudrais te demander de me pardonner, ma petite fille.

– Que veux-tu dire? Te pardonner de quoi, papa?

– D'avoir douté de toi, de t'avoir éloignée de moi à cause d'elle.

– Je ne comprends pas, explique-toi plus clairement, je te sens mal à l'aise.

– Je le suis, ma fille, et tu vas vite comprendre. C'est fini entre Victoire et moi. Le mariage prévu est annulé, personne n'aura à se déranger.

Véronique était restée muette au bout du fil, ce qui laissait la porte ouverte.

— Tu avais raison sur toute la ligne, ma fille. Elle a fini par avouer; la vérité a éclaté. J'allais commettre la plus grosse bêtise de ma vie.

— Tu l'as, tu l'as... quittée?

— Oui, brusquement, et ne t'en fais pas, je n'en souffre pas. Ça m'a fait mal, ça m'a secoué parce que j'étais sincère, moi, mais seulement à penser que... Non, je n'entrerai pas dans les détails, ça n'en vaut plus la peine maintenant. Laisse-moi garder pour moi cette triste affaire et dis-toi que, plus jamais, une autre femme ne remplacera ta mère. À l'âge que j'ai, sauvé de justesse d'une terrible maladresse, je me consacrerai désormais à toi, à Michèle et son p'tit gars. J'ai assez de bonheur autour de moi sans en chercher ailleurs. Ce que je te demande du fond du cœur, Véronique, c'est de me pardonner d'avoir douté de toi, de ton amour pour moi. Fallait-il que je sois aveugle...

— N'ajoute rien, papa. L'important, c'est que tu aies vu clair à temps. Si tu savais comme je suis heureuse. Je voulais ton bonheur pourtant, mais cette femme... Bon, n'en parlons plus, mais si tu savais comme tu nous soulages, Michèle et moi. Nous en parlions souvent, tu sais, mais par respect, nous avions décidé de nous taire, de partager ce qui semblait être ta joie, mais là...

— Et ne crains rien, c'est fini, bel et bien fini. La famille, les amis, tous ont été avertis. Que dirais-tu de me voir arriver d'ici deux jours? Je voudrais être près de toi, loin d'ici quand viendra ce fameux jour. Pas parce que je me sentirais triste, mais pour ne pas être seul. Tu sais, j'ai quand même reçu un bon coup de poing sur la gueule...

— Je t'attends, papa, je suis folle de joie. Arrive vite, ta chaise longue et les palmiers sont là.

– Bon, d'accord, et je resterai un mois. Aurais-tu la gentillesse de prévenir Michèle? Je n'en ai plus la force, moi. Demande-lui de se joindre à nous avec Herbert et le petit et, en passant, salue ton mari de ma part.

Victoire, de son côté, était aux prises avec sa toilette de mariée. Marchandise livrée, payée, on n'était guère enclin à tout reprendre. Mais par crainte de représailles de la part de Bouliane, on avait finalement consenti à lui accorder un crédit valable sur un échange. Victoire avait donc pu, grâce à ce fort montant, se vêtir de la tête aux pieds de vêtements plus discrets, adaptés pour le travail et quelques petites soirées. Des vêtements choisis par elle et que celui qu'elle devait épouser ne verrait jamais. Puis, elle avait téléphoné au fleuriste afin d'annuler le corsage en forme de bracelet. Par ce geste qui ne prit que quelques minutes de son temps, Victoire Desmeules venait de faner, avant même qu'elles n'éclosent, les roses de son dernier bouquet de noces.

# Chapitre 12

Mariage à l'eau, dernier roman inachevé, celle qui venait de perdre sa sécurité de vieillesse se jeta corps et âme dans son plus grand vice, sa soif démesurée. La soirée du 31 octobre, elle la passa à la maison, ouvrant sa porte aux enfants pour leur donner des sous et des bonbons tout en tenant, dans sa main gauche, un verre de vin rouge qu'elle voyait à garder plein. Suzelle était partie chez une amie. Elle ne pouvait plus supporter cette sœur odieuse et ses beuveries. Victoire s'était levée de mauvais pied le matin même pour lui dire: «Quand j'y pense! C'est aujourd'hui que j'aurais épousé ce vieux rabougri, ce cœur de pomme à moitié pourri! Heureusement que j'avais un ange gardien pour m'empêcher de faire cette folie!» Ce qui avait engendré une prise de bec entre les deux sœurs. Suzelle n'avait plus la moindre sympathie pour elle. Dès le déjeuner terminé, Victoire avait versé de la vodka dans un second verre de jus d'orange. Puis un troisième suivi de plusieurs autres. L'aînée buvait de tout, n'importe quoi, en autant que sa main ne tremble pas. Elle s'était couchée, s'était relevée avec une migraine et, faute d'analgésique, elle avait endormi son mal dans le cognac. Confuse, quelque peu ivre, mécréante, vilaine, elle avait dit à Suzelle qui se maquillait légèrement dans son miroir:

— Tu grossis, ma petite sœur. Tu redeviens ronde. Est-ce la ménopause?

Suzelle avait bondi de sa chaise et, sans merci, lui avait rétorqué:

— Non, je bouffe encore mes émotions. Comme au moment où Gilles me faisait de la cruauté mentale. Je te regarde boire et je grossis, Victoire. Comme si tout ce que tu avalais tombait en moi comme dans un baril. J'engraisse parce que tu es laide, affreuse à voir et que te regarder m'angoisse. J'engraisse au point d'avoir envie de vomir mes émotions sur toi!

Sur ces mots, elle était sortie pendant que l'autre lui criait derrière la porte:

— Dis toujours tout ce que tu voudras, Suzelle, mais ce n'est pas avec ton tour de taille qu'une main d'homme pourra en faire le tour. J'avais tort, tu n'as jamais été une fausse grosse, Suzelle. Tu étais, tu étais... une fausse maigre!

Elles ne se parlaient guère, les sœurs Desmeules. L'atmosphère était de plus en plus insoutenable. Victoire se rendait à son travail de peine et de misère. Très souvent, dans les vapeurs de la veille. Suzelle regrettait amèrement de l'avoir accueillie sous son toit et d'avoir, de plus, quitté son appartement pour cette maison maudite, lieu de ses pires moments. Décembre se pointa et, un matin, sensible au jour qui se levait, Suzelle lui avait murmuré: «Bonne fête, Victoire.» En guise de remerciement, l'aînée avait répondu: «Tu sais, pour ce que ça change, un an de plus, un an de moins...» Suzelle ne l'avait pas invitée au restaurant. Elle s'était même abstenue de rentrer le soir, prétextant une visite chez Patrice. Seule entre ses quatre murs, Victoire Desmeules avait fêté son cinquante-neuvième anniversaire par une beuverie. Une magistrale cuite à laquelle aurait eu droit Suzelle si elle était sortie avec elle. Elle s'en était sauvée, quitte à ce que l'aînée se noie dans sa bouteille.

Pas encore de neige au sol, humide au possible, brouillard intense. Victoire s'était levée assez mal en point en ce mardi du 15 décembre 1992. Elle était sortie la veille, avait traîné dans les bars et n'était rentrée qu'à deux heures du matin.

— Appelle Dalpé pour moi, dis-lui que je suis malade, que je ne rentre pas.

— Encore, Victoire? Tu as été malade à deux reprises la semaine dernière. Fais un effort, prends une douche, arrive un peu plus tard, mais rentre bon Dieu!

— Non, pas capable. Appelle, Suzelle, pour la dernière fois. Dis-lui n'importe quoi, aide-moi, je n'ai pas la force de le faire. Encore une fois et je te jure qu'à l'avenir, je m'en chargerai moi-même.

Une hésitation, un moment de compassion et Suzelle téléphona au notaire pour l'aviser de l'absence de sa sœur. «Une gastro, je crois» avait été son message. Dalpé, sans s'inquiéter, sans s'informer davantage avait répondu: «Très bien, madame.» Suzelle avait depuis longtemps cessé de demander à Victoire où elle était passée. Elle savait fort bien que sa grande sœur était irrécupérable et qu'après l'alcool, un homme d'un soir croisé dans un bar lui offrait le lit avec le dernier boire. Combien de fois était-elle rentrée alors qu'elle regardait le dernier film et qu'elle pouvait sentir, à dix pas d'elle, l'odeur d'une lotion après-rasage quand ce n'était pas celle d'une sueur répugnante. Victoire, incurable, passait la nuit avec n'importe qui. Pour autant que l'inconnu soit encore assez jeune. Pour ne pas avoir à se donner avec mépris. Non,

Suzelle ne questionnait plus. Elle ressentait de la pitié mêlée à de l'indifférence. Patrice lui avait dit: «Si tu ne t'en sépares pas, elle te rendra aussi folle qu'elle.» Elle y avait songé, elle en était incapable. Que ferait donc sa sœur si elle ne l'avait pas? Croyant l'aider, c'était Suzelle qui avait développé un problème. Rassurée, sachant que sa cadette faisait le marché, préparait les repas, l'aînée buvait à l'aise. Et, quand, certains soirs, un type rencontré ne lui plaisait pas, elle n'avait pas à le suivre, elle avait encore un toit sur la tête. Et Suzelle prenait du poids. Tellement que Victoire la narguait.

— Dommage, ma chère, mais ça va te prendre une robe taille forte pour les Fêtes.

Suzelle aurait voulu crier, mais son dépit s'étouffait dans sa graisse.

— Madame Desmeules, monsieur Dalpé désire vous voir, lui dit la secrétaire dès qu'elle eût retiré son manteau.

Le fils était absent, ce qui intrigua Victoire.

— Raymond avait un client à rencontrer de toute urgence, l'avait avisé la jeune fille.

D'un pas lent, quelque peu nerveuse, Victoire frappa à la porte du patron.

— Entrez, je vous prie.

Puis, l'apercevant, sérieux, l'air décidé, il ajouta:

— Refermez la porte derrière vous, s'il vous plaît.

Sur invitation, Victoire prit place dans le fauteuil qu'il lui indiquait. Le notaire faisant mine de regarder quelques papiers, madame Desmeules en profita pour retirer une cigarette de son étui et l'allumer.

— Je vous écoute, monsieur Dalpé. Quelque chose de sérieux, je présume?

Relevant la tête, appuyant ses coudes sur son pupitre, il entama:

— Très sérieux, madame Desmeules. Je ne sais par où commencer car je sens que ce que j'ai à vous dire n'aura pas l'heur de vous plaire.

— Dans ce cas, allez droit au but, le détour est mauvais conseiller.

— Bon, puisque vous insistez. Je suis désolé, madame, je le regrette profondément, mais je ne peux plus vous garder à notre service.

Victoire avait tressailli et attendait, silencieuse, que la suite du procès s'énonce.

— Votre rendement n'est plus adéquat, madame Desmeules. Des absences répétées, le travail accumulé, vous nous gardez sans cesse sur le qui-vive et nous ne pouvons plus tolérer. De plus, des fautes de parcours, des erreurs assez graves se glissent dans les contrats. Nous avons reçu plusieurs plaintes et...

Victoire l'interrompit brusquement.

— Si je comprends bien, je suis congédiée, monsieur Dalpé.

— Hélas oui, et j'en suis désolé, croyez-moi. Nous avons fait preuve de patience et d'indulgence, mais la tolérance a atteint son plus haut degré. Vous serez dédommagée, on vous remettra une lettre de recommandation, mais je vous saurais gré de quitter dès ce soir, de vous reposer, de...

— Alors, voilà comment l'on se défait d'une employée d'un certain âge chez Dalpé! de s'exclamer Victoire.

— Là n'est pas la question, madame. Vous avez tort d'invoquer cette raison. Nous avions justement misé sur vous en vertu de votre expérience et de votre âge.

– N'allez pas plus loin et oubliez le dédommagement, je vous prie. Ce qui me revient me revient, pas davantage. Et n'allez pas croire que je suis frustrée. J'ai travaillé assez longtemps avec mon défunt père pour ne pas être inquiète de me trouver une autre place. Mais, n'allez pas me faire croire que c'est là, la seule raison de mon renvoi. Vous n'avez même pas la pudeur de la franchise, monsieur Dalpé! lui cria-t-elle amèrement.

– Puisque vous le prenez sur ce ton, moi qui voulais vous épargner l'offense, je vais être franc avec vous. Vous buvez, madame!

– Quoi, vous osez?

– Je n'ose pas, madame Desmeules, je sais. Mon fils a découvert des flacons de whisky dans vos tiroirs. Vous buvez même au travail, ce que nous ne pouvons tolérer.

– Il fouille dans mes tiroirs et il se cache le jour de mon renvoi, votre poltron de Raymond?

On haussait le ton et la jeune secrétaire sentait que, dans le bureau du patron, la tension montait. Elle pouvait saisir quelques bribes de la conversation, surtout quand Victoire s'emportait à pleins poumons. Elle entendit de la part du notaire: «Assez, madame, vous dépassez les bornes.» Puis, des coups sur le bureau, sans doute du poing fermé de la dame en colère. Une réplique de Dalpé, quelques injures de la part de Victoire qu'elle ne put saisir et, enfin, alors que la porte s'ouvrait, elle l'entendit lui crier: «Et je suppose que vous allez me souhaiter Joyeux Noël après ce que vous venez de me dire?» Victoire sortit en furie du bureau de Dalpé après avoir claqué la porte. De retour à son bureau, après avoir croisé la secrétaire sans lui adresser la parole, cette dernière l'entendait fourrer dans sa mallette tout ce qui lui appartenait. En moins de trente minutes, elle avait ramassé toutes ses affaires et enfilait son manteau. Gérard Dalpé, de peur d'affronter sa colère, n'était pas sorti de son bureau. Victoire s'approcha de la jeune fille qui était restée muette de stupéfaction et lui lança son venin. «Comme si tu ne savais pas, toi! Tu n'y es pour rien, je le sais. À trois cents dollars par semaine, tu n'as sûrement pas droit de parole, ici. Je pars, mais n'oublie pas de dire à Raymond qu'il est un lâche. Un gros cochon qui avait peur d'être égorgé sans doute. Qu'il se rassure, les porcs de son espèce, je ne les touche pas du bout des doigts. Fais-moi parvenir tout ce qui me revient le plus tôt possible et dis au vieux crétin de garder sa lettre de recommandation pour lui. Comme si j'avais besoin de cette hypocrisie pour une nouvelle situation. Vieille canaille! Avec un salaire en moins, j'espère qu'il va augmenter le tien, ma petite fille.» Et Victoire passa la porte sans que la jeune secrétaire ait eu le temps de lui souhaiter bonne chance. Elle avait eu si peur qu'elle était restée rivée sur sa chaise.

Rejetée, vertement humiliée, Victoire avait tué l'après-midi dans un bar. Avec des hommes d'affaires et des vendeurs en quête d'une aventure d'une heure ou deux. Les élus des après-midi infidèles. Le bureau mobile de ceux qui trompent et qui rentrent à la maison comme des moutons, avant six heures. Le refuge des nigauds qui, tout comme au bon vieux temps, craignaient le rouleau à pâte. Les infidèles des mégères épousées. L'un d'eux s'approcha d'elle, voulut lui offrir un verre et Victoire de lui dire brusquement: «Ce n'est ni l'endroit ni le moment. Gardez vos sous pour vos enfants, monsieur!» Il était retourné si vite à son tabouret qu'aucun autre ne daigna l'approcher. «Garçon! Un autre scotch double, s'il vous plaît», commanda celle qu'on venait de congédier.

C'est titubante, enivrée jusqu'aux oreilles, que Victoire franchit le seuil de sa demeure. Suzelle, inquiète de son retard, l'attendait à la fenêtre.

— Mais, d'où viens-tu? Il fait si noir? Et... dans quel état.

— Je t'en prie, ce n'est pas le temps! Ne questionne pas et sers-moi vite un verre, j'en ai besoin!

— Tu n'es pas dans un bar ici, Victoire, et je ne suis pas serveuse. Sers-toi toute seule, mais avant tu vas quand même me dire ce qui me vaut un tel portrait.

— Tu veux le savoir? J'ai perdu mon emploi! Il m'a congédiée, le vieux singe! Comme un torchon, comme une guenille usée! Il m'a congédiée sans façon, sans raison. Ah, le fumier! Sans doute à cause de mon âge!

Suzelle avait frémi. Elle croyait rêver. Non, ce n'était pas possible.

— Allons, Victoire, on ne congédie pas une personne sans raison. Tes absences répétées, je suppose? Tes supposés maux de foie? Je savais bien qu'un jour...

— Ah non, ne commence pas, toi! J'ai eu assez de lui pour aujourd'hui. Tu sais ce qu'il a osé me dire ce vieux bouc après m'avoir signifié mon congé? Quand j'y pense! J'ai failli l'étrangler!

— Calme-toi, voyons. Qu'est-ce qu'il t'a dit, Victoire?

— D'aller me faire soigner!

Suzelle avait attendu que la fête de Noël s'écoule. Malgré elle, elle était restée auprès de sa sœur en ces temps de réjouissances. Pas de gaieté de cœur, mais pour l'empêcher de boire jusqu'à la déchéance. Peine perdue, Victoire avait bu toute la nuit. Sans même offrir un présent à sa cadette qui l'avait pourtant gratifiée d'un très joli rang de perles. Suzelle s'était rendue seule à la messe de minuit. Elle voulait entendre les cantiques de sa jeunesse, voir le nouveau-né déposé dans la crèche. Ces voix d'enfants qui entamaient *Adeste fideles* et *Les Anges dans nos Campagnes*. Seule, avec des larmes sur les joues, Suzelle revivait son enfance tout en pensant à celle qui était restée collée sur le divan, scotch et vin à portée de la main. Et Suzelle dans son abandon, dans une dernière tentative de pardon, avait prié pour elle. Elle avait même invoqué ses parents: «Papa, maman, faites quelque chose. Je n'en peux plus, je suis à bout.» De retour à pas lents pour retarder la mise en scène de quelques instants, elle avait inséré la clef dans la porte. Pas un bruit, la noirceur totale. Si... un bruit désagréable. Dans la pénombre, au pied du sapin, Victoire couchée de tout son long... ronflait. À côté d'elle, des bouteilles vides et, sur le mur, des taches de vin d'un verre lancé qui s'était fracassé. Usant de ses dernières forces, Suzelle la tira jusqu'au divan, la couvrit, éteignit, et regagna sa chambre complètement découragée.

Le premier de l'An approchait et Suzelle se creusait la tête. Allait-elle se rendre chez Danielle et Patrice qui l'avaient invitée ou rester, impuissante, avec celle qui faisait la bombe au gré de ses jours les plus sombres? Son grand cœur l'emporta sur le plaisir que la nuit chez Patrice lui aurait octroyé.

– Que dirais-tu si j'invitais une compagne de travail à réveillonner avec nous?

– Qui est-elle?

– Une serveuse. Elle est seule, ses parents habitent Vancouver, elle ne connaît personne ici.

— Une bonne vivante, j'espère?

— Rita est une personne charmante. Une fille corpulente au rire facile. Je suis certaine qu'elle te plaira, Victoire.

— Elle s'amuse, elle prend un coup au moins... ta grosse?

Suzelle faillit s'emporter, mais à un jour des festivités...

— Écoute, si c'est comme ça, oublions-la. Je n'inviterai pas une amie que tu insultes sans même la connaître. Peut-être grosse, mais elle ne boit plus, elle.

— Que veux-tu dire?

— Qu'elle a déjà bu. Oui, comme toi, Victoire, sauf qu'elle a compris. Elle fait partie du mouvement. Pas un seul verre depuis cinq ans.

— Tiens donc, une alcoolique anonyme! Et tu penses que c'est avec ça qu'on va avoir du plaisir en cette nuit du nouvel An? Une grosse poche qui va téter son eau minérale en nous racontant de bonnes blagues? Tu appelles ça une bonne vivante, toi?

— Oui, Victoire, parce que Rita a choisi de vivre, elle, pas de mourir!

— Tu l'invitais pour me faire la morale, n'est-ce pas? Pour qu'elle tente de m'inciter à suivre ses traces? Tu te trompes, ma petite sœur. Si ta Rita a un problème, ce n'est pas mon cas. Va donc plutôt manger avec elle quelque part. Entre grosses, les gâteaux, le chocolat, le Cola diète. Tu me fais rire, toi! Tu t'empiffres et tu bois du diète. Plus drôle que ça, il y a le cirque.

Suzelle, rouge de colère, respirant par le nez, lui murmura:

— Combien de verres as-tu bu aujourd'hui pour être si monstrueuse, Victoire?

Faisant fi de son cœur, de sa pitié, c'est chez son frère que Suzelle passa la nuit du jour de l'An. Avec Rita que Danielle reçut de très bonne foi. Lorsqu'elle franchit la porte pour se diriger chez Patrice, Victoire, outrée, déjà entre deux verres, lui cria: «C'est ça, laisse-moi seule! Vas-y, chez le frère, va chez l'hypocrite!» Suzelle n'avait pas répliqué. C'eut été engendrer une querelle jusque sur le perron. Après son départ, seule, désespérée, jurant comme un charretier, Victoire avait débouché une bouteille de champagne et, levant sa coupe vers le plafond, elle s'était écriée en la regardant: «Heureusement que je t'ai pour fêter, toi!» Elle trébucha et le champagne se renversa par terre. La *Veuve Clicquot* venait de lui répondre à sa manière.

L'hiver de 1993 était aussi froid que néfaste sur le moral de la quinquagénaire qui ouvrait à peine le rideau quand le soleil le transperçait de sa lumière. Déprimée, santé chancelante, Victoire avait répondu par courrier à certaines offres d'emploi de secrétaire, mais ne recevait en retour que des accusés de réception l'avisant que le poste était déjà comblé. Sans même la convoquer, parce qu'à cinquante-neuf ans, elle ne représentait guère une mise à long terme. Et pas question pour elle d'être vendeuse dans un magasin, même à temps partiel. Victoire Desmeules ne voulait toujours pas être vue en public. Suzelle était désespérée. Sa sœur buvait chaque jour que le bon Dieu amenait et quand elle rentrait le soir, elle la retrouvait sur le divan, endormie par l'alcool, une sonate de Chopin en sourdine qui recommençait sans cesse. À ses pieds, un livre ouvert gardé d'un signet, à la même page depuis plusieurs jours. La situation financière se corsait. Depuis la perte de l'emploi de sa sœur, Suzelle réglait tout de ses propres deniers. De l'hypothèque jusqu'aux victuailles. Tout ce que payait Victoire, c'était son vin et ses calmants, deux médicaments indispensables à son triste bien-être.

Avril, le babille des oiseaux, les bourgeons qui s'ouvrent et Suzelle apostrophe sa sœur un matin alors que cette dernière verse de la vodka dans son tout premier verre de jus d'orange.

— Victoire, je suis désolée, mais il me faut te le dire. Si ça continue comme ça, je ne pourrai pas garder la maison. J'ai beau casser mes sous en deux que je ne rejoins plus les deux bouts. Il faut m'aider, faire ta part. Je suis incapable de te faire vivre avec ce que je gagne.

— Et tes économies? Tes placements depuis la vente de ta première maison?

— Impossible d'y toucher avant cinq ans. Cette somme est en attente pour mes vieux jours, Victoire. Je n'ai pas l'intention de finir sur la paille, moi!

— Que veux-tu que je fasse? On me refuse partout. Est-ce de ma faute?

— Victoire, tu n'as même pas rempli tes papiers d'assurance-chômage! Si tu le faisais, tu retirerais des prestations pour un an et, après, tu aurais le régime des rentes...

— N'y compte pas! L'assurance-chômage, c'est trop humiliant. Te rends-tu compte que j'ai été vice-présidente, moi? Tu crois que je vais me rendre là comme une mendiante et me faire regarder de haut par ces petites gens?

— L'assurance-chômage, c'est une assurance, Victoire. Une assurance que tu as payée toute ta vie, pas une allocation sociale.

— Non, jamais! J'ai juré que jamais je ne me rendrais là!

— Tu préfères la perdre? Tu aimes mieux la donner à ceux qui en abusent?

— Ils en ont sans doute plus besoin que moi, eux.

— Reste à voir, ma chère. Avec ce qu'il te reste à la banque...

— Ne te mêle pas de mes affaires, Suzelle, je me débrouille fort bien.

— Sûrement puisque j'assume tous les frais du quotidien, maison incluse. Quand on n'a plus qu'à payer sa boisson, on se débrouille, hein?

— Tu es dure avec moi, très dure, Suzelle.

— Dure, moi? Tu es impitoyable, Victoire. Égoïste et sans cœur. Je te l'ai dit et je te le redis, ton orgueil te perdra, ma vieille!

— Ne prononce plus jamais ce mot-là, Suzelle! Si, toi, tu te sens vieille, ce n'est pas mon cas. Des hommes, je pourrais en avoir comme ça! ajouta-t-elle en claquant les doigts. Je suis restée mince, moi!

— Tes insultes ne m'atteignent plus, Victoire. Je suis ronde mais en forme, moi.

— Ronde? Laisse-moi rire, grosse, Suzelle! Mange moins, c'est ça qui te coûte cher.

— Dis-moi, Victoire, t'es-tu seulement regardée dans la glace dernièrement?

Victoire Desmeules avait vieilli, terriblement vieilli. Mince, bien sûr, à l'état presque squelettique, les joues creuses, le teint blafard. Elle mangeait peu, la grande sœur, à peine quelques bouchées entre ses nombreux verres. Sans maquillage, au réveil, on aurait dit une septuagénaire. En juin, alors que les jardins étaient déjà en fleurs, Suzelle l'avait réveillée de bonne heure pour la surprendre à jeun. À sa grande surprise, Victoire était encore ivre. Elle avait vidé sa dernière bouteille au moment où le soleil se levait. Titubante, les mains sur le mur de sa chambre, elle avait demandé la bouche pâteuse:

– Qu'est-ce qu'il y a? Le feu peut-être? Je viens à peine de m'endormir.

– Écoute-moi bien, Victoire, ça ne peut plus durer comme ça. Tu t'aides, tu te fais soigner ou je pars. Je vends tout et je m'en vais.

Le ton semblait décidé et, l'aînée, dans une tentative pour l'amadouer, lui répondit très calmement:

– Pas de menaces, je t'en prie. J'ai le moral si bas...

– Alors, voilà! Il est temps de le relever, de t'aider, de tout tenter. Il faut que tu rencontres Rita, Victoire. Elle seule pourra te diriger. Et ne dis rien pour l'instant, laisse-moi continuer. Cette fille s'en est sortie alors qu'elle n'espérait plus rien de la vie. Qui sait, Victoire, c'est peut-être père qui te l'envoie?

– Ah, lui! Regarde la peau qu'il m'a laissée en héritage. Ses vices inclus, Suzelle!

– Qui ont sans doute été lavés au purgatoire, mais remarque que papa ne buvait pas, lui. Ne blasphème pas, Victoire, écrase ton orgueil et avoue que tu as un problème, un grave problème. J'ai prié, j'ai tellement prié pour toi.

À ces mots, des larmes, des hoquets, une main sur le foie, l'autre à la tête.

– J'ai mal, Suzelle, je veux mourir.

– Arrête, ne sois pas lâche. Juste un effort, une seule fois.

Victoire pleurait, gémissait, tournait en rond, pliée en deux, au bout de ses forces.

– Demande-lui de venir. Appelle Rita. J'ai un problème, Suzelle, je n'en peux plus. Appelle Rita avant qu'il ne soit trop tard.

Voulant battre le fer pendant qu'il était chaud, Suzelle convia Rita le soir-même. Victoire, qui avait vomi son vin et sa bile, n'avait rien bu de la journée. Quelques sédatifs, une eau minérale et un Cola pour remonter le taux de sucre dans son sang. Boulotte, pimpante et gaie comme un pinson, Rita se présenta à l'heure convenue.

– Bonsoir, Victoire, heureuse de te connaître.

Mauvais départ. Madame Desmeules avait en sainte horreur les familiarités.

– On ne tutoie pas une personne que l'on ne connaît pas, madame.

– Ne t'offense pas, Victoire, rends-moi la monnaie de la pièce. Les gens se tutoient dans le mouvement. C'est plus intime, ça rend à l'aise.

Victoire maugréa quelques mots imperceptibles et dévisagea la nouvelle venue. Quarantaine avancée, grosse, cheveux courts et frisés, bouche en cœur.

– J'ai du poids, je le sais, mais ça ne me dérange pas. Tu sais, quand j'ai cessé de boire, j'ai appris à manger, à bien vivre. Grosse peut-être, mais à l'aise dans ma peau et sereine dans ma tête.

En moins de trente minutes, sans insister, Rita réussit à convaincre Victoire de la suivre à une réunion le soir-même.

– C'est anonyme, Victoire, on ne connaît que ton prénom.

Puis, réalisant le tantinet d'hésitation, elle ajouta:

– Un prénom que tu peux changer si tu ne tiens pas à dévoiler le tien.

Il fut entendu entre elles qu'elle se prénommerait Diane. Le prénom qu'elle avait utilisé avec la plupart de ses amants d'un soir. Les deux femmes quittèrent la maison ensemble et Suzelle fut soulagée. Dernier espoir pour elle. Si Victoire réglait son problème, le sien n'existerait plus. Le cœur serré, Suzelle priait.

La petite salle contenait environ vingt personnes. Des gens de tous les âges et de tous les milieux. Rita, plus qu'empressée, l'avait présentée.

– Diane, je te présente Hector, Martin, Nadia, Denise, Yvon, Carmelle...

– Salut Diane, prends cette place, lui dit le plus jeune d'entre eux.

Aucun vouvoiement, pas une seule fois «madame». Elle en était irritée. Quelques petites bouchées, une tasse de café et, une femme de milieu défavorisé qui, devant tous, racontait son histoire. Victoire regardait de gauche à droite, les dents serrées, étouffée par l'ambiance. Après vingt ou vingt-cinq minutes, elle se leva, se dirigea vers la porte, suivie de Rita qui ne comprenait pas.

– Je veux rentrer chez moi. Reconduisez-moi, je vous prie.

– Mais pourquoi donc? Allons, c'est normal la première fois, tu sais.

– Ramenez-moi et cessez de me tutoyer, Rita, je vous l'interdis!

Le ton était sec, voire méprisant. Rita n'insista pas et la reconduisit jusqu'à sa porte.

– Je peux entrer? On pourrait peut-être parler...

– Non merci, je vous ai assez vue. Ne revenez plus, je n'ai besoin de personne, moi.

Suzelle fut très surprise de la voir rentrer si tôt. L'air hautain de sa sœur n'avait rien pour la rassurer. «Oh mon Dieu! Que s'est-il passé?» songea-t-elle alors que Victoire fermait la porte bruyamment derrière elle. Timidement, comme autrefois, la cadette questionna.

– Déjà de retour? Tu n'as pas invité Rita pour un dernier café?

– Non et je ne veux plus la revoir, cette grosse de bas étage.

Suzelle était perplexe. Rita était pourtant si fine, si diplomate. Avant qu'elle n'ajoute un mot, sa sœur s'empara du terrain vacant.

– Prends place, Suzelle, et ne m'interromps pas, j'ai à te parler.

La cadette prit place pendant que sa sœur, la main tremblante, le regard rempli de haine, s'allumait une cigarette.

– Tu penses avoir fait un bon coup, n'est-ce pas? Tu t'es mis un doigt dans l'œil, Suzelle. Je ne t'en veux pas, remarque, car c'est de plein gré que j'y suis allée. Mais moi, problème ou pas, cette sorte de gens, je ne les fréquente pas.

– Que veux-tu dire?

– Laisse-moi poursuivre, tu vas comprendre. Imagine la scène, ma petite sœur. Une femme de mon âge que des jeunes tutoient long comme le bras. Des gens d'âge mûr qui ont pourtant appris les bonnes manières et qui t'interpellent par ton prénom comme si on avait élevé des cochons ensemble. Et pire, des gens de milieu louche, des tatoués, des sans-éducation, des filles de rue, des ménagères qui s'expriment sans vocabulaire, des toé pis moé. J'ai même vu des clochards, Suzelle! Et des grosses Rita, il y en avait, pas seulement elle. Si c'est ça arrêter de boire pour apprendre à manger... Non, ce n'est pas mon monde, ces personnes-là. Aucune distinction, tous pareils.

– Parce qu'ils ont tous le même problème, Victoire.

– Même problème ou pas, qu'on fasse une distinction. Une femme de carrière et une grosse édentée, on ne mêle pas ça ensemble. C'est peut-être anonyme et ça se comprend. Qui donc voudrait mêler son nom avec des restants de la société? Je suis sortie de là démoralisée, Suzelle! Je me sentais comme un fond de poubelle. J'ai également constaté, vite à part ça, que je n'avais pas besoin d'eux, que j'étais capable de me sortir toute seule de mon problème. Imagine! On dit même que c'est une maladie! Un cancer, ça ne s'arrête pas, la boisson, oui!

– Sans aide? J'en doute, Victoire.

– C'est décidé, je ne bois plus. J'arrête, mais seule. N'ai-je pas fait face à tous mes divorces sans aide? Tu verras, je n'ai besoin de personne, moi!

Une semaine s'écoula et Victoire tint parole. Pas une seule goutte, un effort incroyable. Sauf que les sédatifs fondaient en triple dose dans son estomac. Pour amoindrir le sevrage, disait-elle, pour l'empêcher de trembler. Ce qui voulait dire qu'une autre dépendance tout aussi grave s'emparait de son cerveau. Le samedi soir, à brûle-pourpoint, elle s'était habillée et avait déclaré:

– Je sors ce soir, je vais au cinéma.

– Tu veux que je t'accompagne, Victoire? Ça me ferait plaisir, tu sais.

– Heu... non, je préfère sortir seule. J'ai besoin de silence. Merci quand même.

Victoire se rendit dans un cinéma mais ne trouva pas là l'accalmie qu'elle cherchait. Après le film qui ne l'avait guère intéressée, elle arpentait la rue et entre sa soif et sa conscience, elle hésitait. Quelques moments seulement puisque c'est d'un pas décidé qu'elle entra dans un bar. Il y avait un monde fou, de la musique, du bruit... «Le monde des vivants» murmura celle qui luttait. Une eau Perrier sur glace, que ça, s'était-elle promise. Un homme distingué d'une quarantaine d'années l'invita à danser. Elle accepta, se blottit contre lui et sentit une sève de jeunesse l'envahir. Il la raccompagna à sa table.

– Je vous offre un verre? Vous permettez?

– Si vous insistez, monsieur. Une eau Perrier sur glace.

– Que ça? Allons donc! Pourquoi pas un petit scotch, une vodka ou...

– Non, une eau Perrier me suffira.

– Oh, je vois, votre docteur ne vous permet pas. L'âge sans doute!

Et l'homme d'éclater de rire en lui avouant qu'il plaisantait. Insultée, honteuse d'être une trouble-fête et comme pour se laver les mains de son désir de boire, elle répliqua:

– C'est ce que vous croyez? Pile, c'est une eau Perrier et face, je prends un scotch.

Fort habile et muni de bonnes intentions, son chevalier fit en sorte que la pièce de monnaie tombe sur face. Surprise, heureuse de son mauvais sort, elle accepta le scotch en se disant: «Un seul pour me prouver qu'on peut boire raisonnablement. Une maladie? Bande de fous!» Mais les «fous» n'avaient pas tort puisque le premier verre mêlé à ses calmants fut suivi de plusieurs autres. Si nombreux qu'elle ne les comptait plus. Elle était joyeuse, madame Desmeules, heureuse de faire partie du «monde des vivants.» Et davantage quand ce bel homme stationna sa voiture au guichet d'un motel. Ravie d'être encore jeune, la Victoire. Et frémissante dans les bras de l'homme avec lequel elle passa quelques heures au lit. Un acte d'amour élégant, un homme habile. Un homme qui la combla parce que comblé, mais qui n'eut pas la délicatesse de la reconduire chez elle. Parce qu'il était marié et que c'était compromettant, lui avait-il murmuré en se rhabillant. De retour en taxi, elle rentra en titubant. Suzelle qui redoutait le pire l'attendait depuis des heures. En l'apercevant, une main sur la bouche et un «oh» désapprobateur. L'aînée, indignée de la voir debout comme une mère, lui cria:

— Pas encore couchée, toi? Tu m'attendais comme on attend une enfant? Oui, j'ai bu, Suzelle. J'ai bu parce que je n'en pouvais plus. On appelle ça une rechute. Demande à Rita, c'est pas mortel, tu sais. Ça arrive à tout le monde. Une fois n'est pas coutume et puis... Ah! assez pour ce soir. Je n'ai quand même pas à me défendre à ce point-là!

Mais cette rechute n'allait pas être le seul écart. Le lendemain, les jours suivants, Victoire buvait en cachette. Comme une petite fille avec ses premières cigarettes. Suzelle s'en doutait, mais lorsqu'elle était ivre, Victoire partait avant que sa cadette arrive. C'est en fouillant dans les sacs à ordures que Suzelle découvrait les bouteilles. Cachées, enfouies dans un amas de journaux. Un soir, à l'insu de Victoire, elle rentra plus tôt que prévu. L'aînée terminait un verre, titubait, balbutiait des mots incohérents.

— Je le savais depuis longtemps. Tu bois encore, Victoire, tu bois comme avant. Je savais bien que tu ne pourrais pas t'en sortir seule.

— Si, si... je suis capable, de mâchonner Victoire. Je suis capable, mais pas encore prête. Chaque chose en son temps. Continue de prier, Suzelle, prie plus fort, y'a... y'a personne qui t'entend.

Suzelle avait les larmes aux yeux. Pas pour sa sœur, mais

pour sa propre défaite. Comme si ce combat avait été le sien et qu'elle venait de le perdre.

C'est à ce moment que la cadette comprit qu'elle avait elle-même un problème. Celui d'être encore avec elle. Elle se dirigea vers sa chambre et vit sa sœur déboucher une bouteille. Un vin rouge, son préféré, comme avant. Suzelle, assise sur le bord du lit, sanglotait et murmurait: «J'en ai assez, c'est terminé!»

L'été tirait à sa fin. La canicule du mois d'août battait son plein mais on sentait que la cigale en était à ses derniers chants.

— Victoire, il va falloir nous séparer: je vends la maison.

— Notre maison, tu veux dire, et pourquoi donc?

— Je te ferai remarquer que c'est moi qui ai tout endossé. Je la vends parce que je ne suis plus capable de la payer. D'ici deux mois, je risque la saisie. Je la vends à quelqu'un pour le même montant que je l'ai payée. Juste pour ne pas la perdre, ce serait trop humiliant. Pas un sou de profit, hypothèque transférée tout simplement. Meubles inclus, évidemment. Je pars, Victoire, je te quitte.

La grande avait pâli. Sa bouée, son appui, sa seule sécurité...

— Tu pars? Comment ça! Pour aller nicher où, ma chère?

— Je m'en vais vivre chez Patrice. Les enfants sont partis, ils ont une grande maison et Danielle m'a offert d'aller vivre avec eux. Patrice est d'accord.

— Ah! ils t'ont eue... Les hypocrites! Tout pour t'enlever à moi. Saletés que ces deux-là!

— Je pars, Victoire, parce que j'en ai assez de toi. Tu as gâché ma vie, tu as bu tout mon sang. J'ai envie d'être heureuse, moi, je viens à peine de le comprendre. Aucun sursis, Victoire, je quitte le 2 septembre. C'est à partir de ce jour que la maison ne m'appartiendra plus.

— Et moi dans tout ça? Y penses-tu un peu, espèce de sans cœur? Où vais-je aller avec mes guenilles, sans meubles, avec le peu d'argent que j'ai?

— C'est ton problème, Victoire, plus le mien. Tu te sors de tout toute seule, m'as-tu dit? Alors, prouve-le! Fais-le encore une fois.

— Bien sûr que je le ferai. Penses-tu que j'ai besoin de toi? Je n'ai pas besoin de mon puant de frère pour me loger, moi! Vends, pars, va chez ton frère entretenir ta graisse. T'as pas à t'en faire avec moi, je serai partie avant toi.

Sur ces mots lancés de sa langue de vipère, Victoire se versa à boire pendant que Suzelle, humiliée mais soulagée, n'éprouvait plus le moindre remords.

Le 30 août suivant, quelques jours avant la date de tombée, Victoire avait profité de ce lundi pour ranger ses robes, quelques bijoux et deux ou trois photos dans une seule valise. Quand elle rentra de son travail, Suzelle fut prise de panique. Sa sœur était partie sans même la prévenir. Pas un coup de téléphone, pas le moindre avertissement. Sur la table de la cuisine, une petite note: *Adieu, tu ne me reverras plus. Victoire*

Rien de plus, juste ce qu'il fallait pour que l'autre se torture. Affolée, Suzelle téléphona à Patrice qui la rassura.

— Elle t'aura eue jusqu'à la dernière minute, Suzelle. Tu vois? C'est réussi. Ne t'inquiète pas pour elle, sinon tu te culpabilises. En plein ce qu'elle souhaite. Regarde plutôt autour de toi. Il doit sûrement y avoir une bouteille vide.

— Pas une, Patrice, mais deux. Je suis ébranlée, je ne te le cache pas...

– Oublie-la, Suzelle, il n'y a rien à faire avec elle. Un peu plus et tu y laissais ta peau. On en a pourtant longuement discuté, toi et moi.

– Oui, je sais, mais... Non, c'est vrai, tu m'as fait jurer de ne pas te parler d'elle quand je serai chez toi. N'en parlons plus, j'ai tant à faire.

Suzelle avait raccroché, mais elle avait le cœur en boule. S'il fallait que quelque chose arrive à Victoire. Où donc pouvait-elle être allée dans cet état? Et avec quel argent? Elle n'avait que sept cents dollars à la banque. Un coup de téléphone la sortit de ses interrogations. Sûre et certaine que Victoire lui donnait de ses nouvelles, elle s'empressa de répondre:

– Allô, Victoire?

C'était le nouveau proprio qui l'avisait qu'il avait signé tous les papiers et qu'il comptait sur son départ tel que convenu dans les jours suivants. Suzelle raccrocha. Heureuse de revivre, oui, mais bouleversée.

En quittant la maison, évitant d'être vue des voisins avec sa valise, Victoire avait chargé le chauffeur d'aller la prendre et de la ranger dans le coffre. Puis, ayant fermé la porte à clef, elle glissa cette dernière dans la fente de la boîte aux lettres. Curieuse, cette dame, remarqua le chauffeur, en s'apercevant qu'elle avait bu. En plein après-midi! Fait plutôt rare pour une femme de cet âge. À peine maquillée, mal coiffée, cheveux gris depuis quelques mois, Victoire Desmeules se foutait éperdument de son apparence. Plus jeune qu'elle ne le laissait paraître, on aurait dit une grand-mère dans la soixantaine avancée.

– Vous allez où madame? de lui demander le chauffeur.

– Heu... en ville, quelque part. Je cherche une maison de chambres, vous en connaissez, vous?

– Ce n'est pas ce qui manque dans l'Est. Collées les unes aux autres.

– Dans ce cas, conduisez-moi, je verrai bien.

Pour que la course soit plus payante, c'est sur la rue Ontario, dans l'est de la ville que le chauffeur conduisit sa passagère. Nombreuses étaient les pancartes et Victoire n'avait que l'embarras du choix.

– Descendez-moi ici, je vais m'arranger avec le reste.

– Votre valise est passablement lourde, madame.

– Pas à ce point-là. Descendez-moi, j'arrête ici.

Le chauffeur s'exécuta et Victoire régla la course. Puis, regardant les maisons, elle sonna à la porte de celle qui lui semblait la plus convenable. Une vieille dame l'accueillit et lui fit visiter les chambres. L'une d'entre elles, propre, avec vue sur la rue, sembla lui plaire. La logeuse voulut qu'elle règle pour un mois, mais Victoire négocia la chambre à la semaine en lui offrant de payer comptant celle qui se pointait.

– Dans ce cas, je veux bien, mais je ne donne pas de reçus, moi.

– Je n'en ai pas besoin, madame. Je réglerai de cette façon d'une semaine à l'autre.

– Bon, ça va. Dites, puis-je savoir votre nom?

– À quoi bon puisque je paie d'avance.

– Ben... j'veux au moins savoir à qui j'ai affaire. Le nom, c'est important.

Victoire hésita un moment et lui lança:

– Diane Payot. Madame Diane Payot.

Le premier nom qui lui était venu à l'idée. Payot de ses belles années, de sa brillante carrière, de sa gloire, de ses tours de terre. Payot pour ce vieux Payot père qui avait fini par trépasser sans qu'elle daigne lui envoyer des fleurs, sans même se déranger pour ne pas revoir le fils et la Dupéré.

– Vous êtes Française? Une touriste de passage?

– D'origine française, lui mentit Victoire. Et de passage comme vous dites.

La vieille aurait voulu en apprendre davantage, mais Victoire referma poliment la porte. Assise dans un gros fauteuil de velours rouge, elle sortit de son sac à main un demi-litre de vin acheté chez le dépanneur la veille. Elle avait soif, terriblement soif, et, avec ce carafon, pas besoin de tire-bouchon. Et de là, la déchéance totale de celle qui, jadis, avait été millionnaire. Une modeste chambre avec des meubles de... Mathusalem. Une vue sur la rue avec des gens de basse classe qui descendaient les Saints du ciel faute de drogue ou d'argent. Seule, les cheveux gris, les traits tirés, elle se voyait dans le miroir de sa commode comme Marie-Antoinette aux Tuileries. Citoyenne après avoir été reine et maudissant le sort que le genre humain avait jeté sur elle. Disgracieuse mais encore digne, se disait-elle. Tout comme la reine de France alors que le menu peuple la bafouait. Sur sa table de nuit, elle avait déposé deux photos. Une de Régis le jour de son mariage, une autre de Suzelle. Les deux êtres humains de sa vie. L'un qu'elle avait engendré, l'autre qu'elle avait presque détruite et qui l'avait tant protégée. Que deux photos, comme pour contrer l'ennui, par peur d'être seule quand viendrait la nuit. Chez le dépanneur du coin, elle avait fait bonne provision, madame Desmeules. Six demi-litres de vin en forme de carafe et, exceptionnellement, une caisse de bière au cas où, à sec du précieux liquide de la veille, elle aurait soif de bon matin. L'épicier s'était même demandé d'où sortait cette cliente qu'il ne connaissait pas. Cette dame qui parlait bien et qui n'achetait que de l'alcool. Ce à quoi sa femme avait répondu: «Une ivrognesse sans doute. Y'en a dans les meilleures familles, des femmes comme ça. Moi, pour autant que ça rapporte, je me sacre ben d'où elles sortent. Et ne te fie pas à ses belles manières, mon homme. Le p'tit l'a vue sortir de l'une des maisons de chambres.»

Les cabarets n'étaient pas rares dans le coin. De troisième ordre pour la plupart, mais avec du scotch, du vin et, question d'économie de temps en temps, des pichets de bière. De l'un à l'autre, chaque soir, Victoire se rendait. Pour boire, pour se défouler et pour oublier en écoutant une chanteuse ou un maître de cérémonie tenter d'imiter une vedette de l'heure. C'était sûrement ce genre d'endroit que fréquentait Robespierre pendant que l'Autrichienne vivait ses derniers jours, se disait-elle. Mais c'était si loin tout ça et Victoire Desmeules, bonne païenne, avait troqué ses coiffures prestigieuses pour adopter, comme certaines femmes du quartier, la queue de cheval si facile à enrouler d'une bande élastique. Elle y posait parfois une barrette ou une boucle de coton lorsqu'elle se sentait coquette. Du fard aux joues, du rouge aux lèvres et des boucles d'oreilles dans le but d'accrocher un... garçon. Sans succès et avec crainte pour autant. Ce quartier n'avait pas comme emblème le cran de sécurité. Un soir, un seul, elle suivit un type à sa chambre. Un gars de trente-trois ans qui aurait fait n'importe quoi pour une ligne de cocaïne. Mauvais amant, mais un torse jeune dont s'empara Victoire avec le diable au corps. Passif, il s'était laissé faire, avait empoché et était parti à toute vitesse chez son vendeur de drogues.

À ce rythme, l'argent fondait. Comme si les billets brûlaient dans son sac à main. Une traite à l'un, un verre à l'autre, un garçon de vingt ans lui avait même dérobé cent dollars sans qu'elle s'en aperçoive. Démunie, alcoolisée jusqu'aux entrailles, Victoire se rendit compte qu'il ne lui restait plus que cinq billets de vingt dollars quand elle se réveilla le samedi 11 septembre au petit matin. Plus rien à boire sauf quelques bières, il lui était impensable de régler une autre semaine à sa logeuse. Profitant d'une course de la vieille dame, elle rangea tout dans sa valise et sortit prudemment de la maison sordide. Un taxi hélé au coin de la rue et elle se retrouva en plein après-midi dans une brasserie, valise à côté d'elle. La crainte, le désespoir, l'automne et l'hiver qui allaient venir. Pas question d'appeler Suzelle. Surtout pas chez son frère à qui elle n'avait pas adressé la parole depuis des années. Encore moins son fils qu'elle avait fait pleurer en l'abandonnant une seconde fois après l'avoir retrouvé. Mais où donc se trouvait tout son monde d'antan? Morts et enterrés pour elle. Comme si elle avait été la seule à survivre d'un déluge. Où donc étaient tous les Axel de Fersen de ses rêves? Fière, reprenant son souffle, elle se disait: «Tout comme elle, je marcherai seule, la tête haute, jusqu'à la guillotine.»

– Une bière, s'il vous plaît, avait-elle commandé au serveur surpris de voir dans son établissement une femme à l'allure distinguée. Parce que ce jour-là, Victoire s'était coiffée, maquillée et parée d'une robe de grande qualité. Rang de perles au cou, boucles d'oreilles assorties, on aurait dit une femme d'affaires égarée dans une taverne. Regardée de tous côtés, on murmurait, on discutait, on parlait d'elle. Enfin, un homme osa enfreindre sa solitude.
– Je... je peux prendre un verre avec vous?
Elle le toisa du regard, il avait l'air gentil, affable.

Maigrelet mais costaud, le genre brave garçon, ni jeune ni vieux, quarante-cinq ans environ.

— Je m'appelle Aurèle Binette. Je travaille à la pizzeria du coin.

— Ah, oui? Qu'est-ce que vous faites? Cuisinier, j'imagine?

— Non, je lave la vaisselle. On dit plongeur, ça fait plus sérieux, ajouta-t-il en riant de bon cœur.

D'un verre à l'autre, ils bavardèrent et c'est Aurèle qui payait. Quel drôle de nom, de songer Victoire. Aurèle Binette! Un nom de la plèbe, quoi! Elle s'était présentée Diane Payot, avait joué les femmes à l'aise, mais après une virulente cuite, lui avait avoué: «Ne te fie pas à mon nom ni à mon allure. Je n'ai que cinquante dollars sur moi et je ne sais même pas où je vais aller coucher ce soir.» Parce que dans les vapeurs d'alcool, ils s'étaient tutoyés sans s'en apercevoir. Compatissant, le cœur sur la main, Aurèle avait commandé deux plats de raviolis, spécialité de la brasserie, qu'ils mangèrent entre deux verres, puis... «Gaston, un autre pichet de bière par icitte!»


— Si tu veux Diane, tu peux venir chez moi. J'ai un petit appartement sur la rue Saint-Timothée. Pas grand, mais juste assez pour deux. Moi, j'veux bien t'héberger si tu veux.

— Tu habites seul?

— Oui, vieux garçon comme on dit. Seul et sans problème. Je travaille, je viens prendre un coup icitte, pis j'me couche. C'est ça ma vie depuis vingt ans.

— Quel âge as-tu, Aurèle?

— Quarante-sept ans. Je peux savoir le tien, Diane?

— Heu... deux ans de plus que toi. Pas jeune, n'est-ce pas?

— En plein l'âge que j'aime. Tu acceptes mon invitation?

Tu viens chez moi?

— Je ne voudrais surtout pas déranger.

— Aucun dérangement, mais j'espère que t'es pas trop pointilleuse. C'est pas mal en désordre chez moi. J'ai pas grand temps pour le ménage.

Aurèle s'empara de la valise et Victoire dite Diane le suivit sans mot dire. Drôle de quartier, drôles de passants. Des gars qui marchaient main dans la main, d'autres qui s'embrassaient en pleine rue et d'autres, plus audacieux, derrière un club ou dans un stationnement qui...

— Curieux endroit que le tien, Aurèle. As-tu vu ce que j'ai vu? lui demanda-t-elle en déambulant sur le trottoir.

— Ouais, c'est le quartier gai icitte. C'était pas comme ça il y a vingt ans. J'ai grandi dans l'coin pis j'suis jamais déménagé. Y'a quand même de bonnes familles qui restent encore icitte. Et pis, r'garde-moi pas comme ça, j'suis aux femmes, moi!

Un petit escalier extérieur, une porte avec deux adresses au deuxième étage. C'était là qu'habitait Aurèle. Un petit logement composé d'un salon, d'une chambre étroite, d'une cuisine, d'une toilette, d'un placard. Et quel désordre! Mais c'était mieux que la rue et Aurèle était aimable. De plus, Victoire avait noté en rentrant qu'il avait un bar... assez confortable.

— Sois à l'aise, fais comme chez toi. Moi, je ne te demande rien. Si tu veux me dire d'où tu viens, ça va, sinon on n'en parle pas.

— J'habitais avec ma sœur mais elle m'a foutue à la porte parce que j'aimais prendre un verre, avoir du plaisir. Une vieille démodée, tu vois le genre?

— Ouais, comme la p'tite vieille d'à côté, mais pas malcommode la bonne femme.

– Je te revaudrai ça, tu sais. Là, j'ai plus d'argent, mais je reçois de l'assurance-chômage. À mon prochain chèque, je te rembourserai.

– Ça va, ça va, on en reparlera. Pour ce soir, on a mieux à faire, j'ai d'quoi boire. Tu aimes le vin rouge, la bière, le gin?

– Je vois que tu as du vin rouge. C'est mon faible.

– Choisis la bouteille et je l'ouvre. Avant, mets-toi à l'aise. T'as sûrement aut'chose que cette robe neuve dans ta valise? Ménage-la, change-toi!

Victoire se rendit à la chambre et enfila un peignoir en ratine, ce qui sembla plaire à Aurèle. Et comme il avait chaud, l'homme se mit également à l'aise. Torse nu, pieds nus, il revint à son tour de la chambre vêtu d'un caleçon «boxer» de couleur noire. Victoire l'examinait. Sans être un jeunet, Aurèle Binette avait le ventre plat, les bras encore musclés, les jambes droites, la poitrine velue. Elle se plaisait à l'imaginer à vingt ans. Que de conquêtes il avait dû faire en ce temps. Et passant en revue le minuscule logement, elle se rendit compte que la chambre ne comportait qu'un lit simple et le salon, un sofa. Bah! pourquoi pas le sofa puisqu'il ne lui en coûterait rien pour dormir là. Victoire but avec lui jusqu'à ce que vienne la nuit. Il buvait autant qu'elle mais il portait bougrement mieux la boisson. Pas encore ivre après une soirée entière, du moins en apparence. Ce qui n'était pas le cas de madame Desmeules qui avait le hoquet et les jambes molles sans pour autant refuser le dernier verre.

– Tu veux prendre le lit? Il est plus confortable. Je prendrai le sofa, moi.

Victoire dite Diane accepta de bon cœur. Le sofa plus qu'usé affichait presque ses ressorts. Elle s'étendit dans ce lit et allait bientôt s'endormir quand elle entendit des pas et la porte de la chambre qui s'ouvrait. C'était Aurèle qui, enroulé d'une serviette, lui souriait.

– J'peux dormir à côté de toi, Diane? Juré, craché, j'te toucherai pas.

Elle s'étira paresseusement, le drap se souleva, un sein nu se pointa. Aurèle s'était glissé à côté d'elle, serviette laissée par terre d'un geste. De dos à lui, elle sentait sa peau contre la sienne et le désir montait en elle. Tel que juré, il ne la touchait pas, espérant d'elle un premier geste. L'attente ne fut pas vaine. Victoire avait envie d'être aimée et l'invitation se fit par une main qu'elle posa sur la cuisse de l'homme qui n'attendait qu'un signe. Il l'attira à lui, l'embrassa et, elle qui croyait qu'il serait doux, avenant, timide même, il l'empoigna telle une bête et la soumit aux pires bassesses. Des choses qu'elle n'avait jamais faites, des gestes qu'elle n'avait jamais faits. Vulgaire en paroles et en actes, elle sentit qu'il voulait faire l'amour avec rage. Mais, ivre jusqu'aux entrailles et avide de sexe, Victoire prit plaisir aux bas instincts de son samaritain. Ses injures étaient des jouissances, ses gestes brusques, une douce insolence. Victoire n'avait jamais fait l'amour de façon si féroce. Érotique au départ, sa relation devint pornographique. Aurèle Binette, de son corps encore jeune, la faisait frémir sans lui inspirer le dégoût. «T'es belle, t'es... c'est ça, continue, lâche pas...» et Victoire dite Diane se soumettait à ses exigences comme le fait la chienne pour le chien, comme la pute pour le client. Quelle bête immonde sommeillait donc en elle? Frigide avec Clément, vorace avec Jean-Paul, langoureuse avec Carl, indécente avec ses amants, elle était devenue bestiale avec cet inconnu dont elle ne connaissait que le nom. Un laveur de vaisselle de surcroît pour celle qui, naguère, triait «ses corps» selon leur âge et leur statut social. Quel dédoublement! Après l'acte, après l'amour, si l'on pouvait qualifier de ce nom la relation plus qu'animale, Aurèle Binette retrouvait sa douceur, sa bonté, sa tendresse. Comme si faire l'amour pour lui était un très violent état d'ébriété.

— Tu sais, si tu veux, tu peux rester icitte longtemps, lui avait-il murmuré.

— Je ne sais pas, je verrai, je ne voudrais pas ambitionner... lui avait-elle répondu, ravie d'avoir été comblée, nonobstant la vulgarité.

— Ben non, on s'arrangera. Tout c'que j'te d'mande, c'est de faire le ménage pis d'préparer l'souper. Quand t'auras une job, si tu veux t'en aller, j't'en empêcherai pas. En attendant, avec ton assurance-chômage pis c'que j'gagne, on pourrait s'arranger, avoir du bon temps.

Victoire était songeuse. Ivre, abusée, elle était quand même songeuse. Le taudis de Binette n'était pas l'endroit rêvé, mais sans ressources, sans argent, où aller? Sans lui, sans ce gîte, c'était la rue qui l'attendait.

Le réveil fut brutal. Où était-elle? Que faisait-elle dans cette chambre étrange? De la porte entrouverte, un homme nu qui se rasait au-dessus d'un lavabo. Idées en place, facultés renaissantes, elle revivait dans un brouillard le périple de la veille. Sa cuite monumentale, les bouteilles vides par terre et ce lit qui avait fait d'elle une épave lamentable. Elle n'osait se lever de peur d'affronter la réalité. C'était vague, mais des images obscènes défilaient dans sa tête. Puis, creusant davantage dans sa mémoire quelque peu fertile, elle revit la fuite de chez sa logeuse, la brasserie, le sourire d'Aurèle dont le prénom lui revenait et... le reste. Elle ne pouvait croire à ce cauchemar. Où donc avait-elle échoué? Inerte, les yeux ouverts, elle le vit s'approcher et l'entendit lui dire avec douceur:

– J'm'en vas travailler, Diane. Fais c'que tu veux de ta journée. Y'a d'la bière, du vin, du fort pis la télé. Je r'viendrai pour souper pis j'suis pas difficile. Prépare c'que tu voudras, y'a de toute dans l'frigidaire.

Muette, elle avait acquiescé de la tête et lui, avant de franchir la porte, avait ajouté:

– J'espère que tu s'ras encore là. Si t'es partie, j'aurai compris.

Restée seule, elle s'était levée de peine et de misère. La tête lui fendait, le foie se crispait de douleur au bas-ventre. Elle s'alluma une cigarette, avala un jus d'orange, regarda par la fenêtre. La vue était minable. Un quartier misérable. Du moins pour celle qui avait connu Outremont et Westmount. Si seulement elle pouvait lire le nom de la rue. Mais non, l'enseigne n'était pas à sa vue. Elle regarda autour d'elle et recula de honte. Un taudis! Une niche à chien! Puis, neurones rétablis, le désastre, elle n'avait que trente piastres dans son sac. Que faire? Fuir ce lieu, cette misère? Partir avec sa valise, implorer Suzelle de sa clémence? Déchue, encore altière, Victoire se refusait à telle humiliation. L'endroit était sale, crasseux même, mais en revanche sa sœur se morfondait. Du moins, le pensait-elle. Une salle de bains minable, une douche avec un jet d'eau plus que faible, Victoire se lava et, par chance, trouva dans un tiroir une serviette usée mais impeccable. De plus en plus songeuse, elle voulut fuir, quitter ces lieux déprimants quitte à mourir sur un banc, mais quelque chose la retenait. Était-ce l'amour grotesque de ce dernier amant? Ses sens vibraient-ils au point d'avoir vu dans l'irrespect des gestes, un peu d'amour, une once de tendresse? Victoire s'ouvrit une bière, en but une gorgée, une autre, puis se mit à pleurer. Si fort qu'elle dut enfouir sa tête dans un coussin de peur qu'avec ces murs de carton, la vieille d'à côté réagisse. Les larmes coulaient sur ses joues, dans son cou, et le cœur lui sautait dans la poitrine. Comme l'enfant qui, seule et épouvantée, cherche la main qui jamais ne se tend. Déprimée jusqu'au plus profond de l'âme, malade à en vomir, elle se traîna jusqu'au miroir et ce face à face lamentable la fit reculer de dégoût. Cheveux défaits, joues creuses, yeux cernés, maladive, elle subissait avec honte les ravages de son vice. Un excrément! L'horrible image que la glace lui renvoyait d'elle, pensa-t-elle. Et sa nuit refit surface. Aurèle Binette, son haleine repoussante, son corps sur le sien, ses paroles grotesques, ses gestes répugnants, son va-et-vient saccadé... ses flatulences! Sans songer néanmoins qu'elle n'était guère plus attirante. Des larmes, encore des larmes. Celles de son amour-propre profondément blessé et de sa déchéance. Puis, soudain, la répulsion! Victoire Desmeules venait d'atteindre les bas-fonds.

Deux sédatifs, une gorgée de bière et Victoire quitta prestement, valise à la main, le vil taudis de sa dernière débauche. Après s'être emparée, avant de refermer la porte, de quelques bouteilles miniatures d'alcool qu'elle avait jetées dans son sac pour ne pas être en manque dans sa détresse insurmontable. Elle déambulait rue Sainte-Catherine en cette heure plutôt matinale et les badauds qui la croisaient se demandaient où se rendait cette dame qui, valise à la main, semblait tourmentée, les yeux hagards, le pas lent. Un arrêt

Place Dupuis, un café, puis du temps à tuer en arpentant la mezzanine des boutiques. Une vitrine de cosmétiques et, tout au fond, quelques produits *Payot* enterrés sous de nouvelles marques plus populaires. Une nostalgie, un regret, *Payot* avait sa place bien en vue au temps où elle en était la vice-présidente. Un vague à l'âme, une tristesse, Victoire avait la larme facile à l'âge des remords, elle qui n'avait jamais pleuré sauf de rage. Des toilettes publiques, un grand miroir, le temps d'un léger maquillage, d'un coup de brosse, et la dame aux cheveux gris reprit sa route avec, en tête, une idée bien précise. Elle allait en finir avec la vie. Oui, tout quitter, abandonner, avant que l'existence ne lui offre le carnage. Dans son cerveau, adroitement, démesurément, Victoire échafaudait sa propre guillotine. En finir une fois pour toutes. Ne plus dépendre, ne plus attendre que la prochaine beuverie soit son cercueil. Parce que les ivrognes ne meurent jamais, se disait-elle. Il y avait un bon Dieu pour eux, disait-on. Non, elle n'allait pas avoir soixante ans, vivre du maigre régime des rentes et attendre en guise d'espoir sa pension de vieillesse. Pourquoi? Pour qui? Non, elle n'allait pas être vieille, assise dans un hospice aux crochets de la société, sans amour, sans égard, sans sa bouteille. Fi de cette vie, Victoire Desmeules était au bout de sa corde. Dépressive, suicidaire depuis la perte de son dernier emploi, l'abandon de Suzelle avait été le coup de hache en plein cœur. Elle avait joué la carte de l'indépendance, mais cette rupture lui avait fait plus mal que ses divorces. Seule en ce samedi matin du 11 septembre, une idée précise avait germé en elle. Mais, pour la réaliser, elle n'avait pas assez d'argent. Elle aurait certes pu enjamber un pont ou se jeter sur des rails mais Victoire, au seuil de l'abîme, avait encore sa fierté. Une mort digne d'elle, se disait-elle. Et un pressant besoin d'argent pour en finir. N'était-ce pas assez bête? De l'argent pour... mourir. Une seule ressource, Suzelle. Oui, ce serait elle «l'ingrate» qui lui offrirait de ses deniers le billet pour l'éternité. Pourquoi elle? Parce que Victoire l'aimait encore sa petite sœur et que c'était Suzelle qu'elle aurait le plus de peine à quitter.

L'heure était propice. «Pourvu qu'elle soit à son travail» espérait-elle. D'une cabine téléphonique, elle composa le numéro du restaurant. Quel soulagement que d'entendre le patron lui dire: «Un moment, s'il vous plaît».

– Oui, allô?

– Suzelle... c'est moi.

–Victoire! J'ai peine à le croire. Où es-tu? Si tu savais comme je m'inquiète.

Au bout du fil, des sanglots, une respiration entrecoupée, un étouffement.

– Qu'as-tu, Victoire? Qu'est-ce qui se passe? Réponds-moi, je t'en supplie.

– Oh... rien, l'émotion sans doute. Ça va bien, toi?

– Oui, oui, j'ai tout réglé, je vis chez Patrice, mais tu me manques, Victoire. Que deviens-tu? Où es-tu? Parle-moi de toi, quelque chose ne va pas?

– J'ai... j'ai besoin d'argent Suzelle. J'ai honte de m'adresser à toi après tout ce que tu as fait pour moi, mais c'est urgent, très urgent.

– Je veux bien, ne t'inquiète pas, mais confie-toi, dis-moi ce qui ne va pas...

– Ça va, je t'assure. J'ai même déniché un emploi, de mentir l'aînée.

– Tu travailles? Où ça? Raconte vite.

– Non, pas encore, je commence en octobre seulement. Dans une boutique de cosmétiques à la Place Dupuis. Cet argent dont j'ai besoin, c'est pour tenir le coup d'ici là. Pas un gros montant, trois cents dollars si c'est possible...

– Bien sûr, Victoire, aucun problème, mais où habites-tu? Je pourrais peut-être te remettre la somme ce soir si je ne dérange pas.

– Non, Suzelle, j'en ai besoin à l'instant. Je t'expliquerai plus tard, mais si tu peux me rendre ce service, j'aimerais que tu me l'envoies par taxi d'ici une heure. J'en ai besoin immédiatement, pas ce soir. Ne m'en demande pas plus, si tu veux bien. Place les billets dans une enveloppe et demande au chauffeur de me l'apporter Place Dupuis. Je serai devant l'entrée, je porte un tailleur beige, j'ai un sac à main noir et mes cheveux sont gris.

– Quelque chose ne va pas, Victoire. Je sens que tu me caches la vérité.

– Si tu crois que c'est pour boire, tu es dans l'erreur, Suzelle. J'ai cessé, je règle mon problème, je pars sur un nouveau sentier. Ne me questionne pas, je t'en supplie. Fais ce que je te demande et je te rappellerai cet après-midi. À ce moment, je serai en mesure de tout t'expliquer.

– Tu promets? Tu jures que tu vas me rappeler, Victoire?

– Sur la tête de notre défunt père! Écoute Suzelle, je suis dans une cabine, il y a des gens qui attendent. Je peux compter sur toi?

– Oui, je m'en occupe à l'instant et j'attends ton appel en début d'après-midi. Je t'aime, Victoire, je m'ennuie de toi, je pense à la maison que nous avions...

Victoire éclata en sanglots, puis, retrouvant une voix tremblante:

– Ne me bouleverse pas, Suzelle. Moi aussi, je t'aime. On en reparlera, tu veux? Je te laisse, on s'impatiente derrière moi. Oh! j'allais oublier. Tu peux régler la course s'il te plaît?

Suzelle avait raccroché, mais elle était pensive. Dans quel pétrin Victoire avait-elle pu se fourrer pour avoir besoin de cet argent sur-le-champ? Elle aurait souhaité pouvoir s'y rendre elle-même, constater de ses yeux, mais il y avait un banquet, une noce à la grande salle du restaurant. Elle sortit cent dollars de son sac, emprunta le reste à son patron, appela un taxi dont elle connaissait le chauffeur, et le pria d'aller porter l'enveloppe à sa sœur dont elle donna la description. Anxieuse, nerveuse et pressentant que sa sœur était très malheureuse, Suzelle n'avait pu lui refuser ce service. Elle l'avait fait de bon cœur et se promettait de n'en rien dire à Patrice pour ne pas engendrer sa colère. Songeuse, inquiète, elle anticipait avec émoi le rappel de son aînée. C'est son patron qui la tira de son vif embarras. «Suzelle, dépêchez-vous, les mariés sont à la veille d'arriver.»

Victoire attendit une heure, impatiente, lorgnant les voitures taxi en faisant fi des passants qui la regardaient d'un drôle d'air. Enfin, une voiture noire s'immobilisa et le chauffeur, l'ayant reconnue, lui remit la précieuse enveloppe. À l'intérieur, quatre billets de cinquante dollars, cinq coupures de vingt et un petit mot: *Je t'aime. Ta petite sœur.* Victoire héla un autre taxi, se fit conduire à la gare centrale et loua un casier dans lequel elle déposa sa très lourde valise. Enfin! Débarrassée de cet encombrement. Elle n'avait plus que ce qu'elle portait et son sac à main. Elle se rendit dans un restaurant, commanda un repas avec du vin et se mit en frais de tuer le temps. D'une vitrine à une autre, d'une boutique à un grand magasin, Victoire Desmeules, regardait, contemplait, sans rien acheter évidemment. Suzelle, de son côté, attendait fébrilement le coup de fil qui ne viendrait jamais. Une succursale de la Société des Alcools, l'achat d'un quarante onces de scotch, et la désespérée de se rendre dans un autre restaurant à l'heure du souper, histoire de reprendre des forces. Léger souper, alcool, et c'est à demi inconsciente qu'elle héla un taxi pour se faire conduire au terminus Voyageur vers dix heures. Ne sachant trop où elle irait, elle demanda l'horaire des prochains départs. Un pour Québec, un autre pour Sherbrooke dans les minutes près et, à minuit, un trajet de nuit jusqu'à Toronto. C'est ce dernier qui l'emballa. Oui, le plus loin possible. Loin de sa ville, loin de Suzelle, loin de tout. Elle acheta un aller simple et tua les deux heures dans un bar pas très loin. Quelque peu éméchée, dans un état second, Victoire montait à bord de l'autobus à l'heure du départ. Son sac à main sous le bras, un autre avec la bouteille accroché à ses doigts. L'autobus était bondé et Victoire hérita d'un compagnon. Un adolescent d'environ seize ans qui tenta de meubler la conversation. Il retournait chez ses parents. Victoire le trouvait mignon mais répondait évasivement. Le garçon la vit retirer un petit sac brun de son sac à main, déboucher quelque chose et boire d'un trait sans retirer du sac l'une des bouteilles miniatures dérobées à Aurèle. Il la regardait surpris et, remarquant sa gêne, Victoire de lui dire en anglais: «Un médicament pour dormir. Je suis asthmatique.» Le garçon souriait. Appuyée sur le bras du siège, cheveux défaits sur l'appui-tête, Victoire avait fermé les yeux. Se rendant compte qu'elle préférait dormir, le jeune homme se mit à lire.

Dans sa tête, au gré de ce voyage interminable, des images défilaient. Sa jeunesse, l'étude de son père, son premier mariage, les yeux doux de Clément, sa carrière, ses voyages, ses amants dont le Japonais, Gontran et ses malheurs. Ce cher Gontran qu'elle n'avait jamais oublié. Ce cher soutien d'antan. Puis, Jean-Paul, sa brutalité, sa grossesse, son fils abandonné, Mado, d'autres voyages. Survient Carl, le dieu d'une triste histoire. Sa mère Constance, sa rupture, sa déchirure, sa ruine. Son voisin de banc sursautait quand, parfois, elle gémissait. «Sans doute son médicament», se disait-il. Et comme dans un film, le visage de Léandre, celui de sa fille Véronique, son mariage raté, ses déboires et... Suzelle. Cette petite sœur chérie, son partage, la maison, son appui, son abandon. Le visage austère de son père, la douceur de sa mère. Cette maman qui avait tant souffert et qu'elle avait si peu aimée. Des larmes perlaient sur sa joue et le jeune homme à côté d'elle semblait perplexe. Puis, vision d'horreur, Aurèle Binette et sa mésaventure. Une nuit obscène sur laquelle la mémoire tira vite le rideau. En reculant dans le passé, elle revit les bars où elle dansait dans les bras de jeunes amants et comme pour la rappeler à l'ordre, les yeux tendres de son fils. Régis, l'enfant délaissé, l'homme retrouvé et de nouveau abandonné. Régis qui lui ressemblait et qui, un jour, serait médecin. La photo de son mariage, de son bonheur, après lui avoir fait verser des larmes. En une nuit, toute une vie. Le jeune homme gentiment la secouait: «Nous y sommes, madame. Dans quelques minutes, Toronto. Vous avez bien dormi?»

# Épilogue

Victoire avait erré dans Toronto toute la journée. Épuisée par le poids de la bouteille qu'elle transportait et du sac à main qui lui engourdissait le bras, elle fit l'achat d'un fourre-tout dans lequel elle put déposer le tout. Un *club bag* à rabais déniché dans un magasin pas très loin du terminus. Ne voulant trop s'éloigner pour épargner le peu d'argent qu'il lui restait, elle passa l'après-midi dans le hall d'entrée d'un grand hôtel, faisant mine d'attendre quelqu'un, essayant de passer inaperçue dans ce va-et-vient continuel. Elle se sentait si loin. Loin de tout et si près de son but. Seule, inconnue de tous ceux qui allaient et venaient, elle était rassurée. Personne ne ferait obstacle à son plan diabolique. Que des anglophones, des gens venus de partout, des hommes d'affaires pour la plupart. Et aucun risque d'être ennuyée, madame Desmeules n'attirait plus les regards. Aucun pas en arrière, aucune hésitation, aucun regret, Victoire n'allait pas reculer devant le doux bien-être de sa... délivrance. Elle, pourtant brillante, vive et intelligente, sentait qu'une partie de son cerveau ne répondait plus. Celle qui permettrait de se connaître, de tout comprendre avant qu'il ne soit trop tard. L'alcool l'avait désintégrée. Elle s'en allait vers son suicide prémédité avec plus de joie au cœur qu'elle n'en avait eu les jours de ses mariages. Aucune crainte, pas la moindre peur, que l'appel de l'absolu. Parce qu'elle en avait marre de souffrir moralement et physiquement, celle qui n'avait jamais eu d'égard pour la souffrance des autres. *On ne meurt qu'une fois et c'est pour si longtemps.* Quel soulagement elle éprouvait en relisant cent fois cette citation de Molière. Comme elle devait être bien, Marie-Antoinette, délivrée depuis deux siècles des malédictions de la terre. Que des idées noires, morbides, sans un mince filet d'espoir. Elle ne s'était même pas demandé si son geste allait être un acte de courage ou de lâcheté. Pour elle, c'était la liberté. La fin de tout... la fin de rien. Dépressive, des sédatifs dans l'organisme, elle souriait, la dame aux cheveux gris. Si tendrement que quelques passants lui rendaient ce sourire, croyant qu'il s'adressait à eux. Un étrange sourire qu'on aurait cru être de la joie de vivre alors qu'elle se préparait à mourir.

À la réception de l'hôtel, elle emprunta quelques feuilles et une enveloppe. Isolée dans un coin, assise à une petite table où une lampe trônait, elle rédigea une lettre. Une lettre d'une main chancelante sur laquelle elle versait des larmes. Puis, la déposant dans sa bourse, elle se rendit prendre un léger souper. Un tout petit restaurant dans lequel elle pouvait étirer le temps à l'aide de quelques bières. À la tombée de la nuit, Victoire, de retour au terminus, acheta un Cola dans lequel elle versa le contenu des dernières petites bouteilles d'Aurèle Binette. Quelque peu titubante, défraîchie, décoiffée, elle emprunta un taxi et demanda au chauffeur de la conduire dans un motel quelque part, en banlieue de préférence. Et c'est ainsi que Victoire Desmeules arriva au *Sierra* pour louer une chambre peu avant minuit. Étrange passagère pour le chauffeur, cliente inusitée pour Jimmy, le préposé. La dame aux cheveux gris qui signait dans son registre Dorothée Fisher, nom d'une ancienne cliente de *Payot* décédée depuis vingt ans, n'avait pour tout bagage qu'un sac sous le bras. Une femme âgée et seule dans un tel endroit. C'était la première fois que le gros Jimmy voyait ça.

Victoire avait pris soin de se défaire de toute identité au terminus de Toronto. Papiers déchirés, carte d'assurance-maladie et autres pliées en deux, jetées dans une poubelle avec son sac à main. Elle avait gardé dans son fourre-tout que quelques effets personnels, trousse de maquillage inclus, et la précieuse lettre. Le scénario se devait d'être conforme à ses dernières volontés. Seule dans cette petite unité de motel, assise sur son lit, elle suait sous l'effet de la chaleur et, à défaut de mettre en fonction le ventilateur, elle laissa sa porte légèrement entrouverte. Puis, sans même enlever son petit tailleur beige d'été, elle retira ses souliers, déboucha la bouteille et but à grandes gorgées le dur liquide sans faire la grimace. Comme l'alcoolique invétérée qui a très soif. Flacon ouvert, les sédatifs s'offraient à elle. Un, deux, puis en grande quantité, elle les avalait en fermant les yeux. Très vite, prestement, pour ne pas rater son coup. D'autres gorgées de scotch, encore d'autres et en moins de sept minutes, on pouvait discerner le fond de la bouteille. Un quarante onces, une centaine de sédatifs. «Avec une telle dose, même un bœuf ne résisterait pas», se disait-elle. Elle plia la lettre en deux, l'enfouit dans son soutien-gorge et tenta de marcher jusqu'au miroir afin de relire ce qu'elle y avait inscrit avec son rouge à lèvres. Peine perdue, elle trébucha et tomba sur le lit à plat ventre. Incapable de bouger, la tête tournée sur le côté, elle voyait des étoiles mais s'efforçait de garder l'œil ouvert. De cinq à huit minutes, pas davantage avec ce qu'elle avait ingurgité dans la journée. Elle sentait maintenant des sueurs froides et son pouls qui s'accélérait. Le temps de revoir le visage de Suzelle, celui de Régis et, Victoire, la poitrine brûlante, un tourbillon devant les yeux, perdit conscience. De forts agitements, un dernier effort, une syncope avait eu raison d'elle. Et c'est dans ce bien triste état que l'avait découverte au petit matin la vieille Clara. Comment avait-elle pu survivre à une telle surdose? Les médecins ne se l'expliquaient pas mais, branchée sur une machine, le cœur battait de plus en plus au ralenti. On doutait fort de pouvoir la sauver.

Sur l'enveloppe retirée, un nom, Régis Croteau, et un numéro de téléphone. Une infirmière qui parlait français put lire le contenu de la lettre. «Elle est adressée à son fils, déclara-t-elle, et elle est signée d'un prénom: Victoire.» L'inspecteur Darnell qui venait d'arriver s'empara de la lettre, se la fit traduire brièvement et comme la dame avait indiqué le code régional, il s'écria: «Qu'attendez-vous? Appelez ce garçon. Elle vient de Montréal, cette femme. Appelez-le vite, ce sera moins dramatique pour lui si l'appel vient de l'hôpital et non de la police.»

En ce mardi après-midi, du 14 septembre 1993, Régis et Lise, sa jeune femme, n'avaient pas de cours à l'université. Jean-Paul était à son travail et Mado en avait profité pour aller jouer aux cartes chez des amies. Le nez plongé dans leurs livres, le jeune couple se concentrait en écoutant distraitement une symphonie de Mozart. La sonnerie du téléphone les fit sursauter. Mado avait-elle oublié quelque chose? C'est Lise qui s'empara de l'appareil et après quelques réponses brèves, elle se tourna vers son mari pour lui dire: «C'est pour toi, Régis, un appel de Toronto.» Le jeune homme fronça les sourcils. Il ne connaissait personne dans cette ville. Il répondit et l'infirmière qui parlait le français s'identifia ainsi que l'hôpital et lui demanda s'il était bien le fils de celle qui avait signé Victoire.

— Heu... oui, c'est ma mère. Pourquoi?

— Elle est hospitalisée et c'est grave, monsieur. On a retracé votre nom et votre numéro de téléphone grâce à une lettre trouvée sur elle.

— Grave? Qu'est-ce qu'elle a? Elle ne vit pourtant pas à Toronto, à moins...

— C'est pourtant ici qu'elle se trouve. Vous pouvez venir? C'est urgent, monsieur. Je regrette de vous le dire, mais nous craignons pour sa vie.

— Mais qu'est-ce qu'elle a, bon Dieu! Allez-vous finir par me le dire?

— Une tentative de suicide, monsieur. Une surdose très forte. Venez vite si vous le pouvez. Vous êtes la seule personne qu'on ait pu retracer.

Régis avait pâli. Lise, à ses côtés, sentait que quelque chose de grave se passait. Régis prit les informations, la rue, le lieu et raccrocha brusquement.

— Qu'est-ce que c'est? de lui demander sa femme.

— Ma mère, elle est mourante, il faut que je parte, que je me rende à Toronto.

— Pourquoi toi? Pourquoi n'a-t-on pas appelé sa sœur? Ça fait sept ans que tu es sans nouvelles d'elle.

— Qu'importe, c'est à moi qu'elle a écrit une lettre. Et pourquoi, Lise? Parce que c'est ma mère! Elle n'a peut-être pas été là pour moi, mais elle m'a donné la vie. Appelle à Dorval, informe-toi des prochains vols. Je monte me changer.

– Tu veux que je t'accompagne? Je peux me préparer, tu sais...

– Non, j'irai tout seul, Lise. Avec les moyens qu'on a, un vol à la dernière minute... N'appelle surtout pas mon père. Ne lui dis rien avant que je sois là. Et ne t'avise pas d'avertir sa sœur. C'est moi seul que ma mère réclame.

Régis, qui venait d'avoir vingt-cinq ans, ne ménageait pas les efforts pour devenir médecin. Avec Lise, sans enfant, son père, Mado, c'était l'harmonie totale. Jean-Paul était fier de ce fils qui allait atteindre son idéal. Physiquement, il était le portrait de sa mère. Côté caractère, à l'opposé d'elle tout comme du paternel. Doux comme un agneau, paisible, altruiste. Comme sa grand-mère maternelle, comme Suzelle et Mado, quoi!

Nerveux, agité par cet appel inattendu, il enfila un complet et sauta dans un taxi quand sa femme l'avisa qu'un avion partait dans quarante-cinq minutes. On lui avait réservé une place, mais à gros prix, avec le numéro de sa carte de crédit. En plein vol, au-dessus des nuages, le fils de Victoire se posait des questions. Que faisait donc sa mère à Toronto alors qu'il pensait savoir qu'elle vivait avec sa sœur? Le bruit de leur séparation ne lui était pas parvenu. Sa mère travaillait, son père le lui avait appris. Sa mère buvait, Mado avait cru bon de le lui dire. Mais Régis n'avait jamais revu Victoire depuis leur seule rencontre à l'âge de dix-huit ans. Pas un mot depuis, sauf son nom sur la carte avec le présent pour ses noces. Suzelle s'était également éloignée. Jean-Paul Croteau s'était effacé de tout ce qui s'appelait Desmeules pour ne jamais la revoir ou entendre parler de Victoire. Son père allait certes piquer une colère lorsqu'il apprendrait ce départ éclair, mais Régis passa outre. Sa mère pensait à lui, sa mère avait besoin de lui en cette heure dramatique. «Pourvu qu'on la sauve», songea-t-il en regardant sa montre. Régis avait toujours aimé sa mère malgré... le cruel abandon.

L'avion se posa au sol à dix-sept heures et Régis passa la barrière pour se diriger en vitesse vers un taxi. Il donna le nom de l'hôpital, l'adresse, et pria le chauffeur de faire vite. Peu porté sur la langue de Shakespeare, il se débrouillait. Avec des mots «franglais», avec des gestes. Quarante minutes plus tard, il tirait la porte d'entrée de ce petit hôpital de banlieue. À la réception, une brave dame avait beau chercher sur sa liste qu'elle ne trouvait ni madame Desmeules ni madame Croteau. Pas surprenant puisque la patiente avait été admise sous le pseudonyme de Dorothée Fisher. Maugréant, s'expliquant tant bien que mal, il finit par lui faire comprendre qu'une infirmière avait téléphoné, que sa mère était mourante, que l'infirmière parlait français. La dame très avenante s'écria: *«Oh yes, the suicide by overdose»* et appela sur l'intercom l'infirmière en question en lui disant que le fils était à la réception. Régis tournait en rond, se faisait craquer les jointures. Était-il donc si difficile de repérer sa mère dans un si petit hôpital? Un médecin arriva en premier et, lui tendant la main, lui murmura: *«Sorry, she passed away»*. Régis qui n'avait rien compris demanda à voir sa mère, chercha à savoir à quel étage elle se trouvait. L'infirmière se présenta. Enfin, une personne qui parlait français.

— Bonjour, je suis le fils. Comment va-t-elle? Puis-je la voir?

L'infirmière et le médecin se regardèrent, interloqués.

— *I just told him...* de lui dire ce dernier.

Voyant qu'ils avaient tous les deux l'air sombre, Régis s'emporta:

— Qu'y a-t-il? Vais-je la voir ou non? Vous m'avez téléphoné...

— Désolée, mais votre mère est décédée, monsieur, de lui murmurer l'infirmière.

Régis resta cloué sur place, la bouche ouverte, les mains glacées.

— Prenez un siège, calmez-vous. Nous avons fait tout en notre pouvoir, mais le cœur a flanché. La dose était très forte, elle n'a pu résister.

— Quand? Quand est-elle morte? demanda-t-il d'une voix tremblante.

— Il y a à peine quarante minutes, monsieur.

— Pourquoi ne pas m'avoir prévenu plus tôt? J'aurais pu être là...

— Ça n'aurait rien changé, votre mère n'a jamais repris conscience. Elle a rendu le dernier souffle alors que la machine sur laquelle elle était branchée respirait pour elle. Et, croyez-moi, nous avons tout fait pour la sauver. Très forte, cette femme, car avec une telle surdose, de bien plus jeunes qu'elle meurent presque instantanément.

Régis avait le visage couvert de larmes. Il sanglotait et l'infirmière compatissante le réconfortait du mieux qu'elle le pouvait.

— C'est un bien dur moment, je sais, mais vous qui viviez avec elle, saviez-vous...

Régis l'interrompit d'une phrase.

— Je ne l'ai pas revue depuis sept ans. Mes parents étaient divorcés et... et puis, à quoi bon vous raconter.

— Vous aimeriez la voir avant que la morgue ne vienne la chercher? Vous savez, il y a présentement enquête. Un suicide, ce n'est pas une mort naturelle.

Régis acquiesça de la tête et suivit l'infirmière jusqu'à une petite chambre. Elle l'introduisit, le laissa seul, préférant l'attendre dans le couloir. Régis était de marbre. Ses jambes n'osaient plus avancer. Dans le lit blanc, une forme recouverte d'un drap. N'écoutant que son courage, il s'approcha, souleva le drap et reconnut le visage vieilli de sa mère chérie. Paupières closes, lèvres fermées, Victoire semblait dormir tellement elle était belle. C'était comme si, malgré les douleurs et la souffrance, elle était morte avec un doux sourire. Il la regarda, s'agenouilla et, glissant sa main dans la sienne sous le drap, lui murmura: «Maman, pourquoi as-tu fait ça? J'étais là pourtant, tu aurais pu venir à moi. Pourquoi, maman, pourquoi? Je t'ai si peu connue et je t'aimais déjà. J'aurais tout fait pour toi, je t'aurais prise dans mes bras. A-t-il fallu que tu sois malheureuse pour en arriver là. Tu sais, maman, c'est bête de mourir comme ça. Ton fils était tout près. J'aurais pu alléger ta souffrance, moi. Tu ne m'en as pas donné la chance, maman. Ce qui me crève le cœur, c'est que je ne t'aurai jamais dit à quel point je t'aimais. J'ai souvent pleuré en pensant à toi, maman, et voilà que je pleure maintenant sur toi. Et tu n'es plus là. Pourquoi bon Dieu m'as-tu fait ça? J'aurais tellement aimé caresser de ma main tes beaux cheveux d'argent. Pourquoi maman? Si tu savais comme j'ai mal à te dire que je t'aime alors que tu ne m'entends plus. Laisse-moi te le redire quand même. Je t'aime, maman, je t'aime!» La tête appuyée sur la poitrine de sa mère, Régis pleurait comme un enfant. Comme un fiston séparé de sa mère pour la troisième fois. Sans espoir de retour... cette fois.

L'infirmière, qui avait discrètement écouté, avait des larmes dans les yeux. Comme il devait souffrir ce jeune homme devant le corps inanimé. Pour mettre un terme à son tourment, elle lui toucha délicatement le bras et lui chuchota:

– Venez maintenant, venez, vous souffrez beaucoup plus qu'elle à présent.

Régis suivit l'infirmière qui lui offrit un café qu'il avala pour réchauffer le sang glacé de ses veines. Puis, la regardant avec gratitude, il demanda:

– Puis-je appeler mon père? Il doit terriblement s'inquiéter.

L'infirmière le dirigea vers un petit bureau et le pria de prendre tout son temps.

– Allô, papa? C'est moi, de lui dire Régis d'une voix chevrotante.

– Régis, j'ai tout appris de Lise. Comment va-t-elle?

– Elle est partie, papa, sans que je puisse l'embrasser. Son cœur n'a pas résisté.

– Une surdose, un suicide, n'est-ce pas?

– Non, papa, morte de n'avoir pu aimer, morte désespérée.

Jean-Paul ne disait rien. Secoué, il éprouvait du chagrin. Malgré ses torts, Victoire lui avait donné le fils pour lequel il vivait depuis. Navré, peiné, davantage pour son fils que pour lui-même, il ajouta péniblement:

– Dis-leur qu'on s'occupe de tout. Ne laisse personne la réclamer. Ta mère reposera là où tu le choisiras. Elle t'appartient plus qu'à tout autre, mon gars.

Désemparé, le jeune homme marchait de long en large dans le couloir. L'infirmière qui l'attendait s'approcha de lui en compagnie d'un homme trapu, timide.

– C'est l'inspecteur Darnell, monsieur Croteau. C'est lui qui mène l'enquête sur la mort de votre mère. Il a quelques questions à vous poser, si vous en avez la force. Je vous servirai d'interprète si vous le désirez.

Darnell serra la main de Régis en lui disant: «*Sorry, very sorry, young man.*» Régis, avec l'aide de l'infirmière, lui donna tous les renseignements requis pour compléter le dossier. Darnell était ravi d'un tel appui, n'ayant pas fermé l'œil depuis qu'il était sur le cas. Retrouvant ses esprits, Régis s'écria:

– Et la lettre, madame, la lettre de ma mère. Où est-elle?

– C'est l'inspecteur Darnell qui l'a. Il va vous la remettre. Désolée de l'avoir lue, mais j'étais la seule capable de trouver un indice. Sans votre nom et votre numéro de téléphone, nous n'aurions rien appris de cette lettre. Elle est très personnelle et je m'en excuse encore.

– Soyez à l'aise, garde. Sans vous, je n'aurais jamais revu ma mère.

Darnell lui tendit la lettre chiffonnée après avoir été autant manipulée.

– Vous permettez que je me retire pour la lire?

– Bien sûr, monsieur Darnell vous attendra. Encore une ou deux formalités à régler, m'a-t-il assuré.

Régis se retira dans le petit bureau qu'on avait mis à sa disposition. Le cœur gros, la respiration entrecoupée de sanglots, il déplia la lettre que la main de sa mère avait tenue. Une écriture inquiète quoique lisible. Comme si les doigts qui avaient tracé les mots avaient tremblé.

*Cher fils,*

*Puisses-tu seulement me pardonner ce mauvais moment que je vais te causer en me lisant. J'ai bu, excuse ma main qui tremble. Ta mère est une alcoolique, mon fils, au cas où tu ne le saurais pas. Et là, quitte à te faire pleurer, je m'en vais pour toujours. J'ai décidé de franchir le pas, d'aller voir dans le néant si le soleil m'attend. Je n'ai jamais été heureuse, Régis. Je n'ai jamais su ce qu'était le bonheur. J'ai tenté d'apprendre maintes fois, j'ai toujours échoué. Je fais partie de ces êtres qui ne sont pas nés pour gagner. Perdre, perdre, toujours perdre, au point de me retrouver seule. Même toi, je t'ai perdu. Volontairement sans doute, mais perdu quand même. Et pourtant, si tu savais comme j'avais envie de t'aimer. Je t'ai donné mon sang, pas mes folles pensées, Dieu merci. Tu as grandi sans moi et je suis fière de toi. Ton père a réussi ce qu'on ne m'a pas appris. Donner de l'amour pour en recevoir. Une leçon de vie qu'on n'apprend pas à l'agonie. Tu ne me connais pas et c'est beaucoup mieux comme ça, Régis. Je t'aurais fait souffrir comme j'ai fait souffrir tous les autres. Je bois parce que je souffre d'un mal qui ne se guérit pas. J'ai le diable en moi, Régis, que ça! Je pars parce que je ne veux plus causer de tort. Ne tente pas de me comprendre, tu n'y parviendras pas. Mais, de grâce, ne me juge pas. Laisse ce soin à Dieu s'il existe vraiment. Si tu veux bien, appelle Suzelle, supplie-la de me pardonner. Je lui ai fait tant de mal, je l'ai meurtrie, presque détruite. Demande-lui à genoux s'il le faut le pardon que j'implore d'elle. Elle a tant fait pour moi. Et dis-lui de ne pas pleurer: sa grande sœur l'attendra dans l'éternité. Et voilà que je verse des larmes sur le papier. Je ne sais pas pourquoi, je n'ai pas peur pourtant. Sans doute le regret de ne pas t'avoir embrassé, de ne pas t'avoir serré sur mon cœur une dernière fois. Parce que je t'aime, toi qui me survivras. Parce que mon sang coule dans tes veines. J'ai mal, Régis, si mal. J'ai mal de toi. Pardonne-moi pour tout ce que je n'ai pas pu être, mais si la chose est possible, ne m'oublie pas. Là où mon âme ira, je veillerai sur toi. Adieu... mon fils.*

*Victoire.*

Régis, ému jusqu'au plus profond de son être, pleurait à chaudes larmes. La première et la dernière lettre de sa mère. Il pleurait, se cramponnait à sa chaise et répétait encore une fois: «Pourquoi, maman, j'étais là, moi?» Puis, comme il allait replier la lettre, il se rendit compte qu'un autre bout de paragraphe était écrit au dos en guise de post-scriptum. Quelques lignes étranges, d'un autre ton. Dernier appel de la moribonde.

*P. S. Une dernière faveur, Régis. Sors ton grand-père du cimetière, tire sa carcasse de son cercueil et fais-lui voir ma délivrance sur le miroir.*

Perplexe, il s'essuya les yeux, rejoignit l'inspecteur Darnell et lui demanda avec l'aide de l'infirmière ce qu'elle voulait dire par ces mots. Darnell, qui s'y attendait, l'informa que sa mère avait écrit une phrase dans le miroir sur le lieu de son suicide.

— Est-elle encore là? Puis-je la lire?

Ils se regardèrent tous les deux et l'infirmière de lui répondre:

— Rien n'a été touché, l'inscription est intacte. Si vous insistez, monsieur Darnell vous conduira. Mais dans votre état...

— J'insiste, je veux voir, elle me l'a commandé.

Darnell fit monter le jeune homme à bord de sa voiture. Quelques kilomètres à peine et Régis put voir l'affiche lumineuse du motel *Sierra*.

— C'est là? C'est dans ce triste endroit que ma mère s'est enlevé la vie?

Darnell ne répondit pas. N'ayant pas compris, il hocha la tête. L'inspecteur se dirigea jusqu'à la réception et le gros

Jimmy lui tendit une clef. Faisant signe à Régis de le suivre, ils marchèrent en silence jusqu'au numéro douze. À la porte, une chaîne et le ruban jaune des investigateurs, comme si cette unité sous surveillance était un déchet de la société. Retirant le cadenas, ouvrant la porte et faisant de la lumière, il invita le jeune homme à entrer tout en se contentant d'arpenter le palier. Régis entra et la chaleur l'étouffa. Il regarda dans le miroir et ces grosses lettres pourpres formées à l'aide d'un rouge à lèvres lui donnèrent des frissons dans le dos. Paralysé sur place, les yeux remplis de larmes rivés sur le miroir, il put lire la phrase que sa mère désespérée avait écrite avant de s'enlever la vie. De grosses lettres mal formées qui criaient d'angoisse à l'heure du trépas: *Victoire, papa, l'enfant n'est plus là...*

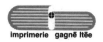

imprimerie gagné ltée

IMPRIMÉ AU CANADA